Okrutna miłość

REYES MONFORTE

Okrutna miłość

przełożył Zbigniew Zawadzki

Wydawnictwo WAM

Tytuł oryginału
AMOR CRUEL
La desgarradora lucha de una madre
española por su hija

Redakcja
Aleksandra Marczuk
Opieka redakcyjna
Anna Pasieka-Blycharz
Korekta
Dariusz Godoś
Projekt okładki
Magdalena Kuc
Foto © Magdalena Kuc
Łamanie
Barbara Bodzoń

ISBN 978-83-277-0149-7
Dodruk, wznowienie 2017

WYDAWNICTWO WAM
ul. Kopernika 26 • 31-501 Kraków
tel. 12 62 93 200 • faks 12 42 95 003
e-mail: wam@wydawnictwowam.pl
www.wydawnictwowam.pl

DZIAŁ HANDLOWY
tel. 12 62 93 254-255 • faks 12 62 93 496
e-mail: handel@wydawnictwowam.pl

KSIĘGARNIA WYSYŁKOWA
tel. 12 62 93 260
e.wydawnictwowam.pl

Druk i oprawa:
GRAFARTI • Łódź

Serce matki to jedyny kapitał,
który nigdy się nie wyczerpuje
i na który można liczyć zawsze
i bez żadnych wątpliwości.

PAOLO MANTEGAZZA

Dzieci są kotwicami,
które trzymają matkę przy życiu

SOFOKLES

Są historie, które nas w sobie rozkochują, i osoby, dzięki którym stają sie one niezapomniane.

BOHATEROWI MOJEJ NAJLEPSZEJ HISTORII

Nie potrafiła uwolnić umysłu od okropnego obrazu, który wciąż do niej powracał, bezlitośnie podsuwany przez pamięć. Raz po raz przeklinała samą siebie za to, że była wtedy tak naiwna. Próby zrozumienia, jak mogło do tego dojść, przynosiły ból. Jak to się stało, że w jednej krótkiej chwili tak mocno się zakochała? Równie bolesne było rozpamiętywanie całego ciągu zdarzeń, który zaczął się od tamtego głupiego gestu, a w końcu sprawił, że już prawie drugi rok tkwiła w obrzydliwej celi więzienia w hrabstwie Bergen w stanie New Jersey.

María José przeciągnęła drżącą dłonią po czole, od lewej strony do prawej, mocno pocierając przy tym skórę, tak jakby chciała jednym gestem wytrzeć z pamięci ów nieszczęsny moment, usunąć go raz na zawsze, zlikwidować. Ale cały ten ledwie zamaskowany wysiłek woli okazał się daremny, bo znienawidzona wizja nadal ją prześladowała. Choć powieki wciąż miała spuszczone, widziała wszystko z niezwykłą ostrością, zupełnie jakby wspomnienia wyświetlano bezpośrednio na siatkówkach jej oczu, niczym film wypełniony płaczem i milczącym żalem. I tamten obraz – przeklęty obraz – który pamiętała, jakby wszystko to wydarzyło się zaledwie przed momentem.

Zbliżała się północ. María José przechadzała się jedną z ulic nowojorskiego Soho. Obok niej, trzymając ją za rękę, szedł Peter, mężczyzna, którego poznała przez internetową stronę randkową i z którym umówiła się na kolację. Na jednym z rogów natknęli się na grupę muzyków ulicznych, grających melodię, która obojgu wydała się znajoma. Spojrzeli po sobie, uśmiechnęli się, po czym Peter zdjął marynarkę i podał ją Marii José. Podszedł do muzyków i po kilkunastu sekundach rozmowy, którą prowadził z zawstydzoną miną, zasiadł przy perkusji. María José zobaczyła, jak człowiek, o którym niewiele przecież wiedziała, sięga prawą ręką do węzła czarnego krawata, by go rozluźnić, po czym rozpina kilka guzików białej koszuli. Mocując się z krawatem, pomagał sobie delikatnymi ruchami głowy, które pozwalały mu skierować wzrok ku Marii José i puścić do niej oko. To właśnie ten gest ostatecznie doprowadził ją do szaleństwa, utwierdził w przekonaniu, że jest w tym mężczyźnie zakochana.

To była ta chwila, której wspomnienie tak niewypowiedzianie ją dziś raniło. „Jak mogłam do tego dopuścić? Jak to się mogło stać? W którym momencie zawaliło się moje życie? Dlaczego nie pozwalają mi być z córką, dlaczego oddzielają mnie od rodziców, od siostry, od moich marzeń?". Podniosła wzrok i natrafiła na ten sam obraz, w który wpatrywała się od 21 listopada 2006 roku, czyli od dnia, w którym nowojorska policja zatrzymała ją po trzech miesiącach poszukiwań: widok krat więziennej celi. Ponownie zamknęła oczy. Ciemność pomagała jej przenieść się we własnej wyobraźni w miejsce niezbyt odległe, ale całkowicie odmienne. Miała widzenia prawie jak w malignie: kiedy otworzyła oczy, zdawało się jej, że znów widzi u swoich stóp linię kreśloną przez dachy nowojorskich wieżowców, niezmienną, taką samą jak zawsze.

Kontrast między tymi obrazami był zbyt trudny do zniesienia.

CZĘŚĆ PIERWSZA

Jeśli tak wygląda wasza miłość,
błagam was, żebyście mnie nienawidzili.

JEAN BAPTISTE POQUELIN (MOLIER)
„Sycylijczyk"

· 1 ·

Widok z okien apartamentu położonego w zachodniej części Nowego Jorku był przedmiotem zazdrości wszystkich znajomych i dumą Marii José. Za każdym razem, kiedy wyglądała przez ogromne okna okalające werandę jej mieszkania i pozwalające podziwiać nowojorską linię dachów – tę samą, która uwieczniona na pocztówkach i fototapetach eksponowana była do znudzenia w tutejszych sklepach z pamiątkami – odczuwała radość życia i apetyt, by zjeść cały świat.

Uśmiechała się mimowolnie, ilekroć jej spojrzenie zaczynało błądzić po idyllicznie narysowanym horyzoncie. Miała wtedy poczucie, że cała skrząca się światłami metropolia leży u jej stóp.

– Nowy Jorku, tu jestem! Zrób dla mnie miejsce, bo mam zamiar zabawić tu dłużej. I uprzedzam, że będzie się o mnie sporo mówić!

W czasach, kiedy była jeszcze dzieckiem, rodzice zdecydowali, że zarówno ona, jak i jej siostra Victoria będą studiować za granicą. Chcieli, żeby córki opanowały angielski i zdobyły to niezwykle cenne doświadczenie, jakim – w ich przekonaniu – było pełne wtopienie się w kraj inny niż rodzinny – w język, kulturę i obyczaje odmienne od tych, które za sprawą tradycji rodzinnej dziewczynki przyswajały sobie od najmłodszych lat. Już w bardzo wczesnym wieku María José miała możliwość pobierania nauk za granicą. Dzięki programom wymiany uczniów trafiła kilka razy do małych miasteczek w Irlandii i Wielkiej Brytanii. Ale od momentu, kiedy jako zaledwie siedemnastoletnia dziewczyna została przyjęta do liceum w Pensylwanii, zrozumiała, że jej przyszłość będzie związana ze Stanami Zjednoczonymi – krajem, który uwielbiała, wręcz ubóstwiała, i z którym postanowiła złączyć swój los, kiedy tylko nadarzy się ku temu okazja. I taka okazja właśnie nadeszła.

María José Carrascosa, z zawodu prawniczka, właśnie zaczynała nadawać kształt swemu prywatnemu „amerykańskiemu marzeniu" i pragnęła, żeby cały świat o tym wiedział i brał w tym procesie udział. Uznała, że najlepszym sposobem, żeby to osiągnąć, będzie wydanie kolacji we własnym mieszkaniu. Kupiła je dzięki pomocy rodziców i własnej umiejętności targowania się. Apartament był położony w świetnej okolicy. To właśnie w jego ścianach zaczęły kiełkować pomysły, których celem było zapewnienie Marii José dostatniego życia.

– Zadzwonię do Davida. Na pewno pomoże wszystko zorganizować – pomyślała.

David był młodym fryzjerem – jej najlepszym przyjacielem i niestrudzonym powiernikiem. Spotkali się na urodzinach wspólnej znajomej, która chciała ich ze sobą poznać, wiedząc, że oboje są Hiszpanami i mieszkają w Nowym Jorku, na dodatek – jakby nie dość było tych zbiegów okoliczności – przy tej samej ulicy. Po pewnym czasie, kiedy solenizantka zdmuchnęła już urodzinowe świece, María José podeszła do Davida, co było zadaniem dość skomplikowanym ze względu na dużą liczbę zebranych, w większości zresztą Latynosów.

– Ty jesteś David, prawda? Chciałam cię poznać.

Od tamtej chwili stali się nierozłączni. On był oczarowany – niemal zahipnotyzowany – inteligencją, urodą, zaradnością i witalnością tej żywej i wesołej kobiety. Ona zaś zachwyciła się nieśmiałym i dobrodusznym mężczyzną, ponieważ czuła się przy nim podziwiana i kochana. Nietrudno było ich spotkać razem o dowolnej porze, w dowolnym zakątku miasta: w sklepach, restauracjach, supermarketach, w kinie, na wystawach malarstwa, a przede wszystkim – po zapadnięciu zmroku – w klubach tanecznych. Oboje uwielbiali tańczyć, szczególnie gdy chodziło o popisy na głównym parkiecie przy akompaniamencie latynoskich rytmów. Dzięki zręczności, jaką oboje wykazywali, i radości, którą zarażali innych, nierzadko się zdarzało, że pozostali tancerze tworzyli wokół nich krąg i wspomagali ich rozkołysane ruchy okrzykami zachęty oraz klaskaniem w dłonie. Ich taneczne występy zawsze kończyły się gromką owacją widzów wyrażającą głęboki podziw. Wielokrotnie oboje stawali się atrakcją wieczoru. Rozumieli się, cieszyli się swoim towarzystwem i byli idealnie zgrani – jakby dla siebie stworzeni. I do pewnego momentu wydawało się, że żadne z nich nie potrzebuje niczego więcej. Aż do pamiętnej kolacji, która miała miejsce w domu Marii José.

Niewielu przyjaciół i znajomych było gotowych zignorować to wydarzenie. Przebywanie w towarzystwie Marii José z całą pewnością sprawiało wszystkim przyjemność. Jej ekstrawertyczna osobowość, dobry humor, umiejętność prowadzenia zajmujących rozmów, uwodzicielski sposób opowiadania o rozmaitych rzeczach, pozwalający w parę sekund przykuć uwagę słuchaczy, a nawet niespotykana pewność siebie, którą w niektórych sytuacjach wykazywała – wszystko to sprawiało, że podczas spotkań towarzyskich zajmowała zawsze centralne miejsce, co niektórzy mogli mylnie interpretować. Także magia mieszkania należącego do pochodzącej z Walencji pani mecenas sprawiała, że wręcz nieprawdopodobne było odrzucenie zaproszenia na miły wieczór w jej towarzystwie. Nikt bowiem nie chciał przegapić okazji obejrzenia panoramicznego widoku Nowego Jorku, który oferowało mieszkanie Maríi José. W rzeczy samej, wielu gości przyszło wyposażonych w aparaty fotograficzne lub wideokamery, z zamiarem uwiecznienia linii nowojorskiego horyzontu, jeszcze nieokaleczonej przez międzynarodowy terroryzm.

Kolacja była obfita i smaczna. Nie zabrakło też okazji do sugestywnej prezentacji hiszpańskich win. María José – gospodyni doskonała – musiała w tym celu odwiedzić kilka najlepszych sklepów winiarskich w okolicy. Kiedy podejmowała ten wysiłek, pocieszała ją myśl o sukcesie, który musiał zwieńczyć wytrwałe poszukiwania. Po posiłku przyszła pora na zwierzenia. Była to niewątpliwie najzabawniejsza część tego typu spotkań – oczekiwana przez wszystkich w napięciu, ponieważ stanowiła okazję, by wyzwolić się z codziennej, zwykle nudnej rutyny, której wspomnienie pozostawił zebranym dobiegający kresu dzień. O tak późnej godzinie w domu Maríi José zostawali już tylko najbliżsi przyjaciele, którzy – gdy rozwiązywały się im języki – popuszczali przy tej okazji wodze wyobraźni.

Tamtej nocy zostały w końcu tylko trzy przyjaciółki gospodyni oraz David jako jedyny przedstawiciel płci męskiej. Nadszedł też czas – o czym wszyscy zgodnie zapewniali – „na ostatnią już kolejkę tego pysznego i niezwykle drogiego wina". Ożywiona rozmowa dotyczyła najnowszych przeżyć miłosnych jednej z kobiet, uczuciowego rozczarowania, które stało się niedawno udziałem drugiej, oraz niepohamowanego apetytu seksualnego, który znaczył życie najstarszej z nich – opowiadającej zresztą o tych sprawach w taki sposób, że jedyny facet w towarzystwie poczuł się zgorszony. Pośród tych opowieści María José poprosiła w pewnym momencie zebranych o chwilę ciszy i spokoju, chcąc wznieść toast. Po serii teatralnych odchrząknięć i prób przykucia uwagi zebranych wszelkimi możliwymi sposobami – a opanowała tę sztukę do perfekcji – zabrała w końcu głos. Wszystkie spojrzenia skierowały się na nią, tak jakby oczekiwano, że powie coś naprawdę wyjątkowego, co będzie wyrazistym zakończeniem doskonałej imprezy.

– Drogie panie – tu zrobiła pauzę dedykowaną specjalnie Davidowi, do którego skierowała uśmiech i pełen udanej kurtuazji ukłon – oraz drogi panie. Oto moje przesłanie: pragnę znaleźć sobie życiowego partnera!

Ostry śmiech koleżanek przerwał ciszę i skupienie, które zapanowało chwilę wcześniej na skutek sygnałów wysyłanych przez gospodynię. Goście poczuli się zawiedzeni złożoną deklaracją.

– I o co tyle hałasu? Przecież to nic nowego! A myślisz, że czego byśmy sobie mogły bardziej życzyć, ślicznotko?

Śmiechy nie ustawały. Wznoszono kolejne toasty, ale nie tyle za panią domu – która i tak monopolizowała je przez większą część wieczoru – ile za miłość. Jednak żadna z obecnych kobiet nie wydawała się rozumieć prawdziwego znaczenia wyznania złożonego chwilę wcześniej przez Marię José.

Inaczej było w przypadku Davida, który wyczuwał swoją serdeczną przyjaciółkę tak dobrze, jakby oboje porozumiewali się jakimś specjalnym szyfrem, do którego klucz znali tylko oni. Wiedział, że María José pragnęła znaleźć sobie partnera. Ale nie każdy był jej wart. Zainwestowała w siebie zbyt wiele czasu, pieniędzy i wysiłku, by teraz miała stać się kobietą, gotową z dnia na dzień związać się z byle kim. Nie chciała zbytnio ryzykować. Nienawidziła myśli, że miałaby się bawić w „kocha, lubi, szanuje" z każdym napotkanym mężczyzną, nie chciała czuć się przymuszona do udziału w absurdalnym i nudnym castingu za każdym razem, gdy ktoś zbliży się do niej w dyskotece, stołówce czy na skrzyżowaniu podczas oczekiwania na zielone światło – co zresztą zdarzało się jej dość często. Miała poczucie, że nie chce tracić już czasu na udział w tych typowych – jak to określała – drobnych gierkach emocjonalnych. Miała ochotę na coś bezpiecznego. Czuła się zmęczona i znużona próbami. Potrzebowała czegoś definitywnego. Zbliżała się do czterdziestki i w jej życiu nie było już miejsca na dalsze eksperymenty z zamkami z piasku.

Przeżyła już dość rozczarowań i nieudanych związków. Właśnie kilka miesięcy wcześniej doszła do siebie po zawodzie miłosnym i nie miała najmniejszej ochoty ponownie doświadczać takiego uczucia. Zdecydowanie nie chciała fundować sobie kolejnego niepowodzenia w relacjach z mężczyznami. Musiała mieć jasny umysł, by wcielać w życie ambitne projekty zawodowe i czerpać z nich korzyści finansowe, odnosić sukcesy i zdobywać uznanie. Wszystko już przemyślała, i wnioski, do jakich doszła, wydały się jej szalenie pociągające.

Kiedy w końcu wzniesiono ostatni toast i goście zaczęli do niej podchodzić, żeby pogratulować udanego wieczoru, jedna z przyjaciółek, Katrina, szepnęła jej do ucha:

– Naprawdę chcesz kogoś znaleźć? Wiem, jak to zrobić.

Wypiła jednym haustem pozostałe w kieliszku wino i po chwili teatralnego zachwytu nad trunkiem odsłoniła przed przyjaciółką swój sekret:

– Internet. Nic już nie komplikuj, moja droga. To jest bezpieczniejsze i pewniejsze niż jakakolwiek inna metoda, która mogłaby ci przyjść do głowy. To tak jak dobieranie kostiumu, torebki i kapelusza z katalogu. Wybierasz to, co ci najbardziej odpowiada, i nie musisz tracić czasu na sprawdzanie wszystkich fasonów. A jak potem coś ci nie pasuje, wiesz już, co robić. Naprawdę, to całkiem łatwe. Żadnej frywolności – tylko trzeźwa analiza. W naszym wieku trzeba unikać głupot.

Twarz Marii José wyrażała jednocześnie skrajne zdumienie i zakłopotanie. Nie wiedziała, czy przyjaciółka mówi poważnie, czy się z niej naigrawa, czy też zawartość alkoholu w jej krwi osiągnęła tak niepokojąco wysoki poziom, że jej mózg nie funkcjonował tak jak powinien u dorosłej kobiety. Niemniej jednak jej rozmówczyni zinterpretowała ten wyraz twarzy, pełen zadziwienia i oszołomienia, jako oznakę aprobaty wobec złożonej propozycji. Z tego też powodu Katrina bez wahania zasugerowała przyjaciółce – z nieco wyniosłą miną charakterystyczną dla osób, które mają się za nosicieli arcyważnego klucza pozwalającego uzyskać dostęp do wielkiej tajemnicy – że zadzwoni do niej nazajutrz i, o ile María José nadal będzie zainteresowana ofertą, wezmą się razem do dzieła. María José obiecała, że to przemyśli.

· 2 ·

Następnego dnia María José sama zadzwoniła do Katriny, choć właściwie nie wiedziała, czemu to robi. Czy chciała się upewnić, że przyjaciółka bezpiecznie wróciła do domu? A może chciała sprawdzić, czy poprzedniego wieczoru mówiła poważnie? Niewykluczone zresztą, że zadzwoniła wiedziona zwykłą ciekawością. Przez cały czas bowiem bawiło ją i intrygowało zgadywanie, jaki też plan obmyśliła jej prywatna stręczycielka. Wypicie kawy w jej towarzystwie mogło rozwiać wszelkie wątpliwości.

Po południu przyjaciółki znów spotkały się w tej samej scenerii co poprzedniego wieczoru. Tym razem jednak wino zastąpiły aromatyczna kawa, egzotyczna herbata i ciasteczka do pogryzania podczas rozmowy.

– W sieci trzeba być ostrożnym, zresztą tak samo jak w życiu.

Maríę José śmieszył akademicki ton, który przybierała jej przyjaciółka, ilekroć uważała, że musi coś komuś wytłumaczyć – czy to objaśnić, jak dojechać metrem do Empire State Building, czy też przekazać, jak przygotować słynny rostbef według jej rodzinnej receptury.

– Na świecie jest wielu ludzi pozbawionych skrupułów i nie ma co ułatwiać im zadania. Ale ja znam pewien poważny i dyskretny portal, w którym można znaleźć profil dokładnie takiej osoby, o jaką ci chodzi. Oczywiście, i tak będziesz potrzebować sporo czasu i trochę wytrwałości. Ale mówię ci, nie chodzi o zwykły portal randkowy, tylko naprawdę wirtualny kunszt. Jak to mówią u was w Hiszpanii... koronna robota?

– Koronkowa.

María José nie ukrywała, że cała sytuacja ją bawi, choćby z racji tej absurdalnej pozy erudytki, którą przybrała jej przyjaciółka.

– Wszystko jedno. Posłuchaj, znam parę osób, które wypróbowały ten portal i teraz są zachwycone. Oczywiście byli i tacy, co nie mieli tyle szczęścia i musieli wszystko zaczynać od nowa. Tego nigdy nie można przewidzieć, zanim się nie spróbuje. Znasz moją zasadę, Mary Jo: trzeba żałować tego, co się zrobiło, a nie tego, z czego się zrezygnowało.

Katrina przez chwilę zastanawiała się nad zdaniem, które właśnie wypowiedziała, tak jakby nie była pewna, czy nie popełniła w nim błędu. Kiedy jednak zobaczyła, że jej złota zasada wywarła pożądany efekt, przestała się przejmować i ciągnęła dalej:

– Zostawię ci adres i sama zdecydujesz. I potem mi opowiesz, jak ci idzie... jeśli będziesz chciała, oczywiście – zakończyła tonem, który nie pozostawiał wątpliwości, że to ostatnie zastrzeżenie wypowiedziane zostało nie całkiem szczerze.

– Nie, wejdźmy tam od razu. Jeśli to rzeczywiście tak wygląda, jak mówisz, niewiele ryzykuję.

Kiedy jednak María José zobaczyła, że stoi przed nią zadanie udzielenia odpowiedzi na cztery tysiące pytań – albo będzie musiała odłożyć na przyszłość ewentualne nowe doświadczenia z globalnym środowiskiem – dopadły ją wątpliwości i poczuła pewne rozczarowanie.

– Cztery tysiące pytań?! To nie chodzi o żaden profil! To jest sposób na obrabowanie człowieka z czasu i nadużycie jego cierpliwości, tak jak w całym internecie. Może potrzebują jeszcze, żebym im podała grupę krwi i czas jej krzepnięcia!

– No tak, o to też pytają. Trochę dalej.

Katrina zaczęła zbierać swoje rzeczy i wkładać płaszcz. Robiło się późno, a od pewnego czasu widziała, że jej obecność wcale nie jest aż tak ważna, jak jej się wcześniej zdawało.

– Są ludzie, którzy chcą mieć wszystko pod kontrolą – wyjaśniła. – Nie masz pojęcia, ile jest na świecie rzadkich i słabo poznanych chorób. Trzeba uważać, z kim się umawiasz, trzeba o wszystkim myśleć. Idę już. Cierpliwości, kochana – poradziła przyjaciółce, wykonując wargami gest składania pocałunku. – Jeśli się chce coś osiągnąć, trzeba być cierpliwym. Zadzwoń do mnie.

María José spędziła przed ekranem komputera trzy dni, odpowiadając na wszelkiego rodzaju pytania – na jedne chętniej, na inne z mniejszym zapałem. W miarę jak wystukiwała na klawiaturze odpowiedzi dotyczące jej upodobań, preferencji, gustów, wykształcenia, ilorazu inteligencji, pozycji społecznej i ekonomicznej – oraz drugą, taką samą porcję danych związanych z osobą, którą chciałaby poznać – poczuła, że jej palce omdlewają, a kręgosłup za chwilę pęknie.

Nadszedł moment, w którym najzwyczajniej musiała zrobić przerwę w niekończącym się i wycieńczającym ją wywiadzie, choćby po to, żeby rozprostować kości i pozwolić odpocząć palcom, porozciągać się i uwolnić od napięcia.

– Mam po dziurki w nosie tych waszych pytanek. Jeśli z tego wszystkiego nic nie wyjdzie, walnę Katrinę laptopem w łeb, za to że mnie namówiła na coś tak absurdalnego! – obiecywała sobie w duchu.

Kiedy zdołała wreszcie odpocząć i pozbyć się stuporu, w który wpadła w poprzednich dniach, była już niedziela. Od dziecka lubiła się wylegiwać w łóżku, szczególnie w święta, kiedy nie było ku temu żadnych przeszkód. Także i tego dnia spędziła trochę czasu, leżąc i oddając się słodkiemu nieróbstwu. Nie była w stanie ocenić, jak długo ten stan trwał, ale też w najmniejszym stopniu jej to nie trapiło. W końcu postanowiła wstać i stawić czoła wyzwaniom dnia, który zapowiadał się relaksowo i całkowicie domowo. Zaparzyła sobie filiżankę mocnej kawy, która intensywnie parowała niesiona z kuchni na taras – zupełnie jakby chciała zostawić po sobie jakiś ślad, dzięki któremu dałoby się ją potem wytropić. Następne kilka minut María José podziwiała cudowny widok miasta, aż do chwili, kiedy upijając kolejny łyk pysznej i energetyzującej kawy, odwróciła się tak, że w jej polu widzenia znów znalazł się komputer.

Po chwili zastanowienia zasiadła przed migoczącym ekranem.

– Zobaczmy, czym mnie dziś zaskoczysz – pomyślała.

Minął niemal tydzień od czasu, kiedy skończyła odpowiadać na niezliczone pytania dotyczące wymarzonego profilu jej idealnego mężczyzny. Większość tego czasu spędziła trawiona gorączką kolejnego projektu biznesowego i kompletnie zapomniała sprawdzić, jakie rezultaty przyniosła tamta orgia pytań i bardzo osobistych dociekań. Nowe wyzwania zawodowe zawsze podnosiły poziom adrenaliny Marii José i przekształcały ją w kobietę jeszcze bardziej nadaktywną niż zwykle. Ta hiperaktywność bez wątpienia przekraczała wówczas wszelkie znane normy i sprawiała, że część znajomych znikała na pewien czas z jej życia, bo nie potrafiła nadążyć za przyspieszonym rytmem jej funkcjonowania. Ale oczywiście przy założeniu, że w takich sytuacjach María José w ogóle miała ochotę ich widywać – w jej przypadku bowiem było to założenie zbyt śmiałe. Nowy biznes, tym razem związany ze sprzedażą oliwy, zajmował wszystkie jej myśli, tak jak w swoim czasie projekt dotyczący cukru. Gorąco pragnęła, żeby tym razem szczęście wreszcie się do niej uśmiechnęło, a konto bankowe napęczniało.

– Biedna babcia – wspominała María José – tak mi pomogła finansowo przy tej historii z cukrem i okazało się, że wszystko na próżno. Co za pech!

Nie rozstając się ze swą poranną dawką kofeiny, María José zaczęła wystukiwać na klawiaturze adres portalu, który podsunęła jej przyjaciółka. Chciała dostać się do skrzynki stworzonej specjalnie po to, żeby przyjmować ewentualne odpowiedzi na jej poszukiwania. Kiedy już się zalogowała, mimowolnie szeroko otworzyła oczy i usta – jednocześnie, tak jakby wszystkie obracały się na jednym, perfekcyjnie naoliwionym zawiasie, zapewniającym ich zsynchronizowany i płynny ruch.

– Nie wierzę… Co… co to jest?

Ponad tysiąc czterysta osób zainteresowało się jej zapytaniem i liczyło na to, że zwróci na nie uwagę. Niektóre wręcz o to błagały. A przecież ograniczyła poszukiwania do dwóch miast – Nowego Jorku i Filadelfii – tak jak jej doradziła promotorka całego przedsięwzięcia, przyjaciółka Katrina. Wciąż jeszcze oszołomiona liczbą odpowiedzi, która pozwalała uwierzyć, że naprawdę jest dobrem intensywnie poszukiwanym, zaczęła otwierać wiadomości na chybił trafił. Zawierały one najrozmaitsze rodzaje fotografii i dokumentów załączanych na potwierdzenie tego, o czym zapewniały poszczególne profile. Przed jej oczyma zaczęli paradować na zdjęciach mężczyźni mniej lub bardziej atrakcyjni fizycznie, ale pragnący pozytywnie zaskoczyć adresatkę najróżniejszymi przejawami swojej pozycji społecznej i kondycji finansowej. Niektóre z tych przekazów uderzały całkowitym brakiem skrupułów w kwestii udowadniania siły nabywczej ich nadawców i przechwalania się nią bez szczególnych zahamowań i fałszywej skromności. W części co bardziej ekscentrycznych zgłoszeń z pewnością nie starczyło miejsca ani na skromność, ani na przyzwoitość.

Wszystko to byłoby znacznie bardziej zabawne, gdyby można było się tym z kimś podzielić. Działając pod wpływem tego przeświadczenia, María José zadzwoniła, nie tracąc ani sekundy, do swego wiernego giermka. Była przekonana, że w jego obecności zdoła wycisnąć z tej nieoczekiwanej korespondencji więcej zabawy i istotnych treści.

– David – rzuciła w słuchawkę – przechodź przez ulicę i przyjdź tu do mnie. Chcę, żebyś coś zobaczył.

Kiedy już oboje, niemal zahipnotyzowani, wpatrywali się w ekran komputera, nieustannie plujący datami, liczbami i fotografiami – wręcz tysiącami fotografii – ich komentarze stały się znacznie bardziej soczyste. Szczególne zainteresowanie wzbudziła w nich fiszka pewnego mężczyzny greckiego pochodzenia, który pozował do zdjęcia uśmiechnięty, stojąc przed ogromnym jachtem, ledwo mieszczącym się na ekranie.

– Przecież ten facet jest wielkości komara. W ogóle go nie widać na tle tego statku.

Inny zaś – w opinii podekscytowanych przyjaciół – połyskujący nadmierną opalenizną, wyglądał, jakby dosiadł konia, by objechać swoje posiadłości, na których wznosił się pałac: jeden z tych, w których liczba łazienek przyciąga uwagę bardziej niż liczba sypialni. Było też zgłoszenie pewnego Francuza, który sfotografował się, siedząc w fotelu prywatnego odrzutowca. „Zmieścimy się tu oboje i stąd będziemy poznawać świat. Na twoim miejscu nie traciłbym z pola widzenia mężczyzny, który do tego wszystkiego wciąż ma jeszcze bujną czuprynę".

Na śmiechach, komentarzach i snuciu rozmaitych wizji María José i David spędzili całą niedzielę. Po kolacji mężczyzna zamierzał zrobić sobie wolne i oderwać się od istnego młyna, w którym tkwili oboje od kilku godzin. Kiedy zaczynał się mościć na sofie, María José znów go zawołała.

– Szybko, chodź tu, zobacz, jaka małpa!

– A ten czym się chwali? Ma harem, pustą plażę, jest właścicielem nowo odkrytej planety, którą chce ochrzcić twoim imieniem...?

– Ależ nie, głuptasie. Nic takiego. Ma misia – pluszowego misia oraz choinkę. To ci przystojniak!

– Biedaczek, naiwna duszyczka... I co chce z tym zrobić? – Wypowiadając te słowa, David miał nadzieję, że przyjaciółka pozwoli mu pozostać w wygodnej pozycji, ale się rozczarował.

– Mógłbyś tu przyjść i spojrzeć? Zakładałam, że jesteś tu po to, żeby mi pomagać.

David wyczuł w głosie Marii José nutę impertynencji i uwierzył, że jego przyjaciółka rzeczywiście natrafiła tym razem na coś odmiennego, co wyjątkowo przyciągnęło jej uwagę. Były to dwa zdjęcia, które przysłał niejaki Peter Innes. Na jednej z tych fotografii mężczyzna, w swetrze z grubej wełny, obejmował małego, pluszowego misia, a na drugiej szczerzył się w uśmiechu, stojąc pod bujną, rozłożystą choinką przystrojoną lśniącymi ozdobami.

– Ale, Mary Jo, jeśli on ma tylko ten świerk z kolorowymi bombkami, który za nim stoi, to… to dlaczego tak mu się przyglądasz? – zapytał całkiem szczerze.

– David, błagam cię, nie mów mi, że patrząc na to zdjęcie, nie wyczuwasz jakiejś czułości… – Znów spojrzała na przesłany plik i na fotografie. – Mnie się podoba.

– No owszem, nie mówię, że nie. Ale może mi powiesz, jakie masz plany w związku z choinką obwieszoną łańcuchami i z tym pluszowym misiem. Naprawdę, czasem z trudem za tobą nadążam…

Jeszcze tego samego wieczoru María José postanowiła wysłać do Petera Innesa wiadomość z zamiarem wyrażenia w niej wstępnego zainteresowania. Po pierwszym e-mailu posypały się kolejne, wysyłane przez obie strony, a w końcu codzienny już czat przerodził się w pierwsze spotkanie. To miała być kolacja w którejś z restauracji w Little Italy[1] – jednej z nowojorskich dzielnic o najstarszej tradycji, długiej historii i bogatej legendzie, którą w dużej mierze zawdzięczała międzynarodowej sławie realizowanego tam ogromnie popularnego cyklu filmowego *Ojciec chrzestny*.

María José wiedziała, że tego wieczoru musi wyglądać naprawdę wystrzałowo. Nie mogła nikogo zawieść – włącznie z samą sobą. Musiała promieniować, zadziwiać, po prostu wypaść doskonale. Nie miała najmniejszych wątpliwości, że trzeba skorzystać z pomocy Davida: to on musiał zadbać o przygotowanie jej na tę okazję.

Wiedziała, że jej obecny powiernik i przyjaciel w czasie, który upłynął od jego przyjazdu do Nowego Jorku i znalezienia pierwszej pracy w zakładzie fryzjerskim w dzielnicy Chelsea, stał się jednym z najbardziej rozchwytywanych

[1] Włoska dzielnica na dolnym Manhattanie, niegdyś miejsce zamieszkania dużej populacji imigrantów z Włoch, obecnie obszar, w którym funkcjonują liczne włoskie sklepy i restauracje (wszystkie przypisy pochodzą od tłumacza).

nowojorskich fryzjerów. Od pierwszego kontaktu wzbudzał sympatię i każda z klientek chciała powierzyć swój wygląd jego niezwykłym umiejętnościom. Nikt, kto widział go przy pracy i miał okazję przyjrzeć się jej rezultatom, nie dziwił się, że ten przybysz z Madrytu zarabia około dziesięciu tysięcy dolarów tygodniowo plus napiwki pozostawiane przez wdzięczne klientki – napiwki równie imponujące co lista oczekujących na przyjęcie kobiet. David dawał pokaz swoich talentów artystycznych w ponad dwudziestu salonach piękności na całym świecie, a w Stanach Zjednoczonych przebywał bez legalnych dokumentów – tylko dlatego, że zwyczajnie nie miał ochoty starać się o nie. Jego układ z właścicielką salonu fryzjerskiego był dość prosty: dla siebie zostawiał połowę zarobków, a drugą otrzymywała ona. María, z pochodzenia Kolumbijka, starała się jak mogła, żeby David był zadowolony i nie chciał odejść do konkurencji. Proponowała nawet małżeństwo – wyłącznie po to, żeby pomóc mu zalegalizować pobyt w Stanach Zjednoczonych, ale on zawsze odmawiał. Ośmielił się jedynie towarzyszyć szefowej w kilku wyprawach do outletów znanych marek, z których wychodził zawsze w nowej marynarce i świetnie dobranych spodniach.

David mieszkał w Stanach Zjednoczonych prawie od czterech lat i jako że nie szukał kłopotów, one także go omijały. Zwykł wspominać dzień, w którym przybył do tego kraju. Wyszedł nieco niezgrabnie z samolotu, do którego wsiadał w Madrycie trochę zmordowany na skutek przyjęcia pożegnalnego, które zorganizowali mu przyjaciele. Z sumą sześciuset euro w kieszeni wsiadł do autobusu kursującego z lotniska na Manhattan. Kiedy tam dotarł, w pierwszym hotelu, do którego wszedł, zażądano od niego pięćset dolarów za pokój. Postanowił zatrzymać taksówkę. O dziwo, kierowca okazał się z pochodzenia Kolumbijczykiem. Polecił mu pensjonat, który tak naprawdę był domem schadzek. Daleki od zdenerwowania, które w tych okolicznościach byłoby zupełnie zrozumiałe, David zapłacił za nocleg i znalazłszy się już sam w swoim pokoju, zaczął skakać po łóżku – aż usłyszał niepokojące dzwonienie własnych zębów – i krzyczeć: „Jestem w Ameryce! Jestem w Ameryce!", podczas gdy pilotem zmieniał jednocześnie kanały telewizyjne. Wydawało mu się zresztą, że w swoim odbiorniku ma ich kilka tysięcy. Następnego dnia znalazł pracę i jego dłonie zaczęły układać fryzury z prędkością przyprawiającą o zawrót głowy.

Od tamtej niemalże cyrkowej sceny, która rozegrała się na wynajętym w burdelu łóżku, minęło ponad trzy i pół roku. A teraz nadszedł moment, w którym zwinność dłoni Davida miała zadecydować o powodzeniu szczególnej misji: musiał zmobilizować całą swoją – niemałą zresztą – wiedzę na temat kobiecej urody, żeby pomóc przyjaciółce. Efekt miał przecież przesądzić o jej przyszłym życiu.

– To będzie mój wieczór, Davidzie. Muszę oszołomić Petera. A ty masz w rękach czarodziejską różdżkę, która potrafi zamienić Kopciuszka w księżniczkę pełną gębą.

I David nie zawiódł pokładanych w nim nadziei. Kiedy skończył pracę, uroda Marii José świeciła blaskiem jaśniejszym niż kiedykolwiek wcześniej. Zawsze wierny najnowszym trendom (a był to akurat czas, kiedy modne stały się grzywki w różnych tonacjach kolorystycznych), David poddał włosy przyjaciółki działaniu aż ośmiu różnych farb. Od bieli – niemal przezroczystej dzięki refleksom, które nadawały całej grzywce blasku – aż po fiolet, który nałożył bliżej czubka głowy Marii José. Do tego idealny makijaż, w którym główną rolę odgrywał intensywnie czarny *kohl*, podkreślający jeszcze bardziej i tak ekspresyjne oczy walencjanki. No i oczywiście bezbłędnie zrobione paznokcie – długie, polakierowane na czerwono z białymi końcówkami, tak jak María José najbardziej lubiła.

– Czerwień zawsze daje dużo siły, pokazuje pewność siebie i skłania do szacunku – zwykła mawiać.

Co do ubioru, zdecydowała się na czarną kreację. Czerń była jednym z jej ulubionych kolorów, a poza tym bez wątpienia najmniej ryzykownym, jeśli chciało się dobrze wypaść i zminimalizować ryzyko niedopasowania do okoliczności. Całości stroju dopełniały odpowiednio dobrane buty i torebka.

Po niemal trzech godzinach intensywnych przygotowań i drobiazgowej inspekcji przed lustrem specjalna klientka Davida była usatysfakcjonowana, czego dowodem był szeroki uśmiech, który wykwitł na jej twarzy. Ucałowała Davida i poprosiła, żeby życzył jej szczęścia.

– Szczęście to będzie miał on, jeśli się w nim zakochasz, Mary Jo – odparł jej przyjaciel. – Tak, to on będzie miał szczęście…

·3·

Pierwszym dźwiękiem, jaki David usłyszał nazajutrz, był dzwonek telefonu. Poprzedniego wieczoru zasnął na sofie, oglądając telewizję, najpewniej jakiś czarno-biały film – jeden z tych, o których dawno temu mawiano, że opowiadają „o miłości i wytwornym życiu", i które tak lubił. Nie zdołał nawet przenieść się przed zaśnięciem na łóżko i wyłączyć telewizora, który nadal był włączony, kiedy na drugim końcu linii telefonicznej David usłyszał głos Marii José:

– Chyba mi się podoba. Myślę, że to może być mężczyzna mojego życia. Poraziło mnie.

– Kto ci się podoba? Kto cię niby poraził?

Senne otępienie, które jeszcze nie opuściło Davida, nie pozwalało na jasne rozumowanie, a tym bardziej na precyzyjne odczytanie komunikatu, który tak znienacka zaczął mu przekazywać głos w słuchawce.

– Davidzie – w głosie przyjaciółki wypowiadającej jego imię zabrzmiał wyrzut, zwrócił więc baczniejszą uwagę na jej słowa, gwałtownie starając się oprzytomnieć. – Davidzie, obudź się. A któż by to miał być?

– Dobrze, dobrze, nie denerwujmy się. Opowiedz mi wszystko. Powolutku i przede wszystkim trochę ciszej.

– No to przejdź na drugą stronę ulicy.

Gadali przez kilka godzin. David prosił o coraz to więcej szczegółów. Chciał wiedzieć dosłownie wszystko o pierwszej randce z nieznanym i tajemniczym Peterem. María José nie szczędziła swej nowej zdobyczy komplementów. Wychwalała sposób bycia Petera, otwartość, poczucie humoru, łatwość prowadzenia interesującej rozmowy. Maniery przy stole, dobre wychowanie. Sylwetkę, zielone oczy i naturalność.

– Podoba mi się. Bardzo mi się podoba. Jest taki przystojny! I wcale nie wygląda na swój wiek. Jest ode mnie prawie dziewięć lat starszy, a to spora różnica. I działa na moją korzyść. Mówił, że jest rozwiedziony. Jakieś błędy młodości... rozumiesz. No i uwaga: jest wspólnikiem w firmie, która ma siedzibę na Manhattanie, i teraz, razem z drugim wspólnikiem, analizują sytuację na rynku. Chcą uruchomić system franczyzowy, nie tylko w Stanach Zjednoczonych, ale i w innych krajach, włącznie z Hiszpanią. Nie powiesz mi chyba, że to nie jest jakiś znak!

– Jak widzę, wciąż ci się podobają biedacy.

Davidowi wydało się, że ten komentarz nie zachwycił przyjaciółki, ale też najwyraźniej nie zirytował jej za bardzo, bo nawet nie uznała za stosowne pozbawić go następnych naleśników, które zajadał u niej w ramach smakowitego śniadania.

– On jest wyjątkowy. Nie taki jak inni. A poza tym gra na perkusji, co mnie zupełnie rozbraja. Tamten gest niemal przyprawił mnie o miłosny zawrót głowy!

Wyraz twarzy Davida zdradzał, że pogubił się w rozmowie, która jeszcze przed momentem przebiegała gładko. Jego przyjaciółka poczuła się zobowiązana wyjaśnić nieco bardziej szczegółowo, o co chodzi z perkusją.

– Kiedy skończyliśmy kolację, po dwóch godzinach gadania bez chwili przerwy czy milczenia z braku tematu albo ze zdenerwowania, wyszliśmy, żeby trochę się powłóczyć. Nie wiem, jak długo chodziliśmy po ulicach, ale w końcu dotarliśmy do Soho. I tam, za którymś rogiem, natknęliśmy się na grupę kolorowych muzyków, którzy grali na chodniku. To była cudna melodia, wpadająca w ucho, na pewno ją znasz, posłuchaj… – Brak na twarzy Davida widocznej reakcji na popis wokalny przekonał Maríę José, że trzeba dać sobie spokój z występami artystycznymi i kontynuować relację.

– I nagle Peter zdjął marynarkę, poprosił mnie, żebym jej pilnowała, i podszedł do muzyków. Chciał z nimi porozmawiać. Nie wiem, co im powiedział, ale już po chwili zasiadł na miejscu perkusisty. I wtedy zaczęło się najlepsze. Właśnie w tym momencie wydarzyło się coś takiego… No, doszłam do wniosku, że to jest mężczyzna mojego życia.

Zachęcony tym, co właśnie usłyszał, David odruchowo przybliżył się do przyjaciółki, tak jakby chciał dać do zrozumienia, że okazuje jej – jeśli to w ogóle możliwe – jeszcze większą uwagę niż do tej pory.

– W tym momencie, kiedy reszta muzyków stroiła instrumenty, żeby zagrać następny kawałek, zobaczyłam, jak Peter unosi rękę do węzła krawata, chcąc go rozluźnić, o tak, zobacz... – María José próbowała odtworzyć własnymi rękoma gest, który opisywała, żeby David mógł lepiej uzmysłowić sobie, o co chodzi... – i przy tym wykonał taki ruch głową, pokręcił nią z lewa na prawo, a jednocześnie rozpinał górne guziki białej koszuli. Zupełnie oszalałam. Zobacz, co się ze mną dzieje – mówiła, wyciągając w kierunku przyjaciela i powiernika trzęsącą się prawą dłoń. – Zupełnie jakbym zwariowała. Mam wrażenie, że w jednej chwili mnie poraziło. Tak, na pewno. Tak właśnie było. Dlaczego akurat mnie spotkało coś takiego? Uwierzyłbyś w to?

David wykonał gest, jakby zamierzał odpowiedzieć, ale jego gadatliwa rozmówczyni nie dopuściła go do głosu.

– Mam ochotę znów go zobaczyć i nie sądzę, że wytrzymam długo. Umówiliśmy się już nawet na kolację, na jutro...

Po drugiej kolacji nastąpiło wiele kolejnych, aż w końcu nadeszła pora, by María José zorganizowała u siebie jedną ze swych słynnych imprez i przedstawiła Petera towarzystwu. On zaś w najmniejszym stopniu nie zawiódł podekscytowanych i zaintrygowanych gości, którzy licznie przybyli na kolację – tym razem już nie dla słynnej nowojorskiej linii dachów, pozwalającej się podziwiać z tarasu apartamentu Maríi José. Teraz bowiem główną atrakcją był zgoła inny obiekt. Wszyscy pragnęli poznać tajemniczego mężczyznę, do którego wzdychała twarda i wymagająca prawniczka z Walencji. Tego, który zdołał ją w sobie rozkochać, którego profil internetowy odpowiadał jej oczekiwaniom bardziej niż jakikolwiek inny – a to oznaczało egzamin zdany z wyróżnieniem.

Najbardziej z całej grupy znajomych denerwował się David, co było zresztą zupełnie zrozumiałe. Od pierwszej chwili był przecież świadkiem tej historii, był w nią zaangażowany mocniej niż ktokolwiek inny spośród przyjaciół Maríi José. W końcu nie na darmo stworzył nowy *look* przyjaciółki, który przydał jej blasku podczas pierwszej randki. Może właśnie z tego powodu, a może po prostu ze względu na swą wielką sympatię dla tej kobiety, David, stanąwszy twarzą w twarz z Peterem, był tak zdenerwowany, że z trudem ukrywał swój stan.

– Ty musisz być David. María José dużo mi o tobie opowiadała.

Fryzjer, mocno poruszony sytuacją, poszukał wzrokiem potwierdzenia w oczach przyjaciółki, a wreszcie kiwnął głową.

– Jesteśmy jak brat i siostra. I nie myśl, że ona nie opowiada mi o tobie. Od kilkunastu dni nie mówi właściwie o niczym innym.

W trakcie kolacji opowieści krążyły wokół stołu równie żwawo jak wino. Większość z nich dotyczyła randek i kolejnych spotkań nowej pary. Omawiano też najróżniejsze kwestie dotyczące nowego członka grupy – a wszystko to nie obyło się oczywiście bez badawczych spojrzeń i gestów aprobaty biesiadników, z których jedni byli bardziej dyskretni, inni mniej. Na wszystkich Peter zrobił wrażenie człowieka uroczego i szalenie zabawnego. W jego towarzystwie śmiech nie ustawał. Wszystko potrafił zręcznie skomentować, a kiedy głos zabierał inny z gości, grzecznie słuchał, choćby mówca opowiadał o czymś zupełnie nieinteresującym.

Wszystko wskazywało więc na to, że niebawem dla nowej pary nadejdzie czas wspólnego życia i że życzenie wypowiedziane podczas pamiętnego toastu, wzniesionego niedawno przez Maríę José – który przybrał postać desperackiego okrzyku: „Pragnę znaleźć sobie życiowego partnera!" – jest na najlepszej drodze, by się spełnić. W niedługim czasie tak właśnie się stało.

Związek Marii José z mężczyzną, który obejmował pluszowego misia i ustawił się pod bożonarodzeniową choinką, by uwieczniono jego oblicze, zacieśniał się coraz mocniej.

Niezależnie od tego prawniczka z Walencji kontynuowała swoje dotychczasowe zajęcia i niestrudzenie próbowała realizować nowy, ambitny projekt biznesowy. Chciała założyć firmę importującą hiszpańską oliwę, na punkcie której – nie miała co do tego żadnych wątpliwości – Amerykanie oszaleją. Pracowała od miesięcy nad pomysłem sprowadzania oliwy z Andaluzji do Nowego Jorku. Spędzała bezsenne noce, siedząc przed komputerem, zagrzebana w stosie papierów, raportów, dokumentów, liczb, tabel, procentów, rozmaitych danych technicznych – a wszystko po to, by nadać kształt projektowi, który miał się stać przedmiotem zazdrości firm zajmujących się marketingiem. Ta praca pochłonęła wiele miesięcy – w większości przypadających na okres, zanim jeszcze Peter wkroczył do jej życia za pośrednictwem Sieci. Kiedy w końcu projekt przyjął ostateczny kształt, jego autorka była przekonana, że interes po prostu nie może nie wypalić, ponieważ wzięła pod uwagę wszystkie możliwe czynniki. Tak jej się w każdym razie wydawało.

Pewnej nocy, kiedy zaczynało już świtać, Davida obudził nagły i ostry dźwięk telefonicznego dzwonka. W pierwszej chwili miał wrażenie, że ktoś próbuje wyciągnąć mu serce przez gardło. Na drugim końcu linii usłyszał Maríę José w stanie kompletnej histerii. Wydawała z siebie dziwne, niezrozumiałe dźwięki, od których Davidowi zaświeciły się wszystkie możliwe lampki alarmowe. Wśród tych odgłosów był w stanie rozróżnić tylko trzy słowa: „wirus", „komputer" i „projekt" – i oczywiście sławetne „przejdź przez ulicę", choć płacz przyjaciółki nie pozwalał na zrozumienie tego zdania z całkowitą pewnością.

Kiedy David wszedł do mieszkania, w którym przeżył tyle dobrych chwil, stwierdził, że jego lokatorka zamieniła się w istny kłębek nerwów. Nie poznawał jej – przecież zawsze była pewna siebie, ufna i samodzielna. Mógł ją tylko objąć i próbować pocieszać, omiatając jednocześnie wzrokiem mieszkanie, by uzyskać więcej danych na temat możliwych przyczyn stanu Marii José. Zupełnie jakby miał w oczach rodzaj aparatu rentgenowskiego, który za chwilę miałby mu umożliwić zdobycie niezbędnych informacji. Nie było to jednak potrzebne, ponieważ przyjaciółka prawie natychmiast zebrała się w sobie i sama zaczęła opowiadać o powodach tej strasznej desperacji.

– Złapałam jakiegoś komputerowego wirusa. Nie wiem jak ani od kogo – mówiła, jednocześnie prowadząc, a właściwie ciągnąc, swego przyjaciela przed ekran monitora, chwytając go za rękaw płaszcza i niemal siłą sadzając na krześle. – Pisałam spokojnie, gdy nagle ekran zaczął stopniowo wypełniać się czernią i wszystko znikło. – Skierowała na Davida spojrzenie pełne czułości, jakby błagała go o życie. – Choćby nie wiem co, musisz odtworzyć poprzedni system. Chodzi mi tylko o konfigurację. Reszta się nie liczy, dam sobie radę.

David nie mógł zrozumieć, jak María José może mówić, że „reszta się nie liczy", skoro „reszta" oznaczała pracę, której poświęciła kilka ostatnich miesięcy swojego życia.

– Ach, tym się nie przejmuj! Wszystko mam tutaj – wyjaśniła, wskazując dwoma palcami prawej dłoni własną głowę. – To nie problem. Znam to na pamięć. Chciałabym odzyskać coś innego…

Po dwóch dniach znów miała swój projekt – nie taki sam jak poprzednio, ale ulepszony. To i owo, choć bardzo niewiele, udało jej się odtworzyć z wersji utraconej, resztę poprawiła i zoptymalizowała, korzystając z nowych danych i bardzo śmiałych pomysłów.

– Nie wiem, jak ty to robisz. Masz jakąś niezwykłą moc!

Było to jedno z ulubionych stwierdzeń Davida. Cokolwiek by się działo, jego „niezwykła moc" rozlegała się często, niczym okrzyk wojenny.

– To bardzo proste. Bóg dał mi mózg, więc powinnam go używać. I nie ma w tym żadnej innej tajemnicy. Gdybym tego nie robiła, byłoby to występkiem wobec… no wiesz wobec kogo. – David wielokrotnie zwracał uwagę na głęboko zakorzenioną religijność, z którą afiszowała się jego rodaczka. W gruncie rzeczy odczuwał lekką zazdrość, bo był przekonany, że to właśnie za sprawą wiary w Boga z jego przyjaciółki emanuje jakieś szczególne światło i witalność.

– A poza tym nie zdajesz sobie sprawy, jakim trudnościom musiałam stawić czoła. Zdziwiłbyś się.

Zamilkła na chwilę, wiedząc, że jej słuchacz umiera z ciekawości, jakież to nowe tarapaty pojawiły się w jej życiu.

– Posłuchaj, David, to jest bardzo poważna sprawa. Od miesięcy walczę, żeby doprowadzić do końca ten biznes. Sam widziałeś, jaki skomplikowany jest ten projekt na papierze, a mogłabym ci pokazać jeszcze więcej. Popatrz – powiedziała, otwierając nową zakładkę na ekranie komputera i energicznie poruszając myszą. – Chcę, żeby tak wyglądały butelki, w których będę sprowadzać oliwę z Hiszpanii. To wierna kopia dzwonnicy w Sewilli[2]. A to jest logo. A tu są kanały dystrybucji. Wiesz, że od miesięcy szukam odpowiedniego lokalu, żeby umieścić tam firmę. Jeździłam kilka razy do Palermo, całkiem sama, bez strachu i bez ochrony, bez żadnej pomocy, po to by spotkać się z… – Zastanawiała się przez kilka sekund, po czym ciągnęła dalej. – No, powiedzmy że z włoskimi handlowcami. No i przez cały czas dostawałam wyłącznie odmowy. Nie tylko od Włochów, ale i od hiszpańskich przedsiębiorców. Nie ufają mi, bo jestem kobietą. Mogłabym iść na kolanach z pielgrzymką do

[2] La Giralda – wieża dzwonnicy w katedrze w Sewilli, pierwotnie zbudowana jako minaret, później jeszcze podwyższona, kiedy nadano jej funkcję dzwonnicy; jeden z najbardziej charakterystycznych budynków Sewilli.

Jaén[3], z ramionami przypiętymi do krzyża, i wszystko na nic. Nie chcą mnie wesprzeć. Nie chcą ze mną współpracować, bo nie jestem mężczyzną! Cholerni macho! Idioci! Mogliby zarobić dużo pieniędzy, gdyby mi zaufali i weszli ze mną w ten biznes. Gdyby podpisali umowę, pchalibyśmy już to wszystko do przodu, tworząc sojusz przeciwko Włochom. Ale nie! Wolą, żeby to Włosi spili całą śmietankę, byle tylko nie musieli robić interesów z kobietą. Wiesz, że Włosi biorą naszą oliwę, wlewają ją do włoskich butelek, nalepiają na nie włoskie etykietki, które mają być gwarancją, że produkt pochodzi z Włoch, po prostu *made in Italy*? A hiszpańscy producenci oliwy nie robią nic, żeby temu zapobiec? No, to już teraz wiesz. Coś ci powiem: gdybym była mężczyzną, pomogliby mi. No więc zobaczysz, że jeszcze mi pomogą.

María José była najwyraźniej poruszona. W miarę jak mówiła i rozpalała się własnymi słowami, jej głos stawał się coraz wyższy, a mięśnie napinały się. Zdenerwowanie było widać także w jej ruchach, w ciągłym zapalaniu i gaszeniu papierosów – bez zaciągania się. Tego popołudnia miała ochotę się wygadać, wypuścić z siebie parę – no i trafiła na najlepszego słuchacza, jakiego mogła sobie wymarzyć.

– Parę dni temu znalazłam w samochodzie czarnego kota. Co ty na to? Przynajmniej powinnam być wdzięczna, że nie podrzucili mi do łóżka końskiej głowy, bo zwykle tak się zabawiają ci „włoscy handlowcy".

– Ale moc! – odważył się powiedzieć David, któremu przyjaciółka nie dawała szans na wypowiedzenie jakiegokolwiek dłuższego zdania.

– Moc? Ty, mój ukochany i uwielbiany przyjacielu, nie masz zielonego pojęcia, co to znaczy moc! – Ostatnie słowo

[3] Miasto w Andaluzji; tamtejsza katedra jest znanym miejscem kultu św. Weroniki.

nie zostało wypowiedziane zwyczajnie, lecz zwymiotowane. Nie przestając biegać jak opętana po mieszkaniu, María José chwyciła popielniczkę i zmiażdżyła w niej papierosa, którego paliła, o ile tę czynność można nazwać paleniem: każdy bowiem doszedłby do wniosku, że dym pochodzący ze spalania papierosa nie miał dość czasu, by dostać się do wnętrza ciała palaczki i je opuścić, po prostu nie starczało na to czasu... – Mocne było to, że włoskie kurwy okradły mnie z ponad czterech tysięcy beczek oliwy. Mafia, dam głowę, że to była mafia. A producenci hiszpańscy nie mieli najmniejszego problemu, żeby mi w tej sytuacji powiedzieć, że nie daję gwarancji powodzenia biznesu. I co mogę zrobić? Nic. Nic nie mogę zrobić.

Jedyną odpowiedzią na słowa rodaczki, na jaką zdobył się David, było pełne lęku i napięcia milczenie. Nie wiedział, czy wszystko, co dotarło do jego uszu, odpowiadało prawdzie, czy też były to raczej konfabulacje przyjaciółki, ale gdyby od niego miało zależeć uwierzytelnienie jej relacji, bez wahania by go udzielił. Cała ta opowieść po prostu go przerosła. Zresztą, jeśliby mówić całkiem szczerze, dotyczyło to wszystkiego, co wiązało się z Maríą José.

– Ale będę szła dalej, aż mi się uda. Banda oszalałych męskich szowinistów nie poradzi sobie ze mną. Na ich nieszczęście moi rodzice wciąż inwestują pieniądze w ten projekt i chcą, żeby posuwał się do przodu. A ja nie mam zamiaru ich rozczarować. Nie mogę tego zrobić. Szczególnie ojcu. Zawsze stawali po mojej stronie, zawsze. Nie mogę ich oszukać. Nie zrobię tego. Cholerni Włosi – rzuciła przekleństwo, zapalając kolejnego papierosa.

· 4 ·

Nowinę przekazała mu osobiście María José, w taki sam zresztą jak zawsze, bezpośredni sposób, celowo nadając komunikatowi taką formę, jakby nie miał żadnego znaczenia, i odzierając go z wszelkich emocji:

– David, wychodzę za mąż.

– Wychodzisz za mąż? Jak to wychodzisz za mąż? Ale za kogo wychodzisz? Za Petera? – zdołał wybełkotać oszołomiony David.

– Nie, jeśli masz ochotę, to wyjdę za ciebie.

Młody fryzjer zrozumiał miałkość swoich uwag, zanim jeszcze skończył je wypowiadać, ale i tak odpowiedź rozemocjonowanej przyjaciółki oraz towarzyszący jej gest rozwiały wszelkie wątpliwości. Co więcej, nie bardzo potrafił zrozumieć, dlaczego ta wiadomość tak go zdumiała. Minęło nie więcej niż trzy i pół miesiąca od czasu, kiedy María José i Peter poznali się i niedługo potem postanowili być razem. Cóż więc było dziwnego w tym, że teraz mieli zrobić następny krok i się pobrać?

– Chcę wyjść za mąż w Hiszpanii. W kościele, jak Pan Bóg przykazał. Muszę zawiadomić rodzinę. Nie wiem, jak zareagują, bo nic nie wiedzą o Peterze. Ale będą musieli go zaakceptować. Jestem w nim zakochana po uszy. Nie wyobrażam sobie życia innego niż przy nim. Dobrze się z nim czuję. On nie ma żadnych wad, no dobrze, może…

David nie wiedział, czy ta pauza była celowa, czy też nie. Sprowokowała go jednak do reakcji. Już dłuższą chwilę siedział przy pustej filiżance, ale nie miał odwagi poprosić o dolewkę kawy, bojąc się, że mógłby przez to stracić jakiś istotny szczegół z opowieści przyjaciółki.

– Może co? – spytał. – Jest jakieś „może"? Jesteście parą, która budzi powszechną zazdrość. Jeśli mi powiesz o jakiejkolwiek jego wadzie... to się zdziwię.

– No więc... właściwie nic – przerwała, jakby chciała zyskać na czasie, żeby zebrać potrzebne siły i wyrzucić z siebie to, co miała do powiedzenia. – Tylko jego matka...

– Co jego matka? – dopytywał się zaniepokojony David. – Co się dzieje z jego matką?

– Pomijając to, że ma włoskie nazwisko, a wiesz, jakie mam radosne skojarzenia z Włochami w sprawie oliwy... niezależnie od tego, nie za bardzo ją lubię. Jest dziwna. Sama jej obecność mnie denerwuje. Gra ze mną nieczysto. Przeraża mnie, gdy obserwuje wszystko wokół, a szczególnie gdy patrzy na mnie. Czuję obrzydzenie, kiedy mam u niej zjeść coś, co ugotowała. Nie masz pojęcia, jakie to dla mnie okropne przeżycie, kiedy mam z nimi zasiąść do stołu. Ciągle jątrzy i nie przestaje wspominać ot, niby mimochodem – jaką cudowną, wspaniałą i doskonałą eksnarzeczoną miał jej syn, zanim mnie poznał. Powinieneś jej posłuchać: „Och, Peter, wiesz, przedwczoraj spotkałam tą, no, jak jej tam, i pytała o ciebie. Nie masz pojęcia, jak ładnie wygląda. Musisz się z nią umówić któregoś dnia na kolację. Chyba María José nie będzie miała nic przeciwko temu, prawda, moja droga?".

Davida śmieszyły miny, jakie robiła jego przyjaciółka, i ton głosu, jaki przybierała, naśladując swoją przyszłą teściową.

– Nie znosi mnie. Nie podoba się jej, że jestem Hiszpanką. Och, gdyby wiedziała, jak bardzo ja ją lubię!

Nie pierwszy raz David usłyszał z ust przyjaciółki zarzuty pod adresem matki narzeczonego. Ale dotychczas chodziło wyłącznie o to, by się pośmiać i ożywić nieco poobiednie rozmowy – nudne i rutynowe. Wiedział, że María José jest zakochana i że skoro zdecydowała się poślubić tego człowieka, musi być do tego w pełni przekonana – a to u osoby tak praktycznej i racjonalnej jak ona było naprawdę istotne.

Jeśli David poczuł się zaskoczony wiadomością o ślubie przyjaciółki zaledwie po trzech miesiącach jej znajomości z Peterem, jej rodzinę w Walencji ta nowina musiałaby zwyczajnie pozbawić tchu w piersiach. Chyba nie uwierzyliby w to, co zamierzała im zakomunikować. Z tego też powodu María José – przekonana, że wymyśliła najlepsze możliwe rozwiązanie – uznała, że należy pojechać do Hiszpanii i zawiadomić bliskich osobiście. Kontakt telefoniczny byłby w tej sytuacji rozwiązaniem zbyt bezosobowym i nie zostałby potraktowany poważnie. Wyobrażała sobie, jak jej rodzice stawiają tysiące pytań, nie mogąc otrzymać na nie odpowiedzi. Widziała matkę, która łapie się za głowę i zadaje sobie pytanie, co też takiego zrobili, żeby zasłużyć sobie na podobny los. Tymi samymi oczyma wyobraźni widziała też ojca próbującego uspokoić żonę i szukającego jednocześnie argumentów uzasadniających decyzję córki. I nie były to przyjemne obrazy. María José kochała i szanowała swoich rodziców. Uważała, że nie zasługują na to, by dowiedzieć się o tak ważnym wydarzeniu w życiu córki w sposób tak mało uroczysty.

Coś, o czym María José dowiedziała się kilka dni później, sprawiło, że poczuła pilną potrzebę uzyskania dodatkowej pomocy, by zrealizować swój plan. Chodziło o kogoś, kto przygotowałby teren, zanim ona sama pojawi się u rodziców w Walencji i odbezpieczy granat. A właściwie dwa granaty. Bo oprócz ślubu było coś jeszcze. Tą drugą nowiną walencjańska prawniczka nie podzieliła się jeszcze z nikim. Była to dobra nowina, która dla Marii José stanowiła ukoronowanie jej szczęśliwego i świątecznego nastroju. Miała pewność, że rodzice podzielą tę radość. Ale jeśli ktokolwiek spośród grona najbliższych zasługiwał na rolę najważniejszej powiernicy sekretu, czyli wiadomości o pierwszej ciąży Marii José, była to jej młodsza siostra Victoria, z którą czuła się ogromnie zżyta.

Od najmłodszych lat – ze względu na to, że sytuacja zawodowa rodziców zmuszała ich do pozostawiania córek pod opieką dziadków – obie dziewczynki wykształciły w sobie pewien rodzaj wzajemnego uzależnienia od swojej obecności. María José była o kilka lat starsza od Victorii i z tego powodu często odgrywała rolę matki. Były najlepszymi przyjaciółkami, ufnie dzielącymi się ze sobą najbardziej tajnymi sekretami; idealnymi towarzyszkami w zabawie i w nauce. Od ósmego do szesnastego roku życia zawsze spędzały razem letnie wakacje gdzieś za granicą, doskonaląc język. Zwykły jeździć regularnie do domu Rose – uroczej Irlandki, która gościła je tak, jakby należały do rodziny. Związek między siostrami był tak silny, że rodzice postanowili kupić im mieszkanie w Walencji, żeby studiowały razem i nie musiały się rozstawać. Jeśli któraś z nich borykała się z jakimś problemem, druga zawsze była gotowa biec z pomocą. Wszelkie lęki, pomyłki, pechowe zdarzenia były mniej groźne, kiedy mogły radzić sobie z nimi we dwie. Istniał między nimi swoisty rodzaj mimikry. Victoria odczuwała potrzebę nie tyle naśladowania starszej siostry, ile podążania jej śladami – na ile oczywiście było to możliwe. I tak w roku, w którym María José chodziła do szkoły w stanie Pensylwania, Victoria tęskniła za nią tak bardzo, że dwa lata później postanowiła przeżyć to samo doświadczenie: wierzyła, że w ten sposób poczuje się bliżej swojej siostry.

Wystarczyło jedno słowo lub jedno spojrzenie, żeby każda z sióstr wiedziała, co dzieje się w głowie drugiej. Zawsze istniało jakieś znane im miejsce, jakiś kolor czy zapach, które mogły przywołać, by natychmiast poczuć swoją obecność, choćby los i życie rozdzieliły je i oddaliły od siebie. Z kolei dźwięki melodii skomponowanej przez Erica Claptona, *Tears in Heaven*, wywoływały u sióstr silne emocje i łzy; dzięki niej odnajdywały się bez względu na miejsce, w którym przebywały w danej chwili.

Od najmłodszych lat dzieliły się wszystkimi najskrytszymi pragnieniami. María José planowała kiedyś karierę słynnej dziennikarki, zaangażowanej w trudne tematy polityczne, zaś Victoria marzyła o tym, żeby zostać szanowaną stewardesą. Kiedy osiągnęły pełnoletniość i już bardziej dojrzałe zasiadły za sterami własnego życia, postanowiły obrać ścieżki odmienne od tamtych młodzieńczych rojeń. Wprawdzie musiały się rozłączyć, ale przysięgły sobie, że niezależnie od kilometrów, które będą je dzieliły, emocjonalnie nigdy nie oddalą się od siebie. Kiedy Victoria wychodziła za mąż, jej starsza siostra podróżowała intensywnie po Francji, Wielkiej Brytanii i Stanach Zjednoczonych, wciąż uzupełniając swoje wykształcenie. María José ukończyła prawo na uniwersytecie w Walencji, ale i później nie szczędziła wysiłków, zapisując się na rozmaite kursy i studia podyplomowe, między innymi w Barcelonie. Ale tak naprawdę marzyła o jednym: by zostać adwokatem z uprawnieniami federalnymi w Stanach Zjednoczonych. Jak dotąd, niewiele Hiszpanek tego dokonało. Victoria była pewna, że jej siostrze się uda. Zawsze się udawało. Cokolwiek sobie postanowiła, osiągała to prędzej czy później, niezależnie od stopnia trudności. Victoria wierzyła w swoją starszą siostrę, a mijające lata nie osłabiły w niej tej wiary.

Dlatego María José wiedziała, że musi zadzwonić właśnie do młodszej siostry i wyznać jej to, co później chce powiedzieć rodzicom: że ma zamiar wyjść za mąż za człowieka, którego niedawno poznała, i że spodziewa się dziecka. Jeśli będzie to dziewczynka, otrzyma imię Victoria, a jej ciotka zostanie matką chrzestną.

– Musisz mi pomóc przekazać to rodzicom. – Emocje wywołane rozmową z siostrą, gdy czuła, jakby odkrywała przed nią jakiś sekretny plan, którego nikt nie może poznać, nadawały jej głosowi infantylny ton. – I potrzebuję twojej pomocnej dłoni, a najlepiej dwóch, w trakcie przygotowań do ślubu. Jestem na razie daleko, ale niedługo przyjadę i pójdziemy razem pogadać z proboszczem w Buñol. On nas zna i wie, że jesteśmy porządne... – w tym momencie po obu stronach linii telefonicznej rozległ się śmiech – nie będzie stawiał żadnych przeszkód. Jestem pewna, że urządzi nam wyjątkowy ślub. Chciałabym, siostrzyczko, żeby wszystko wyszło idealnie. I bardziej niż kiedykolwiek potrzebuję, żebyś mi pomogła, doradzała, żebyś była dla mnie jak starsza siostra. Wiem, że będziesz zachwycona Peterem. I wiem, że jeśli urodzi się dziewczynka, będzie miała twoją buzię. Nie pytaj mnie, skąd to wiem, po prostu wiem.

Victoria przełknęła całą tę wielką pigułę informacji jak rozemocjonowana matka, walcząca z biorącymi nad nią górę uczuciami. Jej własne małżeństwo nie ułożyło się tak, jak wszyscy by tego pragnęli – poczynając od niej samej. Ale w niczym nie umniejszało to jej radości, która wiązała się z tak wyjątkową uroczystością – tym bardziej że główną rolę miała w niej odegrać jej starsza siostra. Po raz pierwszy miała wrażenie, że role się odwróciły i tym razem to ona będzie sprawować kontrolę nad sytuacją.

· 5 ·

Wizyta Marii José w Hiszpanii trwała krótko, ale wypełniona była silnymi emocjami. Czasu wystarczyło akurat na to, żeby pokonać różne przeszkody urzędowe i udzielić wyjaśnień na temat: „jak się poznaliście, gdzie i kiedy". Już niebawem wszyscy mieli zebrać się ponownie, żeby świętować ślub walencjanki i Amerykanina.

Uroczystość religijna odbyła się 19 marca 1999 roku w Buñol. Nie zabrakło nikogo – nawet rodziny pana młodego, której ani własne lenistwo, ani odległość nie przeszkodziły w uczestniczeniu w tym wydarzeniu. Wśród osób biorących udział w ceremonii byli krewni, przyjaciele, a nawet sąsiedzi Petera. Raz jeszcze dała znać o sobie hojność ojca panny młodej.

Rodzina Carrascosa wywodziła się ze środowiska robotniczego, a swój sukces finansowy osiągnęła dzięki wieloletniej ciężkiej pracy i poświęceniom. Status uzyskany przez rodziców Maríi José pozwalał im patrzeć w przyszłość w nastroju, który sami określali jako dość spokojny. Dlatego też ojciec – głowa rodziny – robił wszystko, aby sprostać wyobrażeniom starszej córki o tym, jak ma wyglądać jeden z najważniejszych dni w jej życiu. Nie szczędził wydatków ani na córkę, ani na gości ze strony pana młodego, którzy zostali potraktowani niemal jak królowie – jakby należeli do rodziny.

Wszyscy oni przybyli na tydzień przed ślubem. Rodzice panny młodej sfinansowali im pobyt w pensjonacie La Posada w miasteczku Venta Pilar – jednym z najlepszych w okolicy. Organizowali im nawet wycieczki – z których największą popularnością cieszył się wyjazd do Madrytu – żeby matka, bracia i reszta towarzystwa pana młodego zabrali ze sobą jak najlepsze wspomnienia związane z Hiszpanią i rodziną Maríi José. Rodziną, która – jak żartował jeden z gości zgodnie z tradycyjnym porzekadłem towarzyszącym takim uroczystościom – miała niebawem utracić córkę, żeby zyskać nowego syna. Nikt wówczas nie zdawał sobie sprawy, że to banalne powiedzenie przekształci się niebawem w prawdziwą tragedię.

María José, jak każda panna młoda, promieniowała radością. Kiedy pojawiła się, olśniewająca, na progu kościoła Matki Boskiej Bolesnej, wszyscy wpadli w pełen dumy i zaskoczenia zachwyt. Jej ponadgodzinne spóźnienie natychmiast zostało usprawiedliwione. Wyglądała perfekcyjnie. Miała na sobie białą suknię odsłaniającą część pleców, co dodatkowo podkreślało jej i tak piękną figurę. Wyglądała prześlicznie i nie potrafiła ukryć szczęścia, którym napełniał ją święty sakrament. Promieniała radością przez cały dzień, uśmiechając się do wszystkich, którzy do niej podchodzili z gratulacjami, życzeniami, prezentami... Spoważniała tylko na moment, kiedy popatrzyła ukradkiem na ojca – oszołomionego, rozemocjonowanego jak dziecko. Rozczuliła się tym widokiem. Ojciec był wysokim, dobrze zbudowanym mężczyzną o silnym charakterze, godnej postawie i profilu poważnego człowieka. A jednak wielokrotnie tego dnia zamieniał się w osobę delikatną i czułą – wystarczyło, że popatrzył na córkę, tak piękną i olśniewającą...

Nie wszyscy zaproszeni przybyli na uroczystość, ale Marię José najbardziej zabolała odmowa ze strony jej najserdeczniejszego przyjaciela. Nie zdołała przekonać Davida, żeby wsiadł w samolot i przybył do Buñol, by stać się jednym ze świadków na ślubie – choć dla niej byłby świadkiem głównym. Prosiła go, błagała, zaklinała, odgrywała napady dziecięcej wściekłości, które przy wielu innych okazjach okazywały się tak skuteczną bronią, a nawet zagroziła, że odwoła ślub, jeśli Davida na nim nie będzie – wszystko na próżno. David od prawie czterech lat mieszkał w Stanach Zjednoczonych, nie mając uregulowanych spraw urzędowych, i obawiał się, że jeśli przy wyjeździe z kraju wyjdzie na jaw jego status nielegalnego imigranta, może mieć poważne problemy z powrotem do USA.

– Ciesz się ze swojego święta – mówił Marii José. – Śmiej się, skacz, wznoś toasty i wariuj z radości. A potem, kiedy wrócisz, opowiesz mi wszystko, nie pomijając żadnego szczegółu. I dzięki temu przeżyjesz to jeszcze raz.

Propozycja Davida w najmniejszym stopniu nie pocieszała przyszłej panny młodej, ale przekonała ją ostatecznie, że jej przyjaciel jednak nie przyjedzie na ślub.

– Bez ciebie to nie będzie to samo, Davidzie. Będę za tobą tęsknić – mówiła zmartwiona.

I tak też się stało. Pragnęła dzielić z nim chwile, które przeżyła 19 marca 1999 roku. W Hiszpanii przypadał wtedy dzień świętego Józefa, jej patrona[4]. Dlatego tak skrupulatnie starała się notować w pamięci wszystkie chwile, rozmowy i detale, które po powrocie zamierzała szczegółowo zrelacjonować Davidowi – tak jak o to prosił. A najbardziej osobliwe sześćdziesiąt minut niepewności, które przeżyła w stanie niemal całkowitego otępienia bezpośrednio przed rozpoczęciem ceremonii religijnej. Padła w tym czasie ofiarą wątpliwości i niezdecydowania w obliczu tego, co miała za chwilę zrobić. Oczywiście, tłumaczyła to sobie zdenerwowaniem, które przeżywa każda panna młoda na krótko przed udaniem się do ołtarza.

Uroczystość okazała się wielkim sukcesem. Uradowani goście z zachwytem raczyli się serwowanymi potrawami, a wszystkie chwile tego wyjątkowego dnia uwieczniali, robiąc zdjęcia i nagrania wideo. Nie zabrakło ani odgłosów petard, ani widowiskowych fajerwerków – tak typowych dla rodzinnego kraju panny młodej. Zabawa upłynęła pod znakiem wielkiej hojności gospodarzy, którą wielu mogło wziąć mylnie za ostentację i działanie na pokaz. Wszyscy korzystali z tej hojności aż do świtu.

Ostatni taniec – podobnie jak i pierwszy – promieniejąca panna młoda wykonała ze swoim ojcem. Poruszając

[4] Drugi człon imienia Marii José w języku hiszpańskim znaczy Józef; w Hiszpanii nie jest niczym niezwykłym nadawanie dziecku drugiego imienia nieodzwierciedlającego jego płci.

się w takt muzyki, ojciec i córka nie przestawali na siebie patrzeć i rozmawiać.

– Chciałbym, żebyś była bardzo szczęśliwa. Pragnę, żeby moja córeczka wiedziała, że jeśli będzie czegoś potrzebować, ma mi o tym powiedzieć. Jeśli będzie cię dręczył jakikolwiek problem, nie czekaj, aż go rozwiążesz, żeby mnie o nim poinformować... tak jak zwykle. Matka i ja zawsze będziemy gotowi, żeby ci pomóc. I będziemy cię mocno kochać, córko. Mocniej, niż jesteś w stanie sobie wyobrazić – mówił do niej przejęty emocjami ojciec. Dla córki, którą trzymał w ramionach, jakby wciąż jeszcze była małym i kruchym dzieckiem, był gotów zrobić wszystko.

– Już dość mi pomogliście, tato – odpowiedziała María José, nie zdając sobie nawet sprawy z tego, jak silnym blaskiem promienieją jej oczy; blaskiem, którego ojciec nie mógł nie zauważyć. – Ponieważ muszę wam zwrócić wszystkie pieniądze, które mi pożyczyliście, żebym mogła uwić sobie gniazdo w Ameryce, pewnie na razie nie będę miała wielkich zysków. – Nowo zaślubiona żona wsparła się czule na ramieniu ojca. – I tak jest dobrze. Bardzo cię kocham, tato. I cieszę się, że tyle nadziei wiążesz z pierwszym wnukiem. Och, nie martw się, już ja zadbam o to, żeby dziecko często przyjeżdżało do Hiszpanii, w odwiedziny do dziadków. Mam nadzieję, że będziesz je rozpieszczał, tak jak każdy dobry dziadek.

– To już zostaw mnie. Ty masz dbać o siebie i o to, żeby o ciebie dbano.

Ostatnie słowa ojca zbiegły się z finalnymi dźwiękami piosenki. María José poczuła złość, że ta wyjątkowa chwila dobiegła końca. Zbliżył się do nich Peter i wziął żonę w ramiona.

– Pamiętaj o jednym – powiedział ojciec, uśmiechając się do zięcia. – María José, dziecko i ty, czyli rodzina przede wszystkim.

– *Oh, yes*, tato. *Don't worry*.

– A ja jednak się martwię – odpowiedział ojciec. – Więc ostrożnie, proszę.

– Tato, wystraszysz mi go – wtrąciła się rozbawiona María José. – Nie widzisz, że to poczciwiec? Nie przejmuj się. Będziemy razem szczęśliwi. Obiecuję ci.

Po raz ostatni ucałowała ojca, mając na sobie suknię panny młodej. I był to też ostatni pocałunek złożony na jego policzku, zanim nagle z jej oczu opadła zasłona.

· 6 ·

Po powrocie do Stanów, zaledwie dwa dni później, wciąż jeszcze odbierała gratulacje i życzenia. Przyjaciele i znajomi, którzy nie mogli być obecni na ślubie, chcieli przekazać nowożeńcom słowa pełne serdeczności. Wszystkich interesował przebieg uroczystości – to, który moment był najbardziej poruszający, najzabawniejszy, najbardziej niezapomniany. No i, oczywiście, jak była ubrana panna młoda. Strój pana młodego nie budził natomiast żadnego zainteresowania i nikt nie miał w tej sprawie właściwie żadnych oczekiwań. Małżonkowie zastanawiali się, czy nie wydać uroczystej kolacji, podczas której ciekawość znajomych i przyjaciół mogłaby zostać zaspokojona, ale María José pamiętała, że jest ktoś, kto ma prawo dowiedzieć się o wszystkim jako pierwszy, „mimo że mnie zostawiłeś samą w tak ważnym dniu, drogi przyjacielu-powierniku".

– Tak to już jest z nami, nielegalnymi, Mary Jo. Obyś nigdy nie musiała przechodzić przez to wariactwo, moja kochana.

David – kiedy ogarniał go melodramatyczny nastrój – zawsze wywoływał salwy śmiechu swej przyjaciółki, którą naprawdę bawiło jego marne aktorstwo. Dziękowała Bogu, że nie kazał mu iść trudną ścieżką tej profesji.

– Musiałabym cię utrzymywać, a tak za pomocą lokówek i suszarki sam sobie świetnie radzisz.

Opowiedziała mu o wszystkim. W końcu sam już nie wiedział, czy potok anegdot i opisów wypływający z jej ust rzeczywiście odpowiada temu, co się wydarzyło. Przed jego oczyma defilował bowiem cały szereg wywoływanych tymi opowieściami obrazów, ale jednocześnie przez głowę przemykał mu niekończący się ciąg emocji, których nie umiał nazwać.

W pewnym momencie podczas opowiadania tej z życia wziętej bajki – ze wszystkimi drobiazgami i szczegółami, którymi María José lubiła zwykle okraszać swoje relacje – jej mina najwyraźniej zrzedła.

– Co się dzieje, Mary Jo? Nie było nocy poślubnej?

– Daj spokój. Pewnie że była. Tylko kiedy sobie przypominam, jak wspaniale zachowali się wobec rodziny Petera moi rodzice, jak stawali na głowie, jak wychodzili z siebie, żeby spełniać wszystkie ich zachcianki... Mój ojciec za wszystko zapłacił. No i okazało się, że nikt ze strony mojego męża nie zechciał nawet podarować mi jakiegokolwiek prezentu. Ani mnie, ani rodzicom. Nawet prezent ślubny dla Petera, drogocenny zegarek, został kupiony przez mojego ojca. A jak myślisz, co dała mi matka Petera?

David wpatrywał się uważnie w swoją przyjaciółkę, czekając, aż wyprowadzi go z niewiedzy, i mając nadzieję, że z jej twarzy zniknie zasłona smutku, ustępując miejsca poprzedniemu wyrazowi radości i rozbawienia. Aż do chwili, gdy po krótkiej przerwie znów otworzyła usta.

– No więc nic. Absolutnie nic. Ani matka, ani jej syn. Bo Peter nie podarował mi nawet tradycyjnego pierścionka, oprócz rzecz jasna zaręczynowego. Nie wydaje ci się to dziwne, Davidzie? Czy to możliwe, żeby być takim skąpcem i grubianinem? Przyjechać na tydzień do Hiszpanii i nie wziąć ze sobą najmniejszego drobiazgu, żeby okazać wdzięczność rodzinie, która cię zaprasza? No więc już wiem, że to możliwe. I kiedy ci mówię, że teściowa, która mi przypadła w udziale, ani trochę mi się nie podoba, to nie chodzi o żadne moje fantazje. To z czegoś wynika. A nie będę ci już opowiadać o pozostałych członkach rodziny. Powinieneś był ich zobaczyć. I przyjaciół... – Mówiąc o tych ludziach, celowo ściszyła głos, aż stał się prawie niesłyszalny. – Niektórych nawet w ogóle nie znałam. Jakoś dziwnie wyglądali, nie zrobili na mnie dobrego wrażenia. No, ale nie dałam sobie zepsuć ślubu, nie chciałam, żeby mnie okradli z tych chwil.

– Posłuchaj, Mary Jo, nie gryź się ani nie zamartwiaj myślami o jego rodzinie. Poślubiłaś Petera, a nie jego rodzinę. Nie będziesz musiała ich często oglądać. Nie zastanawiaj się już nad tym. Znam cię i widzę, że zaczynasz się rozkręcać. Przypominam ci, że wciąż trwa miesiąc miodowy, chociaż jeszcze nie poszliśmy nigdzie razem, żeby to uczcić.

David świetnie wyczuwał nastroje przyjaciółki. Był przekonany, że jako kobieta wyjątkowo inteligentna będzie nieustannie obracać w głowie i analizować kolejne nasuwające się myśli, aż w końcu eksploduje. Widział ją w takim stanie przy niejednej już okazji i nikomu nie życzył takiego przeżycia. Choć zwykle w podobnych sytuacjach María José miała rację.

– A, to też kolejna sprawa: miesiąc miodowy.

David zdał sobie sprawę, że poruszenie tematu podróży poślubnej nie było najlepszym pomysłem. Wiedział, że sytuacja finansowa Maríi José nie była nadzwyczajna, a finanse jej męża pozostawały wciąż tajemnicą, ponieważ – jak wyznała mu kilkakrotnie walencjańska przyjaciółka – ciągle nie zdradzał, jak mu się wiedzie w biznesie. Ale ku uciesze Davida nastrój Maríi José jednak się zmienił.

– Chyba masz rację – powiedziała. – Muszę przestać analizować to wszystko, bo mnie przygnębia cała ta sytuacja, a to nie jest wskazane w moim stanie. Od paru dni czuję coś dziwnego w żołądku. Nie mogę ani spać, ani jeść... wykańcza mnie to.

– A czego się spodziewałaś, przecież jesteś w ciąży – odpowiedział jej z czułym wyrazem twarzy.

– Przydałoby mi się trochę świętego spokoju i odpoczynku. A najbardziej by mi pasowało, żebym nie musiała oglądać tak często rodziny męża.

Od ślubu nie minął jeszcze nawet tydzień, kiedy organizm Marii José zaczął zdradzać pierwsze oznaki, że dzieje się coś niedobrego. W podróż powrotną z Hiszpanii nowożeńcy wyruszyli zaledwie kilka godzin po ceremonii ślubnej i María José nie miała ani chwili czasu, żeby odpocząć, choć w jej stanie byłoby to logiczne i wskazane. Być może to właśnie ten niepotrzebny pośpiech doprowadził w organizmie ciężarnej do jakiegoś kryzysu. Z kolei po powrocie młoda para miała w Nowym Jorku mnóstwo spraw do załatwienia i María José wolała zająć głowę czym innym, a nie rozmaitymi błahostkami, które – jak sądziła – będą jej towarzyszyć przez cały okres ciąży. „Lepiej się przyzwyczaić" – powtarzała sobie. Wydawało się bardziej niż prawdopodobne, że przyjście na świat dziecka będzie się wiązać z przeprowadzką z idyllicznego nowojorskiego mieszkania do nie mniej wspaniałego domku w Fort Lee, kupionego przez rodziców Marii José na potrzeby rodzinnej firmy. Poza tym María José chciała pracować dalej nad biznesem związanym z oliwą. Zależało jej na tym, żeby wszystko szło do przodu, ale z każdym dniem czuła, że ma coraz bardziej pod górę – natrafiała na swej drodze niemal wyłącznie na kolejne przeszkody.

Pośpiech, zdenerwowanie, nagromadzenie silnych emocji – wszystko działo się zbyt szybko i być może właśnie dlatego

María José poczuła się źle. Nigdy nie miała zwyczaju skarżyć się na swoje dolegliwości. Nie lubiła tego, gdyż budziło to jej skojarzenia z obrazem kobiety słabej i bezradnej. Nie mogła znieść myśli, że w umysłach innych osób mógłby powstać właśnie taki wizerunek jej samej.

Niemniej tym razem złe samopoczucie i wywołany przez nie niepokój były jednak czymś innym. Którejś nocy María José poprosiła Petera, żeby zawiózł ją do szpitala. Kiedy przyjechali do kliniki, chorą posadzono na fotelu na kółkach i wwieziono do środka. Zniknęła mężowi z pola widzenia w ogromnym korytarzu, podczas gdy jemu kazano zostać w recepcji, gdzie musiał wypełnić jakieś formularze i udzielić szczegółowych informacji na temat żony. María José wiedziała, że amerykański system opieki zdrowotnej jest zupełnie inny niż hiszpański: w USA, jeśli ktoś wymaga porządnej opieki, musi za nią zapłacić z własnej kieszeni. Wieziona do odpowiedniego gabinetu lekarskiego, mijała kolejne drzwi. W duchu dziękowała losowi, że jest z nią Peter – nie wiedząc jeszcze, co już za chwilę miało się wydarzyć w recepcji nowojorskiego szpitala Kennedy Memorial. Dzięki obecności męża nie musiała tracić cennego czasu, odpowiadając na niezliczone pytania, co zaowocowałoby jedynie opóźnieniem kontaktu z lekarzem. „Odpowiedziałam już na dość pytań, kiedy musiałam się zmierzyć z tamtymi czterema tysiącami, które doprowadziły mnie do poznania Petera" – myślała. Uśmiechnęła się na to wspomnienie, na przekór niepokojowi, który odczuwała gdzieś w głębi duszy.

Po przeprowadzeniu rozmaitych analiz i poddaniu jej przeróżnym badaniom, stanął przed nią dyżurny ginekolog i przekazał smutną nowinę.

– Straciła pani dziecko. Zapewne wiedziała pani, że jest w drugim miesiącu ciąży. Wiem, że nie na taką wiadomość pani czekała. Musi pani być dzielna. Jest pani młoda i silna, i wciąż może pani mieć dzieci. Ale musi pani być bardziej ostrożna i zwracać większą uwagę niż do tej pory na własny organizm. Dla swojego dobra i dla dobra przyszłego dziecka. Jeśli planuje pani ponownie zajść w ciążę, będzie pani musiała odpoczywać i prowadzić życie bez stresu, bez silnych wrażeń, bez pośpiechu, jednym słowem – bez poważnych zmartwień.

Lekarz nadal coś mówił. María José uważnie, jak zahipnotyzowana, obserwowała ruchy jego warg, ale już od dłuższej chwili zdawała się nie dostrzegać człowieka w białym fartuchu, który stał się posłańcem najgorszej wiadomości, jaką otrzymała w ostatnich latach. Jeszcze bardziej bolesnej niż informacja o śmierci babci, którą zawsze traktowała jak matkę i najprawdziwszą wróżkę z bajki. Straciła dziecko, i ta wiadomość zepchnęła ją raptem w pewien rodzaj autyzmu, w którym poczuła się wygodnie, a w pewnym sensie nawet bezpiecznie. Choć nadal słyszała monotonne zdania lekarza na temat możliwych przyczyn poronienia, które właśnie przeszła, i mądre – choć w tym akurat momencie absurdalne – zalecenia na wypadek przyszłej ciąży, docierały one do niej niczym odgłosy z oddali. Nawet przez moment nie byłaby w stanie sobie wyobrazić, że akurat w tej samej chwili, kiedy ona czuła się tak zdruzgotana przez ból i wewnętrzny chaos, Peter uchylał się od przyznania w biurze szpitala, że jest jej mężem. Ani razu nie poinformował pielęgniarek, że kobieta, która właśnie straciła oczekiwane dziecko, od tygodnia jest jego żoną. Wybrał wersję, że chodzi o przyjaciółkę, której – na jej prośbę – towarzyszył w drodze do szpitala. I tak też María José została zarejestrowana, jako przyjaciółka i samotna matka. Peter podał też fałszywy adres, żeby rachunek za udzieloną pomoc medyczną nigdy do nich nie dotarł. María José odkryła to dopiero kilka miesięcy później, kiedy poszła do banku starać się o kredyt, który pomógłby jej zrealizować kolejny biznes. Przy tej okazji – ku jej kompletnemu zaskoczeniu – dyrektor oddziału oznajmił, że czuje się zmuszony odmówić pożyczki, gdyż według informacji z urzędu skarbowego, które właśnie wyświetliły się na ekranie komputera – i których nie omieszkał jej pokazać, żeby mogła je zobaczyć na własne oczy – jej nazwisko figurowało na liście dłużników. Uniemożliwiało to wykonanie jakichkolwiek operacji bankowych związanych z udzielaniem kredytu. Przyczyną była niezapłacona faktura. Faktura ze szpitala, do którego z powodu poronienia María José została przyjęta w trybie nagłym, nigdy nie została uregulowana, ponieważ nigdy nie dotarła do adresatki. Ale do tego odkrycia pozostawało jeszcze sporo czasu.

María José zapanowała nad sobą najlepiej jak umiała. Dopomogło jej ludzkie i pełne szacunku – chwilami wręcz przyjacielskie – podejście sympatycznego lekarza. Oddychała głęboko, otarła łzy, zacisnęła usta (dopiero ten gest pozwolił jej poczuć słony smak własnych łez). Pogrążyła się w milczeniu, ale – choć nienawidziła szpitali, a szczególnie ich charakterystycznego zapachu – zgodziła się bez oporu zostać na noc, zgodnie z zaleceniami. Lekarze chcieli ją jeszcze poobserwować, żeby zorientować się w rozwoju sytuacji.

Kiedy Peter dotarł na piętro, na którym znajdowała się jego żona, i wszedł do jej pokoju, zaczął dopytywać o jej stan. Usiadł obok, na tym samym łóżku, na którym leżała bezbronna i smutna niczym dziecko odbierające chorobę jako karę, która pozbawia je możliwości zabawy. Przekonywał ją, że powinna przestać się martwić, że przecież doczekają się dzieci i że wszystkie będą równie urodziwe i inteligentne jak ich matka. W chwili kiedy María José zrewanżowała się za któryś z usłyszanych komplementów słabym i wymuszonym uśmiechem, który naprawdę wiele ją kosztował, Peter zakomunikował jej, że lekarze kazali mu zostawić ją samą, żeby mogła spać i wypoczywać. Zdziwiło ją nieco i zirytowało to zalecenie, które wydało się absurdalne i niezbyt spójne z tym, co chwilę wcześniej doradzał lekarz, podkreślając, że jej stan wymaga zachowania ostrożności i troskliwej opieki. Pomyślała jednak, że całonocny spokojny odpoczynek – bez zamartwiania się o stan męża czy też katowania się wariackim poczuciem winy, że Peter musiałby zostać razem z nią, choć powinien stawiać czoła pilnym obowiązkom zawodowym – dobrze wpłynie na jej stan.

– Jutro musisz pracować. Przed tobą ważne dni.

Peter wspomniał jej, że w najbliższych dniach rozstrzygną się jego biznesowe losy – ma szansę na wielką zmianę i wejście na rynek ogólnokrajowy, a nawet międzynarodowy. Ponieważ gra toczyła się o wysoką stawkę, powinien zachować jasność umysłu. Dla nich obojga była to wielka szansa i nie wolno było jej zmarnować. Peter pożegnał się więc z żoną, całując ją w czoło i życząc kolorowych snów. Wcześniej zapewnił ją, że będzie troszczył się o nią przez całe życie, a ona nie musi o nic się martwić, dopóki on stoi u jej boku. Te słowa wzbudziły w Marii José dziwny niepokój, od którego nie mogła się uwolnić aż do świtu, choć nie wiedziała dlaczego i nie była świadoma istnienia jakichkolwiek racjonalnych przyczyn takiego stanu. Było to uczucie przypominające niepokój, który opanował ją w dniu ślubu, kiedy spóźniła się ponad godzinę do kościoła, gdzie miała zawrzeć małżeństwo. Wolała o tym nie myśleć i odpychała od siebie wszelką niepewność, która pozbawiała ją snu i potrzebnego spokoju. Teraz pragnęła przede wszystkim odpoczynku.

Następnego ranka, po kilku godzinach snu wypełnionego koszmarami, mrokiem i dziwnym chaosem, María José pozbierała swoje rzeczy, chcąc wrócić do domu. W głowie nieustannie dźwięczały jej te nieliczne słowa badającego ją wczoraj lekarza, które usłyszała całkiem wyraźnie: „Jest pani młoda i wciąż może pani zachodzić w ciążę". Oczywiście gorąco tego pragnęła i nie zamierzała długo czekać.

Wracała do domu z głową opartą na zagłówku tylnego siedzenia taksówki, którą zatrzymała przy bramie szpitala. Patrzyła przez okno na nowojorskie ulice, które wciąż kipiały tą samą aktywnością, nieświadome jej osobistego dramatu. Przypomniały się jej słowa jednego z tang Carlosa Gardela[5], którego tak lubiła: „Jej oczy się zamknęły, a świat wciąż szedł przed siebie". Przypatrując się wirowi wielkomiejskiego życia, zastanawiała się, jak ma zakomunikować fatalną nowinę rodzicom i siostrze. Obserwowała niewidzącymi oczyma szaleńczą aktywność ulicy i jednocześnie rozmyślała o tym, że informacja o poronieniu sprowadzi na nich wszystkich ogromny smutek. Próbowała znaleźć jakąś formułę zdolną złagodzić albo przynajmniej nieco zamortyzować twarde uderzenie, którego niewątpliwie doznają jej najbliżsi – szczególnie ojciec. Myśl o zostaniu dziadkiem sprawiła, że ostatnio czuł się najszczęśliwszym człowiekiem na świecie. Zastanawiała się też, jak zawiadomić Davida, który zdążył już kupić niemowlęce buciki białego koloru – „białego, żeby nie stawać na drodze ani planom natury, ani gwiazd; no bo jesteś taką przyjaciółką i jednego, i drugiego, że nie wiem, co w twoim przypadku ważniejsze".

Dzwonek telefonu komórkowego przerwał jej rozważania. Peter. Dzwonił już po raz drugi tego dnia, a była dopiero godzina 10:30. Nigdy nie miał zwyczaju telefonować, kiedy pracował. Za pierwszym razem chciał ją poinformować, że nie da rady się wyrwać z „najważniejszego z ważnych spot-

[5] Śpiewak i kompozytor argentyński francuskiego pochodzenia (1890-1935), jeden z najsłynniejszych interpretatorów i twórców klasycznych tang.

kań", które od pierwszej chwili „pochłonęło go całkowicie", więc nie zdoła odebrać jej ze szpitala. Dzwoniąc po raz drugi, chciał się dowiedzieć, czy wróciła bezpiecznie do domu. Żona uspokoiła go, prosząc, żeby się niczym nie przejmował i zajął się pracą – o której przecież wielokrotnie mówił, że jest w życiu człowieka jedną z najświętszych rzeczy – i zapewniając, że wszystko przebiegło bez kłopotów. Dopiero znacznie później zrozumiała, że nieobecność męża zarówno poprzedniej nocy, jak i w momencie jej wyjścia ze szpitala była konsekwencją kłamstw, których się dopuścił wieczorem, kiedy ją tam przywiózł.

· 7 ·

María José stopniowo odzyskiwała siły. Po niecałych czterech miesiącach znów była w ciąży. Ten fakt wprawił ją w doskonały humor i napełnił ogromną radością, usuwając w cień inne wydarzenia, które wcale nie były źródłem tak dobrego samopoczucia. Plany biznesu oliwnego musiała ostatecznie zarzucić, ponieważ znikąd nie otrzymała wsparcia, nawet od swojego męża – co było zresztą najbardziej bolesne. Zamiast podtrzymywać ją na duchu za pomocą rozumnych i logicznych rad, naśmiewał się z pecha, który prześladował ją przy podejmowaniu działań biznesowych. Drugie zmartwienie miało charakter bardziej osobisty: chodziło o rychły powrót Davida do Hiszpanii.

– Nie chciałeś jechać na mój ślub, a teraz mi mówisz, że wracasz do Hiszpanii?

David nie wiedział, czy jego przyjaciółka korzysta z kolejnej okazji, żeby robić mu wyrzuty z powodu nieobecności na uroczystości ślubnej – za co, jego zdaniem, odpokutował już dostatecznie – czy rzeczywiście jego wyjazd tak bardzo ją martwi.

– Jak możesz mi teraz coś takiego robić? – ciągnęła. – Jak to wyjeżdżasz? Teraz, kiedy ja jestem znowu w ciąży i będę miała ci tyle rzeczy do opowiedzenia?

– Kochana Mary Jo. Muszę jechać. Mam czwórkę bratanków, których jeszcze nie poznałem osobiście, tylko rozmawialiśmy przez telefon. Rosną tak szybko. Nie chcę już dłużej odwlekać wyjazdu. Od czterech lat czuję coraz silniejszą potrzebę spotkania z moimi bliskimi, z rodziną. – Ledwie wypowiedział te słowa, zamilkł, wyczuwając, że taki argument nie wystarczy. Postanowił więc odwołać się do pewnej swej cechy, którą zawsze przechwalała się także jego przyjaciółka, czyli do ducha niestrudzonego podróżnika. – A poza tym znasz mnie: lubię zmieniać klimat. Zastanawiam się, czy nie pojechać do Rzymu. Nie pracowałem tam jeszcze, a mam przyjaciół, którzy mogliby mi pomóc w nawiązaniu kontaktów zawodowych. Pomyśl o tym inaczej – dodał, nie wiedząc, co poradzić na skrzywioną, pełną niechęci minę Maríi José. – Będziesz miała fantastyczny pretekst, żeby zabrać dziecko do Włoch. I nie będziesz musiała się martwić o mieszkanie. Znasz mnie i wiesz, że wujcio David będzie miał wszystko posprzątane i urządzone tak, jak lubisz.

Wypowiadając ostatnie zdanie, pogłaskał Maríę José po brzuchu. Pod wpływem tego gestu przyszła mama przestała się droczyć i osunęła się w ramiona przyjaciela.

Niedawne wydarzenia skłoniły Maríę José do dalszych prac nad projektami biznesowymi. Kiedy po raz drugi zaszła w ciążę, ponownie zaczęła się zastanawiać nad swoją sytuacją w Stanach Zjednoczonych. Już od pewnego czasu chodził jej po głowie pomysł, żeby ubiegać się o prawo stałego pobytu, i uznała, że teraz nadszedł odpowiedni moment. Okoliczności wydawały się raczej sprzyjające. Do tej pory mogła liczyć jedynie na pozwolenie wykonywania pracy, które umożliwiło jej rozwijanie w USA działalności biznesowej. Ale teraz wszystko wskazywało na to, że za sprawą swojej nowej sytuacji osobistej spędzi w tym kraju wiele lat: wyszła za mąż za obywatela amerykańskiego i spodziewała się jego dziecka. Można było w tym upatrywać wystarczającej gwarancji, że zdoła uzyskać upragnione prawo pobytu. Czuła, że jest teraz bliżej niż kiedykolwiek spełnienia marzenia, które pielęgnowała od młodości, od pamiętnego dnia, w którym przyjechała do USA jako uczennica, żeby zapisać się do szkoły i kształcić język…

Chciała być obywatelką amerykańską, korzystać z tych samych praw i mieć te same obowiązki co inni żyjący wokół niej. Zależało jej, by cieszyć się takimi samymi możliwościami odnoszenia sukcesów i takimi samymi szansami jak pozostali obywatele USA, by praca przynosiła jej korzyści i zyski, by jej wysiłki były tak samo docenianie jak starania innych, żeby jej podatki miały takie samo znaczenie i żeby mogła się cieszyć tymi samymi przywilejami co reszta. Wiedziała, że aby zyskać dostęp do tego wszystkiego, będzie potrzebować tych samych gwarancji, praw i obowiązków w relacjach z urzędami, sądownictwem, instytucjami finansowymi i opieką społeczną. Wszystko zdawało się jej sprzyjać. Wszystko – oprócz upartego i nieoczekiwanego sprzeciwu ze strony męża.

– Prawo stałego pobytu? Ależ to strasznie skomplikowane, kochanie. Będziesz z tym miała spore zamieszanie, to wcale nie jest takie proste, jak myślisz. Można przyjąć za pewnik, że po wszystkich twoich staraniach odmówią ci, tak jak to zawsze robią. Powinnaś już wiedzieć, że w tych sprawach urzędy amerykańskie są bardzo pedantyczne. Poza tym jeśli przeanalizujesz to na chłodno, nie warto zadawać sobie tyle trudu. Możesz mi wierzyć, że to nie zmieni zasadniczo twojej sytuacji w tych sprawach, na których ci zależy.

– Ależ, Peter, rozmawiałam ze znajomymi i zapewnili mnie, że to nie jest aż takie skomplikowane i że powinno się udać, nie tylko ze względu na sprawy zawodowe, ale i sytuację osobistą. Przecież jestem twoją żoną, mieszkamy i pracujemy tutaj, a jeśli nawet i to nie wystarczy, to właśnie spodziewamy się dziecka, które z pewnością urodzi się w Stanach Zjednoczonych. Nie sądzisz, że to wystarczające powody, żebym chciała uzyskać prawo pobytu? – pytała zaniepokojona, nie mogąc zrozumieć ciągłych wątpliwości męża.

– Posłuchaj, rób, co chcesz. Mówię ci to tylko dla twojego i swojego dobra. Wiesz, co się będzie działo, jeśli ci odmówią prawa pobytu? Wolę nawet nie myśleć o swojej reakcji, gdyby coś złego przydarzyło się tobie albo dziecku, gdybyśmy nie mogli być razem, bo kazaliby wam wyjechać przez jakiś przeklęty papierek. – Peter widział, że na twarzy jego żony maluje się coraz większe rozczarowanie. Spodziewał się, że wcześniej czy później María José poruszy tę sprawę, ponieważ już się nią interesowała i spotykała się z jakimiś znajomymi, żeby o tym rozmawiać. Nie przypuszczał jednak, że nastąpi to tak szybko. – Mam do ciebie tylko jedną prośbę: żebyś się nad tym zastanowiła. Nie spiesz się. Jesteś w ciąży, masz niedługo wystartować z nowym projektem, nie ma żadnego powodu, żeby się spieszyć. Przemyśl to jeszcze, przyjrzyj się tej sprawie bardziej szczegółowo. Jeśli chcesz, jutro z samego rana mogę podjąć jakieś kroki. Mam paru znajomych, którzy dobrze się na tym znają i którzy mi powiedzą, jaka droga byłaby najlepsza i najwygodniejsza dla wszystkich.

– No dobrze, jak chcesz. Ale będę spokojniejsza, jeśli podejmiemy jakieś działania. Poza tym mam swoje marzenia. Od dzieciństwa wyobrażałam sobie ten dzień, kiedy będę mogła tu normalnie mieszkać i pracować – i być jedną z was. Byłabym bardzo szczęśliwa z tego powodu.

María José podeszła do męża uśmiechnięta, z taką miną, z jaką dziecko zbliża się do ojca, który obiecał mu zabawkę, jeśli będzie grzecznie się zachowywać.

– Jutro rano pogadam z tymi znajomymi – powiedział Peter, po czym pocałował ją i zaczął nakrywać do stołu.

Chciał zjeść możliwie wcześnie, bo nazajutrz – jak wyjaśniał żonie – czekało go mnóstwo pracy. María José wykazywała duże zainteresowanie tym, co opowiadał jej mąż.

– Ale o co chodzi? Czy dzieje się coś nowego w kwestii planów rozwoju firmy? – spytała. – Coś wam powiedzieli?

– Nie, właściwie... Wszystkiego po trochu. Jest dużo plotek, nie chcę cię tym zanudzać. Wiesz przecież... nie raz ci już mówiłem: kiedy wracam do domu, lubię się wyłączyć i nie mówić o pracy. Nasz dom musi być dla mnie oazą... Rozumiesz? To nie jest takie skomplikowane.

– No dobrze.

María José nie nalegała – wiedziała, że to nic nie da. Jej ciekawość i tak nie zostałaby zaspokojona, podobnie jak dawniej, ilekroć rozmawiali o jego pracy. Nie miała też ochoty na zastanawianie się nad biznesem Petera. Bardziej interesowało ją załatwianie prawa stałego pobytu i na tej właśnie sprawie koncentrowały się jej myśli.

Następny dzień nie przyniósł jednak dobrych wieści, których się spodziewała. Jej mąż wrócił do domu zmęczony i okazało się, że kroki, które podjął w sprawie uzyskania dla niej zezwolenia, nie były zgodne z jej planami.

– Rozmawiałem z przyjaciółmi, a nawet z radcami prawnymi u nas w firmie i wszyscy mnie zapewniali, że to nie jest dobry moment na składanie wniosku o twoje prawo pobytu.

Sprawy są dość skomplikowane, nie wyjaśnili mi dokładnie dlaczego, ale oni się na tym znają…

– Peter, ja też jestem prawnikiem i wcale nie widzę tego w tak czarnych barwach jak oni – przypomniała mężowi María José. Denerwowało ją, że na drodze do spełnienia marzeń piętrzą się niepotrzebne przeszkody.

– Rozumiem, ale oni naprawdę lepiej się orientują w tych sprawach. I wcale mi nie powiedzieli, żebyś nie starała się o to zezwolenie, tylko poradzili, żebyś to robiła jako żona obywatela Stanów Zjednoczonych. Zapewniali mnie, że wtedy nie będzie żadnych problemów ani ryzyka. Jeśli chcesz, mogą ci pomóc przy wszystkich formalnościach.

María José wzięła głęboki wdech i zadumała się. Milczała przez kilka minut, co skłoniło Petera do myśli, że jego argumenty zrobiły na niej wrażenie i że jest bliska przyjęcia jego propozycji. Przecież tylko on mógł ją przekonać, żeby nie występowała o wymarzone zezwolenie, powołując się na swój długi dotychczasowy pobyt w USA oraz pracę przedsiębiorcy. Pełna wątpliwości María José przerwała w końcu milczenie, które trwało od dłuższej chwili.

– Ale Peter…

Można było odnieść wrażenie, że Maríi José z trudem przychodzi wypowiedzenie tego, o czym myśli, zupełnie jakby przeżuwała jakieś pytanie, które nie chce jej przejść przez usta. Tych pytań i wątpliwości było wiele. Dlaczego nie miałaby o nich powiedzieć? O lękach, które nawiedzały ją we dnie i w nocy? Wiedziała, że jeśli będzie się ubiegać o prawo pobytu jako żona obywatela Stanów Zjednoczonych, pozostanie w rękach swego męża, na jego łasce – co mogłoby mieć znaczenie, gdyby któregoś dnia zdecydowali się rozstać. Ryzykowałaby wówczas nawet deportację, która oznaczałaby utratę wspólnego majątku, firmy i – oczywiście – prawa do opieki nad przyszłym dzieckiem, które, zgodnie z ich wspólnym planem, miało się urodzić w USA. W końcu ten niepokój wziął górę i María José odważyła się sformułować pytanie:

– Jeśli wystąpię o prawo pobytu należne mi jako żonie obywatela Stanów Zjednoczonych, to co będzie, gdybyśmy któregoś dnia… ty i ja… Co by się stało, gdyby…?

Nie była w stanie dokończyć tego zdania. Jej mąż wiedział, jak zareagować i rozładować sytuację. Zbliżył się do żony pełen czułości, patrząc na nią wymownie i prowokacyjnie, tak jakby odtwarzał dawny rytuał podrywania. María José nie potrafiła ukryć, że rozbawiło ją zachowanie męża, a jednocześnie przypomniała sobie pewien film dokumentalny, w którym pokazywano, jak zbliżający się do samicy samiec potrafi umiejętnie rozwiać wszelkie jej obawy i odegrać przed nią specjalny ceremoniał, mający doprowadzić do wkupienia się w jej łaski. Uśmiechnęła się, nie mogąc przeciwstawić się tym zalotom, Peter zaś zdołał złapać ją za pasek, chwycił w swoje potężne ramiona – tak jak lubiła, bo czuła się w nich tak bezpiecznie i pewnie – i zbliżył usta do jej warg, ale ostrożnie, unikając ich dotknięcia, tak jakby chciał maksymalnie przedłużyć ten moment.

– Chodzi ci o to, że gdybyśmy któregoś dnia… ty i ja…? – powiedział słodkim głosem, powtarzając zdanie, którego nie dokończyła żona. – Czy zamierzasz mnie rzucić, planujesz pewnego dnia odejść ode mnie? Nie pomyślałaś, co będzie, jeśli wybiegniesz i zostawisz mnie samego… co się ze mną stanie… co pocznę bez swojej żoneczki…?

Minęło kilka dni. María José poinformowała męża, że po zastanowieniu postanowiła wstrzymać procedurę ubiegania się o prawo pobytu. Być może w niedalekiej przyszłości złoży wniosek, podając jako jego podstawę małżeństwo z obywatelem Stanów Zjednoczonych. Słysząc decyzję żony, Peter chwycił w ręce obie jej dłonie i ucałował. Ona z kolei obdarowała go szerokim uśmiechem, od którego rozświetliła mu się twarz. María José zobaczyła, jak oczy Petera otwierają się szeroko i promienieją jak chyba nigdy dotąd. Niemniej jednak atmosfera, która zapowiadała magiczny moment pełnej jedności między małżonkami, za sprawą słów Petera całkiem się zwarzyła.

– Wstrzymałaś procedurę, kochanie? Doskonale. Bardzo dobrze – krzyczał, wybuchając jednocześnie śmiechem. – Jesteś już moja, durna Hiszpanko. Jesteś już moja. Tylko moja. Moja, moja…

Pomimo niekontrolowanych i nerwowych napadów radości, które wydobywały się z jej męża, Marii José wcale nie było do śmiechu. Te dziwne słowa i niezwykłe zachowanie Petera, które przypominało znane z horrorów postacie opętane przez diabła, sprawiły jej ogromną przykrość. Wydawało się jej, że groteskowe i przerażające wybuchy śmiechu wzlatują pod sufit ich mieszkania, bezkarnie i bezczelnie rozbiegają się po wszystkich kątach, atakują ją i wnikają do jej wnętrza za pośrednictwem wszystkich zmysłów. I choć próbowała je odstraszyć i przegonić, zatykając uszy, osiągnęła tylko tyle, że stawała się coraz bardziej zdesperowana i osaczona. W końcu poczuła się tak zirytowana i przestraszona, że odepchnęła gwałtownie ręce Petera i, przyjmując surowy i poważny ton, zapewniła go, że to, co robi, w najmniejszym stopniu jej nie bawi i pozbawione jest jakiegokolwiek sensu. Zażądała, żeby przestał się zachowywać w tak wulgarny sposób. Ale Peter daleki był od przyznania, że zachował się wobec żony nieprzyjaźnie: zamiast tego wciąż nieprzyzwoicie ryczał:

– Jesteś już moja, już jesteś moja.

Musiało minąć dużo czasu, zanim María José zdołała pokonać w sobie ogromną złość, jaką wzbudziła w niej nieoczekiwana, absurdalna i bezrozumna reakcja męża. Ten zaś błagał ją na różne sposoby, używając wszystkich swoich umiejętności i – zazwyczaj skutecznych – technik urodzonego uwodziciela, by mu wybaczyła. Tłumaczył, że wszystko to było żartem, że chciał tylko zrobić dowcip, a być może sytuacja wymknęła mu się spod kontroli, jednak wcale nie o to mu chodziło...

María José wybaczyła mu, ale wciąż nie mogła dostrzec żadnej logiki w tamtych okrzykach, które ją zraniły i zaniepokoiły jeszcze bardziej, niż odczuła to na początku. Trudno było przecież wymazać z pamięci te ostre, zatrważające słowa:

– Już jesteś moja, już moja, ty durna Hiszpanko.

I tak naprawdę nigdy ich nie wymazała. A w końcu nadszedł dzień, kiedy objawiły jej cały swój sens, który niosły w sobie od chwili, w której zostały wypowiedziane.

· 8 ·

Druga ciąża Marii José bez reszty zawładnęła uwagą jej rodziców, przyjaciół oraz krewnych. Oczywiście stała się też głównym tematem rozmów, planów i przyszłych wizji. Żadna staranność nie była przesadzona, żaden nadmiar troski nie wydawał się nieuzasadniony. Skoro temat prawa stałego pobytu został już odstawiony na boczny tor – co stało się przyczyną i radości, i napięć – przyszła matka uznała, że jej ciąży dobrze zrobi zmiana klimatu. Bardzo poważnie zastanawiała się nad przeniesieniem się do Hiszpanii, gdzie mogła liczyć na opiekę ze strony matki. Ale poprzednie doświadczenie związane z podróżą w podobnym stanie nie było zanadto zachęcające. María José miała świeżo w pamięci zalecenia, które wielokrotnie sformułował tamten sympatyczny lekarz:

– Odpoczynek i spokój. Żadnego stresu.

Po kilku rozmowach rodzinnych zdecydowano, że w niedługiej przyszłości, już po narodzinach dziecka, matka Marii José przyjedzie do Stanów Zjednoczonych i zajmie się córką. Wydawało się to najlepszym rozwiązaniem, które młodej matce zapewni opiekę w okresie, kiedy będzie jej najbardziej potrzebować, a gdy jednocześnie praca męża nie pozwoli mu na pobyt w domu. María José czuła się zmęczona. Zauważała, że cały jej organizm opanowuje jakiś rodzaj lenistwa, którego nigdy wcześniej w życiu nie znała, a polecenia wysyłane przez mózg przestają być wykonywane – z braku sił i ochoty – przez poszczególne części ciała. Czuła się słaba, pozbawiona ducha, sił witalnych; gdzieś znikła jej hiperaktywność, do której tak była przyzwyczajona. Przypisywała ten nastrój ciąży i tłumaczyła sobie, że jak u każdej ciężarnej, rytm jej życia musi być wolniejszy i dostosowany do tego szczególnego stanu.

Oczywiście miała lepsze dni, kiedy wydawała się jak nowo narodzona, choć jej rozwijająca się ciąża stawała się dla wszystkich coraz bardziej widoczna. Właśnie któregoś z takich dni zaczęła myśleć o nowym biznesie... Miała już nawet dla niego gotową nazwę. Obmyśliła ją jako pierwszy element większego, ambitnego projektu. Była przekonana, że odmienny stan pomógł w ukształtowaniu się w niej tego nowego wyzwania.

Jej plany zawodowe na przyszłość dotyczyły teraz stworzenia wielkiej międzynarodowej firmy zajmującej się zatrudnianiem osób *au pair*. Nie chciała nakładać ograniczeń na swoją aktywność, pragnęła działać na możliwie największą skalę. Wpadła na pomysł, że będzie sprowadzać studentów z Europy i z Ameryki Południowej, żeby opiekowali się dziećmi – początkowo w stanie Nowy Jork, a później także w innych stanach. Zasięg terytorialny tych usług miał zależeć od reguł podaży i popytu. Studenci mieli się specjalizować nie tylko w opiece nad dziećmi, ale również nad chorymi, seniorami i osobami niepełnosprawnymi, które wymagają pomocy i towarzystwa kogoś, kto poświęcałby im niezbędną uwagę. Ważne było, żeby zamieścić odpowiednią ofertę w Internecie. Potencjalni zainteresowani mieliby przysyłać swoje życiorysy i zgłoszenia do pracy w charakterze opiekunów do dzieci i pielęgniarzy. Z każdym mijającym dniem María José ulegała coraz większym emocjom związanym z planowanym biznesem. Dość szybko rozszerzyła ramy wiekowe dla kandydatów do pracy oraz listę ich zawodów, żeby zgłoszenia nadchodziły nie tylko od studentów biorących udział w wymianie międzynarodowej, ale także od wszystkich osób zainteresowanych nauką języka. W ciągu kilku dni opracowała cały projekt, obmyśliła logo i nazwę firmy – choć ta była oczywista od samego początku – oraz wystrój jej siedziby, jak zawsze wypieszczony, elegancki i doskonały w każdym, najdrobniejszym nawet detalu. Pewnego popołudnia zadzwoniła do Davida, którego pobyt w Stanach Zjednoczonych nieubłaganie dobiegał już końca, prosząc go, żeby udał się do jednego z okolicznych sklepów i odebrał z niego zamówienie, które chciała mu pokazać.

– No a potem przejdź przez ulicę.

Dzięki temu jej stały powiernik jako pierwszy zobaczył wizytówki nowej firmy. Były koloru różowego, a nad adresem, numerami telefonów i adresem poczty elektronicznej widniała nazwa: „Mary Poppins".

– Śliczne – podsumował David, zauroczony trzymanym w dłoni arkusikiem satynowanego papieru. Dotykał go palcami i rozkoszował się przyjemną fakturą. – Nie wiem, Mary Jo, skąd ci przychodzą do głowy te wszystkie pomysły, zawsze takie trafne. Masz talent, którego wielu może ci pozazdrościć. Naprawdę, wystarczy popatrzeć na wizytówkę, żeby nabrać ochoty i zgłosić swoje usługi jako *au pair*. Co ci zresztą będę mówił...

– Och, David, jakże ja będę za tobą tęsknić! Kto mnie będzie tak wspierał jak ty?

– Ależ dziecinko, jak to kto? Twój mąż, przecież po to go masz – odpowiedział prostodusznie, bez zamiaru dłubania w ranie, która już się zabliźniła, zarówno w ciele, jak i w duszy przyjaciółki.

– Niby jak miałby mnie wspierać mój mąż? Już to widzę! Przy nim i przy jego matce nie mam najmniejszych szans na zrozumienie i inspirację.

Korciło ją, żeby opowiedzieć Davidowi, co zaszło między nią a Peterem, kiedy zapragnęła rozpocząć starania o swoje wymarzone zezwolenie na pobyt stały. Ale postanowiła tego nie robić. Nie wiedziała do końca dlaczego, jednak wolała to przemilczeć. Jej przyjaciel miał niebawem rozpocząć nowe życie i María José nie chciała, żeby wraz z wywożonym z USA bagażem zabrał zmartwienia, na które i tak nie było lekarstwa i które jeszcze bardziej utrudniałyby ich pożegnanie. Postanowiła, że tą tajemnicą wyjątkowo nie podzieli się z przyjacielem. Będzie lepiej dla wszystkich, jeśli sama uzna tamtą sprawę tylko za nieprzyjemne wspomnienie. Nie warto znów rozdrapywać rany, która pozostała po tamtym zdarzeniu i która i tak chyba jeszcze nie zdołała się porządnie zabliźnić.

Obiecała sobie, że nie będzie dodatkowo utrudniać Davidowi pożegnania – rozstania z bliźniaczą duszą, z kobietą, którą podziwia i kocha. Zdawała sobie sprawę, jak mocna więź ich łączy. Przez długi czas wzmacniali ją dodatkowo, cementując wzajemnymi zwierzeniami i licznymi dowodami wspólnoty. Wszystko to sprawiło, że ich przyjaźń stała się obiektem zazdrości w przyjacielskim kręgu obojga. Zdawali sobie sprawę, że czeka ich teraz niespodziewane rozdzielenie, ale woleli uciszać emocje, żeby uniknąć zalewu łez, gniewu i lamentów. Musieli zachowywać się dojrzale w każdym z obszarów życia, na co zawsze nalegała María José.

– Jesteśmy już w takim wieku, że potrafimy stawić czoła różnym problemom. Nie możemy zachowywać się jak dzieci.

Celowo w dniach poprzedzających wyjazd Davida postanowili nie rozmawiać o pożegnaniu, ale żadne z nich nie potrafiło zapobiec temu, że ten temat obecny był w każdym geście, każdym spojrzeniu, w każdej rozmowie, jaką prowadzili w jednym tylko celu: żeby zamazać rzeczywistość. Jednakże ładunek emocji, które gromadzili w sobie przez ostatnie tygodnie, sprawił, że z najwymyślniejszych planów, jak utrzymać do końca fason, nic nie zostało. No i nie utrzymali.

W wieczór poprzedzający wyjazd Davida do Hiszpanii María José zorganizowała u siebie w domu pożegnalną kolację na jego cześć. Nie zabrakło na niej nikogo ze znajomych. Nie obyło się bez toastów, serdecznych zaklęć i najlepszych życzeń, które wymyślano przez cały wieczór. Jak to już wcześniej się zdarzało przy wielu szczególnych okazjach, walencjanka María José chciała pożegnać swego przyjaciela wyjątkową paellą[6] – daniem, które według jej słów nie wychodziło jej najlepiej, ale które zachwycało podniebienia wszystkich Amerykanów, którzy mieli okazję skosztować tego specjału. Goście nie szczędzili komplementów, wprost brakowało im słów i nie mogli nachwalić się tego typowego hiszpańskiego delikatesu. Jednak ani María José, ani David nie wzięli nawet do ust smakowitej paelli. Oboje sprawiali

[6] Właśnie z Walencji pochodzi to tradycyjne danie oparte na ryżu z dodatkiem szafranu i zawierające różne rodzaje mięsa, ryb i owoców morza oraz warzyw.

wrażenie, jakby zacisnęły się im żołądki, jakby ich apetyt na jedzenie padł ofiarą nerwów i smutku wywołanych zbliżającym się rozstaniem. Wiele razy María José szukała wzrokiem spojrzenia przyjaciela, a kiedy je napotykała, patrzyli na siebie przez długą chwilę, tak jakby każde z nich chciało zamrozić ten moment, utrwalić go na siatkówce oka i zatrzymać tam do czasu, kiedy nieobecność drugiego stanie się już nieodwracalnym faktem.

W końcu, niezależnie od początkowych intencji obojga, z ich oczu popłynęły łzy. Skończyli we wzajemnym uścisku, ocierając jedno drugiemu oczy i wypowiadając obietnice codziennych rozmów telefonicznych i nieustannej wymiany e-maili. Oboje mieli poczucie, że pozostawiają wiele rzeczy, których nie zrobili, nie omówili, którymi się ze sobą nie podzielili.

Dopadło ich to dziwne uczucie, które często towarzyszy ludziom udającym się w podróż: przekonanie, że zapomnieli o czymś ważnym, a niepokój wywołany niewiedzą o tym, co to może być, każe przypominać sobie wszystko po kolei i dokonywać w głowie przyspieszonego i nerwowego przeglądu wszelkich niezbędnych przedmiotów ułożonych w walizce.

Dla nich dwojga – głównych uczestników biesiady – była to bezsenna noc: tak jakby przeczuwali, że nadchodzą jakieś niezwykłe wydarzenia, a jednocześnie wiedzieli, że nie będą już blisko siebie, żeby stawić czoła ewentualnym problemom.

· 9 ·

María José bardzo nie lubiła, kiedy z jakichś powodów odczuwała brak zaufania do ludzi, których kochała – zwłaszcza wtedy, gdy ukochana osoba stawała się przedmiotem wątpliwości i podejrzeń. Ale już od pewnego czasu dostrzegała w mężu coś, czego nie potrafiła zrozumieć. Czuła, że niektóre kawałki tych wieloelementowych puzzli, tworzących obraz szczęśliwego małżeństwa zawartego w rekordowym tempie, wcale nie pasują idealnie do całości, że pozostają wokół nich wyraźne szpary i przerwy, które ją niepokoiły. Nie było co do tego wątpliwości, pomimo że na początku, zanim osaczyły ją myśli pełne niepewności, zażarcie ten niepokój odrzucała. Od samego początku to María José musiała dźwigać ciężar wszystkich wydatków, z jakimi wiązało się ich wspólne życie; to ona zapewniła im nowy dom, w którym zamieszkali, podobnie zresztą jak i poprzedni apartament, w którym postanowili spędzić razem półtora miesiąca, zanim się pobrali. To ona musiała się martwić o uregulowanie wszelkich rachunków, które trafiały do ich skrzynki pocztowej, i wszystkich zobowiązań, które pojawiały się na bankowym rachunku operacyjnym. Zaczynało się od opłat za światło i wodę, a kończyło na wydatkach związanych z samochodem, włącznie z kupnem najnowszego modelu auta terenowego, które jej mąż bardzo lubił prowadzić, ale nie bardzo lubił tankować do niego benzynę. Jedynymi zastrzykami finansowymi, jakie zasilały ich gospodarstwo domowe oraz konta bankowe, były dochody płynące z pośrednictwa Maríi José w pewnych operacjach finansowych różnych grubych ryb, w szczególności dwóch klientów pochodzenia arabskiego, których poznała podczas jednej ze swych licznych i tajemniczych podróży. Dodatkiem do tego były jeszcze zyski z początkowych sukcesów firmy „Mary Poppins" oraz pieniądze, które od czasu do czasu otrzymywała od rodziców jako nadzwyczajne wsparcie. Nabyta przez nią ostrożność, by nie budzić gniewu męża i nie narazić się na uczucie upokorzenia czy zawstydzenia, które w niej wyzwalał, nie pozwalała dopytywać się otwarcie o to, co dzieje się z zyskami jego firmy. Choć zdawała sobie sprawę, jak dalece taki stan jest nienaturalny, nie wiedziała – opierając się jedynie na tym, co zawsze w sposób pokrętny i niejednoznaczny opowiadał jej Peter – czy jej mąż zajmuje się reklamą, marketingiem czy może przedmiotem jego działalności są operacje giełdowe. Po prostu nie lubił mówić o swojej pracy: stał się prawdziwym ekspertem od zmieniania tematu rozmowy i kierowania jej na inne tory, kiedy tylko żona próbowała dowiedzieć się czegokolwiek o tych sprawach.

Od czasu, kiedy postanowili złączyć swoje losy, nawet jeszcze przed oficjalną ceremonią, to ona wzięła na siebie utrzymanie obojga. A właściwie nie tylko ich dwojga: Marii José zdarzało się być potajemnym świadkiem tego, jak część pieniędzy trafiała do matki Petera, którą synowa podejrzewała o uzależnienie od hazardu. Pogarszało to jeszcze jej samopoczucie i trudne do opanowania rozdrażnienie, które przekształciło się w kłujące uczucie nadkwasoty w żołądku. Próbowała temu zapobiec, żeby nie zaszkodzić ciąży i, oczywiście, małżeństwu. W końcu chodziło przecież o jej męża: kochała go i spodziewała się jego dziecka. Z łatwością przychodziło jej machnąć ręką, odwrócić wzrok i nie zaprzątać sobie zanadto głowy problemami.

Każdego ranka patrzyła, jak jej mąż – po starannym dopełnieniu wyszukanego rytuału higieniczno-toaletowego, którego rezultatem końcowym był jego nieskazitelny wygląd – wyruszał, aby rozpocząć kolejny dzień pracy. Ubrany w elegancki garnitur, bawiąc się zegarkiem (prezentem ślubnym), nie rozstając się ze skórzanym neseserem (również prezentem od Marii José) i pospiesznie przełykając ostatnie łyki kawy, którą przygotowała mu żona, wychodził głównymi drzwiami ich domu. Wcześniej żegnał się z żoną, całując ją i życząc jej miłego dnia. Dokładnie w chwili, kiedy Peter przekraczał próg domu, María José czuła zawsze przemożną chęć, by mu powiedzieć, że przyjdzie po niego, kiedy będzie kończył pracę. Tłumiła jednak ten odruch, wiedząc, jaka byłaby odpowiedź. Peter nie lubił wizyt ani telefonów w trakcie pracy, a jeszcze bardziej wizyt niespodziewanych – co tylko dodatkowo wzmagało podejrzenia jego żony.

– Cóż by w tym było złego, że twoja żona przychodziłaby po ciebie i razem poszlibyśmy na kolację? – pytała zirytowana.

– To nie wygląda poważnie. Nie lubię tego. To nie jest potrzebne. Wolę, żebyś poczekała na mnie w domu. A poza tym tak jest bezpieczniej w twoim stanie.

W końcu pewnego ranka ciekawość okazała się silniejsza niż zaufanie pokładane w ukochanym: pokonawszy w sobie intensywny lęk, María José postanowiła zadzwonić do Petera. Z takim samym dreszczykiem, z jakim dziecko zakrada się w miejsce, do którego rodzice zabronili mu wchodzić, María José wyszukała numer telefonu firmy męża, który Peter zapisał jej w małym notesiku – „do wykorzystania wyłącznie w nagłych przypadkach", jak ją poinstruował. Przepełniona lękiem, wolno podeszła do telefonu. Przez dłuższą chwilę wpatrywała się w cyfry na klawiszach, które wydawały się jej raczej jakimś sekretnym szyfrem prowadzącym do tajemniczego skarbu aniżeli częścią zwykłego aparatu telefonicznego. Usiadła na sofie, żeby jeszcze raz zastanowić się nad tym, co właśnie zamierza zrobić, i doszła do wniosku, że jednak chce zaryzykować – choć było więcej niż prawdopodobne, że jej mąż wpadnie we wściekłość, kiedy się dowie, co wymyśliła. Wolała to jednak od ciągłego łamania sobie głowy najróżniejszymi hipotezami, prowadzącymi do nieznośnych migren i stanów lękowych.

Po raz ostatni rzuciła okiem na zapisany ciąg cyfr, żeby nauczyć się ich na pamięć, jak to miała w zwyczaju. Od dzieciństwa wykazywała się fotograficzną pamięcią, która pozwalała jej zachowywać w głowie zapis wszelkich przeczytanych informacji. Jej matka przypisywała to faktowi, że jako dziecko María José nigdy nie bawiła się lalkami, tylko spędzała popołudnia, czytając i rozwiązując zadania rachunkowe.

María José siedziała przy telefonie, czekając, aż ktoś odbierze. Jej spojrzenie omiatało rozmaite przedmioty, które miała obok siebie, choć żaden z nich nie stał się tak naprawdę obiektem jej zainteresowania. Wreszcie ktoś podniósł słuchawkę.

– Halo, dzień dobry. Chciałabym rozmawiać z Peterem Innesem – powiedziała ledwo słyszalnym głosem, choć bała się, że nie zostanie zrozumiana i będzie musiała powtórzyć nazwisko męża, które po raz pierwszy wymawiała jak nazwisko kogoś obcego.

– Proszę chwilę zaczekać – odpowiedziała kobieta, która odebrała telefon.

Na kilka sekund, w czasie których Marii José wydawało się, że czas stanął w miejscu, zapadła cisza. Nie było nawet słychać sztampowej muzyki z gatunku tych, które zwykle puszczano w telefonach firm, aby – przynajmniej w teorii – umilić klientom czas oczekiwania. Miała wrażenie, że czeka wieczność. Choć kusiło ją, żeby przerwać połączenie i zapomnieć o całej sprawie, wzięła się w garść, uświadomiwszy sobie, że po zrobieniu pierwszego kroku byłoby głupotą zmarnować dotychczasowy wysiłek.

– Przepraszam panią – usłyszała znów głos w słuchawce – czy mogłaby pani powtórzyć nazwisko osoby, o którą pani pytała?

– Peter Innes. Jest wspólnikiem, jednym z właścicieli firmy. Nie powinno być trudności ze zlokalizowaniem go.

– Proszę jeszcze o chwilę cierpliwości.

Owładnęło nią poczucie winy. Dlaczego miałaby nie ufać swojemu mężowi? Z jakiego powodu zamierzała go okłamać? Czy to właśnie na takim zaufaniu zależało jej w małżeństwie?

– Proszę pani? – po raz kolejny rozległ się miły głos recepcjonistki. – No więc... jedyny Peter Innes, który tu pracuje, nie jest współwłaścicielem firmy. Takie nazwisko nosi jeden ze stażystów... konkretnie pracuje w wydziale sprzedawców zatrudnionych w systemie prowizyjnym. Czy mam panią z nim połączyć?

María José nie była w stanie uwierzyć w to, co właśnie usłyszała. To przecież nonsens. Jakieś jedno wielkie nieporozumienie.

– Proszę pani, musiała nastąpić jakaś pomyłka. Pytałam o pana Innesa, Petera Williama Innesa. I, proszę mi wybaczyć, to nie jest żaden stażysta na prowizji. To jeden ze wspólników, założycieli firmy. Zastanawiają się właśnie nad rozszerzeniem działalności i wejściem na rynek międzynarodowy. – María José czuła, że te wyjaśnienia są całkiem nie na temat, że tylko powtarza recepcjonistce to, co wcześniej mówił jej mąż.

– Przykro mi, proszę pani, ale jedyny Peter Innes, który pracuje w tej firmie, jest stażystą zatrudnionym w niepełnym wymiarze godzin w systemie prowizyjnym. Czy mogę jeszcze pani w czymś pomóc? Powtarzam: czy chce pani, żebym panią z nim połączyła?

Walencjańska prawniczka zebrała wszystkie siły, nie chcąc wyjść na osobę źle wychowaną, i podziękowała recepcjonistce, informując, że nie skorzysta jednak z jej miłej propozycji.

– Ach nie, proszę poczekać. – Usłyszawszy te słowa, María José miała nadzieję, że jednak recepcjonistka popełniła błąd. – Przepraszam panią, ale osoba, o którą pani pytała, już u nas nie pracuje od dwóch tygodni.

Nie tylko się rozłączyła, ale upuściła telefon na podłogę. Nie była pewna, czy przerwała połączenie, czy nie, w tej chwili było jej wszystko jedno. Zadawała sobie dużo trudu, żeby przekonać samą siebie, że wszystko to musiało być jakimś błędem, że musi istnieć jakieś proste, może nawet zabawne wytłumaczenie, że jej mąż wszystko wyjaśni, kiedy tylko stanie w drzwiach. Bo przecież nie jest możliwe, żeby Peter przez cały ten czas ją oszukiwał. Nie dopuszczała do siebie ani przez moment myśli, że jej małżeństwo z tym człowiekiem miałoby w jednej chwili zamienić się w farsę tylko z tego powodu, że jakaś operatorka centrali nie znalazła jego nazwiska w spisie telefonów wewnętrznych firmy. Tylko że jak można inaczej wytłumaczyć taką serię kłamstw?

W pewnej chwili przemknęła jej przez głowę myśl, żeby chwycić torebkę i udać się do biura firmy, ale nie była pewna, czy potrafi tam stawić czoła sytuacji. Próbowała się opanować i w miarę spokojnie obserwować rozwój wydarzeń, nie wyciągając pochopnych wniosków – choć wydawało się to zadaniem skrajnie trudnym, żeby nie powiedzieć niemożliwym. Po raz pierwszy zatęskniła za Davidem, jej pocieszycielem i bezwarunkowym sojusznikiem. On z pewnością znalazłby szybko jakieś wyjaśnienie albo przynajmniej użyłby odpowiednich słów, żeby opanować zdenerwowanie, które odczuwała coraz bardziej. Jedynym pocieszeniem były teraz łzy wściekłości i niemocy. Pomyślała, że zadzwoni do Victorii, swojej siostry, a może do ojca, ale właściwie po co? Osiągnie jedynie to, że oni też się zmartwią. A poza tym wciąż nie chciała przyjąć do wiadomości swojego najnowszego odkrycia, nadal wolała mieć nadzieję, że to tylko pomyłka recepcjonistki.

– Zatrudniają takich młodych, że większość z nich nie ma zielonego pojęcia, jak odnaleźć osobę, o którą ktoś pyta.

Czekała, aż Peter wróci wieczorem do domu i wszystko jej wyjaśni.

To oczekiwanie nie było przyjemne. Dzień, który zaczęła od twardego postanowienia, że zaspokoi swoją ciekawość, okazała się najdłuższym dniem jej życia. Kiedy w końcu odgłos otwierania drzwi – ten sam, który przez długie godziny tak bardzo chciała usłyszeć – przerwał jej makiaweliczne wizje, gwałtownie zapragnęła, żeby czas stanął w miejscu. Chciała, żeby w drzwiach pojawił się nie Peter, tylko David albo jej matka, albo Katrina – jej przyjaciółka. Ale te desperackie rojenia nie mogły się zrealizować, bo przecież żadna z tych osób, oprócz jej męża, nie miała kluczy od domu. Kiedy zobaczyła go w salonie, nie wiedziała, jak zareagować. Przez chwilę myślała, żeby o wszystkim zapomnieć, wymazać całe zdarzenie z dysku twardego własnej pamięci, udać, że nic się nie stało. Potrzebny był jej spokój, chciała, żeby wszystko było jak dotąd, żeby nic nie zakłócało jej pożycia z mężem ani nie zagrażało jej codzienności, w której czuła się tak wygodnie, taka spełniona. Ale nie miała nawet okazji skorzystać ze swych talentów aktorskich, które w różnych momentach życia okazywały się przydatne, bo Peter zbliżył się do niej. Widząc wykrzywioną twarz Maríi José i ruchy ciała, nasuwające skojarzenia z rannym zwierzęciem, zrozumiał, że coś się wydarzyło. Coś złego.

– Co się dzieje, kochanie? Stało się coś? Jakiś problem z dzieckiem?

Na twarzy męża malował się udawany niepokój, który zirytował Maríę José. „Cholerny hipokryta, jak to jest możliwe?" – to była jej pierwsza myśl, nakazująca złapać byka za rogi, bez oglądania się na możliwe konsekwencje.

– Dzwoniłam do twojej firmy. Pytałam o ciebie. I powiedziano mi, że jedyny Peter Innes, którego tam znają, jest stażystą zatrudnionym w systemie prowizyjnym. Bardzo się starałam, żeby ich przekonać, że to nazwisko wspólnika i założyciela firmy, a nie jakiegoś żałosnego stażysty, ale nie słuchali mnie. Nie udało się. Co więcej, zanim się rozłączyłam, otrzymałam informację, że zostałeś zwolniony kilkanaście dni temu. Możesz mi wyjaśnić, co się dzieje?

Pozorna pewność siebie, którą poczuła, zadając mężowi te pytania, runęła jak zamek z piasku w konfrontacji z jego wściekłą reakcją. María José myślała, że Peter ją zabije. Była pewna, że rozwali cały dom, połamie wszystkie meble, rzucając nimi o ściany tak, że niektóre z nich niechybnie spadną na nią. Wszystko było możliwe, biorąc pod uwagę natężenie wściekłości, która opanowała jej męża. Nigdy wcześniej nie widziała go w takim stanie.

– Przeklęta zdziro, jak śmiałaś wątpić w to, co ci mówię? Ty hiszpańska kurwo, masz czelność mnie śledzić! A kim ty jesteś, co?

W ciągu kilkunastu sekund człowiek, w którym się zakochała i z którym ślubowała spędzić resztę życia, zmienił się w machinę do niszczenia. Nie przestając wrzeszczeć, roztrzaskiwał wszystko, co napotykał na swojej drodze: krzesła, kieliszki, talerze, stoły, bibeloty, popielniczki, książki, obrazy, telefony, lampy, kosze na śmieci – wszelkie przedmioty, na które padło spojrzenie jego nasyconych gniewem i wściekłością oczu. Wyrzucał wszystko w powietrze, nie mierząc w żadnym określonym kierunku, rozbijał o podłogę albo o ściany, a jeśli coś się opierało jego niszczycielskiej sile, dokańczał dzieła kopniakami. Przy tym straszliwym wysiłku z jego ust wytryskiwały krople śliny, niczym pociski. María

José była przekonana, że jest to wypluwana przez męża żółć. Wściekłość rozpaliła zwykle różowy odcień jego skóry, zamieniając go w czerwień o zabarwieniu pomarańczowym. Ten kolor przeraził Maríę José.

– Zabiję cię! Nie zdajesz sobie sprawy, z kim masz do czynienia, ty kurwo hiszpańska! Słono mi zapłacisz za to upokorzenie, cholerna dziwko. Będziesz żałować, że się w ogóle urodziłaś. Jak śmiałaś, ty durna babo, ty kretynko!

To nie mogło się dziać naprawdę. María José nie była w stanie nawet mrugnąć powieką – a w każdym razie nie miała świadomości, że to robi – nie mówiąc już o otwarciu ust czy choćby oddychaniu. Wydawało się jej, że żyje dzięki powietrzu wcześniej zmagazynowanemu w płucach. Świat wokół niej zatrzymał się i patrzyła na wszystko tak, jakby siedziała w fotelu jakiegoś staroświeckiego i opustoszałego kina, obserwując szeroko otwartymi oczyma wielki ekran, z którego płynie mieszanina wrzasków, gróźb, obelg i przekleństw. Ten mężczyzna przemieniony w bazyliszka nie mógł być tym samym, z którym wzięła ślub i którego dziecka się spodziewała. To było niemożliwe. To musiał być jakiś koszmarny sen spowodowany napięciami, którym była w ostatnich dniach poddana.

Z tego stanu iluzji, pełnego wymyślonych i nierealistycznych zwrotów myśli i uzasadnień tego, co się dzieje, wytrącił ją cios w twarz, który zadał jej mąż. Jeśli z trudem przychodziło jej zrozumieć wszystko to, co działo się w ciągu dnia, tego nie była już w stanie przyjąć do wiadomości, nadać temu znamion jakiegokolwiek prawdopodobieństwa.

Zanim zdążyła zareagować i daleka od myśli o jakiejś obronie czy choćby ucieczce – a tak właśnie postąpiłaby w każdym innym momencie – pozostała nieruchoma, niewzruszona, poczuła, że ogarnął ją stan apatii, z którego nie potrafi wyjść. W rozwianiu tych wątpliwości pomógł jej mąż.

Na zmianę mocno nią potrząsając i gwałtownie popychając – wszystko przy akompaniamencie niedających się powtórzyć przekleństw, od których pękały bębenki w uszach Marii José – Peter wyrzucił żonę z domu. Przez chwilę myślała, że mąż trzaśnie nią o drzwi, i jedyną obroną, na jaką się zdobyła, było osłonięcie brzucha rękoma w geście matczynej obrony dziecka, który wydał się jej w tym momencie niezbędny. Ale w ostatniej sekundzie, kiedy już sądziła, że jej głowa za moment roztrzaska się o drzwi, Peterowi udało się je otworzyć ze zręcznością prestidigitatora. Chwyciwszy ją mocno za ramię, wyrzucił ją na ulicę. Ostatnim dźwiękiem, jaki wyraźnie usłyszała, było trzaśnięcie drzwiami gdzieś za nią. Nie odważyła się wrócić, stanąć znów przed tymi drzwiami, które jej mąż kilka sekund wcześniej zamknął z tak niezwykłą gwałtownością. Nie zdołała nawet rozejrzeć się w koło i zobaczyć, czy ktoś z sąsiadów był świadkiem tej sceny, ani krzyknąć, by wezwać pomoc. A już całkiem nie miała sił, by wybiec w poszukiwaniu kogoś, kto poświęciłby jej choć odrobinę uwagi. Stała jak wmurowana, wpatrując się w bramę we własnym ogrodzie. Była otwarta, ale María José całkiem opadła z sił i straciła zdolność działania. Uświadomiła sobie, że na nogach ma kapcie i ubrana jest jedynie w koszulę nocną. Ale nie była w stanie się tym przejąć mimo chłodu nocy. Nie wiedziała, na co czeka. Jej mięśnie nie mogły zmobilizować się do jakiegokolwiek działania, a umysł był jakby w stanie narkozy wywołanym trzaśnięciem drzwi, choć w istocie wpadł w ten stan znacznie wcześniej. Nie myślała o niczym ani o nikim. Nic nie czuła, nawet uderzenia, które wymierzył jej mąż – pierwszego w jej życiu ciosu zadanego męską ręką. Jeszcze nie tak dawno nie potrafiłaby nawet czegoś takiego sobie wyobrazić. Nieraz, podczas licznych spotkań z przyjaciółkami, zadawała pytanie, jak może dojść w małżeństwie do takiej sytuacji i jak ktoś może sobie na to pozwolić.

Trwałaby tak pewnie przez resztę życia, jak zamieniona w posąg, nieruchoma i bezwolna, gdyby do jej uszu nie dobiegł odgłos uruchamianego silnika. Pomyślała, że to któryś z zaparkowanych na ulicy samochodów; sądząc po odgłosie, chodziło o auto, które musiało znajdować się całkiem blisko. Przemknęło jej przez myśl, żeby wybiec i poprosić kierowcę o pomoc, ale nie była w stanie. Nie mogła i nie chciała, bo nie wiedzieć czemu, opanowało ją niekontrolowane poczucie wstydu, które kazało jej siedzieć dalej w kucki w tym samym miejscu, zakrywając nogi ramionami. Nie umiała też oszacować, ile czasu trwała ta surrealistyczna sytuacja; jej głowa nie potrafiła rozwiązywać takich zagadek. Zresztą po co? Ta wiedza i tak do niczego by jej nie posłużyła.

Tkwiła tam więc – tkwiło jej ciało, nogi, ramiona, ręce, ale nie rozpoznawała siebie. Trwała w oczekiwaniu, że wydarzy się coś, co ją stamtąd zabierze, bo sama nie potrafiła podjąć żadnego działania. Przekształciła się w całkowicie biernego uczestnika całej sytuacji i, jak na razie, ograniczała się do tej nowej roli.

Kiedy stan półświadomości, w który wpadła pod wpływem lęku i przerażenia wywołanego tym, co przeżyła, a także wstydu, nieco zelżał, powoli, stopniowo, tak jak budzi się pacjent wychodzący z narkozy, María José zaczęła myśleć, co ma zrobić. Poczuła, że wnętrze jej ciała lekko się rozgrzewa, choć z kolei jego powłoka zewnętrzna zaczynała drętwieć z powodu chłodu i skąpej odzieży. Jej ciałem wstrząsały dreszcze. Próbowała rozcierać zesztywniałe ramiona i nogi, żeby przywrócić je do życia. Była na dworze, pod drzwiami swojego domu. Została upokorzona, poniżona, zwymyślana i uderzona, a na dodatek oszukana i wyrzucona z gospodarstwa domowego, za które – podobnie jak za wszystko inne – ona sama płaciła. A wewnątrz tego domu przebywał teraz ojciec dziecka, którego się spodziewała – choć nie była w stanie rozpoznać tego mężczyzny. Być może właśnie z powodu ciąży nie potrafiła poczuć nienawiści ani złości, ani też chęci zemsty.

Z pewnością zdecydował o tym przypadek, zwykły zbieg okoliczności – albo też może ten dziwny związek między wydarzeniami dziejącymi się na płaszczyźnie rzeczywistej a tym, o czym jednocześnie śnimy (tak jak wtedy, kiedy słyszymy we śnie odgłos telefonu albo otwieranych drzwi, a jednocześnie dzwoni budzik i zaczynamy stopniowo przekraczać granicę między snem a jawą) – dość że dokładnie w chwili, kiedy María José stwierdziła, iż nie ma w niej uczucia nienawiści do męża, ten otworzył drzwi domu. Nie odważyła się na żaden ruch. Zresztą strach i tak by jej to uniemożliwił. Nie wiedziała, co się za chwilę wydarzy, i nie była nawet w stanie obrócić się wokół własnej osi, żeby sprawdzić, czy ma nadal do czynienia z potworem, który przed chwilą wyrzucił ją z domu, czy z mężczyzną, któremu ślubowała miłość, troskę i szacunek przez wszystkie pozostałe dni swojego życia. Wolała zaczekać na rozwój zdarzeń, choć zdawała sobie sprawę z ryzyka, jakie się z tym wiąże. María José czuła za plecami obecność męża. Dostawała od tego gęsiej skórki, tak jakby atakował ją milion maleńkich, kłujących szpileczek.

Peter obszedł jej struchlałe ze strachu ciało i przysunął twarz do twarzy żony, tak aby pokazać swoją skruchę. Płakał. Łzy potokami spływały po jego wciąż zaczerwienionym obliczu. Błagał o przebaczenie na wszystkie sposoby, jakie przychodziły mu do głowy, choćby najbardziej żałosne i śmieszne. Prosił o łaskę, pragnął wszystkich możliwych kar, jakie mogą dosięgnąć mężczyznę, który dopuszcza się podobnego barbarzyństwa wobec ukochanej kobiety, choć i tak nic nie będzie mogło przynieść mu ulgi w tej sytuacji. María José przyglądała mu się bez strachu. Nie rozpoznawała swojego męża także i teraz, w tym bezmiarze łez i szlochów, których właśnie była świadkiem: obsypywał ją czułościami i pieszczotami, nie przestawał jej obejmować, całować, głaskać, demonstrując tę samą troskliwość, którą wykazywał nieraz w stosunku do jakiegoś bezdomnego psa albo rannego i porzuconego kota. I tak też zachowywała się María José. Nie wiedząc dlaczego, pozwoliła się podnieść mężowi, który nalegał, by weszła do środka.

Ktoś, kto obserwowałby tę scenę z zewnątrz i zobaczył Petera wychodzącego z siebie, by okazać żonie czułość, stającego wprost na głowie, by otoczyć ją troską (choć w gruncie rzeczy cały ten przesadzony spektakl był wywołany jedynie narastającym poczuciem winy), oraz niereagującą na to wszystko Maríę José, z pewnością uznałby ją za kobietę oziębłą.

Kiedy byli już w domu, zamienionym w prawdziwe pole bitwy, Peter okrył żonę kocem i z najwyższą delikatnością usadził ją na sofie. I zaraz potem zaczął znów wypowiadać najróżniejsze frazesy, zanosić błagania o przebaczenie i składać przysięgi dotyczące jego własnej skruchy. Żona patrzyła na niego oszołomiona.

– Najdroższa, moja kochana, nie wiem, co mi się stało. Jeśli mi nie przebaczysz, przysięgam, że natychmiast popełnię samobójstwo. Może w ten sposób doprowadzę do tego, że mi przebaczysz i poczujesz się lepiej. Tak, zaraz się zabiję. Zaraz, natychmiast. Przebacz, przebacz, przebacz – powtarzał, głaszcząc jednocześnie ramiona żony i obsypując ją pocałunkami. A potem wstał gwałtownie i wykrzyknął z emfazą:

– Jak ja mogłem zrobić coś takiego osobie, która jest dla mnie najważniejsza na świecie? Nie wiem, co mi się stało. Ktoś albo coś mnie opętało, musisz mi uwierzyć. Nie rozumiem, jak mogłem tak się zachować, sam siebie nie poznaję. Wiem, że będzie ci bardzo trudno kiedykolwiek jeszcze mi zaufać, ale przysięgam ci na nasze dziecko, które w sobie nosisz, że nigdy, przenigdy nic takiego już się nie zdarzy. Uwierz mi. Wcześniej się zabiję, słyszysz? Zabiję się. Wolę zniknąć z tego świata, zanim miałbym znowu tak cię potraktować.

Peter kontynuował swój monolog, nie słysząc ani słowa z ust żony, która siedziała jak kłoda drewna, nieruchomo i bez mocy, niezdolna cokolwiek odpowiedzieć. Ale to go nie zniechęcało, wręcz przeciwnie – widział w jej zachowaniu zielone światło, aby znów podjąć natarcie i prezentować dalszy ciąg listy chwalebnych obietnic. Gdyby nie tragedia, która właśnie rozgrywała się w ich domu, jego zachowanie można by uznać za komiczne.

– Wszystko ci wytłumaczę. Żebyś nie miała żadnych wątpliwości dotyczących tego, co mi się przydarzyło w pracy. W gruncie rzeczy to głupstwo. Nie chciałem, żebyś dowiedziała się o pechu, który mnie spotkał. Miałem nadzieję, że się wkrótce z tego wygrzebię i nie będę musiał cię w to wciągać i martwić cię. Nie chciałem cię niepokoić, nie chciałem, żebyś to przeżywała… Nigdy nie miałem zamiaru cię martwić. Zawsze chciałem, żebyś mogła żyć spokojnie, bez żadnych problemów. Ale razem ze wspólnikiem straciliśmy zbyt dużo pieniędzy. I musieliśmy poszukać pracy, żeby jakoś zarabiać. Zaczęliśmy wszystko znów od zera. Było mi wszystko jedno, chociaż moja duma cierpiała. No i bałem się, że cię rozczaruję. Wszystko potrafiłbym znieść, tylko nie to.

Mężczyzna, który niedawno dopuścił się tak strasznego czynu przeciwko własnej żonie, zamilkł teraz na chwilę, żeby rzucić w stronę milczącej kobiety spojrzenie prowadzonego na rzeź baranka. María José, choć wciąż jeszcze zsiniała od nocnego chłodu, zdołała jednak powściągnąć lekkie dreszcze, które wstrząsały jej ciałem.

– Wszystko to robiłem dla ciebie, kochanie. Dla nas. Wierzyłem, że uda mi się szybko znów stanąć na nogi, ale nie potrafiłem. Ciągłe fatum. Wiem, że mnie zrozumiesz, bo twoje projekty też czasem brały w łeb przez podobnego pecha. Prawda, że mnie rozumiesz? Prawda, że mi przebaczysz?

– Trzeba mi było o tym powiedzieć. Trzeba było mi zaufać, tak jak ja zaufałam tobie. Mogłam ci pomóc.

María José wreszcie otworzyła usta. Udało jej się zwalczyć suchość, którą w nich czuła. Nagle zobaczyła, że jej własne ręce – całkiem bez udziału rozumu – zaczynają odpowiadać na pieszczoty, którymi obsypują ją dłonie męża. Wcale nie wzdrygnęła się z tego powodu, a przeciwnie – zaakceptowała to. Spodziewała się dziecka mężczyzny, którego miała u swoich stóp i który wydawał się całkowicie zdruzgotany. Widziała, że cierpi katusze, na które nie ma lekarstwa. I co więcej – była w tym mężczyźnie zakochana. Ten fakt sprawił, że w końcu przymknęła oczy na wszystko, co jeszcze kilkanaście minut temu działo się w tych samych ścianach. Ciężarna i zakochana w człowieku, który dopiero co dał pokaz wcześniej niewyobrażalnej przemocy... Dostrzegła, jak na wyimaginowanej wadze, której obraz powstał w jej głowie, że jej uczucia oraz sytuacja osobista zdają się ważyć więcej niż gwałtowny napad psychozy, który przytrafił się jej mężowi. Nie miała co do tego wątpliwości. Po chwili oboje zatracili się w bezmiarze uścisków, objęć, pocałunków, próśb o przebaczenie i obietnic lepszej przyszłości. Zrobili to – a przynajmniej María José – niemal bez udziału świadomości.

Spali tej nocy przytuleni do siebie, choć bardziej precyzyjne byłoby sformułowanie, że to ramiona Petera otoczyły Maríę José z determinacją, z jaką myśliwy osacza swoją ofiarę. O tym, co wydarzyło się tej pamiętnej nocy, małżonkowie nigdy już potem nie rozmawiali w jasny i bezpośredni sposób, tak jakby podpisali jakiś pakt o zachowaniu milczenia. Wyglądało na to, że kolejny, nowy dzień przyniósł zapomnienie wczorajszych zniewag i zmazał wczorajszą hańbę. Kiedy María José się obudziła, zobaczyła, że jej mąż zdążył już posprzątać bałagan, który był jego własnym dziełem. Nic nie wskazywało na to, że w domu doszło niedawno do niewyobrażalnego i niegodnego aktu przemocy fizycznej. Atak szału, którego świadkiem było ich gniazdo rodzinne zaledwie kilka godzin wcześniej, teraz zastąpiło przyjemne śniadanie, przygotowane z dbałością o najmniejsze szczegóły, wystawne i podane ze smakiem na jadalnianym stole.

María José nie zapomniała o tych wydarzeniach – byłoby to zresztą zwyczajnie niemożliwe – ale ukształtowała w sobie mentalną umiejętność wyłączania wszelkich związanych z nimi wspomnień, kiedy tylko próbowały odżyć w jej pamięci. Niemniej jednak wiedziała, że one tkwią nadal w jej głowie – porzucone, ukryte, uśpione, jakby pod narkozą. Nie zniknęły. Wciąż tam były.

· 10 ·

Życie toczyło się bez poważniejszych zaburzeń. Ciąża wchodziła już w końcową fazę i María José poświęcała większość czasu na organizowanie czekającego ją – i tak wytęsknionego – przyjazdu matki do Stanów Zjednoczonych. Teraz bardziej niż kiedykolwiek potrzebowała jej bliskości. Potrzebowała tego, czego była pozbawiona przez długie okresy dzieciństwa. Ważne były dla niej wszelkie detale, szczere matczyne uściski, mądre rady, pełne troski słowa, czułość i bezwarunkowe wsparcie. Nikt nie potrafi tak jak matka zajmować się i opiekować córką w szczególnych momentach bezpośrednio poprzedzających wydanie na świat dziecka i zaraz po tym przejmującym życiowym doświadczeniu. Cała familia chciała się przenieść do Nowego Jorku, żeby poznać nowego członka rodziny, który – jak wskazywały przeprowadzone badania ginekologiczne – miał się okazać śliczną i słodką dziewczynką. Córka miała otrzymać imię Victoria Solenne: Victoria po siostrze Maríi José, a Solenne z uwagi na fakt, że przyszłej matce po prostu podobało się to imię. Była przekonana, że córeczka wyrośnie na osobę wybitną, i teraz wszystkie przygotowania związane z jej narodzinami wydawały się niewystarczające.

W tych jakże ważnych momentach swego życia María José nie potrafiła – ani zresztą nie chciała – uciec od wspomnień o babci. Tej samej babci, która przejęła rolę matki, oddanej, w pełni zaangażowanej w opiekę nad obiema siostrami oraz w ich wychowanie, kiedy praca uniemożliwiła rodzicom dziewcząt spędzanie z nimi czasu i pomaganie im w nauce. María José na zawsze zapamiętała babcię jako kobietę silną, czułą, pracowitą, zwariowaną na punkcie wnuczek. Taki obraz wrył się nieodwracalnie w jej pamięć. Babcia zawsze była u jej boku, nawet wtedy, kiedy dzieciństwo i wczesna młodość Maríi José już przeminęły i kiedy powoli zamieniała się w dojrzałą kobietę. Babcia uwielbiała obie wnuczki, chociaż María José miała jakiś specyficzny, wrodzony dar, który sprawiał, że stawała się oczkiem w głowie kochających ją osób. Babcia nie była pod tym względem wyjątkiem. Kiedy umarła, obie siostry odczuły bardzo mocno tę stratę. Jej nieobecność okazała się dla nich znacznie bardziej bolesna, niż zazwyczaj dzieje się po stracie bliskiej osoby – i może dlatego wspomnienie babci tak trwale zapadło w pamięć Maríi José. Czy to w dobrych, czy w złych momentach, zawsze w jej umyśle regularnie powracał obraz babci.

– Mój Boże, co by sobie pomyślała babcia, gdyby wiedziała... gdyby się dowiedziała, że mój mąż... – María José gwałtownie odpychała od siebie tę myśl, która ją tak bardzo smuciła i przerażała. – Ale nie wie. Tak jak nie wiedzą rodzice, siostra i przyjaciele. Nikt. Nigdy. Nie mogą się dowiedzieć.

W takich chwilach cała uwaga walencjanki zwracała się natychmiast ku układaniu i porządkowaniu ubranek nowego, oczekiwanego członka rodziny. Śliniaki, koszulki, piżamki, wstążki, buciki, pieluszki, talk, prześcieradełka do łóżka, ozdoby, które przyczepia się do sufitu w pokoju, śliczna kolekcja smoczków, wózek, bezlik zabawek pogrupowanych zależnie od tego, czy zostały kupione, czy otrzymane w prezencie... Nie brakowało żadnego drobiazgu. Bez trudu można było dostrzec pewien nadmiar przedmiotów zgromadzonych w pokoju przeznaczonym dla osoby, która – nie było co do tego żadnych wątpliwości – miała się stać królową tego domu.

– Wszystko się ułoży, kiedy pojawi się dziecko. Wszystko. Nasza córka będzie specjalnym wysłannikiem, który przybędzie z misją, żeby zjednoczyć rodziców. I musi się jej to udać.

I tego właśnie pragnienia, dźwięczącego ustawicznie w jej głowie, przyszła matka chwyciła się wręcz zębami i paznokciami.

Podczas ostatnich miesięcy ciąży to rozmowy telefoniczne zacieśniały kontakt między Marią José a jej rodzinną. Przyszła matka zdawała sobie sprawę, że w swoim stanie musi pamiętać o ustawicznie świecącej się lampce alarmowej: pamiętała o poronieniu podczas pierwszej ciąży. Konieczne były skrupulatne kontrole lekarskie i ciągła ostrożność ciężarnej. Zabroniono jej lotu do Hiszpanii, którego tak pragnęła. Nie wątpiła więc, że w tej sytuacji przyleci do niej matka i kiedy dziecko przyjdzie już na świat, jej obecność będzie stanowić namiastkę obecności całej rodziny. Zgodnie z pierwotnym planem, María José zawiadomiła swoją siostrę Victorię, że chce, aby to ona została matką chrzestną dziecka. Zaszczyt bycia ojcem chrzestnym miał przypaść jednemu z przyjaciół Petera. Przygotowania do chrzcin budziły w Maríi José bardzo silne emocje, w których zamierzała zanurzać się bez ograniczeń. Wybrała już kościół, gdzie miała się odbyć uroczystość, strój, w którym jej córeczka będzie chrzczona, opracowała listę gości oraz sposób ich rozmieszczenia podczas ceremonii – tak dla niej świętej i ważnej – no i oczywiście menu na niewielką biesiadę, która miała się odbyć zaraz po sakramencie chrztu. Z uwagi na te wszystkie działania była bardzo zajęta, nieustannie pogrążona we własnym świecie. Być może dlatego dźwięk telefonu, który rozległ się pewnego dnia, sprawił, że podskoczyła na krześle.

– David, to ty? Co za radość! Jak się masz?

– Jestem w Rzymie, cały w nerwach przez ciebie. Czy to dziecko się wybiera na świat, czy nie? Budzi we mnie takie same uczucia jak jego matka.

– Już niedługo, Davidzie, niedługo. Też bym już chciała zobaczyć jej buzię. Strasznie się denerwuję. I tak za tobą tęsknię!

Wystarczyło, że usłyszała głos przyjaciela, by powróciły do niej wspomnienia tylu chwil – dobrych i złych – które przeżyła w ostatnich miesiącach. Nagromadzone emocje sprawiały, że przez kilka minut była bliska płaczu.

Żadne z nich dwojga nie sprzeniewierzyło się danej sobie obietnicy utrzymywania ciągłych kontaktów, przynajmniej na początku. Z biegiem czasu oddalenie, obowiązki zawodowe jednego z nich oraz ciągłe zmiany w życiu drugiego ograniczyły nieco częstotliwość kontaktów telefonicznych. W sumie spędzili na rozmowach wiele godzin. David dzielił się z przyjaciółką swoimi planami na przyszłość w Wiecznym Mieście – w jednym z tamtejszych salonów piękności

– i obiecywał przysłać jej zdjęcia siostrzeńców, z którymi niemal się nie rozstawał, kiedy tylko udawało mu się wrócić do domu w Alicante. Wykorzystywał w tym celu niektóre weekendy oraz święta, pozwalające mu wyrwać się z Rzymu.

– Wyślę ci zdjęcia dzieciaków, żebyś je zobaczyła. Są śliczne, no wiesz... podobne bardziej do mnie niż do ich rodziców, dlatego takie z nich słodkie małpeczki.

Głos i opowieści przyjaciela zawsze potrafiły rozbawić Maríę José. Ale w rozmowach telefonicznych nigdy nie osiągali takiego poziomu zaufania jak dawniej, kiedy wystarczyło jedynie przejść przez ulicę, by trafić do zupełnie innego świata. Za każdym razem było tak samo. Na kilka minut przed zakończeniem rozmowy María José – w większym stopniu niż David i z większą niż on ochotą – nosiła się z myślą, żeby otworzyć przed rozmówcą serce i opowiedzieć mu niezliczone epizody z własnego życia. Niektóre miały charakter raczej ogólny, inne były całkiem trywialne, ale chciała z siebie wyrzucić wszystkie. Niemniej jednak nigdy tego zamiaru nie realizowała – z braku właściwych słów i odpowiedniego nastroju. Kiedy się żegnali, zawsze ogarniał ją smutek przemieszany z lekkim poczuciem winy, że nie była całkowicie szczera ze swym najwierniejszym towarzyszem. Ale ten stan szybko mijał, zawsze bowiem powtarzała sobie to samo idealne usprawiedliwienie:

– Telefon to nie jest odpowiednie medium do opowiadania takich rzeczy. Nadarzą się jeszcze lepsze okazje ku temu.

17 kwietnia 2000 roku urodziła się Victoria Solenne Innes Carrascosa. Rodzicom wydała się jednym z najśliczniejszych dzieci na świecie – no i oczywiście mieli solidne podstawy, żeby tak uważać.

Szpitalny pokój, w którym odpoczywała i dochodziła do siebie matka i w którym spało jak suseł niemowlę – w ogóle niemające zamiaru dać swej niecierpliwej rodzinie najmniejszej nawet okazji do upewnienia się, czy ma oczka niebieskie, czy piwne – wypełnił się kolorowymi piłeczkami, miękkimi i szorstkimi pluszakami najróżniejszych rozmiarów, kartkami z życzeniami (każda kolejna była bardziej krzykliwa od poprzednich) oraz koszami prezentów ofiarowanych noworodkowi, wśród których znalały się kosmetyki, ręczniczki, mydła, kremy, pluszowe misie i grzechotki. Szpital przekształcił się w cel pielgrzymek, odwiedzany przez licznych, składających wizyty ciekawskich, którzy prześcigali się w odgadywaniu potrzeb położnicy i reagowali przerażeniem, kiedy niemowlę raczyło ich swoim ogłuszającym płaczem. Przyjaciele zgromadzeni przy dziecięcym łóżeczku nie byli w stanie wydobyć z siebie innego odgłosu aniżeli głośnych okrzyków: „Och! Jakie cudo! Ale laleczka, cóż za ślicznotka! Jaki cudowny dzidziuś! No naprawdę, po prostu ideał".

I rzeczywiście tak było. Do tego stopnia, że nawet pielęgniarki wpatrywały się jak zaczarowane w tę istotkę, która dopiero co zjawiła się na świecie i której rysy wyglądały jak rzeźbione przez chór aniołów. Były delikatne, łagodne, wręcz idealne – szczególnie wyraźnie można było to dostrzec, kiedy mała zapadała w sen. Jej matka nieustannie przyglądała się poszczególnym częściom ciała noworodka, z całą czułością tego świata w oczach. Dotykała – delikatnie i miękko, jak zwykły robić to matki, które urodziły po raz pierwszy – rączek córeczki, przebiegała palcem wzdłuż każdego z jej paluszków, licząc je przy okazji jeden po drugim, jakby chciała się po raz kolejny upewnić, że wszystkie są na swoim miejscu. Pieściła delikatnie maleńki nosek, usta, uszka, włosy, pępek, maleńkie nóżki, mięciutki i ledwie widoczny puszek pokrywający główkę dziecka, jego mikroskopijne stópki, które poruszały się, kiedy ujmowała je w swoją dłoń. Dla Marii José wszystko to było odkryciem i okazją do świętowania. Jeśli o matce można było powiedzieć, że wpadła w stan ekstazy wywołany pojawieniem się dziecka, podobne wrażenie robił ojciec, który jednakże dodatkowo wykazywał widoczne zdenerwowanie. Wielu znajomych uznało, że to stan całkiem typowy dla świeżo upieczonych ojców.

– Musi minąć kilka dni, zanim się odważy podnieść córkę z łóżeczka. Pewnie się boi, że wypadnie mu z rąk. Twój ojciec zachowywał się podobnie, kochanie. Wiesz, mężczyźni... – tłumaczyła Maríi José matka.

Peter nie rozstawał się ani z żoną, ani z dzieckiem, które jednakże obserwował z pewnym lękiem – wystarczyło jedno spojrzenie małej, najmniejsza jej reakcja, aby ów lęk obudzić.

Kiedy wizyty dobiegały końca i krewni postanawiali zostawić głównych bohaterów tych radosnych zdarzeń samych i pozwolić im odpocząć czy zjeść coś w szpitalnej stołówce, Peter korzystał z okazji, żeby zbliżyć się do łóżka żony i – patrząc na matkę i córkę – składał obietnice, których María José słuchała z ochotą.

– Będę się tobą opiekował jak nikt dotąd. Resztę życia poświęcę na to, żeby ci to udowodnić. Dzięki tobie jestem najszczęśliwszym człowiekiem na świecie. I będę się zajmował tylko jednym: opieką nad wami. Obiecuję ci to.

María José zamykała oczy i pozwalała się całować w czoło, pragnąc jednocześnie ze wszystkich sił, żeby obietnice męża stały się rzeczywistością. Niemniej jednak nie potrafiła nie zauważać pewnego podobieństwa między jego słowami, które słyszała teraz, a tamtymi, wypowiedzianymi również przy szpitalnym łóżku, zanim zostawił ją samą w Kennedy Memorial po poronieniu. Jeszcze mocniej zaciskała więc powieki, starając się w ten sposób wypchnąć złe wspomnienia z powrotem w tajemne, dobrze ukryte miejsce.

Niedługo potem wszyscy wrócili do domu. Szpitalny rejwach i poczucie niecodzienności ustąpiły miejsca spokojowi i przytulności „domu, słodkiego domu". Szczęśliwa matka wróciła wprawdzie zmęczona, ale spełniona, z dzieckiem w ramionach. Wiedziała, że czeka ją okres trudny, ale piękny – niezwykle istotny czas pracy i skupienia uwagi prawie wyłącznie na dziecku. I zamierzała zdać z wyróżnieniem ten nowy i trochę niepokojący egzamin, przed którym postawiło ją życie. Nigdy jednak nie przypuszczała – mimo swych dotychczasowych doświadczeń prawniczki, bizneswoman, a teraz także dumnej matki – że zdoła tak dobrze zorganizować się w trakcie pierwszych miesięcy po porodzie. Niewątpliwie bardzo jej w tym pomogła nieoceniona obecność matki, która towarzyszyła jej podczas pierwszych tygodni laktacji i zajmowała się nie tylko samym domem, ale sprawowała pieczę w ogóle nad wszystkim, żeby ani dziecku, ani jego matce niczego nie brakowało. Stała się dla swojej córki prawdziwym aniołem stróżem. María José, zdając sobie sprawę z tego, co oznacza pomoc matki, nie przestawała dziękować Bogu za to, że ma ją u swego boku. Wiedziała jednakże od początku, że to dobrodziejstwo opatrzone jest terminem ważności: i rzeczywiście, raczej wcześnie niż późno matka musiała wracać do Hiszpanii, żeby zająć się własnym domem.

María José dość szybko potrafiła narzucić sobie rytm życia, który pozwalał jej zajmować się dzieckiem, co bez wątpienia było jej największą troską, a jednocześnie kontynuować pracę nad przyszłością swego najnowszego projektu biznesowego – firmy „Mary Poppins". Niezależnie od ostatnich, jakże radosnych wydarzeń, które zmodyfikowały listę jej życiowych priorytetów, María José nadal zachowała niezachwiane przekonanie, że należy tę firmę rozwijać. Od pierwszych bowiem chwil, gdy kilka miesięcy wcześniej postanowiła uruchomić stronę internetową, wyjaśniającą charakter i cele „Mary Poppins", zaczęła otrzymywać liczne zgłoszenia, które pozwoliły jej nawiązać pierwsze kontakty, przynoszące po niedługim czasie owoce. Zaskakujące zyski z nowego biznesu nie pozwoliły jej popełnić błędu i pospiesznie zwiększyć skali działania. Wiedziała dobrze, że opieka nad małą Victorią Solenne znacznie ograniczy jej wolny czas i energię. A potrzebowałaby ich wiele na wyczerpujące starania, by wdrożyć odpowiednie procedury i formalności. Niezbędne bowiem były pozwolenia dla wszystkich osób przyjeżdżających do USA i chcących pracować w jej firmie jako *au pair*. Nieustający napływ zgłoszeń skłonił ją do zatrudnienia niewielkiej ekipy, która zajmowała się – pod jej ścisłym nadzorem i zawsze zgodnie z jej wskazówkami – organizacją przyjazdu pracowników, możliwie prostymi i skutecznymi sposobami uzyskiwania pozwoleń umożliwiających świadczenie usług oraz korelowaniem nadsyłanych ofert ze zgłoszeniami dotyczącymi popytu, gromadzonymi w bazie danych. Wszystko wskazywało na to, że nowy biznes może się okazać bardzo dochodowy. Ta perspektywa sprawiała, że María José wciąż była zajęta pracą nad firmą. Ale nie było to jej jedyne zajęcie.

Zamieszanie, jakie wynikło w związku z narodzinami Victorii Solenne, ciągła defilada przyjaciół i krewnych – przychodzących i wychodzących – przygotowania do chrzcin oraz radość, jaką Marii José sprawił przyjazd rodziny, szczególnie siostry Victorii, z którą dzieliła się różnymi intymnymi opowieściami nieprzeznaczonymi dla rodziców – wszystko to nie zatarło w niej pamięci o pewnych niedokończonych sprawach, które wciąż wymagały rozwiązania. Dziwna sytuacja zawodowa Petera zajmowała w jej myślach i działaniach ważne miejsce. Proponowała mu już wcześniej, żeby pracowali razem, łącząc wysiłki na rzecz stworzenia własnej firmy, którą sami mogliby zarządzać. Profesjonalne przygotowanie walencjańskiej prawniczki do wszelkich działań związanych z biznesem i finansami w połączeniu z jej licznymi kontaktami pozwalały wierzyć w szybki rozwój wspólnej firmy marketingowej. Byłoby to dobre rozwiązanie, które zrodziło się ze skrywanego pragnienia Maríi José, aby silniej scementować ich małżeństwo i wymazać z pamięci bolesne wspomnienia przeszłości pełnej kłamstw i niewolnej od nieporozumień. Była przekonana, że taka wspólna działalność pochłonie jej męża, a szefowanie własnej firmie pomoże mu poczuć się bardziej przydatnym i wyzwolić od dawnych upiorów.

Pomoc, jaką Peter oferował w domu, była ograniczona, choć właściwie María José wolała, aby tak właśnie było. Pozwalało jej to na swobodniejsze działanie w czasie, który jej mąż przeznaczał na tworzenie firmy marketingowej. I tak właśnie to wyglądało. Ona zajmowała się córką i rojeniami o przyszłym sukcesie jej biznesu związanego z zatrudnianiem *au pair*, on zaś skupiał wszystkie swoje wysiłki na kładzeniu fundamentów pod rodzinną firmę, która otrzymała nowy zastrzyk pieniężny: jak niemal zawsze, jego źródłem była pomoc rodziców Maríi José. Ich hojność po raz kolejny podziałała jak powiew świeżego powietrza na pozostające w kiepskiej kondycji finanse Petera i ich córki. Pomagała przetrwać przynajmniej do następnego kryzysu. A kolejny kryzys właśnie zburzył ten pozorny spokój i złudną normalność życia małżonków.

· 11 ·

Victoria Solenne pokazywała właśnie na swoich maleńkich paluszkach, ile lat kończy. Wydawała się bardzo dumna z tego, że stopniowo pokonuje kolejne bariery wieku – świadczył o tym jej sympatyczny uśmiech. Mała rosła w tempie niemal wprost proporcjonalnym do narastającego zmęczenia, które odczuwała jej matka. Od mniej więcej dwóch lat – a może nawet trochę dłużej – María José nie potrafiła odzyskać swego dawnego życiowego rytmu. Jej przyjaciele – a także sam Peter – zwykle upatrywali powodu tego stanu rzeczy w porodzie, ale ona sama była przekonana, że osłabienie nie miało nic wspólnego z pojawieniem się na świecie córeczki. Chodziło o jakiś inny typ słabości, z którym nie potrafiła sobie poradzić: tak jakby coś zatruwało jej krew, zagęszczało ją. María José miewała czasem uczucie, że ta coraz bardziej lepka posoka z trudem przeciska się przez jej żyły i waży znacznie więcej niż dawniej. Od chwili porannego przebudzenia się aż do wieczornego spoczynku, kiedy mogła położyć się i leżeć w łóżku bez ruchu, pozbawiona energii, towarzyszyło jej nieustające zmęczenie, tak jakby za sprawą jakiegoś niewidocznego ciężaru wiszącego u jej szyi kolejne dni przemieniały się w wyczerpujący bieg z przeszkodami. Czuła się słaba, apatyczna, wątła. Trafiały się takie dni, kiedy najmniejszy nawet wysiłek wydawał się przeszkodą nie do przezwyciężenia. Jedynie podczas wyjazdów z mężem i córką do Hiszpanii wracała w pewnym stopniu do siebie. Podczas tych podróży miała zwykle dość czasu, by odzyskać siły i energię, ale po powrocie do Stanów wystarczało ich zaledwie na kilka dni. Potem znów opanowywała ją poprzednia słabość.

Nigdy nie lubiła się oszukiwać – i tak też było teraz. W odbiciu, które widziała w lustrze, jej uwagę zwracały duże, ciemne kręgi widoczne pod oczyma i coraz bardziej wystające kości policzkowe. Same policzki, niegdyś zaróżowione, teraz wydawały się zapadnięte i poszarzałe. Żółtawy odcień twarzy niepokojąco kojarzył się z chorobą i sugerował, że w jej organizmie dzieje się coś niedobrego. Jej ospałość dawała się zauważyć nie tylko w wymiarze fizycznym, ale i psychicznym. Ciągła apatia i chroniczne zmęczenie sprawiły, że María José straciła zainteresowanie pracą. W połączeniu z konfliktem personalnym z jednym z zatrudnionych pracowników oraz z odwiecznymi problemami dotyczącymi płynności finansowej doprowadziło to do zahamowania prac przy biznesie *au pair*, który jeszcze przed urodzeniem córki budził w niej tyle nadziei. Różne negatywne myśli, które działały jak pociski wystrzeliwane przez potężne smoki, pragnące zdobyć jej siedzibę, dręczyły ją i osłabiały niewzruszonego dotychczas ducha przedsiębiorczości oraz zdolność pokonywania przeszkód.

Ale nie tylko María José dostrzegała te wszystkie zmiany. Wiedziała, że również jej przyjaciółki, rodzice, a szczególnie siostra Victoria od pewnego czasu dostrzegają jej smutek i zaskakujące wycofanie, niepasujące zupełnie do jej otwartej natury. Przecież María José zawsze, gdziekolwiek się pojawiała, zarażała wszystkich witalnością i dobrym humorem. Victoria zdołała potwierdzić niektóre ze swych podejrzeń, kiedy wybrała się w podróż do Nowego Jorku, by spotkać się z siostrą i siostrzenicą. Spędziła z nimi tylko kilka dni, ale to wystarczyło, by stwierdzić, że coś w życiu Maríi José nie funkcjonuje właściwie. Pewnego dnia siostry postanowiły wyjść z domu na spacer i przy okazji kupić parę rzeczy dla małej. Victoria zdała sobie przy tej okazji sprawę, że jej siostra nie ma przy sobie dość pieniędzy, aby zapłacić za zakupy, musiała więc wyjąć swoją kartę kredytową i wziąć na siebie uregulowanie rachunku.

– A cóż to się dzieje, siostrzyczko? Nie masz pieniędzy? Problemy z płynnością? Czemu nic mi nie powiedziałaś?

Victoria patrzyła na siostrę, jakby chciała w jej oczach znaleźć jakieś wyjaśnienie, które, jak na razie, nie przechodziło Maríi José przez gardło.

– Nie przejmuj się, Vivi, to przejściowe. Dokonaliśmy pewnych inwestycji i jak się zaczną zwracać, będziemy mieli więcej tlenu, ale na razie jesteśmy zanurzeni w wodzie po szyję – rzekła starsza siostra, próbując swej wypowiedzi nadać dostateczną wiarygodność, żeby uspokoić Victorię. – Naprawdę, nie przejmuj się. To drobiazg. Trzeba tylko poczekać, aż biznes zacznie przynosić dochody. A poza tym tata i mama od czasu do czasu przysyłają nam pieniądze. Po prostu trafiłaś na zły moment, to wszystko. I przypadkiem nie zaczynaj układać w swojej główce jakichś scenariuszy... Już ja cię znam, siostrzyczko.

Victoria zaakceptowała – bez wielkiego przekonania – argumenty, które podsunęła jej siostra. Widziała, że María José nie ma ochoty na dalsze wyjaśnienia i że nadmierne naleganie pogorszy tylko sprawę i nada jej bardziej dramatyczny wyraz. Za nic w świecie nie chciała zamienić rodzinnej wizyty, przebiegającej tak przyjemnie i bez większych komplikacji, w źródło wzajemnej złości.

Któregoś popołudnia, kiedy María José znowu – jak to ostatnio często się zdarzało – wpadła w dziwne otępienie, zadzwonił telefon. Siedziała, wpatrując się nieruchomym wzrokiem w aparat, z którego dobiegał ogłuszający dźwięk. Wydawało się jej, że przejście przez salon i podniesienie słuchawki wymaga heroicznego wysiłku. Nie wiedziała, skąd znalazła w sobie dość sił, ale jednak podjęła ten trud. I ucieszyła się, ponieważ głos, który rozległ się w słuchawce – choć dobrze znany – niósł w sobie przyjemną świeżość.

– David? To ty? Co się z tobą dzieje? Od tak dawna się nie odzywasz! Dzwoniłam do ciebie do domu, ale nikt nie odpowiadał...

Połączenie nie było zbyt dobre, ale nie przeszkodziło to Davidowi zauważyć, że jego przyjaciółka nie była tak ożywiona jak dawniej, kiedy nawet błahe zdarzenie było wystarczającym powodem, żeby przejść na drugą stronę ulicy i uruchomić lawinę zwierzeń.

– A u ciebie wszystko w porządku, Mary Jo? Mówisz, jakbyś była przygaszona. No naprawdę, myślałem, że mój telefon bardziej cię ucieszy – odpowiedział, próbując przeciwdziałać apatii, którą wyczuwał po drugiej stronie linii telefonicznej, ale nie było to łatwe.

– Ależ skąd, głuptasie, wcale nie. Nie wiesz nawet, jak mnie ucieszyłeś, naprawdę. Nie masz pojęcia, ile to dla mnie znaczy, że mogę cię usłyszeć. – María José wkładała wiele wysiłku w to, żeby jej głos brzmiał przekonująco i rześko. Niemniej jednak odniosła równie mizerny sukces jak jej przyjaciel chwilę wcześniej, kiedy próbował ożywić ją nadmierną egzaltacją w głosie. – Tylko nie wiem, co się ze mną dzieje, jestem jakaś zniechęcona, jakby mi się wyczerpały baterie i potrzebowałabym je naładować. A nie wiem jak. Nie mam ochoty na nic oprócz leżenia na kanapie z zamkniętymi oczyma. Mogłabym spać kilka miesięcy bez przerwy. Rozumiesz mnie?

– No, nie bardzo. Od kiedy to moja Mary Jo nie ma ochoty wyjść na ulicę i wyzwać na pojedynek każdego, kogo trzeba, żeby walczyć o swoje marzenia? Od kiedy to nie masz w sobie dość waleczności, żeby rzucić świat na kolana? Od kiedy? Niech zrozumiem!

Zdawał sobie sprawę, że te zdania zabrzmiały dość bombastycznie, ale i tak mu się podobały.

– Nie umiem ci odpowiedzieć… Może od czasu, kiedy ty wyjechałeś albo kiedy urodziła się mała, albo kiedy wyjechała moja matka… A może od czasu, kiedy moja ostatnia przygoda biznesowa okazała się kolejnym fiaskiem… chłopie, nie wiem. I też tego nie rozumiem.

Te nowe rysy charakteru serdecznej przyjaciółki nie przestawały go zadziwiać. Były tak odmienne od tych, z którymi zawsze mu się kojarzyła. I wcale mu się nie podobały. Wręcz przeciwnie: rozczarowały go i zmartwiły. Postanowił zmienić temat rozmowy.

– A co u Petera?

– No cóż, jest.

Skąpa i chłodna odpowiedź Marii José, udzielona po krótkiej, ale pełnej napięcia chwili przepełnionej emocjami, uruchomiła w Davidzie wszystkie systemy alarmowe, każąc mu się domyślać, że przyjaciółka ma poważny problem.

– Mary Jo, gdyby się działo coś złego, powiedziałabyś mi, prawda? – zapytał, oczekując odpowiedzi twierdzącej.

– Tak, jasne…

Trudno mu było przypomnieć sobie bardziej fałszywie brzmiące potwierdzenie niż to, którym właśnie uraczyła go niegdysiejsza towarzyszka życiowych potyczek. Teraz był już pewien, że chodzi o jakiś problem związany z mężczyzną, którego María José poślubiła. Podczas poprzednich rozmów telefonicznych jego przyjaciółka wylewała z siebie rozmaite skargi dotyczące rodziny Petera, szczególnie matki, z którą nie mogła wytrzymać. Dzieliła się z Davidem obawami, że Peter nadal widuje się z którąś ze swych byłych narzeczonych. Ta myśl powodowała w niej nieustającą irytację. David przypomniał sobie pewien epizod, który w swoim czasie przykuł jego uwagę. Miało to miejsce podczas jednej z podróży do Hiszpanii, które María José odbywała wraz z mężem, żeby odwiedzić rodzinę. Postanowiła przy tej okazji pojechać w okolice Benidormu, żeby spotkać się z Davidem. Kiedy poszedł razem z nią zarezerwować dla małżonków pokój w hotelu blisko miejsca, w którym on sam się zatrzymał, recepcjonista poinformował ich, że zostały już tylko pokoje z oddzielnymi łóżkami. María José skomentowała wówczas:

– To nawet lepiej… od jakiegoś czasu już nic nas nie łączy. A to, co się między nami dzieje… i tak lepiej, żeby się nie zdarzało…

David spojrzał na nią zdziwiony, szukając jakiegoś mniej wieloznacznego wyjaśnienia, które nie byłoby oparte na łamigłówkach, jak poprzednia wypowiedź Maríi José. Ale wszystko sprowadziło się do suchego stwierdzenia:

– Kiedyś ci opowiem. Brzydzi mnie to.

Wolał więc nie naciskać. Nazajutrz małżonkowie wracali do Nowego Jorku. Był to ostatni raz, kiedy David widział Petera.

– Posłuchaj, Mary Jo. Może byś zorganizowała podróż do Hiszpanii? Wracam za dwa miesiące, mam już dość bycia rzymianinem i pomyślałem, że się zainstaluję blisko Alicante, w Benidormie, który przecież jest moim domem. Jestem pewien, że dobrze ci zrobi zmiana klimatu. No i poopowiadasz mi wszystko, i będziemy gadać, i zobaczymy się…

– Może i masz rację, Davidzie. Pewnie taka przejażdżka dobrze by zrobiła małej i mnie. Możliwe, że cię posłucham.

Po raz pierwszy María José poczuła chęć zakończenia rozmowy, która przybierała niewygodny kurs: nie była w stanie odtworzyć dawnego klimatu absolutnego zaufania, w którym kiedyś przebiegały ich pogaduszki. Postanowiła przerwać połączenie telefoniczne, nie szukając żadnych szczególnych uzasadnień.

– No dobrze, Davidzie. Zostawiam cię. Niedługo zadzwonię i z pewnością się zobaczymy. Uważaj na siebie. Wiesz, że cię kocham.

Pożegnaniu przyjaciół towarzyszyły wzajemne pocałunki i uściski. Obojgu pozostał po tej rozmowie gorzkosłodki smak: zaczęło się od eksplozji radości, a w końcu rozstali się pospiesznie i w atmosferze niedającego się ukryć rozczarowania.

Od czasu, gdy María José złączyła swój los z życiem Petera, a szczególnie od momentu narodzin dziecka, stała się innym człowiekiem. Coś się zmieniło w jej wnętrzu i zmiana ta wpłynęła także na jej sposób bycia, powodując ekstremalne zmiany: María José stała się introwertyczką – przestraszoną, wycofaną, mało komunikatywną i nieśmiałą; nigdy wcześniej nie objawiała tych cech charakteru. Coraz trudniej było ją zobaczyć na ulicy, w restauracji, w miejscach spotkań z przyjaciółmi. A kiedy już tam przychodziła, wyglądała niczym zjawa, niczym widmo błąkające się bojaźliwie i nieśmiało, duch, który nawiedził akurat to ciało i akurat ten umysł – tak niegdyś pobudzony, ambitny i poruszający innych. Nie było też mowy o dawnych, słynnych i oklaskiwanych kolacjach, które María José zwykła wydawać i które zawsze okazywały się wielkim sukcesem, gromadząc mnóstwo gości i stanowiąc dla gospodyni źródło licznych kontaktów i przyjaźni. Stopniowo stawały się coraz mniej regularne, aż w końcu zupełnie się skończyły – jak nożem uciął.

Na jej duchowe osłabienie i apatię dodatkowy, negatywny wpływ miało także pojawienie się w jej współżyciu z Peterem widm przeszłości. Wróciły wspomnienia, które – jak sądziła – spoczywają głęboko uśpione od czasów, kiedy mąż wymierzył jej pierwsze uderzenie w twarz, a potem zostawił ją na ulicy w samej koszuli nocnej, ona zaś usłyszała za sobą głośne i gwałtowne trzaśnięcie drzwiami, dźwięczące jak zatrzaskiwanie się drzwi więziennej celi i tak samo pozbawiające wolności tego, kto zostaje po ich drugiej stronie. Te drzemiące obrazy obudziły się, powróciły do niej w miesiącach, które nastąpiły po urodzeniu małej. Najpierw zaczęły powracać w pamięci niegrzeczne odzywki, brak szacunku i grubiaństwa – także w obecności znajomych. Potem obelgi, groźby, krzyki, jej płacz, drżenie, strach, uczucie, że serce chce jej wyskoczyć z piersi przez gardło…

Pewnej nocy sąsiedzi usłyszeli głośne uderzenia i inne dziwne odgłosy dochodzące z domu rodziny Innes Carrascosa. Krzyki były na tyle głośne, na dodatek przemieszane z jękami i płaczem dziecka, że ktoś ze świadków zadzwonił po policję. Niebawem pojawił się patrol. Po kilku minutach sąsiedzi – ci, którzy wyszli z domów na ulicę, i ci, którzy skryli się za zasłonami w oknach, chcąc obserwować rozwój sytuacji, ale bez pojawiania się na linii frontu – zobaczyli, jak dwaj policjanci prowadzą zakutego w kajdanki Petera i każą mu wejść do radiowozu. Samochód po chwili odjechał z wielką prędkością i zapalonymi światłami ostrzegawczymi. Ryk syreny i ostre błyski rozdarły ciemność i ciszę, które chwilę wcześniej rządziły nocą. W tym czasie przestraszona i przepełniona smutkiem María José opowiadała policjantom, którzy zostali w domu – na kilka godzin zamienionym w lokalną atrakcję dla sąsiadów – o tym, jak jej mąż wrócił do domu wyprowadzony z równowagi, po czym zaczął ją obrażać i dopuszczać się przemocy. Ona próbowała chronić małą przed dantejskim spektaklem obfitującym w krzyki i groźby. Protokół policyjny mówił o siniakach na ciele, śladach po uderzeniach i powyrywanych włosach, o których María José przysięgała, że pochodzą z jej głowy. Przesłuchiwany w tej sprawie Peter zapewniał z kolei na komisariacie, że chodzi o syntetyczne włosy z lalki córki, które jego żona cynicznie podsunęła policji jako fałszywy dowód. Funkcjonariusze jednak mieli aż nadto oczywistych poszlak, żeby odtworzyć prawdziwy przebieg zdarzeń. Na jednej ze ścian domu widniały liczne ślady po uderzeniach: najprawdopodobniej były to pozostałości po wściekłych ciosach oszalałego męża, które chybiły celu, a więc nie trafiły w ciało Marii José. To zdarzenie – oraz liczne kolejne epizody podobnego typu – sprawiły, że María José Carrascosa została w 2001 roku uznana przez urząd imigracyjny Nowego Jorku za ofiarę przemocy i uzyskała, zaledwie w rok po urodzeniu córki, status kobiety prześladowanej.

Choć jednak ich związek legł w gruzach, María José nie zostawiła męża, a i on również w żadnym momencie nie wykazał woli porzucenia – przynajmniej oficjalnie – ich wspólnego mieszkania. Było całkiem oczywiste, że małżonków z każdym dniem łączy coraz mniej, że żadne z nich nie jest już zakochane w drugim, że przestali snuć marzenia o przyszłości czy choćby o teraźniejszości – ale to wszystko nie oznaczało, że przestali ze sobą mieszkać. Być może kierowani mylną wiarą w to, że dalsze brnięcie – choćby tak szkodliwe i zakłamane – we współżycie będzie najlepszym rozwiązaniem dla małej Victorii Solenne, postanowili nadal mieszkać razem pod jednym dachem. Niezmiennie dzielili też prawo własności do firmy, którą walencjańska prawniczka, korzystając z nieocenionej pomocy finansowej rodziców, postanowiła założyć, odkrywszy prawdę o pracy męża. Był to więc związek obustronnie oparty na interesowności, ale przynajmniej jakiś związek. W takiej sytuacji mogło to być jedyne pocieszenie i jakieś uzasadnienie dla przedłużania ich relacji. María José postanowiła trzymać się owego uzasadnienia aż do nadejścia lepszych czasów. Ale czasy, które nadeszły, okazały się gorsze.

María José nie była dumna ze swej sytuacji osobistej, ale czuła, że nie ma innego wyjścia jak tylko kontynuować dotychczasowe wspólne życie. Wydarzenia zaczynały nabierać tempa, a jej codzienność stała się zaprzeczeniem tego, o czym zawsze marzyła. Wiedziała, że małżeństwo jest prawdziwym wyzwaniem, że zawsze pojawiają się w nim problemy. Była świadoma, że przyszłość nie będzie usłana różami, ale nigdy nie wyobrażała sobie, że w jej ciało tak szybko zaczną wbijać się kolce. Dlatego doszła do wniosku, że warto dać jeszcze jedną szansę – już nie miłości, która na tym etapie została całkowicie zniszczona, ale choćby wzajemnemu zrozumieniu i niechby tylko we wspólnym interesie. Co więcej, przerażała ją myśl, że miałaby stanąć przed rodzicami i oznajmić im, że wszystko to było jedną wielką pomyłką. Musiałaby przecież opowiedzieć o przemocy, której doświadczyła ze strony męża, o ciągłych kłamstwach, którym przez tyle czasu dawała się zwodzić jak skończona idiotka... To przerastało jej możliwości. Nie była gotowa poddać się takiej próbie ognia. Taka perspektywa wydawała jej się nadmiernie upokarzająca i niszcząca. Znacznie lepiej było podążać naprzód, aż wreszcie coś – w niezbyt odległej przyszłości – położy kres całej farsie i zmusi występujących w niej aktorów, żeby zrzucili maski. A wtedy każde z nich stanie twarzą w twarz ze swą własną rzeczywistością.

Podróże, które María José i jej mąż odbywali do Hiszpanii, żeby dziadkowie mogli spotykać się z małą, zostały drastycznie ograniczone. Podczas takich wyjazdów małżonkowie próbowali ukryć obecny stan rzeczy i udawać osoby, którymi już nie byli. Ale María José nie była tak dobrą aktorką, jak o sobie myślała: jej siostra Victoria wkrótce zauważyła, że coś jest nie w porządku.

– Siostro, jesteś smutna i, spójrz sama, bledsza i chudsza niż kiedykolwiek wcześniej. Co się dzieje?

– Nic takiego, Vivi, nic takiego. Tylko że to wszystko wygląda trochę inaczej, niż sobie wyobrażałam. A poza tym bardzo za wami tęsknię, za tobą, za tatą, mamą. I tak strasznie brakuje mi babci!

– Przecież jesteśmy tutaj i możemy ci służyć wszystkim, czego potrzebujesz. To nie o to chodzi, siostrzyczko, mnie nie oszukasz. Od pewnego czasu rozmawiam z tobą przez telefon i słyszę wyraźnie, że jesteś inna niż kiedyś. A ty mi uparcie powtarzasz, że nic się nie dzieje. Szczerze mówiąc, nie wierzę ci. Sądzę, że masz problemy, i to poważne. Uważam, że już najwyższa pora, żebyś mi opowiedziała, co jest nie tak. Jestem twoją siostrą i mam prawo wiedzieć.

– Powiedzmy, że rzeczywiście nie układa się zbyt dobrze. – María José nie miała nawet odwagi patrzeć siostrze w oczy. Wydawało się jej, że spojrzenie Victorii automatycznie uruchomi jakiś rodzaj aparatu rentgenowskiego, który prześwietli najbardziej krępujące ją tajemnice. – Widzę, że Peter jest inną osobą, niż sądziłam, kiedy go spotkałam. Podejrzewam, że nie jest mężczyzną mojego życia. Najwyraźniej się pomyliłam.

Victoria nie mogła uwierzyć, że osoba, która siedzi przed nią, przyznając się do błędów, przybita, ze spojrzeniem błądzącym gdzieś po nieistniejącym horyzoncie, to jej własna siostra. Dlatego trudno jej było się skoncentrować i musiała włożyć sporo wysiłku w dobranie odpowiednich słów, którymi mogłaby się posłużyć, by odkryć, co się z nią dzieje.

– Ale czy coś się u was stało? Czy Peter coś ci zrobił? Powiedz mi, coś ci zrobił?

– Powiedzmy, że nie traktuje mnie tak, jak bym oczekiwała. Nie... może mój charakter też nie pomaga, ale nie odnosi się do mnie tak, jak na to zasługuję. – María José przeczuwała, że następne pytanie będzie dotyczyło przemocy domowej, i postanowiła zmienić temat, żeby nie słyszeć związanych z tym słów z ust siostry. Victoria została ze swym pytaniem na końcu języka.

– Posłuchaj, Vivi – ciągnęła María José – nie zadawaj mi więcej pytań. Nie jesteś przecież głupia. Proszę cię tylko, żebyś niczego nie mówiła mamie ani tacie. Pozwól, że najpierw sama wyprostuję swoje życie, a potem wszystkim wszystko wytłumaczę. Sama opowiem rodzicom, co się dzieje. Ale ty ich teraz nie martw. Nie wiem... kto to może wiedzieć... może wszystko się naprawi.

– Naprawić to można okno z pękniętą szybą, a nie takie rzeczy. Takie sprawy tylko się nasilają. Zawsze się nasilają.

María José czuła, że ton, którego używa Victoria, nie pasuje do roli młodszej siostry. Zdała sobie sprawę, że ich wzajemne relacje się zmieniły. To już nie ona – jak bywało zwykle dawniej – udziela rad i wręcz żąda od Victorii, żeby ich posłuchała. Nie należały przecież do rzadkości sytuacje, w których starsza siostra upominała młodszą z powodu jakiegoś zachowania czy niewłaściwego towarzystwa w życiu. Dziwnie więc czuła się teraz, przeszedłszy na drugą stronę i wcieliwszy się w rolę tej, która musi słuchać kazań.

– Pozwól mi, żebym to wszystko wyprostowała. Obiecuję ci. I nie martw się o mnie: potrafię zająć się sama swoimi sprawami.

– Jestem po to, żeby ci pomóc, czegokolwiek byś potrzebowała. Rozumiesz? Czegokolwiek.

Siostry zatonęły we wzajemnym uścisku, który jak mało co potrafił tchnąć w Maríę José nową porcję życiowej energii. Wydało się jej, że w siostrzanych objęciach odzyskuje siły, których była pozbawiona, i że budzi się w niej pewność i zaufanie do siebie, stłamszone przez ostatnie wydarzenia w jej życiu. Poczuła się jak nowo narodzona i obiecała sobie, że wszystkim to zademonstruje.

· 12 ·

To zdanie o charakterze przysłowia czy też popularnego porzekadła zawsze – na różnych etapach życia – budziło uśmiech na twarzy Marii José: „Jeśli tylko sprawy mogą pójść w złym kierunku, możesz mieć pewność, że pójdą". Jednakże teraz przeklinała wesołość, którą zwykle reagowała na to powiedzenie. Jej życie stawało się coraz gorszym piekłem i pomimo wszelkich podejmowanych prób nie potrafiła zapanować nad sytuacją. Od pewnego czasu zastanawiała się nad propozycją, którą złożył jej David, kiedy dzwonił ostatnio z Rzymu:

– Może byś pojechała do Hiszpanii? Odpoczynek dobrze ci zrobi.

Wciąż czuła się bardzo zmęczona. To uczucie całkowitego braku sił, które męczyło ją przez cały dzień, stanowiło straszliwą torturę. Była przekonana, że w jej ciele dojrzewa jakaś dziwna choroba, jedna z tych, które są trudne do wykrycia, a kiedy już się o nich wie, okazuje się, że na ratunek jest za późno. Samotność, która stała się jej udziałem, ciągnęła ją bezlitośnie w dół, gdzie czekało na nią wyłącznie ciemne dno studni. Pesymizm, który coraz swobodniej rozprzestrzeniał się w jej wnętrzu, nie pozwalał jej dostrzec w żadnym momencie jakiejkolwiek poprawy samopoczucia i zapowiedzi możliwego ozdrowienia. Jej jedyną radością była córka – Victoria Solenne – i to dla niej odrzucała wszelkie myśli o łatwych rozwiązaniach czy infantylnych zachowaniach, w których nieraz miała ochotę się zatracić.

Ślub z tym człowiekiem był błędem. Ale prawdziwą katastrofą dla Marii José okazywało się dalsze życie z nim przez cały ten czas, w którym nadzieja na odzyskanie utraconego świata zabijała w niej umiejętność poprawnego rozpoznawania rzeczywistości. W końcu uznała swoje małżeństwo za stracone i nie chciała już słyszeć czegokolwiek o mężczyźnie, z którym spędziła prawie pięć lat swego życia. Zbyt wiele miała złych wspomnień, które wcale nie były uśpione, ale osaczały ją coraz bardziej natarczywie i coraz brutalniej.

Po serii ciągłych awantur, wzajemnych oskarżeń, obelg i pogróżek w maju 2004 roku dało się słyszeć ostatnie trzaśnięcie drzwiami w domu położonym w nowojorskiej dzielnicy Fort Lee. Peter zebrał swój skromny dobytek i postanowił definitywnie wynieść się z rodzinnego gniazda, choć już wcześniej wykonywał kroki świadczące o takim zamiarze, zawsze jednak kończące się zmianą decyzji. Ostatni raz taka sytuacja miała miejsce w lutym tego samego roku. María José wiedziała, że decyzja męża nie wypływa z nagłej chęci ułatwienia jej życia. Zdawała sobie sprawę, że ten człowiek, który torturował ją tak, że wcześniej nie była w stanie w ogóle sobie tego wyobrazić, i który tak intensywnie starał się uzyskać jej przebaczenie po kolejnych wybrykach, utrzymywał związki z innymi kobietami i od pewnego czasu organizował sobie nowe życie. Była pewna, że Peter ją oszukiwał, i to nie tylko w kwestii pracy, ale także w wielu innych sprawach. Ale choć na początku jego kłamstwa bolały ją i zatruwały krew, teraz przestały być źródłem jakichkolwiek cierpień. Nawet nie raniły już jej dumy, do której coraz bardziej zawzięcie się odwoływała. Wręcz przeciwnie, po raz pierwszy od długiego czasu głośny trzask zamykanych drzwi – w którym było więcej gwałtowności niż siły niszczącej – wydał się jej uszom niebiańską muzyką. Pewnie było tak dlatego, że osobą, która przez te drzwi przeszła, nie była ona sama, tylko mężczyzna – sprawca tylu krzywd jej samej oraz ich córki.

Sądziła, że powinna skorzystać z porzucenia przez męża małżeńskiego gniazda i wreszcie uporządkować własne życie. Zadzwoniła do rodziców, żeby im zakomunikować, że chce pojechać do Hiszpanii razem z córką. Prosiła ich również, żeby się przygotowali na ważne nowiny. Już od pewnego czasu rodzice obawiali się, że w małżeństwie starszej córki dzieje się coś niedobrego. Można było to wnosić po nieobecności Petera podczas ostatnich podróży Marii José do Walencji. Kiedy pytali ją, dlaczego mąż nie przyjeżdża razem z nią, zawsze tłumaczyła to ogromem pracy w rodzinnej firmie. Mówiła, że Peter woli jeździć do Francji albo do Wielkiej Brytanii, żeby spotykać się z ewentualnymi wspólnikami zainteresowanymi franszyzą albo założeniem lokalnego oddziału firmy. Rodzice akceptowali te wyjaśnienia, brali je za dobrą monetę, tak jak braliby każdy inny wymysł Maríi José, ponieważ żadnej z córek woleli nie zadawać pytań dotyczących spraw osobistych. A poza tym porcja szczęścia, którą dostawali za każdym razem, kiedy mogli zobaczyć swoją wnuczkę – Victorię Solenne – równoważyła wszystkie obawy o los małżeństwa córki. Oboje byli przekonani, że jeśli któregoś dnia María José będzie miała im coś do powiedzenia, potrafi znaleźć najlepszy sposób, żeby to zrobić. I ten moment właśnie miał nadejść.

Maríę José i jej córeczkę przywitała w Hiszpanii dobra pogoda. Kiedy samolot, którym przyleciały z Nowego Jorku, wylądował na lotnisku Manises (po uprzednim postoju w Madrycie), rodzice powitali je – tak jak zawsze – z szerokimi uśmiechami na twarzach i z wyciągniętymi ramionami, tak jakby chcieli skrócić dystans, który od jakiegoś czasu oddzielał ich od córki i wnuczki. María José była równie zadowolona, nie tylko ze względu na radość wywołaną rodzinnym spotkaniem, ale i dlatego, że wylądowała z pewnym silnym, wewnętrznym postanowieniem. Była przekonana, że zdoła go dotrzymać. To właśnie to postanowienie skłoniło ją do podróży do kraju, w którym się urodziła, do ziemi, która była świadkiem jej ślubu z Peterem Innesem. Z mężczyzną, którego nazwiska jej usta nie chciały już wymawiać.

Spędziła długie godziny na rozmowach z rodzicami i siostrą Victorią. María José wiedziała, że winna jest im wyjaśnienia, że od długiego czasu ukrywała przed nimi – nie w sposób złośliwy, ale z chęci oszczędzenia im przykrości

– prawdę o piekle, w które zmieniło się jej życie. Oczywiście omijała te bardziej drastyczne szczegóły, ponieważ była przekonana, że mogłyby przysporzyć rodzicom jedynie niepotrzebnego cierpienia. Wytłumaczyła im jasno, że małżeństwo z wielu różnych powodów dobiegło kresu. Choć wszyscy członkowie rodziny byli wychowani w wierze katolickiej, zrozumieli i poparli bez żadnych zastrzeżeń decyzję, która dojrzewała w ich córce od dłuższego czasu:

– Chcę uzyskać unieważnienie ślubu, cywilnego i kościelnego, i w czasie tej podróży chciałabym rozpocząć odpowiednie procedury. Wiem, że nikt z nas tego nie chciał, ale wierzcie mi, że na wszystkie możliwe sposoby próbowałam ratować to małżeństwo. Muszę wymazać ten błąd z mojego życia.

To, co w ciągu tych dni opowiadała rodzicom – a w wersji bardziej konfidencjonalnej także siostrze Victorii – traktowała jako desperacką spowiedź, rozładowanie wzbierającego przez lata napięcia, którego wcześniej złagodzić nie była w stanie ze względu na okoliczności jej osobistego życia. Odczuwała przy tym takie samo zadowolenie jak wtedy, kiedy była mała, a nauczycielki w szkole katolickiej, do której chodziła, nalegały, by się wyspowiadała, ona zaś zawsze po tym akcie – zazwyczaj spełnianym niechętnie – czuła, że spadł jej kamień z serca. Jakiś wskaźnik w jej życiu zerował się, odzyskiwała gotowość poszukiwania nowych doświadczeń, decyzji i sytuacji – bez lęku o to, jakie mogą być następstwa jej przeszłych działań i podejmowanych wcześniej decyzji.

Victoria Solenne nieustannie wprawiała swoich dziadków oraz ciotkę w zachwyt. Choć miała dopiero niespełna cztery lata, wiedziała doskonale, że jest królową tego domu, wypełnionego troską, gestami czułości i nieustającą uwaga skierowaną na nią. Podobała się jej ta sytuacja, o czym świadczył uśmiech zdobiący jej małą, ale idealnie proporcjonalną twarz. Od rana do wieczora, a nawet podczas snu, potrafiła zachować ten uśmiech, wprawiając nim w dumę matkę i dziadków.

María José czuła, że te dni spędzane w Walencji, w towarzystwie rodziny i przyjaciół, są dla niej ogromnie pożyteczne.

– Czuję, że mój organizm oczyszcza się ze wszystkich brudów, które się w nim gromadziły przez cały ten czas – mówiła, nie wiedząc za bardzo, dlaczego używa takiego właśnie określenia, które za jakiś czas miało się okazać niemalże prorocze.

Być może dlatego, że miała poczucie wychodzenia z labiryntu kłamstw, oszustw, cierpień i strachu, w który sama się wpędziła przez zwykłą ignorancję i sprzeniewierzenie się własnym uczuciom.

Mimo że od przyjazdu do Walencji i zakończenia najbardziej mętnego i nieprzyjemnego etapu życia jej wygląd znacznie się poprawił, nadal czuła się bardzo osłabiona. Tak bardzo brakowało jej sił, że matka nie musiała jej zbyt długo przekonywać, by poddała się kompleksowym badaniom medycznym. W końcu po tym wszystkim, co się wydarzyło, można było się spodziewać, że jej organizm pozbawiony jest jakichś witamin potrzebnych do właściwego funkcjonowania mechanizmów obronnych. María José zdecydowała, że wykona badania przy okazji następnej podróży do domu. Niemniej jednak po tym, jak nieoczekiwanie wpadła na jednego z przyjaciół rodziny, który znał się trochę na medycynie i podejrzewał, że widoczne u Marii José symptomy mogą być związane z zaburzeniami funkcjonowania tarczycy, cała procedura uległa przyspieszeniu. Seria badań i analiz miała pozwolić na stwierdzenie, czy rzeczywiście tarczyca odpowiedzialna jest za jej ciągłe zmęczenie, nerwowość i rozdrażnienie, nieustający spadek wagi, nieregularności cyklu miesięcznego, słabość mięśni, szczególnie nóg i ramion, niekontrolowane, częste drżenie rąk, gwałtowne wypadanie i osłabienie włosów, chroniczną bezsenność, trudne do wytłumaczenia przyspieszenia rytmu serca i powtarzające się nieprawidłowości funkcjonowania jelit.

– Nie chcę cię straszyć – tłumaczył jej zaprzyjaźniony z rodziną lekarz, zapisując na kawałku papieru adres, pod który powinna się zgłosić na badania, oraz nazwisko osoby, z którą ma się skontaktować, żeby wszystko przebiegło w bardziej przyjaznej atmosferze – ale wiele osób bierze takie objawy, o których mi opowiadasz, za symptomy depresji, a w gruncie rzeczy chodzi o problemy z tarczycą. Mogą dawać właśnie taki obraz. Lepiej, żebyś zrobiła badania i zaczekała na wyniki. W ten sposób nie będziesz miała wątpliwości, a jeśli badania wykażą jakieś nieprawidłowości, musisz poddać się leczeniu.

Marii José wszystko wydawało się w porządku, dopóki nie zaskoczyło jej spojrzenie owego znajomego, przypatrującego się jej niemalże inkwizytorskim wzrokiem – takie przynajmniej odniosła wrażenie. Patrzył jej uważnie w oczy, tak jakby wypatrzył w nich jakieś dodatkowe symptomy, co Maríę José przyprawiło o rumieniec.

– Zawsze miałaś takie wysadzone oczy? Niektórzy twierdzą, że to również może być objaw nadczynności tarczycy.

Brutalna szczerość tego człowieka sprawiła, że María José nagle zaczęła czuć się jeszcze gorzej i od razu stwierdziła u siebie wszystkie te dolegliwości, o których wspomniał znajomy, najwyraźniej znający się na rzeczy. Postanowiła zakończyć rozmowę, podziękowawszy uprzednio za otrzymane nieoczekiwanie informacje, którymi właśnie została obsypana, i za praktyczne rady, dzięki którym możliwa była szybka wizyta u lekarza. Do spotkania z lekarzem doszło kilka dni później. Rezultaty przeprowadzonych analiz i pozostałych procedur, składających się na bardzo wnikliwe i skrupulatne badanie medyczne, musiały zaczekać na jej powtórny przyjazd do Hiszpanii, związany z unieważnieniem małżeństwa. Wystąpiła już o tę decyzję i głównie ta sprawa zajmowała jej uwagę. Wiedziała, że procedura będzie długotrwała i trudna, że na pewno skomplikuje ją jeszcze sprzeciw jej męża, ale wierzyła, że z pomocą rodziny uda się osiągnąć cel. Nie bała się batalii prawnej, ale przerażała ją myśl o oczekujących ją spotkaniach twarzą w twarz z mężczyzną, który był jej małżonkiem.

Kilka miesięcy później, w październiku 2004 roku, po powrocie do Stanów Zjednoczonych, María José spotkała się z Peterem w wyniku mediacji prawników. Chodziło o podpisanie porozumienia, które zezwalałoby obojgu korzystać z praw rodzicielskich i przyjąć pewne zobowiązania dotyczące Victorii Solenne. Spotkanie było nieprzyjemne. Ciężar rozmowy wzięli na siebie reprezentanci prawni obojga małżonków, starający się oddalić propozycje strony przeciwnej. María José i Peter ograniczyli się do odpowiedzi na kilka pytań zadanych przez adwokatów. Starali się unikać przy tym kontaktu wzrokowego i dokonywali nadludzkich wysiłków, by nie doszło między nimi do bezpośredniej rozmowy. Na mocy zawartego porozumienia Victoria Solenne miała mieszkać z matką, której powierzono prawo do opieki nad nią, ojcu zaś przyznano prawo do spotkań z córką co drugi weekend. Ustanowiono też wysokość opłaty na utrzymanie i kształcenie, którą miał wnosić ojciec i która powinna być w całości przeznaczona na potrzeby dziecka. Rodzice podpisali porozumienie, na mocy którego wywiezienie dziecka na odległość większą niż sto pięćdziesiąt kilometrów od miejsca zamieszkania wymagało zgody obojga. María José odwróciła się do swojej prawniczki i powiedziała chłodno:

– Jeśli ja nie mogę jeździć do Hiszpanii z własnym dzieckiem bez zgody ojca, tak jak jeździłam zawsze, to niech on się przynajmniej zobowiąże do przyzwoitego zachowania w obecności córki, kiedy będzie korzystał ze swojego prawa do spędzania z nią czasu. Wie pani, kiedy Victoria Solenne będzie akurat pod jego opieką, to nie będzie spędzał nocy z innymi kobietami, a wobec córki będzie się zachowywał godnie i z szacunkiem. Jak go znam, wcale nie jest pewne, że tak będzie, jeśli nie zostanie do tego zobowiązany.

Reprezentanci prawni obu stron wpisali do porozumienia odpowiednie zobowiązanie do przestrzegania wszystkich punktów pod groźbą unieważnienia całego dokumentu, gdyby jedna ze stron zignorowała któreś z postanowień.

Porozumieniu sygnowanemu przez oboje małżonków 8 października 2004 roku nie towarzyszyło jednoznaczne przyznanie matce praw do opieki na dzieckiem, ale zgodnie ze stanowiskiem wszystkich obecnych podpisany dokument zawierał takie właśnie domniemanie. Nawet sam Peter przyznał to otwarcie podczas przesłuchania, któremu prawniczka Marii José poddała go w trakcie jednego z posiedzeń. Stwierdził, że osobą, która od narodzin Victorii Solenne zawsze pozostawała przy niej, była właśnie matka, z nim zaś dziecko spędzało weekendy, i to nie zawsze. Oboje wyrazili się jasno, że żadne z nich nie kwestionuje takich ustaleń dotyczących prawa do opieki i że nie stanowi to przedmiotu niezgody. Oboje zaakceptowali więc fakt, że mała Victoria Solenne pozostanie z matką.

I María José, i Peter wyszli zadowoleni po podpisaniu porozumienia, a w każdym razie rozumieli, że jest ono w danych okolicznościach optymalne. Podczas kolejnych spotkań pozostały jeszcze do rozstrzygnięcia inne kwestie, do tej pory nierozwiązane, między stronami niefortunnego małżeństwa. María José sądziła jednak, że podpis pod zawartym porozumieniem i jego przestrzeganie było pierwszym krokiem do odzyskania upragnionej wolności i szansą, by ponownie ująć w swoje dłonie ster życia. Życia całkiem nowego, zaprojektowanego wyłącznie z myślą o niej i o małej.

Po kilku tygodniach adwokaci zawiadomili ich o dacie ponownego spotkania, aby zakończyć proces rozwiązywania małżeństwa i przedstawić zaświadczenia medyczne, wymagane od obojga. Rzeczone spotkanie miało się odbyć 23 grudnia.

Dla Maríi José ten termin, poprzedzający czas Bożego Narodzenia, był niezbyt dogodny. Planowała wyjechać razem z córką do Hiszpanii, żeby tam spędzić święta i przywitać rok 2005 inaczej, niż to robiła w ostatnich latach. Była to okazja, by znów zacząć cieszyć się rodziną i odzyskiwać radość, która zawsze towarzyszyła jej ukochanym uroczystościom – w ciągu ostatniego pięciolecia zamienionym w prawdziwy koszmar. Z drugiej jednak strony, odzyskując swój zmysł praktyczny i zdecydowanie, które zawsze charakteryzowały jej sposób bycia i działania, María José pomyślała, że tak może będzie lepiej.

– Im wcześniej z tym skończymy, tym szybciej będziemy mogły zająć się innymi sprawami, na przykład własnym życiem. Już najwyższy czas – mówiła sobie.

Zależało jej, żeby wszystko zakończyło się szybko i definitywnie. Co więcej, miała już naprawdę dość bycia jedyną stroną przestrzegającą porozumienia podpisanego przez nich oboje w październiku – miesiącu, który dopiero co minął. Jeśli na niej spoczywało zobowiązanie do informowania ojca swej córki, że chce z nią pojechać do Hiszpanii, on był zobligowany nie spędzać nocy z innymi kobietami, w czasie kiedy zajmował się dzieckiem. Mimo to Peter ani trochę nie przejmował się tym postanowieniem. Do Maríi José docierały różne pogłoski na temat trybu życia, jakie prowadził ojciec jej córki – także wtedy, kiedy Victoria Solenne była u niego. I nie chodziło bynajmniej o informacje na temat ciepła życia rodzinnego. Nie był to ze strony Petera jedyny przejaw łamania zawartego porozumienia. Nie przestrzegał też godzin swoich wizyt, uzgodnionych prawnie przez nich oboje, a ponadto zalegał z płatnościami na utrzymanie córki.

To ciągłe niedotrzymywanie zobowiązań przez męża przyprawiało Maríę José o rozpacz. Nieustannie dzwoniła do swoich adwokatów, zawiadamiając o kolejnych pogwałceniach porozumienia przez byłego partnera. Zachowania te same w sobie mogły spowodować unieważnienie dokumentu. Ale mimo wszystko nic się nie działo.

– Nie mogę uwierzyć – mówiła swoim prawnikom – że ktoś nie dotrzymuje zobowiązań wobec prawa i uchodzi mu to na sucho. Co to za system sądowy, który nie zmusza ludzi do postępowania zgodnie z wymogami prawa? Chciałabym wiedzieć, co by się stało, gdybym to ja nie dotrzymywała postanowień. Czy też byłabym traktowana równie łagodnie? Całe szczęście, że tej sytuacji nie będę już musiała znosić zbyt długo. Całe szczęście, że to wszystko wkrótce się skończy.

Mimo wszelkich niedogodności i niedotrzymanych zobowiązań, a może właśnie z ich powodu, czuła, że zdoła wyjść zwycięsko z prawnego zamieszania, w którym tkwiła. Wiedziała, że czułaby się bardziej komfortowo i bezpiecznie, gdyby w trakcie spotkania, które miało być rozstrzygające, byli przy niej rodzice. Biorąc pod uwagę wyznaczony termin posiedzenia, można by to połączyć ze wspólnym spędzeniem Bożego Narodzenia. Kiedy powiadomiła rodziców o swoim planie, uznali, że jest bardzo dobry.

Tak więc 23 grudnia rodzice Maríi José wylądowali na nowojorskim lotnisku Johna Fitzgeralda Kennedy'ego. Przylecieli wyłącznie z lekkim bagażem ręcznym, bo wiedzieli, że ich pobyt potrwa tylko kilka dni, i nie mieli ochoty przechodzić całego długiego i skomplikowanego rytuału, w jaki przekształciła się odprawa bagażu po zamachu z września 2001 roku na nowojorskie wieże World Trade Center. Szczególnie gdy leciało się do Wielkiego Jabłka[7].

María José i jej ojciec przybyli na spotkanie 23 grudnia jako pierwsi. Spieszyli się, żeby wszystko jak najszybciej zakończyć, i nie zadawali sobie trudu, by ten pośpiech ukryć. Wkrótce po nich nadeszli prawnicy Marii José. Ona sama postanowiła ubrać się na tę okazję w sposób powściągliwy i elegancki. Miała na sobie kostium z żakietem, który dodawał jej co prawda trochę lat, ale który włożyła, przekonana, że formalne okazje tego typu wymagają powagi. Kiedy pojawili się prawnicy reprezentujący mężczyznę nadal będącego jej mężem, spokój, który do tej pory zawdzięczała obecności ojca, znikł.

– Posiedzenie nie odbędzie się – oznajmił mężczyzna w garniturze i z nadmiarem żelu we włosach, mówiący w imieniu swojego klienta. – Mój mocodawca nie wykonał jeszcze wszystkich wymaganych badań krwi i nie może okazać ich wyników. Trzeba będzie jeszcze trochę poczekać.

– Jak to nie wykonał badań? – María José nie potrafiła zachować spokoju, choć błagał ją o to jej adwokat. – Ja już przedstawiłam raport medyczny wystawiony przez doktora Levine'a, którego wskazał nam sąd. Co tu się dzieje? Czy tych zaleceń mój mąż też nie ma zamiaru przestrzegać w tym całym sądowym cyrku? Czy może czeka z analizami, aż jego krew się odtruje?

Adwokat prosił ją, żeby była ostrożna, ale María José świetnie wiedziała, o czym mówi. Miała dostateczne powody, by sądzić, że jej mąż zażywa jakieś narkotyki. Ona sama nienawidziła tego typu słabości.

– Dość tego. To już szczyt wszystkiego! – krzyknął adwokat Petera, zamykając teczkę i wstając z miejsca. – Nie-

[7] Big Apple, tradycyjne określenie Nowego Jorku, wykorzystywane często w akcjach promocyjnych miasta i w przewodnikach turystycznych.

zwłocznie wniesiemy wniosek o rozwód. Nie ulega wątpliwości, że z państwa stroną nie można osiągnąć żadnego porozumienia.

– Jeżeli państwo wniesiecie o rozwód, porozumienie z 8 października zostanie anulowane – zauważył adwokat Marii José. – To był jeden z warunków tamtej ugody, że żadna ze stron nie złoży wniosku rozwodowego. I to państwo będziecie odpowiedzialni za złamanie zawartego porozumienia.

I tak oto w ciągu kilkudziesięciu sekund wszystkie plany trafił szlag. Na prośbę adwokatów María José i jej ojciec pospiesznie wyszli z sali. Prawnicy przez kilka minut przerzucali się wzajemnie oskarżeniami z reprezentantami drugiej strony. María José znów poczuła się oszukana i przechytrzona – po raz kolejny przez tego samego człowieka. Ale tym razem doskonale zdawała sobie sprawę, że nie pozwoli mu przejść tej niebezpiecznej, cienkiej linii, na której przekroczenie poprzednio się zgodziła. Tym razem była zdecydowana zebrać w sobie więcej sił i odwołać się do wszelkich dostępnych jej kruczków prawnych, by skończyć z nim i z farsą, którą jej fundował. A zresztą ona sama złożyła już w Hiszpanii wniosek o unieważnienie ślubu, zarówno cywilnego, jak i kościelnego, i z tego faktu czerpała poczucie bezpieczeństwa.

Chciała w pełni wykorzystać całą swą wiedzę oraz umiejętności prawnicze i działać ramię w ramię ze swymi adwokatami na rzecz możliwie szybkiego zakończenia nikczemnej i kłamliwej fikcji, w którą chciał ją wciągnąć mąż.

– Czemuż, na Boga, zdecydował się teraz na pogróżki, że złoży wniosek o rozwód? Przecież powinien wiedzieć lepiej niż ktokolwiek inny, co mi zrobił i co mogę opowiedzieć przed sądem. Z jego punktu widzenia byłoby rozsądniej, gdyby siedział cicho, nie stwarzał nowych problemów i nie pokazywał swojej prawdziwej osobowości. Jakiż on jest beznadziejny! Nie potrafi żyć bez komplikowania życia innym, bez krzywdzenia ich. Zawsze był egoistą, egomaniakiem, szaleńcem. Znowu mnie oszukał tym swoim dobrym zachowaniem. Jak mogłam być tak łatwowierna!

María José potrzebowała czasu, żeby skupić się na całej tej sprawie i uporządkować pewne kwestie w swoim życiu. Dlatego pomyślała, że najlepiej będzie, jeśli zaraz po świętach Bożego Narodzenia jej córka wyjedzie na pewien czas z dziadkami do Hiszpanii, dokąd ona sama dotrze dwa tygodnie później, żeby ją przywieźć z powrotem. Zyskałaby w ten sposób pewną możliwość manewru: miałaby czas na podjęcie działań i rozwiązanie niektórych bieżących spraw. Nie chciała już bardziej komplikować sytuacji i zadzwoniła do swoich prawników, żeby zawiadomili przedstawicieli jej męża (tak, nadal nim był…) o podróży ich córki Victorii Solenne do Hiszpanii w towarzystwie dziadków ze strony matki. Nikt nie stawiał żadnych przeszkód, żeby dziecko mogło wyjechać z własnym paszportem. Nikomu nie wydawało się to dziwne.

W ciągu następnych tygodni María José nie zajmowała się niczym, co nie wiązałoby się ze strategią zaproponowaną przez jej adwokatów. Poświęcała całe dnie na zlokalizowanie różnego rodzaju dowodów i dokumentów, na przeszukiwanie kartotek, fotografii, zeznań, które mogłyby obalić rozmaite sofizmaty wysuwane przez prawników jej męża. Wzrost aktywności – jak zawsze – wydawał się zwiększać jej życiowy zapał i pomnażać zasoby energetyczne, choć zwykle pod koniec dnia cały ten nawał pracy dawał o sobie znać i brał górę nad jej siłami.

Nosiła się z tą myślą przez wiele dni, aż w końcu pewnego wieczoru postanowiła wstąpić do swego dawnego mieszkania w nadziei, że znajdzie tam coś, co mogłoby dodatkowo wzmocnić jej stanowisko. Kiedy otworzyła drzwi i przekroczyła próg mieszkania, które przez długi czas było jej pierwszym własnym domem, owładnęło nią dziwne uczucie, koncentrujące się w żołądku. Znienacka dopadły ją dobrze znane zapachy i powróciła pamięć o szczęśliwych chwilach. To było jak nagle wymierzony jej policzek, ale przyjemny i wolny od znamion przemocy, niesprawiający żadnej przykrości. Ponowny pobyt w tych wnętrzach sprawiał jej radość, a nawet niósł jakąś pociechę. Dotykała ogromnej dekoracji z luster, zajmującej większą część ściany salonu i ukazującej różne miejsca świata. Zawsze czuła słabość do tych szklanych tafli. Prowadziło ją tylko słabe światło wpadające przez okna, bo nie chciała jeszcze zapalać lamp. Przemierzała miejsca, które tworzyły kiedyś jej domowe ognisko, a jej pamięć podsuwała wspomnienia osób i zdarzeń związanych z każdym kątem. Kolacje, toasty, śmiechy, projekty nowych biznesów, paelle, które przygotowała w tej właśnie kuchni, używając składników kupowanych w pobliskim sklepiku z produktami hiszpańskimi, sny, które śniła w swoim łóżku, godziny, które spędzała zwinięta na sofie, zwierzając się skulonemu obok niej Davidowi, gotowemu zawsze, o każdej porze dnia i nocy, przebiec przez ulicę i zatracić się w rozmowie z przyjaciółką... Stolik komputerowy, przy którym siedziała, odpowiadając na ponad cztery tysiące pytań z groźnie i bardzo rygorystycznie skomponowanego formularza, ponieważ, zgodnie ze słowami jej przyjaciółki Katriny (nieświadomej zresztą, podobnie jak i większość przyjaciół, dramatu, który przeżywała teraz María José), „jest tu za dużo szaleńców, żeby jeszcze ułatwiać im drogę do ciebie".

Te właśnie słowa, wypowiedziane przez przyjaciółkę przed pięciu laty na koniec wieczoru wypełnionego toastami, znów wybrzmiały jej w pamięci z taką samą ostrością jak wtedy, kiedy usłyszała je po raz pierwszy. Nie zastanawiając się, María José skierowała się na werandę osłoniętą ogromnymi oknami, która stała się niewątpliwą atrakcją – choć niejedyną – tego mieszkania. Oparła się o szybę, tak jak to zwykła robić, kiedy była jeszcze kobietą samotną, ambitną, pewną siebie, z własnym ego zawsze walczącym o miejsce na podium i z garścią marzeń do spełnienia. Mimo chłodu, który emanował z szyb ze względu na mroźną pogodę charakterystyczną dla nowojorskich zim, María José pozwoliła, by znów zahipnotyzował ją ten sam co niegdyś widok. Patrzyła na linię horyzontu, która teraz jednak robiła na niej inne wrażenie niż dawniej: wyglądała, jakby została pomniejszona, zszargana, poturbowana, złamana, częściowo unicestwiona – tak jak ona sama. Także i ona mogła o sobie powiedzieć, że wybuch będący dziełem skrajnej przemocy zniszczył ważną część jej egzystencji. Filary jej życia także runęły, podobnie jak to się stało z dwiema wieżami World Trade Center 11 września 2001 roku. Ale mimo nieobecności – wywierającej całkiem fantasmagoryczne wrażenie – tych dwóch wielkich i historycznych bloków cementu panoramiczna linia nowojorskiego horyzontu nadal ukazywała światu swój majestat, twarda i dumna, choć świadoma, że już nie będzie taka jak dawniej. María José nigdy wcześniej nie czuła takiego – siostrzanego wręcz – pokrewieństwa z tym widokiem, jak tamtego wieczoru, kiedy przyglądała mu się z okien swojego dawnego mieszkania. To uczucie ją uspokoiło. Pomyślała, że zostanie tam na noc i będzie spała, mając nowojorską panoramę przed sobą na horyzoncie: to dobry sposób, żeby wyjaśnić sobie wiele spraw, które wciąż krążyły po jej umyśle całkiem bezładnie. Spędzenie nocy w dawnym mieszkaniu wydawało się jej wspaniałym pomysłem.

Tym razem to adwokaci Maríi José musieli się wysilić, chcąc ją przekonać, że nadeszła kolej na ich działania. Ich mocodawczyni zrobiła już wszystko, co było w zasięgu jej możliwości, i teraz przyszła pora, żeby do działania przystąpili prawnicy.

– Zrelaksuj się, spróbuj o wszystkim zapomnieć i postaraj się odpocząć. Przyda ci się to na wypadek, gdyby wyniknęły jakieś komplikacje. Będziemy cię informować, jak sprawy stoją. Przestań się przejmować i pozwól nam pracować.

Słowa jej reprezentantów prawnych skłoniły ją, żeby wybrać się na urlop, o którym marzyła i na który w ostatnich latach nie mogła sobie pozwolić. To był odpowiedni moment, żeby wybrać się do Hiszpanii: po pierwsze, żeby odebrać córkę – tak jak obiecała rodzicom – a przy okazji zapewnić sobie trochę spokoju, o który organizm i umysł dopominały się od stanowczo już zbyt długiego czasu. Co więcej, powinna dowiedzieć się o losy wniosku o unieważnienie małżeństwa, który złożyła podczas ostatniego pobytu i który – zgodnie z informacją otrzymaną od hiszpańskiego adwokata – był na najlepszej drodze do pozytywnego rozpatrzenia. Chciała też wypełnić obietnicę złożoną matce, że podda się kompleksowym badaniom medycznym. Miała nadzieję, że dzięki nim zdoła wreszcie przezwyciężyć słabość, która jej wciąż dokuczała.

Doprowadziła do końca kilka spraw, które nie mogły już dłużej czekać, przy filiżance kawy spędziła trochę czasu z kilkoma przyjaciółmi, za którymi od dawna tęskniła, wepchnięta do labiryntu oszustw i kłamstw, i których chciała poinformować, co naprawdę się dzieje w jej pełnym udręk życiu. Jej samej wydało się to zresztą ogromnie skomplikowane. W końcu szczęśliwa kupiła bilet lotniczy do Walencji na 23 marca 2005 roku. Wybrała bilet otwarty, bez ustalania daty lotu powrotnego. Nie wiedziała jeszcze, kiedy będzie wracać. Nie spieszyło jej się, ale zdawała sobie sprawę, że rozmaite wydarzenia mogą przyspieszyć lot do Stanów Zjednoczonych. Wolała na razie nie ryzykować wyznaczania konkretnych dat. Zdawała sobie sprawę z jednego: miała ogromną ochotę spędzić jakiś czas w spokoju, relaksując się pośród bliskich w Hiszpanii. To był jedyny obowiązek, jaki sobie narzuciła.

CZĘŚĆ DRUGA

Tylko miłość może pomóc żyć.
OSCAR WILDE

· 13 ·

Ponowne spotkanie z córką oznaczało dla niej gwałtowny przypływ sił życiowych. Nie była w stanie określić, ile czasu spędziły na obsypywaniu się całusami, na uściskach, przytulaniu, śmiechach, zabawach, zwierzeniach, sekretach, spojrzeniach, opowieściach, ale dla Maríi José i tak było tego za mało. Wciąż nie miała dość rozkosznego zapachu dzieciństwa, którym emanowała jej córeczka, kontaktu z delikatną i miękką skórą, nie mogła się nasłuchać do syta żywiołowego, perlistego śmiechu, który wydobywał się z małych usteczek, nie mogła się napatrzeć na jej żywe oczy, których wszystkie ruchy uważnie śledziła. Ciągle było jej mało prób zrozumienia słów, które córka wypowiadała w dziecięcym języku i które budziły w Maríi José tyle czułości.

Victoria Solenne była prawdziwym uosobieniem wdzięku podlegającym ustawicznym zmianom. Dziewczynka, z którą María José rozstała się parę tygodni wcześniej i którą teraz znów miała przed sobą, przekształconą już w inną istotę, stanowiła sens wszystkich matczynych wysiłków i długotrwałej walki. Mała promieniowała tym samym intensywnym światłem, którym nasycona była ziemia jej matki – Walencja. Maríi José trudno było się od niej oderwać, tak jakby to małe ciałko miało w sobie potężny magnes przyciągający wszystko, co się do niego zbliżało.

Po kilku dniach odpoczynku wypełnionych długimi spacerami, podczas których pokazywała córce ważne miejsca ze swojego dzieciństwa i młodości – począwszy od szkoły, do której chodziła, a skończywszy na parku, gdzie zwykła się bawić – María José pomyślała, że córkę należałoby zapisać do którejś z miejskich szkół, żeby nie traciła ani godziny nauki. Po przyjrzeniu się różnym ośrodkom i po przedstawieniu w kilku gabinetach dyrektorskich specyficznej sytuacji córki, której pobyt w mieście nie był stały, postanowiła w końcu zapisać małą do szkoły imienia Świętej Rodziny. Pragnęła oglądać swoją córkę – choćby miało to trwać tylko przez parę miesięcy – ubraną w mundurek tej właśnie kongregacji religijnej i uczestniczącą aktywnie w zajęciach pozaszkolnych, o których od dawna dla niej marzyła. Dotychczas ciągły sprzeciw męża uniemożliwiał wszelkie próby oficjalnego wysłania Victorii Solenne do szkoły w Stanach Zjednoczonych.

– Jest jeszcze za mała, a poza tym to byłoby zbyt kosztowne. Nie warto – argumentował Peter, kiedy tylko żona zaczynała mówić o takiej możliwości.

Dziewczynka była zachwycona nowym wyzwaniem, które przed nią stanęło. Bardzo lubiła uczestniczyć w zajęciach, podczas których kolorowała zeszyty do rysunków, wykonywała zadania zlecane przez opiekunów i bawiła się z rówieśnikami – co było w jej życiu całkiem nowym odkryciem. Jej matka była podekscytowana wszystkimi nowymi doświadczeniami, które każdego dnia stawały się udziałem małej. Dla Marii José była to odskocznia do wyobrażania sobie przyszłości wypełnionej sukcesami i zawodowymi triumfami córki.

Nie minął jeszcze miesiąc, odkąd María José przyleciała do Hiszpanii, kiedy dotarły do niej dwie nowe informacje związane z mężem. Jej adwokaci zawiadomili ją o pewnym zdarzeniu, które im samym wydawało się nieprawdopodobne.

– Dzwonię, żeby ci przekazać coś, co ci się nie spodoba, ale proszę cię, żebyś zachowała spokój – powiedział jeden z reprezentujących ją w Stanach Zjednoczonych prawników.

Już te słowa kazały jej przygotować się na najgorsze. I słusznie.

– Muszę cię poinformować, że 4 lutego 2005 roku Sąd Najwyższy stanu New Jersey zarządził natychmiastowy powrót z Hiszpanii do Stanów Zjednoczonych Victorii Solenne Innes Carrascosa zgodnie z porozumieniem podpisanym przez oboje rodziców 8 października 2004 roku. Twój mąż oświadczył, jak się wydaje, że nikt go nie poinformował o planowanym wyjeździe dziecka do Hiszpanii.

– Co takiego? Nic nie rozumiem – odpowiedziała María José, nie dostrzegając żadnego sensu w tym, co właśnie usłyszała od adwokata. – Co to znaczy, że moja córka ma wracać? Dziecko jest ze mną, tak jak to było zawsze, od samego początku. To przecież zostało stwierdzone w sądzie, że ja jestem osobą, która zajmowała się małą od chwili narodzin! A poza tym, o co chodzi z potwierdzeniem porozumienia, które podpisaliśmy w październiku 2004 roku? Poinformowałam jego prawników o wyjeździe dziecka do Hiszpanii, chociaż wcale nie musiałam, ponieważ to porozumienie i wszystkie wynikające z niego zobowiązania i prawa zostały anulowane w chwili, kiedy ten obrzydliwy, paskudny kretyn postanowił złożyć wniosek o rozwód, nie konsultując się z nikim. To było przecież wyraźnie napisane w porozumieniu. Poszukaj tego w tym piśmie, poszukaj! – krzyczała María José histerycznie, coraz mocniej ściskając telefon. – Znalazłeś? Musi tam być! Poszukaj!

– Masz rację. Tak jest napisane – powiedział adwokat i przeczytał zdanie, które widniało w dokumencie podpisanym przez oboje małżonków. – „Wystąpienie z wnioskiem rozwodowym znosi wszystkie uzgodnione postanowienia".

– No więc jak mogłoby być inaczej? Zawsze istniał taki zapis! Czego, kurwa, chce ten typ?! Czy on mnie nigdy nie zostawi w spokoju? Nie wystarczy mu, że zniszczył mi kawał życia? Czego jeszcze chce? Zniszczyć mnie do końca? – Odczuwała coraz silniejsze palpitacje serca, które waliło jak oszalałe.

– Uspokój się. Próbujemy wszystko wyjaśnić. Umówiliśmy się z jego adwokatami, żeby to omówić.

– Omówić? Z tym typem? Szczerze mówiąc, nie widzę szans. To bardzo trudne zadanie. Musiałby się jeszcze raz urodzić, ale niestety nie da się! – María José zdołała się uspokoić, przynajmniej pozornie, i próbowała zakończyć rozmowę, po tym jak dała już upust swoim emocjom.

W końcu się pożegnała.

– Informuj mnie o wszystkim. I oczywiście pamiętajcie, że nie zamierzam nikomu oddać dziecka. Po pierwsze, moja córka nie jest jakąś paczką, którą można wysyłać w tę i z powrotem, a po drugie, mała jest teraz ze mną: z osobą, z którą była zawsze i która nie może jej *zwrócić* – ostatnie słowo postarała się wymówić w sposób szyderczy – komuś, kto nigdy przy niej nie był i, co więcej, uciekał od niej zawsze, kiedy tylko miał okazję.

Nieoczekiwany obrót spraw skłonił Maríę José do skorzystania z usług hiszpańskiego adwokata wyspecjalizowanego w takich kwestiach i wyjaśnienia swej sytuacji wobec hiszpańskiego prawa. W tym samym czasie jej amerykańscy prawnicy prowadzili podobne działania w Stanach Zjednoczonych. María José odbyła z przyjaciółmi i znajomymi kilka rozmów telefonicznych, które pomogły jej ustalić własne stanowisko i zorientować się w kwestii zapewnienia sobie ewentualnego reprezentanta prawnego. Zastanawiając się nad rodzajem wsparcia, jakiego potrzebowała, odebrała kolejny telefon. Znów dzwoniła jej kancelaria adwokacka z USA. I znów ze złymi wiadomościami.

– Ten sam sąd, który zdecydował o natychmiastowym powrocie twojej córki do Stanów, 22 marca przyznał czasowe prawo do opieki nad dzieckiem ojcu. To znaczy – wyjaśniał jej dalej chłodnym tonem ten sam adwokat – że prawo stanu New Jersey tymczasowo uznaje prawo ojca do opieki nad dzieckiem na terytorium Stanów Zjednoczonych.

– Nie mogę w to uwierzyć. To niemożliwe. To, co mi mówisz, nie może być prawdą. – Na szczęście María José zdążyła usiąść, zanim ta wiadomość zwaliła ją z nóg. – A na dodatek złożyłam w czerwcu wniosek o unieważnienie małżeństwa, który został zatwierdzony 15 grudnia, czyli osiem dni przed tym, nim ten, którego nazwiska nie wymienię, złożył własny wniosek o rozwód. To ja podjęłam działania jako pierwsza!

– Sądzimy, że mogli zmienić datę złożenia wniosku o rozwód. W niektórych dokumentach widnieje data 10 grudnia, czyli wcześniejsza niż zatwierdzenie twojego wniosku o unieważnienie małżeństwa. To tylko podejrzenia, ale nie zdziwiłoby nas wcale, gdyby tak było. I stąd postanowienie sędziego, które ci właśnie przeczytałem.

– No i co to właściwie oznacza? W jakiej sytuacji stawia to mnie i moją córkę? – spytała María José.

– Oznacza to, co oznacza. I nic więcej. Nie złamałaś żadnego prawa, skoro nawet poinformowałaś o zamiarze podróży z córką do Hiszpanii. Teraz jesteś właśnie tam. Więc najlepiej by było, gdybyś mogła liczyć na wsparcie hiszpańskiego wymiaru sprawiedliwości, o które się starasz już od kilku miesięcy. Jest niemal pewne, że jakiś prawnik przedstawi wkrótce, a może zresztą już to zrobił, w imieniu Petera pismo wnoszące o odebranie ci prawa do opieki nad małą. Zrobią wszystko, co możliwe, żebyś przywiozła dziecko z powrotem do Stanów Zjednoczonych, ale na to musi się zgodzić sąd w Hiszpanii. A jeszcze nie wiadomo, czy się zgodzi. Powinnaś poszukać wsparcia prawnego, bo każą ci przedstawić twoją własną wersję zdarzeń.

Ta wiadomość podziałała na Maríę José jak kubeł zimnej wody. Bezzwłocznie zaczęła działać: podjęła starania, aby hiszpański sąd uznał ją za prawowitą opiekunkę dziecka. Jej adwokat uspokajał ją i namawiał, żeby pozwoliła mu działać i czekała na rozwój wydarzeń. Istniała szansa, że jej były mąż nie odwoła się do sądu hiszpańskiego, żeby poddać się jego jurysdykcji.

Nieoczekiwany zwrot, jaki nastąpił w jej życiu w ostatnich tygodniach, spowodował, że María José wciąż odkładała na później badania medyczne, którym postanowiła się poddać podczas poprzedniego pobytu w Hiszpanii. W końcu pewnego dnia matczyna reprymenda uświadomiła jej, że nie można już dłużej tego przeciągać. Zanurzyła się więc po uszy w świecie wizyt lekarskich ze specjalistami, które jej matka umówiła w klinice Quirón, jednej z najbardziej prestiżowych placówek miasta leżącego nad rzeką Turia[8]. María José pozwoliła się tam obserwować, osłuchiwać i przeprowadzać na sobie wszelkiego rodzaju badania medyczne. Każda, nawet najmniejsza część jej ciała, została prześwietlona, a poziom każdego ze składników krwi ustalono z wielką precyzją. María José czuła się co prawda trochę jak bakteria umieszczona na szkiełku, które podsuwa się pod okular mikroskopu, ale świadomość, że wszystko to posłuży do zlokalizowania ogniska jej dolegliwości, działała na nią uspokajająco. O ile oczywiście istniało jakieś ognisko, a ustawiczne złe samopoczucie nie było po prostu wynikiem piekła, w jakie przekształciło się pożycie z Peterem. Nadal zresztą – mimo jego ustania – było ono źródłem złych wiadomości, które niszczyły zdrowie fizyczne i psychiczne Maríi José.

Po wykonaniu badań trzeba było zaczekać na wyniki. María José przeznaczyła ten czas na pogłębianie wiedzy

[8] Chodzi o Walencję.

prawniczej. W końcu mogła już pójść do gabinetu lekarskiego. Postanowiła iść tam sama, ponieważ chciała wykorzystać poranek na dokończenie zakupów, które nie mogły już dłużej czekać. Była bowiem pochłonięta przygotowaniami do przyjęcia urodzinowego, które miało być niespodzianką dla córki. Victoria Solenne miała za kilka dni – 17 kwietnia – skończyć cztery lata. María José chciała, żeby przyjęcie było niezwykłe, żeby mała zapamiętała je na całe życie. Chciała dograć każdy, najdrobniejszy nawet szczegół. Idąc do lekarza, obiecała sobie, że żadna myśl niezwiązana z przyjęciem urodzinowym córki nie będzie zaprzątać jej uwagi. Realizacja tego postanowienia kosztowała ją sporo wysiłku ze względu na wiadomości, które nadeszły od nowojorskich prawników. Ale dzięki wypracowanej i wystudiowanej kontroli nad własnym umysłem udało jej się powściągnąć wszelki niepokój i nerwowość – aż do czasu, kiedy lekarz zaczął odczytywać skomplikowane serie liczb zapisanych w dokumentacji medycznej i przekładać je na normalny język. Jego słowa – ledwo zostały wypowiedziane – zaczęły budzić w pacjentce zniechęcenie. Im dłużej trwała przemowa, tym więcej oznak zdumienia wykazywała María José. Diagnoza zrobiła na niej duże wrażenie, jak mało co w życiu. Zabrzmiała brutalnie.

– Wykryliśmy u pani niezłośliwy nowotwór w trzustce. Tu, o właśnie tu, w ogonie – tłumaczył lekarz, obwodząc długopisem miejsca na zdjęciu rentgenowskim, pokazując oszołomionej pacjentce położenie guza. – Musimy panią zoperować, wyrzucić i wyczyścić wszystko, choć powtarzam, że jest to guz łagodny i, przynajmniej na pierwszy rzut oka, nie należy się spodziewać żadnych dodatkowych komplikacji związanych z pracą trzustki.

Choć słowa lekarza nie zawierały komunikatu, że jest ciężko chora, coś w tonie jego głosu niepokoiło Maríę José.

– Ale co to znaczy? Czy może mi dolegać jeszcze coś, o czym nie wiemy? Może chodzić o coś poważniejszego, panie doktorze? Prawdę mówiąc, przestraszył mnie pan…

– Badania i analizy, które pani zrobiliśmy, nie wskazują, żeby chodziło o poważną chorobę – wyjaśnił lekarz.

Zamilkł na chwilę, przeglądając ponownie papiery wchodzące w skład raportu medycznego na temat nowej pacjentki. Przekładał je przez dobrą chwilę z ręki do ręki, tak jakby chciał znaleźć wśród nich coś więcej niż to, co mówiły zawarte w nich liczby i kolorowe wykresy, po czym kontynuował:

– Ale jest tu coś jeszcze, co chciałbym dokładniej przeanalizować.

– Wolałabym, żeby pan mówił jaśniej, bo mam córkę, która za parę dni kończy cztery lata, i chciałabym wiedzieć, co naprawdę mnie czeka. Proszę mi wierzyć, że wolałabym znać prawdę, a właściwie powinnam powiedzieć, że tego żądam.

Lekarz popatrzył na Maríę José i zrozumiał, że ma przed sobą kobietę silną, niezależnie od tego, co mówi o niej raport medyczny – kobietę, której los był zapisany w trzymanej przez niego w ręku dokumentacji. Dlatego postanowił działać z takim samym zdecydowaniem, jakie wyczuł w pacjentce.

– Jest jeszcze za wcześnie, żeby to stwierdzić z całą pewnością – powiedział, po czym postanowił przejść z Maríą José na ty i użyć jej imienia, żeby obniżyć dramatyzm sytuacji i nadać swoim słowom ton bardziej serdeczny, choć nie był pewien, czy to się uda. – Zgodnie z tymi danymi w twoim organizmie obecne są substancje, które uszkadzają najważniejsze organy, niszczą tkanki, zaburzają twoje funkcjonowanie… no, krótko mówiąc, uniemożliwiają prawidłowe funkcjonowanie organizmu, szkodzą mu.

– Substancje…? – María José nic nie rozumiała z tego, co próbował powiedzieć lekarz, ale i tak wiedziała, że jej się to nie spodoba. – Jakie substancje?

– Tego właśnie jeszcze nie wiemy. Ani jakie, ani w jaki sposób dostały się do twojego organizmu. Wygląda to tak, jakbyś od jakiegoś czasu się truła, ale to kompletny absurd, szczególnie u pacjentki o pani cechach psychicznych. – Lekarz zdał sobie sprawę, że mimowolnie znów wrócił do formy „pani" i postanowił to natychmiast zmienić, żeby nie wprawiać pacjentki w zakłopotanie. – Posłuchaj, badając twoją krew i tkanki, wykryliśmy obecność jakichś dziwnych substancji, które mogą działać toksycznie. W tej chwili nie jestem w stanie ci powiedzieć, skąd mogą pochodzić. Będziemy musieli zrobić jeszcze dodatkowe badania. Im wcześniej, tym lepiej.

Pod wpływem zasłyszanych wiadomości María José opadła ciężko na oparcie krzesła, które zajmowała od chwili wejścia do gabinetu. Zauważyła, że znajduje się w dobrze oświetlonym pomieszczeniu pomalowanym na biało, niezwykle czystym, ale te obserwacje nie wzbudziły w niej żadnego zainteresowania. Ogólne wrażenie czystości było dodatkowo wzmocnione przez minimalistyczny wystrój oraz zapach, który zwykle obecny jest w tego typu gabinetach: wyeksponowanie różnych przyrządów medycznych każe myśleć o procesie ich sterylizacji, który wydaje się dotyczyć całego otoczenia. María José nie wiedziała, jaka naprawdę jest sytuacja, ale zaczęła rozpamiętywać wszystkie swoje cierpienia i dolegliwości. Miała wrażenie, że do jej płuc nie dociera w wystarczających ilościach powietrze, co powodowało przyspieszenie oddechu. Ale po chwili gwałtownie wyrwało ją z tego stanu kolejne zdanie, wypowiedziane chłodno przez lekarza:

– No i jeszcze ta sprawa z tarczycą. – Ton jego słów doprowadzał Maríę José do rozpaczy, choć nie wiedziała, czy jest on wynikiem ostrożności, z jaką niektórzy lekarze komunikują zwykle tego rodzaju wiadomości, czy też odwrotnie, bierze się z zakłopotania, jakie niesie obowiązek przekazania złych nowin. – Według tego, co wykazały badania, które robiłaś kilka miesięcy temu, cierpisz na zaburzenia czynności tarczycy. Jeśli się nie mylę, mamy tu do czynienia z jej nadczynnością. Nie wiem, czy już zaczęłaś się leczyć, ale jeśli nie, trzeba będzie rozpocząć kurację, no i oczywiście zrobić bardzo dokładne badania.

María José zdała sobie sprawę, że wyniki badań tarczycy, które wykonała podczas poprzedniego pobytu w Hiszpanii dzięki pośrednictwu przyjaciela rodziny, musiały trafić w ręce lekarza, który z nią właśnie rozmawiał. Przeczuwała, że zawierają zbyt wiele złych wiadomości, żeby potrafiła je przyjąć jednorazowo, i to jeszcze bez niczyjej pomocy. Lekarz kontynuował wyjaśnienia:

– Możliwe, że to jest właśnie związane z obecnością substancji toksycznych w twoim organizmie. Ten raport, który przygotował dla ciebie lekarz sądowy José Manuel Romero Broseta, jest zgodny z tym, co mówię. – Lekarz chciał wręczyć raport Maríi José, ale ta wpatrywała się w niego jak zahipnotyzowana, tak jakby oczekiwała szybkich wyjaśnień. Przeszedł więc do wniosków, które wyciągnął z trzymanego w ręku dokumentu. – Napisano tu, że twoje zaburzenia tarczycowe mogły zostać spowodowane przez czynniki zewnętrzne, na przykład przez podawanie substancji stymulujących tarczycę, takich jak hormony albo związki syntetyczne. – Lekarz pomijał kolejne ustępy raportu wypełnione specjalistyczną terminologią, gdyż uważał, że niczego pacjentce nie wyjaśnią, tylko spowodują w jej głowie jeszcze większy zamęt. – No więc, podsumowując, właśnie tak można wytłumaczyć wszystkie twoje objawy: możliwe, że zostałaś zatruta.

– O czym pan mówi? Jak to zatruta? Przyjeżdżam ze Stanów Zjednoczonych, żeby spędzić trochę czasu z rodziną, robię sobie badania, bo od pewnego czasu czuję się ciągle zmęczona, a pan mi teraz mówi, że mam guza trzustki, nadczynność tarczycy i że w moim organizmie są substancje toksyczne, czyli, innymi słowy, ktoś mnie truje... Jak mam to wszystko, pana zdaniem, przetrawić? Przecież zawsze byłam zdrową osobą. Skąd się nagle wzięło to całe gówno, które najwyraźniej opanowało mój organizm?

Otwartość Maríi José po raz kolejny zaskoczyła lekarza.

– Chcę podkreślić, że musimy wyjaśnić właśnie to wszystko, o co mnie pytasz. Ale w tym celu musisz się poddać jeszcze pewnym badaniom, bardziej szczegółowym. – Widział, jak na twarzy i w ruchach siedzącej przed nim kobiety maluje się niepokój, i chciał mu zapobiec. – Ponieważ widzę, że lubisz jasne sytuacje, powiem ci, że twoje życie nie jest zagrożone, bo pewnie o tym myślisz, co zresztą jest jak najbardziej logiczne po tym, co ode mnie usłyszałaś. Chodzi tylko o to, że niektóre części twojego organizmu nie działają tak, jak powinny. Ale przy właściwym leczeniu, które musi trochę potrwać, te kłopoty znikną. Nie myśl, że jesteś jedyną osobą, która ma tego typu zaburzenia. Znane są odpowiednie terapie, a więc twoje problemy można rozwiązać. Musisz to dobrze zrozumieć. Pomoże ci to w odzyskaniu zdrowia – wyjaśniał, szukając jednocześnie długopisu w kieszeniach fartucha. Po chwili wyciągnął też bloczek z jakimiś druczkami i zaczął je wypełniać.

– Chciałbym, żebyś zrobiła jeszcze kilka badań, a kiedy będziesz miała wyniki, przyjdź do mnie. I uspokój się. Ponieważ wychwyciliśmy to w porę, nie masz się czym przejmować.

W drodze do domu rodziców María José mechanicznie powtarzała w głowie to, co na temat jej dolegliwości mówił lekarz. Jednocześnie próbowała uporządkować skierowania na dodatkowe badania, które dostała. Odrzuciła pomysł, żeby wsiąść do autobusu albo złapać taksówkę – pomyślała, że najlepiej zrobi jej porządny spacer. Być może kierowała się obawą, że hałaśliwy, ogłuszający zamęt panujący w jej głowie dotrze do współpasażerów w autobusie. Wciąż słyszała dudniące echo słów lekarza – „przy właściwym leczeniu te kłopoty znikną" – przemieszane ze sformułowaniami z raportu medycznego na temat zaburzeń funkcjonowania jej tarczycy: „Mogły zostać spowodowane przez czynniki zewnętrzne, na przykład przez podawanie substancji stymulujących tarczycę". Nagle przemknęła jej przez głowę myśl, za sprawą której stanęła jak wryta. Przez chwilkę musiała walczyć, by opanować przyspieszony oddech. Miała dziwne wrażenie, że coś w jej mózgu eksplodowało w taki sposób, że w jednej chwili wszystkie skotłowane myśli uspokoiła niespodziewana jasność. Tak jakby znienacka znalazła klucz do wyjaśnienia wszystkich wątpliwości. Pośród kłębiących się w jej umyśle obrazów zobaczyła wyraźnie wizerunek męża. Musiała usiąść na ulicznej ławce, bo przestraszyła się nagłego uderzenie gorąca, które poczuła w całym ciele i które zapowiadało zawrót głowy wraz z niebezpieczeństwem upadku.

– Boże drogi... Mój Boże... To on.

María José zauważyła, że nie jest w stanie mrugnąć powiekami i że jej puls, jak to się często ostatnio zdarzało, zanika.

– Niemożliwe, niemożliwe... Mój Boże. Ale jeśli to jednak on? Jeśli to on jest powodem tego wszystkiego, co się ze mną dzieje? I jeśli wszystko z góry ukartował? Jeśli wszystko było pułapką, w którą wpadłam jak idiotka, zgodnie z tym, jak mnie nazywał? Durna Hiszpanka... Wtedy, kiedy się zgodziłam, żeby nie występować o prawo pobytu...

Próbowała się uspokoić, ale nie było to łatwe, ponieważ alarm uruchomiony przez tę myśl wciąż dźwięczał w jej głowie.

– Trzy siostrzenice Petera cierpią na tę samą dolegliwość, nadczynność tarczycy. Wszystkie trzy się na to leczą. I u nich także choroba pojawiła się z dnia na dzień, bez ostrzeżenia. A przypadkowo matka tego niegodziwca bierze leki na pobudzenie tarczycy, bo cierpi na odwrotne schorzenie – na niedoczynność. Mieli ułatwioną sytuację, jeśli chcieli stopniowo wykończyć mnie i te dziewczynki bez zostawiania śladów…

To podejrzenie było zbyt bolesne i chciała uwolnić się od wniosku, który być może wyciągnęła zbyt pochopnie. Próbowała go odrzucić, ale mimo szczerych wysiłków nie potrafiła tego dokonać.

– Zbyt wiele tu przypadków. To nie może być zbieg okoliczności. Mój Boże, jak on mógł być zdolny do czegoś takiego! To na pewno on. Nie ma wątpliwości. Co za skurwysyn!

Zrozpaczona zaczęła snuć przerażające wizje, w których Peter skrycie dodawał do jej jedzenia pigułki zawierające hormony tarczycy. Jego matka zażywała je, żeby wyrównać niedobór tych substancji, ona zaś je połykała, nieświadoma, że wprowadza do organizmu prawdziwą bombę zegarową. Nie potrafiła wyrzucić tych obrazów z głowy. Była zupełnie pewna.

– Podawał mi te hormony stopniowo, wiedząc, że mogą mnie zabić. I pomyśleć, że ta kanalia podkładała mi to w jedzeniu, a ja, kretynka, w ogóle się nie zorientowałam. To dlatego byłam taka osłabiona, dlatego znalazłam się w tym stanie, w którym jestem teraz. A skoro nie zdołał się mnie pozbyć, teraz chce pozbawić mnie dziecka.

Jak na tak krótki czas, María José przeżyła zbyt wiele nagłych zwrotów akcji. Nie chciała wyciągać pochopnych wniosków, ale nie była już w stanie ich uniknąć. Podejrzenia, że mąż stopniowo ją zatruwał, zaczęły nabierać coraz bardziej realnego kształtu, i chociaż nie chciała tej nowiny rozpowiadać przed wykonaniem pozostałych badań, które z pewnością rzucą na całą sprawę więcej światła, z ledwością powstrzymywała się przed zobrazowaniem rodzinie tej historii z piekła rodem.

Odczekała dłuższą chwilę, żeby się uspokoić, zanim wróciła do domu i poinformowała rodzinę, co powiedział jej lekarz. Nie chciała denerwować bliskich bardziej, niż to było konieczne, i postanowiła nie dzielić się z nimi – przynajmniej na razie – swoimi najnowszymi wnioskami dotyczącymi prawdopodobnego działania męża.

– Powiedział mi, że tarczyca wymaga wyregulowania, i wykrył też u mnie łagodnego guza trzustki, którego trzeba będzie usunąć, chociaż to nie jest bardzo poważne. No i będę musiała zrobić jeszcze dodatkowe badania.

Z jej ust nie wyszło ani jedno słowo wątpliwości dotyczących tego, co w jej sprawie zdecydowali lekarze.

– Jestem dość silna, żeby przez to przejść i dać sobie radę. I nie pozwolę, żeby ktokolwiek, a już szczególnie on, nadal rujnował mi życie.

Z tego też powodu postanowiła niczego nie zmieniać w planie przygotowań do czwartych urodzin Victorii, podczas których było miejsce tylko na radość, śmiechy, piosenki i prezenty – wiele prezentów. Była szczęśliwa, patrząc na swoją córkę, a mała Victoria Solenne pozwalała się kochać wszystkim, którzy ją otaczali.

Problemy zdrowotne Maríi José sprawiły, że cała rodzina wykazywała wzmożoną troskę o nią. Wszyscy wiedzieli, że jej sytuacja nie jest dobra, i ochoczo wymyślili specjalny plan zajęć, w którym każdy miał przypisany czas opieki nad chorą, która w ten sposób nie miała szans, żeby choć przez godzinę dziennie nie być pod czyimś troskliwym okiem. Przy każdej czynności albo sprawie urzędowej, którą chciała się zająć, korzystała z pomocy rodziców albo siostry, którzy bezustannie, w dzień i w nocy, starali się, by prowadziła życie spokojne i wygodne.

Zanim María José wróciła do gabinetu lekarskiego, żeby zapoznać się z wynikami najnowszych badań, zauważyła, że jej paszport niebawem straci ważność. Chciała go odnowić. Poprosiła ojca, żeby poszedł z nią na komendę policji, obawiając się, że trzeba będzie długo czekać, a nie miała ochoty spędzać czasu samotnie. Po przybyciu do budynku policyjnego stwierdziła, jak bardzo pomyliła się w swoich obawach: po zaledwie paru minutach przyjął ją jeden z funkcjonariuszy, obsługując ją szybko i sympatycznie. Nie była jednak w stanie wytłumaczyć sobie wyrazu zdziwienia, który dał się zauważyć na twarzy załatwiającego jej sprawę policjanta. Przez chwilę myślała, że może w jej danych personalnych jest jakiś błąd albo że zdjęcie, które przyniosła, nie jest odpowiednie. Nowy paszport, który wyrabiała, był drukowany komputerowo, więc pomyślała, że zdjęcie może nie pasować do nowego formatu dokumentu. Nikt – a już najmniej ona sama – nie mógłby się domyślić powodów zdziwienia funkcjonariusza. Do czasu, gdy on sam zaczął mówić.

– Czy miała pani jakieś problemy z wymiarem sprawiedliwości? – spytał, starając się, aby ton jego głosu był jak najbardziej neutralny, tak jakby pytał o wiek albo miejsce urodzenia osoby, która przed nim siedzi.

– Problemy z wymiarem sprawiedliwości? – María José powtórzyła jego pytanie, nic nie rozumiejąc. – Nie, żadnych, o ile wiem. Dlaczego pan pyta?

– Bo został za panią wysłany list gończy. Pani nazwisko umieszczono na międzynarodowej liście osób poszukiwanych.

María José i jej ojciec nie zareagowali od razu, częściowo dlatego, że po słowach policjanta oboje wyglądali, jakby zamienili się w słupy soli.

– Co też pan mówi? Jak to, moja córka jest na liście poszukiwanych? To musi być jakiś błąd. Czy mógłby pan dobrze się przyjrzeć tej liście? Przy obecnej informatyzacji wystarczy zaledwie jedna literówka i nieporozumienie gotowe.

Ojciec Maríi José próbował rozumować możliwie sensownie, ale po tym, jak policjant potwierdził swoje poprzednie słowa, wszelka nadzieja na odzyskanie równowagi prysła.

– Nie. Obawiam się, że nie ma tu żadnej pomyłki – powiedział funkcjonariusz, ograniczając się do odczytania tego, co zobaczył na ekranie komputera. – María José Carrascosa Peñalver. List gończy.

– Ale dlaczego jestem poszukiwana? I kto ten list wystawił? – W głowie Maríi José zaczęły się piętrzyć pytania. Z wielkim trudem zdołała zatrzymać je dla siebie.

– Proszę pani, tego nie mogę powiedzieć, bo informacji tego rodzaju nie wolno nam udzielać. Ale można chyba zakładać, że pani sama powinna to wiedzieć. Jedno jest pewne: został za panią wysłany międzynarodowy list gończy. A to oznacza, że ciąży on nad panią w każdym kraju, w którym działa Interpol. Zalecałbym pani, żeby spróbowała pani wyjaśnić swoją sytuację. Co więcej, mam obowiązek wysłać informację, że przebywa pani tutaj.

Zarówno ojciec, jak i córka byli całkowicie oszołomieni. Żadne z nich niczego nie rozumiało. Kiedy odzyskali zdolność reagowania – co nie było łatwe ani nie stało się szybko – wyszli z komisariatu. Ojciec powtarzał swej pierworodnej, że powinna się zastanowić, jakie zachowania z przeszłości mogły spowodować umieszczenie jej na liście przestępców.

– Proszę cię, tato. Przysięgam ci, że nic nie zrobiłam. Jakie grzechy miałabym popełnić? No i kiedy, gdzie, przeciwko komu? Jestem tak samo zaskoczona jak ty, albo jeszcze bardziej. To jakieś szaleństwo. W końcu od tego wszystkiego zwariuję.

Kiedy dotarli do domu, wiadomość, którą przekazali, podziałała jak wybuch bomby. Pośród ogólnego oszołomienia i niepokoju, który wytworzyła ta absurdalna sytuacja, najwięcej zimnej krwi zachowała Victoria. Postanowiła zadzwonić do przyjaciela, którego narzeczona pracowała w porcie w Walencji i utrzymywała częste kontakty z policją. Victoria wiedziała na podstawie jakichś wcześniejszych doświadczeń, że dzięki narzeczonej przyjaciel mógł mieć dostęp do nietypowych źródeł informacji. Być może byłby więc w stanie wyjaśnić przynajmniej, dlaczego María José była poszukiwana i została umieszczona na liście przestępców. Istotnie, po niedługim czasie, zgodnie z oczekiwaniami Victorii, nadeszła odpowiedź. „Nakaz został wysłany ze Stanów Zjednoczonych, konkretnie z New Jersey albo z Nowego Jorku, nie jestem pewien. Chodzi o doniesienie na twoją siostrę złożone przez niejakiego Petera Innesa w związku z domniemanym przestępstwem porwania dziecka. Jeśli to w czymś pomoże, mogę dodać, że nakaz został wystawiony w kwietniu 2004 roku. Tylko tyle mogę ci przekazać. Mam nadzieję, że te informacje się przydadzą".

Wiadomość otrzymana przez Victorię rzuciła nieco światła na tę absurdalną sprawę. Teraz przynajmniej wiadomo było, z kim mieli do czynienia, choć wcale to ich nie uspokoiło, a szczególnie Maríi José, która nieustannie, od kilku już godzin, nie mogła uwierzyć w to, co usłyszała. Z pomocą rodziców i siostry, próbując jednocześnie oszczędzić córce kontaktu z całą tą sprawą, próbowała rozwikłać zagadkę. Zdała sobie sprawę, że skoro doniesienie zostało złożone w kwietniu 2004 roku, musiało się to stać na miesiąc przed wyprowadzeniem się jej męża z domu. Ta myśl ją rozwścieczyła.

– Tak, teraz już nie ma wątpliwości. Wszystko zaplanował od samego początku. Odszedł, zostawił nas, mnie i naszą córkę, przez kilka miesięcy odstawiał cyrk, że zgadza się na porozumienie bez konfrontacji, a naprawdę chodziło mu o złożenie wniosku o rozwód i oskarżenie mnie na koniec o porwanie własnej córki. Wszystko jasne! Chciał mnie zniszczyć i działał bez skrupułów, nie cofając się przed niczym. Jakby z zimną krwią popełniał morderstwo. Nawet nie zaczekał, aż mnie zostawi, żeby pobiec do sądu i oskarżyć mnie o porwanie własnego dziecka. Doniósł na mnie miesiąc wcześniej! Jak on śmiał?! Porwanie własnej córki? Nawet gdyby mi przeszło przez głowę takie szaleństwo, dziecko i tak miałoby się lepiej ze mną niż z takim dręczycielem jak on. Bezwstydnik, nędznik, łajdak... Jak daleko jest zdolny się posunąć? Dlaczego miałam takiego strasznego pecha? Jak mogłam się zakochać w takim potworze? O czym ja wtedy myślałam, Boże mój?!

Nic nie było w stanie przynieść jej ulgi ani tym bardziej odpowiedzi na wszystkie te pytania. Rodzice zaczęli się obawiać, że na skutek dręczących ją cierpień córka straci przytomność. Ten stan napięcia i skrajnego zdenerwowania na pewno nie był wskazany przy jej kiepskim stanie zdrowia. Starali się nakłonić Maríę José do opanowania, ale jej ciałem, ruchami i nawet wyrazem twarzy zawładnęło takie rozdrażnienie, że wszelkie próby uspokojenia jej były skazane na niepowodzenie.

Potrzebowała dać upust temu wszystkiemu, co działo się w jej wnętrzu, wszystkiemu, co od tylu lat dusiła w sobie i o czym w większości nie mówiła nawet rodzicom.

– Już ja go dopadnę! Koniec z grzeczną dziewczynką. Tak, teraz mu pokażę. Z kodeksem w ręku. Będę walczyć o prawo do opieki nad córką, żeby ją chronić przed mordercą, jakim stał się jej ojciec. Jeśli on potrafi targnąć się na moje życie, może zrobić to samo z małą. A ja na to się nie zgodzę. Nigdy! Po moim trupie.

Dopiero dzwonek telefonu komórkowego zdołał przełamać napiętą atmosferę, która zapanowała w trakcie rodzinnej narady. W słuchawce rozległ się głos osoby nieświadomej tego wszystkiego, co dzieje się w domu rodziców Marii José. Głos ten oznajmił, że wyniki ostatnich badań zostały przekazane lekarzowi, który prosi Maríę José o jak najszybsze przybycie do gabinetu, najlepiej jeszcze tego samego popołudnia. Wiadomość nie tylko nie uspokoiła zebranych, ale jeszcze bardziej wytrąciła ich z równowagi.

– Taki pośpiech na pewno nie świadczy o niczym dobrym. Żadnemu lekarzowi tak się nie spieszy, żeby przekazać dobre wiadomości.

María José weszła do gabinetu, mając nadzieję, że niezwykły pośpiech, którym wykazał się lekarz, nie będzie oznaczał dla niej jakichś fatalnych wiadomości. Kolejny raz się pomyliła.

– Znaleźliśmy w twoim organizmie resztki pestycydów i trutki na szczury. Trzeba będzie jeszcze zbadać substancje znajdujące się we fragmencie trzustki, który ci usuniemy, ale raport nie pozostawia wątpliwości. Od kilku lat spożywałaś wysoce toksyczne związki, które spowodowały w twoim organizmie więcej szkód, niż w pierwszej chwili sądziliśmy. Będziemy musieli usunąć nie tylko fragment trzustki, ale też śledzionę, z powodu zrakowaceń, o których ci mówiłem podczas poprzedniej wizyty.

María José objęła chudymi ramionami oparcie krzesła, na którym usiadła zaraz po wejściu do gabinetu. Nawet chłód stali, z której zrobione były podpórki pod łokcie, nie zdołał jej ożywić. Mimo że ani jej ciało, ani umysł nie były już w stanie przyswoić sobie więcej nowin, lekarz kontynuował wywód.

– Usunięcie śledziony spowoduje, że twój organizm utraci częściowo zdolność do wytwarzania przeciwciał i zwalczania bakterii dostających się do krwi. Wiąże się to z dość znacznym osłabieniem mechanizmów odpornościowych potrzebnych do zwalczania infekcji. To nie znaczy, że będziesz bezbronna, bo po wycięciu śledziony inne organy, na przykład wątroba, zwiększają swoje zdolności obronne i obniżają ryzyko zakażeń.

Nie można powiedzieć, że Marii José nie interesowało to, co próbował jej wyjaśniać lekarz, mówiąc o konsekwencjach czekających ją zabiegów chirurgicznych, ale jej możliwości poznawcze zostały zablokowane już znacznie wcześniej i w tej chwili potrafiła zadać tylko jedno pytanie.

– Pestycydy i trutka na szczury. Chce pan powiedzieć, doktorze, że byłam z premedytacją zatruwana?

– Obawiam się, że tak. Przypuszczam, że to nie ty sama podawałaś sobie te substancje. Istotnie, poziom związków toksycznych w twoich tkankach, we krwi i w różnych organach jest znacznie wyższy niż normalnie. Dlatego przed przystąpieniem do interwencji chirurgicznych, o których cię informowałem, warto rozpocząć kurację odtruwającą, żeby obniżyć poziom arszeniku w twoim organizmie. To byłoby bardzo pożądane. Moglibyśmy zacząć to leczenie choćby jutro. Nie ma powodów, żeby z tym zwlekać.

· 14 ·

Łamigłówka, w którą zamieniło się życie Marii José, nie pozwalała jej nawet na chwilę wytchnienia. Wydawało się, że w ciągu paru dni wszystkie siły przyrody sprzysięgły się, żeby pozbawić ją życia albo przynajmniej skomplikować je w stopniu, którego wcześniej trudno było się spodziewać. W tym samym czasie dowiedziała się, że przez lata ktoś podawał jej truciznę, że musi poddać się poważnemu zabiegowi chirurgicznemu, w wyniku którego utraci śledzionę, część trzustki i tarczycę oraz zostanie wystawiona na łaskę i niełaskę rozmaitych infekcji, i – tak jakby tego było jeszcze mało – jej nazwisko figuruje na międzynarodowej liście przestępców poszukiwanych przez Interpol. A to i tak nie wszystko.

Niepokój, który nagle zapanował w jej życiu, teraz z kolei ustąpił miejsca pełnemu napięcia wyciszeniu. María José postanowiła skupić się na powrocie do zdrowia. Niewolniczo spełniała polecenia ekipy medycznej, która zajmowała się jej przypadkiem. Oznaczało to konieczność opóźnienia powrotu do Stanów Zjednoczonych, który w jej stanie w opinii lekarzy był po prostu niemożliwy i graniczyłby z samobójstwem. María José postanowiła zapisać córkę na wszelkie możliwe zajęcia, które mogły jej pomóc w kształceniu się i które zapewniałyby małej zajęcie w sytuacji, w której matkę czekał pobyt w szpitalu i operacja.

Maríę José poinformowano, że rehabilitacja pooperacyjna będzie procesem trudnym i wymagającym takiego samego przestrzegania przez nią dyscypliny jak do tej pory. Jej odwaga nie pozwalała obawiać się samej interwencji chirurgicznej, podczas której miała zostać usunięta jej śledziona oraz część trzustki. Bała się jedynie ogólnej narkozy. Nie podobała jej się ta perspektywa. Nasłuchała się przeróżnych historii o ludziach, którzy źle reagowali na uśpienie, włącznie z takimi, którzy w ogóle się nie wybudzili po operacji z powodu jakichś komplikacji, nigdy do końca niewyjaśnionych rodzinie. Niemniej jednak starała się odsunąć od siebie te obawy, myśląc o innych rzeczach i zajmując się rozmaitymi obowiązkami, choćby wydawały się całkiem trywialne.

W miarę jak zbliżał się dzień hospitalizacji, María José wznowiła rozmowy z nowojorskimi prawnikami, żeby im zakomunikować, w jakiej znalazła się sytuacji, i przekazać wszystkie najnowsze nowiny, łącznie z tym, że stawiła się przed sądem w Walencji na przesłuchanie w sprawie wniosku o przyznanie prawa do opieki nad jej córką, Victorią Solenne, złożonego w Hiszpanii przez ojca dziecka, Petera Innesa. María José sprzeciwiła się temu wnioskowi przed sądem pierwszej instancji numer 9 w Walencji. Był to ten sam sąd, który zapobiegawczo 17 czerwca 2005 roku podjął decyzję nakazującą zwrot paszportu małej Victorii i zakazującą jej wyjazdu z Hiszpanii. Od tamtej chwili pozostawało tylko pilnować realizacji postanowień sędziego. Wiele wskazywało na to, że rozpatrywanie wniosku Petera potrwa przez długi czas, ale zapewniano ją, że w lipcu powinna już zostać wydana decyzja.

2 lipca 2005 roku María José poddała się zabiegowi chirurgicznemu w klinice Quirón w Walencji. Operacja polegała na wycięciu guza trzustki i usunięciu śledziony. Według opinii personelu medycznego, który zajmował się pacjentką, operacja nie nastręczyła szczególnych problemów i teraz należało tylko czekać na powrót chorej do zdrowia. Tkanki usunięte z jej organizmu miały zostać poddane drobiazgowym analizom, a leczenie powinno być kontynuowane.

Kiedy María José wciąż jeszcze leżała przykuta do łóżka, przechodząc niełatwy proces odzyskiwania sił po operacji – dokładnie tak, jak prognozował lekarz – do jej rąk trafiło coś, co uznała za najlepsze możliwe lekarstwo. Była to oczekiwana decyzja sądu w Walencji, rozstrzygająca kwestię przywrócenia prawa do opieki nad dzieckiem. Uśmiech osoby, która jej ten dokument dostarczyła, oraz widoczny w jej oczach błysk świadczyły o tym, że wreszcie nadchodzi jakaś dobra wiadomość. Gdy María José miała ją już dłoniach, zaczęła uważnie czytać:

„Decyzja w sprawie przywrócenia prawa do opieki nad niepełnoletnią, sprawa numer 759/05. Walencja, 6 lipca 2005 roku".

Zdenerwowana María José pominęła wszystkie formuły wstępne oraz przywołane przepisy uzasadniające podjętą przez sędziego decyzję. Pospiesznie i nerwowo przerzuciła kilka kartek, aż jej wzrok dotarł do ostatniego akapitu tekstu.

„Biorąc powyższe pod uwagę, postanawiam: wniosek o przewiezienie Victorii Solenne Innes do Stanów Zjednoczonych i przekazanie jej pod opiekę ojca, Petera Williama Innesa, zostaje odrzucony. Sąd zwalnia strony od kosztów postępowania. Od tej decyzji przysługuje prawo odwołania w ciągu pięciu dni od jej ogłoszenia".

María José spojrzała na pieczątkę. Widniała na niej data 11 lipca 2005 roku jako dzień ogłoszenia decyzji stronom.

Pod wydanym orzeczeniem podpisany był sędzia sądu pierwszej instancji numer 9 w Walencji, César Zenón Calvé Corbalàn.

María José zamknęła oczy wilgotne od nieoczekiwanych emocji. Wolno opuszczając głowę na poduszkę, przycisnęła do piersi trzymany w dłoniach dokument, który uczynił z niej najszczęśliwszą kobietę na świecie.

– Wniosek o przewiezienie Victorii Solenne Innes do Stanów Zjednoczonych i przekazanie jej pod opiekę ojca, Petera Williama Innesa, zostaje odrzucony. Wniosek o przewiezienie Victorii Solenne Innes do Stanów Zjednoczonych i przekazanie jej pod opiekę ojca, Petera Williama Innesa, zostaje odrzucony. Wniosek...

Przez kilka najbliższych minut jej usta nie były w stanie wymówić jakichkolwiek innych słów niż te, które zostały zapisane w ostatnim akapicie postanowienia sądowego. I wszystkim obecnym w pokoju wydało się to normalne.

– Wreszcie doczekaliśmy się sprawiedliwości, córciu, wreszcie... – Maruja, matka Marii José, ledwo zdołała wymówić te słowa. Powstrzymywanie łez przychodziło jej z jeszcze większą trudnością niż córce.

W ciągu kolejnych dni lekarze przedstawiali Marii José wyniki przeprowadzonych analiz i wyjaśniali, dlaczego obecność w organizmie resztek pestycydów i trutki na szczury stanowi dla niej śmiertelne zagrożenie. María José uświadamiała sobie coraz wyraźniej, w jak wielkim byłaby niebezpieczeństwie, gdyby nie zrobiła badań, na które tak nalegała matka. Jej codzienne zajęcia obejmowały teraz głównie lekturę czasopism i zażywanie lekarstw, których skomplikowanych nazw do niedawna w ogóle nie znała. Były one wypisane dużymi literami na opakowaniach: Levoxil, Novonor, Chorella, Spirulina, Maitake. Wszystkie te substancje – zgodnie z tym, co mówili lekarze – stały się niezbędne, żeby chora mogła znów cieszyć się dobrym zdrowiem. Przerwanie podawania leków mogło natomiast oznaczać poważne zagrożenie życia. W rezultacie wieloletniego gromadzenia się w jej organizmie silnie toksycznych związków, a także w następstwie stresu i wysiłku, na które była narażona za sprawą maltretującego ją męża, i wreszcie z powodu operacji usunięcia śledziony, María José zapadła na cukrzycę typu 2. Komplikowało to jeszcze bardziej jej sytuację zdrowotną i zmusiło do zapoznania się z codzienną rutyną przyjmowania zastrzyków insulinowych. Ale mimo to była szczęśliwa. Każdą komplikację medyczną była w stanie przegnać ze swego umysłu za pomocą nieustannej lektury tamtej decyzji sądowej, odmawiającej jej mężowi – odpowiedzialnemu zapewne za jej pożałowania godną sytuację zdrowotną – prawa do opieki nad córką w Stanach Zjednoczonych. Wniosek Petera odwoływał się do Konwencji Haskiej z 25 października 1980 roku na temat cywilnoprawnych aspektów porywania nieletnich. María José doszła do takiej wprawy, że niektóre akapity tekstu potrafiła recytować z pamięci: „Przekazanie osoby małoletniej do poprzedniego kraju pobytu powinno być zarządzane jedynie w przypadkach, w których jej wyjazd był wynikiem działań bezprawnych. W świetle dokumentów dołączonych do wniosku oraz zeznań złożonych przez Maríę José Carrascosę można przyjąć za udowodnione, że rodzice dziecka podpisali w dniu 8 października 2004 roku porozumienie, na mocy którego prawo do opieki nad dzieckiem zostało przyznane matce, ojciec natomiast otrzymał prawo kontaktowania się z córką. Każdy z rodziców zobowiązał się, że nie będzie opuszczać z córką terytorium Stanów Zjednoczonych bez wyrażonej na piśmie zgody drugiej strony. W czasie gdy doszło do przewiezienia dziecka na terytorium Hiszpanii, nie obowiązywało żadne postanowienie amerykańskiego sądu przyznające czasowe prawo do opieki nad dzieckiem ojcu, dlatego też zgodnie z zawartym trzy miesiące wcześniej porozumieniem opiekę nad dzieckiem od chwili ustania współżycia małżeńskiego sprawowała matka. Z tego powodu wyjazd z dzieckiem nie był działaniem bezprawnym. Można tu mówić jedynie o niedotrzymaniu cywilnego porozumienia, polegającym na nieuzyskaniu pisemnej zgody ojca na wyjazd dziecka za granicę. Nie nastąpiło więc naruszenie prawa rodzica do opieki nad dzieckiem".

María José nie mogła na to nic poradzić: za każdym razem, kiedy przebiegała wzrokiem pięć kartek, na których spisana była argumentacja i decyzja sędziego, na jej twarzy gościł szeroki uśmiech. Czuła satysfakcję, choć wiedziała, że były mąż może złożyć apelację od wydanego postanowienia – co też istotnie zrobił.

Dochodzenie do zdrowia nie przebiegało tak gładko, jak María José sobie wyobrażała, i wkrótce pojawiły się komplikacje. Po przeprowadzeniu jednego z badań echograficznych, którym poddawano ją w ramach licznych testów, okazało się, że guz się odnowił. Ten nowy, niespodziewany cios okazał się większym wstrząsem, niż w pierwszej chwili myślała.

– Znowu? Czy to piekło nigdy się nie skończy?

I znów zaczęto ją karmić zapewnieniami, że to nic groźnego, że kolejna operacja pozwoli dokładnie oczyścić zagrożoną strefę i w niczym nie wpłynie na leczenie, któremu jest poddawana. Ono też nie przynosiło tak szybkich i zdecydowanych efektów, jak początkowo spodziewała się María José. Datę kolejnej operacji wyznaczono na 14 listopada 2005 roku. I znów niepewność w obliczu oczekującego ją zabiegu, znów obawy, co tym razem stwierdzą lekarze. Jak wiele już razy w życiu, okoliczności zmuszały Maríę José, by z rezygnacją czekała na rozwój wypadków. Trzy dni przed drugą interwencją chirurgiczną, 11 listopada, otrzymała złą wiadomość z sądu w Walencji, w którym rozpatrywano jej wniosek: hiszpański sędzia César Zenón Calvé Corbalàn postanowił odrzucić żądanie anulowania małżeństwa, choć nie była to decyzja prawomocna, i Maríi José pozostawała możliwość wniesienia apelacji. Tak też zrobiła, występując kilka miesięcy później, 29 stycznia 2006 roku, o unieważnienie tamtej decyzji i oświadczając przed sądem, że sprawa powinna być rozpatrywana przez trybunał hiszpański. Niemniej sędzia sądu w New Jersey, do którego Peter wniósł o ustanowienie go prawnym opiekunem dziecka i który początkowo odrzucił to żądanie, doszedł do wniosku, że zapowiedź sędziego hiszpańskiego, iż oddali wniosek Maríi José, miała charakter ostateczny i dotyczyła nie tylko kwestii unieważnienia małżeństwa, ale także przekazania dziecka. Dlatego bez wahania podjął sprawę na nowo.

Kiedy wiadomość ta dotarła do rodziny Carrascosów, uznano, że to hiszpańscy prawnicy Petera Innesa błędnie zinterpretowali sędziemu Torackowi z New Jersey decyzję sędziego z Walencji, co doprowadziło do wznowienia procesu w Ameryce. Kolejny koszmar dopiero się zaczynał i nikt nie zdawał sobie sprawy z powagi sytuacji.

· 15 ·

– Bardzo dobrze, wspaniale. Nie dość mi problemów, więc teraz jeszcze psuje mi się komputer. Co się dzieje z tym gratem? – María José zadała to pytanie na głos, próbując jednocześnie potrząsać monitorem swojego komputera, tak jakby od kilku uderzeń miał się w jakiś magiczny sposób naprawić. – Nie mam pojęcia, co robiłam w poprzednim życiu, ale musiałam się nieźle namęczyć, żeby narobić sobie tylu wrogów… I w tym życiu wszyscy się zebrali, żeby wyrównać ze mną rachunki.

Przypadek sprawił, że tego ranka gościła akurat w domu Maríę Luisę Riverę, tłumaczkę przysięgłą, która zajmowała się przekładem dla rodziny Carrascosów skomplikowanych dokumentów sądowych. Od chwili przybycia Maríi José do Hiszpanii te dokumenty mnożyły się jak ameby.

– Powiem ci, że i tak jesteś dzieckiem fortuny! – stwierdziła María Luisa.

– No, to już najwyższy czas, żeby pani fortuna zaszczyciła mnie jakimś znakiem swojej obecności – odpowiedziała María José.

– Umówiłam się na obiad niedaleko stąd z osobą, która może ci pomóc – powiedziała María Luisa, ignorując uwagę rozmówczyni. – To uroczy facet, wykształcony, miły, sympatyczny, przystojny. Nie pytaj mnie, jak to robi, ale wie wszystko, a poza tym potrafi wyciągnąć do ciebie rękę dokładnie wtedy, kiedy potrzebujesz pomocy. Ma na imię José Antonio. Jeśli chcesz, mogę do niego zadzwonić i powiem mu, żeby tu wpadł, zanim pójdziemy do restauracji.

Po kilkunastu minutach María José mogła się przekonać, że tłumaczka przysięgła i doktor filologii nie przesadzała ani na jotę, opisując swojego znajomego. Nie tylko naprawił jej komputer, ale wysłuchawszy opowieści o dziwacznych perypetiach, które od pięciu lat były udziałem walencjańskiej prawniczki, zaproponował swoją pomoc.

– Lubię historie rodem z Kafki – powiedział.

– To dobrze trafiłeś – odpowiedziała María José. – Moja powinna cię zaspokoić. No i występują w niej jeszcze hiszpańscy adwokaci, których wynajął tutaj mój mąż. Muszą mieć dobre znajomości, bo nie udaje mi się znaleźć nikogo, kto by chciał mnie bronić i zająć się moją sprawą. Na początku wszyscy są chętni, ale później, kiedy dowiadują się, że mojego męża reprezentuje Elena Zarraluqui, wpadają w dygot połączony ze zniechęceniem i rezygnują. Któryś z nich powtórzył mi słowa zasłyszane od szefa jednego z zespołów adwokackich: otóż bez żadnych konkretnych podstaw, z jakiegoś tajemniczego powodu, mój wniosek w ogóle nie jest rozpatrywany. No i oczywiście sam też nie zdecydował się na prowadzenie tej sprawy.

María José popatrzyła na José Antonia, po czym z szelmowskim uśmiechem na ustach i błyskiem w oku zapytała:

– Możesz mnie wesprzeć w sprawie tych zastraszonych adwokatów?

– No, chyba tak – odpowiedział natychmiast. – Znam pewnego adwokata w Saragossie, który mógłby ci pomóc. Nazywa się Aurelio Marín. Nie sądzę, żeby miał z tym jakiś problem. A jeśli chodzi o twoją trzustkę, moja siostra ma kontakty, które też mogłyby się przydać. Gdybyś chciała, mogę cię poznać z pewnym lekarzem naturopatą, który pewnie zdołałby sporo dla ciebie zrobić.

María José uśmiechnęła się, po czym pożegnała się z nowym znajomym. Wcześniej jeszcze zwróciła się do Marii Luisy ze słowami:

– Ten facet to chyba rzeczywiście skarb.

Wkrótce potem José Antonio skontaktował ją zarówno z adwokatem z Saragossy, jak i ze specjalistą od medycyny naturalnej, którego jej polecił. Ten ostatni zaproponował leczenie, mające trwać kilka miesięcy i spowodować zmniejszenie pięciocentymetrowego guza, który po raz kolejny się odnowił. Dyscyplina, jakiej pacjentka podporządkowała się podczas zaleconej kuracji, sprawiła, że po trzech miesiącach guz zdecydowanie się zmniejszył – do wielkości kilku milimetrów. Pewnego dnia María José zadzwoniła do José Antonia. W jej głosie wyczuwalny był lęk.

– José, właśnie zrobili mi badanie ultrasonograficzne i okazało się, że guz znowu urósł o dwa milimetry. Co mam robić?

– No cóż, pomyślmy – odpowiedział lekko protekcjonalnym głosem, próbując ją uspokoić. – Stosujesz kurację dopiero od kilku miesięcy, guz w tym czasie zmniejszył się o kilka centymetrów. Trzeba pamiętać, że wszystko wymaga czasu. To nie jest pigułka na przeczyszczenie. A poza tym, jeśli postanowiłaś się znowu operować, lekarze powinni mieć ułatwione zadanie, bo guz jest znacznie mniejszy. Nie ma się czym przejmować, wręcz przeciwnie. A przy okazji, jak tam Aurelio, ten adwokat, którego ci poleciłem?

– Bardzo dobrze, przynajmniej zainteresował się sprawą i nie robił żadnych problemów. Chociaż chyba je potem miał. Mam wrażenie, że wywierano na niego jakąś presję albo mu grożono. Wiesz coś na ten temat?

– Co nieco. Oczywiście nic konkretnego nie chciał mi powiedzieć, tylko wspominał, że są jakieś naciski z różnych stron. Ale on się nie przejmuje. Myślę, że dobrze zrobiłaś, wynajmując go. Pomoże ci.

Na kilka godzin przed drugą operacją, 14 listopada 2005 roku, Maríę José odwiedził dawny kolega ze studiów na wydziale prawa uniwersytetu w Walencji, na którym oboje rozpoczynali karierę i z którym zawsze czuła się w szczególny sposób związana. Wiedziała, że kolega nie pracuje jako adwokat, ponieważ w pewnym momencie postanowił wstąpić do policji i działać jako tajny agent. María José zwierzyła się zarówno jemu, jak i innym przyjaciołom i znajomym ze swojej sytuacji, opowiadając o problemach, jakie stwarza jej były mąż. Komentarz, który usłyszała z ust dawnego kolegi tuż przed drugą operacją, sprawił, że po raz kolejny doznała szoku.

– Jesteś w niebezpieczeństwie – powiedział Luis. W przeszłości zawsze lubił mówić prosto z mostu i teraz María José mogła się przekonać, że z biegiem lat to upodobanie się nie zmieniło. – Od pewnego czasu prowadzimy śledztwo w sprawie człowieka, który był twoim mężem. Nie uwierzysz, czego się o nim dowiedzieliśmy.

María José popatrzyła na niego takim wzrokiem, jakby poprzez oczy usiłowała dotrzeć prosto do jego myśli i bez czekania na wyjaśnienia przeniknąć tajemnicę, która zapowiadała się tak niesamowicie.

– Peter Innes jest poszukiwany przez hiszpański wymiar sprawiedliwości. Jest oskarżony o handel narkotykami. Został nawet wydany nakaz natychmiastowego aresztowania go – kontynuował tajny agent policji, którego wyraz twarzy znacznie się ożywił, nawet bardziej niż jego rozmówczyni.

Ta zaś, po paru chwilach wpatrywania się w Luisa, popatrzyła na rodziców, którzy towarzyszyli im w szpitalnym pokoju, i starała się w ich oczach znaleźć logiczne wyjaśnienie tego, czego ona sam nie była w stanie pojąć.

– Luis, ale... o czym ty mówisz? – wykrztusiła w końcu. – To niemożliwe. Tego byłoby już zbyt wiele. Peter oskarżony o handel narkotykami w Hiszpanii? Przecież przyjechał tu po raz pierwszy na nasz ślub. – Przez chwilę się zastanawiała. – Przynajmniej tak mi powiedział.

– Przecież nie zmyślam. Znasz mnie. – Luis zrobił ruch, jakby zamierzał usiąść na łóżku, w którym leżała jego dawna koleżanka ze studiów, ale w końcu zdecydował się pozostać w pozycji stojącej i wyprostowany szykował się do dokończenia relacji, robiąc z niewiarygodnej historii, którą miał za chwilę opowiedzieć, niemalże przedstawienie teatralne. Tak jak lubił.

– W 1996 roku agenci z grupy antynarkotykowej Brygady Regionalnej w Marbelli zaczęli obserwować willę numer 17 na osiedlu Altos de Rodeo. Podejrzewano, że odbywają się tam jakieś machlojki związane z handlem narkotykami.

Luis opanował do perfekcji sztukę opowiadania i umiejętnie stosował wyuczone pauzy w momentach, w których był pewien, że zdobył uwagę słuchaczy.

– Agenci postanowili mieć na oku pewien samochód, który ciągle przyjeżdżał pod ten dom. Wyglądał na bardziej obciążony niż zwykłe auta. Podwozie pod bagażnikiem niemalże szurało po asfalcie, koła też wyglądały na słabiej napompowane niż w innych samochodach. W końcu zatrzymali pasażera samochodu, niejakiego Johna Downesa, natomiast kierowca, Peter Innes, zdołał zbiec. Ale nie uciekł daleko. Zatrzymano go w Puerto Banus za prowadzenie samochodu z wielką szybkością. I miał powody, żeby się spieszyć. Czterysta kilogramów haszyszu, tyle dokładnie zarekwirowano. Obaj panowie zapłacili kaucję w wysokości miliona peset[9] i postanowili uciekać z Hiszpanii. Nie wiemy jak. – Luis kontynuował swą opowieść, a jednocześnie wyciągnął z kieszeni marynarki dwie kartki papieru i zaczął czytać, zanim wręczył je kompletnie zszokowanej Maríi José. – Mam nadzieję, że jesteś gotowa tego wysłuchać. 2 grudnia 1996 roku sąd w Maladze wydał wyrok, w którym

[9] Dziś byłaby to mniej więcej równowartość 10 000 euro.

skazywał Johna Downesa oraz Petera Innesa jako sprawców przestępstwa przeciwko zdrowiu publicznemu, a dodatkowo Petera Innesa za prowadzenie samochodu z niebezpieczną prędkością, na karę pięciu lat i dwóch miesięcy więzienia. Za to pierwsze przestępsto zostali też skazani na grzywnę w wysokości pięćdziesięciu jeden milionów peset. Wobec Petera Innesa orzeczono też karę trzech miesięcy więzienia i pozbawienia prawa jazdy na dwa lata. Ponieważ obaj uciekli, sąd postanowił skierować wyrok do tymczasowego zawieszenia z zamiarem realizacji kary, kiedy tylko sprawcy zostaną znów ujęci.

María José nie była w stanie przyjąć do wiadomości całej tej lawiny informacji, którą przygniótł ją znajomy.

– Ale najlepsze w tej całej historii – ciągnął dalej policjant – jest to, że można ponownie powołać się na wyrok sądu z Malagi, ponieważ otrzymaliśmy raport Interpolu, podający aktualny adres rzeczonego Petera Innesa w Stanach Zjednoczonych. Teraz już wiadomo, gdzie przebywa i, tak jak to zadeklarowano w liście gończym i nakazie aresztowania, można go już zatrzymać.

– Mam być operowana za kilka godzin, ale jeśli jeszcze trochę poopowiadasz, lekarze nie będą potrzebowali zbyt wiele narkozy, żeby mnie uśpić – powiedziała María José, unosząc się lekko na łóżku i próbując przybrać pozycję siedzącą. – Nie o to chodzi, że ci nie wierzę, tylko po prostu nie rozumiem nic z tego, co do mnie mówisz. To jest ponad moje siły. Nie mogę uwierzyć, że to wszystko dzieje się naprawdę. To tak, jakbyś pewnego dnia się obudził i stwierdził, że wszystko, co wydarzyło się w twoim życiu w ostatnich latach, było jakąś farsą, żałosnym i szalonym kłamstwem. Musi chodzić o jakiegoś innego mężczyznę. To nie może być on.

– To on. Jesteśmy pewni – odpowiedział. – Posłuchaj, zróbmy eksperyment. Za parę dni wydobrzejesz po operacji.

Kiedy wyjdziesz ze szpitala i nabierzesz dość sił, żeby się z tym wszystkim zmierzyć, przyjdź do komisariatu. Pokażemy ci, jakie informacje mamy na temat tego człowieka. I bądź przygotowana na wszystko: jestem pewien, że mężczyzna, z którym brałaś ślub i któremu przysięgałaś wieczną miłość, ukrywa jeszcze wiele innych tajemnic, którymi może nas zaskoczyć.

Wiadomości docierające do niej po operacji nie wyglądały zbyt obiecująco. Nie dlatego, żeby wyniki drugiego zabiegu na trzustce miały się okazać niekorzystne, ani też dlatego, żeby jakiś problem mógł komplikować przebieg leczenia pooperacyjnego. Chodziło raczej o nagromadzenie się różnych przeciwności – nieprzewidzianych i wręcz karykaturalnych. Ciągłe interwencje chirurgiczne połączone ze skrajnie wyczerpującym leczeniem nękających ją dolegliwości – a szczególnie następstw zatruwania, którego padła ofiarą – zdołały unicestwić kolejne z jej marzeń. Rodziły się zawsze, kiedy w jej życiu pojawiał się nowy mężczyzna. Nieraz myślała o powiększeniu rodziny, o ponownym macierzyństwie. Ale po rozmowie z lekarzem, który odwodził ją od tego pomysłu, wszelkie nadzieje prysły.

– Tak będzie dla ciebie lepiej – orzekł doktor, bardziej pragnąc podnieść ją na duchu niż dać wyraz swemu przekonaniu. – Twój organizm jeszcze długo będzie osłabiony, musisz o niego dbać, a kolejna ciąża nie byłaby z tego punktu widzenia najlepszym rozwiązaniem.

Pierwsza myśl, która przemknęła jej przez głowę po wysłuchaniu tych słów, dotyczyła człowieka odpowiedzialnego za sytuację, w jakiej się znalazła, i za ciągłe kłopoty. Nienawidziła Petera ze wszystkich sił i myślała, jakim szczęściem byłoby nigdy go nie poznać.

Minął niemal miesiąc od drugiej operacji, zanim María José odzyskała siły na tyle, żeby stawić się osobiście – zgodnie z sugestią swego przyjaciela Luisa – w komendzie głównej policji w Walencji, w wydziale zajmującym się walką z terroryzmem i z handlem środkami odurzającymi. Lekarz zalecił jej odpoczynek i spokój, a ponadto zdecydowanie zabronił lotów w okresie co najmniej sześciu miesięcy, licząc od stycznia 2006 roku. María José zamierzała zastosować się do tych zaleceń, ale wizyta na policji stała się dla niej sprawą najwyższej wagi. Właśnie tam, w towarzystwie matki, która nie odstępowała jej na krok, mogła uzyskać dostęp do historii sądowej Petera Innesa. Przez cały czas, kiedy spoglądała na zdjęcia, bez żadnych wątpliwości ukazujące twarz mężczyzny, który był jej mężem, nie mogła uwolnić się od dziwnej goryczy, która jakby promieniowała z jej żołądka i paraliżowała ją w środku. Czuła, jak intensywna i dziwna sztywność opanowywała jej wnętrze.

– Czy to on, proszę pani? Czy człowiek z fotografii to ten sam mężczyzna, z którym wzięła pani ślub w Buñol 19 marca 1999 roku? – zapytał ją funkcjonariusz policji.

– Nie wiem. Nie jestem pewna. Na tych zdjęciach wydaje się mocno zmieniony. Ale oczywiście jest do niego bardzo podobny. Tylko boję się to potwierdzić, bo mogę się mylić.

María José patrzyła na matkę, szukając pomocy, ale Maruja zdołała się jedynie zdobyć na kręcenie głową, zdradzając się z tymi samymi wątpliwościami, które ogarnęły jej córkę.

– Nie wiem, córciu. I jeśli powiemy, że to on, a potem się okaże, że się pomyliłyśmy... To poważna sprawa. Ale przyjrzyj się dobrze, znasz go lepiej niż ktokolwiek inny. Ja bym powiedziała, że to on, ale cóż ja mogę wiedzieć.

W tym momencie pojawił się Luis i skierował się prosto ku uczestnikom rozpoznania.

– To on – wykrzyknął mocnym głosem. – Nie mamy żadnych wątpliwości. I śledczy też nie. Kilka dni temu wydział drugi Sądu Okręgowego w Maladze nakazał rozpoczęcie śledztwa przeciwko Peterowi Innesowi w związku z wyrokiem skazującym, wydanym w 1996 roku. Zawiadomiono już o tym prokuraturę.

María José odniosła wrażenie, że jej przyjacielowi, bardziej niż komukolwiek innemu, zależy na tym, by poszczególne kawałki tej łamigłówki dało się stopniowo ułożyć w całość – niezależnie od tego, jak diabelsko będzie wyglądał końcowy rezultat.

– Przypomnij sobie, co ci powiedziałem, kiedy widzieliśmy się ostatnim razem.

– Rozmawialiśmy o wszystkim. Chyba nie chcesz, żebym powtórzyła wszystkie opowieści, które od ciebie usłyszałam. Mówiłeś mi o różnych rzeczach – odpowiedziała trochę zdekoncentrowana María José.

– Twój mąż ma do ukrycia wiele rzeczy. Tak się przynajmniej wydaje. A jeśli nie, to niech nam wytłumaczy, dlaczego miał zwyczaj używać podczas podróży po świecie tylu różnych paszportów – powiedział Luis i ciągnął dalej, nie zrobiwszy nawet pauzy dla przyjrzenia się objawom zakłopotania na twarzach przyjaciółki i jej matki. – Spójrz tutaj: Peter Innes przyjeżdżał do Hiszpanii wielokrotnie, posługując się paszportami o różnych numerach. Jeden z nich miał numer 09120491, inny 09120449, a tu jest trzeci o numerze 201266327. Tego właśnie użył, kiedy wjeżdżał do Hiszpanii, żeby stawić się przed trybunałem i złożyć zeznania w sprawie o unieważnienie małżeństwa, którą założyłaś w sądzie w Walencji. – Teraz Luis zrobił jedną ze swych słynnych pauz. – Trzy paszporty należące do jednej osoby. Trzy, o których wiemy, bo niektórzy twierdzą, że używał aż ośmiu. Nie wydaje ci się to trochę dziwne?

– A jakie ma się wydawać? Przecież to istne szaleństwo. I myślę, że możesz mieć rację.

María José poczuła, jak przepaska, którą sama sobie założyła na oczy, żeby nie dojść do wniosku, że żyła z potworem, spada – aż na podłogę.

– Czy wynajęłaś w Stanach Zjednoczonych agencję detektywistyczną, żeby przeprowadziła śledztwo w sprawie Petera?

– Tak. Moi adwokaci w Ameryce są na bieżąco informowani o wynikach. Mamy nadzieję, że w najbliższych dniach otrzymamy jakieś ciekawe informacje. Ale na razie nic szczególnego nie wiem.

– Zaczekaj, aż dostaniesz te informacje, i przygotuj się na najgorsze. Im szybciej to wszystko zrozumiesz, tym lepiej. – Luis uśmiechnął się jednocześnie i do matki, i do córki. – I bądź spokojna, tu jesteś bezpieczna. Depczemy mu po piętach. Nie zrobi ci nic złego.

María José nie wiedziała dlaczego, ale te słowa, wypowiedziane przez przyjaciela ze studiów z jak najlepszymi intencjami, nie wywarły na niej zamierzonego efektu. Ani jej nie uspokoiły, ani tym bardziej nie poprawiły samopoczucia. Jeśli jej mąż istotnie był takim monstrum, jak twierdzą policjanci, nie mogła się czuć bezpieczna w żadnym miejscu na świecie. Popatrzyła na matkę, którą uczestnictwo w tym wszystkim wprawiło w stan konsternacji. Nie potrafiła tego ukryć, a María José źle się czuła z myślą o cierpieniu, jakiego przysparza rodzicom, choćby mimowolnie. Czuła potrzebę, żeby uściskać tę kobietę, objąć ją i szepnąć do ucha: „Nie przejmuj się, mamo. Wszystko będzie dobrze".

Pomysł, żeby donieść na męża i oskarżyć go przed wymiarem sprawiedliwości o poważne przestępstwa, nie był dla Marii José niczym nowym. Zastanawiała się nad tym przez długie miesiące, a rozmowy z adwokatami skłaniały ją właśnie do takiego działania. Szczególną zachętą były tu raporty od prywatnych firm detektywistycznych wynajętych przez nią w Stanach Zjednoczonych po to, by znaleźć w życiu byłego męża coś, co pozwoliłoby rzucić nieco światła na mroczne i gęste bagno, w którym ugrzęzła. Wyniki śledztwa przeprowadzonego przez detektywów z firm Incognito Investigations Inc. oraz Perry Investigations Inc. w połączeniu z raportem Amerykańskiego Stowarzyszenia Syndyków pokazywały, że mężczyzna, z którym María José nadal była związana świętym węzłem małżeńskim, podawał w rozmaitych sytuacjach aż trzy różne daty urodzenia: 1 grudnia 1959, 28 grudnia 1959 oraz 15 grudnia 1959. I nie był to jedyny problematyczny aspekt jego tożsamości. Jak ustalili detektywi, Peter Innes używał różnych numerów ubezpieczenia społecznego, między innymi 247-74-0059, który dziwnym trafem należał – według firmy A.J. Sterling i Wspólnicy, Sp. z o. o. – do Sebylle A. Streit, siedemdziesięciotrzyletniej kobiety pochodzącej z Teksasu, urodzonej w lipcu 1932 roku i niedawno zmarłej. Jak ustaliła potem María José w urzędzie stanu cywilnego w Buñol, w którym 23 marca 1999 roku wydano jej świadectwo ślubu, właśnie tego numeru użył Peter Innes, żeniąc się z nią. Zgodnie z informacją przekazaną przez A.J. Sterling i Wspólnicy na prośbę Ángela Hernandeza, znajomego i sąsiada Marii José z New Jersey, numer ubezpieczenia społecznego Petera Innesa urodzonego 15 grudnia 1959 roku to 141-60-4961.

– Ożenił się ze mną, posługując się numerem ubezpieczenia ponad siedemdziesięcioletniej kobiety z Teksasu, która na dodatek już wtedy nie żyła? Mój Boże, chyba nie dam rady przyswoić sobie dalszych informacji o nim.

Wnioski, do jakich stopniowo dochodziła María José, nie zdołały jej już bardziej zdenerwować. Nawet wtedy, kiedy uświadomiła sobie prawdziwe znaczenie otrzymywanych informacji.

– Teraz rozumiem śmiech jego matki podczas przyjęcia ślubnego. Rechotała i wykrzykiwała po grubiańsku: „Jeśli mój syn się nie ożenił, to znaczy, że nie jest żonaty!". No i rzeczywiście się nie ożenił!

Tamto wspomnienie zdołało ją przygnębić, ale obszerne raporty, które ciągle płynęły od firm detektywistycznych, wymagały uwagi i przytomności umysłu. O fałszowaniu dokumentów świadczyło też używanie przez jej byłego męża różnych nazwisk, między innymi: Lewis Negro, Peter W. Innes, Frederick Smith, William Peters – oraz różnych miejsc urodzenia pojawiających się w dokumentach oficjalnych. Raz (na przykład w wyroku za handel narkotykami w Maladze) występował jako człowiek urodzony w angielskim Liverpoolu, kiedy indziej przedstawiał się jako mężczyzna pochodzący z amerykańskiej Pensylwanii.

– Sądzę, że masz już dość informacji i podstaw do podejrzeń, żeby pojawić się na policji i poprosić o wyjaśnienia. – Ta rada pochodziła od jej przyjaciela Luisa, ale została powtórzona i poparta przez adwokatów, którzy zachęcali ją do podjęcia odpowiednich kroków prawnych. Teraz mogła już to zrobić, bo rozwiały się wszelkie wątpliwości. Po kilku dniach złożyła w prokuraturze w Walencji doniesienie w sprawie podawania jej trucizny z zamiarem pozbawienia życia, która w efekcie doprowadziła do ciężkich uszkodzeń ciała. Doniesienie dotyczyło człowieka, który był kiedyś jej mężem. María José wielokrotnie czytała kopię ostatecznej wersji pisma, które przedstawiła w prokuraturze i które z jednej strony napełniało ją smutkiem, ale z drugiej zachęcało do działania i upartego wyjaśniania prawdy. „Peter Innes systematycznie zatruwał Maríę José Carrascosę w latach 1999-2004, podając jej doustnie bez jej wiedzy pestycydy oraz hormony tarczycy, zarówno w Stanach Zjednoczonych, jak i w Hiszpanii".

Ale nie było to jedyne doniesienie, które wpłynęło do prokuratury. María José przedstawiła też inne zarzuty wobec Petera Innesa, w tym zarzut fałszowania dokumentów, używania różnych paszportów w celu dostania się na terytorium Hiszpanii, nielegalnego zawarcia małżeństwa, przywłaszczenia cudzej tożsamości, a także stosowania przemocy i zastraszania.

– Będzie musiał odpowiedzieć za wiele wykroczeń. I to przed sądem.

· 16 ·

Nie była pewna, czy zdoła dotrzymać zobowiązania, które z nadejściem nowego roku podjęła sama przed sobą, ale postanowiła, że i tak nie będzie miała o to do siebie pretensji. María José czuła się jak gracz mający w ręku dobrą kartę, ale też nieustannie targany wątpliwościami, czy przeciwnicy nie chowają czegoś jeszcze lepszego i czy w końcu nie odbiorą mu zwycięstwa i nie zrujnują go. Czasami w nocy, kiedy zostawała w ciemnościach w swoim pokoju, zamykała oczy i pogrążała się w najbardziej desperackich rozmyślaniach. Wyobrażała sobie, że jest rozbitkiem na morzu, ze wszystkich sił usiłującym dopłynąć do wyspy, która jest bardzo blisko, zaledwie kilka metrów dalej, ale kiedy już-już ma jej dosięgnąć, zdradziecka fala zmywa ją z powrotem do punktu wyjścia, skąd musi znowu pokonać cały dystans.

Jej główną troską – oprócz pomyślności córki, która wyglądała na całkiem szczęśliwą w towarzystwie dziadków, ciotki Victorii, nowych przyjaciółek i koleżanek z klasy baletu klasycznego – było możliwie najpełniejsze odzyskanie zdrowia, pozbycie się dolegliwości i powrót do poprzedniego życia, o którym marzyła od dziecka. Chciała wrócić do Stanów Zjednoczonych, tęskniła za tym krajem i miała nadzieję, że jej córka będzie się kształcić i dorastać na ziemi, którą ona sama tak bardzo idealizowała. Tam przecież zostawiła swój majątek, dwa domy, samochód, konta bankowe, resztki własnej firmy, którą od chwili jej wyjazdu w marcu 2005 roku stopniowo przejmował jej mąż. Tęskniła też za wieloma innymi rzeczami, a także za tamtejszą karierą i możliwością uzyskania federalnych uprawnień adwokackich. To właśnie było jej celem, który sobie wyznaczyła i do którego już się zbliżała, zanim jej życie weszło w ciemny, diabelski tunel. I oczywiście tęskniła za przyjaciółmi. Czuła się, jakby ich porzuciła w chwili, w której w jej życie wdarł się Peter Innes. Marzyła o tym, żeby wrócić kiedyś do tamtych kolacji, tamtych rozmów, toastów i wzajemnych zwierzeń.

W uśmierzaniu tej ostatniej tęsknoty zawsze, kiedy tylko mógł, pomagał jej David. Osiadł jakiś czas temu w Benidormie, gdzie prowadził salon fryzjerski, ale chętnie przyjeżdżał od czasu do czasu do Walencji, żeby pielęgnować dobre zwyczaje z przeszłości.

– Prościej było przechodzić przez ulicę w Nowym Jorku, niż przejeżdżać przez kilka prowincji należących do wspólnoty autonomicznej Walencji – mówił czułym głosem do swej serdecznej przyjaciółki.

– Wszystko się zmieni, kiedy oboje wrócimy do Nowego Jorku – odpowiadała María José, odzyskując swą dawną stanowczość, którą tak ujmowała Davida.

– Nie wiem, nie wiem... Wcale nie jestem przekonany – mówił David, który w duchu odrzucał myśl o powrocie do Stanów Zjednoczonych. – Tu mi się tak dobrze żyje, Mary Jo. Kto nam każe jechać tak daleko? Czy coś tam zgubiliśmy?

– Ja tam zostawiłam całkiem sporo rzeczy, mój drogi.

Obowiązki ciążące na każdym z nich sprawiały, że rzadko mogli się spotykać, ale kiedy już się to udało, ich spotkania miały dawny, intymny i serdeczny charakter, tak jak w czasach wspólnego mieszkania w Nowym Jorku. To właśnie Davidowi María José opowiedziała najwięcej szczegółów na temat piekła, które przeżyła z Peterem. Była też niezachwianie pewna jego gotowości do wystąpienia w charakterze świadka przed sądem w Walencji, który miał rozpatrywać jej skomplikowaną sprawę. Kilka razy David towarzyszył przyjaciółce podczas okresowych, kontrolnych wizyt lekarskich. Przy jednej z takich okazji zwrócił jego uwagę fakt – być może ze względu na skrzywienie zawodowe – że María José zapuściła włosy dłuższe niż zwykle.

– Cóż za niespodzianka! Czemu zawdzięczamy te bujne włosy, którymi nawet nie raczyłaś zaszczycić mojego salonu, żeby te oto rączki ci je skróciły? – spytał z tym samym co zawsze sarkazmem.

– Głuptas jesteś. To ze względu na badania włosów i paznokci, do analiz. Tak chyba będzie im łatwiej pobierać próbki.

– To jeszcze cię z tego wszystkiego nie wyleczyli? – zdziwił się David.

– Tłumaczyli mi co prawda, że to będzie długi proces, ale nigdy nie przypuszczałam, że do tego stopnia. Prawdę mówiąc, to już trwa ponad rok, i chociaż czuję się lepiej, lekarzom nie udało się usunąć wszystkich toksycznych resztek z mojego organizmu. A poza tym mój doktor zabronił mi latać samolotem. Co najmniej przez sześć miesięcy. Do końca lipca, chociaż dodał, że właściwie należałoby zaczekać cały rok – powiedziała głosem, w którym brzmiała skarga.

– No dobrze, a czemu tak ci się spieszy z powrotem do Ameryki? Dziewczyno, poczekaj, przecież jesteś ciągle w okropnym stanie. Masz jeszcze czas wrócić. – David skomentował słowa Marii José, dziwiąc się jej chęci powrotu do kraju, w którym w ostatnich latach nie wiodło się jej najlepiej.

– Posłuchaj, chcę tam jechać między innymi dlatego, że bez przerwy do mnie dzwonią z biura sędziego Toracka, żebym wracała i postąpiła zgodnie z wyrokiem trybunału stanu New Jersey, nakazującym mi odwieźć dziecko do Stanów Zjednoczonych. Mam już tego dość. Dzwonią bez przerwy, prawie codziennie. I nie pomagają moje tłumaczenia, przypominające o decyzji sądu hiszpańskiego: nie muszę zwracać dziecka ojcu, bo według Konwencji Haskiej mała jest z osobą, z którą powinna być, i w miejscu, w którym powinna, a przywożąc ją do Hiszpanii, nie złamałam porozumienia z października 2004 roku, które podpisaliśmy z moim byłym mężem, ponieważ to porozumienie przestało obowiązywać w momencie, kiedy został złożony wniosek rozwodowy, a więc ja już nie mogłam niczego złamać. Nie było niczego do złamania, bo porozumienie zostało anulowane! I sądy hiszpańskie przyznają mi rację. Doszło do międzynarodowego sporu między dwoma wymiarami sprawiedliwości – hiszpańskim i amerykańskim. To one muszą się porozumieć! – wykrzyknęła. – A poza tym, Davidzie, choćbym nawet chciała stawić się w sądzie w New Jersey, nie mogę. W moim stanie nie wolno mi podróżować. Zabronili mi. No i nie zapominaj, że sąd w Walencji zabrał paszport mojej córki i zakazał jej opuszczać terytorium Hiszpanii: zna historię jej ojca i wie, że mogą z nim być problemy. – María José pozwoliła sobie jedynie na krótką przerwę dla nabrania tchu i kontynuowała wyjaśnienia. – Prawda, że nie tak trudno to wszystko zrozumieć? No ale widać niektórzy mają z tym kłopot. Zupełnie jakbym mówiła do ściany ze zbrojonego betonu. Nie ma sposobu, żeby to do nich dotarło. Trzymają się swojej wersji. Uważają się za Bóg wie jakich mądrali, a zwyczajnie brakuje im rozumu.

María José czuła się w tej sytuacji skrzywdzona i rozdrażniona. Na dodatek od 17 stycznia 2006 roku, czyli od dnia, w którym sąd prowincji Walencja odrzucił apelację wniesioną przez Petera od wyroku z 6 lipca 2005 roku – wyroku stanowiącego, że nie ma konieczności powrotu małej Victorii do Stanów Zjednoczonych i przekazania jej pod opiekę ojca – telefoniczne naciski nasiliły się. María José wiedziała, że jej były mąż, mimo że dobrowolnie zadeklarował poddanie się jurysdykcji hiszpańskiej, nie podporządkuje się jej decyzjom, niezależnie od tego, jak jednoznacznie byłyby sformułowane. Niczego nie zmieniał tu fakt, że rozstrzygnięcia sądu hiszpańskiego wykluczały możliwość składania dalszych apelacji, ponieważ sprawa została już rozpatrzona z uwzględnieniem najrozmaitszych punktów widzenia i to, o co wnioskował Peter, było po prostu niewykonalne. Nie mogła jednak pogodzić się z tym, że amerykańskie sądy mimo wszystko nie odrzucały wniosków jej byłego męża.

– Można by zakładać, że wymiary sprawiedliwości obu krajów powinny się porozumieć między sobą. Trudno mi pojąć, dlaczego jedno państwo nie szanuje decyzji sądów drugiego kraju. Zobacz, przecież to jest całkiem jasne – María José chętnie pokazywała każdemu, kto gotów był zainteresować się jej sprawą, najnowsze orzeczenie sądu prowincji Walencja. – Przewiezienia Victorii Innes Carrascosy do Hiszpanii nie można traktować jako działania bezprawnego w obliczu postanowień Konwencji Haskiej z 15 października 1980 roku, ratyfikowanej przez Hiszpanię 28 maja 1987 roku, dotyczącej cywilnych aspektów uprowadzenia dziecka za granicę. O, zobacz tutaj, popatrz, co mówi sędzia na temat porozumienia, na mocy którego wymagana byłaby zgoda obojga rodziców na wywiezienie dziecka dalej niż sto pięćdziesiąt kilometrów od stałego miejsca zamieszkania: „...w Hiszpanii takie porozumienie mogłoby zostać potraktowane wyłącznie jako deklaracja woli i dlatego jego niedotrzymanie nie podlega żadnym sankcjom prawnym. Nie można bowiem uznać za wiążące porozumienia ograniczającego podstawowe prawo zagwarantowane przez konstytucję hiszpańską, która daje wszystkim obywatelom Hiszpanii prawo swobodnego wyboru miejsca zamieszkania". – María José z satysfakcją kończyła odczytywanie dokumentu. – Całkiem jasne, nie? No więc jednak nie. Przynajmniej nie dla nich. Najwyraźniej im to sprawia kłopot. Bez przerwy dzwonią do mnie od sędziego Toracka, „żeby się pani stawiła najszybciej, jak to możliwe, w towarzystwie córki państwa…". – To ostatnie zdanie María José wypowiadała, naśladując automatyczny i bezduszny głos sekretarki sędziego. – Dopóki tam nie pojadę, nie przestaną mnie prześladować tymi telefonami. Nie zostawią mnie w spokoju.

Kiedy María José poinformowała rodzinę o swym zdecydowanym zamiarze wyjazdu do Stanów Zjednoczonych i stawienia się przed sądem w New Jersey – po to żeby skończyć z ciągłymi wezwaniami telefonicznymi, prześladującymi ją w ostatnich miesiącach – napotkała kompletny brak zrozumienia i sprzeciw. Rodzice zabronili jej robić tego kroku, na tyle, na ile władza rodzicielska pozwala wydawać zakazy czterdziestoletniej córce. Młodsza siostra Victoria była jeszcze bardziej stanowcza i uznała decyzję Maríi José za szaloną i nieodpowiedzialną, szczególnie w obliczu decyzji sądu hiszpańskiego, który przecież odebrał paszport Victorii Solenne, żeby uniemożliwić jej wyjazd z Hiszpanii. Lekarze zalecali kontynuowanie kuracji, od której zależał przecież jej całkowity powrót do zdrowia. Podróż przez Atlantyk z pewnością oznaczałaby zakłócenie ciągłości leczenia. Adwokaci Maríi José, zarówno hiszpańscy, jak i amerykańscy, namawiali ją do spokoju i do tego, by nie przyjeżdżała do Nowego Jorku, dopóki jej sytuacja prawna się nie wyjaśni, a wszelkie wątpliwości nie zostaną rozwiane.

– To byłoby jak wkładanie głowy w paszczę lwa – powtarzali jej.

A przyjaciele, włącznie z Davidem i Luisem, uznali jej plan za absurdalny i niefortunny.

– Poczekaj jeszcze. Nic cię nie zmusza do powrotu – tłumaczyła jej siostra. – Upewnij się, że wszystko będzie w porządku, że oba wymiary sprawiedliwości tak samo rozumieją sytuację i, przede wszystkim, że zdrowie pozwoli ci zmierzyć się z tym, czego możesz się tam spodziewać. – Victoria próbowała przekonać ją, żeby porzuciła nieszczęsny pomysł, ale wiedziała doskonale, że kiedy jej siostra coś postanowi, prędzej czy później to zrealizuje, choćby musiała stawić czoła całemu światu. – Na dodatek jest jeszcze sprawa twojego guza: co prawda był łagodny, ale przecież lekarz powiedział ci wyraźnie, że jeśli leczenie nie będzie przebiegać prawidłowo, może przyplątać się coś złośliwego. Nie rozumiem, jak możesz to lekceważyć. Ani ty, ani twoja córka, ani reszta rodziny nie zasługuje na to, żeby przechodzić jeszcze raz przez te wszystkie szpitalne męczarnie. Posłuchaj mnie, kochana. Raz jeden w życiu weź pod uwagę to, co do ciebie mówię. Porzuć ten nieszczęsny plan, proszę cię.

María José obiecała, że jeszcze się zastanowi. I tak też zrobiła, ale wyłącznie po to, żeby wyrugować ze swego umysłu otrzymane od innych rady. Zdecydowała się na tę podróż, żeby raz na zawsze wyjaśnić, że racja jest po jej stronie – ta sama racja, która wyrażona została w licznych orzeczeniach trybunałów hiszpańskich, opartych zresztą także na ustawodawstwie europejskim.

– Zabieram ze sobą dokumenty, które tego dowiodą. Stawię się w sądzie i wszystko się wyjaśni. Oczywiście pojadę sama. Moja córka zostaje w Walencji, z dziadkami i ciocią Vivi. W tej kwestii nie zamierzam podejmować żadnego ryzyka.

Dzień 21 lipca 2006 roku został wyznaczony jako termin jej powrotu do Stanów Zjednoczonych. Kiedy María José kupiła bilet i zobaczyła wydrukowaną na nim datę, wzdrygnęła się. „21 lipca – pomyślała. – Urodziny mojej siostry". Pomyślała o przykrości, jaką sprawi Victorii: nie dość że zamierza zignorować wszystkie ostrzeżenia i zalecenia, żeby nie wyjeżdżać, to jeszcze wyruszy w drogę w tak ważnym dla niej dniu. „Chyba nie pomyśli, że chcę jej popsuć urodziny. Pewnego dnia to zrozumie".

Wiedziała, że pożegnanie nie będzie sielankowe. Ale jej wola była silniejsza niż obiekcje podnoszone przez rodzinę i przyjaciół. Wiedziała, że niedługo wróci, że wkrótce znów będzie w Hiszpanii. Tak przynajmniej planowała.

Tak jak miała w zwyczaju, odkąd podpatrzyła ten gest u babci, przeżegnała się w chwili, gdy samolot startował z lotniska Manises. Nowy Jork czekał na nią. Ale nie miał okazać się tak gościnny, jak na to liczyła.

· 17 ·

Jadąc taksówką z lotniska, María José planowała, że spędzi kilka dni w domu, zanim stawi się przed obliczem sędziego Toracka. Na razie nie mogła oderwać wzroku od świata, który rozciągał się za oknem samochodu. Wszystko, co ukazywało się jej oczom – czy to wieżowce, ulice, sklepy, restauracje, parki, teatry, stacje metra czy podświetlone reklamy – było obiektem jej drobiazgowych obserwacji i szczegółowych badań. „Wszystko jest tak, jak było – myślała. – Wydaje się, że tylko ja się zmieniłam".

Powietrze, tak inne od hiszpańskiego, sprawiało miłe wrażenie, a kiedy tylko postawiła stopę na asfalcie nowojorskiej ulicy, poczuła się przyjemnie wzmocniona, co odebrała jako rzecz bez wątpienia pozytywną. Czuła, że wróciła do domu, choć jednocześnie miała poczucie, że zamknął się w jej życiu pewien etap. Długa i męcząca podróż samolotem udaremniła wszelkie plany wyjścia na spacer i poszukania jakiejś restauracji lub sklepu spożywczego. Myślała o tym, ponieważ dokuczał jej głód. Apetytu nie stłumił dość dramatyczny widok, który ukazał się jej oczom po otwarciu lodówki, która dawniej stanowiła jej nieodłączne towarzystwo podczas bezsennych nocy. Teraz jej wnętrze wyglądało okropnie: upływ czasu odcisnął dość przykry ślad na produktach spożywczych, które María José zostawiła, wyjeżdżając – nie przypuszczała przecież, że jej pobyt w Hiszpanii przeciągnie się do tylu miesięcy, wypełnionych kilkoma zabiegami chirurgicznymi i nieustannym leczeniem. Spoglądając ze zniechęceniem za zawartość lodówki, María José postanowiła zamknąć jej drzwi i wycofać się do swojego pokoju, żeby odpocząć. Wcześniej jednak poświęciła kilka minut na podłączenie komputera, zamierzała bowiem sprawdzić pocztę elektroniczną oraz zadzwonić do domu, żeby poinformować rodziców o bezpiecznym powrocie. Nie chciała, żeby się niepotrzebnie martwili.

Zajęta tymi czynnościami, odnalazła swoje ulubione domowe miejsce. Nie wiedziała dlaczego, ale wcześniej nie pomyślała o tym, żeby wyjrzeć przez okna, które rejestrowały gorączkowy puls tego miasta drapaczy chmur – robiły to nieustannie, nawet wtedy, gdy ona sama spała. Uśmiechnęła się. „Teraz wszyscy jesteśmy tam, gdzie powinniśmy. A ja jestem w domu" – pomyślała.

Dźwięk telefonu wyrwał ją gwałtownie z głębokiego snu. Zapadła weń po części ze względu na *jet lag*[10], który silnie odczuwała, a po części z powodu leków, które zażyła, starając się stosować ściśle do zaleceń lekarzy z Walencji. Upłynęło trochę czasu, zanim zareagowała i pozbierała się, ale upór, z jakim dzwonił telefon, nie pozwolił jej na długie wahania. Usłyszała głos jednego z adwokatów. Chciał wiedzieć, kiedy María José zamierza zgłosić się do sądu w New Jersey.

– Wkrótce. Nie chcę z tym długo zwlekać. Chcę im pokazać wyroki hiszpańskiego sądu, które uwzględniają okoliczności prawne związane z Konwencją Haską i z których wynika, że nie zrobiłam nic złego.

– Nie powinnaś była przyjeżdżać. Nigdy nas nie słuchasz. – Głos adwokata brzmiał bardziej jak lament niż wyrzut.

– Posłuchaj, mówiłam ci to już tysiąc razy, ale powtórzę jeszcze raz: nie mam nic do ukrycia. Mówię prawdę i chcę iść naprzód. Jedyne, o co mogą mnie oskarżyć, to stosowanie się do prawa mojego kraju i do decyzji hiszpańskiego wymiaru sprawiedliwości. Nie zrobiłam nic złego. I dlatego nie mam się czego bać, bo nic nie może mi się stać. Jestem pewna, że kiedy będę miała okazję porozmawiać z sędzią i pokazać mu wszystkie dokumenty, które przywiozłam, całe to zamieszanie się wyjaśni.

María José postanowiła poświęcić kilka dni na uspokojenie się i skopiowanie całej dokumentacji, która potwierdzała jej wersję zdarzeń. Chciała uporządkować wszystkie wyroki sądów hiszpańskich, które pozwalały jej mieszkać z córką w Hiszpanii i nie przejmować się, że może to oznaczać jakieś przestępstwo czy naruszenie przepisów. Na dodatek zbliżały się jej urodziny, przypadające 23 sierpnia. Była przekonana,

[10] Zmęczenie wywołane szybką zmianą stref czasowych w trakcie długiej podróży samolotem.

że uda jej się ten dzień spędzić z córką i resztą rodziny w Hiszpanii. Należało tylko wyjaśnić nieporozumienie prawne, w które została uwikłana – jak jej się od pierwszej chwili wydawało – za sprawą czyjejś złej woli.

Wszystkie szczęśliwe przepowiednie i dobre wróżby na przyszłość, które María José konstruowała w głowie w dniach poprzedzających wizytę u sędziego, zawaliły się w sądzie stanowym New Jersey. Nie dano jej nawet możliwości złożenia wyjaśnień. Nie zaakceptowano jej linii obrony, odrzucając bez wahania wszystkie wyroki sądów hiszpańskich, w których sędzia przyznawał jej prawo do opieki nad dzieckiem – wywodząc je z uprzedniego porozumienia podpisanego przez oboje rodziców – włącznie z prawem do mieszkania z Victorią Solenne i decydowania o miejscu jej zamieszkania. Na dodatek odebrano jej paszport, żeby nie mogła opuszczać terytorium Stanów Zjednoczonych, i uprzedzono ją – tonem, w którym zawarta była jawna groźba – że jeśli w ciągu dziesięciu dni jej córka Victoria Solenne Innes Carrascosa nie pojawi się w tym samym sądzie, María José zostanie osadzona w areszcie na czas nieokreślony. Wściekłość i zdenerwowanie, które ją opanowały, nie zdołały jej uciszyć ani zastraszyć. Nie wahając się ani chwili, María José wypaliła w kierunku sędziego:

– Grubo się pan myli: moja córka nie pojawi się w tym sądzie. Między innymi dlatego, że sąd hiszpański zatrzymał jej paszport i zabronił opuszczać terytorium Hiszpanii. A ponieważ pan nie chce uszanować jego orzeczeń, nie sądzę, żeby tamten trybunał zechciał je zmienić tylko po to, żeby pan był spokojniejszy.

Jej oczy sprawiały wrażenie, jakby zaraz miały wyjść z orbit – tylko zresztą w tym celu, żeby skoczyć na sędziego – wypychane z nich przez gniew i poczucie bezsilności.

– Pani pewnie wie, co robi, ale może pani zostać oskarżona o przestępstwo znieważenia władzy sądowniczej, niezależnie od ciążącego na pani oskarżenia o uprowadzenie dziecka. Może pani postępować, jak pani chce. Ale przypominam, że dałem pani dziesięć dni. Jeśli do tego czasu pani córka nie stanie w tej sali, proszę się liczyć z konsekwencjami. Jest pani prawniczką, nie wydaje mi się więc, żeby konieczne były dalsze wyjaśnienia. I nie pozwolę na żadne ekscesy w moim sądzie. Proszę wyjść.

María José miała ochotę odpowiedzieć sędziemu Torackowi, ale jej adwokat, który w ostatnich chwilach nie był pewien, czy lepiej schować się pod którymś z krzeseł stojących w sali, czy też z niej wybiec, postanowił chwycić swoją mocodawczynię za ramię i wyprowadzić ją z sądu. Możliwie jak najszybciej.

– Jak to, co narobiłam? Zapytaj lepiej, co on, u diabła, wyrabia! – rzuciła mu María José z furią. – Niech sobie będzie sędzią, ale nie może wyrzucać do śmietnika praw innego kraju, bo nie zgadzają się z jego własnymi albo z jego interesami. Jest już wystarczająco wiekowy, żeby to wiedzieć, tak naprawdę zaraz pójdzie na emeryturę. Jeśli sprawa jest rozpatrywana przez sądy dwóch różnych państw, pierwszeństwo ma wyrok trybunału, który wypowiedział się wcześniej. Czyli w tym przypadku wyrok sądu hiszpańskiego. Nie można tego ignorować! Na dodatek ta sprawa podlega pod jurysdykcję hiszpańską, a nie amerykańską.

– A nie zastanawiałaś się nad przyprowadzeniem córki? Może dałoby się osiągnąć porozumienie zadowalające wszystkich – powiedział adwokat i chwilę później tego pożałował.

– Córkę? I powierzyć ją człowiekowi, który próbował zabić jej matkę i może ją samą również? Wiesz, że moja córka ma w jednym oku białą plamkę, którą lekarze teraz badają?

Najprawdopodobniej jest rezultatem obecności w moim organizmie trutki na szczury i pestycydów, kiedy byłam w ciąży. Wiesz, że przeżyłam jedno poronienie i z pewnością była to konsekwencja działań tego niegodziwca? I chcesz, żebym z tym szaleńcem zawierała porozumienie, z tym mordercą, sadystą, łgarzem, pyszałkiem, egocentrykiem, oszustem, z tą kanalią...? Chciałbyś, żebym właśnie z nim podpisywała porozumienie? – María José była zbyt poirytowana, więc musiała się zatrzymać, żeby zaczerpnąć tchu i trochę się wyciszyć. Po chwili kontynuowała, nieco spokojniej. – Już raz podjęłam taką próbę i powinieneś pamiętać, że z mojej strony oczywiście wszystko było w porządku, a on się zachował jak łobuz bez skrupułów.

To był jeden z tych sierpniowych, nieznośnie upalnych nowojorskich dni, kiedy asfalt wydaje się topić z gorąca, a przechodnie nie mogą się uwolnić od wrażenia, że za chwilę beton nie wytrzyma spiekoty i się zapadnie. Walcząc z gorącem, które biło od miejskich chodników i które emanowało z jej ciała, María José wraz z adwokatem postanowiła uciec i poszukać ulgi w klimatyzowanym wnętrzu jednej z jej ulubionych nowojorskich restauracji, Casa Ramiro. Był to miły lokal z dobrą kuchnią, do którego zwykła kiedyś dość regularnie przychodzić z przyjaciółmi. Zobaczywszy ją, właściciel nie ukrywał radości.

– No, miło cię widzieć, hiszpańska ślicznotko. Co u ciebie słychać? Zapomniałaś o nas, biednych, czy coś się z tobą działo niedobrego? Kiedy cię widziałem ostatni raz, byłaś niedługo po ślubie z takim facetem...

– Posłuchaj, nie mów przy mnie o tym typie... – przerwała mu María José, nie mogąc pohamować złości. – Gdybym wtedy wiedziała to, co wiem teraz, wolałabym dać sobie rękę uciąć, niż się z nim zadawać. Gdyby ktoś wtedy mi powiedział...

– Wybacz, wiem, że po fakcie nie należy mówić takich rzeczy i bawić się w połajanki, ale przecież ja cię ostrzegałem. – Właściciel lokalu, w którym María José spędziła tyle udanych wieczorów, zmienił wyraz twarzy i ton głosu, choć wciąż był sympatyczny i rozmowny. Chciał chyba nadać swym słowom więcej dramatyzmu. – Mówiłem ci, że ten człowiek nie pasuje do ciebie, mówiłem ci to, chociaż ryzykowałem, że tymi słowami zniszczę nasze wzajemne zaufanie. Powiedziałem, że wydaje mi się dziwny, było w nim coś, czego nie umiałem nazwać... Ostrzegałem cię, Marío José, wiesz przecież, że cię ostrzegałem...

– Jaka szkoda, że cię nie posłuchałam i nie zastanowiłam się głębiej nad twoimi słowami. Oszczędziłabym sobie wielkiego bólu głowy. Wierz mi, że dziś niczego bym nie pragnęła bardziej niż tego, żebym wtedy posłuchała twojej rady. Nawet nie wiesz jak bardzo!

– Nie przejmuj się, przyjacielu – włączył się adwokat, zwracając się bezpośrednio do właściciela restauracji. – Ona już ma tak w zwyczaju, że nie słucha niczyich rad.

Tego samego popołudnia zadzwoniła do rodziców. Musiała im opowiedzieć o wszystkim, co się wydarzyło, i o nieoczekiwanie niekorzystnym rozwoju sytuacji, będącej wynikiem wizyty w sądzie.

– Nie będę mogła wrócić do Hiszpanii tak szybko, jak myślałam, tato. Nie wolno mi stąd wyjeżdżać i nie wiem, jak długo to potrwa. Nie mogłam im niczego wytłumaczyć, bo nie chcieli mnie słuchać. Nie rozumiem tego. Pokazałam im nawet donosy na Petera dotyczące trucia mnie, fałszowania dokumentów, opowiedziałam im o jego kryminalnej przeszłości w Maladze, ale miałam wrażenie, że w ogóle nie chcą słuchać tego, co mam do powiedzenia. Tato, jestem trochę zdesperowana – tłumaczyła, a po chwili nagle zmieniła bieg rozmowy. – A jak się ma moja córka? Tęskni za mną?

– Pewnie, że tęskni. Od chwili, kiedy wsiadłaś do samolotu. Nie ma sposobu, żeby przestała mówić o *mami* – odpowiedział ojciec, ale zaraz potem wrócił do poprzedniego tematu. Chciał się dowiedzieć wszystkiego, co dotyczyło sytuacji Marii José. – Potrzebujesz czegoś? Czy możemy ci jakoś stąd pomóc? Cokolwiek by to było. Chcesz, żebym wsiadł w samolot i przyleciał?

– Nie, tato. W tej chwili mogę spodziewać się właściwie wszystkich najgorszych rzeczy. To przecież wy podróżowaliście z małą do Hiszpanii, więc ten oszalały sędzia może was oskarżyć o współudział w uprowadzeniu dziecka. Czy możesz uwierzyć, że to się dzieje naprawdę? Ale proszę was, nie martwcie się, są jeszcze adwokaci, którzy starają się wyjaśnić to nieporozumienie, czy też cokolwiek to jest. Powiedzieliście już Victorii, że dotarłam do Nowego Jorku? Pewnie nie zostawiła już na mnie suchej nitki, i miała rację. Wsiadłam do samolotu dokładnie w dzień jej urodzin. Na pewno mi tego nie wybaczy.

– Córciu, ty chyba sobie też nie wybaczysz. Przecież wszyscy ci powtarzaliśmy, a ona szczególnie, żebyś nie jechała, żebyś została, że ci ludzie w ogóle nie słuchają, co się do nich mówi, ale ty w ogóle…

– Posłuchaj, tato, nie rób mi teraz wymówek. Jestem zbyt zajęta i poruszona, zastanawiam się, co zrobić, żeby wyjaśnić tę cholerną niesprawiedliwość, która sama nie wiem jak mnie spotkała. Ucałuj ode mnie małą i gorące całusy dla was. Zadzwonię.

W chwili, w której miała się już rozłączyć, usłyszała, jak po drugiej stronie z głośnym trzaskiem zamykają się drzwi. Najwyraźniej ktoś musiał przyjść do domu rodziców, a po pozdrowieniach wypowiedzianych przez ojca domyśliła się, że chodzi o Victorię.

– To moja siostra? Daj mi ją. Chcę z nią porozmawiać. Victoria – powiedziała po kilku sekundach – nic nie mów. Wszystkie wymówki, jakie mogłabyś mi zrobić, zrobiłam sobie już sama. Proszę cię…

– No doprawdy, moja droga! Nigdy nie kierujesz się rozumem! Masz za nic nasze słowa – odpowiedziała Victoria, wyraźnie walcząc z napływającymi łzami. Ale było jasne, że nie ma ochoty brnąć dalej w rolę matki przełożonej, którą na początku przyjęła, i przerzuciła się na rolę matki troskliwej. – Powiedz, jak się masz, co się stało?

Kiedy siostra złożyła jej sprawozdanie, rozpacz Victorii jeszcze się nasiliła.

– A lekarstwa? Co będzie z lekarstwami? Czemu nie zabrałaś większego zapasu? Dasz radę je tam kupić?

– Nie wiem, Vivi, przypuszczam, że tak. Ale zapewniam cię, że tym akurat najmniej się teraz przejmuję.

– No jasne! Jak to się nie przejmujesz?! Chcesz mnie doprowadzić do szału? Bądź tak uprzejma i kontynuuj swoje leczenie. Nie schrzań tego. – Zastanawiała się przez chwilę, po czym znów się odezwała. – Wiesz co? Przyjadę do ciebie i zostanę z tobą. Przede wszystkim po to, żeby mieć pewność, że nic ci się już nie stanie, że nie wpakujesz się w jeszcze gorsze tarapaty i że będziesz regularnie przyjmowała lekarstwa.

– Och, Vivi, byłoby wspaniale. Naprawdę mogłabyś przyjechać? Tak bardzo was potrzebuję, tak za wami tęsknię! – Głos zaczął jej się łamać i dawać sygnały, że za chwilę całkiem się rozsypie. – Jestem przerażona i nie mogę tego powiedzieć ani tacie, ani mamie, bo nie chcę ich bardziej martwić, ale naprawdę boję się, co się może ze mną stać.

– Muszę tam pojechać jak najszybciej. Załatwię parę spraw i jadę do niej – powiedziała Victoria rodzicom zaraz po zakończeniu rozmowy z siostrą. – Chcę z nią być. Potrzebujemy tego obie.

29 sierpnia 2006 roku Victoria wyruszyła do Nowego Jorku zaopatrzona w cały arsenał leków, niezbędnych, by jej siostra mogła kontynuować kurację. „Leki są konieczne dla zachowania dobrego stanu zdrowia pacjentki, a przerwanie terapii może oznaczać dla niej poważne zagrożenie" – tak głosił raport medyczny dotyczący Maríi José. Te słowa dudniły w głowie jej siostry jako przypomnienie o niebezpieczeństwie zagrażającym chorej.

Padając sobie w objęcia, siostry dały upust tak silnym, skumulowanym emocjom, że obie skończyły na podłodze. Nie było takiego słowa, pieszczoty, uścisku ani pocałunku, które byłyby zdolne skutecznie rozładować napięcie. Wreszcie znowu były razem, tak jak wtedy, gdy jako dziewczynki podróżowały po świecie, żeby uczyć się angielskiego, i nieraz musiały wspólnie studiować mapę planowanych podróży. Potem przyszedł krótki okres, w którym – ze względu na odmienne sposoby patrzenia na życie i rozumienia go – ich więź nieco się rozluźniła. Ale teraz nie było mowy, żeby jakiekolwiek nieporozumienia, które nawet nie dawały się zaliczyć do kategorii poważnych rozbieżności, miały wziąć górę nad ich prawdziwymi uczuciami.

Do dnia wyznaczonego przez sędziego Toracka jako ostateczny termin na stawienie się Maríi José z córką w sądzie w New Jersey zostało już niewiele dni. Dla obu sióstr jedno było jasne: cokolwiek by się działo, ani na sekundę nie mogą się rozłączyć. Jeśli potrzebowały czegoś ze sklepu, wybierały się na zakupy razem, pod rękę – jeśli akurat za te ręce się nie trzymały. Chodziły jednym krokiem, potrafiły nawet zgrać między sobą momenty, w których strach albo szósty zmysł kazał im odwrócić głowy, żeby sprawdzić, czy nikt ich nie śledzi. Ktokolwiek przeszedł im przez drogę i patrzył na nie choć chwilę dłużej, niż jest to przyjęte przy zwykłych, przypadkowych spotkaniach, był w stanie wytrącić je z równowagi i wprawić w ustawiczny stan alarmowy. Podobnie było w przypadku każdego samochodu, przejeżdżającego obok nich z prędkością mniejszą niż przeciętna, każdego niespodziewanego pytania zadanego przez nieznajomego, każdego zderzenia z innym przechodniem na ulicy, każdego zwykłego zachowania, które one jednakże interpretowały jako niecodzienne.

Miały wrażenie, że są obserwowane, że od chwili, gdy tylko wychodzą na ulicę, nieznane i niewidoczne oczy towarzyszą im niczym cień. Te podejrzenia nie rozwiewały się nawet wtedy, gdy już wracały do domu i starannie zamykały za sobą drzwi na wszystkie zamki w desperackim geście poszukiwania bezpieczeństwa i oddalania zagrożeń, które mogły nadejść z zewnątrz.

Kiedy ogarniało je przygnębienie lub kiedy miały wrażenie, że brakuje im powietrza, buntowały się: zatrzaskiwały drzwi od mieszkania i jechały do któregoś z podmiejskich centrów handlowych, gdzie wybierały restaurację, w której można było zjeść kolację i przełamać choć trochę monotonię osaczenia. Victoria postanowiła wynająć samochód, dzięki któremu zyskały pewną swobodę ruchów.

– Będzie wygodniej i bezpieczniej – twierdziła młodsza z sióstr.

María José była przekonana, że bezpieczniej jest w tłumie, i choć przytłaczały ją zamknięte przestrzenie pełne ludzi, wierzyła, że takie miejsca są dla nich bardziej wskazane. W tych dniach siostry rozmawiały ze sobą przez długie godziny, nie było tematu, którego by nie poruszyły. Wspomnienia z dzieciństwa, dziadkowie, rodzice, marzenia, miłości, sukcesy i pomyłki – wszystko potrafiły pomieścić w maratońskich rozmowach, które prowadziły z otwartymi sercami i w których wzajemne wymówki nigdy nie brały góry nad słowami wsparcia i zachęty. Noce okazały się wyjątkowo urodzajne we wzajemne zwierzenia i wyznania. Nigdy wcześniej nie były ze sobą bardziej szczere i nigdy tyle ze sobą nie rozmawiały. Zdołały poznać się lepiej i dogłębniej. Szkoda tylko, że ten stan wewnętrznej błogości został wywołany tragedią, która właściwie dopiero się rozpoczynała.

Ostatnie dni przed upływem terminu wyznaczonego przez sędziego spędziły tak, jakby były już skazane na więzienie, ale ciągle doskonale wiedziały, co należy robić. María José ani przez moment nie myślała o przyprowadzeniu córki do sądu. Była gotowa stawić czoła wszelkim represjom, jakie mogły ją spotkać, ale nie miała zamiaru ustąpić przed czymś, co jej zdaniem stanowiło oczywisty szantaż ze strony sędziego, skierowany przeciwko niej i jej rodzinie, a także brak szacunku dla hiszpańskiego prawa.

To, jaki obrót przybrały sprawy, skłoniło Maríę José do nawiązania kontaktu z ambasadą hiszpańską. Potrzebna jej była instytucjonalna pomoc.

– Tu nie chodzi tylko o prześladowanie mnie jako osoby. To jest przemoc skierowana przeciwko mojemu krajowi i jego systemowi prawnemu. Muszą mi pomóc. Muszę się postarać o opiekę i ochronę ambasady. To przecież ich obowiązek. W końcu po to są.

Nie pierwszy raz zwracała się z prośbą o wsparcie do tej placówki dyplomatycznej. Już w czasie ostatniego pobytu w Hiszpanii, kiedy zaczęły ją codziennie nękać monity sekretarki sędziego Toracka, napominające ją, żeby stawiła się w sądzie w New Jersey, nawiązała kontakt z ambasadą.

Poradzono jej tam, żeby stawiła się w konsulacie hiszpańskim w Nowym Jorku i wyjaśniła swoją sytuację. Kiedy była już na amerykańskiej ziemi, ambasada nalegała, aby udała się do nowojorskiej placówki, jako najbliżej położonej.

– Oni są znacznie bliżej miejsca, w którym pani się znajduje, i gdyby pani czegoś potrzebowała albo należałoby podjąć jakieś pilne działanie, będą mogli szybciej zareagować i znaleźć się na miejscu – wyjaśnił jej jeden z pracowników ambasady hiszpańskiej w Waszyngtonie.

Ta opinia jednak jej nie przekonała. Co więcej, wydawała się absurdalna i całkiem nieracjonalna. Uważała, że zepchnięcie sprawy na placówkę niższego szczebla nie wróży nic dobrego. Wkrótce jej obawy miały się potwierdzić.

Zarówno María José, jak i jej siostra Victoria odnosiły wrażenie, że konsul hiszpański nie poświęca im ani wystarczająco dużo czasu, ani nie zapewnia dostatecznego wsparcia. Na coraz wyraźniejsze nalegania sióstr, które zdaniem niektórych przekroczyły granicę molestowania, konsulat zareagował szybko i zdecydowanie:

– Zalecaliśmy, żeby nie przyjeżdżała pani do USA, tylko spędziła jeszcze jakiś czas w Hiszpanii, czekając na rozwój wypadków. To pani chciała tu przyjechać wbrew naszym sugestiom i radom. Teraz musi pani ponieść konsekwencje swojej decyzji. My możemy pani doradzać, stać u pani boku. Ale nie możemy mieszać się w porządek prawny i mechanizmy sądowe obcego państwa.

Słowa pracowników konsulatu i samego konsula, Juana Manuela Egei, nie podkopały zapału i energii sióstr, nadal gromadzących wszelką dokumentację świadczącą na korzyść Maríi José i jej postępowania, w szczególności wyroki wydawane przez hiszpańskie sądy.

– A co zrobisz, kiedy termin minie? Co się może wydarzyć, jeśli tam nie pójdziesz? – spytała Victoria podczas kolacji w restauracji położonej w tej samej dzielnicy Fort Lee, w której znajdował się dom ich rodziców.

– Niech po mnie przyjdą. Ale po pierwsze, będą musieli mnie znaleźć, a wcale nie myślę dać się tak łatwo złapać. Będę walczyć, żeby mnie wysłuchano. Chcę pokazać, że rozsądek i prawo są po mojej stronie. Problem tylko w tym, że będę musiała się ukryć.

– Ukryć się? Gdzie? – krzyknęła Victoria. Strach, który wywołały w niej słowa starszej siostry, odmalował się na jej wykrzywionej twarzy. Pod wpływem tego samego strachu ściszyła głos, mówiąc dalej. – Przecież nie zrobiłaś nic takiego, żebyś musiała się ukrywać, więc dlaczego masz się zachowywać jak przestępca? Nie rozumiem cię. Dlaczego chcesz się ukryć?

– Jest wiele powodów, a wśród nich choćby taki, że nie posłuchałam sędziego, który mnie prosił, żebym stawiła się w jego sądzie z córką. Inny: ten sam sędzia oskarża mnie o uprowadzenie małej. Nie pozwolono mi nawet poruszyć kwestii zagrożenia, jakie dla dziecka stanowi jego ojciec. Podeptano wyroki sądów mojego kraju. A kolejny powód jest taki, że walczę najlepiej jak potrafię o lepszą przyszłość dla mojej córki. I właśnie dlatego muszę się ukryć. – Popatrzyła na siostrę i uświadomiła sobie, że jej też jest ciężko. – Mam przyjaciół, którzy mogą mi pomóc i którym mogę zaufać, choćby to małżeństwo... Powiedzieli mi już, że mogę u nich zamieszkać.

María José zastanawiała się długo, kto spośród jej znajomych w Ameryce zgodziłby się bezinteresownie współpracować z nią w tak delikatnej sprawie, i doszła do wniosku, że najlepiej szukać takich osób wśród ludzi, którzy tak tłumnie przychodzili do niej na przyjęcia urządzane w mieszkaniu z widokiem na nowojorski horyzont.

– Nie będzie im zbyt wygodnie, ale mam nadzieję, że nie będzie to trwało długo.

Nadszedł w końcu wyznaczony dzień, ale ani matka, ani córka nie stawiły się w sądzie stanu New Jersey. Był to jeden z najgorszych dni w życiu Maríi José. W ciągu tych dwudziestu czterech godzin nie mogła przestać sobie wyobrażać, co robi właśnie teraz sędzia Torack, co jego sekretarka, a co Peter, który wciąż przecież jest jej mężem. O czym myślą, jakie podejmują decyzje i jak zamierzają działać? Nie miała ochoty zadręczać się tymi myślami, ale to było silniejsze od niej. Czuła, że nie może się cofnąć ani o krok. Kiedy wieczorem tego dnia spojrzała w lustro, zobaczyła w nim uciekinierkę, którą pozostawiono własnemu losowi.

W piątek 1 września 2006 roku, o dziesiątej rano, sędzia Edward V. Torack wydał nakaz aresztowania i natychmiastowego osadzenia w więzieniu Maríi José Carrascosy Peñalver, uruchamiając jednocześnie procedurę jej poszukiwania i zatrzymania. Ścigana spędziła ten pierwszy wrześniowy dzień wraz z siostrą w pokoju zaaranżowanym w piwnicy domu należącego do jej przyjaciół, Sary i Ángela w New Jersey. Uważała ich za dobrych przyjaciół, a poza tym zawarła z nimi pewne porozumienie: mieli się zająć całym jej dobytkiem w przypadku, gdyby sprawy przybrały zły obrót i wszystko sprzysięgłoby się przeciwko niej, zanim zdołałaby przekonać swymi argumentami wymiar sprawiedliwości Stanów Zjednoczonych. Ángel miał korzenie hiszpańskie, a Sara pochodziła z Salwadoru. María José poznała ich przed laty podczas jednego ze spotkań towarzyskich, na których zwykle pojawiali się jacyś nowi ludzie. Od tamtego czasu – jak to dość często zdarzało się jej w przypadku osób, z którymi wchodziła w bliskie relacje – María José bezinteresownie im pomagała w rozmaitych kwestiach prawnych, które groziły skomplikowaniem im życia. Przekształciła się w konsultantkę od wszystkiego.

Zanim zamknęła się w czterech ścianach piwnicy Sary i Ángela, która miała służyć jej jako kryjówka dłużej, niż początkowo przypuszczała, miała wystarczająco dużo czasu, żeby pozamykać oba domy, umieścić w bezpiecznym miejscu cenniejsze rzeczy i pozacierać za sobą ślady, które mogłyby zdradzić miejsce jej pobytu w nadchodzących dniach. Nie zmarnowała okazji do udzielenia wywiadu, który zaproponowało jej „El Diario", jedno z wysokonakładowych czasopism hiszpańskojęzycznych ukazujących się w Nowym Jorku. Zrelacjonowała przy tym ze szczegółami swoją szczególną batalię prawną. Zdawała sobie sprawę, jaką rolę odgrywa w Stanach Zjednoczonych opinia publiczna i jak ważne bywają przy najróżniejszych okazjach wsparcie i sympatia społeczeństwa. Musiała więc opowiedzieć publicznie o absurdalnej sytuacji, w której się znalazła. 3 września opis jej historii, wraz z wielkim zdjęciem ukazującym wyroki sądów hiszpańskich, zajmował całą pierwszą kolumnę wspomnianego dziennika. Nad artykułem widniał złożony wielką czcionką tytuł: „Matka walczy o sprawiedliwość".

Całą tę gadatliwość, czasami nerwową, która w ostatnich dniach charakteryzowała życie sióstr we wspólnym mieszkaniu, zastąpiło teraz milczenie, niemal grobowa cisza, przerywana jedynie od czasu do czasu jakimś komentarzem albo pytaniem, zwykle mało ważnym, wypowiedzianym cichym głosem. Nowe lokatorki piwnicy patrzyły wciąż z mieszaniną ciekawości i zdumienia na przemyślny sposób, w jaki zostało urządzone pomieszczenie. Było niezbyt wielkie, ale z pewnością wystarczyło w nim miejsca dla nich dwóch. Wyposażone było we wszystkie meble potrzebne do codziennego życia. Zajęli się tym zawczasu Sara i Ángel:

wstawili do piwnicy niewielkie łóżko, w którym bez problemów mogła spać jedna osoba, rozkładaną kanapę, którą nie bez pewnego trudu przekształcało się w miejsce nadające się do odpoczynku, stolik i krzesła tworzące kącik do spożywania posiłków, lodówkę, kuchenkę, malutką spiżarnię. Obok była wąska łazienka pozwalająca zaspokajać wszystkie codzienne potrzeby higieniczne. Wyposażenia dopełniał telefon, faks i komputer z łączem internetowym. María José właśnie przed tym ostatnim spędzała większość czasu, który przyszło jej przeżyć jako więźniarce z własnej woli, zamkniętej w piwnicy przyjaciół.

Ale tym, co najbardziej zadziwiło obie siostry, były niezwykłe wynalazki technologiczne licznie zgromadzone w tym miejscu. Wokół domu zainstalowano strategicznie rozmieszczone wideokamery, a w samej piwnicy urządzono swoiste centrum zarządzania, z licznymi ekranami monitorów, na których można było obserwować to, co dzieje się w okolicy. Ktokolwiek zbliżał się do budynku, był wychwytywany przez kamery, a jego obraz pojawiał się na ekranach.

– Jak sądzisz, po co im to wszystko? – zapytała Victoria, która nie myślała spędzać w tym miejscu dużo czasu.

– Po to, żeby się czuć bezpiecznie, nie bać się rozmaitych zagrożeń, które mogą przyjść z zewnątrz – odpowiedziała z powagą María José. – Jesteś w Stanach Zjednoczonych, siostrzyczko, a to dla wielu ludzi oznacza przebywanie w jednym z najniebezpieczniejszych krajów świata. – Popatrzyła na Victorię i uśmiechnęła się. – To zabawne. Siedzimy tu ukryte jak przestępczynie, bo nie chcemy, żeby nas widziano, a same możemy kontrolować wszystko wokół. To my teraz śledzimy innych. Nie wiem tylko, jak długo to potrwa.

W pierwszych dniach zainstalowane kamery i monitory dostarczały im nieco rozrywki. Czuły się tak, jakby oglądały telewizję w salonie, ale emitowane programy przeznaczone były tylko dla nich – i tylko one miały do nich dostęp. Niemniej jednak w miarę upływu czasu ta rozrywka przestawała być zabawna, nie pomagała wcale w niewygodnej i duszącej sytuacji, w której nie można było oczekiwać niczego dobrego. Chwilami miały wrażenie, że dom wali im się na głowy, a stan zdrowia Marii José zdradzał pierwsze oznaki problemów, do których prowadzi pozbawienie wolności. Starsza z sióstr musiała poddać się badaniom i sprawdzić, czy jej organizm regeneruje się zgodnie z planem leczenia. Mimo niebezpieczeństwa, jakie wiązało się z wyjściem z kryjówki na ulicę w czasie, gdy obowiązywał rozesłany za Maríą José list gończy i nakaz aresztowania, obie postanowiły udać się do gabinetu doktora Philipa L. Bonneta, który miał zbadać próbki włosów, paznokci, skóry, moczu i krwi chorej.

6 września María José schowała się w bagażniku samochodu Ángela i obie siostry wyruszyły do kliniki znajdującej się w New Jersey, na rogu Taylorsville Road i Washington Crossing. Tam powiedziano im, że organizm Marii José nie reaguje zadowalająco na podawane lekarstwa, a na dodatek wykryto w nim nowe substancje toksyczne, których obecności lekarze nie byli dotychczas świadomi. Substancje te stanowiły poważne zagrożenie dla zdrowia pacjentki i wymagały natychmiastowej kuracji odtruwającej.

· 18 ·

Upływ czasu pożerał nie tylko kolejne dni, ale także zapasy cierpliwości i samokontroli Marii José. Victoria musiała wracać do Hiszpanii 8 września, co jeszcze nasiliło rozpacz starszej siostry. Umawiały się, że Victoria wkrótce znów przyjedzie, kiedy tylko upora się z serią pilnych spraw, które zleciła jej María José. Między innymi chodziło o nadanie jej sprawie jak największego rozgłosu, a więc o zainteresowanie nią mediów hiszpańskich. Można było przypuszczać, że bez zbędnej agitacji zajmą się tą historią i nadadzą jej rozgłos. Przed wyjazdem do domu Victoria postanowiła zwrócić samochód wypożyczony kilka dni wcześniej. Kontrakt, przy którego spisywaniu zostało użyte prawo jazdy Maríi José, przewidywał odstawienie auta w konkretne miejsce.

– Wrócę szybko i będziemy miały czas, żeby się pożegnać – powiedziała siostrze, całując ją w czoło. – To mi nie zajmie dużo czasu. Oddaję samochód, wsiadam w taksówkę i wracam za niecałą godzinę.

Dzięki mapie, którą dostała w firmie samochodowej, bez większego trudu trafiła w wyznaczone miejsce. Victoria nie znała dobrze miasta, w tym również drogi z domu Sary i Ángela do wypożyczalni, ale uważała się za dobrego kierowcę i jadąc, dała tego dowody. Częściej niż zwykle zerkała w tylne lusterko, w którym, wiedziona niepokojem i podejrzeniami, wypatrywała jakiegoś śledzącego ją pojazdu. Jednak wszystkie jadące za nią auta albo znikały w końcu w którejś z przecznic, albo ją wyprzedzały, albo zostawały daleko z tyłu, co ją uspokoiło. Odetchnęła z ulgą, stwierdziwszy, że nic z tego, co widzi w lusterku, nie stanowi zagrożenia.

Kiedy dotarła do celu, zaparkowała samochód w wyznaczonym miejscu i wysiadła. Udała się w kierunku biura firmy, żeby oddać kluczyki i dokumenty, a także odebrać kaucję wpłaconą przy wypożyczeniu jako gwarancję zwrotu auta. Kiedy już kończyła załatwiać sprawy z pracownikiem biura, zobaczyła, że wokół robi się dziwne zamieszanie.

Wydarzenia rozegrały się szybko i gwałtownie, co pozwoliło jej w miarę jasno zapamiętać całą scenę. Nie wiedziała, skąd się wzięły ani jak mogły pojawić się tak szybko: patrzyła, jak cała flota radiowozów policyjnych zmierza ku niej z takim impetem, jakby miała wjechać w witrynę wypożyczalni. Zdołała doliczyć się piętnastu samochodów patrolowych, a przynajmniej tak jej się zdawało. Wszystkie miały włączone syreny i światła ostrzegawcze, przykuwając uwagę zdziwionych przechodniów, którzy stanęli jak wryci na widok całego zamieszania. Pośród ogólnego chaosu i mimo oszołomienia Victoria dostrzegła, że z radiowozów wyskakują policjanci, wyciągając z kabur pistolety. W tym momencie zdenerwowanie i zdumienie nie pozwoliły już jej na jakiekolwiek próby ich policzenia. Jej zdolność reakcji została ostatecznie zablokowana, kiedy uświadomiła sobie, że to ona jest przyczyną tej sytuacji, że wszyscy ci ludzie przyjechali właśnie po nią. Poproszono ją o dokumenty, a uprzednio musiała oprzeć się o ladę, poddając się szybkiemu przeszukaniu. Stała nieruchomo, nieświadoma wszystkich spojrzeń skierowanych do wnętrza wypożyczalni, będącej teraz centrum wydarzeń. Te spojrzenia przesądzały z góry, że jest winna wszelkich przestępstw, o które się ją oskarża. Przerażonym wzrokiem patrzyła na pracownika wypożyczalni, który chwilę wcześniej grzecznie ją obsługiwał, a teraz – sądząc po wyrazie jego twarzy – miał poczucie, że stoi obok największej morderczyni w historii. Jeden z policjantów poświęcił nie więcej niż ułamek sekundy na przeczytanie nazwiska i obejrzenie fotografii widniejących w paszporcie Victorii. Jego usta wypowiedziały śmiesznie jedno słowo: „Carrascosa". Funkcjonariusz, nie czekając ani chwili dłużej, kazał Victorii wsiąść do jednego z samochodów patrolowych, który natychmiast ruszył.

Siedząc w tylnej części radiowozu, czując krew pulsującą gwałtownie w skroniach i przyspieszone bicie serca, Victoria zdała sobie sprawę, że jej ciało nie zdołało poradzić sobie z przerażeniem i paniką, które nią zawładnęły, i pośród całej tej surrealistycznej sytuacji nie zapanowała nad pęcherzem. Nie potrafiła jasno myśleć. Wydarzenia ją przytłoczyły i zdołała jedynie powiedzieć ledwo słyszalnym głosem, że ma prawo do obrońcy – nie wiedząc nawet, o jakie przestępstwo jest oskarżona.

– Pani nie jest zatrzymana. Nie widzi pani, że nawet nie założyliśmy pani kajdanek? – odpowiedział korpulentny funkcjonariusz, który ani na moment nie zdjął okularów przeciwsłonecznych i nawet na nią nie patrzył. – Niech się pani uspokoi. Chcemy tylko, żeby pojechała pani z nami na komisariat i odpowiedziała na kilka pytań. Nie będzie pani potrzebny żaden obrońca. – Zrobił znaczącą i irytującą pauzę. – Na razie.

Na komisariacie, swoją najlepszą angielszczyzną i powściągając nerwy, próbowała wyjaśnić, że nie jest swoją siostrą, że na imię ma Victoria, co można bez trudu przeczytać w jej paszporcie, że istotnie przy wypożyczeniu samochodu – który nieco wcześniej usiłowała zwrócić – posłużyła się prawem jazdy, które należało do jej siostry, ale mimo to ona nie jest Maríą José, a więc policja popełnia poważny błąd, myląc jej tożsamość. Jeden z policjantów, który robił wrażenie, jakby wyszedł prosto z serialu o dobrych i złych policjantach, podszedł do niej i powiedział to, czego się obawiała:

– A więc teraz sprawa jest prosta. Niech pani powie siostrze, żeby stawiła się niezwłocznie w naszym komisariacie i udowodniła swoją tożsamość, a wtedy pozwolimy pani wyjść.

Nie trzeba było geniuszu, żeby uświadomić sobie, że wszystko było pułapką, że nie doszło do żadnego nieporozumienia i że jedynym celem policji było wywarcie na Victorii dostatecznie silnej presji, żeby jej siostra dobrowolnie zgłosiła się na policję. Mieli zamiar użyć młodszej z sióstr jako przynęty w celu zlokalizowania i zatrzymania Maríi José.

– To działanie nielegalne i panowie o tym wiecie. Nie mam zielonego pojęcia, gdzie może być moja siostra – powiedziała Victoria, ale jej słowa sprowokowały jedynie funkcjonariuszy do śmiechu.

Znalazłszy w sobie – choć nie bardzo wiedziała gdzie – dostateczny zapas odwagi, żeby przeciwstawić się policjantom, którzy zresztą w najmniejszym stopniu nie wyglądali na funkcjonariuszy powołanych do czuwania nad czyimkolwiek bezpieczeństwem, dodała:

– Mam prawo do rozmowy telefonicznej. Chcę zawiadomić o swojej sytuacji konsula hiszpańskiego w Nowym Jorku. On wie, kim jestem.

Z grupy policjantów wstał jeden, który, sądząc po zachowaniu oraz szacunku, jaki budził w innych funkcjonariuszach, musiał być od pozostałych wyższy rangą. Podszedł wolno do Victorii.

– Proszę pani, czy ma pani pięć tysięcy dolarów? – spytał z cynicznym uśmiechem na twarzy, zaś Victoria, bojąc się najgorszego, pokręciła przecząco głową. – A więc nie widzę szans. Nie będzie pani mogła do nikogo dzwonić. Do czasu, kiedy sobie pani przypomni, gdzie jest siostra, pozostanie pani z nami. Proszę się nie obawiać, zajmiemy się panią tak, jak pani na to zasługuje.

Vicotrię wprowadzono do pomieszczenia przypominającego celę, ale pozbawionego jakichkolwiek krat. Był to raczej mały pokoik z szybami w oknach umieszczonych na tyle wysoko, że nie widać było nic na zewnątrz. Victoria uświadomiła sobie, że podczas tamtego śmiesznego, choć upokarzającego przeszukania w biurze wypożyczalni samochodów, nikt nie odebrał jej telefonu komórkowego. Zaczekała, aż zostanie całkiem sama, po czym wyciągnęła go z kieszeni spodni, najszybciej, jak na to pozwalały trzęsące się ręce. Ale obraz, który zobaczyła na małym ekraniku telefonu, pozbawił ją złudnych nadziei: w tym paskudnym miejscu nie było zasięgu. Victoria płakała, tupała nogą w podłogę, krzyczała, domagała się prawa do rozmowy telefonicznej, ale wszystko nadaremnie. Chłód panujący w celi i głód, który zaczęła odczuwać pomimo kompletnie zaciśniętego żołądka, sprawiały, że nie była w stanie pocieszyć się snem. Spędziła noc na rozmyślaniach o tym, co działo się na zewnątrz, o zdenerwowaniu, które musiało ogarnąć siostrę. Zastanawiała się, czy ktokolwiek zainteresował się jej losem, czy konsul podjął odpowiednie kroki, czy ktoś zawiadomił rodziców o miejscu jej pobytu i o całej tej absurdalnej sytuacji. Odpowiedzi na wszystkie te pytania otrzymała dopiero kilka godzin później, kiedy powiadomiono ją o przeniesieniu do innego komisariatu w hrabstwie Bergen w stanie New Jersey, gdzie miały jej zostać pobrane odciski palców. Ta wiadomość zdenerwowała ją jeszcze bardziej. Wiedziała, że jeśli tylko się da, powinna unikać przenosin w nowe miejsce i wejścia w spiralę komplikacji podobną do tej, w której znalazła się jej siostra. Zaczęła szukać w głowie możliwych rozwiązań. Kiedy prowadzono ją do radiowozu, wyciągnęła telefon komórkowy, wybrała numer i krzyknęła do policjantów, że dzwoni do konsula hiszpańskiego w Nowym Jorku. W rzeczywistości dzwoniła do adwokata siostry, którego numer miała zapisany w telefonie, ale policjanci uwierzyli, że adresatem jej krzyków, za pomocą których opisywała to, co ją spotkało, rzeczywiście był hiszpański konsul. Victoria widziała, jak policjanci, którzy byli świadkami tej rozmowy, spoglądali na siebie w nadziei, że ktoś im wyjaśni, co powinni zrobić. Victoria miała wrażenie, że się przestraszyli, a w każdym razie wyglądali na niepewnych.

W tym czasie adwokat Marii José telefonicznie instruował ją, żeby nie ruszała się z miejsca, w którym jest, i poinformował ją, że jeden z prawników w kancelarii natychmiast zajmie się jej sprawą. Minuty, które upłynęły na oczekiwaniu, wydawały się wiecznością. W końcu jakiś mężczyzna w ciemnym garniturze i ze starannie ułożonymi włosami zjawił się w budynku policji, pytając o Victorię. Najpierw dopytał, w jakim stanie została aresztowana, a potem dłuższą chwilę rozmawiał z tym samym funkcjonariuszem, który proponował rozmowę telefoniczną za pięć tysięcy dolarów. Victoria obserwowała tę scenę przez okna pokoju, w którym odbywała się rozmowa mężczyzn. W końcu obaj wyszli, zawarłszy porozumienie, które adwokat przekazał oczekującej i zdenerwowanej klientce.

– Wypuszczą cię pod warunkiem, że twoja siostra stawi się w tym komisariacie do 12 września. Taki jest układ.

Adwokat natychmiast się zorientował, że owo porozumienie, zawarte za plecami Victorii, bardzo ją zirytowało, ale zdawał się nie zwracać na to uwagi. Zresztą Victoria też nie traciła czasu na dyskutowanie warunków wynegocjowanej *ad hoc* ugody, bo najbardziej na świecie pragnęła stamtąd wyjść. Chciała, żeby koszmar, który przeżywała, zamknięta na wiele godzin w policyjnym areszcie, wreszcie się skończył.

Miała wrażenie, że ucieka pospiesznie z komisariatu, tak jakby naprawdę miała się czego wstydzić, podczas gdy w gruncie rzeczy wcale tak nie było. Zauważyła, że trzyma mocno telefon komórkowy, zamknąwszy go w zaciśniętej w pięść dłoni. Zamierzała zadzwonić do siostry, zgadując, że María José musiała wpaść w histerię, podobną do tej, w jakiej znalazła się ona sama, zanim udało jej się porozumieć z adwokatem. Jednakże, pod wpływem niezrozumiałej paranoi, postanowiła nie dzwonić.

– A jeśli mnie śledzą? Jeśli zamontowali mi jakieś urządzenie, żeby móc mnie zlokalizować? I jeśli przeze mnie ją dopadną?

Adwokat podjął niełatwą próbę uspokojenia jej. Wiedział, że to będzie trudne, ale przynajmniej przekonał ją, żeby porozmawiała z siostrą z bezpiecznego telefonu i żeby dla dobra wszystkich pozostała jeszcze w Nowym Jorku, w domu brata Sary, aż do szybko zaaranżowanej podróży powrotnej do Hiszpanii.

Kiedy Victoria przyjechała wreszcie do domu i mogła usiąść, żeby spróbować uporządkować nieco myśli, odsłuchała wiadomość pozostawioną w telefonie komórkowym przez rodziców. Zgodnie z informacją poczty telefonicznej, wiadomość została nagrana 8 września o godzinie 19:07. Victoria usłyszała głos matki:

– Victoria, dziecko, teraz znowu ty. Można od tego umrzeć.

Nie mogła zrozumieć nic więcej z tego, co mówiła matka, ponieważ dalej słychać było tylko płacz, krzyki i lamenty. Potem telefon, który chyba wypadł matce z dłoni, trafił do ręki ojca. Victoria usłyszała jego głos:

– Nie przejmuj się. Rozmawialiśmy już z adwokatem twojej siostry i powiedział nam, że ci pomoże. Nie przejmuj się, wszystko się dobrze skończy. No, nie martw się.

Myśl o tym, co musieli przeżyć rodzice, dowiedziawszy się o jej zatrzymaniu, była bardzo bolesna. Victoria postanowiła zadzwonić do nich, żeby ich uspokoić. Wszystko to było już za trudne i dla niej, i dla jej siostry, ale przede wszystkim dla rodziców. Wściekłość, jaka ją ogarnęła na myśl o ich cierpieniach, sprawiła, że zaczęła znowu płakać.

Nazajutrz stawiła się z adwokatem w tym samym komisariacie, w którym przeżyła jedne z najgorszych chwil swojego życia. Chciała odebrać paszport. Nie dotarła do oficera, który żądał od niej pięciu tysięcy dolarów za możliwość przeprowadzenia rozmowy telefonicznej, ale w charakterze wyjaśnień wysłuchała tyrady innego policjanta, przemawiającego z irytującym ją sarkazmem.

– My przecież nie zarekwirowaliśmy pani żadnego paszportu. Chciałem tylko pani uświadomić, że może się pani wplątać w przestępstwo. Może pani zostać oskarżona o współdziałanie z osobą poszukiwaną przez wymiar sprawiedliwości Stanów Zjednoczonych. A to podlega karze. Jeśli pani siostra nie stawi się na wezwanie sędziego, obie panie musicie liczyć się z konsekwencjami. A konsekwencje mogą oznaczać bezterminowy areszt – stwierdził policjant, po czym rzucił okiem na adwokata i ciągnął dalej. – Jak rozumiem, obrońca poinformował panią o porozumieniu, do którego doszło wczoraj i które umożliwiło wypuszczenie pani na wolność. Proszę postępować zgodnie z nim.

Adwokat zakończył rozmowę, ostrzegając policjanta, że nie zamierza tolerować zawoalowanych gróźb pod adresem swojej podopiecznej, i postanowił, że oboje opuszczą komisariat. Jego nowa klientka znów nie mogła opanować silnego zdenerwowania.

– Musisz bez dalszej zwłoki, jak najszybciej, wracać do Hiszpanii. Tam będziesz mogła więcej zrobić dla siostry niż tutaj. Poza tym niedługo twoja wiza straci ważność, a ostatnią rzeczą, jakiej potrzebujesz, są dodatkowe kłopoty z policją.

– Ale jak? Przecież oni mają mój paszport i nie chcą mi go oddać! Sam słyszałeś. Twierdzą, że mi go nie zabrali, a to wierutne kłamstwo.

Prawnik poczuł się zmieszany, widząc rozpacz Victorii.

– Idź do konsulatu. Wydadzą ci nowy, a jeśli nie, niech cię zaopatrzą w list żelazny, żebyś mogła wyjechać. Mają uprawnienia, żeby wystawić taki dokument, i wiedzą, jak należy to zrobić. Idź. Pospiesz się – powiedział adwokat, nie zdając sobie sprawy, że jest sobota i że trzeba będzie przeczekać cały weekend, zanim zostaną podjęte jakiekolwiek kroki.

W najbliższy poniedziałek przypadał akurat 11 września. W konsulacie hiszpańskim wszyscy sprawiali wrażenie, że bardzo się spieszą. Cały personel miał wziąć udział w uroczystości upamiętniającej ofiary zamachów na wieże World Trade Center sprzed pięciu lat. Za radą Maríi José Victoria sporządziła pisemny raport na temat tego, co jej się przydarzyło. Opisała tam również sytuację, w której znalazła się jej siostra. Raport zaadresowany do konsula hiszpańskiego w Nowym Jorku, Juana Manuela Egei, został zarejestrowany w księdze podawczej konsulatu. Pracownicy konsulatu zapewniali Victorię, że dokument zostanie niechybnie dostarczony, ale w tym akurat momencie wszyscy są bardzo zajęci. Przypomniano jej również, że placówka zrobiła już wszystko, co w jej mocy, żeby udzielić Victorii pomocy konsularnej. Potrzebne były jej niezliczone prośby, błagania i jeden czy drugi atak histerii, żeby zgodzono się na wydanie listu żelaznego, ale w końcu udało się jej dopiąć swego. Victoria nie zdołała natomiast doprowadzić do tego, żeby ktoś rozpatrzył i zaaprobował jej prośbę o opiekę do czasu, kiedy będzie mogła udać się do Hiszpanii.

Wychodząc z budynku konsulatu, Victoria poczuła się bardzo niepewnie i zdała sobie sprawę, że nadal czyha na nią wiele niebezpieczeństw. Wróciła do domu brata Sary, dokąd María José wcześniej już zdołała przesłać jej rzeczy. Została tam do następnego dnia, przez całą noc nie zmrużywszy nawet oka i nie rozmawiając z nikim. Wczesnym rankiem zadzwoniła z telefonu stacjonarnego do korporacji zrzeszającej taksówkarzy i zamówiła kurs na lotnisko. Wyłączyła swój telefon komórkowy i postanowiła nie włączać go do chwili, kiedy znajdzie się w samolocie. Czuła się zagrożona, przestraszona, pozbawiona ochrony i opuszczona. Cierpiała katusze jak nigdy dotąd. Miała ochotę płakać, ale nie mogła. Jadąc taksówką na lotnisko, czuła, że wszystkie mięśnie ma zesztywniałe, wydawało się jej, że nie da rady ruszyć ręką ani nogą. Zdrętwiały jej szczęki i nie była w stanie odpowiadać na rozmaite, mało znaczące komentarze taksówkarza, który przyjrzał się pasażerce kilka razy we wstecznym lusterku i wobec jej upartego milczenia pogłośnił radio. Przez pozostałą część trasy skupiał się już na ruchu drogowym, który tego ranka, tak jak każdego innego w tym mieście, był intensywny i stresujący. Kiedy podjechali pod terminal lotniska, Victoria nie wiedziała, skąd czerpie siły, by zapłacić należność za kurs i udać się do stanowiska odprawy pasażerów. Miała wrażenie, że jej zmysły przestały działać. Modliła się w duchu, żeby nic ani nikt nie przeszkodził jej dotrzeć do właściwego wyjścia, dostać się na pokład samolotu, zająć miejsca, zapiąć pasa, zamknąć oczu i rozpocząć lotu w kierunku domu. Pokonywała wszystkie przeszkody, przeżyła kilka chwil strachu, kiedy kazano jej zdjąć buty i niemalże rozebrać się do naga w trakcie kontroli bezpieczeństwa. Nie mogła znieść tego, że jeden z funkcjonariuszy natarczywie domaga się czegoś od niej, choć w gruncie rzeczy chodziło tylko o to, żeby przed przekroczeniem bramki do wykrywania metali odłożyła telefon komórkowy na jedną ze specjalnych tac. Victorii udało się przejść przez to wszystko, ale ciągle coś nie pozwalało jej rozluźnić się i pozbyć napięcia, które odczuwała. Kiedy już usiadła we wskazanym fotelu i zapięła pas, obwiązując się nim najciaśniej jak mogła, ponownie włączyła telefon komórkowy. Bezwolnie wybierała numery swojej siostry i rodziców. Kiedy samolot oderwał się od pasa startowego lotniska Kennedy'ego, Victoria zalała się gorzkimi łzami. Płakała tak żałośnie, że wzbudziło to obawy innych pasażerów i stewardes, które podeszły do niej, próbując ją uspokoić. Zajęło to dużo czasu i wymagało jednej czy drugiej pigułki uspokajającej. Tak naprawdę jej nerwy ukoił dopiero komunikat kapitana, że samolot właśnie wleciał nad terytorium Hiszpanii. Wtedy poczuła spokój, którego tak brakowało jej od tylu dni. Nareszcie w domu, pomyślała.

Wiadomość, że siostra dotarła cała i zdrowa do Hiszpanii, bardzo ucieszyła Maríę José. Ale nadzieje, że zdoła udowodnić władzom amerykańskim, iż nie zrobiła nic złego, rozwiewały się w takim samym tempie, w jakim pogarszał się jej stan zdrowa. María José ugrzęzła w codziennej rutynie, której głównym elementem – wyczerpującym i zniechęcającym – było wysyłanie znacznych ilości dokumentów dotyczących jej przypadku zarówno do ambasady hiszpańskiej w Waszyngtonie, jak i do konsula w Nowym Jorku, a także do mediów, które zainteresowały się historią walencjanki. Większą część dnia spędzała przed komputerem, wysyłając setki listów elektronicznych do różnych odległych instytucji amerykańskich i hiszpańskich. Rozsyłała między innymi dokumenty wydane przez hiszpańskie sądy, żywiąc desperacką nadzieję, że może ktoś wykaże minimalne choćby zainteresowanie ich zawartością. Od czasu do czasu opowiadała całą swoją historię tym, którzy chcieli ją poznać. Uzupełniała obraz o donosy, złożone na ojca jej córki, a dotyczące próby zabójstwa, fałszowania dokumentów i bigamii (wciąż przecież nie odnaleziono aktu rozwodu z pierwszą żoną Petera). Błagała – bardziej niż prosiła – o pomoc. W desperacji i rozpaczy szukała sposobu na przekonanie sędziego Toracka, a przede wszystkim konsula hiszpańskiego, że jedyne, co można jej zarzucić, to posłuszeństwo wobec wyroków sądów hiszpańskich. Wskazywała, że przecież to ona sama, z własnej woli, postanowiła przyjechać do Stanów Zjednoczonych, ponieważ nie miała nic do ukrycia. Ale jej skargi, dowody, świadectwa i wyjaśnienia budziły zainteresowanie jedynie w niektórych lokalnych mediach w Walencji, które poinformowały opinię publiczną o rozpaczliwej sytuacji Marii José. Kiedy rozmawiała z rodzicami, skarżyła się, że konsul hiszpański w Nowym Jorku nie poświęca jej nawet najmniejszej uwagi. Do znudzenia powtarzała, że dla niej jako prawniczki i zwykłej obywatelki hiszpańskiej zachowanie konsula stanowi bezwstydne i karygodne zaniedbanie obowiązków – przynajmniej w zakresie dotyczącym jej sprawy.

– Nie wierzą mi, tato, albo nie chcą wierzyć – opowiadała ojcu głosem pozbawionym nadziei, bezsilna, wyczerpana tym, że wciąż nie zdołała dopisać do swojej historii odpowiedniego zakończenia. – A najgorsze jest to, że konsul w ogóle się nie zainteresował moim przypadkiem. Nie wierzy mi, a nawet nie zapoznał się z dokumentacją. Czemu nie przejrzy choćby hiszpańskich dokumentów? Dlaczego nie wstawia się za mną? Jestem obywatelką hiszpańską, znalazłam się w beznadziejnej sytuacji, a konsul mojego kraju w ogóle w tej sprawie nie interweniuje! Cóż ja takiego zrobiłam, na Boga, co ja zrobiłam?

Każda rozmowa telefoniczna między Marią José a rodzicami przekształcała się pod koniec w prawdziwy dramat. Od pewnego momentu w telefonie na obu końcach linii słychać było płacze i lamenty rozmówców. Sara i Ángel próbowali w takich sytuacjach pocieszać obie strony, choć nie było to łatwe zadanie. To właśnie na nich – w związku z tym, że María José nie mogła wychodzić na zewnątrz, a rozmowy telefoniczne czasem nie wystarczały – spadał obowiązek spotykania się z prawnikami. Oni też, wracając z tych spotkań do domu, musieli brać na siebie trudną misję przekazania lokatorce, że adwokaci radzą stawić się w sądzie i nie komplikować bardziej jej sytuacji prawnej. Te rady wprawiały Marię José we wściekłość. Wychodziła wtedy ze swojego pokoiku i rzucała obelgami oraz groźbami, połączonymi z lamentami i błaganiami, które dotyczyły tylko jej i jej córki.

– Wolałabym umrzeć, niż oddać córkę temu okrutnikowi, mordercy, człowiekowi, który bez skrupułów mnie maltretował i próbował odebrać mi życie. Jak oni mogą choćby przez sekundę myśleć, że wydam córkę takiemu potworowi?! Bóg jeden wie, co on byłby w stanie zrobić mojej małej.

Minęły już z górą dwa miesiące od chwili, kiedy María José została jedyną lokatorką kryjówki przekształconej w dobrze zaopatrzone mieszkanko. Zarówno do niej, jak i do jej gospodarzy docierało dostatecznie dużo oznak, że z upływem czasu miejsce staje się coraz mniej bezpieczne. Już nie raz mogli zaobserwować na zainstalowanych w piwnicy ekranach, nieustannie ukazujących obraz wychwytywany przez kamery usytuowane na zewnątrz, pewną scenę, z pozoru całkiem zwyczajną, która jednak stała się dla nich znakiem grożącego niebezpieczeństwa: dwóch korpulentnych mężczyzn popisujących się siłą, wali w drzwi domu, pokazując przez wizjer jakieś legitymacje, tak jakby chcieli dać do zrozumienia, że są z policji i szukają Maríi José. Ale za każdym razem, kiedy ktoś z domowników – grożąc wezwaniem policji – żądał, by okazali swoje odznaki albo wylegitymowali się w bardziej czytelny sposób, mężczyźni zaczynali kopać w drzwi i grozić lokatorom śmiercią. Im silniejsze były te kopnięcia, tym większa panika ogarniała Maríę José, która w takich sytuacjach uciekała i chowała się w jakimś kącie swojego mieszkanka, gdzie przesiadywała zgnębiona z zamkniętymi oczyma, trzymając mocno w dłoniach zdjęcie córki, tak jakby z jego pomocą chciała uciec z tego miejsca i nabrać sił, których tak bardzo jej brakowało.

– Nie otwierajcie nigdy drzwi – radziła jej Victoria, niemalże krzycząc przez telefon. Ona sama też widziała na ekranie podobny epizod w czasie, kiedy jeszcze mieszkała w kryjówce razem z siostrą. – I przede wszystkim nie wychodź z domu, już wiemy, co oni potrafią…

Victoria mówiła w ten sposób, ponieważ siostra powiedziała jej, że Sara i Ángel są zastraszani, że kilka razy kierowano pod ich adresem groźby w biały dzień na ulicy, a w poczcie elektronicznej odbierali wiadomości, w których usiłowano ich przekonać o winie Maríi José i niewinności Petera. A na jednym ze spotkań Sary i Ángela z adwokatami ich lokatorki któryś z prawników pojawił się z resztkami krwi i zadrapaniami na twarzy. Zapytany o pochodzenie tych śladów, usiłował sprawę zbagatelizować. María José, tak jak i krąg jej najbliższych przyjaciół, była przekonana, że Peter próbuje sterroryzować wszystkich, którzy mogliby pomóc jego żonie, i gotów jest dokonać tego wszelkimi możliwymi sposobami, włącznie z przemocą, szantażem i oszustwem.

– Dobrze go znam. Skoro nawet mnie umiał tak skutecznie oszukiwać i kontrolować, wyobraź sobie, co potrafi osiągnąć swoją niegodziwością z kimś całkiem nieznajomym. Nie cofnie się przed niczym, nikt go nie zatrzyma. Boję się go. Bardzo się boję.

Sytuacja stawała się coraz bardziej nieznośna. Stopniowo zaczęło dochodzić do pierwszych tarć wśród trójki lokatorów domu przekształconego w twierdzę, z której coraz trudniej było wychodzić, a jeszcze trudniej do niej wracać. Tyle dni spędzonych w zamknięciu pod jednym dachem nie zdołało zniszczyć wzajemnej życzliwości przyjaciół, jednakże widząc różne słabe strony dotychczasowego rozwiązania, polegające choćby na szybkim pogarszaniu się stanu fizycznego Maríi José oraz na coraz bardziej wyraźnym braku dostatecznych zabezpieczeń dotychczasowej kryjówki, wszyscy rozumieli pilną potrzebę przeniesienia uciekinierki w inne, bezpieczniejsze i bardziej odpowiednie dla niej miejsce.

– Mój brat zaproponował, że może cię przyjąć do swojego domu – powiedziała Sara. – Mieszka w stanie Nowy Jork, co może być dla ciebie korzystne. Zmienisz okolicę i może zostawią cię w spokoju te typy, które tu przychodzą najwyraźniej po to, żeby cię zastraszyć. A po drugie, lepiej jak będziesz bliżej szpitala, na wypadek gdyby zdrowie ci się pogorszyło, no i bliżej konsulatu. Łatwiej też będzie ci spotkać się z przyjaciółmi, za którymi tak tęsknisz.

Sara podkreśliła ostatnie słowa, ponieważ wiedziała, że Maríi José bardzo zależy na spotkaniu ze szczególnym przyjacielem, o którym nie chciała zbyt wiele mówić nawet swojej siostrze. Victoria też musiała przyznać, jak wszyscy inni, że niemal nic nie wie o tej znajomości. Wiadomo było tylko tyle, że chodzi o mężczyznę o imieniu Leo, że María José wydaje się bardzo zaangażowana w tę znajomość i sam dźwięk imienia przyjaciela wywołuje nieśmiały uśmiech na jej zmęczonej twarzy. Sara nie miała zamiaru ryzykować bezpieczeństwa ani swojego, ani przyjaciółki w imię jakiegoś spotkania – czy to przyjacielskiego, czy też innej natury. María José nie mogła na to nic poradzić, choć dusiła ją ta sytuacja i choć wiedziała, że nawet przelotne spotkanie z tajemniczym Leo mogłoby stanowić prawdziwy podmuch świeżego powietrza dla jej obolałych zmysłów i podupadającego ducha.

W ciągu piętnastu dni, które przyszło jej spędzić w nowej kryjówce, sprawy nie przyjęły korzystniejszego biegu. Co prawda mogła zorganizować sobie krótkie spotkania z Leo, które upłynęły na zwierzeniach i miłych, pocieszających słowach, lecz María José nadal nie podawała nikomu żadnych nowych informacji na jego temat. Ponadto drastyczny i okrutny reżim zamknięcia, w którym żyła przez dwa miesiące pobytu w domu Sary, w nowym miejscu nieco zelżał. Ale wszystkie jej działania we własnej sprawie nadal nie przynosiły pożądanych rezultatów. María José czuła się, jakby cały świat postanowił odwrócić się do niej plecami. Wiadomości docierające od rodziny z Hiszpanii też nie pomagały żywić choćby najmniejszej nadziei. Z każdym dniem oddalała się od swojej córki, z którą mogła porozmawiać tylko przez kilka minut dzięki połączeniom telefonicznym, które umożliwiali jej rodzice. Chwile te były śmiesznie i boleśnie krótkie. Pozwalały jej jednak umacniać się w przekonaniu, że Victoria Solenne jest uroczym dzieckiem, wesołym i sympatycznym, znakomicie wychowanym. Sześcioletnia dziewczynka nie przestawała pytać dziadków o swoją *mami*, która już od tak dawna nie przychodzi, by odebrać ją ze szkoły, ani nie czeka na nią po lekcjach baletu, żeby zabrać ją na *horchatę*[11] albo jakiś deser, na który dziewczynka miałaby ochotę. *Mami* nie spędzała też długich godzin, rozmawiając z nią po angielsku, ani nie strofowała jej, kiedy zapominała założyć okularów, które zalecił jej okulista, nie czytała jej bajek na dobranoc, po których zasypiała słodko i głęboko, nie budziła jej co rano pieszczotami i łaskotaniem, od którego Victoria Solenne wybuchała zaraźliwym śmiechem. Zbyt dużo czasu minęło już bez spacerów po parku, w którym matka uczyła ją zabaw znanych z własnego dzieciństwa, bez kąpieli, podczas których córka opowiadała, jak minął dzień w szkole, bez popołudni spędzanych na pakowaniu prezentu dla koleżanki, która zaprosiła Victorię Solenne na przyjęcie urodzinowe.

– Gdzie jest mama? Dlaczego nie przychodzi? Dlaczego nie ma jej ze mną?

Dziecięcy głos zadający te pytania ranił boleśnie i tak już zbolałe i bezbronne serca dziadków, którzy każdego dnia z coraz większym trudem wymyślali na użytek małej wytłumaczenia nieobecności jej *mami*.

[11] Napój chłodzący spożywany chętnie latem we wschodniej Hiszpanii, przede wszystkim w okolicach Walencji, przygotowywany z bulw niewystępującego w Polsce migdała ziemnego, wody i cukru.

Kolejne niekorzystne wiadomości, które tłumiły wszelką nadzieję, wprawiały Maríę José w stan mimowolnego zobojętnienia, z której wyrywały ją tylko chwile rozmów telefonicznych z córką. Porzuciła uprzednią żelazną dyscyplinę w zażywaniu leków, które teraz przyjmowała wtedy, gdy sobie o nich przypominała – a pamięć często ją zawodziła. Jadła zbyt mało, a dręcząca ją po nocach bezsenność nasilała się mniej więcej w takim samym tempie, w jakim narastało poczucie beznadziei i pesymizm. Jedno i drugie miało swoje źródło w kompletnej bierności, jaką zastawała za każdymi drzwiami, do których pukała.

Jej rodzice wciąż nie mogli się przyzwyczaić do nieznanej wcześniej rozpaczy, która owładnęła Marią José. Trudno było wyrazić słowami ich męki wywołane poczuciem całkowitej bezradności. Nie mogli nic zrobić, by zaradzić cierpieniu córki. Ale ostatecznie przygnębił ich moment, gdy – dzięki staraniom Victorii – zobaczyli ją w lokalnej telewizji. Opinia publiczna mogła przy tej okazji poznać desperację i strach Marii José.

– Jeśli mnie złapią, zabiją mnie. Zawiozą mnie do New Jersey, gdzie mieszka mój były mąż z obecną żoną, i tam pozbawią mnie życia. Jestem o tym przekonana. Wiem, że mnie poszukują i prędzej czy później mnie złapią, a wtedy mnie zabiją. – Słowom Marii José, wypowiadanym – przez wzgląd na słabą jakość połączenia telefonicznego – nieco metalicznym i zniekształconym głosem, towarzyszyła widoczna na ekranie telewizora stara fotografia, dostarczona przez Victorię ekipie wiadomości Kanału 9 relacjonującej koszmar, który stał się w Stanach Zjednoczonych udziałem kobiety pochodzącej z Walencji. – Wiem, że są ludzie, którzy chcą mnie zabić, i boję się, że jeśli w Hiszpanii nikt mi nie pomoże, dopną swego. Mam nadzieję, że to publiczne wystąpienie odniesie jakiś skutek, bo jest to być może ostatnia okazja w moim życiu, by prosić o pomoc.

Wiedziała, że to, co mówi, jest okrutne, że przez te słowa jeszcze bardziej będą krwawić serca jej bliskich, ale sytuacja doszła do takiego punktu, w którym ukrywanie prawdy w imię zaoszczędzenia bólu rodzinie nie miało już sensu.

Opowieść walencjańskiej prawniczki, która pozostawała w ukryciu w jakimś tajemnym miejscu w Nowym Jorku, ponieważ nie chciała, żeby jej córka została oddana ojcu, stawała się w jej rodzinnym mieście powszechnie znana, a jej rodzina zaczęła obmyślać tysiące różnych strategii, które miały zapobiec temu, by także i mała Victoria Solenne nie stała się częścią przerażającej historii, rozgrywającej się kilka tysięcy kilometrów od niej.

· 19 ·

Weekend minął bez ważniejszych wydarzeń, ale María José czuła się wyjątkowo zaniepokojona. Za ten stan pobudzenia odpowiadał jej szósty zmysł, któremu zawsze chętnie ufała, albo może jakaś szczególna wrażliwość, którą często wykazywała, czy też może wyjątkowo rozwinięty węch, pozwalający wykrywać rzeczy ważne, choć niekoniecznie korzystne. Od czasu, kiedy stała się zbiegiem – używała tego określenia regularnie, żartując z siostrą i próbując w ten sposób ująć dramatyzmu swej sytuacji, która i tak była wystarczająco tragiczna – nienawidziła weekendów. Wiązały się one dla niej z wyhamowaniem wszelkich działań, ponieważ od piątkowego popołudnia wszelka aktywność urzędowa zamierała.

W takim stanie wzmożonej czujności i oczekiwania na mogące nadejść niespodziewane zdarzenia postanowiła kontynuować swoje codzienne zajęcia, polegające na wysyłaniu poczty elektronicznej i na ciągłych rozmowach telefonicznych w poszukiwaniu wsparcia, którego znikąd nie otrzymywała. Była właśnie w trakcie rozmowy z siostrą, której zwierzała się z braku postępów w bombardowaniu różnych urzędów, kiedy usłyszała silne i energiczne uderzenia. Obie siostry zamilkły – jedna ze strachu, bo domyślała się, kto może być sprawcą nieprzyjemnego i agresywnego walenia w drzwi, druga w pełnym napięcia oczekiwaniu, bo nie wiedziała, co sprawiło, że jej rozmówczyni nagle zamilkła. Po paru kolejnych uderzeniach dał się słyszeć dzwonek do drzwi, po czym rozległy się krzyki, nakazujące Marii José natychmiast wyjść z mieszkania albo otworzyć drzwi.

Była w domu sama, jako że brat Sary kilka minut wcześniej wyszedł na jakieś spóźnione zakupy. Poczuła dreszcze na całym ciele, podobnie jak i jej siostra, która bezskutecznie próbowała wypytać, co się dzieje. Znów dało się słyszeć nieprzyjemne i wściekłe uderzenia, tym razem jeszcze silniejsze.

– Słyszysz te hałasy? – spytała siostry przerażona María José, ściskając mocno w dłoni telefon, tak jakby był jej ostatnią deską ratunku. – I krzyki. Słychać je przez telefon?

– Tak. – Victoria ledwo zdołała wydusić z siebie to słowo. – Słyszę, nie ruszaj się. Proszę cię, nie otwieraj drzwi. Słyszysz mnie? Nawet nie myśl, żeby otworzyć drzwi, cokolwiek by się działo i cokolwiek ci powiedzą.

Rozmawiając z siostrą przez domowy telefon stacjonarny, Victoria próbowała jednocześnie za pomocą komórki zlokalizować brata Sary.

– Cholera! Gdzie ten typ się podział? – wykrzyknęła nerwowo, nie mogąc dodzwonić się do niego.

Bluzgi, które wydobyły się z jej ust, zadziwiły nawet Maríę José, która nigdy wcześniej nie słyszała tylu przekleństw wypowiedzianych w tak krótkim czasie.

– Wiesz może, gdzie on poszedł? – pytała Victoria. – Po jaką cholerę wyszedł z domu i zostawił cię samą?

– Nie wiem. Czegoś w domu brakowało, więc wyszedł do sklepu. Zapewniał mnie, że za kilka minut wróci. – Dopadła ją nerwowa czkawka, przeszkadzająca w mówieniu. – Wiem tylko, że jestem przerażona. Chyba to już koniec. Zabiją mnie. Zabiją mnie – powtarzała cicho, tłumiąc krzyk. – Zabiją mnie i już nigdy nie zobaczę mojego dziecka!

– Nie histeryzuj. Uspokój się – odpowiedziała Victoria, próbując odnaleźć krzepiące słowa, choć sama nawet nie wiedziała, co mówi. – Ale najważniejsze, pamiętaj, nie otwieraj drzwi.

– Nie muszę. Oni je wyważą. Nie słyszysz tych uderzeń?

– Posłuchaj, wezwę pomoc. Rozmawiałam w ostatnich dniach z paroma kongregacjami religijnymi w Nowym Jorku, które mogłyby cię przyjąć, choćby na jakiś czas. Skontaktował mnie z nimi przyjaciel. Spróbuję go znaleźć, zobaczę, czy mi pomoże. Nie rozłączaj się, ja…

– Nie, lepiej się rozłączę. Chcę zadzwonić do taty, na wszelki wypadek…

María José zamilkła. Uderzenia i krzyki ustąpiły miejsca pełnej wyczekiwania, a jednocześnie przerażającej ciszy. Wcześniejsze hałasy ucichły nagle, jakby za dotknięciem czarodziejskiej różdżki.

– Co się dzieje, siostro? Powiedz coś!

– Nic – odpowiedziała. – Uspokoili się. Już nie walą w drzwi. Nic nie mówią.

Obie milczały przez kilkanaście sekund, które wydawały się długimi latami. Bały się, że coś lub ktoś przerwie to niepokojące i przytłaczające milczenie.

– Może sobie poszli – odważyła się w końcu powiedzieć Victoria, bardziej z nadzieją niż przekonaniem. – Może myślą, że nikogo nie ma.

– Nie wiem. Pójdę sprawdzić przy drzwiach, czy kogoś widać.

Kiedy tylko oznajmiła siostrze ten zamiar, zdała sobie sprawę, że nie był to dobry pomysł, między innymi dlatego, że – jak właśnie stwierdziła – strach znów ją sparaliżował. Victoria też nalegała, żeby tego nie robiła, przekonywała, że lepiej znaleźć bezpieczną kryjówkę i schować się tam do czasu, aż wróci pan domu i sytuacja się trochę uspokoi. Kiedy od drzwi dzieliło ją już tylko pół metra, poczuła, że opanował ją niewypowiedziany strach: wyobrażała sobie, że drzwi w każdej chwili mogą ustąpić i ten, kto znajduje się po drugiej stronie, dopadnie ją w końcu i ją obezwładni. Postanowiła zawrócić i jak najciszej, powolutku, przejść z powrotem po własnych śladach, uważając, żeby żadnym odgłosem nie zdradzić się przed osobami pilnującymi drzwi od zewnątrz. Nic nie widziała, ale intuicja mówiła jej, że nie jest sama, że tamci – kimkolwiek byli – nadal stali przy wejściu, ale teraz już schowani, przyczajeni, czekający na jakiś moment nieuwagi albo nadmiernej pewności siebie Marii José, który pozwoliłby im znowu stać się panami sytuacji.

Kiedy wróciła do miejsca, w którym znajdowała się na samym początku tego dantejskiego spektaklu, przyłożyła znów do ucha telefon komórkowy. Przez cały czas nie wypuściła go z ręki, a teraz znów usłyszała w nim krótki oddech siostry, który niewymownie świadczył o tym, że obie znajdują się w podobnym stanie pobudzenia.

– Nie zdołałam dojść do drzwi. Nie miałam odwagi. Nie mogłam – poinformowała w końcu Victorię. – Co za potworność! Nie wytrzymuję już. Oszaleję od tego, jeśli wcześniej nie dostanę ataku serca. – María José zauważyła, że całe jej ciało pokryło się zimnym potem, a koszulkę, którą ma na sobie, dałoby się wyżąć. – Zadzwonię do taty i opowiem mu to wszystko. A potem wrócę do ciebie. Kocham cię.

To proste, stanowcze i znaczące „kocham cię" poruszyło Victorię. Nie potrafiła uniknąć skojarzenia z ostatnimi słowami skazańca czekającego na karę śmierci. Było w tym coś ostatecznego, co ją zaniepokoiło. Zanim zdążyła zejść po schodach prowadzących do bramy wejściowej, stanęła jak wryta, słysząc dźwięk telefonu komórkowego. Na ekranie migotało słowo wpisane wielkimi literami: TATA.

– Tato? – odezwała się. – Tato, co się dzieje?

– Już koniec. Po wszystkim. Twoja siostra została zatrzymana – odpowiedział ojciec. Starał się ze wszystkich sił, żeby nie zacząć szlochać, ale nie udało się. – Przyjdź do domu, córciu. Matka cię potrzebuje.

Kiedy Victoria przybyła do domu rodziców, zobaczyła dantejską scenę. Matka płakała i nie potrafiła się uspokoić, ojciec ledwo był w stanie cokolwiek powiedzieć. Całkiem rozkojarzony chodził po salonie. Wyglądał jak człowiek, który jako jedyny pasażer przeżył zderzenie pociągów i nie potrafi zrozumieć, co się z nim dzieje. Telefony znajdujące się w domu nie przestawały dzwonić, włączony telewizor wypluwał z siebie jakieś bezdźwięczne, przypadkowe obrazy, na które nikt nie patrzył. Victoria bezskutecznie pośród tego całego chaosu szukała wzrokiem jakiegoś śladu obecności siostrzenicy. Sprawa wyjaśniła się dopiero później, kiedy sąsiadka potwierdziła, że mała Victoria Solenne jest u niej i bawi się z przyjaciółką.

– Co się stało, tato? Jak to wyglądało? Rozłączyłam się z nią, kiedy zdawało się, że wszystko się uspokoiło. Powiedziała, że zadzwoni do ciebie, a ja chciałam wyjść, żeby szukać pomocy. Miałam spotkać się z Antoniem, żeby mi pomógł, i na ulicy…

Victoria nie potrafiła mówić logicznie, słowa pospiesznie padały z jej ust.

– Nie minęła nawet minuta od chwili, kiedy zadzwoniła, i usłyszeliśmy ogłuszający huk – zaczął opowiadać ojciec, który był jedyną osobą jako tako zdolną wziąć się w garść. – A potem słyszeliśmy tylko przerażony krzyk twojej siostry, powtarzającej w kółko: „Już tu są, już tu są". Głos jej się łamał, brzmiał tak, jakby wydobywał się z ust obcego człowieka. María José musiała doznać wstrząsu nerwowego. Zadawałem jej przez telefon różne pytania, żeby mi powiedziała, co się dzieje, czy wszystko z nią w porządku, kim są ludzie, którzy tam przyszli... Ale słyszałem tylko jakieś hałasy i krzyki twojej siostry... nigdy jej takiej wcześniej nie słyszałem. Nie panowała nad sobą, wydawała się kimś innym, tak jakby ktoś obcy zdobył nad nią władzę. Nie wiem, moje dziecko, nie wiem... – Victoria zdała sobie sprawę, że opowiadanie tego wszystkiego jest dla ojca wielkim wstrząsem, bo mimowolnie przeżywa po raz kolejny ten sam ból, którego doświadczył kilkanaście minut wcześniej. Objęła go, żeby przekazać mu trochę sił, których zresztą sama też nie miała zbyt wiele. Jednak ten gest poskutkował, bo ojciec zaczął mówić dalej. – Aż w końcu ktoś podniósł telefon i powiedział coś, czego nie udało mi się zrozumieć, nie dosłyszałem. Ale było mi wszystko jedno, bo i tak wiedziałem, co mówią: że złapali moją córkę. Że ją złapali i nikt nie może już nic na to poradzić. I bez dalszych wyjaśnień wyłączyli telefon. Albo połączenie zostało przerwane, nie wiem.

Relacjonując to wszystko – a starał się to zrobić możliwie spokojnie – ojciec przesuwał dłonią po głowie, od czoła do karku, ciągnąc się przy tym za włosy, tak jakby ten kompulsywny, nerwowy gest miał sprawić, że chaos panujący w jego głowie ustąpi miejsca jakiemuś porządkowi i przestanie go od środka dręczyć. Ale to było niemożliwe. Sytuacja go przerosła.

– Spójrz na matkę – ciągnął dalej. – Całkiem z niej uszło życie, a ja nie wiem, co robić, od czego zacząć…

– A czy dzwonili Sara albo Ángel? Dzwonili? – pytała Victoria, która, jak się wydawało, wzięła na siebie rolę osoby zachowującej spokój pośród ogólnego chaosu.

– Tak – odpowiedział ojciec. – Sara zadzwoniła z domu swojego brata, chyba kilka minut później, nie jestem pewien. Powiedziała mi, że do domu weszła policja, że znaleźli twoją siostrę i zabrali ją nie wiadomo dokąd. Zapewniła mnie, że poinformowała policję o ciężkiej chorobie twojej siostry i o konieczności zabrania jej do szpitala. Powiedziała, że jak tylko dowiedzą się czegoś nowego, to zadzwonią. – Przez dłuższą chwilę José klepał się po twarzy wielkimi dłońmi, tak jakby w ten sposób chciał uniknąć wyobrażania sobie tego, przez co przechodzi w tej chwili jego córka. – Co teraz będzie, Victorio? Co zrobią z twoją siostrą, córeczko?

Po raz pierwszy widziała, jak jej ojciec, człowiek prawy, poważny, z zasadami, silny, odważny i zawsze pewny siebie, okazuje słabość i strach. Opuściły go siły i denerwował się jak małe, bezbronne dziecko. Ten widok wywołał w niej niepokój, którego nie potrafiła przezwyciężyć. Wiedziała, że te rozdzierające serce ojcowskie pytania są zaledwie początkiem długiej listy dalszych wątpliwości, którym trzeba będzie stawić czoła, nie znajdując na nie jasnych, a tym bardziej dających nadzieję, odpowiedzi. Stojąc wtedy w salonie rodzinnego domu, przyglądając się ojcu i próbując tchnąć w matkę choć odrobinę spokoju, Victoria poczuła, że właśnie zaczyna się długi koszmar. Jak bardzo długi – tego nawet nie była w stanie sobie wyobrazić.

· 20 ·

21 listopada 2006 roku María José została zatrzymana w nowojorskim domu brata Sary. W ten sposób zakończyła się jej trzymiesięczna ucieczka. Dla rodziny po aresztowaniu Marii José nadeszły długie godziny nerwów i bezsenności. Jej bliscy nie mieli jasnego obrazu tego, co się z nią dzieje, gdzie dokładnie przebywa, kim są ludzie, którzy ją zatrzymali i – przede wszystkim – co z nią zrobili. Nikt nie dzwonił, żeby przekazać jakieś informacje, a na ich telefony z prośbami o pomoc nikt nie odpowiadał. Victoria zadzwoniła do konsulatu, gdzie – jak to już było w zwyczaju, gdy poruszano sprawę jej siostry – nikt nie wypowiedział się jasno i bez owijania w bawełnę. Brak informacji dodatkowo nasilał strach rodziny. Dusząca rozpacz zdominowała wszelkie myśli oraz desperackie i niespójne reakcje. Próbowali nawiązać kontakt z Sarą i Ángelem, ale oni też nie odpowiadali, nie mogli ich zlokalizować ani przez telefon stacjonarny, ani z pomocą któregokolwiek z telefonów komórkowych. Kiedy rodzice albo siostra Marii José dzwonili do jej adwokatów, albo najzwyczajniej nie uzyskiwali połączenia, albo linia była zajęta. Korzystając z numeru informacji międzynarodowej oraz z pomocy któregoś z przyjaciół siostry, Victoria spędziła całą noc na obdzwanianiu komisariatów w Nowym Jorku i w New Jersey. Połączyła się nawet z kilkoma tamtejszymi więzieniami. Dzwoniła do szpitali, ale nigdzie nie uzyskała żadnych informacji na temat siostry.

To nieludzkie milczenie, które zapanowało w okresie po zatrzymaniu Marii José, skłoniło rodzinę do zorganizowania dyżurów przy telefonie. Wszyscy byli przekonani, że w którymś momencie rozlegnie się dzwonek i ktoś w końcu objaśni im, co się dzieje.

Musiały minąć długie godziny, zanim wreszcie udało im się usłyszeć głos Sary, która przekazała informacje na temat miejsca pobytu Marii José i trochę szczegółów dotyczących jej zatrzymania.

– Powiedzieli nam, że zabierają ją do szpitala, i mamy nadzieję, że zawiadomią nas, do którego. Nic więcej nie wiemy. I na razie nic nam nie mówią – powiedziała Sara i zaczerpnęła powietrza, żeby zrelacjonować, co wydarzyło się wcześniej. – Wszystko stało się tak szybko. Mój brat wrócił do domu dokładnie w chwili, kiedy policja próbowała wyważyć drzwi. Kazali mu otworzyć. Zadzwonił potem do mnie, przerażony, nie wiedział, co ma robić. Po chwili zobaczył, jak ją wsadzają do samochodu policyjnego. Richard powiedział, że prowadzili ją w kajdankach, że była w dość żałosnym stanie i że nie mógł się do niej zbliżyć, żeby porozmawiać. Nie odważył się też zapytać policjantów, dokąd ją zabierają. Bał się, że jego też zatrzymają za ukrywanie u siebie Marii José. Pewnie wiecie, że on miał już problemy z prawem. W każdym razie był niemal sparaliżowany, nie wiedział, jak zareagować na wszystko, co się dzieje. Przyjechałam najszybciej jak mogłam, kiedy akurat ją wyprowadzali, i też nie pozwolono mi zamienić z nią nawet słowa, ale powiedziałam policji, że jej zdrowie jest bardzo zagrożone, i prosiłam, żeby zabrali ją do szpitala.

Sara starała się nie pominąć w tej historii żadnego istotnego szczegółu, wyobrażając sobie, jak spragniona wszelkich informacji musi być rodzina zatrzymanej. Ale jej wyjaśnienia nie zdołały stłumić wątpliwości, które zaczęły targać Victorią i przekształcały się w rozmaite podejrzenia. Było w tej opowieści coś, co jej się nie zgadzało. „Dlaczego Sara tak późno przyjechała do domu brata? I skoro już tam była, dlaczego nie weszła do domu, żeby być przy Marii José?". Miała obawy, że Sara albo jej brat mogli współpracować z policją, chcąc zakończyć tę niewygodną sytuację, która im też mogła przysporzyć kłopotów z prawem. Victoria potrząsała głową, usiłując wyrzucić z niej powracające natrętnie słowo „zdrada". Okazało się to skuteczne, przynajmniej na jakiś czas.

– Nie mogłam do was wcześniej zadzwonić – ciągnęła Sara – bo przez wiele godzin nie mogliśmy się dowiedzieć, gdzie jest twoja siostra. Powiedzieli nam, że zabrali ją do komisariatu blisko domu mojego brata i kiedy tam poszliśmy, znowu nalegaliśmy, żeby policjanci uwzględnili w całym postępowaniu jej stan zdrowia. Zanieśliśmy tam raporty medyczne i leki, które przyjmuje. Chcieliśmy im pokazać, jak bardzo się o nią martwimy, i przekonać ich, żeby ją przewieźli do szpitala. Nie wiedzieliśmy nawet, czy naprawdę tam jest, nie pozwolili nam jej zobaczyć. A wy się czegoś dowiedzieliście? Udało się porozmawiać z konsulem?

– Nic nie wiemy. Konsul też nie. Mówi, że próbuje się dodzwonić w różne miejsca, ale na razie nie przekazał nam żadnych informacji. A kiedy sami dzwonimy, odpowiadają nam, że nad tym pracują. Prawie już nam zabronili dzwonić. Powtarzają, że kiedy czegoś się dowiedzą, odezwą się. To niewiarygodne! Moja siostra nie mogła tak po prostu zniknąć! – krzyczała Victoria, denerwując się coraz bardziej za każdym razem, gdy Sara namawiała ją do spokoju. – Co oni jej zrobili? Dlaczego nikt nam niczego nie mówi? Jeśli to prawda, że zabrali ją do szpitala, czemu nie chcą powiedzieć, do którego?

Wtedy po raz pierwszy Victoria poczuła, że nie może płakać. Nie była w stanie, chociaż nie potrafiła też uspokoić wewnętrznego rozedrgania, które ją dręczyło. Miała wrażenie, że bezsilność, niepewność, wściekłość oraz ogromny ból, który odczuwała na myśl o cierpieniach siostry, osuszają jej oczy. Choć były wilgotne i lśniące, na granicy płaczu, nie wypłynęła z nich ani jedna łza, przynajmniej w obecności bliskich. Jednak to nie było zamierzone. Po prostu tak wyszło.

Victoria postanowiła zamknąć swój dom i przenieść się chwilowo do rodziców, do czasu, aż sytuacja się uspokoi. Powrót do domu rodzinnego nie był dla niej zabawnym epizodem, ale okoliczności nie pozostawiały innego wyjścia. Rozumiała, że teraz jej prywatne i personalne upodobania musiały zejść na drugi plan. Victoria sypiała nie dłużej niż dwie godziny dziennie. Napięcie, które skumulowało się w rodzinie, było zbyt wielkie, aby czas można było poświęcić na sen. Nawet gdyby chciała, nie dawała rady.

Któregoś z takich bezsennych wieczorów wydarzyło się coś, co całej rodzinie wydało się niewątpliwym cudem. W tym okresie Victoria uległa pokusie powrotu do palenia papierosów po latach nikotynowej abstynencji, którą zwykła uważać za swój triumf. Teraz znów spędzała kolejną bezsenną noc w labiryntach Internetu w nadziei natrafienia na jakiś ślad, który zdoła ją doprowadzić do siostry. Na dźwięk dzwonka podskoczyła do góry, nie tylko zresztą ona, ale i pozostali członkowie rodziny, choć Victoria nie dała telefonowi szansy, żeby zadzwonił po raz drugi.

– Victorio, to ja.

– María José! María José! – krzyki Victorii sprawiły, że twarze rodziców, którzy już chwilę wcześniej pojawili się w salonie, zmieniły się całkowicie i po raz pierwszy od dawna było na nich widać szczęście. – Gdzie jesteś? Jak się masz? Coś ci zrobili? Dokąd cię zabrali?

Victoria natychmiast włączyła w telefonie zestaw głośnomówiący.

– Poczekaj, nie denerwuj się, wszystko ci opowiem – powiedziała María José zrelaksowanym głosem, co uspokoiło jej siostrę. Victoria miała wrażenie, że z radości serce podchodzi jej do gardła. – Jestem w szpitalu Mount Sinai. Przywieźli mnie tu, bo widzieli, że z moim zdrowiem nie jest najlepiej. Nie mogłam do was wcześniej zadzwonić, bo jestem zatrzymana i nie pozwalali mi. Oskarżają mnie o niezastosowanie się do nakazu sądu i o uprowadzenie osoby małoletniej, tak jak się obawialiśmy. Moi adwokaci pracują nad tą sprawą i mam nadzieję, że szybko ją rozwiążą. Pewnie już dzwonili, żeby was zawiadomić, gdzie jestem?

– Nie dzwonił do nas nikt poza Sarą i Ángelem, ale i tak niewiele wiedzieli. Nie masz pojęcia, jacy byliśmy zrozpaczeni. Myśleliśmy, że coś ci się stało, i baliśmy się, że…

Matka przerwała Victorii, bo sama chciała porozmawiać ze swoją pierworodną. Ledwo wstrzymywała łzy.

– Córeczko moja, jak się czujesz? Dobrze cię traktują? Masz wszystko, czego potrzebujesz? Brakuje ci czegoś?

– Czuję się dobrze, mamo, nie martwcie się. Opiekują się mną i traktują właściwie. Pilnują mnie w pokoju policjanci i dziś pozwolili mi zadzwonić do was.

– Na pewno wszystko z tobą w porządku? – wtrąciła się Victoria, która poczuła ukłucie w żołądku, słysząc ostatnie słowa siostry. Pomyślała bowiem, że jeśli María José ma obok siebie kilku funkcjonariuszy, nie może szczerze powiedzieć, czy rzeczywiście dobrze ją traktują.

– Tak, mówię wam przecież, żebyście się nie martwili. Jestem tu na obserwacji i robią mi najróżniejsze badania. Przynajmniej tak mi tłumaczyli. Mają mnie odwiedzić Sara i Ángel, za chwilę powinni przyjść, chociaż nie jestem pewna, czy ich wpuszczą. W każdym razie chciałam do was zadzwonić przed nimi, żeby wszystko wytłumaczyć. A poza tym oni i tak nie mogli wam opowiedzieć przecież tego, o czym w ogóle nie wiedzą. Nie wiem, jak długo tu zostanę, ale kiedy będę wiedziała coś więcej, zadzwonię. – María José mówiła pospiesznie, prawie nie robiąc pauz, tak jakby ktoś odmierzał ze stoperem w ręku czas, jaki spędza na rozmowie z rodziną. – A jak moja malutka? Nie śpi? Mogę z nią porozmawiać?

– Śpi, ale jeśli chcesz, obudzę ją. Ciągle o ciebie pyta – odpowiedziała matka, gotowa wyruszyć do pokoju małej, żeby przekazać jej dobrą nowinę.

– Nie, niech śpi i odpoczywa. Spróbuję zadzwonić rano, jeśli mi pozwolą, i będę mogła dłużej z nią porozmawiać.

– Córciu – wtrącił się ojciec – a co możemy dla ciebie zrobić stąd? Mieliśmy zamiar jechać tam, żeby być z tobą…

– Nie, tato – przerwała mu María José. – Nie trzeba. Mówiłam już, że moi adwokaci nad tym pracują. Przypuszczam, że kiedy wyjdę ze szpitala, znowu pojawię się w sądzie i zostaną podjęte odpowiednie kroki. I wtedy wam powiem, co robić. – María José zamilkła na chwilę. – Dają mi znaki, żebym kończyła. Victoria, jesteś tam? Chciałam cię prosić, żebyś powiedziała konsulowi, co się dzieje. Naciskaj na niego. Ja nie dałam rady i chciałabym, żeby się dowiedział z pierwszej ręki, jaka jest sytuacja. Wiedział, że mam być przewieziona do szpitala, ale nie przyszedł, i to mnie dziwi. Zrozumiałaś?

– Tak, siostrzyczko, uspokój się, zajmuję się tym od momentu, w którym zostałaś zatrzymana. – Kiedy María José wspomniała konsula hiszpańskiego, Victoria poczuła, że przewracają się jej wnętrzności. – Porozmawiam z nim i o wszystkim mu powiem. Kolejny raz.

– Do zobaczenia, kocham was. Muszę się rozłączyć.

Połączenie zostało nagle przerwane. Wszyscy zamarli bez ruchu, w milczeniu, wymieniając tylko spojrzenia i szukając jakichkolwiek słów mogących przynieść ulgę i wyrwać ich ze stanu, w który wprowadziła ich krótka rozmowa z Maríą José.

Tego samego wieczoru domowy telefon dzwonił jeszcze dwa razy, siejąc niepokój wśród członków rodziny. Za pierwszym razem odezwał się jeden z przyjaciół Victorii, który wcześniej odebrał telefon – prawdopodobnie od jakiejś policjantki – z informacją, że María José zostanie przewieziona do centrum penitencjarnego w Brooklynie, a konkretnie do Rikers Island. Kilka minut później w słuchawce rozległ się inny tajemniczy, kobiecy głos. Rozmówczyni przedstawiła się jako pracownica szpitala Mount Sinai. Prosiła, żeby bliscy Marii José nie mówili nikomu o tej rozmowie, bo może mieć z tego powodu poważne problemy w pracy. Wyjaśniała, że dzwoni powodowana czysto ludzkimi względami.

– Dzwonię o tej porze, bo dopiero skończyłam dyżur w szpitalu i wróciłam do domu.

W tym momencie Victoria bez szczególnego powodu spojrzała na wyświetlacz telefonu, żeby zobaczyć numer, z którego dzwoni nieznajoma. Na maleńkim ekranie wyświetliły się cyfry: 00 999 5554444. Victoria zdziwiła się, że taki numer należy do prywatnego mieszkania.

– María José nie jest w dobrej formie i nie powinna być w tych warunkach sama – ciągnęła kobieta. – Uważam, że powinni jej towarzyszyć rodzice, bardzo by jej to pomogło. Nie zdajecie sobie państwo sprawy, jak źle się czuje. Jest samotna i bardzo zdenerwowana. Czy państwo przyjadą? Czy przylecą państwo w ciągu najbliższych godzin?

Nalegania kobiety i sposób, w jaki się wyrażała, wzbudził w bliskich Marii José podejrzenia co do szczerości jej argumentacji. Nie byli pewni, czy rzeczywiście chodzi o pielęgniarkę, czy o tę samą policjantkę, która wcześniej kontaktowała się z przyjacielem Victorii. Siostra Marii José zaniepokoiła się już nie na żarty i przypomniała sobie, że nowa towarzyszka życia Petera jest policjantką. „Na pewno mają nadzieję, że ktoś z nas tam pojedzie i wpadnie w pułapkę.

Potem zostanie śmiertelnie pobity albo oskarżony o coś, czego wcale nie zrobił, tak jak moja siostra" – myślała Victoria.

Następnego dnia wszyscy podejmowali liczne próby skontaktowania się z Marią José, ale okazały się one nieskuteczne, podobnie jak i wysiłki, by namówić konsula do złożenia wizyty w szpitalu.

– Konsul intensywnie pracuje nad przypadkiem pani siostry i uważa, że podejmowane przez niego kroki okażą się skuteczniejsze niż osobiste stawienie się w szpitalu. – Takie wyjaśnienie dostała Victoria z placówki dyplomatycznej, kiedy wreszcie miała na tyle szczęścia, że ktoś zareagował na jej telefon.

Kolejna rozmowa z Sarą wyjaśniła, dlaczego w szpitalu Mount Sinai nikt nie odpowiada na telefony.

– Przewieźli Marię José do więzienia – tłumaczyła Sara. Wiadomość oznaczała kolejny cios dla rodziny, która nie miała nawet możliwości przetrawić otrzymanej informacji, ponieważ Sara ciągnęła dalej. – Wydaje się, że ze szpitala zawieźli ją do sędziego sądu kryminalnego na centralnym Manhattanie. Sędzia nakazał natychmiast umieścić ją w więzieniu. Wyznaczyli przesłuchanie na 8 grudnia – powiedziała z troską w głosie. – Myślę, że byłoby dobrze, gdyby ktoś z państwa wtedy przyjechał, bo nie wiem, co się może wydarzyć.

– Ale jak to zabrali ją do więzienia? Skoro była w szpitalu... Przecież mieli jej wykonać różne badania. Nie widzieli, że wycięto jej niektóre organy, że miała guza, że w jej organizmie są resztki trucizny, że nasiliła się jej cukrzyca i nadczynność tarczycy? Cóż to za profesjonaliści, którzy pozwalają na przewiezienie człowieka w takim stanie do więzienia? Ona wymaga opieki medycznej, której nikt nie zapewni jej w więzieniu! – Victoria nie zadawała sobie trudu, żeby ukryć swoje poirytowanie. – Ile czasu była w szpitalu? Dzień, najwyżej dwa? Oszaleli czy chcą ją zabić?

– Mówiliśmy dokładnie to samo, kiedy przekazali nam wiadomość w szpitalu – odpowiedziała Sara. – A na dodatek mój brat, który też tam był, próbował rzucić okiem na raport medyczny na temat twojej siostry, sporządzony w szpitalu. Wtedy jeden z policjantów wykręcił mu ręce. Ale Richard zapewnił mnie, że raport jest zmanipulowany, a na pewno niekompletny. Takie miał wrażenie, bo w całym opisie nie ma nawet jednej czwartej tego, na co się skarży twoja siostra. Mogę ci powiedzieć, że wszystko zajęło pół strony, chociaż pełny, oficjalny raport miał sześć czy siedem kartek. Mamy wrażenie, że albo nie wiedzą, co jej naprawdę dolega, albo nie chcą wiedzieć. Ale tak czy owak, na razie jest w więzieniu. Spędzi tam noc. To nie do pomyślenia. Nie do pomyślenia.

Victoria nie rozumiała, jak sprawy mogły zajść tak daleko. Najnowsze wiadomości przyspieszyły jej decyzję o wyjeździe do Stanów Zjednoczonych. Sprawa paszportu była już wyjaśniona: kilka dni po powrocie do Hiszpanii wybrała się na komisariat i złożyła zażalenie na sposób, w jaki pozbawiono ją dokumentu. Policjanci wyjaśnili, że nie mogą przyjąć zażalenia na nieprawidłowe odebranie paszportu, bo opisane fakty miały miejsce poza jurysdykcją i terytorium hiszpańskim. Byli natomiast w stanie wydać jej nowy dokument, z którym będzie mogła podróżować. Mimo wszystko Victoria czuła lęk przed samotną podróżą. Rodzice nie mogli jej towarzyszyć, bo ktoś przecież musiał zostać z małą Victorią Solenne. A poza tym to właśnie oni przywieźli dziecko do Hiszpanii, więc jeśli ktoś chciałby im skomplikować życie – a tego należało się spodziewać, widząc, co dzieje się z Marią José – mógł oskarżyć ich o udział w przestępstwie uprowadzenia osoby małoletniej. Victoria rozmyślała nad tą kwestią przez kilka godzin i postanowiła prosić o przysługę przyjaciela, znanego zresztą całej rodzinie, który już dawniej zgłaszał gotowość współdziałania, kiedy tylko będzie to potrzebne. A teraz nadszedł odpowiedni moment.

– José Antonio, chciałam cię prosić, żebyś pojechał ze mną do Stanów Zjednoczonych.

José Antonio był tym samym mężczyzną, którego Victoria poznała kilka miesięcy wcześniej, kiedy – przyprowadzony przez tłumaczkę dokumentów rodzinnych – zdołał zreperować komputer jej starszej siostry. Był to ten sam człowiek, który deklarując wówczas upodobanie do kafkowskich historii, rekomendował Marii José wynajęcie adwokata w Hiszpanii i doradzał jej wizytę u naturopaty w związku z dolegliwościami trzustkowymi.

– Znasz świat, wiesz, jak należy się zachowywać w różnych sytuacjach, wychodziłeś już z tysiąca niebezpieczeństw, z setek trudnych sytuacji i mówiąc szczerze, chcę, żebyś mi towarzyszył, bo jestem przerażona. To wszystko, co się wydarzyło, kiedy tam byłam ostatnio, te wszystkie sprawy związane z zatrzymaniem, paszportem, drogą na lotnisko... Naprawdę jestem przekonana, że nie byłabym w stanie dotrzeć żywa do siostry.

– Ależ Victorio, kobieto, przecież to, o co mnie prosisz, nie ma kompletnie sensu. Na pewno lepsze byłoby towarzystwo jakiegoś adwokata niż moje. – José Antonio wciąż nie mógł otrząsnąć się z wrażenia, jakie zrobiła na nim propozycja Victorii. – A poza tym mam sześcioro dzieci i żonę. Przy pierwszym słowie na temat tej podróży żona wpadnie w szał i będzie histeryzować, aż się zmęczy.

– José, proszę cię, to tylko tydzień, może nawet trochę mniej – powiedziała Victoria, robiąc wrażenie kompletnie załamanej, bo tak też zresztą w tym momencie się czuła. – Jeśli pojadę sama, zabiją mnie albo w najlepszym wypadku wsadzą do więzienia – do towarzystwa mojej siostrze. A mimo to, choćby nawet bez ciebie, i tak muszę tam lecieć. Nie mogę porzucić siostry, zostawić ją własnemu losowi. Siedzi w więzieniu samotna, zdradzona, chora, zagubiona, zdenerwowana i nie może zobaczyć swojej córki. I szczerze mówiąc, nie wiem, jak to wszystko się skończy. – Pod wpływem impulsu Victoria chwyciła José Antonia za rękę, chcąc go przekonać i skłonić, żeby powiedział „tak". – Pomożesz mi? Całe życie będę twoją dłużniczką.

– No dobrze – odpowiedział w końcu José, który zaczynał już czuć pokusę, żeby dowiedzieć się czegoś więcej i wziąć bezpośredni udział w historii, która od samego początku przykuła jego uwagę. – Ale najpierw muszę omówić to z żoną. Ona już ma dość moich przygód w stylu Indiany Jonesa. Zobaczę, co powie. Wieczorem do ciebie zadzwonię. Ale nie mogę ci na razie dać gwarancji. Słyszysz mnie? Nie mogę ci dać gwarancji, dopóki z nią nie porozmawiam.

Kiedy tylko nadarzała się taka sposobność, José Antonio z ochotą prowadził życie poszukiwacza przygód. Dzięki zawadiackiemu i nienasyconemu duchowi obieżyświata miał już niezliczone okazje przeżycia najdziwniejszych doświadczeń. Nieraz ocierał się o śmierć i konfrontował się z ludźmi najróżniejszego autoramentu. Chełpił się tym, że potrafi w rekordowo krótkim czasie rozszyfrować osobę, z którą ma do czynienia, choćby dopiero co ją poznał. Przemierzył pół świata, szczególnie interesując się krajami Ameryki Południowej, przede wszystkim Meksykiem, gdzie los, a przede wszystkim jego własna ciekawość i umiejętność łamania wszelkich norm, doprowadziły go do spotkania z wojskowym, który groził mu śmiercią, jeśli nie opuści natychmiast kraju. A wszystko z prostego powodu: José, prowadząc samochód, nie zastosował się do znaku pierwszeństwa przejazdu. W takich chwilach zawsze polegał na swoim zadziwiającym i, zdaniem wielu, samobójczym opanowaniu, oraz na grzecznym, ale wyniosłym zachowaniu. Wtedy również poinformował swego rozmówcę, że nie zamierza stosować się do jego polecenia, ponieważ, mówiąc najprościej, stanowi ono pogwałcenie prawa.

Victoria znała go, słyszała opowieści o nim i o jego przygodach, które część znajomych podniosła do rangi legend o heroicznych czynach. Nie wiedziała, czy wszystkie te historie dokładnie odpowiadają rzeczywistości, ale była przekonana, że odrobinę prawdy musi w nich być. Dlatego tak ważne było dla niej, żeby akurat on zgodził się jej towarzyszyć. Nie miała wątpliwości, że José Antonio byłby najlepszą osobą, z którą mogłaby się wybrać w tę trudną podróż. I dlatego poczuła, że kamień spada jej z serca, kiedy późno w nocy, już prawie o świcie, José Antonio zawiadomił ją, że będzie jej towarzyszył w drodze do Stanów Zjednoczonych. Victoria niewiele tej nocy spała, tak jak to zresztą zwykle bywało od czasu, kiedy zaczęła się gehenna jej siostry. Ale przynajmniej nie nękały jej zjawy, które towarzyszyły jej co noc, przynosząc ze sobą rozmaite złe przeczucia i wpychając ją w ciemne, głębokie bagna, z których nie była w stanie się wydostać. W noc poprzedzającą podróż, która miała ją zaprowadzić na drugi brzeg Atlantyku, Morfeusz zabrał ją do pewnego domu w Wielkiej Brytanii, w którym obie z siostrą spędzały kilka razy letnie wakacje, ucząc się angielskiego. We śnie Victoria zdołała przypomnieć sobie chwile, które, jak sądziła, już całkiem zatarły się w jej pamięci. Chwile, w których obie siostry śmiały się i rozmawiały z Rose, pełną matczynego ciepła panią domu, od początku traktującą je jak własne córki. Sen zawiódł ją do ciepłej i przytulnej kuchni, w której w trójkę pracowały nie tylko nad wyśmienitymi deserami, ale także nad nie mniej wspaniałymi planami na przyszłość. Obudziła się z przyjemnym smakiem w ustach i poczuciem, że wróciła jej część – nawet jeśli niewielka – nadwątlonych ostatnio sił.

· 21 ·

W samolocie lecącym do Stanów Zjednoczonych Victorii po raz pierwszy od dawna udało się zrelaksować. Wybrała dla siebie miejsce przy oknie, jak zawsze, choć nie umiała znaleźć logicznego uzasadnienia dla tego upodobania. W końcu i tak, kiedy tylko nadarzyła się okazja, postanowiła zamknąć oczy i opuścić niewielką roletę, przykrywającą okienko samolotu, zasłaniając wszystko, co można było przez nie dostrzec. Być może ta impulsywna czynność odpowiadała narastającej w niej potrzebie, by dać się ponieść chwili, bez zwracania uwagi na miejsce, w którym się znajduje, czy na to, co szykuje jej los.

Być może było to mylne wrażenie, ale Victoria gotowa była przysiąc, że podczas tego lotu José Antonio kazał jej obiecać co najmniej dziesięć razy, że będzie słuchać jego rad i spróbuje opanować nerwy.

– Skoro już ci towarzyszę – powiedział bardzo poważnym głosem, jednocześnie kartkując gazetę, kończąc porządkować różne potrawy umieszczone na tacy, spoglądając jednym okiem na film wyświetlany na pokładowym ekranie, a drugim rzucając na magazyn linii lotniczych – musisz mi obiecać, że cokolwiek by się działo i z czymkolwiek byśmy się zetknęli, będziesz się zachowywać spokojnie i pozwolisz mi mówić. Uzgodnijmy, że w każdej kłopotliwej sytuacji to ja będę składał wyjaśnienia. Ty jesteś tym wszystkim za bardzo poruszona, a jakiekolwiek wariactwo może nas drogo kosztować. Zgoda?

Victoria ograniczyła się do posłusznego skinienia głową. W pewnym sensie bawiła ją ta paternalistyczna postawa, którą jej towarzysz podróży przyjął w chwili, gdy wsiedli do samolotu. Śmieszyło ją też, że ten sam człowiek, który stanął przed konsulem generalnym w Meksyku w wyniku sporu z agentami sił federalnych w sprawie przekroczenia granicy, ten sam, który stawił czoła wodzowi indiańskiego plemienia gdzieś w środku dżungli, broniąc swego prawa do jazdy samochodem po szosie, która wydawała mu się właściwa, choćby i prowadziła przez tereny rezerwatu należące do rdzennej ludności – że ten właśnie człowiek prosi ją o opanowanie i powściągliwość. Oczywiście nie zamierzała się z nim spierać, pamiętając, ile wysiłku kosztowało ją przekonanie go, że będzie dla niej najlepszym towarzyszem podróży.

29 listopada, po z górą siedmiu godzinach lotu, dotarli do Nowego Jorku. Kiedy spoglądali przez okna taksówki wiozącej ich do wskazanego hotelu, żadne z nich nie mogło nie zauważyć bogatych i ekscentrycznych dekoracji bożonarodzeniowych, którymi miasto witało przyjezdnych. Komercyjna wersja ducha świętego Mikołaja triumfowała, nie napotykając żadnego oporu. Lśniące i tonące w światłach witryny sklepów, pełne najróżniejszego rodzaju towarów i ozdób gwiazdkowych w barwach złotych, czerwonych i zielonych; ulice zapełnione przechodniami, przewalające się tłumy, ludzie przemieszczający się możliwie szybko ze względu na lodowate zimno, które jak zawsze o tej porze roku opanowało miasto, niosący torby i paczki owinięte w papiery o krzykliwych kolorach; setki świętych Mikołajów, wśród których jednym przypadły lepsze, innym gorsze miejsca, wszyscy porozmieszczani strategicznie na placach, w parkach, sklepach, kawiarniach i na ulicach, euforycznie dzwoniący złotymi dzwoneczkami po to, by przykuć uwagę przechodzących osób, a szczególnie najmłodszych. W zamian za wsparcie finansowe ze strony rodziców dzieci dostawały od Mikołajów coś słodkiego albo małą zabawkę. Te prezenty dokonywały cudu, wprawiając obdarowanych w dobry humor i zadowolenie.

Victoria nie mogła nic poradzić na to, że jej myśli zaczęły podążać własnymi ścieżkami, a umysł podsunął obraz siostrzenicy, której obiecała, że *mami* wróci, żeby spędzić z nią Boże Narodzenie. A wtedy, jak co roku, miałyby okazję piec wspólnie przepyszne owsiane ciasteczka z wiórkami czekoladowymi – tak przez wszystkich lubiane, szczególnie w okresie Gwiazdki. Ubierałyby też razem choinkę, zawieszając na niej słodycze, bombki i lalki, pisałyby listy do Trzech Króli[12] i wysyłałyby świąteczne kartki do przyjaciółek. „Mam nadzieję, że nie złamię obietnicy. To byłby straszny cios dla małej. Już od tak dawna nie widziała się z matką!" – myślała, podczas gdy jej wzrok wciąż gubił się pośród imponujących dekoracji świątecznych.

Victoria i José Antonio po przybyciu do Nowego Jorku wpatrywali się w ten ogromny spektakl światła i koloru, przepełniony sztucznym szczęściem, którego żadne z nich nie potrafiło odnaleźć w swoim wnętrzu. W głębi duszy odczuwali tylko niepewność i strach przed tym, co mogło ich spotkać w ciągu najbliższych dni, gdy udadzą się do nowojorskiego więzienia Rikers Island, żeby odwiedzić Maríę José. Kiedy Victoria poznała nazwę więzienia, w którym przetrzymywana była jej siostra, natychmiast wpisała ją w wyszukiwarkę internetową, żeby choć trochę przybliżyć sobie wygląd owego miejsca. Pierwszy wpis, który pojawił się na ekranie, zgasił w niej wszelką ochotę na dalsze zgłębianie tematu. „Jedno z dziesięciu najgorszych miejsc świata". Wyłączyła komputer. Nie była gotowa, żeby dowiadywać się czegokolwiek więcej. I wiedziała, że jeszcze przez długi czas nie będzie.

Pierwszego wieczoru postanowili odpocząć i odłożyć na kolejne dni rozpoczęcie starań, które chcieli podjąć w konsulacie, a także oczekiwane spotkanie z Sarą i Ángelem. Chcieli

[12] W Hiszpanii dzieci tradycyjnie dostają prezenty 6 stycznia od Trzech Króli, a nie od Świętego Mikołaja w Boże Narodzenie.

odzyskać od nich pewne rzeczy osobiste, o które siostra prosiła Victorię podczas rozmowy telefonicznej, między innymi jej komputer. Planowali też odbyć spotkanie z adwokatem Marii José – im wcześniej, tym lepiej. Wiedzieli przecież, jak mało mają czasu, żeby przedstawić w sądzie niezbędną dokumentację, o ile chcieliby zachować prawo do złożenia apelacji, która mogłaby umożliwić wypuszczenie zatrzymanej na wolność.

José Antonio zaproponował, że dobrze byłoby zjeść kolację w którejś z restauracji w pobliżu hotelu. Chciał, żeby Victoria trochę się zrelaksowała, wyczuwał bowiem, że jest ogromnie spięta. Poza tym chciał poznać okolicę przed 3 grudnia, kiedy to wcześnie rano mieli udać się do więzienia.

– Nie jestem pewien, czy cokolwiek wiesz o miejscu, w którym uwięziona jest twoja siostra – powiedział, skupiając się jednocześnie na tym, żeby nałożyć sobie jak najwięcej majonezu na kanapkę. Ten gest miał na celu zmniejszyć nieco dramatyzm informacji, które za chwilę zamierzał przekazać Victorii. – Mówią, że to największe więzienie świata, no, przynajmniej w Stanach Zjednoczonych. Wiesz, że tutaj mają skłonność do przesady w każdej sprawie. Podobno historia tego więzienia godna jest zrealizowania filmu. Wielu ludzi twierdzi, że po 21 marca 1963 roku, kiedy zamknięto Alcatraz, i po dwudziestu dziewięciu latach funkcjonowania jego własnej legendy, właśnie więzienie Rikers Island stało się prawowitym spadkobiercą tamtej twierdzy, bo też nie ma sposobu, żeby z niego uciec. Podobnie jak tamto, jest otoczone przez wodę. Ale tak naprawdę nie do końca można je porównywać, ponieważ w Alcatraz przetrzymywali jednocześnie tysiąc pięćset osób, a w Rikers Island liczba osadzonych sięga już dwudziestu tysięcy i stale rośnie. Bez przerwy zamyka się nowych ludzi, głównie Latynosów i czarnych. Dziwne, że więzieniu Rikers także nadano nazwę Skała, tę samą, którą w swoim czasie władze San Francisco ochrzciły Alcatraz. Popatrz – ciągnął José Antonio, wskazując zarys wyspy na mapie. – Ogromna rafa otoczona przez morze. Bardzo trudny i ograniczony dostęp, niełatwo stamtąd wrócić, no i oczywiście – ucieczka wykluczona. Możliwe zresztą, że już widziałaś to miejsce, chociaż o tym nie wiesz, bo było pokazywane w niezliczonych filmach, serialach, grach komputerowych, opisywano je w książkach. Pamiętasz taki film Briana de Palmy *Życie Carlita*? Al Pacino grał handlarza narkotyków, który wychodzi z więzienia po pięciu latach. Dopada go jego adwokat, Sean Pean, który jest narkomanem powiązanym ze światem przestępczym. Al Pacino chciałby zmienić swoje życie, ale ma trudności, bo zaraz po wyjściu z więzienia… – Kiedy José Antonio zorientował się, że jego nagły entuzjazm dla dziesiątej muzy nie bardzo pasuje do pełnej obojętności miny Victorii, która najwyraźniej nie była szczególnie zainteresowana rozmową o filmach, postanowił zmienić temat. – A zresztą wszystko jedno. Zapomnij o tym. Chciałem tylko powiedzieć, że tamto więzienie to było właśnie Rikers Island, w którym teraz przebywa twoja siostra. Tamta historia z filmu była dość brutalna. I można było zobaczyć, że jedyny sposób, żeby się dostać na wyspę, to przypłynąć na pokładzie ogromnej barki. Ale kilka lat temu zbudowali most, nazywa się Rikers Island Bridge, który łączy wyspę z dzielnicą Queens. – José Antonio wyciągnął panoramiczny plan odpowiedniej części Nowego Jorku. – Widzisz? To wszystko to Rikers Island, na południe od Bronxu, o, tutaj, i na północ od Queens. To z kolei tutaj. A tu masz ten ogromny most, którym można się dostać na wyspę. Tam jest dziesięć różnych zakładów karnych, a ponieważ liczba więźniów ciągle rośnie, musieli nawet dołożyć nowy moduł w postaci wielkiej barki, żeby tam umieszczać osadzonych. Ale i to nie wystarczyło, więc od paru lat budują następny moduł. Nie wiem, czy mnie rozumiesz: to jest miasteczko składające się z więzień, mające nawet własne placówki: szkoły, kliniki, sale gimnastyczne, świątynie, restauracje, biblioteki, pralnie. Mówią, że jego powierzchnia jest równa połowie Central Parku i że kosztuje ono podatników ponad osiemset sześćdziesiąt milionów dolarów rocznie. Takie są aktualne dane, bo kiedy stan Nowy Jork kupił ten teren od pewnego Holendra za sto osiemdziesiąt tysięcy dolarów, miał znacznie mniejszą powierzchnię, tylko dziewięćdziesiąt hektarów. A teraz przekracza czterysta, wszystko przez te wysypiska śmieci, które... – José poczuł, że rozważania historyczne należy jednak zostawić na inną okazję i porozmawiać o kwestiach praktycznych. – Pomyślałem, że najlepiej by było, gdyby mój przyjaciel, fotograf z agencji Efe, dowiózł nas samochodem w pobliże wyspy, wtedy będziemy spokojniejsi... Kiedy tam już dotrzemy, możemy wsiąść w jeden z autobusów i dojechać do więzienia, w którym przebywa twoja siostra – powiedział, zamykając jednocześnie plan tej części miasta.

José Antonio nie zrelacjonował swej rozmówczyni długiej historii tortur i ciągłych pogwałceń praw człowieka, która zrosła się z legendą więzienia. Wolał nie dzielić się z towarzyszką wieczornej biesiady niezliczonymi anegdotami i opowiadaniami, które dotyczyły trwających wiele lat i ciągnących się jeszcze do połowy lat osiemdziesiątych przypadków bestialskich pobić więźniów Rikers Island przez pilnujących ich strażników. Wynikiem tej brutalności były różnego typu uszkodzenia ciała, połamane kości, przebite bębenki, głębokie rany głowy, włącznie z wybitymi gałkami ocznymi i kompletną utratą wzroku. W 1974 roku sytuacja doszła już do takiej skrajności, że jeden z sędziów, Morris Lasker, uznał, że w ośrodku penitencjarnym Rikers Island łamane są prawa więźniów, i nakazał położenie kresu nieludzkiemu zachowaniu strażników, opartemu na bezwzględnym okrucieństwie i brutalności. Zarówno decyzja sędziego, jak i późniejsze doniesienie piętnastu więźniów, którzy – wykazując niezwykłą odwagę – postanowili opowiedzieć swym adwokatom ze wszystkimi szczegółami o okrutnych i krwawych nadużyciach popełnianych przez strażników, skłoniły władze penitencjarne do działania. Pod naciskiem sądów wprowadzono w życie program reform, które miały zaradzić tej pożałowania godnej sytuacji. Od tej pory osoby odpowiedzialne za więzienie musiały zagwarantować, że wobec osadzonych nie będzie stosowana przemoc. Wielu jednak lekceważyło ten warunek, efekty swoich działań próbując wytłumaczyć słabym stanem fizycznym więźniów lub tajemniczym wzrostem liczby podejrzanych samobójstw w celach. Rozmaite opowieści, statystyki, donosy, wyroki sądowe i okrutna przeszłość sprawiły, że ta niewielka wyspa funkcjonowała jak całkiem odrębny świat. Dlatego José Antonio postanowił ukryć przed Victorią część informacji. A i tak nie udało mu się rozproszyć obaw coraz bardziej przejętej towarzyszki podróży.

– Jestem przerażona – powiedziała po tym, jak przez kilka chwil milczała, przyglądając się uważnie przyjacielowi, który akurat postanowił ponownie wgryźć się w zamówioną kanapkę. – Umieram ze strachu. Nie możesz sobie tego nawet wyobrazić. Do tej pory nie mogłam uwierzyć, że moja siostra mogłaby się znaleźć w tak straszliwym miejscu. Jak ja mogę siedzieć tutaj, czekając na wejście do więzienia pełnego przestępców? Przecież my wszyscy, ona, ty i ja, powinniśmy być teraz w Walencji! To wszystko jest tak absurdalne, że nie mogę zrozumieć, jakim cudem jeszcze nie rozpadłam się na kawałki.

– Uspokój się. Wszystko się jakoś ułoży. – José złapał ją za rękę i przytrzymał do chwili, kiedy postanowił wstać od stołu. Szukając czegoś w kieszeni, powiedział: – Płacę i idziemy.

Dobrze nam zrobi spacer. Jest tak zimno, że na pewno wymrozi nam wszystkie ponure myśli.

Część następnego dnia poświęcili na próby zlokalizowania adwokata, który zajmował się sprawą siostry Victorii, oraz dostania się do konsula hiszpańskiego. To ostatnie zadanie wydawało się niewykonalne. Na dodatek w tym tygodniu był to ostatni dzień pracy, a Victoria aż nadto dobrze wiedziała z własnego doświadczenia, że w piątkowe południe budynek konsulatu jest właściwie pusty. Nie zdołali spotkać się ani z radcą prawnym, ani z konsulem, a zabiegi osób służących jako posłańcy, mających dostarczyć wiadomości do jednego lub drugiego, były nieskuteczne, choć przez cały czas wszystko przebiegało w życzliwej atmosferze – także po podjęciu działań na nowo, w poniedziałek 4 grudnia. Ten dzień przypadał nazajutrz po ich wizycie w więzieniu. Siedzieli oboje przybici, ale zdawali sobie sprawę, że nie mogą sobie pozwolić na luksus kompletnego załamania. Tego samego dnia, późnym popołudniem, odebrali telefon od autorów jednego z programów niezależnej telewizji walencjańskiej, interesujących się sprawą Marii José. Na początku rozmowę prowadziła Victoria, ale po pewnym czasie opuściły ją siły i zdecydowała, że José Antonio stanie się tymczasowym rzecznikiem rodziny. Tenże skorzystał okazji, żeby upublicznić faks, który otrzymali właśnie z Ministerstwa Spraw Zagranicznych, informujący, że sprawa pozostaje w rękach konsulatu i samo ministerstwo nie może nic więcej zrobić. Na nic się zdało zwracanie uwagi na brak gwarancji procesowych i na błędy popełnione przez sąd w sprawie Marii José. Rozmówcy z ministerstwa zajęli już przecież stanowisko.

Poprzedni dzień, 3 grudnia, zaczął się od zimnego poranka, jak zresztą można było się spodziewać. Przejazd przez niewyobrażalnie długi most z Queens do Rikers Island trwał wieczność i był niezwykle nużący. Żadne z nich dwojga nie czyniło szczególnych wysiłków, żeby skracać ten czas rozmową czy wymieniać komentarze. Woleli patrzeć przez okna samochodu znajomego fotografa, który również dostosował się do panującego w aucie milczenia.

Nie było nic do oglądania, poza szeroką i monotonną przestrzenią wody ciągnącą się po horyzont i niedającą szansy, by dostrzec choćby najmniejszy skrawek lądu. Wzmacniało to jeszcze poczucie niepewności i bezbronności, które musiało zawładnąć w tym miejscu każdym, i to jeszcze przed przybyciem na wyspę. Obserwowali ogromne głazy, które okalały wyspę i które furia Oceanu Atlantyckiego malowała na biało. Atlantyk bawił się, wysyłając fale, by z większą czy mniejszą gwałtownością biły w wielkie masy skalne. Victoria była zaskoczona, że może istnieć tyle odcieni szarości i czerni. Nie mogła zrozumieć, jak kolor tak smutny, przygaszony i pozbawiony radości może być tak zróżnicowany. Widok, który niewątpliwie był dopiero zapowiedzią tego, co szykował los, wręcz dusił ją fizycznie, do tego stopnia, że musiała uchylić okno w samochodzie. Ale zaraz je zamknęła. Myślała, że świeże powietrze, choć lodowate, pomoże jej wyjść z transu, w który wpadała, ale nieprzyjemny zapach, który przeniknął do środka i wypełnił wnętrze auta, kazał jej natychmiast wcisnąć przycisk podnoszący szybę i zlikwidować niewielką szparę między szkłem a ramą okna. Nie podobało jej się to miejsce. Zamknęła oczy i pomyślała, że jest kilka tysięcy kilometrów stąd, z siostrą, siostrzenicą, rodzicami, i cieszy się normalnym życiem. Przeżywała tęsknotę tak intensywnie, że nie usłyszała nawet pytania przyjaciela, czy wszystko w porządku.

Kiedy samochód fotografa dotarł na wyspę, wszyscy wysiedli z auta. Victoria w duchu zmuszona była przyznać, że jej wcześniejsze, nieprzyjemne wrażenie było trafne: dotarła do miejsca, które można było opisać rozmaitymi przymiotnikami, ale na pewno nie słowem „przyjemne". Pogoda też nie dopisywała. Od chwili, kiedy zdecydowała się wstać o świcie z łóżka, po niemal całkowicie bezsennej nocy, niebo przez cały czas robiło wszystko, żeby nie tchnąć w nią ani odrobiny optymizmu, mogącego wesprzeć ją w dniu ponownego spotkania z siostrą.

José Antonio nalegał, żeby zrobili sobie zdjęcie, nie jako pamiątkę z podróży – którą i tak na pewno zachowają w pamięci bez żadnych fotografii – ale po to, żeby znajomy fotograf miał czym zilustrować swą kolejną publikację. Od początku wiedzieli, że ich towarzysz – być może za sprawą wpływów swojego ojca – był ważnym i przedsiębiorczym dziennikarzem, twórcą jednej z najbardziej wpływowych hiszpańskich agencji prasowych. Wystarczyło poinformować go o tragedii Marii José, żeby sprawa przedostała się do opinii publicznej. Victoria postanowiła więc pozować do zdjęcia, trzymając skierowaną w stronę obiektywu pierwszą stronę lokalnego hiszpańskojęzycznego dziennika, w którym już wcześniej pojawiły się echa koszmaru przeżywanego przez walencjańską prawniczkę. Czuła się dziwnie. Była zdenerwowana, bardzo smutna i przygnębiona przez okoliczności oraz motywy swej podróży. Miała wrażenie, że całe zimno tego dnia postanowiło ulokować się w jej żołądku. Być może z tego powodu, a być może przez mdlący zapach, który wciąż czuła, miała ochotę zwymiotować. Nic jednak nie mówiła, w nadziei, że jej przejdzie.

– Teraz musimy zaczekać, aż przyjedzie nasz autobus. Zawiezie nas do więzienia, w którym przebywa twoja siostra – wyjaśnił José Antonio, kiedy żegnali się z fotografem, który obiecał, że zaczeka na nich aż do końca odwiedzin i odwiezie z powrotem do hotelu.

– Czy wszystkie jadą do więzienia? – spytała Victoria, widząc mnóstwo białych autobusów z wielkim czerwonym pasem i oznaczonych różnymi numerami wymalowanymi na czarno.

– Nie. Każdy z nich jedzie do innego z zakładów penitencjarnych: dla mężczyzn, dla kobiet, do ośrodka poprawczego dla młodocianych... Znajomy już mnie ostrzegał, że musimy na to uważać. Trzeba się upewnić w autobusie, czy jedzie do zakładu, w którym jest twoja siostra.

Kiedy już siedzieli we właściwym autobusie, oboje poczuli się, jakby zostali wręcz uwięzieni w jego wnętrzu. Początkowo nie dostrzegali żadnych szczegółów, które by ich odróżniały od reszty pasażerów i które sprawiały, że byli w centrum uwagi, przyciągając spojrzenia wszystkich wokół. Dopiero po chwili José Antonio (jak zwykle) zdał sobie z tego sprawę.

– Na wypadek, gdybyś tego nie zauważyła, co jest możliwe, choć mało prawdopodobne – powiedział – chcę cię poinformować, że wszyscy nam się przyglądają, bo jesteśmy jedynymi białymi w tym autobusie. Prawie cała populacja osadzonych to kolorowi albo Latynosi. Oczywiście ich krewni i przyjaciele, którzy przychodzą w odwiedziny, też. A my trochę robimy z siebie idiotów, rozumiesz? Więc siedź spokojniusieńko, cichuteńko, nie przyglądaj się nikomu, wyglądaj przez okno. Nikt nie będzie miał powodu, żeby źle zinterpretować jakieś spojrzenie albo uznać któryś gest za pretekst czy prowokację.

Victoria posłuchała. Nie tylko dlatego, że mu to obiecywała aż do znudzenia w samolocie, kiedy lecieli do Stanów Zjednoczonych, ale dlatego, że rzeczywiście była zastraszona. Czuła, że szyja jej kompletnie zesztywniała i nie reaguje na żadne polecenia mózgu, który chciał ją skłonić do innych działań niż tylko oglądanie świata przez okno. Mogła przez nie patrzeć na rozmaite okazałe budynki położone wzdłuż ponurej trasy przejazdu autobusu. Budowle te przyjmowały postać ogromnych brył szarego cementu z koronami z drutu kolczastego, czasem w formie wielkich kłębów tego drutu, które obwieszczały swoje złowrogie intencje, demonstrując w najwyższych partiach wielkie, ostre kolce. Wzrok Victorii przyciągały rozmaite znaki i obwieszczenia, których wszędzie było pełno. Jedne wielkimi literami ostrzegały, że obowiązuje ścisły zakaz zatrzymywania pojazdów, a jeszcze bardziej rygorystyczny – zabierania jakichkolwiek osób, które prosiłyby o podwiezienie. Inne, mniejsze, informowały o różnych zasadach zachowania obowiązujących osoby, które przybywają w odwiedziny do osadzonych krewnych lub przyjaciół. Nie wolno wnosić wideokamer, telefonów komórkowych, aparatów fotograficznych ani ostrych przedmiotów. Były też inne znaki, informujące odwiedzających, gdzie się znajdują i jakie są godziny wizyt u więźniów. Victoria czytała to wszystko dokładnie, choć treść znaków znała już właściwie na pamięć.

Kilkakrotnie zauważyła, że autobus zwalnia, a w końcu się zatrzymuje. Choć wciąż nie odwracała głowy, nawet po to, żeby zobaczyć, jakie są powody tych postojów, wiedziała od José Antonia, że chodzi o kontrole bezpieczeństwa. Za którymś razem mogła to stwierdzić sama: kiedy autobus znowu ruszył, zobaczyła, że przejeżdża koło żółtej budki zajmowanej przez umundurowanego mężczyznę stojącego w wyzywającej pozie. Obok niej dostrzegła solidny szlaban w tym samym żółtym kolorze, uprzednio podniesiony, żeby umożliwić przejazd autobusu. Victorię dziwiło wyeksponowanie amerykańskich flag narodowych z pasami i gwiazdami, powiewających dumnie i godnie na każdym kroku zarówno przy drodze, jak i – oczywiście – na szczycie wszystkich budynków. „Nie rozumiem, jak mogą być dumni z takiego miejsca, w którym są tylko więzienia, więźniowie, policjanci, drut kolczasty, zakazy, wszelkiego rodzaju odstraszające znaki…" – myślała Victoria, choć ani przez moment nie przeszło jej przez głowę, żeby sformułować tę refleksję na głos i podzielić się nią z przyjacielem.

Nie mogąc zdobyć się w tej sytuacji na jakikolwiek optymizm, pomyślała, że ta sama panorama, którą ogląda teraz z wymuszoną uwagą, musiała roztaczać się przed oczyma jej siostry, którą wieziono tą samą drogą kilka dni wcześniej. Ale była przekonana, że María José – inaczej niż ona – nie czuła przy tym niepewności paraliżującej wszystkie zmysły, tylko była wściekła, spięta i upokorzona faktem, że wiozą ją do więzienia o zaostrzonym rygorze, tak jakby była przestępcą, a nie ofiarą bezwstydnej farsy.

Kiedy autobus stanął i kierowca wyłączył silnik, Victoria poczuła, że José Antonio chwyta ją za ramię, dając tym samym znak, że dotarli na miejsce. Ledwie odważyła się spojrzeć na wznoszący się przed nią budynek, w murach którego zamknięta była jej siostra. Wysiedli z autobusu na samym końcu, nie pytając nawet kierowcy o godzinę ostatniego kursu powrotnego, bo Victoria miała wcześniej dość czasu, żeby nauczyć się rozkładu jazdy na pamięć. Jej uwagę zwróciła intensywna i nieprzyjemna wilgotność panująca w tym miejscu, która przenikała ją aż do kości i sprawiała, że przez cały czas wizyty czuła się, jakby miała gorączkę. Nie potrafiła powiedzieć, czy to sprawa nocnej rosy pochodzącej od otaczającego ich, przytłaczającego wszystko morza, czy może przejmującego zimna, całkiem zrozumiałego, zważywszy na to, że był przecież 3 grudnia. Winne mogły też być towarzyszące jej od wczesnego rana dreszcze, które przenikały jej ciało od momentu, gdy wyszła z hotelu.

Po chwili dotarli do budynku, w którym przeszli przez rozmaite kontrole – były konieczne przed otrzymaniem pozwolenia na widzenie z więźniem. Towarzysz podróży poradził Victorii poprzedniego wieczoru, żeby ubrała się na tę okazję w sposób prosty i wybrała rzeczy niemające zbyt wielu kieszeni, rozcięć ani przesadnych ozdób. Tak też zrobiła. Jedynym wyjątkiem były spodnie, wyposażone z tyłu w dwie obowiązkowe kieszenie.

– Trzymaj ręce w kieszeniach, dopóki nie zacznie cię przeszukiwać policjant – powiedział José Antonio energicznym tonem.

– Dlaczego? – spytała Victoria, zastanawiając się z lękiem, co odpowie jej towarzysz.

– Bo w ten sposób unikniesz sytuacji, w której ktoś ci tam wsunie coś, co mogłoby nam skomplikować te odwiedziny i życie w ogóle. – Widząc, że jego przyjaciółka nie rozumie, dodał: – Na przykład narkotyki. Chodzi o to, żeby nikt ci nie włożył nic do tylnych kieszeni. Bo jak byś to wytłumaczyła tym miłym panom w mundurach? Nie widzisz, że mają psy? Nie sądzisz chyba, że czekają, aż je pogłaszczemy? Te zwierzątka są w stanie wywęszyć nawet to, czego nie ma.

Victorii wydawało się, że umiera. Modliła się, żeby rady jej zawsze dobrze poinformowanego towarzysza były motywowane wyłącznie skłonnością do nadopiekuńczości albo nadmierną ilością obejrzanych filmów akcji, ale niestety mogła stwierdzić, że José Antonio nie przesadza ani na jotę. Skrupulatne kontrole, którym trzeba było się poddać, żeby dostać się do więzienia, trwały ponad trzy i pół godziny, a funkcjonariusze przy tych poszukiwaniach ani trochę się nie oszczędzali. Victoria i José Antonio musieli przejść aż przez pięć kontroli. Przy niektórych z nich były psy, przez co to doświadczenie stawało się jeszcze bardziej upokarzające i irytujące. Kilka razy Victoria była już na krawędzi histerii. Zdołała się opanować, ale inni nie mieli w sobie tyle samokontroli i dawali się ponieść nerwom. Rozbawiło to policjantów, którzy w złośliwy i grubiański sposób wskazali im drogę do toalety. Tam zaś kazano nieszczęśnikom rozebrać się niemal do naga i sprawdzano, czy niczego przy sobie nie mają, choćby to był zwykły długopis albo świstek papieru – nawet takich rzeczy nie pozwalano wnieść do środka. Victoria miała więcej szczęścia, ale kobiecie, która stała w kolejce przed nią, kazano zdjąć stanik, ponieważ podczas przeszukania policjant wyczuł podtrzymujące biust usztywnienia i nakazał sprawdzenie, czy nie chodzi o niebezpieczne materiały lub narkotyki. Samej Victorii kazano zdejmować skarpetki, które miała na sobie. Po trzeciej kontroli postanowiła je zostawić w pojemniku z niepotrzebnymi rzeczami. Mogła się przekonać, z jakim zapałem strażnicy próbują znaleźć cokolwiek, kiedy skontrolowano wnętrze jej jamy ustnej, uszu oraz okolice oczu. Nie mogła uwierzyć w to, przez co przechodzi, i nie mogła zrozumieć, dlaczego odwiedzający zostają poddani tak bezwzględnym rewizjom, w jej przekonaniu nieadekwatnym do rzeczywistego zagrożenia. Ale bezsilność i obezwładniający strach, które towarzyszyły jej od chwili, kiedy wsiadła do autobusu, sprawiły, że przez cały czas milczała. Choć żądania policjantów wydawały się im obojgu obraźliwe i grubiańskie, żadne nie protestowało, ponieważ wiedzieli, że znajdują się na terytorium wrogo nastawionego plemienia Komanczów. Żarty mogły tu drogo kosztować. Niższość wszystkich istot, które nie miały na sobie munduru, była oczywista. Choćby nie wiadomo jak głośno krzyczeli mężczyźni w mundurach, każąc im się pospieszyć przy zdejmowaniu bluzy, spodni czy butów, mogli jedynie milczeć i stosować się do poleceń.

Niekończące się, męczące rewizje, przeszukania i kontrole ciągnęły się przez trzy i pół godziny. W końcu zaprowadzono ich do sali, w której kazano im czekać przez kilka minut. Pocieszyła ich myśl, że znajdują się w otwartym pokoiku, w którym żadna szyba nie będzie przeszkadzać w bezpośrednim kontakcie z siostrą Victorii, w uściskaniu się i wzajemnym dotyku. Nie było to bynajmniej miejsce przyjemne i przytulne, a nikt z pracowników nie wydawał się zainteresowany tym, żeby mu taki charakter nadać. „Jeśli już tutaj tak to wygląda, wolę sobie nie wyobrażać, jak jest w celach" – Victoria nie potrafiła przestać myśleć, jakim cierpieniem musi być dla Maríi José przebywanie w takim miejscu.

Po pewnym czasie dzwonek sprzężony z zamkiem drzwi pozwolił się zorientować, że ktoś za chwilę wejdzie do pomieszczenia. Wydawało się, że czas zwolnił, a w pokoiku zabrakło powietrza, którym Victoria i José Antonio mogliby oddychać: oboje jednocześnie wstrzymali oddech, czekając, kto pojawi się w progu. Kiedy Victoria zobaczyła Maríę José w prostym, szarym uniformie, który wydawał się zbyt obszerny i długi, poczuła, że krew zamarza w jej żyłach. W tym zbyt dużym ubraniu jej siostra wyglądała śmiesznie i trochę fantasmagorycznie, co podkreślało jeszcze jej bladość, która wskazywała – jak można było się domyślać – problemy ze zdrowiem. Wyglądała naprawdę źle, miała lekko spuchniętą twarz, a wokół oczu duże koła kasztanowego koloru. Była nieuczesana. Szła z trudem i widać było, że ledwie powstrzymuje łzy. Kiedy siostry stanęły twarzą w twarz, zabrakło im słów. Rzuciły się na siebie, próbując desperacko przytulić się do siebie całymi ciałami, nie pomijając nawet jednego centymetra. Płakały, całowały się, jęczały, ocierały sobie wzajemnie łzy, znów się całowały, głaskały po twarzach, targały jedna drugiej włosy, dotykały się nerwowymi ruchami, przyciskały do siebie z taką siłą, że José Antonio poczuł się zaniepokojony. Rozumiał, że w tak intymnym momencie obecność świadków jest rzeczą bolesną i okrutną, ale nie mógł nic na to poradzić. Skierował tylko dyskretnie wzrok na podłogę – to było maksimum prywatności, jakie mógł dać obu kobietom. Nie mógł zniknąć, ale też było mu trudno pozostać na uboczu tej sceny, pełnej miłości i wzajemnego siostrzanego wsparcia.

– Coś ci zrobili? Powiedz mi, proszę, coś ci zrobili? – to były jedyne słowa, które Victoria potrafiła wypowiedzieć głośno do siostry.

Wydawało się, że płaczu Marii José nie da się ukoić, a jej rozpacz była przerażająca. Wydawała się zastraszona, wszystko napawało ją lękiem, nawet to, co mogło się wydarzyć w pomieszczeniu, w którym się znajdowali. Rozglądała się ciągle dokoła, jakby miała pewność, że ktoś ją śledzi i jest tylko kwestią czasu, żeby ją czymś zaskoczył, czyniąc z jej pobytu w więzieniu jeszcze gorszą torturę.

– Coś ci zrobili? Na Boga świętego, powiedz mi – powtarzała Victoria, widząc, w jak opłakanym stanie jest María José, nie mogąc przestać łkać i opanować czkawki. – Odpowiedz, proszę cię.

– Próbowali, ale nie dali mi rady. Popatrz – María José zwróciła się do Victorii, pokazując, że jeden z paznokci jest złamany niemal u podstawy, podczas gdy inne były długie i wyglądały na zadbane. – Bronię się paznokciami i zębami. Nie dają mi rady. Pierwszego dnia usiłowały mnie dopaść, ale jestem silniejsza niż one wszystkie razem. Wiesz o tym, prawda? Nie dają mi rady. Umieram, zabijając innych.

– María José, na Boga, powiedz mi, czy coś ci zrobili? – powtarzała niepocieszona Victoria.

– Nie, nie. Nic ważnego. Tu wewnątrz trzeba się bronić i od samego początku wszyscy muszą wiedzieć, że trzeba cię szanować. Widzisz moją rękę? – spytała, pokazując otwartą, prawą dłoń. – Była pełna włosów jednej, która próbowała mnie zastraszyć. Od chwili, kiedy tu weszłam, zauważyłam, że miała na mnie ochotę. Chciała się do mnie dobrać. Obserwowała mnie przez cały dzień i doprowadziła do sytuacji, w której zostałam sama. Chciała podejść blisko i zagonić mnie do rogu. Parę razy jej się udawało, ale ja zawsze zdołałam się wymknąć. Wolę nie myśleć, jakie miała zamiary, ale chyba chciała mnie pobić przy wszystkich, żeby urządzić mi takie samo powitanie jak innym nowo przybyłym. Albo chciała mnie zgwałcić nie wiadomo czym, tak jak robią z innymi nieszczęśnicami. Ale w tamtej chwili byłam od niej silniejsza. No cóż, wiesz przecież, że mam charakter. Oczywiście w normalnym świecie może to przeszkadzać, ale tu, w więzieniu, pomaga mi.

– Mój Boże, przecież to barbarzyństwo. Ktoś cię musi chronić. Nie mogą tak z tobą postępować.

Victoria zdawała sobie sprawę, że kiedy słucha opowieści siostry, wpada w coraz większą wściekłość.

– Torba – powiedziała María José ostrym i chłodnym tonem, świadoma, że jej siostra padła ofiarą wielkiej nerwowości. – Musisz wziąć torbę i zanieść wszystko, co w niej jest, do Sary i Ángela. Niech ją dostarczą do sądu. Niech nie tracą czasu i zrobią to jak najszybciej. Sąd musi zbadać moją sprawę i zrozumieć, że nie zrobiłam nic złego. Byłam jedynie posłuszna nakazom wymiaru sprawiedliwości w moim kraju. Muszą mnie stąd wyciągnąć! Proszę, wyciągnijcie mnie stąd, nie zostawiajcie mnie tu, już nie mogę, już nie mogę! – krzyczała, patrząc ponurym wzrokiem. Wydawało się, że oczy ma bardziej wytrzeszczone niż dawniej.

– Dobrze, dobrze. Ale uspokój się. Opowiedz nam wszystko, powoli. Mamy czas. Pozwolili nam być z tobą przez czterdzieści pięć minut. Przyszedł ze mną José Antonio, który chce ci pomóc.

María José schroniła się w ramionach mężczyzny, który z wielką troską próbował tym uściskiem przekazać jej całe swoje wsparcie i siłę ducha, jaką potrafił wykrzesać ze swojej niezbyt wysokiej postaci. Obejmując siostrę Victorii, poczuł, jak bardzo jest wychudzona. Mimowolnie nasuwała się myśl o jej bezbronności i niebezpieczeństwach, na które była narażona.

Po kilku minutach, podczas których górę brały emocje, całej trójce udało się usiąść obok siebie. Przez całą rozmowę siostry nie przestawały trzymać się za ręce.

Victoria i José Antonio patrzyli na torbę, o której wspominała María José. Był to rodzaj worka, przypominający czarne torby używane w miastach do wyrzucania śmieci. Walencjańska prawniczka umieściła w niej jakieś papiery, kilka plastikowych pojemników na wodę i coś jeszcze, czego nie byli w stanie rozpoznać, ale najprawdopodobniej również były to zapisane kartki.

– W tych papierach odnotowałam argumenty dla moich obrońców. Tłumaczę tu jasno swój przypadek i kroki, jakie należy podjąć, żeby mnie stąd wydostać. Nie przeszkadza mi, że miałabym sama prowadzić własną obronę. A właściwie to nawet bym tak wolała. Jestem adwokatem i nikt lepiej ode mnie nie rozumie dżungli, do której mnie wpędzono, żeby pozbawić życia mnie i moją córkę. Jestem niewinna. Ktoś bez skrupułów uwziął się na mnie. Ktoś, kto chce, żebym już nigdy nie zobaczyła mojej córeczki, żebym nie widziała, jak rośnie. – Przez chwilę wydawało się, że wybuchnie płaczem, ale wypowiedziane po chwili imię sprawiło, że zmienił się jej ton i wyraz twarzy. – I to wszystko przez przeklętego Petera. To on jest winny. To on, a nie ja, powinien być tutaj, to jego powinna rozliczyć sprawiedliwość, on powinien zostać zamknięty. Wiecie już, co mi zrobił. To morderca, parszywy, okrutny morderca. – Mówiąc przyciszonym głosem, tak jakby się bała, że ją podsłuchują, María José patrzyła jak przez mgłę na swoich rozmówców i na torbę, którą chciała za ich pośrednictwem przekazać. – Nie zapomnijcie torby. Weźcie ją, nie wolno wam wyjść bez niej.

– Te papiery powinien zobaczyć twój adwokat – wtrącił się José Antonio.

– Zmieniłam adwokata. Poprzedniego zwolniłam i złożyłam na niego donos, że zaniedbał sprawę. Pojechał zobaczyć się z dziećmi na Dominikanie w czasie, kiedy powinien być tutaj i zajmować się moją obroną. Na dodatek radził mi, żebym się nie stawiła w sądzie w New Jersey, chociaż wiecie, że moje stanowisko było zdecydowanie inne. Więc ostatecznie zdecydowałam się na adwokata, którego polecili mi Sara i Ángel – jest trochę droższy, nazywa się Allen Lewis. Będzie odpowiedzialny za przedstawienie 8 grudnia wniosku o doprowadzenie mnie do sądu w celu stwierdzenia legalności aresztowania, a także za to, by zapobiec ekstradycji do New Jersey. I wtedy wyjdę na wolność i zapomnę o tym całym koszmarze. Oczywiście chciałabym, żebyście i wy poszli się z nim spotkać i przekazali mu całą dokumentację. To bardzo ważne, żebyście to zrobili. To jest klucz do mojej przyszłości. Parę dni temu rozmawiałam o tym z tatą i już wpłacił mu dwadzieścia tysięcy dolarów, których zażądał za zajęcie się moją obroną.

– Zwolniłaś Tomasa Espinosę? – spytała zdziwiona Victoria, która wciąż nie mogła się przyzwyczaić do tego, że jej siostra jest tak odmieniona i mówi tak szybko. – Nie rozumiem. Przecież jest dobry. Na dodatek tani. Chciał od ciebie tylko pięć tysięcy dolarów. Ma licencję adwokacką na oba stany i może występować w sądach Nowego Jorku i New Jersey.

– Tak, ale go nie chcę. Mówię ci przecież, że kompletnie przestał się interesować moją sprawą. Akurat wtedy, kiedy miał robić wszystko, żeby mnie stąd wyciągnąć, wsiadł do samolotu i poleciał na Karaiby, żeby zobaczyć się z dziećmi. Potem mi tłumaczył, że ich dawno nie widział. Nie podobał mi się. A poza tym nie miałam zaufania do lekarza, którego do mnie przyprowadził, żeby mnie zbadał. Wiem, że to psychiatra i według informacji, które zdobyłam, może być przyjacielem Petera. Boję się, że chce udowodnić, że jestem szalona, żeby mnie rozłączyć z córką i zamknąć. Nie chcę nawet o tym myśleć.

José Antonio miał wrażenie, że zmęczenie oraz okoliczności, w jakich znajdowała się María José – chora, pozbawiona wolności i matczynego prawa do bycia z własną córką – wpłynęły na jej osobowość. Nie ufała całemu światu, była przekonana, że wszyscy sprzysięgli się przeciwko niej, i nie dopuszczała żadnych argumentów, które mogłyby podważać jej opinie.

– Są tam także moje raporty medyczne. I wyroki sądów hiszpańskich. Mówię wam, że wreszcie na coś musi się przydać Konwencja Haska! – María José znów patrzyła nerwowo na czarną torbę, która stała się jej obsesją. Po raz kolejny powtarzała te same słowa. – Musicie dostarczyć całą dokumentację konsulowi i niech on wreszcie wypełni swoje zobowiązanie. Musi to przedstawić tam, gdzie trzeba. No i oczywiście nowemu adwokatowi, żeby dobrze się zapoznał ze wszystkimi szczegółami sprawy. Zrobicie to? Zrobicie to dla mnie?

– Ależ oczywiście, że zrobimy – powiedziała Victoria, próbując ją uspokoić. – Ale powiedz mi, czy dają ci lekarstwa, które powinnaś zażywać?

– Nic mi tu nie dają. Powinnam iść do szpitala, z którego zresztą nigdy nie powinnam była wychodzić. Nie czuję się dobrze, często krwawię, bolą mnie nerki, jestem potwornie zmęczona i mój stan znów się pogorszył.

– A konsul? Przyszedł się z tobą zobaczyć? Zajął się tobą? – pytała Victoria, obawiając się, że odpowiedzią będzie cisza, taka sama, z jaką spotykali się ze strony konsulatu hiszpańskiego w Nowym Jorku od pierwszych chwil, niezależnie od tego, jak bardzo starali się zaangażować go w tę sprawę.

– Rozmawiałam z kimś z jego biura, ale sam konsul nie przyszedł. Zapewniają mnie, że pracuje nad sprawą, że jest o wszystkim informowany. Ale ja muszę mieć pewność, że te dokumenty do niego dotrą i że wy się tym zajmiecie. A jeśli poświęci choćby kilka minut, żeby je obejrzeć, zrozumie, że powinnam być w szpitalu, a nie w więzieniu. To bardzo ważne, żeby był na przesłuchaniu 8 grudnia. Za pięć dni zdecyduje się moja przyszłość. Chcą mnie przewieźć do więzienia w New Jersey, bo właśnie tam Peter i jego obecna partnerka, policjantka, mają więcej kontaktów i mogą mi uprzykrzyć życie. Dlatego to tak bardzo ważne, żeby mnie nie przenieśli i żebym 8 grudnia wyszła stąd i została przewieziona do szpitala, gdzie mogłabym się wyleczyć. – María José zwróciła się w stronę siostry i energicznie złapała ją za obie ręce, jednocześnie uśmiechając się do niej radośnie, w sposób zdecydowanie kontrastujący ze smutkiem, który widniał na jej twarzy. – Ale powiedz mi lepiej, jak się miewa moja córeczka. Podejrzewa, że jej *mami* jest w więzieniu? Pyta o mnie? Odrabia lekcje, uczy się, chodzi dalej do szkoły baletowej, ćwiczy angielski? Nie chciałabym, żeby go zarzuciła. Zależy mi na tym, żeby mówiła po angielsku, kiedy już podrośnie, i żeby potrafiła tu żyć, tak żeby nigdy nie…

Nie zdołała nawet dokończyć zdania. Do sali weszła funkcjonariuszka i zakomunikowała, że czas widzenia dobiegł końca. Odwiedzający powinni natychmiast wychodzić. Spokój, który przez kilka ostatnich minut udzielił się chyba także Marii José, prysnął, kiedy uświadomiła sobie, że za chwilę znów zostanie sama, zamknięta we wrogim i ponurym otoczeniu przypominającym grobowiec.

– Nie, nie, nie! Nie odchodźcie! – Z jej ust znów zaczęły się wydobywać krzyki i szloch. – Nie zostawiajcie mnie tutaj. Zabierzcie mnie ze sobą, proszę, nie odchodźcie. Nie chcę tu zostać. Nie chcę. To niesprawiedliwe! Nic nie zrobiłam. Powiedzcie sami, przecież ja nic nie zrobiłam! Chcę zobaczyć swoją córkę. Proszę was, proszę!

Victoria nie mogła znieść wyrazu twarzy swojej siostry, na której widoczne były teraz oznaki szaleństwa i przerażenia. María José zachowywała się tak, jakby wiedziała, że ma pozostać w zamknięciu przez resztę życia, podczas gdy jej goście właśnie odchodzą. Victoria przytuliła ją z całych sił. Pragnęła pozostać w tej pozycji do końca swoich dni, chciała nawet zamienić się miejscami z siostrą. Poczuła jednak, że czyjeś silne i władcze ramiona rozdzielają je, żeby wepchnąć ją na nowo w zimny labirynt korytarzy, który przeszła trzy kwadranse wcześniej. Żadna z sióstr nie potrafiła się opanować: z ich ust znów zaczęły się wydobywać krzyki i odgłosy płaczu. José Antonio chwycił czarną torbę, o której z takim naciskiem mówiła María José. On też wziął na siebie obowiązek zaprowadzenia Victorii do wyjścia. Szok wywołany widokiem siostry w takim miejscu, w ataku paniki, przerażonej, płaczącej i wykrzykującej prośby, żeby ją stamtąd wyciągnąć, sprawił, że umysł Victorii stracił kontakt z rzeczywistością. Młodsza z sióstr zaczęła się zachowywać tak, jakby była automatem.

José Antonio wziął na siebie zadanie odnalezienia odpowiedniego autobusu i usadzenia w nim Victorii. Czekał, aż jego towarzyszka wyjdzie ze stanu emocjonalnego letargu. Victoria, prawie nie mrugając powiekami, patrzyła, jak więzienie, w którym została jej siostra, staje się coraz mniejsze, ledwie zauważalne, a w polu widzenia stopniowo się pojawia – o ironio! – Statua Wolności. Wznosiła się przed nią niebotyczna i monumentalna, oddalona zaledwie o osiemnaście kilometrów od wyspy, na której wciąż się znajdowali. Victoria nie chciała myśleć o jakichkolwiek okrutnych skojarzeniach i paralelach. Wiedziała, że za tamtymi murami pozostała jej starsza siostra. Nie mogła przypuszczać, że ten właśnie dzień, 3 grudnia, pozostanie w jej pamięci jako ostatni, kiedy mogła ją uściskać.

· 22 ·

María José nie kłamała, zwierzając się siostrze, że silny charakter wyratował ją w tym piekielnym miejscu z wielu niebezpiecznych sytuacji. Ale te słowa w najmniejszym nawet stopniu nie oddawały szczególnego statusu, jaki miała w więzieniu. Kiedy Victoria przyszła do niej w odwiedziny, María José przebywała w zakładzie karnym Rikers od dziesięciu dni, a każda ze spędzonych tam chwil była naznaczona śmiertelnym strachem. Starała się nie wychodzić z celi, ale wyczuwała, że już sama jej obecność prowokuje i podżega do sadystycznych zachowań niektóre współwięźniarki. Ich okrucieństwo było tak niebywałe, że poszukiwały wciąż nowych okazji do zabawy i rozrywki. Najlepiej nadawali się do tego nowi *rikersi* – jak nazywano nowo przybyłych więźniów. Pierwsza noc w zamknięciu na Rikers Island była dla Maríi José doświadczeniem bardziej odrażającym, upokarzającym, smutnym i nieludzkim niż wszystkie, które zdolna była sobie wyobrazić w najgorszych koszmarach. Panująca w więzieniu ciemność dodatkowo sprawiała, że sytuacja, w której znalazła się María José, wydawała się jeszcze bardziej beznadziejna i tylko pogłębiła w niej uczucie wewnętrznej pustki: była tak daleko od swojej córki i nie widziała jej już od ponad czterech miesięcy; z dala od rodziców, rodziny, przyjaciół, własnego życia. Płakała do czasu, kiedy w jej oczach zabrakło już łez, które moczyły przykrywające częściowo jej ciało prześcieradło. Mimo zimna María José podejmowała ogromne wysiłki, żeby jej skóra nie dotykała bezpośrednio szorstkiej tkaniny, która nie dawała specjalnych gwarancji czystości i higieny. Szybko rozwinęło się w niej poczucie absolutnego odrzucenia, którego motywem była niekontrolowana, chorobliwa odraza do wszystkiego, z czym miała kontakt w tym miejscu – czy chodziło o jedzenie, ubranie, grzebień, buty, mydło, kubki, skarpetki, pościel czy nawet o wodę, która miała metaliczny posmak, była zatrważająco brudna i do tego stopnia obrzydliwa, że wywoływała w Maríi José odruch wymiotny, którego czasem nie potrafiła powściągnąć. W pierwszej chwili pocieszał ją fakt, że personel odpowiedzialny za bezpieczeństwo używa podczas kontroli białych rękawiczek z materiału przypominającego lateks, ale później zauważyła, że istnieje wiele sposobów zrewidowania więźnia tak, aby ani jeden centymetr skóry funkcjonariusza nie otarł się o skórę przeszukiwanego. Charakterystyczny dla Maríi José optymizm w tym miejscu nie na wiele się zdawał, dławiony przez rozmaite złe znaki, które nieustannie atakowały jej umysł.

Pierwsza noc, podobnie jak wszystkie następne, pełna była nieprzyjemnych hałasów – nieznanych i przerażających. Te odgłosy do tego stopnia ją wystraszyły, że nie było mowy o jakimkolwiek odpoczynku. Każdy dźwięk, każdy nierozpoznany szmer oznaczał kolejny szok dla jej nerwów, będących w stanie ciągłego napięcia w oczekiwaniu na przeczuwane niebezpieczeństwo. Te dziwaczne i złowieszcze hałasy rozbudzały wyobraźnię, a właściwie jej najciemniejsze i najbardziej przerażające obszary.

Jednym z odgłosów najtrudniejszych do rozszyfrowania był odgłos wydawany przez samoloty lądujące lub startujące z lotniska La Guardia, które znajdowało się stosunkowo blisko Rikers Island. Później dowiedziała się – dzięki informacjom dostarczonym przez jedną z więźniarek – że lotnisko też miało swój udział w wykreowaniu specyficznej mitologii Krainy Ciemności, jak nazywano często Rikers Island. 1 lutego 1957 roku samolot, który miał właśnie wystartować z lotniska La Guardia, uległ spektakularnemu wypadkowi. W wyniku śledztwa ustalono, że do tragedii doszło z powodu słabej widoczności i wręcz opłakanego stanu pasa startowego. Do katastrofy przyczyniły się opady śniegu i niekorzystne warunki meteorologiczne. Zginęło dwadzieścia osób, a osiemdziesiąt jeden przeżyło wypadek dzięki bezinteresownej pomocy pięćdziesięciu więźniów z wyspy oraz grupy funkcjonariuszy więziennych, którzy bez wahania pospieszyli rannym na pomoc. Niektórzy z osadzonych zostali powszechnie uznani za bohaterów i z tego powodu władze więzienne wystąpiły o złagodzenie ich kar.

Ale nie wszystkie historie ukryte w mrokach wyspy kończyły się w sposób pozwalający żywić nadzieję. Pięćdziesiąt trzy lata wcześniej, 15 czerwca 1904 roku, doszło do katastrofy na wodach morza oblewającego wyspę. Na statku pasażerskim „General Slocum", który zabierał turystów na rejsy wzdłuż nowojorskiego wybrzeża, wybuchł pożar. Około tysiąca lub nawet tysiąca czterystu osób, w większości kobiet i dzieci, straciło na statku życie, ponieważ pomoc nie mogła dotrzeć odpowiednio szybko. Zanim doszło do zamachu na wieże World Trade Center 11 września 2001 roku, pożar i późniejsze zatonięcie statku „General Slocum" (który zawdzięczał swą nazwę politykowi z czasów wojny secesyjnej, nowojorskiemu kongresmenowi Henry'emu Warnerowi Slocumowi) było największą katastrofą, jaka wydarzyła się w mieście Nowy Jork. Wypadek ten miał miejsce o świcie. W tamtą czerwcową środę większość wiernych luterańskiego kościoła świętego Marka na Manhattanie, mieszkających w dzielnicy znanej wówczas jako Małe Niemcy, wchodziła właśnie na pokład „Generała Slocuma", żeby wziąć udział w uroczystościach religijnych, tak jak to miało miejsce od szesnastu lat. Dwadzieścia minut po podniesieniu kotwicy, kiedy wszyscy już zmęczyli się pożegnalnym wymachiwaniem kolorowymi chorągiewkami i rękoma w kierunku osób pozdrawiających ich z nabrzeża, statek zaczął płonąć.

W górę wzbiły się słupy czarnego dymu, które zaalarmowały część pasażerów, a nawet pewnego naocznego świadka, który obserwował statek z wybrzeża. Tragedię najprawdopodobniej spowodowało zbyt duże nagromadzenie produktów łatwopalnych i niewłaściwe obchodzenie się z nimi przez jednego z pracowników. Załoga – uznana później wyrokiem sądu za niekompetentną – wolała nie powiadamiać kapitana. Kiedy ten wreszcie się zorientował, co się dzieje na statku, podjął desperacki krok, który okazał się tragicznym w skutkach błędem: kazał zwiększyć prędkość. Decyzja ta dla większości pasażerów oznaczała wyrok śmierci. Ludzie zostali wręcz pochłonięci przez ogień. Bardzo ograniczone środki bezpieczeństwa nie zadziałały, szalupy ratunkowe okazały się niedostępne, wiele z nich zresztą stało się paliwem dla ognia, węże gaśnicze pękały, gdy próbowano zwiększać w nich ciśnienie wody, a kamizelki ratunkowe były wadliwe, o czym przekonywały się matki, próbujące w akcie desperacji ratować przed płomieniami swoje dzieci, wrzucając je w nich do morza. Z przerażeniem patrzyły potem, jak maleńkie ciała znikały pod wodą. Materiał, z którego wykonane były kamizelki, nie tylko nie umożliwiał utrzymania się na powierzchni, ale przyczyniał się do szybszego zatonięcia. Ludzie, którzy ogarnięci paniką obserwowali ten dantejski spektakl z brzegu, zawiadamiali policję i strażaków, ale ci nie mogli zrobić niemal nic dla ludzi podróżujących na pokładzie „Generała Slocuma". W ciągu najbliższych minut woda wyrzuciła na okoliczne wybrzeża dziesiątki martwych ciał. Niektóre dotarły też do Rikers Island. Sam statek został wyrzucony na brzeg wyspy North Brother, w pobliżu szpitala, którego personel oraz część chorych zajęli się ratowaniem osób, które przeżyły katastrofę.

Kapitan Van Shaich został skazany wyrokiem sądu na dziesięć lat więzienia, ale po czterech latach, w wyniku aktu łaski prezydenta Williama Tafta, odzyskał wolność. „New York Times" opublikował tysiące historii o wydarzeniach tamtego feralnego dnia. Jedną z nich była opowieść o dwóch więźniach z Rikers Island – Johnie Mertherze i Danie Caseyu. Razem z lekarzem, który był obok nich w momencie, kiedy doszło do tragedii – niejakim doktorem Nathanem – pomagali, na miarę swoich możliwości, ludziom ocalałym z katastrofy, a także wyławiali ciała raz po raz wyrzucane przez wodę na brzeg.

Tę historię, podobnie jak inne, w których pojawiali się więźniowie z Rikers Island, osadzeni przekazywali sobie z ust do ust. Docierały one także do uszu Marii José. Co ciekawe, ostatnia z osób ocalonych z „Generała Slocuma", Adella Liebenow Wotherspoon, zmarła w wieku stu lat w styczniu 2004 roku, a więc chwilę przedtem, zanim życie Marii José eksplodowało, a jego szczątki poleciały, na łeb na szyję, w przepaść bez dna.

Nie tylko takie historie zadziwiały Marię José w więzieniu. Od chwili, kiedy tam przybyła, była ciągle nękana. Miała okazję przyjrzeć się od środka, jak zarządza się więzieniem. W jego murach – podobnie jak wewnątrz wszystkich zakładów karnych znajdujących się na wyspie – regularnie dochodziło do aktów przemocy dokonywanych przez strażników albo samych więźniów, często zresztą podżeganych przez zarządców. María José dość szybko dowiedziała się o podejrzanych samobójstwach więźniów, którzy wieszali się na kratach celi, oraz o ciągłych skargach na maltretowanie fizyczne i psychiczne więźniów przez niektórych strażników. Jedno z najczęściej komentowanych wydarzeń dotyczyło pewnego strażnika. Oskarżono go, że manipulował rozkładem dyżurów, żeby zatrzeć ślady swojej obecności na zmianach, na których dochodziło do brutalnych akcji przeciwko więźniom, na przykład gwałtów i pobić. Więźniowie odważyli się poinformować o tych atakach swoich adwokatów, którzy zdołali wykazać, że funkcjonariusz fałszował dokumentację dyżurów, żeby uniknąć komisji dyscyplinarnej.

Choć takie przypadki nie zdarzały się często, to czasami słyszało się o funkcjonariuszach, którzy zostali zatrzymani za przyjmowanie pieniędzy w zamian za narkotyki albo za ułatwienie ucieczki któregoś z więźniów. To ostatnie na Rikers Island należało naprawdę do rzadkości. W całej historii wyspy odnotowano niewiele prób ucieczki, a tych, którzy podejmowali takie ryzyko, dość szybko łapano. Jednym z nich był Israel Vargas, który w maju 1998 roku zdołał wymknąć się dwóm strażnikom. Jego przygoda trwała zaledwie dwadzieścia godzin. Za sprawą wzmocnionych środków bezpieczeństwa oraz wyspiarskiego położenia kolonii karnej każda próba opuszczenia zakładu karnego szybko kończyła się niepowodzeniem. Najzabawniejszy przypadek, o którym chętnie opowiadali sobie więźniowie, dotyczył niejakiego Carlosa Zufriatequi, który w czerwcu 2001 roku zdołał uciec z więzienia. Przez cztery dni ponad dwieście osób szukało go bez chwili wytchnienia. Na zbiega została zarzucona potężna sieć – akurat w tym samym czasie, kiedy pewien niczego nieświadomy pływak postanowił przepłynąć część East River w szczytnym celu zebrania pieniędzy dla dzieci z zespołem Downa. Pływak sądził, że mężczyźni, uparcie wymachujący w jego kierunku rękoma, pokazujący mu różne znaki i wykrzykujący w jego stronę niedające się zrozumieć słowa, to grupa jego kibiców, pragnących podnieść go na duchu w obliczu godnego podziwu i bezinteresownego wyzwania, jakie podjął. W rzeczywistości ludzie ci byli jednak przekonani, że mają do czynienia ze zbiegłym więźniem. Kiedy w końcu policja zatrzymała pływaka, wszyscy byli rozczarowani. Po Carlosie Zufriatequim zaginął zaś wszelki ślad.

María José nie była też w stanie – choć bardzo tego chciała – odizolować się od odgłosów uderzeń dobiegających z innych cel, znajdujących się blisko jej celi. Czasami dochodziły stamtąd stłumione okrzyki i jęki bólu. Lokatorki tych cel wychodziły nazajutrz ze zdeformowanymi twarzami, z pękniętymi łukami brwiowymi, czerwonymi nosami, spuchniętymi policzkami, pękniętymi i sinymi wargami, oczyma kompletnie zapuchniętymi w wyniku otrzymanych uderzeń, z resztkami krwi wypływającymi z uszu i nosów. Wiele z nich miało też złamane ramiona lub poruszało się w sposób świadczący o doświadczonej przemocy.

– Uważaj, żeby któryś ze strażników nie wszedł do twojej celi o północy. Mogą się dziać okropne rzeczy. Będziesz miała szczęście, jeśli wyjdziesz z tego żywa. I pamiętaj, że krzyki ci nie pomogą, choćby dlatego, że strażnicy uniemożliwią ci je, i to w sposób, który sobie trudno wyobrazić. Witaj w Gotham City[13], Hiszpaneczko.

María José wiedziała, że niektóre więźniarki lubią straszyć takimi groźbami i historiami, ale zdawała też sobie sprawę, że może być w tym dużo prawdy. Być może dlatego, że same tego doświadczyły i doskonale wiedzą, o czym mówią. Rzeczywiście, różnice między więźniarkami niedawno przybyłymi a weterankami były ogromne. Te ostatnie wydawały się zaprawione w tysiącu bojów i mówiły o ciosach, gwałtach, torturach, karach i zemstach z naturalnością, która wręcz zaskakiwała i od której wywracał się żołądek.

Rozmowy z innymi więźniarkami obracały się wokół różnych tematów, ale i tak zawsze kończyło się na omawianiu miejscowych warunków życia. Partnerzy wielu z tych kobiet siedzieli w męskiej części więzienia, a niektóre miały nawet synów w zakładzie poprawczym na tej samej wyspie. Te

[13] Fikcyjne miasto z komiksów o Batmanie, symbol miejsca przepełnionego zbrodnią, korupcją, rozpaczą i beznadzieją.

ostatnie martwiły się za każdym razem, kiedy nadchodziła wiadomość o jakimś młodym człowieku, którego znaleziono w celi martwego. Choć bowiem wersja oficjalna mówiła zawsze o samobójstwie lub wypadku, matki wiedziały, że według wszelkiego prawdopodobieństwa więźniowie ci tracili życie tak samo jak wiele innych ofiar przemocy ze strony strażników, a czasem ginęli nawet z rąk innych młodocianych, zmuszanych przez funkcjonariuszy więziennych do śmiertelnego pobicia wyznaczonych ofiar – pod groźbą dołączenia do szeregów tamtych nieszczęśników.

– Niedawno – opowiadała Marii José jedna z osadzonych o najgorszej reputacji w całym więzieniu – pewnego oficera służby więziennej oskarżono o wykorzystywanie seksualne małolatów. Wiesz, jak się ten sukinsyn zabawiał? Kazał dzieciom się rozbierać, upokarzał je na wszelkie sposoby, które potrafił wymyślić. Tak samo traktował dzieciaki i czternastoletnie, i szesnastoletnie, a jestem pewna, że podobnie by się zachowywał z dwuletnimi. A oni po jakimś czasie już nie mogli tego dłużej znieść i błagali go, prosili aż do ochrypnięcia, żeby przestał i pozwolił im odejść, jak zwierzęta sikali i obsrywali się z bólu, strachu i cierpienia przed panem kapitanem i jego podwładnymi... Wtedy kazał im się ustawiać w rozmaitych pozach i wykorzystywał ich. A były między nimi dzieciaki, które trafiły do poprawczaka z powodu bójki albo dlatego, że uprawiały seks z jakąś dziewczyną, też niepełnoletnią, albo za kradzież paczki herbatników. Wiele z nich nie wytrzymywało. Wolało skończyć ten koszmar, odbierając sobie życie. – Więźniarce, która to opowiadała, oczy zaszkliły się łzami, aż María José zaczęła podejrzewać, że kobieta musiała być spokrewniona z którymś z tych dzieciaków. – A jeśli takie rzeczy robili z dziećmi, wyobraź sobie, co mogą zrobić z nami albo z mężczyznami. I nie myśl, że te skurwysyny zostały przykładnie ukarane: trzy lata temu jednego z tych strażników skazali na grzywnę wysokości dwudziestu pięciu tysięcy dolarów i pięć lat pudła. Nie wierzę, żeby odsiedział choćby połowę. Tyle kosztuje zniszczenie życia dziecku. – Więźniarka starała się opanować zdenerwowanie, zaciągając się głęboko papierosem, który miętosiła w palcach, opowiadając tę historię. Potem wypuściła powoli dym z płuc i popatrzyła na Maríę José. – Żal mi cię, ale wylądowałaś w najgorszym miejscu świata. Teraz już rozumiem, dlaczego ojciec mi zawsze powtarzał, kiedy byłam mała: „Rikers Island to najbrudniejszy sekret najbogatszego miasta świata". Wtedy tego nie rozumiałam. Teraz mogę prowadzić na ten temat wykłady. Módl się, żeby cię ten brud nie poplamił, ślicznotko, bo możesz wejść w spiralę gówna, z której nie dasz rady wyjść.

– A na dodatek masz problem. Tak, właśnie ty, Hiszpanka – powiedziała jedna z najbardziej konfliktowych, kolorowych więźniarek. – Bo jesteś biała, więc będziesz tu zwracać uwagę o wiele bardziej niż reszta. My mamy skórę ciemną, bo ci z twojej rasy kazali nam pracować w słońcu, żeby wam niczego nie brakowało. Więc tu w jakimś stopniu wyrównuje się rachunki związane z kolorem skóry. I nawet nie wiesz, że my, czarni, krzyczymy zupełnie inaczej – zamilkła na chwilę, zbliżając obfite wargi do twarzy Maríi José – niż wy, biali. Pewnie nadarzą się okazje, żeby to sprawdzić.

– Ja nic nie zrobiłam. Nie ma powodu, żebym tu była. Zaszła pomyłka. To mnie nie dotyczy – próbowała się usprawiedliwiać María José.

– Jasne. Tak jak my wszystkie. Tutaj są same święte i właśnie dlatego nas zamknęli w tym przytulnym pałacu – szydziła jedna z więźniarek. – Czemu im wszystkiego nie wytłumaczysz i nie poprosisz, żeby cię stąd wyciągnęli? – spytała drwiąco. – Zaszła pomyłka! Wsadziliście taką, która niczego nie zrobiła!

– Zostaw ją w spokoju. Nie widzisz, że i tak jest bardzo wystraszona? A poza tym czy to jej wina, to wszystko, o czym opowiadasz? – odpowiedziała inna z osadzonych, z pochodzenia Meksykanka, chociaż od sześciu lat mieszkająca w Bronxie, gdzie przyjechała z rodziną, żeby się urządzić. Właśnie z tą kobietą María José miała najwięcej kontaktów, chociaż ta niewielka liczba dni, które dotąd spędziła w więzieniu, nie wystarczyła jeszcze, żeby zawiązać prawdziwe przyjaźnie. – Nie zwracaj za bardzo uwagi na to, co ona gada. A poza tym, chociaż może trudno w to uwierzyć, w tym okropnym miejscu też zdarzają się zabawne momenty. Jesteś Hiszpanką, prawda? A czy to przypadkiem nie z Hiszpanii pochodził taki malarz, który się nazywał Dalia?

– Dalí – uśmiechnęła się María José. – Chyba masz na myśli Dalego. Jeden z najsłynniejszych i najbardziej cenionych na świecie. Nie powiesz mi chyba, że też siedział w tym więzieniu?

– No, prawie. Przed wejściem do tego chlewu uratowało go przeziębienie żony, które zmusiło go do pozostania w hotelu. W 1965 roku został zaproszony, żeby więźniom Rikers Island dać wykład na temat malarstwa. No ale nie mógł przyjść, więc przyszło mu do głowy, że narysuje ołówkiem jeden z tych swoich obrazów. – Opowiadana anegdota sprawiła, że wokół szybko zebrało się wiele więźniarek, które już wcześniej słyszały tę historię. Zabawne było posłuchać, w jaki sposób opowiada ją Meksykanka. – Chyba narysował Chrystusa, a jeden z tych geniuszy, co tu rządzą, zdecydował, że najlepszym miejscem, żeby go zawiesić, będzie więzienna stołówka. Opowiadają, że na nieszczęsnym obrazie lądowały coraz to inne rzeczy: a to trochę keczupu, a to kubek kawy, którym rzucił więzień w ataku szału… A w końcu zabrali obraz, żeby zawiesić go gdzie indziej. W 1981 roku postanowili umieścić go przy wejściu do więzienia, żeby można było pilnować go dwadzieścia cztery godziny na dobę, bo tam zawsze są strażnicy. I co się z nim stało? – spytała Meksykanka rozbawiona uwagą, z jaką słuchała jej grupa kobiet, patrzących na nią z zachwytem za każdym razem, kiedy opowiadała historię o Dalim.

– Polaroid, polaroid! – krzyczały śmiejące się więźniarki.

– No właśnie. Polaroid. Podobno jednemu ze strażników, którzy pilnują nas dla naszego dobra, spodobał się obraz. I udało mu się przekonać drugiego, żeby z kolei przekonał trzeciego, że sztuka jest uniwersalna i nadaje się dla wszystkich typów publiczności. Doszli do wniosku, że to im powinien przypaść obraz, tak żeby nie musieli dzielić się nim z takimi szumowinami jak my. Kupili więc polaroida, bo myśleli, że jak zrobią zdjęcie, łatwiej przyjdzie im narysować kopię obrazu. Ale że pierwsza fotografia wyszła nieostra, musieli zrobić drugą. I w ten sposób strażnicy zamienili się w artystów, którym udało się skopiować nawet plamy na słynnym obrazie Dalego. Wyszły im trochę ciemniejsze, ale kto by to zauważył. Po kilku dniach zaczęła się operacja zamiany obrazów. Najpierw zmienili rozkład dyżurów, chcąc umożliwić podmiankę i włączyć alarm przeciwpożarowy, żeby wszyscy byli zajęci i nikt w tym czasie nie obserwował obrazu. No i udało im się. Jeden z nich zaniósł prawdziwego Dalego do domu. Ale i tak wszystko wyszło na jaw.

– W jaki sposób? – Zachwyt więźniarek słuchających tej opowieści był za każdym razem coraz większy.

– Ano w taki, że nawet do kradzieży potrzebni są profesjonaliści. A tych trzech strażników spędziło cały dzień, dyskutując na temat popełnionych błędów i kłócąc się o to, jaka część łupu przysługuje każdemu z nich. Kiedy ich w końcu złapali i doprowadzili do sędziego śledczego, jeden się przyznał: był tak zdenerwowany obecnością takiego skarbu w domu, że go zniszczył. Podarł. Porwał na strzępy. Uwierzyłybyście w to?

Był to jeden z niewielu przypadków, kiedy María José uśmiechnęła się podczas pobytu w Rikers Island.

Zbliżał się dzień 8 grudnia, w którym miało się odbyć przesłuchanie w sprawie wniosku dotyczącego aresztowania. María José spędzała większość czasu zamknięta w celi, nie rozmawiając prawie z nikim, zapominając o jedzeniu i śnie, sporządzając notatki dotyczące swojej obrony i próbując zachować wystarczająco intensywny kontakt telefoniczny z adwokatem i z siostrą, która zapewniała ją, że robi wszystko, co w jej mocy, żeby próbować wydostać ją z tego przerażającego miejsca. María José była przekonana, że ma przed sobą już niewiele godzin do spędzania w celi, z której nie wychodziła od trzech czy czterech dni – chyba że żądali tego strażnicy. Na swojej pryczy czuła się spokojniejsza, mogła rozmyślać o sprawie przez nikogo nie nękana, poza zasięgiem nawet tych najstarszych stażem więźniarek, od których – przynajmniej chwilowo – zdołała się uwolnić. Na dodatek jej współtowarzyszka z celi, kobieta potężnej budowy o portorykańskich korzeniach, matka czworga dzieci oczekująca na rozprawę za zamordowanie męża (choć, jak sama twierdziła, chodziło wyłącznie o samoobronę), stała się osobą obdarzoną zaufaniem i szacunkiem reszty więźniarek. María José czuła się dzięki temu nieco lepiej chroniona. To właśnie Portorykanka rozpoczęła rozmowę, która zaniepokoiła Maríę José.

– Obyś tego tu nie doczekała, ale na Boże Narodzenie, chociaż trudno w to uwierzyć, pozwalają więźniarkom trochę odetchnąć. Od 1999 roku pozwalają nam organizować Gwiazdkę dla dzieci. Powinnaś zobaczyć, jak ponad pięćset pięćdziesiąt matek leży na podłodze z małymi dzieciakami.

Bawimy się z nimi, jemy hot dogi, pieczonego kurczaka, ciasta w różnych kolorach i smakach, wszystkie rodzaje słodyczy i czekoladek. Wielu osobom, chcącym dostać się na wyspę, nawet pomagają w transporcie, bo podróż tutaj jest kosztowna, a nie wszyscy krewni więźniów mają możliwość, żeby tyle zapłacić. Takiego dnia nie sposób zapomnieć. Najgorszy jest koniec. Ja mam często wątpliwości, czy w tym wszystkim jest sens, bo dzieci wybuchają płaczem, kiedy są rozdzielane od matek, zaczynają pytać, kiedy mama wróci do domu, dlaczego nie mogą tu zostać, bo z tatą to nie jest to samo… Rozstanie z nimi to prawdziwa tragedia. Potem przez miesiąc jesteś wkurwiona, bo pamiętasz, jak twoje dzieci płakały i nie mogłaś ich pocieszyć. No ale… Taki dzień spędzony z nimi pomaga to znieść.

– Mnie tu nie będzie w czasie świąt. W piątek mnie stąd wyciągną. Moi adwokaci pracują nad wyjaśnieniem tego całego nieporozumienia. Naprawdę, możesz mi wierzyć. Ja nic nie zrobiłam. To całkiem pewne. Oskarżają mnie o porwanie własnej córki, a ja się nią tylko opiekowałam od chwili, kiedy się urodziła. Wszystkiemu winien jest mój mąż, który na dodatek truł mnie przez lata, żeby się mnie pozbyć. Musisz mi uwierzyć.

Więźniarka odpowiedziała potakiwaniem głowy i szerokim uśmiechem, który jeszcze bardziej uwydatnił pucołowate policzki – aż czarne i żywe oczy rozświetlające jej twarz stały się całkiem małe. Ta mina oznaczała pewien rodzaj wspólnoty, ale María José zrozumiała, że współtowarzyszka z celi jej nie wierzy. A przynajmniej nie porusza ją to – tak jakby w tym więzieniu nie miał znaczenia fakt, czy tak naprawdę przestępstwo, za które konkretna osoba została zamknięta, zostało popełnione, czy też nie. Liczyło się tylko poczucie wsparcia przez innych. Niemniej jednak María José była pewna tego, co mówi. Wydawała się przekonana, że za kilkadziesiąt godzin wyjdzie z więzienia i nie będzie musiała już więcej przed nikim udowadniać swej niewinności. Nie mogłaby znieść innej perspektywy.

· 23 ·

Victoria nie potrafiła wymazać z pamięci obrazu siostry, jakiego nigdy wcześniej nie widziała. Słaba, zdenerwowana, zdumiona, na skraju załamania nerwowego i fizycznego. Bez wątpienia José Antonio przyczynił się do powrotu pewnej – choć powierzchownej – normalności, która znów zapanowała nad rzeczywistością, której oboje doświadczali.

– Musimy zobaczyć się z nowym adwokatem twojej siostry i upewnić się, że ma wszystkie informacje dotyczące sprawy i niezbędną dokumentację, żeby mógł jak najszybciej przedstawić wniosek. Przesłuchanie Maríi José ma się odbyć już za cztery dni i przed sądem wszystko musi przebiegać zgodnie z wymaganiami. Nie ma czasu, żeby rozpaczać i lizać rany, nie możemy sobie pozwolić na taki luksus. Widok twojej siostry był ciężkim przeżyciem. Ale musimy iść naprzód.

Kiedy dotarli do kancelarii nowego adwokata, któremu rodzice Maríi José wysłali już dwadzieścia tysięcy dolarów wymaganych do zajęcia się sprawą ich córki, natrafili na przykrą niespodziankę: Allan Lewis nawet nie rozpoczął jeszcze pracy nad sprawą. Nie znał przypadku Maríi José i to oni musieli wprowadzić go w sytuację. Tym bardziej nie przedstawił jeszcze w sądzie żadnych dokumentów, które mogły pomóc Maríi José w opuszczeniu więzienia, choć termin ich składania mijał za kilka dni. Victoria wpadła w złość, nawymyślała adwokatowi, nazwała go oszustem, oskarżyła o naruszenie etyki adwokackiej. Przyjął przecież pieniądze, których zażądał, nie podejmując jakichkolwiek kroków, mogących doprowadzić do uwolnienia jej siostry. A to oznaczało, że María José nie będzie miała żadnej szansy, żeby wyjść z tego nieszczęsnego miejsca, które Victoria miała okazję poznać niewiele wcześniej. José Anotnio, wykazując się jak zawsze opanowaniem, złapał Victorię za ramię i wyprowadził ją z kancelarii, mówiąc jednocześnie adwokatowi nienaganną angielszczyzną, że wkrótce wrócą z nowymi dokumentami. Kiedy byli już w holu, postanowił zrzucić maskę opanowania, z którą obnosił się do tej pory.

– Victoria, na miłość boską! Co ty wyprawiasz? Czy zechciałabyś zachowywać się normalnie? Nawet nie wiemy, na jakim etapie jest obecnie sprawa twojej siostry. Lepiej zachowaj swój temperament na później, kiedy zdołamy wydostać Marii José stamtąd, gdzie teraz jest – tłumaczył zdenerwowany.

– Jak to co ja wyprawiam? Spytałabym raczej, co on wyczynia! Diabelski syn nie interesuje się w ogóle moją siostrą, nic o niej nie wie i guzik go to obchodzi, nie pofatygował się nawet, żeby się dowiedzieć, że za cztery dni zabierają ją do sądu. I tam zdecydują się jej losy. A on co robi? Żłopie kawę i prasuje krawacik, żeby się nie marszczył. Ja zaraz temu typowi pomarszczę gębę. – Kończąc zdanie, Victoria zrobiła ruch świadczący o tym, że zamierza wrócić do kancelarii, ale jej towarzysz zareagował natychmiast.

– Zanim mu cokolwiek pomarszczysz, posłuchaj mnie. Świetnie cię rozumiem. Wiem, że to wszystko jest dla ciebie zbyt trudne. To musi być najgorsze doświadczenie twojego życia. Wiem o tym i wszystko rozumiem. Ale jedno z nas musi zachować zimną krew albo wszystko nam się rozleci. – Jego słowa osiągnęły przynajmniej taki cel, że Victoria porzuciła zamiar wtargnięcia do biura adwokata i wymierzenia mu kilku policzków, co jeszcze chwilę wcześniej pod wpływem impulsu rzeczywiście chciała zrobić. – Posłuchaj, mój ojciec był dziennikarzem i dzięki temu od dziecka wiem, że informacja to władza. Ten okropny facet, który siedzi w tym biurze, nie złożył żadnego wniosku ani nie poświęci czasu na jego złożenie dlatego, że to poprzedni adwokat twojej siostry, Tomás Espinosa, ma klucz do całej sprawy i to on powinien ją przedstawić w sądzie. Od tego tutaj szaleńca powinniśmy wyciągnąć numer telefonu Tomása Espinosy, żeby móc go zlokalizować i poprosić o złożenie wniosku. A wtedy – ale dopiero wtedy – możesz tu wrócić, żeby go zabić, dać mu w pysk, wyrzucić go przez okno albo zrobić z nim cokolwiek innego, na co będziesz miała ochotę. Rozumiesz mnie? – zapytał dobitnie, ojcowskim tonem, jakim zwykł zwracać się do dzieci. W tym samym czasie z automatu sprzedającego napoje wydostał espresso i podał Victorii. – A teraz chciałbym, żebyś wzięła te dwie aspiryny. Dobrze ci zrobią na ból głowy, który na pewno męczy cię po tym wszystkim.

– Masz rację, José. Masz całkowitą rację. To wszystko przez te nerwy. Jak to możliwe, że ludzie wykorzystują taką sytuację? Nie rozumiem tego – powiedziała, przełykając jednocześnie dwie białe pastylki, które podał jej przyjaciel, i popijając je małym łykiem kawy. – Po prostu nie rozumiem… Skąd wiesz, że mnie boli głowa?

José Antonio nie miał kłopotów z domyśleniem się, w jakim stanie jest Victoria, obserwując kilka minut wcześniej w biurze adwokata, jak zmienił się kolor jej twarzy. Dwie pastylki, które jej podał i które miały przynieść ulgę, nie były zwyczajnymi aspirynami. Były to dwie tabletki z dość dużą dawką środka uspokajającego. Zadziałały zgodnie z oczekiwaniami. Podczas drugiego spotkania z adwokatem, którego kilkanaście minut wcześniej chciała obić po twarzy, Victoria nie tylko zachowywała się spokojnie, ale nawet – kiedy spotkanie się kończyło i mieli już w ręku numer telefonu Tomása Espinosy – postanowiła na pożegnanie dać swojemu rozmówcy cztery całusy. Obsypała go też miłymi słowami – wszystko za sprawą przyjemnego stanu, w który wprawiło ją połknięcie tabletek uspokajających. Obserwując ją, José Antonio musiał kilka razy wręcz powstrzymywać uśmiech.

Spotkanie z Tomásem Espinosą przebiegło w tak budującym i pojednawczym duchu, jak tylko to było możliwe w obecnej sytuacji. Victoria i José Antonio przekonali się, że to człowiek uczciwy, poważny i lojalny. Bez dłuższego zastanowienia zgodził się towarzyszyć im w sądzie, żeby przedstawić wniosek, mimo że został zwolniony przez swoją klientkę, która dodatkowo złożyła na niego donos, jakoby porzucił swoje obowiązki. Po długiej rozmowie José Antonio miał wrażenie, że ten człowiek byłby naprawdę dobrym adwokatem Marii José. Świetnie władał hiszpańskim i angielskim, miał licencję pozwalającą mu stawać przed sądem zarówno w Nowym Jorku, jak i w New Jersey. Wydawało się, że nikogo się nie obawia, że wszystko mu jedno, czy występuje przeciwko burmistrzowi, kongresmenowi czy mężowi, który oskarża żonę o uprowadzenie córki przy okazji niewinnej podróży do kraju rodzinnego. I za wszystko chciał nie więcej niż pięć tysięcy dolarów. Za wspomnianą sumę obiecywał, że María José na pewno nie zostanie wydalona do New Jersey, czego ona sama tak bardzo się obawiała. Oboje – José Antonio i Victoria – odnieśli wrażenie, że to ciekawy człowiek, pewny siebie, ale dobrotliwy. José Antonio zapałał do niego jeszcze większą sympatią, kiedy dowiedział się, że jest jednym z niewielu, którzy ocaleli z rewolucji dominikańskiej z 1971 roku. Żegnając się, uścisnęli sobie ręce. José Antonio i Victoria podziękowali adwokatowi raz jeszcze za to, że nie zostawił ich samych w momencie, kiedy trzeba składać wniosek.

– Uważam, że María José popełniła błąd, rezygnując z pana usług – wyznał na pożegnanie José Antonio.

– Miejmy nadzieję, że to nie przysporzy jej kłopotów – odpowiedział Tomás Espinosa. – W każdym razie jest bardzo zdenerwowana, naprawdę ma obsesję na punkcie tego, że sama będzie się bronić, a to może obrócić się przeciwko niej, bo nie jest to mile widziane przez niektórych sędziów w tym kraju. Ja wierzę w jej niewinność, ale powiedzcie jej państwo, że powinna kontrolować swój temperament i przede wszystkim w pełni ufać swojemu adwokatowi, ktokolwiek nim będzie. Życzę państwu szczęścia.

Ledwie dotarli do hotelu na Broadwayu, gdzie zamierzali odpocząć, odezwał się telefon komórkowy Victorii. Pomimo że wyświetlił się nieznany numer, Victoria odebrała, a w maleńkiej słuchawce jej aparatu rozległ się również nieznany głos. Usłyszała wypowiadane po hiszpańsku słowa:

– Wynoś się natychmiast z tego kraju, bo inaczej nigdy się stąd nie wydostaniesz. Zabijemy cię. Wiemy, gdzie mieszkasz. Jesteś taka sama jak twoja siostra i skończysz tak samo jak ona, w więzieniu.

Anonimowy rozmówca przerwał połączenie, pozostawiając Victorię w stanie paraliżu.

– Właśnie mi grozili. Mówią, żebym wyjechała, bo mnie zabiją – powiedziała, rozglądając się nieustannie dokoła.

– Wiesz, kto to był? Rozpoznałaś głos? – spytał José Antonio.

– Nie mam pojęcia. Nie wiem. Tylko tego mi było trzeba! Cóż to za hołota! Nie wystarczy im, że trzymają w więzieniu moją siostrę, jeszcze i mnie chcą tam wsadzić. Obrzydliwcy!

– Dobra, dobra. Uspokój się. Lepiej nie brać tego zbyt poważnie. Na pewno próbują cię tylko zastraszyć. Chcą, żebyś się bała, denerwowała i zachowywała nieracjonalnie.

– No i udało się!

Następnego dnia oboje chcieli spełnić kolejną prośbę wypowiedzianą przez Maríę José podczas widzenia w więzieniu. Pojechali do domu Sary i Ángela, żeby zabrać parę drobiazgów, między innymi telefon komórkowy, o którym z takim naciskiem mówiła siostra Victorii. Jednak nikt nie otworzył drzwi. Próbowali jeszcze raz, nieco później. Nikt nie reagował na dzwonek, chociaż Victorii zdawało się, że słyszy jakieś odgłosy we wnętrzu domu. Pomyślała, że może gospodarze po prostu nie chcą im otworzyć, ale właściwie dlaczego?

– To zupełny absurd – pomyślała. – Przecież to przyjaciele mojej siostry. A może dostają takie same pogróżki jak ja i też zwyczajnie się boją? Na dodatek oni tu mieszkają na stałe i tamci mogą im skomplikować życie. Mój Boże, dlaczego oni nas nie zostawią w spokoju? Dlaczego o nas nie zapomną? Jak daleko posuną się w tym wszystkim?

Pogróżki powtarzały się i za każdym razem były wypowiadane w coraz bardziej zdecydowanym tonie.

– Nie chcemy tu porywaczy dzieci. Zjeżdżaj, skąd przyjechałaś. Idziemy po ciebie. Zabijemy cię.

Nawet w nocy nie ustawały telefony z jakichś nieznanych numerów. Victoria wszystkie odbierała, ponieważ myślała, że może dzwonić jej siostra.

– Zamkną cię na czterdzieści lat w więzieniu, jeśli nie wsiądziesz do samolotu. Jesteś wspólniczką porywaczki. Cholerne hiszpańskie łobuzy!

Nie mogła wyrzucić z pamięci nieprzyjemnego epizodu z poprzedniego pobytu w Ameryce – momentu, kiedy została zatrzymana. Niewiele wtedy brakowało, żeby trafiła do więzienia, tak jak jej siostra.

– Jesteśmy już blisko. Pożegnaj się z rodzicami. Już jesteś martwa.

Była przekonana, że wszystkie groźby padają ze strony znajomych Petera i nie miała żadnych wątpliwości, że to on sam stoi za zastraszaniem i obelgami.

– Twoja siostra umrze w więzieniu, ale ty możesz umrzeć jeszcze wcześniej. Jesteście morderczyniami. Oddajcie dziecko ojcu albo słono za to wszystko zapłacicie.

Victoria denerwowała się coraz bardziej. Sytuacja w końcu stała się nie do wytrzymania, bo oprócz telefonów pojawiły się przesyłki z pogróżkami przysyłane do hotelu, w którym się zatrzymali. Victoria postanowiła poprosić o pomoc konsulat hiszpański w Nowym Jorku, ale reakcja urzędników była daleka od jej oczekiwań. Powiedzieli, że nie są w stanie zapewnić jej ochrony, o którą prosi, i poradzili, żeby na siebie uważała i nie pakowała się w problemy. Naciskali też, żeby wyjechała ze Stanów Zjednoczonych najszybciej, jak to możliwe.

Victoria i José Antonio postanowili przyspieszyć powrót do Hiszpanii. Do przesłuchania Maríi José zostały jeszcze dwa dni, ale nie mogli ciągnąć tego dłużej. Victoria była szczerze przerażona i José Antonio doskonale o tym wiedział. Rozumiał, że jej dalszy pobyt w Stanach Zjednoczonych może przynieść kolejne nieprzyjemności dla rodziny, a nawet skomplikować jeszcze bardziej sprawy starszej z sióstr. Jedynym rozwiązaniem było przyspieszenie podróży powrotnej do Walencji. José Antonio błagał w konsulacie hiszpańskim, żeby któryś z urzędników był obecny podczas przesłuchania Maríi José, żeby jej nie zostawiali samej, żeby jakiś oficjalny przedstawiciel państwa hiszpańskiego czuwał nad przestrzeganiem jej praw i zdrowiem oraz żeby informowano rodzinę. Zapewniono go, że tak się stanie.

Wkrótce potem spakowali się, informując obsługę w hotelu, że wyjeżdżają wcześniej, niż początkowo planowali. José Antonio spojrzał na zegarek.

– Mamy jeszcze czas na mały spacer. Moglibyśmy trochę się przewietrzyć i przy okazji kupić jakiś upominek, pamiątkę z Nowego Jorku – zaproponował, przekonany, że jego propozycja spotka się z aprobatą.

– Pamiątkę z tego miasta? Nie, dziękuję – odpowiedziała Victoria. – Już ich wiozę wystarczającą ilość, niektóre mam nawet w telefonie komórkowym, te wszystkie obelgi i tak dalej. Nie sądzę, żebym miała tu kiedykolwiek wrócić. I wątpię, żebym potrzebowała pamiątek. I tak nie zapomnę o tym, co tu przeżyłam. Nie podoba mi się tutaj. Włos mi się jeży na myśl o Nowym Jorku. Ohydne miasto. Naprawdę nie wiem, co ludzie w nim widzą.

– No dobrze, chodźmy, widzę, że lubisz dramatyzować – powiedział José Antonio ze zrozumieniem. – Ja mam szóstkę dzieci i jeśli im czegoś stąd nie przywiozę, nie pozwolą mi wejść do domu. Muszę też kupić coś dla ciebie, nie wiem, czapkę, T-shirt.

– Gdybym miała tu zostać dłużej, potrzebowałabym kamizelki kuloodpornej.

Victoria nadal odbierała groźby i obelgi. Ustały dopiero w momencie, kiedy wsiadła do samolotu i wyłączyła komórkę. Odetchnęła głęboko, pocierając jednocześnie oczy dłońmi, tak jakby chciała tym gestem zetrzeć wszystkie obrazy, które gromadziły się na jej siatkówkach od chwili przybycia do tego kraju aż do momentu, kiedy zaczęła żywić do niego tak silną niechęć, dającą się wyczytać z jej cierpkich komentarzy. Ta awersja była całkiem zrozumiała, jeśli wziąć pod uwagę koszmar, którego właśnie doświadczała cała ich rodzina. Trzy papierosy, które Victoria wypaliła przed wejściem do samolotu, nie zdołały jej uspokoić, ale dokonały tego sztuczki, jakie wymyślał José Antonio, żeby udało im się te papierosy wypalić. Aż trzy razy przechodzili – wśród śmiechów i obaw – przez kontrolę celną tylko po to, żeby móc przyjąć odpowiednią dawkę nikotyny.

Victoria próbowała usadowić się wygodnie w swoim fotelu w klasie turystycznej, podczas gdy jej towarzysz siłował się z bagażem ręcznym, starając się upchnąć go na górnej półce i uniknąć tym samym trzymania go przez całą podróż przy nogach. Byłoby to z pewnością niewygodne, zważywszy na fakt, że mieli przed sobą osiem godzin lotu. Victoria, z głową opartą na zagłówku fotela, przypatrywała się bez szczególnego zainteresowania wsiadającym do samolotu osobom. Zabawiała się zgadywaniem, które z nich są narodowości hiszpańskiej, a które amerykańskiej. Nie była to szczególnie interesująca rozrywka, ale pozwalała odwrócić myśli od Marii José. Nagle zobaczyła dwie osoby – mężczyznę i kobietę – które natychmiast rozpoznała. Wyprostowała się w fotelu i wpatrywała się w tych ludzi szeroko otwartymi oczyma.

– José Antonio – zawołała do przyjaciela, ciągnąc go jednocześnie mocno za kurtkę. – Spójrz, kto podróżuje tym samolotem.

– Widzę dużo różnych ludzi, Victorio. Nie sądziłaś chyba, że będziemy tu sami – odpowiedział, nawet na nią nie patrząc i kończąc upychanie ostatniej torby. – I wszyscy w czapkach, nie tak jak ty. Nie chciałaś przyjąć ode mnie tego prezentu. Naprawdę, potrafisz być czasem taka uparta…

– Ależ nie! Posłuchaj mnie. I popatrz. Tam. W pierwszej klasie, po przekątnej na lewo. Widzisz, kto tam jest? – Poczekała, aż przyjaciel spojrzy, i dokończyła: – José María Aznar[14] i jego żona Anna Botella. José, wiesz, co to oznacza?

[14] Premier Hiszpanii w latach 1996-2004, należący do prawicowej Partii Ludowej. W marcu 2004 roku – na dwa i pół roku przed momentem, w którym rozgrywa się akcja tej części powieści, przegrał kolejne wybory na rzecz socjalistycznego kontrkandydata, José Luisa Zapatero.

– Że będą mieli wygodniejszą podróż niż my, że będą sobie mogli wybrać film, który obejrzą, nie tylko ten jeden, który nam włączy załoga, i że dostaną lepsze jedzenie – odpowiedział José Antonio, nie bardzo wiedząc, o co chodzi Victorii.

– Mam do ciebie prośbę – powiedziała Victoria, słysząc, że przyjaciel ironizuje, zamiast spróbować ją zrozumieć. – Mogą nam pomóc. On był premierem Hiszpanii i utrzymywał świetne stosunki z George'em Bushem. Naprawdę nie rozumiesz? – Victoria wykonała ruch, jakby zamierzała wstać. – Pójdę z nimi porozmawiać. Muszę im opowiedzieć, co się przydarzyło mojej siostrze. Jestem pewna, że nam pomogą...

– Dokąd ty się wybierasz? – odezwał się ostrym tonem José Antonio, przytrzymując ją za ramię. – Zamierzasz tak ni z tego, ni z owego podejść do nich? Pomyślą, że jesteś szalona albo że będziesz ich molestować... kto wie, co może przyjść do głowy im albo ich ochroniarzom. Tych rzeczy tak się nie załatwia. Siadaj na swoim miejscu. – José zaczekał, aż Victoria znów siądzie obok niego, a kiedy był już pewien, że się uspokoiła, ciągnął dalej: – Najlepiej będzie, jeśli napiszesz krótką wiadomość, którą postaramy się im przekazać. Taka forma będzie mniej gwałtowna i dla nich, i dla ciebie.

Victoria nie była całkiem przekonana do tego, co mówił jej towarzysz podróży, ale postanowiła zastosować się do jego sugestii. W pośpiechu wyciągnęła z torebki kartkę papieru i długopis, opuściła stolik, który miała przed sobą, oparła na nim rękę i zaczęła pisać. „Jestem pasażerką tego samego samolotu, siedzę o kilka rzędów z tyłu za Państwem. Bardzo chciałabym prosić o kilka minut rozmowy. Nie zajmę Państwu dużo czasu. Chodzi o sprawę mojej siostry, przebywającej w więzieniu w Nowym Jorku z powodu konfliktu między orzeczeniami sądowymi w obu krajach. Być może Państwo mogliby mi pomóc. Z góry dziękuję i przepraszam za kłopot".

– I co mam teraz zrobić? – spytała zmienionym głosem Victoria, która dostrzegła w osobach byłego premiera i jego żony nadzieję na ratunek. – Mam wstać i podejść do nich, czy lepiej dać kartkę tym kobietom?

– Komu chcesz to dać? – José Antonio dopiero po kilku sekundach zrozumiał, o co chodzi przyjaciółce. – A! Masz na myśli stewardesę.

– Niech się nazywa, jak chce, co za różnica. Ale co mam zrobić?

José Antonio wcisnął przycisk sygnalizacyjny, służący do wzywania stewardesy, i po chwili wszystko jej wytłumaczył. Po paru minutach list, który Victoria napisała do José Maríi Aznara, dotarł do adresata. Pozostawało tylko czekać na odpowiedź.

Victoria wytężała wzrok i ćwiczyła mięśnie szyi, żeby dostrzec cokolwiek przez szparę w krótkiej, niebieskiej kotarce, oddzielającej klasę pierwszą od turystycznej. Po drugiej stronie kotary widziała jedynie grę cieni, świadczącą o ruchach jakichś osób, ale nie było to nic konkretnego, co pozwalałoby wyciągnąć jakiekolwiek wnioski.

– Nie zwrócą na mnie uwagi. Powinnam była podejść do nich, wtedy nie mieliby wyjścia i musieliby mnie wysłuchać.

– Tak, jasne. Wtedy wezwaliby ochroniarzy, żeby ich uwolnili od pewnej pani, która chce im opowiedzieć Bóg wie jaką historię – odpowiedział José Antonio.

– A tak daję mu możliwość, żeby mnie zignorował, jeśli ma ochotę. Dlaczego miałby mnie wysłuchać, skoro mnie w ogóle nie zna? Poza tym stewardesa na pewno nie podała mu mojego listu. Może nie chciała mu przeszkadzać albo wstydziła się podejść do niego, albo poszła spytać kapitana o zgodę, albo… – Victoria nie patrzyła nawet na swego rozmówcę, ciągnąc swoją wyliczankę.

– Albo zadzwoniła do Cesid[15], żeby się dowiedzieć, kim jesteś – odpowiedział José Antonio pełnym ironii głosem. Ponieważ Victoria nie zwróciła uwagi na jego słowa, postanowił zmienić ton rozmowy. – Nie spodziewałaś się chyba, że przybiegnie, żeby się z tobą zobaczyć. Daj mu trochę czasu. Pewnie akurat jedzą albo się moszczą w swoich fotelach. Na pewno ci odpowie. A jak nie, to skoczysz mu do gardła, kiedy będziemy wychodzić. Ale na razie daj mu trochę czasu na reakcję – dodał José Antonio, szykując się do zbadania zawartości tacy z posiłkiem, którą właśnie mu wręczono. – Uspokój się. I zjedz coś.

– No tak, jeśli chodzi o jedzenie, to zawsze jestem chętna.

Nie potrafiła określić, ile czasu upłynęło, ale kiedy zobaczyła, że zza niebieskiej kotary wychodzi stewardesa, podskoczyło jej serce.

– Pan Aznar prosił, by przekazać pani, że będzie czekał na panią kilka minut przed lądowaniem na lotnisku Barajas[16].

Victoria nie potrafiła się opanować, podobnie jak w sytuacji, kiedy adwokat Allan Lewis podał jej numer telefonu poprzedniego obrońcy jej siostry: rzuciła się na stewardesę i ucałowała ją.

– Och! Dziękuję! Stokrotne dzięki, naprawdę. Serdecznie pani dziękuję.

Rozmawiała z byłym premierem i jego żoną przez dziesięć minut, próbując w tym czasie opowiedzieć im całą historię siostry. Miała wrażenie, że rozmówcy słuchają tej opowieści z zainteresowaniem. Rzadko nawet mrugali powiekami, skupieni na informacjach, którymi ich zasypywała. Wiedziała, że mówi pospiesznie, bała się wręcz, że nie będą w stanie jej zrozumieć, ale czuła konieczność, by opisać całe

[15] Centro Superior de la Información de la Defensa, hiszpańska agencja wywiadowcza istniejąca (pod tą nazwą) w latach 1977-2002.
[16] Port lotniczy w Madrycie.

to piekło, w którym znalazła się jej siostra. Kiedy kapitan oznajmił przez głośniki, że niebawem będą podchodzić do lądowania, Victoria wróciła na swoje miejsce, otrzymawszy obietnicę, że były premier zainteresuje się sprawą i podejmie kroki, by położyć kres koszmarowi, jaki przeżywa María José. Była zadowolona. Miała poczucie, że rzeczywiście wzbudziła zainteresowanie państwa Aznarów, i była przekonana, że coś w tej sprawie zrobią.

Kiedy sięgnęła po zegarek, żeby przestawić go na czas hiszpański, zdała sobie sprawę, że jest już 7 grudnia. Do przesłuchania jej siostry przez sąd pozostały dwadzieścia cztery godziny. W pierwszy piątek grudnia amerykański trybunał miał zadecydować, czy María José odzyska wolność, czy zostanie przeniesiona do innego więzienia, tym razem w New Jersey. Konieczność dalszego oczekiwania doprowadzała ją do szaleństwa.

CZĘŚĆ TRZECIA

W takim państwie, w którym rząd niesprawiedliwie więzi ludzi, jedynym miejscem odpowiednim dla sprawiedliwego człowieka jest więzienie.

H. D. THOREAU

Pocieszna sprawiedliwość, której granice zakreśla rzeka!
Prawda z tej strony Pirenejów, błąd z tamtej[17].

BLAISE PASCAL, „MYŚLI"

17 Przekład Tadeusza Boya-Żeleńskiego.

· 24 ·

María José poczuła przemożną potrzebę spojrzenia na swojego adwokata, by szukać w nim potwierdzenia, że dobrze usłyszała. Kiedy zobaczyła, że jej obrońca utkwił oczy w twarzy sędziego i jednocześnie z niedowierzaniem kręci głową, zaś Sara i Ángel, siedzący w ławie za jej plecami, ukryli twarze w dłoniach, wiedziała: właśnie przed chwilą sędzia kompletnie zrujnował życie jej i jej córce.

– To niemożliwe. Nie może tak być. Nie mogą znowu wysłać mnie do więzienia. Nie mogą zawieźć mnie do New Jersey. Muszę jechać do Hiszpanii, muszę być z córką. To niemożliwe. Niemożliwe.

Brutalne słowa sędziego wywołały skrajny efekt. Marii José zdawało się, że jej zmysły przestały funkcjonować, poczuła się, jakby utraciła kontakt ze światem zewnętrznym. Nie słyszała zamieszania, jakie powstało w sali sądowej w reakcji na decyzję sędziego, nie zauważyła uniesionych w górę kciuków, które pokazał jej adwokat, próbując tchnąć w nią odwagę i siłę ducha, nie przeszkadzały jej nieliczne, ale oślepiające flesze wideokamer i aparatów fotograficznych, rozbłyskujące w pomieszczeniu. W ciągu kilkunastu sekund przedefilowały przed jej oczyma wydarzenia, które miały miejsce w sądzie, przybierając formę szalonej i tragicznej sekwencji obrazów, jakby wziętej z niemego filmu. Uświadomiła sobie tylko, że ma sucho w ustach, a całe jej ciało zaczyna przenikać intensywne zimno.

Ręce policjanta, które upomniały się o nią, żeby zabrać ją z powrotem do więzienia, przywróciły ją gwałtownie do rzeczywistości.

– María José, uspokój się. Odwołamy się. Jak tylko wrócę do biura, złożę wniosek. Wyciągniemy cię stąd – powiedział jej adwokat.

Rozglądała się nerwowo za konsulem hiszpańskim, ale go nie znalazła. Pomimo licznych i desperackich próśb jej siostry, która błagała go, żeby był obecny w trakcie przesłuchania, konsul nie zdecydował się na przyjście. Dlatego María José zwróciła się do Sary i Ángela, krzycząc:

– Zadzwońcie do mojej rodziny i opowiedzcie im, co się wydarzyło. Powiedzcie im, że zadzwonię sama, kiedy będę mogła, i żeby nie rozpaczali. – Nadal omiatała wzrokiem wszystkie ławy w sali. – Gdzie jest konsul? Dlaczego nie przyszedł, żeby mnie wesprzeć? Powinien tu być. To miało wielkie znaczenie.

Strumień łez zalał jej twarz. W pierwszej chwili, kiedy usłyszała wyrok odczytany przez sędziego, całkiem oniemiała. Ale kiedy przewożono ją znów do więzienia Rikers Island, nie potrafiła ani nie chciała odmawiać sobie ulgi, którą przynosił płacz. Sędzia właśnie podciął jej skrzydła, które miały zanieść ją do córki. Miały spędzić razem Boże Narodzenie, tak jak prosiła ją mała Victoria Solenne przez telefon w wieczór poprzedzający nieszczęsne przesłuchanie.

– *Mami*, przyjedziesz na święta? Bo musimy zawiesić bombki i kupić prezenty, więc jak będziesz się spóźniać, nie zdążymy i dziadkowie nas prześcigną. Przyjedziesz, *mami*? Przyjedziesz szybko?

To był pierwszy przypadek, kiedy – przymuszona okrutnymi okolicznościami – złamała obietnicę daną córce. I nie miała żadnych wątpliwości, że ten, który jest winien tej opłakanej sytuacji, będzie musiał za to zapłacić.

11 grudnia María José została przewieziona do więzienia hrabstwa Bergen w New Jersey. Na pierwszy rzut oka nowe

więzienie wydało jej się znacznie bardziej przestronne, jasne, czyste i zadbane niż Rikers Island. Ale fakt, że infrastruktura tego zakładu karnego była w lepszym stanie, w żadnym stopniu nie umniejszał strachu, jaki odczuwała. Zdawała sobie sprawę, co w rzeczywistości oznacza dla niej przebywanie w tym miejscu. Znalazła się właśnie w obszarze, na którym działał od lat jej mąż. Więzienie zostało zbudowane w miasteczku Hackensack, gdzie mieszkał Peter Innes ze swoją obecną partnerką – na dodatek policjantką. Oboje – o czym dobrze wiedziała María José – mieli znajomości we władzach hrabstwa i mogli jej znacząco skomplikować życie. Nie musiała długo czekać na potwierdzenie tych obaw.

Do pierwszego incydentu doszło na samym początku. Jak zwykle María José została na początek umieszczona w więziennym szpitalu, gdzie spędziła pierwsze godziny. Zdała tam solidny raport ze wszystkich schorzeń, na jakie cierpiała, i powiedziała o konieczności zażywania dużej ilości leków: nieprzyjmowanie ich w odpowiednich dawkach i z odpowiednią częstością mogło stwarzać poważne ryzyko dla jej zdrowia. María José poprosiła, żeby pozwolono jej mieć przy sobie aparat do mierzenia poziomu cukru we krwi, tak jak wyrażono na to zgodę w poprzednim więzieniu i jak – poza wyjątkowymi przypadkami – stanowi regulamin więzienny w Stanach Zjednoczonych. Odpowiedź, jaką uzyskała, pozwalała się domyślać, jak będzie wyglądał jej pobyt w tym więzieniu.

– Jeszcze zobaczymy. Wszystko zależy od tego, jak się będziesz zachowywać. I oczywiście od tego, jaki będę miała humor i co mi się spodoba. Pozwolę ci albo nie – odpowiedziała jedna ze strażniczek, która towarzyszyła jej w szpitalu. – Zobaczymy, czy rozumiesz, że jesteś w więzieniu, czy też zaczniesz wydawać rozkazy, jakbyś była u siebie w domu.

Funkcjonariuszka, zachowująca się w sposób grubiański i wykazująca ciągłą ochotę na utarczki, zbliżyła się do łóżka, na którym leżała nowa osadzona zakładu karnego w Bergen, i kontynuowała:

– Zgodnie z tym, co mi przekazano, dość często to robiłaś, i to w sposób bardzo arogancki.

Strażniczka uderzyła pięścią w stolik stojący obok łóżka Maríi José, co szczerze wystraszyło nowo przybyłą.

– Tutaj będzie inaczej. Tutaj nie będzie humorów i awantur. My tu rządzimy, a ty masz słuchać i tyle. Ostrzegam cię. My dobrze wiemy, kim jesteś i co zrobiłaś.

Ta odstręczająca kobieta udzieliła jej pierwszego ostrzeżenia. María José zdała sobie sprawę, że jej obawy się sprawdzą: uprzykrzą jej życie w więzieniu, a zajmą się tym koleżanki z pracy nowej partnerki jej męża. Poczuła się osaczona, tak jakby skazano ją na karę śmierci, porzucona w tym abstrakcyjnym miejscu, w którym wszystko obraca się przeciwko niej. Wiedziała, że tej nocy też nie zaśnie. Strach przed tym, co mogą jej zrobić, był silniejszy niż zmęczenie, które w niej narastało od kilku tygodni i które wprowadzało jej organizm w okropny stan. Chciała zapomnieć o wszystkim i myśleć o swojej córce. Dzięki tym obrazom nie będzie spać. I pozostanie przy życiu.

W korytarzu, na który wychodziły więzienne cele, kumulowały się najrozmaitsze, ogłuszające i nieprzyjemne hałasy, które upodobniały to miejsce do domu dla obłąkanych. Dochodziły do tego krzyki więźniarek rozmawiających przez nieliczne automaty telefoniczne zainstalowane na ścianach, płacze osadzonych, którym zakomunikowano, że sędzia odrzucił ich wnioski o wypuszczenie na upragnioną wolność, ogłuszające odgłosy dochodzące z telewizorów, w których można było obejrzeć jedynie idiotyczne konkursy. Nikt nie zwracał na nie najmniejszej uwagi, choć ktoś zdecydował, że głośność ma być ustawiona na możliwie najwyższym poziomie, tak jakby chodziło o wyprodukowanie ścieżki dźwiękowej do jakiegoś programu o ludziach pogrążonych w chaosie. Słychać było też odgłosy bójek między więźniarkami, którym towarzyszyły krzyki zachęty ze strony pozostałych, a także groźby i obelgi wykrzykiwane przez jedne kobiety pod adresem innych. Pośród całej tej kakofonii rozlegał się nagle głośny dźwięk dzwonka, będący sygnałem do pospiesznego powrotu do cel i zapowiedzią niechybnej kary zbiorowej spowodowanej jakąś sprzeczką między aresztantkami, choć większość z nich nie brała w niej udziału. Osoby z zewnątrz, które rozmawiały akurat przez telefon z więźniarkami – ich przyjaciele albo krewni – mogły usłyszeć te odgłosy w słuchawce i wytworzyć sobie mocą wyobraźni obraz zamieszania i szaleństwa panującego w tym miejscu.

María José czuła, że może od tego wszystkiego zwariować. Uznała, że najlepszym sposobem, żeby się obronić, będzie zorganizowanie sobie zajęcia na cały ten czas, który przyjdzie jej spędzić w tym miejscu. Brutalna rzeczywistość, w której tak nieoczekiwanie przyszło jej funkcjonować, była straszliwie deprymująca. Wiedziała, że koleżanki nowej małżonki Petera dołożą wszelkich starań, żeby znęcać się nad nią na tysiąc sposobów, a widząc pierwsze spojrzenia, które rzucały jej inne osadzone, również mogła wywnioskować, że raczej nie da rady aspirować do roli idolki więziennych mas. Zdawała sobie sprawę, że powinna zachować zimną krew oraz unikać jakichkolwiek zachowań, które mogłyby zostać odebrane jako wyniosłe i spowodować, że inne kobiety ogarnie złość. Zamierzała w jak najmniejszym stopniu zwracać na siebie uwagę. Ale nie było to łatwe zadanie. Wiele razy była bliska załamania. Wiedziała, że jeśli się nie pozbiera, stanie się łatwym łupem dla reszty więźniarek i dla pilnujących jej funkcjonariuszy. W spojrzeniach tych ostatnich widziała wyczekiwanie na jakiekolwiek, choćby najmniejsze, potknięcie, które mogłoby dać pretekst do uruchomienia nagromadzonej w nich mieszaniny żółci i adrenaliny.

Podczas pierwszych dni przede wszystkim wypatrywała możliwości, żeby porozmawiać z rodziną. Widziała, że inne więźniarki radzą sobie z tym bez problemów, ale w jej przypadku łączność zawsze zawodziła. María José wiedziała, że było to działanie celowe, a na dodatek sprawczynie wcale nie zadawały sobie trudu, żeby to ukryć.

– Przerwało ci połączenie? – spytała jedna z funkcjonariuszek z sarkazmem. María José z trudem się opanowała, ale zdawała sobie sprawę, że musi przełknąć tę pigułkę, żeby uniknąć dalszych problemów. – No popatrz, jaka szkoda. Kolejny dzień mija, a ty nie możesz pogadać z córką. No cóż, o tej porze już pewnie jest po rozmowie ze swoim ojcem, który ją naprawdę kocha, nie sądzisz?

– Dlaczego to robicie? Trzeba być wyjątkowo okrutnym człowiekiem, żeby się bawić w tak nieludzki sposób. Co przez to osiągniecie? Czy wy same nie jesteście matkami? – María José w końcu zaniechała prób uzyskania połączenia i wycofała się do swojej celi, żeby nie słyszeć śmiechu strażniczek, który był jedyną odpowiedzią na jej desperackie pytania. Ale przedtem jeszcze się odwróciła i rzuciła w ich kierunku ostrzeżenie, które wywołało wyraźną irytację:

– Chcę, żebyście wiedziały, że zamierzam na was donieść. Na wszystkie. I wszystkich. Mam konstytucyjne prawo do rozmów telefonicznych, a w tym miejscu uniemożliwiacie mi korzystanie z niego. Nie będę siedziała z założonymi rękoma. Możecie iść i powiedzieć to waszej przyjaciółce, tej która kazała wam traktować mnie w taki sposób.

María José wróciła do celi i czekała, aż zapadnie zmrok, żeby szukać zapomnienia w płaczu. Nie chciała, żeby ktokolwiek ją widział, nie chciała wysyłać sygnałów własnej słabości, które mogłyby podpowiedzieć jej otoczeniu, że sezon na polowanie znów się zaczął.

O siódmej rano drzwi cel otwierały się, wpuszczając do środka ogłuszający koncert suchych i ostrych dźwięków, wywołujący u więźniarek dreszcz niepokoju. Od tej chwili zaczynała się nużąca, codzienna rutyna. Trzewia więzienia znów wracały do życia, podczas gdy osadzone miały poczucie, że z wolna umierają. Korytarze, które w nocy nabrały fantasmagorycznego wyglądu, zaludniały się na nowo osadzonymi, przechadzającymi się po nich albo z konieczności, albo z własnej woli. María José wyruszyła w drogę do więziennego szpitala, żeby pobrano jej krew i sprawdzono poziom cukru. Gdyby tego nie zrobiła, mogłaby mieć poważne problemy, w zależności od tego, kto miał tego dnia dyżur. Czasami, jeśli z jakiegoś powodu ociągała się z tą czynnością – a niemal zawsze działo się tak za sprawą jakichś konfliktów wywoływanych przez dyżurną strażniczkę – odpowiedzią była kara: odmawiano jej wykonania badania i odpowiedniego dawkowania insuliny, do czasu kiedy personel więzienny sam uzna za wskazane zmienić w tej sprawie zdanie. Z kolei odpowiedzią Maríi José były w takich sytuacjach skargi i groźby złożenia doniesienia na funkcjonariuszki w związku z odmawianiem jej prawa do pomocy medycznej.

Przez resztę dnia próbowała się dodzwonić do swojej przyjaciółki i gospodyni mieszkania, w którym poprzednio przebywała – Sary. To właśnie ona przekazywała dalej wszystkie telefoniczne polecenia Maríi José. Kiedy nie odmawiano jej dostępu do telefonu, walencjanka rozmawiała ze swoimi adwokatami, którym właściwie udzielała wskazówek, jak mają prowadzić jej sprawę. Nie budziło to zachwytu jej reprezentantów prawnych, którzy woleliby, żeby klientka pozwoliła im pracować i nie wtrącała się za bardzo w ich działania. Zapał, który zawsze wykazywała, przekonanie, że racja i prawo są po jej stronie, chęć jak najszybszego wyjścia z więzienia i niezadowolenie z metod pracy adwokatów, z którymi ciągle się kłóciła – wszystko to sprawiało, że najchętniej sama miałaby ochotę zająć się własną obroną. Niemniej jednak od razu odrzucała taką możliwość, wiedząc, że sędziowie krzywo patrzą na takie działanie i według wszelkiego prawdopodobieństwa mogłoby to obrócić się przeciwko niej. Rozmawiała też z rodzicami, których ponownie prosiła, żeby zrobili wszystko co w ich mocy, by ją wyciągnąć z tego miejsca. Mogli na to odpowiedzieć tylko w jeden sposób: wysyłając po raz kolejny pieniądze, aby pokryć niebotyczne koszty obrony córki. Victoria regularnie odbierała telefony od siostry, tłumaczącej jej, jakie kroki powinna podjąć, żeby zawiadomić o sytuacji władze hiszpańskie, oraz jakie wskazówki powinna przekazać hiszpańskiemu adwokatowi, żeby drążył dalej sprawę doniesień, jakie María José złożyła na Petera. Chodziło o zarzuty próby zabójstwa, fałszowania dokumentów, bigamii i innych przestępstw popełnionych przez jej męża. Victoria odsłuchiwała pozostawione w skrzynce głosowej wiadomości od siostry, w których María José energicznym głosem, ale jednocześnie zachowując zimną krew, wyjaśniała, co powinien zrobić jej obrońca, które przepisy mają zastosowanie w jej sytuacji, na jakie wyroki można się powołać, aby wzmocnić jej pozycję, na którym artykule którego paragrafu i której ustawy lub rozporządzenia można się oprzeć, przygotowując obronę.

– Nie rozumiem, jak ona może to wszystko spamiętać – zastanawiała się Victoria, słuchając głosu siostry. – Odnoszę wrażenie, jakby dzwoniła ze swojego biura. Skąd ona to wszystko bierze, jak może tak doskonale pamiętać tyle różnych rzeczy?

Kiedy miała szczęście, a dany dzień nie był tym, w którym koleżanki nowej żony Petera po raz kolejny postanawiały komplikować jej życie, María José szła do biblioteki, gdzie mogła czytać książki prawnicze i wyszukiwać informacje, wykorzystywane potem w obszernych pismach, które wysyłała do adwokatów. W tamtym miejscu czuła się wolna. Za każdym razem, kiedy otwierała książkę i sporządzała notatkę na temat jej zawartości, czuła, że stawia kolejny krok w kierunku wolności i skraca odległość dzielącą ją od córki. To zadowolenie musiało malować się na jej twarzy, bo przy wielu okazjach odmawiano jej prawa wejścia do biblioteki.

– Zajęte. Nie ma dla ciebie wolnego miejsca – słyszała od dyżurnej.

– A poza tym i tak nie znajdziesz tu niczego, co pomoże ci się stąd wydostać, bo żywa nie wyjdziesz – dodała jedna ze strażniczek, która dość szybko przyłączyła się do zgrai funkcjonariuszek nieustannie dybiących na Maríę José.

– To nieprawda, że wszystkie miejsca są zajęte, prawie w ogóle nie ma więźniów w czytelni – zaprzeczyła ze złością María José. – Nie możecie tego robić. W moich papierach sądowych widnieje pozwolenie na korzystanie z biblioteki przez pięć godzin dziennie.

– Skoro tyle wiesz, to po co chcesz tu wchodzić? – odpowiedziała wyzywająco strażniczka. – Zadenuncjuj nas, pani mecenas, ciekawe, czy się odważysz. Taka jesteś odważna w niektórych sprawach, a innych się boisz.

Groźby, ciągłe wprowadzanie w błąd, obelgi i niekończące się aluzje strażniczek do obecnej żony Petera, sławnej już Jaudee, nie bolały jej tak bardzo jak odmowa wstępu do biblioteki. Musiało upłynąć trochę czasu, zanim zrozumiała, że dawanie upustu własnej złości w obecności funkcjonariuszek skutkuje jedynie dodatkowym pogorszeniem sytuacji i ciągłym gwałceniem przysługujących jej w więzieniu praw.

María José nauczyła się wycofywać do swojej celi, zwalczać gniew, bezsilność, wściekłość, chęć krzyku i płaczu. Siadała na swojej pryczy i zaczynała wypełniać formularz, który udostępniała jej administracja więzienna, ilekroć zgłaszała, że chce napisać skargę.

Kiedy w końcu zdołała się dodzwonić do rodziny i porozmawiać dłużej niż trzydzieści sekund z adwokatami, otrzymała dobrą wiadomość.

– Sądy hiszpańskie znów przyznały ci rację. Nie pozwolą, żeby twoja córka wyjechała z Hiszpanii. Posłuchaj, przeczytam ci słowo w słowo – informował ją rozemocjonowany ojciec. – „W dniu 2 stycznia 2007 roku sąd pierwszej instancji w Walencji odrzucił wniosek Petera Innesa o uchylenie środka zapobiegawczego zastosowanego na mocy orzeczenia z dnia 17 czerwca 2005 roku i polegającego na zatrzymaniu paszportu małoletniej Victorii oraz nałożeniu na nią zakazu opuszczania terytorium kraju". Więc już chyba trzeci, czwarty czy piąty raz odrzucają jego prośbę. Jesteś zadowolona, córeczko? Znowu ci przyznali rację.

– No pewnie, tato, ale muszę się stąd wydostać. Nie wiem, ile orzeczeń sądów hiszpańskich już mam, wszystkie przyznają mi rację, ale widzisz przecież, gdzie wciąż tkwię. Jestem tu zamknięta, jakbym była morderczynią. Przecież powinnam być gdzie indziej. Nie mogę tego znieść. Nie potraficie sobie wyobrazić, jacy tu są ludzie. Umieścili mnie w strefie największego ryzyka, jestem wśród kobiet, które zamordowały swoich rodziców, dzieci, mężów. A ja przecież jestem tylko zatrzymana! I na dodatek bezprawnie! Nie zostałam skazana przez żaden sąd. Wciąż wobec mnie obowiązuje domniemanie niewinności, a oni nawet nie dają mi lekarstw, których potrzebuję. Mam konstytucyjne prawo sama decydować o swoim leczeniu. Przecież oni nie mogą decydować za mnie, co mam przyjmować, a czego nie. Za kogo oni się mają?!

W miarę jak wypowiadała kolejne słowa, czuła, że coraz bardziej dochodzą do głosu jej emocje, i uświadomiła sobie, że być może niepotrzebnie dokłada zmartwień rodzicom, choć postanowiła, że w miarę możności będzie tego unikać. Ale było już za późno.

– Jak to nie dają ci lekarstw? Konsul zapewnił nas, że nie ma z tym żadnego problemu – zapytał ojciec z wyraźnym niepokojem. – Więc co ci dają, córciu? Przetrzymują cię tam bez leków? Źle cię traktują? Coś ci zrobili?

– Nie, tato, nic. Chodzi tylko o lekarstwa – skłamała, nie chcąc denerwować ojca. – Powiedz konsulowi, że nie mam pojęcia, o czym mówi. I poproś go, żeby łaskawie zainteresował się moją sprawą. Cóż ten człowiek wyprawia? Nawet nie stawił się na przesłuchaniu 8 grudnia, kiedy rozstrzygała się sprawa mojego zwolnienia. Jestem przekonana, że gdyby tam był, nie siedziałabym teraz w więzieniu. Jedyne, co zrobił, to przyniósł mi do więzienia numery „Hola" i „Semana"[18]. Uwierzyłbyś w to? Mógł sobie zresztą to darować, bo teraz jeszcze chcą mnie oskarżyć, że szmugluję do więzienia gazety. Jak można być takim kretynem, żeby na spotkanie ze mną przyjść z tabloidami? Ja chcę stąd wyjść, a nie zabawiać się głupotami. O czym on myśli, jeśli w ogóle to robi? – María José zamilkła, co nasunęło jej ojcu najgorsze myśli. Uspokoił się, kiedy po chwili znów usłyszał głos córki. – Tato, proszę cię, muszę być ze swoim dzieckiem. Musicie mnie stąd wydostać. Rozmawialiście z moimi adwokatami? Powiedzieli wam coś nowego?

– O wszystkim już wiesz. 8 lutego będzie decyzja w sprawie wniosku o zbadanie legalności aresztu, który ponow-

[18] Tabloidy wydawane w Hiszpanii.

nie złożył twój adwokat. Powiedział nam, że liczy na to, że zostaniesz zwolniona warunkowo. A wcześniej, 17 stycznia, masz stanąć przed sądem w sprawie zwolnienia za kaucją. – Ojciec Marii José sprawiał wrażenie, że chce jak najszybciej zakończyć rozmowę, bo ktoś stojący tuż obok niego pospiesza go. – Córeczko, twoja siostra chce z tobą porozmawiać. Robimy tutaj wszystko, co możliwe. Zaufaj nam. I sprawiedliwości. I Bogu. Wytrzymaj to, moja kochana, wytrzymaj.

María José cieszyła się, że może rozmawiać z siostrą. Z nią wszystko szło łatwiej. Mogła się przed nią otworzyć, bez konieczności ukrywania niezliczonych szczegółów, które z pewnością przygnębiłyby rodziców.

– Siostrzyczko, pomyślałam, że się przykuję do bramy Ministerstwa Spraw Zagranicznych w proteście, że nie zajmują się naszą sprawą. Rząd ma obowiązek zainteresować się tobą jako obywatelką hiszpańską. Nie mogą cię tak zostawić samej w jakimś amerykańskim więzieniu. Na dodatek muszą zabiegać o szacunek społeczności międzynarodowej. Skoro nasze prawo przyznaje ci rację, nie mogą siedzieć z założonymi rękoma, kiedy inne państwo je lekceważy. To niedopuszczalne.

– Jesteś pewna? Myślisz, że to by pomogło? – Marię José zdziwiła propozycja siostry. Widziała w wiadomościach podobne zdarzenia i zawsze się zastanawiała, jak zdesperowana musi być osoba, która wybiera taki sposób działania. A teraz jej młodsza siostra sama zastanawiała się nad podobnym krokiem. María José nigdy nie sądziła, że pewnego dnia stanie się bohaterką jednej z takich demonstracji.

– Kiedy zamierzasz to zrobić?

– Na dzień przed rozpatrzeniem twojej sprawy przez sędziego. Myślę, że zrobię to 16 stycznia rano, żeby pojawić się w wiadomościach telewizyjnych w południe. Trzeba naciskać, jak tylko się da. – Victoria wyczuwała, że jej siostra stara się zagłuszyć w sobie rozpacz, która ją ogarnęła, gdy usłyszała o tym planie. – Marío José, obiecuję, że cię stamtąd wyciągniemy. Obiecuję ci to. Wytrzymaj jeszcze trochę. Tylko trochę.

– A moja córeczka? – zapytała niemal bezgłośnie, przez łzy, María José. – Jak ona się miewa? Co jej powiedzieliście o mojej sytuacji? Czy coś wie?

– Jest zdrowa. Nie wie nic. Bardzo chce cię zobaczyć. Ciągle o ciebie pyta. Powiedzieliśmy jej to, co uzgodniłyśmy – że pracujesz daleko od domu. Teraz myśli, że jesteś w Galicji, ale niedługo przyjedziesz. Nie martw się o nią, ma się dobrze. Chodzi do szkoły, odrabia lekcje, bawi się z koleżankami i jest bardzo towarzyska, tak jak zawsze tego chciałaś. Nieustannie ćwiczy angielski. Jest zdrowa i dopisuje jej apetyt, nawet lepszy niż wtedy, kiedy ty tu byłaś. To cudowne dziecko, siostrzyczko. Tylko ciebie bardzo jej brakuje. Jeśli chcesz, poproszę ją do telefonu i porozmawiasz z nią. Jest w swoim pokoju, bo nie chcemy, żeby słyszała naszą rozmowę. Nabiłaby sobie głowę pytaniami i wątpliwościami.

María José odczuwała dziwny lęk za każdym razem, kiedy rozmawiała ze swoją małą. W jakim będzie nastroju? Czy powie jej coś nieprzyjemnego, czy będzie zdenerwowana, nieśmiała, a może o niej już zapomniała? Ale kiedy tylko usłyszała jej głosik, wszelkie lęki zniknęły.

– *Mami*, *mami* – krzyknęła słodko Victoria Solenne, zbliżając buzię do słuchawki, którą ujęła w dłonie. María José uwielbiała sposób, w jaki jej córka wymawiała słowo *mami*, zwracając się do niej. – *Mami*, kocham cię. Kiedy przyjedziesz? Chcę ci pokazać rysunek, który spodobał się bardzo mojej pani. Narysowałam ciebie. Chcieli go powiesić na tablicy, ale powiedziałam, że wolę go trzymać w domu, żeby ci pokazać, jak przyjedziesz. *Mami*, gdzie jesteś? Dlaczego nie przyjeżdżasz?

– Wrócę niedługo, skarbie. Całkiem niedługo. Słuchaj tego, co mówią dziadkowie, i bądź grzeczna. Ucz się, córeczko. Ucz się dużo i baw się. I nigdy nie zapominaj, że *mami* jest z tobą i że…

– Tak, *mami* – przerwała jej mała, tak jakby dobrze już znała całą listę zadań, które ma jej do przekazania matka. – Ale kiedy przyjedziesz? Bo tęsknię za tobą. Musisz mi pomóc w lekcjach, bo babcia nie umie, a dziadkowi to wolno idzie. Z tobą jest łatwiej. *Mami*, nie rozumiem, dlaczego nie przyjeżdżasz. Jesteś na mnie zła? – zapytała dziewczynka dziecięcym i czułym głosem. – Zrobiłam coś złego? Jeśli przyjedziesz, obiecuję, że będę odrabiała wszystkie lekcje, że nauczę się pływać, nie będę grymasić przy stole, choćby mi babcia nałożyła nie wiem ile, i że będę bardzo grzeczna. Będę dobra, tylko już przyjedź, *mami*. Wszystkie moje przyjaciółki mają mamy w domu, a dlaczego ja nie mam? Przecież nie zrobiłam nic złego.

– Słoneczko moje, oczywiście, że nie. Nigdy tak nie myśl! Nie zrobiłaś nic złego. Jesteś najlepszym dzieckiem na świecie. Ale teraz musisz być silna i zrozumieć, że mama musi pracować. Nie martw się, to już nie potrwa długo. – María José z coraz większym trudem powstrzymywała się od płaczu podczas tej rozmowy. – Teraz muszę cię już zostawić. Ale przedtem poślij mi słodkiego buziaka, kochanie.

– *Muuuuak*. – Mała Victoria Solenne dotknęła wargami słuchawki, żeby do matki dotarł mocny i długi całus. – Bardzo cię kocham, *mami*. Wracaj szybko. Do widzenia.

Takie rozmowy między matką a córką podkopywały morale całej rodziny, a szczególnie samej Maríi José. Jeśli na linii była mała Victoria Solenne, po rozmowie z nią ledwo mogła zamienić jakiekolwiek słowo z rodzicami czy siostrą. Dlatego też w większości wypadków nie chciała już ciągnąć dalej rozmowy i wolała ją od razu zakończyć. Był to jeden z najgorszych momentów, jakie zdarzały się jej w więzieniu. Kiedy przerywała połączenie i odwieszała słuchawkę, czuła się tak, jakby między nią a rodziną zamontowano wielki betonowy blok, który oddziela ją przede wszystkim od córki. Zawsze po rozmowie z małą wracała do celi zalana potokami łez, nie mogąc powstrzymać płaczu i nie zwracając najmniejszej uwagi na obecność pozostałych więźniarek, prawie zawsze przyglądających się jej z politowaniem. W takich chwilach María José najchętniej chroniła się we własnej celi. Siedząc na pryczy, dawała upust rozpaczy, płacząc niemal jak dziecko, aż zaczynały ją piec kąciki oczu. Próbowała zapisać w pamięci wszystkie szczegóły zakończonej właśnie rozmowy z Victorią Solenne i dokładała starań, by ubrać w konkretne obrazy to, co nie tak dawno od niej usłyszała. Wyobrażała ją sobie, jak w niedziele razem z dziadkami je na plaży paellę, prosząc ciocię, żeby jej obrała ze skorupek małe, wąsate zwierzątka wciśnięte między ryż[19], i w tym samym czasie poszukując z zainteresowaniem małży na talerzach wszystkich biesiadników, prosząc o ich odstąpienie. Na twarzy Marii José pojawił się nieśmiały uśmiech, kiedy jej wyobraźnia przywołała obraz córki uczącej się pływać, a chwilę później – skaczącej na głowę z brzegu basenu. Niemal słyszała śmiech małej, wyobrażając sobie, jak ciotka zabiera ją w niedzielę nad rzekę i kupuje jej *horchatę* albo mleko bezowe[20], a potem obie siedzą i rozbawione obserwują, jak rowery przejeżdżają z jednej strony rzeki na drugą, jakby miały skrzydła pozwalające im fruwać. Nietrudno było wyobrazić sobie, jak jej córka ciągnie za ramię ciocię Victorię, prosząc ją o pudełko popcornu i coca-colę przed wejściem do sali

[19] Tradycyjnym składnikiem paelli są krewetki.
[20] Popularny w Hiszpanii napój wyrabiany z mleka i białek, słodzony cukrem i doprawiany cynamonem, podawany w postaci zmrożonej i rozdrobnionej.

kinowej, gdzie mają obejrzeć film wspólnie wybrany w piątek po południu po wyjściu ze szkoły. Te wszystkie obrazy ustępowały miejsca okrutnej rzeczywistości, kiedy María José otwierała oczy i znów widziała jedynie sufit celi, kraty w drzwiach, które chwilowo pozostawały otwarte, oraz panujący w pomieszczeniu półmrok. Odruchowo i z desperacją ponownie zaciskała powieki, dodatkowo przyciskając oczy dłońmi, aż do bólu, w nadziei, że powrócą poprzednie, przyjemne i pełne czułości wizje, w których zanurzała się przez kilka minut. Ale próby powrotu do tego idyllicznego stanu były już daremne. Nawet marzenia nie chciały do niej wrócić, a wyobraźnia odmawiała jej prawa do fantazjowania. Czy mogło być coś bardziej okrutnego?

· 25 ·

Nigdy nie sądziła, że godziny mogą biec tak wolno, że może to być proces tak męczący, wręcz zabójczy. Dni ciągnęły się bezlitośnie, pozbawione jakichkolwiek zdarzeń, nadwerężając nerwy i cierpliwość Marii José. Nigdy nie lubiła zamkniętych miejsc, bo jej natura instynktownie buntowała się przeciwko nim. Potrafiła doświadczać tylu radości i spędzać czas tak pożytecznie, gdy tylko miała zapewnioną pełną swobodę, ale w więzieniu nie przeżywała niczego pozytywnego. Jej uzasadnione protesty i jak najbardziej słuszna krytyka rozmaitych działań i decyzji, które uważała za całkowicie bezprawne i nielegalne, nie były dobrze przyjmowane przez większość więziennego personelu. Interpretowano je jako zwykłe prowokacje, które aż proszą się o kary i represje.

Wiele współtowarzyszek Maríi José zauważało jej postawę. Robiła na nich niewątpliwie dobre wrażenie i skłoniła znaczną część do zmiany nastawienia wobec niej – do tej pory nieprzyjaznego, chłodnego, pełnego złośliwości. Innym źródłem stopniowego zbliżenia między Maríą José a resztą osadzonych była jej imponująca wiedza na temat przepisów i tego wszystkiego, co wiązało się z prawem. Popisywała się swym obeznaniem w tym temacie dość regularnie, wprawiając w osłupienie wszystkich, którzy chcieli jej słuchać – czy to więźniarki, czy funkcjonariuszki. Zapracowała w ten sposób na przydomek, za pomocą którego zwracało się do niej w więzieniu wiele osób: pani mecenas. Stąd właśnie wzięła początek korzystna dla obu stron wymiana usług: porada prawna w zamian za ochronę w więzieniu. María José czuła się usatysfakcjonowana tym osobliwym handlem, dzięki któremu mogła się nieco rozluźnić i uspokoić. Oprócz tego ta szczególna wymiana pozwoliła jej lepiej zaznajomić się z sytuacją innych więźniarek, poznać ich ból, historie, dramaty i zrozumieć motywy przynajmniej niektórych zachowań.

Na początku niektóre kobiety podchodziły do niej z dystansem, wykazując brak zaufania i udając, że nie zależy im zbytnio na tym, co może zaoferować nowa więźniarka. Inne robiły to bardziej bezczelnie, arogancko, podkreślając swoją wyższość i niedowierzanie w relacjach z prawniczką z Walencji. Zdarzały się nawet takie przypadki, że którejś z kobiet zabrakło odwagi, by bezpośrednio opowiedzieć o swojej sytuacji, i robiła to za pomocą listu. Zarówno te obawy, jak i arogancja szybko zniknęły za sprawą rad udzielanych przez Maríę José, która z ochotą godziła się na rolę doradcy prawnego. Pomagała kobietom, które nigdy wcześniej nie spotkały się z taką bezinteresowną hojnością. W nowym życiu Maríi José zaczęły się pojawiać więźniarki, z którymi połączyła ją szczególna relacja.

To zbliżenie zrodziło się najpierw między nią a jej towarzyszkami z celi. Początkowo María José sama, z własnej woli, pogrążała się w milczeniu i odosobnieniu, choć wiedziała, że z tego powodu może wydać się antypatyczna. Wolała trzymać się z dala od rozmów inicjowanych przez inne kobiety, uciekać przed jakimikolwiek przejawami intymności, którym mogła sprzyjać atmosfera samotności i beznadziei. Wciąż tkwiła w błędnym wyobrażeniu, że jej pobyt w więzieniu nie potrwa długo. Rzeczywistość dość szybko zdarła jej zasłonę z oczu: do jej celi przybywały coraz to nowe lokatorki, które w większości wychodziły z tego piekła przed nią, choć częściowo dzięki jej pomocy. Spośród wszystkich kobiet, które zajmowały prycze sąsiadujące z jej własną, María José nie potrafiła zapomnieć pierwszej. Wryła się jej w pamięć bardzo wyraźnie, a poza tym wspomnienie tej kobiety – pomimo początkowego wrażenia – wywoływało uśmiech na jej twarzy, który przecież ostatnio tak rzadko na niej gościł. Ich pierwsza noc w więzieniu przypadła mniej więcej w tym samym czasie. Kiedy tamta nowa weszła do celi eskortowana przez dwie strażniczki, María José zwróciła uwagę na jej niezwykle wyraziste rysy. Z jej zachowania wywnioskowała, że ma do czynienia z silną kobietą. Zamieniła z nią ledwie kilka słów, jako że przyprowadzono ją do celi na krótko przed zamknięciem drzwi. Kiedy zapadła noc, od strony łóżka, na którym spała nowo przybyła, zaczęło dobiegać głośne chrapanie, które obudziło Maríę José. „Co za barbarzyństwo – pomyślała. – Ależ ta kobieta hałasuje podczas snu". Zaledwie kilka minut później, wciąż jeszcze po części na jawie, zobaczyła, jak jej nowa towarzyszka podnosi się z pryczy, żeby opróżnić pęcherz. Robiła to, stojąc, opierając się lekko o ścianę, tak jak mógłby to robić jej ojciec, brat – o ile miała brata – albo jakiś przyjaciel. Początkowe zaskoczenie ustąpiło miejsca lękowi, a potem złości. María José rozjuszyła się nie tyle z tego powodu, że ma w celi transseksualistę, ile ze względu na ewidentny brak kontroli w więzieniu i nieumiejętność kierowania osadzonych w odpowiednie miejsca.

– Co to ma być? Więzienie dla kobiet, mieszańców i obojnaków? Wszystko mi jedno, jakie kto ma skłonności seksualne, ale to jest więzienie dla kobiet i dla mojego bezpieczeństwa – oraz bezpieczeństwa nowej towarzyszki – chcę, żeby ją przeniesiono w inne miejsce.

Już następnego ranka do tej samej celi została przyprowadzona kolejna więźniarka. Była to starsza kobieta, dostatecznie doświadczona przez życie, a jeszcze bardziej przez męża i dwóch synów, którzy urządzali jej długie sesje bestialskiego bicia, kończące się odwiezieniem jej do któregoś z miejskich szpitali. Mężowi i synom udało się pozbawić ją wszelkiej własności oraz – co było jeszcze groźniejsze – godności. W wieku ponad pięćdziesięciu lat kobieta stanęła przed fałszywymi oskarżeniami o kradzież, a rodzina była zdecydowana zrobić wszystko, żeby uznano ją za psychicznie chorą. Powodem całego okrucieństwa był fakt, że chciała uciec przed bestialską przemocą, której doświadczała, i rozpocząć nowe życie w ramionach innego mężczyzny. Synowie nie mogli jej tego wybaczyć i uknuli makabryczną intrygę, która zaprowadziła matkę do więzienia. Rady Maríi José pomogły kobiecie zdemaskować rodzinne knowania i odzyskać wolność.

Rzadko zdarzał się dzień, w którym do Maríi José nie docierałby list z historią którejś z więźniarek i jednoczesną prośbą o pomoc. Najmocniej poruszały ją tragiczne losy matek, które niesłusznie zostały oddzielone od swoich dzieci. Jednym z takich przypadków była historia więźniarki pochodzenia rosyjskiego, Anny. Niemal absolutna nieznajomość angielskiego sprawiała, że kobieta była odizolowana od rzeczywistości. Jej niepewność od razu rzucała się w oczy, jej słabość przeobraziła ją w łatwy cel oszustw ze strony bezdusznych funkcjonariuszy służby więziennej, którzy mieli ochotę rozerwać się i wykorzystać bezsilne, bezbronne ciało. Jej twarzy, poszarzałej i wyblakłej, nigdy nie opuszczał wyraz strachu i niepokoju, który María José zauważyła niemal od razu, kiedy zobaczyła tę kobietę w więziennej stołówce. Już wtedy, choć nie wiedziała, co jest przyczyną tego osobliwego zachowania i nie znała historii tej kobiety, utożsamiła się z nią, przekonana, że zapewne sama upodabnia się do niej, choć jej wygląd najpewniej nie budzi takiej czułości jak twarz nieznajomej blondynki. Poznała jej sprawę dzięki pośrednictwu innej osadzonej, która pokazała jej list, napisany po angielsku, drukowanymi literami, na trzech kartkach papieru. Szczegółowo opisano tam dramat, który przeżywała Rosjanka. Jej mąż, Amerykanin, oskarżył ją o porwanie ich córki i uprowadzenie dziecka do Kalifornii. Anna odkryła, że mąż wykorzystywał seksualnie ich pięcioletnie dziecko. Dowiedziała się o tym nie tylko z ust małej: wersję dziecka potwierdziły raporty medyczne sporządzone przez trzech niezależnych lekarzy, w tym ginekologa. Stwierdzili oni, że dziewczynka stała się ofiarą wielokrotnego maltretowania, które spowodowało nieodwracalne szkody fizyczne, niezależnie od traumy psychicznej, od której nie zdoła się uwolnić do końca życia. Jakby tego było mało, Anna odkryła, że jej małżonek zabawiał się, nagrywając akty gwałtu zadawane córce. Znalazła kasetę, na której zostały uwiecznione seksualne okrucieństwa, których się dopuszczał. Chciała złożyć na męża donos, ale tu, w Stanach Zjednoczonych, była kompletnie bezradna, zarówno w sensie ekonomicznym, jak i wobec urzędów. Została w zasadzie sama w obcym kraju, a jedyną bliską osobą była matka. Postanowiła, że wywiezie córkę aż do Kalifornii, by trzymać ją z dala od tamtych potworności, wykorzystywania i maltretowania. Została zatrzymana rok później, oskarżona o uprowadzenie córki, podobnie zresztą jak jej matka, którą także zamknięto w nowojorskim więzieniu jako wspólniczkę biorącą udział w porwaniu. Jednak najgorszą rzeczą, z którą obie musiały się zmierzyć, nie było wcale pozbawienie wolności. Tym, co wprawiło Annę w stan absolutnej rozpaczy, okazała się decyzja amerykańskiego sądu, który przyznał ojcu prawo do opieki nad córką i przekazał mu dziecko. „Nie ma ani pieniędzy, ani przyjaciół, ani rodziny, z nikim nie może się porozumieć, a swojego adwokata widziała tylko raz w życiu. Marío José, możesz jej pomóc?" – tak brzmiało zakończenie listu.

Ze sprawą Jenny również zapoznała się za pośrednictwem listu. Wydawać się mogło, że w warunkach więziennych była to metoda bezpieczniejsza. Funkcjonariusze nie zawsze pozwalali osadzonym na bezpośrednią rozmowę, a kiedy już się na to decydowali, ustawiali się tak, żeby wszystko słyszeć i uzyskać jakikolwiek dowód lub pretekst, potrzebny do nałożenia na więźniarki kary albo wszczęcia przeciwko nim postępowania. W większości listów pytania formułowano tak, by możliwe było udzielenie nań odpowiedzi za pomocą prostego „tak" lub „nie" – przede wszystkim dlatego, żeby nie zajmowało to zbyt dużo czasu, a samo udzielenie pomocy nie oznaczało problemów dla Marii José. Kiedy strażnicy byli uprzejmi i nie narzucali się ze swoją obecnością ani nie urządzali prowokacji – których celem było skłonienie więźniarek do reakcji, po to by je przemocą obezwładnić, zamknąć w karcerze czy też znęcać się w inny wymyślny sposób – rozmowy mogły być dłuższe. María José korzystała z takich sytuacji, żeby przekazać rozmówczyniom bardziej szczegółowe rady i poinstruować je, jak powinny postąpić. Zawsze, udzielając wskazówek, prosiła, żeby zapisywały je własnoręcznie, swoim charakterem pisma, co jej samej pozwalało uniknąć ewentualnych kłopotów.

W liście napisanym przez Jenny było tyle błędów ortograficznych, że María José musiała przeczytać go trzy razy, zanim zrozumiała jego treść. Autorka listu była Portorykanką, matką trójki dzieci w wieku czterech, siedmiu i dwunastu lat. W pewnym momencie uwagę Jenny zwróciły dziwne relacje między jej mężem a dziećmi. Po jednym z licznych i brutalnych gwałtów, jakich się na niej dopuszczał, zapytał ją w zupełnie naturalny sposób, czy ich najstarsza córka ma już włosy w okolicach intymnych. Jenny natychmiast zapomniała o własnym bólu i upokorzeniu, z którymi usiłowała się uporać, i zapowiedziała mężowi, że jeśli dotknie którejś z córek, zabije go. Jego reakcja – obok pobicia, które od razu jej zafundował – uświadomiła żonie, że ten człowiek wykorzystuje córki od lat. Wiedziała też, że jeśli go zadenuncjuje, on pozabija je wszystkie. Kiedy próbowała uzyskać wsparcie i pomoc od teściowej, ta wyśmiała ją i natychmiast powiedziała wszystko synowi. On z kolei całą złość wyładował na Jenny i córkach. Po niedługim czasie kobieta została zatrzymana i fałszywie oskarżona o popełnienie całej serii przestępstw. Wszystkie były wspólnym wymysłem jej męża i teściowej.

María José zrozumiała, że w tym więzieniu przebywa wiele kobiet, którym założono kaftany bezpieczeństwa, zaklejono usta plastrem, zasłonięto oczy i wypchnięto na arenę wielkiego cyrku, gdzie – w takich właśnie warunkach – miały się bronić przed zarzutami o dopuszczenie się niecnych czynów, których wcale nie popełniły. Szacowała, że jedna trzecia zamkniętych w tych murach to osoby niewinne. Widziała, że większość z nich to cudzoziemki, żony obywateli Stanów Zjednoczonych. Ich dzieci stały się swoistą monetą przetargową. Te kobiety nie miały w Ameryce rodzin ani żadnych większych zasobów finansowych, co uniemożliwiało im dostęp do rzetelnej obrony, która mogłaby wykazać ich niewinność i zrekompensować cierpienia przynajmniej odzyskaną wolnością. Inne kobiety były świadome popełnionych błędów i wiedziały, że muszą za nie odcierpieć, ale María José miała wrażenie, że cena, jaką płacą, jest zbyt wysoka – przez gnuśność obrońców, przez sędziów i przez maltretowanie, którego stają się ofiarami, kiedy tylko któraś z nich nie spodoba się dyżurnemu funkcjonariuszowi.

Zen, Paulina, Barbara, Carla, Chica, Helena, Catherine – tym kobietom udało się zasłużyć na miano więziennych przyjaciółek Marii José, która szybko uświadomiła sobie, że będzie się z nimi dzielić dobrymi i złymi wiadomościami przekazywanymi przez adwokatów, trudnymi momentami przychodzącymi po wizytach krewnych, problemami ze zdrowiem, przyjmującymi postać bólów i komplikacji. Niektórych spraw te kobiety nie rozumiały, ale wiedziały, że kary są mniej dotkliwe, kiedy ma się obok siebie kogoś, komu można opowiedzieć o całym tym koszmarze.

· 26 ·

Życie w tym miejscu było pozbawione jakichkolwiek atrakcji. Jedynie pojawienie się nowej więźniarki albo nałożenie na którąś kary – upokarzającej dla ofiary i odstraszającej dla pozostałych osadzonych – przełamywało monotonię więziennej egzystencji. Od chwili przybycia do więzienia María José bała się, że stanie się ofiarą czegoś, co nieraz miała okazję oglądać, obezwładniona przez strach i rozpacz: rozprawy licznej grupy funkcjonariuszy z którąś z więźniarek, której jedyną winą – zgodnie z tym, co jej potem opowiadano – było to, że rozdrażniła którąś ze strażniczek. Zdawała sobie sprawę, że coś się dzieje, kiedy słyszała, jak osadzone uderzają różnymi przedmiotami w kraty swoich cel. Ona sama leżała w łóżku, jak prawie zawsze, nie mając ochoty ani sił, żeby wykonać nawet najmniejszy ruch. Wystawiała głowę i widziała, jak strażnicy ciągną po podłodze którąś z kobiet, która przeraźliwie krzyczy i błaga, żeby jej *tego* nie robić, że będzie się poprawnie zachowywać, że zrobi wszystko, co jej każą, „proszę, tylko nie to". Te słowa powracały wśród tych nieludzkich krzyków: „Tego nie, tego nie".

María José rozglądała się na wszystkie strony, nie rozumiejąc, co ma za chwilę nastąpić. Obserwowała z niepokojem, jak niektóre z jej towarzyszek biją brawo, radośnie pokrzykują, śmieją się. Inne zaś wolały wrócić do swoich cel, żeby nie oglądać spektaklu. María José nie odważyła się zadawać żadnych pytań, bo dość szybko nauczyła się, że może to być uznane za zachowanie obraźliwe i prowokacyjne. Aż w końcu ktoś zwrócił się do niej, żeby rozwiać jej niepewność.

– Nic nie rozumiesz, co? Nie masz pojęcia, co się za chwilę stanie z tą nieszczęśnicą? – zapytała jedna z więźniarek, która niezauważenie dla Maríi José pojawiła się w celi przylegającej do jej własnej.

– Co się będzie działo? – spytała ze strachem. – Co jej zrobią?

– Bawiłabyś się lepiej, gdybym ci nic nie mówiła, ale ty pewnie jesteś z tych mięczaków, które zaczynają płakać albo wymiotować, jak widzą coś nieprzyjemnego, więc cię uprzedzę. – Więźniarka lekkim ruchem podbródka wskazała kobietę, która wciąż błagała, żeby nie robić jej krzywdy, podczas gdy czwórka strażników trzymała ją w powietrzu. – Widzisz ją? Teraz będą ją rozbierać przez kilka minut, może dłużej, to zależy od tego, ile mają wolnego czasu, jaki humor, czy mają ochotę i oczywiście jaki ma apetyt ten, który jej zdejmie ubranie. A potem założy jej śliczną metalową siatkę, w której będzie musiała biegać po wszystkich zakamarkach więzienia, cela za celą, górny korytarz, dolny korytarz, otwarte biura, zamknięte biura, ogladana przez wszystkich, cały dzień i całą noc. Nazywają to wieczorem panieńskim. Ładna nazwa, nie?

– Dlaczego to robią? – zapytała María José, która zaczynała wątpić w prawdziwość opowieści sąsiadki.

– Myślisz, że potrzebują jakiegoś specjalnego powodu? Ciągle jeszcze nie rozumiesz, gdzie jesteś. – Więźniarkę bawiła ignorancja Marii José. Tłumaczyła jej dalej: – Strażnicy się nudzą i właśnie dlatego to robią. Jesteśmy tylko zabawkami w ich rękach. Ale nie martw się. Nie przejmuj się tą biedaczką. Naprawdę, nie trać energii. Będziesz miała jeszcze czas cierpieć, kiedy ty będziesz wybranką.

Nie trzeba było długo czekać, by zobaczyć skutki tej okrutnej rozrywki. Dziewczyna ruszyła w drogę, idąc z trudem, owinięta niewygodnym, niepozwalającym swobodnie oddychać strojem, zmuszana do chodzenia przez strażników, którzy kazali jej zrywać się na nogi, ilekroć upadła na podłogę powalona przez upokorzenie, zmęczenie i wstyd. Śmiali się z niej i krzyczeli, kiedy załatwiała swoje potrzeby fizjologiczne. Dbali o to, żeby każdy ją zobaczył, jakby chodziło o trofeum czterech myśliwych. María José wolała wejść do celi. Siadła na łóżku i przyłożyła dłonie do uszu. Nie chciała już więcej słyszeć. Nie mogła tego znieść.

Dantejskie sceny nie ograniczyły się do wspomnianego piekielnego wieczoru panieńskiego. Właściwie był to dopiero początek. Kilka dni później María José była świadkiem kolejnej odsłony skrajnego okrucieństwa, które wydawało się w tym więzieniu czymś całkiem zwyczajnym. Widok, który ukazał się jej oczom, przeobraził się w powracający senny koszmar, który nawiedzał ją dwa-trzy razy w tygodniu i stał się jej najgorszą zmorą. Podobnie jak w przypadku wieczoru panieńskiego, także i tym razem zaalarmowały ją krzyki więźniarek.

– Posadzą ją na czarnym krześle. Dziewczyny, wyjdźcie popatrzeć! Sadzają ją na czarnym krześle. Ciekawe, czy tym razem zadziała – krzyczała jedna z kobiet niewielkiego wzrostu, o paskudnym charakterze, która przy niejednej okazji stawała się przedmiotem rozrywki grupy pozbawionych skrupułów więźniarek. – Wychodźcie! Wychodźcie popatrzeć. Może tym razem nas oszczędzą...

María José nie rozumiała, dlaczego niektóre kobiety wydawały się dobrze bawić na tym diabelskim przedstawieniu. Nie znajdowała w tym logiki. Zdawała sobie przecież sprawę, że w każdej chwili one same mogą stać się szczurami laboratoryjnymi, na których ćwiczone będą te żarty, jak zwykli to określać strażnicy.

– Dlaczego? To proste. Dlatego że skoro to spotyka ciebie, nie spotyka mnie – nieduża więźniarka jakby czytała w jej myślach. – Dlatego krzyczymy. Bo tym razem nam się udało. Kiedy nie krzyczysz, to znaczy, że ty jesteś tam na dole.

– To okropne – odważyła się powiedzieć María José.

– Nie, to instynkt przetrwania. Powinnaś się przyzwyczaić – podsumowała jej samozwańcza nauczycielka.

Kolejna fala krzyków przerwała ich rozmowę. Wszystko wskazywało na to, że przedstawienie zaraz się rozpocznie. Więźniarki licznie zgromadziły się na galerii, trzymając się poręczy. María José dostrzegła, że część białej farby, którą kiedyś pokryto barierki, znikła i miejscami wyłaziło spod niej rdzewiejące żelazo. Nietrudno było w tym zobaczyć rezultat nerwowego zaciskania dłoni niezliczonych więźniarek, które gromadziły się tam przez lata, by patrzeć na to, co już za chwilę miało spotkać jedną z ich towarzyszek. Nieświadome tego faktu, unosiły potem za paznokciami cząstki farby.

– Wszyscy do cel! Nie ma na co patrzeć. Do środka, szybko, bo będzie kara – wrzeszczała jedna ze strażniczek, próbując w ten sposób ukrócić wzmożone zainteresowanie kobiet. – Nie słyszysz, co mówię? Jak tak bardzo chcecie sobie popatrzeć, to może któraś z was zejdzie na dół i przyjrzy się z bliska? – Okrutna ironia zawarta w słowach strażniczki ostatecznie przekonała osadzone, żeby wróciły do swoich cel.

– No już, wchodź wreszcie. – María José poczuła, jak ktoś łapie ją za ramię i prowadzi do celi. – Czego chcesz? Żeby ci założyli czarny kaptur na głowę, posadzili na krześle i bawili się, czy włączyć prąd, czy nie? Chcesz wiedzieć, co się wtedy czuje? Bo jak chcesz, to te kobiety w mundurach chętnie wytypują cię na ochotnika. – Te słowa wypowiedziała Jo, jej nowa towarzyszka z celi, choć już od dawna przebywająca w tym więzieniu. – Wchodź wreszcie! I nie martw się, choćbyśmy się schowały pod ziemią, i tak usłyszymy jej krzyki.

– Zabiją ją? – zapytała naiwnie María José, nie umiejąc sobie poradzić z tą sytuacją.

– Będą udawać, że sadzają ją na krześle elektrycznym. Powiedzą jej, że może nie włączą maksymalnego napięcia, że zależnie od tego, jak będzie się zachowywać, albo zrobią to szybko, albo stopniowo. I będą się bawić strachem tej nieszczęśnicy, którą właśnie przyprowadzili. Wytłumaczą jej, co będzie czuła. Nie będą jej oszczędzać szczegółów na temat zapachu palonego mięsa, który poczuje sama od siebie, będą się zabawiać, opowiadając jej, jak z bólu popękają jej bębenki, zacznie krwawić, oczy wyjdą jej z orbit albo będą jej wypadać całe kępy włosów, zejdą jej paznokcie i wypadną zęby. I nie ma znaczenia, czy to wydarzy się naprawdę, czy nie. Będą ją torturować tą zabawą tak długo, jak długo będą na to mieli ochotę. A ponieważ jest nowa, to wszystko przełknie. – Jo utkwiła wzrok w jakimś punkcie podłogi, tak jakby chciała oderwać się od tej bezlitośnie szczegółowej opowieści. – Niektóre tracą głos od krzyku, inne mdleją i trafiają prosto do gabinetu lekarskiego albo od razu do szpitala. Jeszcze inne zachowują się grzecznie i tylko błagają swoich katów, żeby szybko skończyli. Niektóre nawet głośno się modlą, najgłośniej jak potrafią. Ich głosy są pełne strachu przed niewiadomym i przed nieustającymi groźbami. Starają się, żeby ich monotonne modlitwy zagłuszyły głosy strażniczek. Nic pewnego poza tym nie wiemy, bo kiedy strażnicy już się znudzą i skończą zabawę, zamykają je w karcerze na wiele dni, tygodni albo i miesięcy. Kiedy stamtąd wychodzą i znów je widzimy, są innymi osobami. I oczywiście nie chcą mówić o tym, co się z nimi działo. To straszne. Nie znajduję na to nazwy. To jest kara, na którą nie zasługują nawet najokrutniejsi zabójcy. – Więźniarka utkwiła wzrok w Maríi José i nie tracąc czasu choćby na mrugnięcie okiem, zapytała: – Wierzysz w Boga? – María José pokiwała głową. – No to masz szczęście. Módl się, żeby nie padło na ciebie. Może twój Bóg ci pomoże, chociaż jeśli jest w stanie tolerować ten horror, to właściwie dlaczego miałby wstawić się za tobą, a nie za innymi? Jak sądzisz?

Przeżycia tego dnia wprawiły Maríę José w stan autentycznego przerażenia. Prosta, przelotna myśl, że przecież to właśnie ona może być kolejną osobą, którą posadzą na czarnym krześle i przekształcą w ofiarę sadystycznego i niemoralnego spektaklu, trawiła jej ciało i doprowadzała umysł do szaleństwa. Była pewna, że nie wytrzymałaby tego doświadczenia i dostałaby zawału serca. Zrozumiała, że rada, którą dała jej nowa lokatorka celi, nie była zła – i modliła się z całych sił.

W kolejnych dniach próbowała zdobyć jakieś szczegóły – choć bez okazywania nadmiernego zainteresowania, żeby nie ściągnąć na siebie uwagi innych – na temat miejsca pobytu więźniarki, którą poddano karze czarnego krzesła. Ale nikt nie potrafił nic powiedzieć. Nikt nic nie wiedział. Po kilku dniach zapomniano o nieszczęśnicy, jak określiła ją Jo. Zapomnieli wszyscy oprócz Marii José. Co noc odtwarzała w swojej wyobraźni – mimowolnie, ale nie umiała temu zapobiec – umęczone i udręczone krzyki zmieszane z przejmującym szlochem nieszczęśnicy i nie potrafiła przestać myśleć o tym, jak sama czułaby się w tej traumatycznej sytuacji. Kiedy okropieństwa związane z tymi wyobrażeniami stawały się już nie do zniesienia, nakrywała głowę prześcieradłem i zaczynała głośno się modlić – dostatecznie głośno, żeby uciszyć myśli, które zadawały ból wykraczający daleko poza granice miłosierdzia. Wiedziała, że jej współtowarzyszki z celi być może ją słyszą, ale żadna nic nie mówiła. Nigdy żadna nic nie powiedziała. Rozumiały, że intymność wnętrza celi jest bezcenną resztką wolności, którą dysponują, by czuć się swobodnie. Obowiązywał wśród nich szczególny kodeks honorowy, zgodnie z którym rzeczywistość w celi była chroniona przed zewnętrznym światem.

Nikt nie mógł wiedzieć lepiej od Marii José, czym jest przeżywanie ciągłych upokorzeń oraz doświadczanie nieustających i dziwacznych żartów ze strony części funkcjonariuszy więziennych. Od pierwszej chwili ostrzegała wszystkich, że jej stan zdrowia wymaga żelaznej dyscypliny dotyczącej spożywania posiłków i zażywania całej serii leków, ale te komunikaty najwyraźniej nie zmiękczyły serca strażników, przynajmniej niektórych. Kiedy María José prosiła w więziennym sklepie o wodę butelkowaną, tak jak wielokrotnie radzili jej lekarze, ostrzegając ją tym samym przed niebezpieczeństwem spożywania innych rodzajów wody, odmawiano jej. Mówiono, że skończyły się zapasy, albo odpowiadano wprost, że dla niej butelek nie ma i może pić wodę z kranu z umywalki, którą ma w celi. María José powtarzała, że pieniądze nie są problemem i może zapłacić nawet więcej, niż wynosi cena butelki, że woda w celi jest brudna, że jej organizm nie potrafi jej właściwie przyswajać – ale żadne wyjaśnienia nie były brane pod uwagę. Posiłki stały się dla niej prawdziwą męczarnią, przede wszystkim wtedy, kiedy dyżurna odpowiedzialna za postawienie talerza z posiłkiem na jej tacy pluła do niego i mówiła: „Pozdrowienia od Jaudee". María José zdawała sobie sprawę, że nie może pofolgować swoim chęciom i cisnąć dyżurnej talerzem w głowę, choć do tego właśnie zachęcał ją jej instynkt. Wiedziała, że za takie zachowanie trafiłaby do karceru, a to oznaczałoby pozbawienie na wiele dni, jeśli nie tygodni, możliwości rozmowy z córką, z rodzicami, z adwokatami... Dlatego wybierała trudne ćwiczenie zapominania o własnej dumie: wychodziła z kolejki i zostawała bez jedzenia, skubała coś, co zostawiały jej zaprzyjaźnione więźniarki, albo zadowalała się tym, co udawało się jej kupić w więziennym sklepiku samoobsługowym. Były tam głównie produkty paczkowane, wysoko przetworzone, takie jak zupy w proszku, konserwy, dania z makaronu, ciastka albo kanapki. Wszystko to z pewnością nie stanowiło dobrego źródła składników odżywczych niezbędnych dla poprawy jej nadwątlonego zdrowia.

– Widziałam niezliczoną ilość razy, jak ci to robiły, ale wolałam nic nie mówić – wyznała jej w końcu jedna ze współtowarzyszek przy cichym potakiwaniu innych. – Powinnaś jeść, a skoro nie zauważyłaś, nie mówiłyśmy ci.

María José musiała wykonać spory wysiłek, by powściągnąć odruch żołądka, który próbował pozbyć się całej swej zawartości. Choć z trudem, zdołała to zrobić.

– Uwzięły się na mnie. Ten niegodziwiec, mój były mąż, postanowił możliwie najbardziej uprzykrzyć mi życie, żebym się załamała, uznała za pokonaną i postanowiła sprowadzić tu dziecko. Ale nie uda mu się. Wolałabym umrzeć, co zresztą byłoby jedną z rzeczy, których ten potwór pragnie. – W miarę jak wypowiadała te słowa, wydawało się, że dodają jej ducha. – Nawet jeśli to wszystko, przez co teraz przechodzę, jest tylko zapowiedzią jeszcze gorszych sytuacji w przyszłości, proszę bardzo.

Nie musiała się bardzo wysilać, żeby zauważyć, że niektórzy z funkcjonariuszy próbowali z niej zrobić ulubiony obiekt swoich nikczemnych i okrutnych rozrywek. Większość znała jej historię i wiedziała, że sytuacja byłego męża Hiszpanki oraz pozycja zawodowa jego obecnej żony mogą zamienić jej pobyt w więzieniu w serię nieludzkich cierpień, co zresztą miało miejsce.

Bardzo często można było zobaczyć Maríę José roztrzęsioną i niepocieszoną w obliczu kolejnego aktu przemocy ze strony funkcjonariuszy, którzy weszli do jej celi i po wywróceniu wszystkiego do góry nogami – bo przecież pozwalała im na to władza, którą nad nią mieli – zabierali jedyną fotografię jej córki, jaką miała. Maleńkie zdjęcie, troskliwie zafoliowane, przedstawiało małą, uśmiechniętą Victorię Solenne z zaróżowionymi policzkami, uczesaną w dwa kucyki. Fotografia miała cudowną moc pocieszania Maríi José w chwilach, gdy najbardziej tego potrzebowała. Strażnicy zabrali jej rysunki, które nieustannie przysyłała jej córka, ważne dokumenty od adwokatów, listy od siostry, od rodziców, jej własne zapiski, które miały pomóc w prowadzeniu obrony, notatki przeznaczone do wysłania do amerykańskich mediów, takich jak CNN, NBC czy CBS, zabrali jej też przeróżne drobiazgi osobiste, służące w najtrudniejszych chwilach jako amulety. Protestowała, groziła złożeniem doniesienia na sprawców tego rabunku, bo tak go kwalifikowała, ale jedyne, co udało jej się osiągnąć, to kolejne szyderstwa i przejawy pogardy, które ją raniły i utrzymywały w stanie ciągłej depresji.

– Wchodzimy do cel wtedy, kiedy mamy ochotę – odpowiedział jej jeden ze strażników – bo jest w nich tyle gówna, że musimy je czasem oczyścić. Wy tego nie zrobicie. Jesteście gorsze niż zwierzęta. Trzeba sprawdzić, coście tutaj pochowały! Ale uważaj – mówił ten sam strażnik do Marii José, przybliżając do jej piersi czubek służbowej pałki – bo dokładnie cię obserwujemy i pewnego dnia, w najmniej oczekiwanej dla ciebie chwili, przyjdziemy zobaczyć, co tu chowasz. I wtedy zobaczymy, kto na kogo doniesie.

Nie trzeba było długo czekać na spełnienie tej groźby. Po kilku dniach, kiedy María José siedziała właśnie w bibliotece, przyszło po nią kilku strażników, którzy poinformowali ją o nowej sytuacji.

– Chodź z nami. Idziesz do karceru na minimum piętnaście dni.

Te słowa w brutalny sposób wyrwały ją ze stanu, w którym się znajdowała, zanurzona w lekturze. Poczuła, że ciemnieje jej przed oczyma. Na dodatek odmawiając jej prawa do przebywania w bibliotece, strażnicy pozbawiali ją możliwości swobodnego korzystania z telefonu, bez obecności słuchającego rozmowy funkcjonariusza. Jeden z pracowników biblioteki solidaryzował się bowiem z Maríą José i pozwalał jej dzwonić, pilnując przy tym, czy nie zbliża się ktoś ze służby więziennej, kto mógłby ją na tym nakryć.

– Ale dlaczego? Co ja zrobiłam? – Przyzwyczaiła się już do zadawania tego pytania, choć przecież nakładane na nią kary nie były uzasadnione żadnym nieregulaminowym postępowaniem, a jedynie nikczemnością kogoś z administracji.

– Schowałaś w szufladzie igłę, żeby napaść na któregoś z funkcjonariuszy – odpowiedział strażnik, którego María José znała już z wcześniejszych drwin i akcji przeciwko niej. Trzymał w prawej dłoni igłę i demonstrował ją niczym ważne trofeum. – To oczywiste, że planowałaś zamach na funkcjonariuszy wchodzących do twojej celi.

– Przecież to zwykłe kłamstwo – krzyczała María José wyprowadzana przez strażników. – Mam cukrzycę i poprosiłam o aparat do kontroli poziomu cukru we krwi. Przyznano mi ten aparat i dlatego znaleźliście igłę. Czymś takim nie mogłabym nikogo zaatakować, choćbym nawet chciała. To wszystko jest kłamstwem.

– No patrzcie, nasza Hiszpanka okazuje się buntowniczką. I pewnie zaprzeczysz również, że od jakiegoś czasu obmyślasz plan ucieczki? Śledziliśmy cię, podsłuchiwaliśmy twoje rozmowy telefoniczne i w ten sposób to wykryliśmy. – To nowe, tak absurdalne oskarżenie spowodowało, że María José zareagowała śmiechem. – Cieszę się, że to cię bawi. Tam, gdzie teraz idziesz, będziesz miała dużo czasu, żeby się pośmiać. I dalej pracować nad planem ucieczki.

Przez wiele dni – nie wiedziała dokładnie jak długo, choć miała wrażenie, że minęły lata – przebywała zamknięta w ciemnym pomieszczeniu, zimnym, wilgotnym, bez towarzystwa ludzi, w ciszy, pozbawiona możliwości rozmawiania z kimkolwiek, bez wiadomości ze świata zewnętrznego, bez niczyjej reakcji na jej potrzeby, żywiąc się właściwie powietrzem i cierpiąc z bólu wywołanego pogorszeniem się stanu zdrowia na skutek ciężkich warunków panujących w karcerze.

Kiedy wyszła z tej nory, do której wrzucono ją jak psa, wyraźnie było widać, że bardzo straciła na wadze, a jej skóra przybrała żółtawy kolor. María José miała kłopoty z utrzymaniem się na nogach, raziło ją światło, którego – sądząc po wyrazie jej oczu – brakowało jej przez długi czas. Wydawała się kompletnie zdruzgotana psychicznie, co nie przeszło niezauważone przez jej współtowarzyszki i przez strażników.

– Na miłość boską, María José, co oni ci zrobili? – spytała Zen, więźniarka koreańskiego pochodzenia, z którą Hiszpanka najmocniej się zaprzyjaźniła. – Spójrz na siebie. To nie może dalej trwać. Zabiją cię.

– Niech mnie zabiją, jeśli mają ochotę. Ale jednego nie osiągną: nie zobaczą twarzy mojej córki, chyba że na zdjęciu – odpowiedziała María José z lekkim uśmiechem, tak jakby ta myśl dodawała jej otuchy.

Jedna z niewielu funkcjonariuszek więziennych, które wykazywały choć trochę solidarności z Maríą José, widząc stan, do jakiego została doprowadzona, i wiedząc wszystko o cierpieniach, jakie były jej zadawane w więzieniu, podeszła do niej i zapytała:

– Dlaczego nie ustąpisz? Jeśli sprowadzisz córkę do Stanów Zjednoczonych, przynajmniej odzyskasz wolność i będziesz mogła ją widywać, być z nią, żyć jak normalny człowiek, a nie zamknięta jak przestępca.

Wypowiadająca te słowa strażniczka nie pierwszy raz wysuwała tę sugestię, ale zawsze słyszała tę samą odpowiedź.

– Nie wiesz, co mówisz, kiedy mnie do tego namawiasz – odpowiedziała María José, uśmiechając się nieśmiało i kręcąc głową. Pamiętała, że tę samą propozycję składał jej już konsulat hiszpański, a nawet rodzice i siostra, kiedy w chwilach desperacji nie potrafili znieść myśli, że ich córka i siostra jest uwięziona i traktowana jak terrorystka. – Sądzisz, że mogłabym pozwolić na to, żeby moja córka żyła z człowiekiem, który podjął próbę pozbawienia mnie życia, i jej być może też? I który się chełpi tym, że doprowadził mnie do tej sytuacji? Sądzisz, że byłabym zdolna oddać moją małą takiemu potworowi? Przede wszystkim jestem matką i nie rozumiem, jak mogłabym postąpić inaczej. Moja córka nie skończy pod dachem mordercy, psychopaty, przestępcy…

Reszta określeń, które wydobywały się z jej ust, zlała się w jeden słaby pomruk, który zakończył się, kiedy Marii José zabrakło tchu. Zasnęła na łóżku, w objęciach Zen, swojej przyjaciółki. Zapadła w sen pod wpływem zmęczenia, upokorzenia, smutku, niemocy, rozpaczy, poczucia niesprawiedliwości. Nie miała już okazji wysłuchać pocieszeń przyjaciółki, która zapewniała ją, że jutro nastanie nowy, lepszy dzień. Jej uszy nauczyły się zamykać na kłamstwa.

· 27 ·

Już tylko jeden dzień został do chwili, w której jej siostra miała znów stawić się przed sędzią, dysponującym dostateczną władzą, by natychmiast wypuścić ją na wolność. Na podstawie informacji, które przekazywali jej adwokaci, Victoria wywnioskowała, że istnieje duże prawdopodobieństwo wyznaczenia przez sędziego kaucji. Otworzyłoby to drzwi więzienia, w którym María José znajdowała się od ponad miesiąca. Victoria prowadziła swoje dwumiejscowe auto drogą z Walencji do Madrytu, gdzie miała zrealizować zamiar przykucia się do bramy Ministerstwa Spraw Zagranicznych na znak protestu przeciw sytuacji, w której znalazła się jej siostra. Przypominała sobie w tym czasie piekło, w jakie zamieniły się ostatnie święta Bożego Narodzenia. Wypełnił ją bezgraniczny smutek. Dom rodziców, który zawsze był dla niej symbolem zabawy, radości i uroczystości – szczególnie w porze Gwiazdki – wyglądał teraz na kompletnie zgaszony, pozbawiony zapału do jakichkolwiek świątecznych obchodów. Nieobecność Marii José zdominowała wszystko, atmosfera była tak gęsta od wspomnień o niej, że w tak dobrze znanym Victorii salonie rodziców prawie nie dało się oddychać. Ten pokój przystrojony do skromnej kolacji wigilijnej wyglądał sztucznie. Członkowie rodziny nie potrafili nawet wypełnić wspólnego postanowienia, żeby ze względu na obecność małej Victorii Solenne udawać ożywienie. Ból był zbyt silny, by dało się go ukryć. Tym trudniej przychodziło pozorować radość. Świąteczna kolacja okazała się ciężkim i bolesnym doświadczeniem, wydawało się, że posiłek ciągnie się w nieskończoność, choć tak naprawdę trwał wyjątkowo krótko: wszystko zajęło nie więcej niż trzy kwadranse. Nie było prezentów, nie śpiewano kolęd i z trudem znajdowano tematy do rozmowy, które mogłyby zaprzątnąć uwagę obecnych, a nawet jeśli – zainteresowanie nie byłoby szczere. Tego wieczoru dominowała cisza, pośród której wszyscy rozmyślali o tym, co teraz robi ich córka, siostra, matka. Westchnienia Marui, matki Maríi José, brzmiały tak, jakby uchodziło z niej życie. Kiedy wydawało się jej, że wnuczka nie patrzy, ocierała łzy chusteczką albo szła do kuchni, żeby wypłakać się bez lęku, że wszyscy będą na nią spoglądać. Victoria i jej ojciec starali się zająć małą, która jako jedyna ośmieliła się mówić o Maríi José.

– A *mami* mówiła, że będzie ze mną na Gwiazdkę, no i nie przyjechała – skomentowała sytuację dziewczynka, przeżuwając jak automat to, co dziadek wkładał jej do ust. – Dlaczego nie przyjechała, dziadku? Myślisz, że dziś wieczorem znowu do mnie zadzwoni?

– Na pewno, kochanie. Zadzwoni – odpowiedziała Victoria, widząc, że ojciec jest zdruzgotany pytaniem wnuczki. – A jeśli nie zadzwoni... mówiła ci już wczoraj, że cię bardzo kocha i wkrótce przyjedzie. Wiesz, że ma dużo pracy, ale kiedy wróci, zobaczysz, ile ci przywiezie różnych rzeczy.

– Nie chcę, żeby mi coś przywoziła – odpowiedziała mała, kiedy zdołała przełknąć jedzenie, które z trudem przeżuwała w buzi. – Chcę tylko, żeby *mami* przyjechała. Chcę ją tylko zobaczyć i być z nią. Tak jak zawsze.

Lawina wspomnień, która przetaczała się przez głowę Victorii, przyniosła też obraz wiadomości wysłanej pocztą elektroniczną przez Petera 22 listopada 2006 roku, dzień po zatrzymaniu Maríi José: „Szczęśliwy dzień Dziękczynienia. Nie sądzę, żeby Maríi José podobało się w więzieniu. Klucze do jej celi są w rękach jej rodziny". Nigdy nie mogła zrozumieć, skąd bierze się tak niewyobrażalne zło. I nigdy nie zdoła tego pojąć.

Głos jednej z jej najlepszych przyjaciółek, która obiecała jej towarzyszyć, żeby nie musiała sama przeżywać tej przygody, wyrwał ją z zadumy, w którą wcześniej wtrąciły ją niewesołe wspomnienia.

– Chyba o czymś zapomniałyśmy – powiedziała Marian.

– O czym? Zadzwoniłam do agencji prasowych i do mediów, żeby tego nie przeoczyli i żeby zrobili wokół całej sprawy szum. Wiozę afisz z żądaniem, żeby rząd zmobilizował się do działania, i mam przy sobie ciepłe ubranie, na wypadek gdyby wszystko się przedłużało i nikt nie zwracał na mnie uwagi. – Victoria wyrecytowała to wszystko, przepowiadając sobie w pamięci każdą z tych rzeczy. – Więc o czym zapomniałam?

– O łańcuchach, Victorio. To, co masz zrobić za dwie godziny przy bramie Ministerstwa Spraw Zagranicznych, nosi nawet taką nazwę: przykuć się łańcuchem. Pewnie o tym nie pomyślałaś.

Victoria popatrzyła na przyjaciółkę i powtórzyła:

– Łańcuchy.

Pierwszą rzeczą, którą zrobiły w Madrycie, było odszukanie odpowiedniego sklepu. Kupiły trzy łańcuchy, każdy trzymetrowej długości, i cztery kłódki. Sprzedawca obserwował z uwagą, jak Victoria owija się łańcuchami, biorąc niejako miarę, ale o nic nie pytał. Jego zadaniem było sprzedawać towary i nie interesowało go, co potem robią z nimi klienci. Kobiety zapytały o najkrótszą drogę do Ministerstwa Spraw Zagranicznych, do którego po pół godzinie dotarły.

– Teraz trzeba działać szybko i zdecydowanie – radziła Marian, podczas gdy obie obserwowały z samochodu wybrane miejsce protestu. – Wychodzimy z auta, idziemy w kierunku drzwi wejściowych ministerstwa, spokojnie i nie budząc podejrzeń policjantów stojących przy wejściu. A kiedy już będziemy przy bramie, wyciągasz łańcuchy, a ja ci pomagam przywiązać się do drzwi. Wszystko jasne?

Victoria pokiwała głową z nieco przestraszoną miną, z którą po chwili pokonała odległość dzielącą samochód od budynku ministerstwa. Było zimno i choć Victoria ciepło się ubrała, czuła, że ma skostniałe nogi i ramiona. Nie potrafiła stwierdzić, czy to odrętwienie jest wynikiem niskiej temperatury, czy raczej strachu przed tym, czego za chwilę ma dokonać. Kiedy nadszedł moment prawdy, nerwy i brak wprawy w zakresie protestów ulicznych sprawiły, że funkcjonariusze Straży Obywatelskiej[21] udaremnili próbę protestu. Niemniej jednak zachowali się wobec kobiet przyjaźnie, a kiedy te wyjawiły powód swojej obecności i planowanej akcji, wskazali im nawet miejsce, które wydawało się odpowiedniejsze, by przykuć się łańcuchami i wyeksponować afisz.

– Jeśli tu się ustawicie, będziecie równie widoczne, a my nie będziemy mogli wam przeszkodzić – doradził jeden ze strażników. – Aha, i jedna rada – dodał, biorąc jednocześnie w dłonie kłódkę i koniec jednego z łańcuchów. – Zróbcie to w ten sposób. Będzie wygodniej i skuteczniej.

– Och, bardzo dziękujemy, to miło z waszej strony – odpowiedziała Victoria. – Tylko… widzi pan: tam nie ma

[21] Guardia Civil, obok policji główna formacja czuwająca w Hiszpanii nad bezpieczeństwem i przestrzeganiem prawa.

żadnego miejsca, do którego mogłabym się przywiązać. Nie przykuję się przecież do drzewa.

Strażnicy uśmiechnęli się pod wąsem, po czym jeden z nich odpowiedział:

– Może pani skorzystać z tych żółtych barierek, które są używane do zagradzania ulicy albo do oznaczenia robót drogowych. Mój kolega zaraz pani pomoże i przyniesie taką barierkę.

Victoria przepasała się łańcuchami w pasie i wokół szyi, przymocowała je kłódkami – tak jak poradził chwilę wcześniej jeden ze strażników – i wyciągnęła afisz, na którym wypisane były słowa: „Z powodu złych stosunków ze Stanami Zjednoczonymi rząd pozwala, żeby obywatelka hiszpańska gniła w więzieniu". Pod tym nagłówkiem widniał tekst z gazety „El Diario", której María José opowiadała swoją historię, zanim trafiła do więzienia. W czasie gdy przedstawiciele nielicznych mediów, które zareagowały na jej informację, filmowali ją i fotografowali, Victoria zdała sobie sprawę, że opanowuje ją jakieś nowe uczucie, które zidentyfikowała jako wstyd. Zaczęła po raz kolejny myśleć o siostrze. Być może z tego powodu kierowała wzrok na ziemię albo na trzymany przed sobą afisz i tylko co pewien czas ośmielała się patrzeć bezpośrednio w obiektywy aparatów i kamer dziennikarzy. Niemniej jednak nie zamierzała ruszać się z tego miejsca, dopóki ktoś z Ministerstwa Spraw Zagranicznych nie udzieli jej jakiejś odpowiedzi. Jeden z funkcjonariuszy Straży Obywatelskiej podszedł do niej z kubkiem cappuccino, które kupił w znajdującej się nieopodal kawiarni Starbucks. Ten gest wzmocnił Victorię nie tylko fizycznie, ale i podniósł ją na duchu. Wypiła kawę małymi łykami, co pozwoliło jej trochę rozgrzać ciało. Po czterech godzinach od chwili, gdy się przywiązała, zobaczyła, że jakaś kobieta wychodzi z ministerstwa i kieruje się w jej stronę, zapraszając ją i Marian do wejścia.

– Zostaną panie przyjęte przez jednego ze współpracowników ministra i będą panie mogły opowiedzieć o swojej sprawie. Proszę zaczekać tam – powiedziała kobieta, wskazując schodki prowadzące do wejścia do budynku. Po kilku minutach przyjaciółki zobaczyły inną kobietę, która pomachała do nich ręką i nie wiedząc, czy ją słyszą, powtarzała w kółko:

– No już idę, idę, żeby zaprowadzić panie do mojego szefa.

Victoria i Marian spojrzały po sobie. Nie był to najlepszy sposób na rozpoczęcie dialogu, ale skoro miały już zostać przyjęte, nie chciały popsuć wszystkiego z powodu braku taktu i nie najlepszego wychowania urzędniczki. W spotkaniu uczestniczyli dwaj współpracownicy ministra spraw zagranicznych. Jeden przedstawił się jako dyrektor generalny Departamentu Pomocy Konsularnej, Miguel Ángel de Frutos, drugi jako wicedyrektor komórki do spraw ochrony Hiszpanów za granicą, należącej także do tego departamentu. Przez godzinę Victoria wprowadzała ich w sytuację, w jakiej znalazła się jej siostra. Sądząc po zachowaniu rozmówców, był to dla nich temat nieznany. Mówiła pospiesznie, prawie nie robiąc przerw na zaczerpnięcie oddechu i nie dając słuchaczom szans na zadawanie pytań. Sprawiała wrażenie, że pragnie opowiedzieć im wszystko w możliwie najkrótszym czasie, tak jakby się spodziewała, że w każdej chwili mogą wstać i wyjść. Słowa Victorii wydawały się grzęznąć jej w ustach; wydostawały się z nich niedostatecznie wyraźne i niezbyt precyzyjne, ale mimo to ani na chwilę nie zwalniała, nawet kiedy pośród przyniesionych papierów szukała dokumentacji, która miała wesprzeć jej opinie. Nie skorzystała nawet z możliwości zdjęcia płaszcza, który miała na sobie, choć zaczynała się już dusić od nazbyt intensywnego ogrzewania biura. Dopiero kiedy skończyła mówić, rozpięła płaszcz i zwilżyła usta, korzystając ze szklanki wody, którą ktoś postawił przed nią na początku spotkania. Obiecano jej, że ministerstwo zainteresuje się sprawą Maríi José i zrobi wszystko, co w jego mocy, żeby zakończyć sytuację, w której się znalazła. Dzięki tym obietnicom Victoria wychodziła pełna nadziei i optymizmu, przekonana, że rząd wreszcie podejmie jakieś kroki, żeby pomóc jej siostrze.

Po uprzejmym pożegnaniu z funkcjonariuszami Straży Obywatelskiej, którzy nadal dyżurowali przy drzwiach ministerstwa, i podziękowaniu im za wsparcie Victoria i Marian wróciły do Walencji. Kiedy dotarły na miejsce, zaczynało świtać. Zarówno Victorię, jak i jej rodzinę czekał trudny dzień. Za kilka godzin María José miała stawić się ponownie przed sądem, zatem kwestia jej wolności mogła się rozstrzygnąć już niebawem. Nie przyszło im do głowy, że to rozstrzygnięcie przekształci się w wyczerpujący i odrealniony bieg z przeszkodami.

· 28 ·

Przy zakładaniu białej, bawełnianej koszulki, którą nosiła pod regulaminowym niebieskim kombinezonem, Maríę José podtrzymywała na duchu myśl, że może robi to już po raz ostatni. Cierpliwie zapinała guziki uniformu, nie pozwalając, by nad jej ruchami przejął kontrolę pośpiech. Spojrzała na swoje odbicie w małym lusterku, przyklejonym do jednej ze ścian celi. Zauważyła wydatne worki pod oczyma, zdradzające bezsenność, która zżerała ją przez całą noc, i odzwierciedlające cierpienie gromadzące się w niej przez dotychczasowy pobyt w więzieniu. María José zebrała włosy w koński ogon na wysokości karku i próbowała bezskutecznie poddać kontroli kilka zbuntowanych loków, które ani nie chciały należeć do grzywki, ani nie miały dostatecznej długości, żeby złapać je gumką z tyłu głowy. Z beznamiętną uległością patrzyła, jak więzienny strój niezgrabnie zakrywa jej sylwetkę.

– Wyjdę stąd. Muszę stąd wyjść – myślała.

Czworo strażników wyprowadziło ją z celi do jednej z więziennych sal, z której później miała zostać przewieziona do sądu stanu New Jersey. Niezmąconym wzrokiem i ze spokojem niezakłóconym przez dramat, w którym za chwilę miała wziąć udział, patrzyła, jak policjanci zakładają jej na przegubach kajdanki i zaczepiają odchodzące od nich łańcuchy w okolicach pasa. Czuła chłód metalu, z którego zrobiono kajdanki, a policjanci w tym czasie za pomocą dużej kłódki mocowali łańcuchy. Nie mogła teraz przyjrzeć się samej sobie, ale miała pewność, że ten obraz nie może zasadniczo odbiegać od tego, co zwykła oglądać w niezliczonych serialach i filmach, w których pokazywano więźnia prowadzonego z celi śmierci do pomieszczenia, gdzie przychodzi mu zapłacić za popełnione zbrodnie. Nie mogła przestać myśleć o ludziach niewinnych, którzy zostali skazani na karę śmierci. Czuła większą niż kiedykolwiek bliskość z tymi osobami, ale te wizje nie tylko nie podnosiły jej na duchu, lecz przyprawiały o jeszcze większe dreszcze.

Zarówno w samochodzie, którym przewożono ją do sądu, jak i na sali sądowej przez cały czas trzymała ręce złączone, splótłszy razem długie i cienkie palce. Łańcuchy, którymi była skrępowana, nie pozwalały na jakiekolwiek swobodniejsze ruchy. Widziała, nie do końca świadomie rejestrując ten obraz, ślady pozostawiane na skórze jej przegubów przez kajdanki. Próbowała bezskutecznie je rozetrzeć, aż w końcu zaprzestała wysiłków. Utkwiła wzrok w plastikowej bransoletce, którą miała na lewej ręce, z wypisanym pełnym nazwiskiem, numerem więziennym i małym zdjęciem, które zrobiono jej tuż po przyjęciu do zakładu karnego. Z trudem zdołała, mimo ograniczających jej ruchy łańcuchów, podnieść prawą rękę na wysokość łokcia, po czym wyciągnęła palec wskazujący i skierowała go w stronę adwokata, omawiając z nim jednocześnie plan obrony. Uzgodnili, że będzie ona oparta na akcentowaniu faktu, iż María José nie popełniła żadnego przestępstwa, w związku z czym jej zatrzymanie i trwające już tak długo uwięzienie nie jest legalne. Podsądna skierowała apatyczne i zmęczone spojrzenie na obecną na posiedzeniu publiczność. Wiedziała, że nie zobaczy w tym gronie żadnej znajomej ani tym bardziej przyjaznej twarzy, która mogłaby nieco wzmocnić jej wiarę w siebie – może poza twarzami Sary i Ángela. Odwzajemniła nieśmiało uśmiech, który jej przesłali i który zniknął z jej oblicza tak gwałtownie, jak pada domek z kart, gdy dostrzegła tego, z którym kiedyś brała ślub i przez którego znalazła się w tym sądzie, zakuta w kajdanki, upokorzona, bezbronna, oskarżona o porwanie własnej córki i o sprzeciwianie się woli sądu Stanów Zjednoczonych.

Patrzyła na niego przez kilka sekund, wytrzymując wyzywająco jego spojrzenie i próbując przekazać wzrokiem całą nienawiść, jaką budziła w niej sama jego obecność. Chyba udało się jej to, bo Peter dość szybko przeniósł wzrok w inną część sali. Także i tym razem w sądzie nie zjawił się konsul hiszpański w Nowym Jorku, podobnie jak poprzednio, przy okazji przesłuchania, na którym decydowała się sprawa ekstradycji do New Jersey. Wolał wysłać swego asystenta, co rozgniewało rodzinę Marii José, kiedy kilka godzin później dowiedziała się o nieobecności dyplomaty. Był natomiast na sali, choć María José tego nie wiedziała, fotograf – przyjaciel José Antonia, który towarzyszył jemu i Victorii, odwożąc ich na pierwszą i ostatnią wizytę z więzieniu Rikers Island. Poruszyła go historia hiszpańskiej matki i postanowił ją śledzić. Jego obiektyw uwiecznił twarz walencjanki w momencie odczytywania wyroku.

Kaucja, którą wyznaczył sędzia, natychmiast wywołała pomruk zdziwienia, który przetoczył się przez całą salę. Milion dolarów (później zmniejszono tę kwotę o połowę) musiałaby zapłacić María José, gdyby chciała opuścić więzienie, a ponadto wcześniej i tak musiałaby przekazać córkę władzom stanu New Jersey. Kiedy Hiszpanka usłyszała to postanowienie, odwróciła się w stronę męża i zebrawszy w sobie wszystkie siły, jakie zrodziła odraza do niego, kierująca w takich chwilach jej czynami i sercem, krzyknęła ku niemu – jednocześnie kierując w jego stronę palec wskazujący:

– Przegrasz! Przegrasz!

Reakcją na to stwierdzenie był jedynie cyniczny, złośliwy uśmiech, który dla Marii José stał się jeszcze jednym popisem klauna. Kolejną bufonadą męża – okrutną i bezduszną – do jakich już zdążyła się przyzwyczaić.

Natychmiastowe działanie policjantów, którzy wyprowadzili ją z sali, żeby znów odwieźć do więzienia, przerwało krótką i żałosną scenę w wykonaniu niegdysiejszych małżonków. María José czuła, że ogromny ładunek emocji i silne resentymenty, które ją opanowały, uniemożliwiają płacz. Nie mogła zrozumieć, jak mężczyzna, który wyrządził jej tyle krzywd, zostaje uśmiechnięty w sali sądowej, a ona ma wrócić do celi.

– Przegra. Przegra. Nie wiem, ile czasu to potrwa, ale przegra! – myślała, nie wiedząc nawet, czy wypowiada te słowa na głos. Odprowadzano ją do policyjnej furgonetki, która miała ją odwieźć do więzienia.

Równie pospieszenie wyszedł z sali sądowej Miguel, fotograf. Nie wiedział, że zrobione przezeń po opuszczeniu sali zdjęcie, które później przekazał agencji Efe[22], zostanie wykorzystane w jednym z ogólnokrajowych dzienników hiszpańskich. Fotografia przedstawiająca wymizerowaną Maríę José – chorą, zakutą w kajdanki, ubraną w niebieski kombinezon więzienny, z otwartymi z wyczerpania ustami słuchającą wyroku sędziego, który pozbawia ją wolności i prawa do bycia razem z córką – wstrząsnęła hiszpańską opinią publiczną. Do tej pory sytuacja, w której znalazła się Hiszpanka, nie była w jej kraju szerzej znana. Zdjęcie zamieszczone na pierwszej kolumnie dziennika „La Razón"[23] w czwartek 18 stycznia 2007 roku opatrzono nagłówkiem „Amerykański koszmar Marii José Carrascosy". Dalej tekst informował: „Hiszpanka uwięziona w New Jersey pod zarzutem porwania własnej córki".

Ojciec Marii José jako pierwszy z rodziny zobaczył swą nieszczęsną pierworodną, oglądając nocny program informacyjny, w którym prezentowano czołówki głównych krajowych gazet porannych. Przez kilka sekund jej fotografia zajmowała cały ekran. Ojciec uwięzionej płakał potem przed telewizorem w milczeniu i samotności, tak jak nie zdarzyło mu się to od lat. Płakał, czując rozpacz, jakiej nigdy wcześniej nie zaznał. Nie widział córki od chwili jej wyjazdu z Hiszpanii 21 lipca poprzedniego roku, kiedy postanowiła dobrowolnie stawić się przed sędzią w New Jersey, ponaglana nieustannymi telefonami z jego biura. Obraz załamanej córki – jego ukochanego dziecka – wstrząsnął nim do głębi. Poczuł się zdruzgotany. Pokonany. Upokorzony. Zamknął oczy, tak jakby dzięki temu rozgrywający się przed jego oczyma dramat miał zniknąć. Ale w głowie wciąż miał obraz córki

[22] Hiszpańska agencja prasowa założona w 1939 roku, specjalizująca się obecnie w dostarczaniu materiałów multimedialnych z całego świata.
[23] Konserwatywny dziennik o zasięgu ogólnokrajowym, założony w 1998 roku i należący do koncernu wydawniczego Grupo Planeta.

w zimnej, odległej sali sądowej. Nie chciał budzić żony i cieszył się, że wnuczka śpi w swoim pokoju, nieświadoma dramatu matki. Pomyślał, że nazajutrz będą mieli jeszcze dość czasu, żeby stawić czoła brutalnej prawdzie. Nie był w stanie wyobrazić sobie, ile tego czasu będzie.

Nazajutrz dom rodziny Carrascosów wyglądał jak pokój sztabowy wielkiego zgromadzenia, w którym brali udział przyjaciele, sąsiedzi i przede wszystkim przedstawiciele mediów. Ci ostatni, zaalarmowani tym, co mieli okazję zobaczyć, chcieli bardziej szczegółowo poznać jej historię. Telefon dzwonił przez cały dzień, co zresztą wkrótce stało się w tym domu codzienną normą, do której domownicy nie potrafili się jednak przyzwyczaić. José zdecydował, że wnuczka nie pójdzie tego dnia do szkoły, a tym samym uniknie pytań i niezręcznych sytuacji, które mogłyby wyrządzić jej krzywdę. Postanowiono, że najlepiej będzie, jeśli dziecko spędzi dzień w domu przyjaciół, z dala od absurdalnego zamieszania, które właśnie szturmem zawładnęło tak spokojnym do tej pory domem dziadków. Ojciec Maríi José miał trudności z uspokojeniem żony, która nie była w stanie uporać się psychicznie z bólem, widząc zdjęcie córki na pierwszej stronie dziennika leżącego na stole w jadalni. On sam już o świcie wyszedł kupić gazetę, znacznie wcześniej przed pojawieniem się w progu domu chmary dziennikarzy i ciekawskich, pragnących poznać szczegóły dotyczące sytuacji Maríi José.

Osobą, która zupełnie nie miała możliwości, by przygotować się na wstrząs emocjonalny związany z obejrzeniem feralnego zdjęcia, była Victoria. Natknęła się na nie znienacka, kiedy włączyła telewizor. Widok cierpiącej siostry sfotografowanej w momencie porażki, a jednocześnie niezwykłe wrażenie, jakie robiły pokazywane w wiadomościach sceny spod domu rodziców, otoczonego przez rój kamer telewizyjnych – wszystko to sprawiło, że Victoria nie była pewna, czy naprawdę obudziła się już z koszmarnego snu, który dręczył ją w nocy. Surrealistyczny charakter tych obrazów całkowicie ją sparaliżował: stała nieruchomo przed telewizorem, jakby zahipnotyzowana. Nie mogła uwierzyć w to, co widzi, nie była też w stanie zrozumieć i przyswoić sobie słów, które rozmaite osoby wypowiadały na temat jej siostry.

Przez kilka minut czuła się jak we wnętrzu dziwnego pęcherza, w którym się znalazła, kiedy – jeszcze w piżamie i z filiżanką czarnej kawy w ręku – postanowiła włączyć telewizor, żeby jej towarzyszył podczas przygotowań do wyjścia. Raptem ów pęcherz został brutalnie przebity przez dzwonek telefonu.

– Victorio, córciu… – Usłyszała głos ojca, na który zareagowała pewnym uspokojeniem i oprzytomnieniem, gdyż uznała, że przynajmniej on w tej sytuacji panuje nad sobą. – Nie wiem, czy miałaś okazję spojrzeć na gazety albo włączyć telewizor…

– Tato, właśnie widzę w telewizji wasz dom, widzę swoją siostrę… co to wszystko znaczy? – spytała.

– Opublikowali zdjęcie Maríi José z wczorajszego przesłuchania. Powielili je we wszystkich stacjach telewizyjnych i gazetach, opowiadali o nim w różnych radiostacjach. Bez przerwy dzwonią do domu, a ja nie wiem, jak mam zacząć im o tym opowiadać. Pytają o wszystko, chcą znać wszystkie szczegóły od razu, natychmiast, proszą mnie o udzielenie wywiadów. – Pozorny spokój ojca, który Victoria zdawała się dostrzegać tuż po odebraniu telefonu, właśnie zaczynał znikać. – Myślę, że najlepiej by było, gdybyś przyszła do domu. Chciałbym, żebyś mi towarzyszyła. Przejdziemy przez to razem.

– Jasne, tato. Będę u was za dwadzieścia minut. Uspokój się. Miałeś okazję porozmawiać z Maríą José?

– Nie. Nie mam od niej żadnych wiadomości. Z nikim nie udało mi się porozmawiać. Ani z adwokatami, ani z ambasadą, konsulatem czy z przyjaciółmi. To jest piekło. Przeklęte, nieludzkie piekło. Już nie wiem, co się z nami stanie, już nie wiem…

– Proszę, uspokój się. Przebieram się i za chwilę będę w domu. A mama? Jak mama? – Cisza, którą Victoria usłyszała po drugiej stronie, przerywana tylko przez głośne i głębokie oddechy ojca, uświadomiła jej, że sytuacja nie jest dobra. – Zaraz u was będę. Wszystko się ułoży. Musicie być silni. Kocham was.

Nie wiedziała, jak to się stało, ale w ciągu kilku minut przekonano ją, żeby razem z ojcem wystąpiła w programie telewizji śniadaniowej. W czasie gdy do jej bluzki i do koszuli ojca przyczepiano mikrofony, oboje wpatrywali się w plątaninę kabli, w gęstwinę najróżniejszych urządzeń i lamp, w twarze nieznanych osób, które nagle, w jakiś magiczny sposób, pojawiły się nie wiadomo skąd w salonie ich domu. Victoria patrzyła na to wszystko, nic nie widząc, niczego nie słysząc. Czuła się tak, jakby była w miejscu oddalonym o tysiące kilometrów. Była przekonana, że gdyby ukłuto ją igłą, na jej skórze nie pojawiłaby się ani kropelka krwi. Niemniej jednak, kiedy któraś z kobiet poruszających się z dużą pewnością siebie w całej tej plątaninie kabli uprzedziła ją, że za trzydzieści sekund wejdzie na antenę, Victoria odzyskała świadomość. Poczuła, że wyschło jej w ustach i dałaby wszystko, żeby móc wypić choćby łyk wody, ale nie odważyła się nikogo o to prosić, wiedząc, że za chwilę wystąpi na żywo w telewizji. Zdążyła jeszcze zauważyć, jak noga jej ojca drży nerwowo, co świadczyło o przerażeniu, jakie w tym momencie go ogarnęło. Victoria poczuła nagle ogromne współczucie dla niego i zapomniała o wszystkim. Wzięła go za rękę i nie zwracając najmniejszej uwagi na kogokolwiek, kto mógłby w tym momencie im się przyglądać, powiedziała:

– Nie martw się, tato. Jestem z tobą. Wszystko dobrze się skończy. Jeśli chcesz, to ja będę mówić, a ty nie będziesz musiał się męczyć.

Ojciec pokiwał głową potakująco z uśmiechem tyleż wymuszonym, co smutnym. Jego wzrok przepełniony był bólem i cierpieniem, co tak mocno poruszyło Victorię. Żadne dziecko nie potrafi znieść widoku lśnienia w oczach ojca, zwiastującego wzbierające w nich łzy.

Kiedy dom opustoszał już po medialnym rozgardiaszu – który sprawiał wrażenie, że za chwilę ich pochłonie, ale jednocześnie budził ich wdzięczność, gdyż pozwalał opowiedzieć o sytuacji, w jakiej się znaleźli – całą trójką siedli wyczerpani na kanapie. Nie mieli nawet dość energii, by przyjrzeć się sobie wzajemnie, a tym bardziej porozmawiać. Byli wyczerpani, zmęczeni, oszołomieni. Sił starczało im tylko na to, żeby zamknąć oczy i zapaść się w wytęskniony, wymarzony, głęboki sen. Przeżyli pierwszy w życiu dzień intensywnego kontaktu z mediami, wypełniony pytaniami. Dowiedzieli się, co oznacza trema wywołana obecnością kamery i mikrofonu, co oznacza odpowiadać na pytanie w sposób schematyczny, bo nie ma czasu na pełniejszą wypowiedź. Poczuli, jak odbija się na ich stanie psychicznym relacjonowanie po raz tysięczny i pierwszy tej samej historii, tych samych szczegółów. Zrozumieli, jak trudno jest znaleźć odpowiednie słowa, żeby nie wpaść w żadną pułapkę i uniknąć sytuacji, w której potknięcie językowe czy niewłaściwie dobrane określenie może dodatkowo skomplikować sytuację. Dla osób niedoświadczonych w tych sprawach było to prawdziwe szaleństwo, ale wszyscy mieli poczucie, że zdali egzamin na piątkę.

W pewnej chwili poderwał ich z kanapy dzwonek telefonu. Wszyscy myśleli, że po drugiej stronie usłyszą Maríę José. Mylili się.

– Cześć, ciociu, to ja. Czy mogę tu zostać na noc, czy przyjedziesz po mnie? Mama Pauli zrobiła na kolację makaron i mówi, że jeśli mi pozwolicie, mogę zostać aż do rana. Mogę? Mogę? Powiedz, ciociu. – Niewinny głos siostrzenicy, nieświadomej wszystkiego, co działo się w ich życiu, jednocześnie rozbudził i uspokoił Victorię, która dziecięcą niewiedzę wykazywaną przez małą odebrała jako błogosławieństwo i chciała, żeby ten stan trwał jak najdłużej. – Obiecuję, że będę grzeczna i jutro odrobię wszystkie lekcje. Bo jutro pewnie muszę iść do szkoły, prawda? Czy może jutro też nie ma lekcji?

– Możesz dziś zostać u koleżanki, a jutro rano ciocia po ciebie przyjedzie. Pasuje ci to?

– Tak, tak! Bardzo dziękuję. Ucałuj ode mnie dziadków. Daję ci mamę Pauli, która chce ci opowiedzieć, jaka byłam grzeczna.

– Victorio – usłyszała głos dorosłej kobiety, który natychmiast zidentyfikowała jako głos matki koleżanki – możesz być spokojna, dziecko ma się dobrze. Mała jest słodka. A co u was?

– Jesteśmy przytłoczeni, Virginio. Za dużo tego wszystkiego. Ale w sumie cieszymy się, bo wierzymy, że to przyniesie jakieś efekty. Oby kolejne wieści były optymistyczne. – Victoria chciała zmienić temat, bo nie miała ochoty znów mówić o tym samym i po raz kolejny podawać szczegółów. Była zbyt zmęczona. – Posłuchaj, bardzo ci dziękuję, że mała mogła u ciebie zostać. Przyjadę po nią z samego rana.

– Nie spiesz się. Wiesz, że może tu zostać, ile będzie trzeba. Jesteśmy nią zachwyceni. Ale musicie sobie zdawać sprawę, że prędzej czy później o wszystkim się dowie. Powinniście się na to przygotować.

– Dzięki za wszystko, Virginio. Do jutra.

Najbliżsi Maríi José mylili się, sądząc, że pierwszego dnia zrobili już wszystko, co do nich należało, aby opowiedzieć światu o okrutnym doświadczeniu, które zgotował im los. To był dopiero początek długiej, trudnej i wyczerpującej drogi, wypełnionej telefonami do rozmaitych ministerstw, spotkaniami w tak zwanych wyższych sferach, wystąpieniami publicznymi, komunikatami, manifestacjami, wywiadami we wszystkich stacjach telewizyjnych i radiowych oraz czasopismach kraju. Stan zdrowia matki Victorii i Maríi José pogarszał się stale od chwili, kiedy starsza córka została uwięziona, a kolejne przyczyny silnego wzburzenia legły u podstaw nasilających się problemów ze wzrokiem. Według opinii lekarzy były one spowodowane napięciem ostatnich miesięcy i groziły całkowitą utratą wzroku w jednym oku. Victorii i jej ojcu dawano do zrozumienia, że to oni powinni wziąć na siebie główny ciężar wystąpień publicznych.

Cała rodzina szybko zdała sobie sprawę, że obietnice pomocy ze strony przedstawicieli Ministerstwa Spraw Zagranicznych oraz resortu sprawiedliwości są warte tyle samo co zapewnienia hiszpańskiego konsulatu w Nowym Jorku. Obietnice podjęcia odpowiednich kroków rozmywały się w takim samym tempie jak i nadzieje najbliższych Maríi José na uzyskanie pomocy od kół rządowych. We współpracy z innymi instytucjami krajowymi i międzynarodowymi też nie mieli większego szczęścia. Wszyscy im współczuli, obiecywali podjęcie szybkich, natychmiastowych kroków, zapewniali o szczęśliwym zakończeniu całej historii, ale nic z tego nie wynikało, nie przynosiło rezultatów, które mogłyby oznaczać realną pomoc dla Maríi José.

Victoria rozsyłała już nie setki, ale tysiące listów oraz e-maili, prowadziła też drugie tyle rozmów telefonicznych, próbując włączyć w działania na rzecz siostry gabinet premiera rządu hiszpańskiego, przywódców wszystkich partii politycznych, władze Unii Europejskiej, Stanów Zjednoczonych, rzecznika praw obywatelskich, papieża, hiszpański dwór królewski, byłych premierów, ambasadorów innych krajów, znanych prawników, sędziów... Wraz ze swym adwokatem niestrudzenie prosiła, błagała, wnioskowała i namawiała na wszystkie możliwe sposoby, które może podsunąć wyobraźnia, by w sprawę jej siostry włączył się rząd hiszpański i bronił jej przed trybunałem w Hadze, żądając od Stanów Zjednoczonych anulowania decyzji o uwięzieniu i domagając się odszkodowania za doznane krzywdy i cierpienia.

– María José to Hiszpanka, która padła ofiarą niesprawiedliwości i niezrozumienia między wymiarami sprawiedliwości w dwóch różnych krajach. Dlaczego własny kraj jej nie broni, dlaczego o nią nie walczy, dlaczego nie dba o godność państwa i dlaczego zwleka z obroną wyroków wydanych przez własne instancje sądowe? – powtarzała Victoria raz za razem wobec wszystkich, którzy tylko zechcieli słuchać. – Płacimy podatki, nie zrobiliśmy nigdy nic złego, więc dlaczego rząd naszego kraju pozwala, żeby wyrządzano nam taką krzywdę? Czy w ogóle nie zamierza wtrącić się w tę farsę? Dlaczego Stany Zjednoczone bronią swego obywatela, Petera Innesa, choć jest najgorszym nikczemnikiem na świecie, a Hiszpania nie robi tego samego względem swojej obywatelki? Nie rozumiemy tego, proszę państwa, po prostu nie rozumiemy, moja rodzina nie jest w stanie pojąć tego, co się dzieje.

Victoria poświęciła się bez reszty sprawie swojej siostry i musiała rzucić pracę, żeby przez dwadzieścia cztery godziny na dobę skupiać się na walce o wolność dla Maríi José. W związku z tym mogła też poświęcać więcej czasu siostrzenicy, która wciąż mieszkała w domu dziadków. Nie minęło wiele czasu, gdy Victoria uświadomiła sobie, że żyjąc wyłącznie sprawami starszej siostry, nie ma już własnego życia zawodowego i osobistego. W końcu poczuła się tak nieprawdopodobnie blisko Maríi José, że miała wrażenie, jakby to ona sama została wrzucona w jakąś ciemną, głęboką dziurę, z której nie potrafi się wydostać. Kalendarz jej życia, podobnie jak i rodziców, był znaczony przez beznadziejną teraźniejszość i niepewną przyszłość starszej siostry. Składał się z dni przesłuchań, apelacji, możliwych rozpraw, składania wniosków, zatrudniania nowych obrońców (co zresztą oznaczało wejście na dość grząski teren i prowadziło do ogromnego uszczuplenia rodzinnych zasobów), telefonów z więzienia od Maríi José, przepełnionych zniechęceniem i bólem. Były to dni całkowitego porzucenia i lekceważenia, których rodzina doświadczyła ze strony hiszpańskiego konsula w Nowym Jorku, Juana Manuela Egei: po tym jak odłożył słuchawkę, kończąc jedną z niewielu rozmów telefonicznych, które przeprowadził z krewnymi Maríi José, urwał z nimi jakikolwiek osobisty kontakt. Jednak największa rozpacz ogarnęła wszystkich 26 stycznia 2007 roku, kiedy zaledwie dziesięć dni po drugim przesłuchaniu związanym z ponownym złożeniem przez obronę Maríi José wniosku o jej zwolnienie, nadszedł list z wyjaśnieniem od Departamentu Międzynarodowej Współpracy Prawnej Ministerstwa Sprawiedliwości. W piśmie informowano o wymianie zdań ze stosowną instytucją amerykańską – Centralnym Zarządem w Ministerstwie Sprawiedliwości USA – zajmującą się sprawami związanymi z uprowadzeniem nieletnich. Victoria przeczytała na głos dokument przesłany na adres ojca. W obliczu bezduszności tego wywodu musiała kilkakrotnie robić przerwy i przełykać ślinę: „Jeśli chodzi o zatrzymanie pani Carrascosy, sędzia zamierza kontynuować jej bezterminowe uwięzienie, aż do chwili przekazania nieletniej. Decyzja o uwięzieniu nie ma daty ważności. Strona amerykańska wyjaśnia, że kara odpowiada zarzutom kryminalnym co najmniej drugiego stopnia, z których każdy zagrożony jest wyrokiem od pięciu do dziesięciu lat, oraz pojedynczemu zarzutowi czwartego stopnia, niosącemu ze sobą zagrożenie karą osiemnastu lat więzienia. Amerykanie wskazują, że nie jest jasne, czy postępowanie sądowe zostanie doprowadzone do końca i czy państwo nie sprzeciwi się ewentualnej ugodzie pozasądowej. Jeśli nieletnia zostanie szybko przekazana, całkiem możliwe, że oskarżenie odstąpi od procesu karnego. Co zaś dotyczy lekarstw, które pani Carrascosa bezwzględnie powinna przyjmować, dyrektor więzienia stara się je dostarczać".

– Bezterminowe uwięzienie... – powtórzyła Victoria, składając wpół właśnie przeczytane pismo i wkładając je z powrotem do koperty. – To oczywiste, czego chcą: żeby zgniła w więzieniu i nie wyszła z niego, dopóki nie oddamy im małej. Chcą, żeby strony ze sobą negocjowały, chociaż już wiadomo, że to niemożliwe. Jak ci ludzie traktują Konwencję Haską i prawo międzynarodowe? Co ma negocjować moja siostra z człowiekiem, który przez lata maltretował ją psychicznie i fizycznie i którego oskarżyła o próbę zamordowania jej? Czy nie widzą, że ona jest w więzieniu, a on na wolności, i nie mają jednakowych możliwości, żeby usiąść i negocjować? Gdzie mają oczy ci amerykańscy sędziowie? I gdzie nasz rząd ma rozum, skoro śmie nam przysyłać takie pisma?

– Jak moja córka ma negocjować, skoro siedzi w więzieniu? – szlochała matka. – Skoro ją trzymają w warunkach gorszych niż więźniów w Guantanamo? Na miłość boską, co ona zrobiła, co takiego strasznego zrobiła, że trzeba było ją tak potraktować? Nic nie zrobiła! I na dodatek jest chora! Czy oni tego nie widzą?

– Nie możemy jej powiedzieć o pomyśle negocjacji z Peterem – powiedział niemal szeptem ojciec, tak jakby w pokoju był sam. – Za każdym razem, kiedy do tego wracamy, María José dostaje ataku nerwowego. Nie możemy. – Popatrzył na żonę i na Victorię, które ponuro milczały. Wyraz zatroskania na twarzach wszystkich obecnych w pokoju świadczył o bezsilności, którą odczuwali w obliczu rodzinnego dramatu. – Lepiej poczekajmy, co przyniesie przesłuchanie 8 lutego. Może Bóg sprawi jakiś cud.

Nikt nie odpowiedział na słowa wypowiedziane przez głowę rodziny, choć Victoria miałaby ochotę zapytać, dlaczego Bóg tak zwleka z interwencją.

I znów na wszystkich spadł sądowy cios. Po rozprawie trwającej nieco ponad cztery godziny sędzia Sądu Federalnego w New Jersey, Dickinson R. Debevoise, odrzucił wniosek walencjanki o zbadanie legalności aresztu. Decyzja zapadła na tyle szybko, że adwokaci Maríi José nie mieli nawet okazji przedstawić swoich tez świadczących na jej korzyść. Nic nie dały wysiłki adwokata, który uzasadniał potrzebę wypuszczenia podsądnej na wolność jej stanem zdrowia, a także nielegalnym, zdaniem obrony, sposobem jej zatrzymania – jako że właściwym sądem do rozpatrzenia jej sprawy był sąd hiszpański i María José wcale nie musiała stawać przed amerykańskim wymiarem sprawiedliwości. Sąd jej kraju natomiast przyznał jej rację. Decyzji sędziego nie zmieniło też zadane przez adwokata pytanie: jak to możliwe, żeby sprawa jego klientki, jakoby tak poważna i zagrożona karą wieloletniego więzienia, mogła się rozstrzygnąć na podstawie prostej ugody między stronami, jak to sugerowało amerykańskie Ministerstwo Sprawiedliwości?

– Skoro to, o co oskarża się panią Carrascosę, jest rzeczą tak poważną, że trzeba ją przetrzymywać bezterminowo w więzieniu i żądać dla niej tak surowej kary, dlaczego miałoby się rozstrzygnąć poprzez proste porozumienie stron? Czy wysoki sąd zechciałby to wyjaśnić? Czy to nie jest absurdalne? Czy nie urąga rozumowi? – pytał obrońca.

Jego słowa nie przyniosły żadnego efektu. Wniosek został odrzucony.

María José zaczynała wierzyć, że weszła w ślepy zaułek, z którego nie da się już wyjść. W ostatniej rozprawie pokładała wszystkie swoje i tak już nikłe nadzieje na odzyskanie wolności i powrót do córki, której nie widziała prawie od siedmiu miesięcy – od czasu, kiedy wsiadła do tamtego przeklętego samolotu, którym 21 lipca przeleciała z Hiszpanii do Stanów Zjednoczonych z zamiarem potwierdzenia wyroków sądów hiszpańskich w kraju uchodzącym za ostoję wolności. I znów amerykański wymiar sprawiedliwości przygniótł ją swym ciężarem, pozbawiając ją tchu, możliwości obrony – nie patrząc w ogóle w jej kierunku, zwalił się na nią, żeby ją zmiażdżyć. Czuła się zniszczona, zmęczona, zdeprymowana i osamotniona. Wiedziała, że ostatnia decyzja sądu oznacza dla niej powrót do dziwacznej rutyny, w którą 21 listopada ubiegłego roku zamieniła się jej egzystencja. Od tego czasu minęły już prawie trzy miesiące, które wydawały się jej trzydziestoma latami.

Jakby całe to zamieszanie sądowe nie dość ją pognębiło, na Maríę José spadła kolejna wiadomość, która zmusiła ją do pospiesznej zmiany obrońcy. Jej dotychczasowy adwokat, Allan Lewis, poinformował ją, że nie może już dłużej reprezentować jej interesów, ponieważ jego uprawnienia obejmują tylko stan Nowy Jork, a właściwy proces karny Marii José będzie się toczył w New Jersey.

– Mamy tu do czynienia z ewidentną niezdolnością do czynności prawnych. Nie mogę cię już dłużej bronić. Musisz znaleźć nowego adwokata. I to jak najszybciej, jeśli nie chcesz przedłużać pobytu w więzieniu.

Jak już zdarzało się to wcześniej – i zawsze oznaczało konieczność poniesienia kolejnych wydatków – María José wynajęła nowego adwokata, który bardzo szybko poinformował ją, że już za dwadzieścia dni, 28 lutego, przedstawi kolejny wniosek o jej zwolnienie. Te wnioski należało nadal składać, choć uwięziona miała już na to coraz mniej sił. Informacje, jakie otrzymywała ze świata zewnętrznego, też jej nie uspokajały. Szczególnie przygnębiło ją pismo od hiszpańskiego adwokata, w którym ten zawiadamiał ją o opinii Sądu Federalnego w New Jersey. Sąd ten w postępowaniu oznaczonym numerem 07-0355 w dniu 5 lutego 2007 odrzucił poprzednie postanowienia sądów hiszpańskich, którym zarzucił niezastosowanie się do Konwencji Haskiej oraz do obowiązującej w prawie międzynarodowym zasady wzajemności. Oznaczało to, że według amerykańskiego wymiaru sprawiedliwości sądy hiszpańskie popełniły błąd przy podejmowaniu decyzji i dlatego sprawa Maríi José nie może być uważana za osądzoną, jak próbowała od dawna dowodzić jej obrona. A więc kolejna sądowa komplikacja…

– Czy już nigdy nikt nie przekaże mi żadnej dobrej wiadomości? – zadawała sobie pytanie María José.

Ten obowiązek wziął na siebie jej ojciec, choć sam chyba nie zdawał sobie z tego sprawy. Kilka dni wcześniej do rodziny Maríi José zadzwoniła pewna obywatelka Hiszpanii mieszkająca w New Jersey. Dowiedziała się o intrydze, której ofiarą padła jej rodaczka, i chciała zgłosić swą gotowość pomocy w niezbędnych działaniach. Arantxa poznała tragiczną historię Maríi José podczas podróży do San Sebastian, dokąd pojechała świętować urodziny matki. W samolocie, którym wracała do Stanów Zjednoczonych, przeczytała szczegółowy opis historii hiszpańskiej matki. Opowieść wciągnęła ją od pierwszego słowa. W miarę jak kontynuowała lekturę, poczuła, że zaciskający się żołądek nie jest w stanie strawić tajemniczego aperitifu, który podano jej chwilę wcześniej. Miała wrażenie, że kurczy jej się serce, a przełykanie śliny sprawia kłopot, tak jakby przełyk zamykał się pod wpływem kolejnych szczegółów historii, w której się zagłębiała. Kiedy dobrnęła do końca, miała twarz zalaną łzami. Jej sąsiad z fotela obok rzucał jej z ukosa krótkie i dość krępujące spojrzenia, próbując odgadnąć charakter szczególnego stanu emocjonalnego, w jakim się najwyraźniej znalazła. Arantxa natychmiast poczuła solidarność z walencjańską prawniczką. Doskonale wiedziała, co oznacza jarzmo przemocy, niezrozumienie, znęcanie się współmałżonka, osamotnienie i nienawiść osoby, w którą przekształca się wieloletni towarzysz życiowej podróży. Wiedziała też, czym jest pobyt w obcym kraju, z dala od domu. Wyszła za mąż za amerykańskiego wojskowego, którego poznała w Niemczech. Trafiła tam wraz z rodziną, kiedy jej ojciec dostał pracę w ambasadzie hiszpańskiej w tym kraju jako doradca do spraw zatrudnienia imigrantów. Miłość, którą poczuła do Amerykanina, i marzenia o założeniu rodziny doprowadziły ją do przeprowadzki do Stanów Zjednoczonych, gdzie zaczęła się jej szczególna *via crucis*[24]. Nagle wszystko się zmieniło. Bez żadnych widocznych motywów ani wyjaśnień. Nie miała czasu, żeby zrozumieć, a tym bardziej przeanalizować tego, co zaczęło się dziać. Pojawiły się uderzenia, groźby, przemoc – tym straszniejsza, że dotykająca także ich syna… Aż w końcu, kiedy chłopiec miał dwanaście lat, zobaczył wycelowany w swoją pierś pistolet. Broń trzymał w dłoni ojciec, Arantxa zaś, zala-

[24] Droga krzyżowa (łac.).

na łzami, błagała go, żeby nie krzywdził syna. Ojciec na kilka lat wywiózł chłopca daleko od matki w jednym jedynym celu: żeby ją zgnębić i zniszczyć. Nie szczędził starań, żeby zasiać w potomku ziarna nienawiści i wstydu wobec własnej matki, czego zresztą nigdy nie udało mu się dokonać. Kiedy zmęczył się już nastoletnim młodzieńcem, kazał mu spakować walizkę i wyjechać do matki. Ponowne spotkanie z synem zmieniło życie i osobowość Arantxy. Stała się inną kobietą, szczęśliwą, radosną i pełną optymizmu. Wiedziała, że jej syna spotkała niewypowiedziana krzywda spowodowana nienawiścią między jego rodzicami. Od tamtej pory nie potrafiła sobie tego wybaczyć.

Historia Marii José sprawiła, że odżyły w niej wspomnienia minionych lat. Postanowiła, że musi pomóc rodaczce. Z czasów, kiedy sama tak bardzo potrzebowała pomocy, pamiętała, jak bardzo pragnęła, żeby znalazł się przy niej ktoś, kto gotów byłby ją nieść. Arantxa uświadomiła sobie, że mieszka zaledwie w odległości dziesięciu kilometrów od więzienia, w którym przebywa walencjanka, i pomyślała, że spróbuje nawiązać z nią stały kontakt. Jej samej nieznane były realia więziennego życia. Zaczęła snuć rozmaite plany: będzie przygotowywać Marii José jedzenie, zdrowe posiłki, których tak potrzebowała, na przykład dobry gulasz, potrawki mięsno-warzywne albo smaczną paellę; będzie jej przynosić książki, odwiedzając ją we wszystkie dni wizyt, będzie jej pomagać w kontaktach ze światem zewnętrznym. Zrobi wszystko, co trzeba, żeby María José nie czuła się osamotniona w miejscu, w którym przebywa. Kiedy wróciła do domu, przepełniony grafik sprawił, że jej początkowe plany na kilka dni musiały odejść w zapomnienie, do chwili gdy miejscowy dziennik opublikował artykuł opisujący tę samą historię, która tak bardzo poruszyła ją podczas podróży. Nie zastanawiając się dłużej, Arantxa zadzwoniła do redakcji gazety, która skontaktowała ją z adwokatem Maríi José, a ten z kolei umożliwił jej kontakt z rodziną Carrascosów.

Propozycja Arantxy wydała się bliskim Maríi José dobrym pomysłem i bez wahania skontaktowali ze sobą obie kobiety. Dla uwięzionej myśl o tym, że poza murami więziennymi jest ktoś, kto chce jej pomóc, spędzać z nią czas, okazywać jej wsparcie, a wszystko to całkiem bezinteresownie – była oczywistą i znaczącą pociechą. Po raz pierwszy od dawna María José zaskoczyła samą siebie własnym śmiechem, obmyślaniem planów na przyszłość. Poczuła wręcz, jakby nagle urosła... Najprawdopodobniej to właśnie rozmowy z Arantxą pomogły jej doładować baterie, które były już całkiem wyczerpane długim pobytem w więzieniu. Między dwiema kobietami narodziła się przyjaźń, szczere poczucie wspólnoty i wzajemne, bezwzględne zaufanie. Te uczucia zintensyfikowały się, gdy Arantxa zdołała z sukcesem przejść przez skomplikowany proces starań o pozwolenie na wizytę. Otrzymanie rzeczonego pozwolenia trwało długo. Arantxa musiała się wpisać jako siostra Maríi José na listę odwiedzin, którą adwokat uwięzionej doręczył dyrekcji zakładu karnego. Na dodatek nie pozwolono dostarczyć do więzienia żadnej z rzeczy, które Arantxa początkowo planowała ze sobą zabrać: ani jedzenia, ani napojów, ani dokumentów, żadnych książek, ubrań, pieniędzy, czasopism, kopert, znaczków, szczotek, perfum... Wszystko było zabronione. W istocie Arantxa dopiero nieco później zdołała przekazać Maríi José fotografię małej Victorii Solenne, kilka rękopisów i pewien poradnik. Było to możliwe dzięki pomocy przyjaciółki, która pracowała jako pielęgniarka w tym samym więzieniu, w którym przebywała María José. Arantxa znała tę kobietę, ponieważ to właśnie od niej odkupiła dom, w którym obecnie mieszkała. Zachowując wielką ostrożność, żeby nie zostać zdemaskowaną, pielęgniarka dostarczyła wszystkie te przedmioty Marii José. Niestety, parę miesięcy później zakończyła pracę w więzieniu w Bergen, a tym samym tajny kanał komunikacyjny przestał istnieć.

Kiedy Arantxa stanęła w końcu twarzą w twarz z Marią José w pomieszczeniu przeznaczonym na wizyty, patrząc na kruchą i osłabioną więźniarkę, miała poczucie, że spotyka się z kimś należącym do rodziny. Być może stało się tak za sprawą długich rozmów telefonicznych, które prowadziły wcześniej. Rozdzielała je szyba, ale krążąca między dwiema kobietami energia radziła sobie z tą przeszkodą. Płakały, patrzyły na siebie, śmiały się, chwilami milczały jak wspólniczki, a po chwili gawędziły – wszystko to trwało prawie trzy godziny. Złożyły sobie wzajemnie obietnicę, że jedna drugiej nigdy nie opuści, że będą rozmawiać codziennie, że będą silne, niezależnie od wszelkich przeciwności, które okrutna rzeczywistość piętrzyć będzie na drodze prowadzącej do wytęsknionej wolności Marii José.

Ich rozmowy przekształciły się w pewnego rodzaju rutynę, która dla Marii José stała się deską ratunku. Rozmawiały codziennie, całymi godzinami, prawie zawsze między wpół do ósmej a dziewiątą wieczorem. O tej porze Arantxa wracała do domu z pracy i miała trochę czasu, który mogła poświęcić przyjaciółce. W czasie gdy przygotowywała kolację, nakrywała do stołu albo zmywała naczynia, zawsze znajdowała sposobność, żeby zarezerwować trochę czasu dla Marii José. Początkowo ich pogawędki obracały się wokół spraw walencjanki, jej dramatu, rodziny, nienawiści, którą czuła do męża za całe zło, które tak bezwzględnie wyrządził jej i małej, wokół błędów, które popełniali adwokaci. Ale ich ulubionym tematem, wywołującym największe emocje, była córka Marii José. Kiedy zaczynały o niej mówić, nic na świecie nie było w stanie oderwać ich od tego tematu. Potrafiły całymi godzinami rozprawiać o zwyczajach Victorii Solenne, o tym, jak świetnie gra na pianinie, jaką jest doskonałą uczennicą, jak tańczy i ogląda kreskówki w telewizji, jak cieszą ją zwierzęta i zabawa na podwórku, jak lubi nosić koszulki z rysunkami, kolorować książeczki, jeździć na rowerze. Ale w pewnym momencie zawsze pojawiały się lęki, strach, wątpliwości i niepokoje dręczące Maríę José.

– Arantxa, wiesz, co mnie martwi? Że moja córka o mnie zapomni. Tego bym nie zniosła. Chybabym umarła, gdyby moja mała zapomniała o wszystkich chwilach, które spędziłyśmy razem, o bajkach, które jej czytałam przed zaśnięciem, o tym, jak ją kąpałam, czesałam, ubierałam, kładłam do łóżka. O piosenkach, które razem śpiewałyśmy, o lekcjach japońskiego, na które chciałyśmy się obie zapisać, o naszych wspólnych lekcjach jazdy konnej... Jeśli to wszystko zniknie z pamięci mojej córki, przestanę żyć.

– Nie musisz się niczego obawiać, Maríо José. To niemożliwe. Dziecko ma się dobrze, jest u twoich rodziców, z twoją siostrą, i cały czas pyta o swoją *mami*. Najbardziej na świecie pragnie zobaczyć mamę. I kocha cię, bardzo cię kocha. Twoja matka mi opowiadała, że Victoria Solenne ma cały pokój obwieszony twoimi fotografiami i co wieczór, zanim pójdzie spać, całuje je na dobranoc, mówiąc: „Do jutra, *mami*".

Słowa Arantxy zawsze przerywał płacz Maríi José.

– Nie chcę umrzeć w więzieniu, nie chcę tutaj umrzeć, zanim znów zdołam popatrzeć na swoją małą i wziąć ją w ramiona, i pocałować, i poczuć jej zapach, i pogłaskać ją. Boję się, że tu umrę i jej nie zobaczę. Bardzo się boję.

– Ale to ci nie grozi. Obiecuję ci to. Nawet tak nie myśl. Skup swoje siły na tym, żeby myśleć pozytywnie, bo tylko to ci pomoże. Twoja córka żyje, kocha cię i wspomina cię dniami i nocami. – Arantxa zrobiła kilkusekundową pauzę, zastanawiając się, czy powinna powiedzieć to, co chodziło jej po głowie, aż w końcu się zdecydowała. – Wiesz, co mi powiedziała któregoś dnia? Zapytałam ją, czy pamięta dom w Stanach Zjednoczonych, swoje przyjaciółki stamtąd, park, do którego chodziła się bawić, zabawki, które miała w domu, lodowisko, na którym jeździła zimą… A ona mi odpowiedziała, że z tego wszystkiego pamięta tylko ciebie. Tylko ciebie. I nic więcej. Wyobrażasz sobie? Twoja córka o tobie nie zapomniała. Proszę cię, wybij to sobie z głowy. Na dodatek często z nią rozmawiasz i wiesz, że cię kocha. Ciągle ci to powtarza.

– Jeśli coś złego przydarzy się mojej córce, jeśli ktoś ją skrzywdzi, jeśli ten nikczemnik albo któryś z jego wspólników ją porwie, przysięgam ci, że…

María José wolała nie kończyć tego zdania, choć we własnej głowie dopowiedziała sobie wszystko, co chciała.

– Posłuchaj, jeśli mam tu umrzeć, to umrę, zgniję w tej dziurze. Ale moje dziecko niech nie wyjeżdża z Hiszpanii. Sama myśl o tym, że ta świnia znów miałaby ją krzywdzić…

– Wystarczy. Już dość. Nie myśl w ten sposób. To cię tylko niszczy.

Arantxa prosiła swoją rozmówczynię, żeby opowiadała jej, co będzie robić razem z córką pierwszego dnia po wyjściu z więzienia, zachęcała ją, żeby puściła wodze fantazji. Nigdy nie pozwalała jej mówić: „jeśli stąd wyjdę", ale zawsze kazała jej przyjmować to jako pewnik. Z myślą o Marii José i jej siostrze zarejestrowała nawet organizację *non profit* pod nazwą „Motherhood Beyond Border Foundation" (Fundacja „Macierzyństwo ponad Granicami"). Miała ona pomagać kobietom będącym ofiarami przemocy domowej, a przede wszystkim matkom, które widzą, jak ich partnerzy – obywatele innych krajów – usiłują odebrać im dzieci, korzystając ze swej uprzywilejowanej sytuacji prawnej we własnym państwie.

Arantxa stała się dla Marii José idealną towarzyszką, która pozwalała jej odnajdywać pociechę i spełniać tak ważną potrzebę podtrzymywania przy życiu własnych nadziei. To samo odczuwali krewni Marii José, którzy znajdowali w tej kobiecie sposób na ucieczkę od niepewności i rozpaczy, a jednocześnie partnerkę, którą mogli angażować w swoje działania i wysiłki. Jednym z takich zabiegów było zainteresowanie sprawą córki autonomicznych władz prowincji Walencja. Odniesiony na tym polu sukces obudził w całej rodzinie wielkie nadzieje.

Kilka dni przed ważną rozprawą, podczas której po raz drugi miał być rozpatrywany złożony poprzednio wniosek o zbadanie legalności aresztowania Marii José, delegacja polityków z Walencji pojawiła się w New Jersey z zamiarem odwiedzenia uwięzionej w zakładzie karnym w Bergen. Członkowie delegacji chcieli też przysłuchać się rozprawie w dniu 28 lutego, porozmawiać z adwokatami Marii José i spotkać się z konsulem hiszpańskim w Nowym Jorku, aby zorientować się w aktualnym stanie sprawy. Kiedy walencjanka zobaczyła przed sobą reprezentantów swojej społeczności, nie kryła emocji. Dotykała ręką szyby, która ją od nich oddzielała, i – starając się, żeby łzy nie zniekształcały jej słów – wyrzucała z siebie podziękowania, otrzymując jednocześnie wyrazy bezwarunkowego wsparcia i obietnice szybkiego i szczęśliwego zakończenia sprawy. Politycy z Walencji mieli przed sobą wymizerowaną, skrajnie wychudzoną kobietę, cierpiąca na infekcję nerki oraz postępujące zapalenie trzustki, którego nie dawało się wyleczyć. Wszyscy pragnęli, żeby sędzia wydał w sprawie złożonego odwołania orzeczenie korzystne dla Marii José, gdyż to oznaczałoby, że sprawa karna przeciwko niej zostanie zawieszona, a rozprawa wyznaczona przez Sąd Najwyższy New Jersey na 30 kwietnia będzie odroczona. Hiszpanka zaczęła już nawet marzyć, że zdoła zobaczyć swoją córkę 17 kwietnia, czyli w dniu siódmych urodzin małej. Pozostawało tylko czekać i modlić się.

Przed powrotem do Hiszpanii, w dniu 3 marca, delegacja władz Walencji złożyła prośbę o przyznanie statusu *amicus curiae*[25], czyli udziału w procedurze prawnej przewidzianej przez amerykańskie prawo i pozwalającej osobie fizycznej lub prawnej, która nie jest stroną rozpatrywanej sprawy, współdziałać na rzecz rozwiązania sporu sądowego i ustalenia stanu faktycznego w oparciu o swoje własne rozeznanie. Generalitat[26] wynajęła w tym celu adwokata Jeremy'ego Shestacka, jednego z najlepszych specjalistów w zakresie praw człowieka.

María José po raz pierwszy od dawna była zadowolona i poczuła wiatr w żaglach. Z jej ust wypływały wyłącznie słowa podziękowań. Zdecydowała, że Sara ma nagrać jej oświadczenie i podać je do wiadomości publicznej:

– Jestem dumna z Hiszpanii i z delegacji walencjańskiej. Oby moje cierpienie dopomogło sprawiedliwości, żeby już nigdy nic podobnego nie przydarzyło się żadnej innej kobiecie ani jej dzieciom. I oby mój przypadek doprowadził do podpisania nowych konwencji dotyczących współpracy sądowej między różnymi państwami. Hiszpania dała znakomity przykład demokratycznej dojrzałości, pozostawiając na boku ideologię i udzielając prawniczej lekcji na temat szacunku dla międzynarodowego prawa i ducha Konwencji Haskiej (…). Jeśli państwo pozwolą, skieruję kilka słów do mojej rodziny: Victorio, moja córko, *mami* cię kocha, kocha cię z całego serca. Tato, mamo, siostro, kocham was. Jestem z was dumna. Hiszpanio, kocham cię.

[25] Wywodzący się z prawa rzymskiego termin, oznaczający osobę dobrowolnie podejmującą się przedstawienia sądowi opinii prawnej w rozpatrywanej sprawie; opinia ta ma dla sądu znaczenie doradcze, nie musi być brana pod uwagę przy orzekaniu.

[26] Określenie systemu politycznej autonomii przyznanej dwóm społecznościom w Hiszpanii – Katalonii i Walencji – a jednocześnie nazwa lokalnego rządu w tych dwóch regionach.

W duszach rodziny Carrascosów wdzięczność wobec delegacji walencjańskiej szybko ustąpiła miejsca zdecydowanemu potępieniu dla konsula Juana Manuela Egei. Okazało się bowiem, że z przedstawicielami Walencji zamienił on ledwie kilka słów i, według niektórych świadków, zachowywał się wobec nich nieprzyjaźnie. Taki sam zarzut sformułowano wobec trzech reprezentantów Ministerstwa Sprawiedliwości, którzy odbyli podróż do Stanów Zjednoczonych i z którymi kilka miesięcy później poważnie starła się Victoria. Według jej rozeznania urzędnicy okłamali bliskich Maríi José, obiecując im, że włączą się w sprawę i porozmawiają z sędziami mogącymi rozstrzygnąć kwestię konfliktu między dwiema jurysdykcjami. Nigdy też nie przekazali swoim amerykańskim rozmówcom punktu widzenia Carrascosów, że wyroki sądu hiszpańskiego mają wpływ na kwestię prawa do opieki nad dzieckiem. Na dodatek rodzina była przekonana, że urzędnicy utrzymywali jakieś relacje z hiszpańskim przedstawicielem prawnym Petera Innesa, które uniemożliwiały im pełne i bezstronne zaangażowanie się w sprawę Maríi José. Nie byli w stanie tego wybaczyć członkom delegacji: dyrektorce i wicedyrektorce Departamentu Międzynarodowej Współpracy Prawnej, Cristinie Latorre i Anie Gallego, a także urzędniczce Ministerstwa Sprawiedliwości Carmen Garcíi Revuelta. Także działania konsula hiszpańskiego stały się przedmiotem publicznej krytyki wyrażonej w liście otwartym Carrascosów:

„Jakiej klasy człowiekiem – już nie tylko konsulem – trzeba być, żeby pozostawić bez żadnej opieki obywatelkę własnego kraju przechodzącą przez istną drogę krzyżową? Czy Pan zadaje sobie chociaż trochę trudu, żeby dostarczać mojej siostrze leki? Twierdzi Pan, że nic jej nie dolega – co Pan zatem powie, jeśli spotka ją to, o czym nikt nie ma odwagi powiedzieć? Od 26 stycznia usiłuję wysłać jej niezbędne lekarstwa. Minęło 35 dni, 11 godzin i 20 minut, a pan przez cały ten czas nie znalazł w sobie dość przyzwoitości, żeby nam wytłumaczyć, dlaczego specyfiki wysyłane za pośrednictwem Ministerstwa Spraw Zagranicznych nie docierają do więzienia Bergen. (...) To, co mógł pan zrobić, to jedynie pożegnać na lotnisku delegację rządu Walencji jako hiszpański konsul, którym pan przecież jest. Jak mogło dojść do obecnej sytuacji, skoro wiedział pan o trudnym położeniu mojej siostry, jeszcze zanim zaczęła się ukrywać i została schwytana? Dlaczego nic pan nie zrobił? Dlaczego nie był pan obecny na tak ważnej dla niej rozprawie 8 grudnia, umacniając swoją absencją stanowisko sądu, że moja siostra nie miała podstaw odwoływać się w sprawie wniosku o zbadanie legalności aresztu? A ten wniosek mógł jej przecież pozwolić odzyskać wolność".

Zdenerwowanie i zarazem nadzieja ogarnęły rodzinę Marii José czekającą na rezultat drugiej apelacji w sprawie wniosku o zbadanie legalności aresztu. Natomiast oczekiwanie, które stało się udziałem samej uwięzionej, przebiegało całkiem inaczej. Kiedy tylko delegacja rządu Walencji odjechała, María José została zamknięta w karcerze. Wrzawa medialna i rozgłos, które powstały wokół jej sprawy, nie spodobały się zbytnio administracji więzienia. María José spędziła piętnaście dni w ciemnej celi, bez możliwości porozmawiania z kimkolwiek, bez prawa porozumiewania się z rodziną i adwokatami, bez sposobności korzystania z tekstów prawniczych w bibliotece... Jedzenie otrzymywała takie, jakie uważali za stosowne dostarczać jej funkcjonariusze więzienni, i była pozbawiona odpowiedniej opieki medycznej. Nie pierwszy już raz trafiła w to miejsce, ale przerażenie, jakie ją ogarnęło, było całkiem nowe. Płakała, kopała w stalowe drzwi celi i uderzała w nie pięścią, krzyczała, domagając się wyjaśnienia, za co spotyka ją ta kara, równie niesprawiedliwa jak wszystkie inne od chwili uwięzienia. Ale nikt nie reagował. Jedyną odpowiedzią była cisza. Funkcjonariuszki, które przynosiły jej tacę z jedzeniem, nawet na nią nie patrzyły, nie mówiąc już o zniżaniu się do odpowiadania na jej pytania, które stopniowo zmieniały się w błagania. María José byłaby wdzięczna za choćby jedno spojrzenie, ale żadna ze strażniczek nie miała zamiaru skierować na nią wzroku.

Zdawała sobie sprawę, że jest to skuteczny środek na zniszczenie jej morale. Sądziła, że oszaleje wewnątrz celi karceru. W tej dziurze uświadomiła sobie, jak nieludzki był sposób opracowany w miejscu, które przez lata uważane było za najbardziej niezawodne, a jednocześnie najokrutniejsze z więzień, czyli w Alcatraz: więźniom nie wolno było wymówić tam ani jednego słowa. Zabroniono im się odzywać, komunikować się z pozostałymi osadzonymi. Nie mówili więc i do nich też nie mówiono. Stosowanie tej metody bardzo szybko przyczyniało się do spustoszenia w psychice nawet najbardziej niebezpiecznych, najtwardszych więźniów. María José bała się, że jej także przypadnie w udziale podobny los.

Okrutna kara zamknięcia w karcerze odniosła tylko jeden skutek: zwiększyła w Maríi José zapał do walki w oczekującej ją batalii prawnej, w której chciano sprowadzić ją do roli zwykłego szeregowca, choć jej aspiracje sięgały pozycji generała. Wszyscy – szczególnie strażnicy – dobrze znali jej niepokojącą zdolność odzyskiwania sił psychicznych, kiedy musiała stawić czoła przeciwnościom losu. Kierując się tą fundamentalną zasadą swojego życia, z tym większą mocą postanowiła samodzielnie sterować swoimi sprawami w obliczu przygniatającej ją więziennej rzeczywistości. Wiedząc, jak wielką satysfakcję sprawia pewnej grupie funkcjonariuszy nakładanie na nią kolejnych, najróżniejszych kar, zebrała całą swą odwagę i wielką dawkę cierpliwości, by walczyć z prowokacjami, które – czego była pewna – niebawem znów ją dosięgną. W dniach, które nastąpiły po jej wyjściu z karceru, María José pozbawiona była możliwości kontaktu ze światem zewnętrznym. Nie dostała ani jednego listu spoza więzienia i znów zablokowano jej rozmowy telefoniczne, uniemożliwiając jakikolwiek kontakt z adwokatami, z krewnymi oraz z Arantxą. Ta ostatnia, zaniepokojona milczeniem przyjaciółki, dzwoniła do więzienia, ale nie zdołała uzyskać żadnej innej informacji poza standardowym komunikatem: „Poszukiwana osoba jest czasowo niedostępna". Ale rzeczą najbardziej bolesną dla Marii José był fakt, że nie mogła usłyszeć głosu swojej córeczki. Za kilka dni, 17 kwietnia, Victoria Solenne miała skończyć siedem lat i choć kilka tygodni wcześniej jej matka żywiła nadzieję, że może spędzi ten dzień razem z nią, rzeczywistość zgotowała jej całkiem inny scenariusz.

Jenny namówiła ją, żeby napisała do córki list z życzeniami. Zaoferowała też, że może dołączyć do tekstu rysunek – a miała niekwestionowany talent do tego typu twórczości. Marii José bardzo spodobał się ten pomysł. Nie zwlekając ani chwili, wzięła się do roboty, przy której musiała zrobić niejedną przerwę, żeby otrzeć łzy i przełknąć ślinę, która wydawała jej się gęstą zaprawą sporządzoną z żółci, nienawiści i bezsilności.

„Kochana Victorio Solenne,

ponieważ wiem od Ciebie i od dziadków, że umiesz już czytać, usiadłam dzisiaj, żeby napisać do Ciebie list urodzinowy. Możesz go zachować jako pierwszy list, który ktoś do Ciebie napisał i wysłał po tym, jak nauczyłaś się czytać. Przede wszystkim chciałam Ci życzyć w tym dniu wiele szczęścia. Choć nie ma mnie teraz przy Tobie, wiesz dobrze, że *mami* zawsze pozostaje w Twoim sercu, a Ty zawsze masz miejsce w sercu *mami*. Kocham Cię całą swoją duszą i nie chcę, żebyś była smutna. Ty, dziadkowie i ciocia Vivi musicie być silni i bardzo szczęśliwi, bo w ten sposób dacie mi siłę, żebym mogła dalej walczyć i wkrótce do Was wrócić. Chcę więc, żebyś obiecała Jezuskowi, dziadkom, cioci i *mami*, że będziesz bardzo szczęśliwa i w dniu urodzin, i także w następnych dniach – po to żeby *mami* mogła jak najwcześniej wrócić do domu.

Skończysz za kilka dni siedem lat. Jesteś już małą kobietką! Wiem, że szykujesz przyjęcie i że zaprosiłaś czternaścioro dzieci. Wiem, że będzie to dla Ciebie szczególny dzień, a ponieważ nie mogę go spędzić z Tobą, mam prośbę, żebyś zrobiła jak najwięcej zdjęć. Chciałabym zobaczyć, jak się bawicie i jaki przygotowano Ci tort, jak wyglądałaś Ty sama, dziadkowie, ciocia Vivi. Kiedy *mami* wróci, urządzimy drugie, wielkie przyjęcie, dobrze? W ten sposób będziesz miała dwa przyjęcia urodzinowe, bo siedem to moja ulubiona liczba, wyjątkowa... prawie tak wyjątkowa jak FI – liczba wyznaczająca boską proporcję. Pewnego dnia *mami* opowie Ci więcej o tej szczególnej liczbie...

Kiedy ja kończyłam siedem lat, moi dziadkowie, Paco i Victoria, podarowali mnie i cioci Vivi książkę *Małe kobietki*[27]. To naprawdę piękna książka. Ciocia i ja chciałybyśmy, żeby trafiła do Ciebie. Ponieważ umiesz już czytać, będziesz mogła nacieszyć się nią i dowiedzieć się, jak ważna jest rodzina. Zrozumiesz, jak bardzo za Tobą tęsknię i muszę walczyć, żeby znów być z Tobą. Jedna z przyjaciółek *mami* wyśle Ci ode mnie w prezencie komputer, żebyś miała swój własny, kiedy będziemy mieszkać w Fort Lee. Dzięki niemu będziesz mogła się uczyć, grać i oglądać filmy. To mój prezent dla Ciebie za to, że jesteś Złotą Dziewczynką. Mam do Ciebie

[27] Dziewiętnastowieczna powieść dla dziewcząt autorstwa Louisy May Alcott.

prośbę: ponieważ jesteś już siedmioletnią kobietką, możesz robić różne rzeczy, żeby pomóc babci. Wiem, że ona choruje, więc pamiętaj, żeby codziennie ścielić łóżko, zbierać zabawki i sprzątać pokój, kiedy kończysz się bawić. *Mami* jest z Ciebie bardzo dumna i bardzo zadowolona, że zostałaś uznana za Złotą Dziewczynkę w swojej klasie. Dlatego przesyłam Ci komputer, a kiedy wrócę do domu, przywiozę Ci książkę o Harrym Potterze i inne niespodzianki. Wiem, że dostajesz bardzo dobre stopnie z angielskiego, więc teraz kawałek listu napiszę po angielsku. *The books of Harry Potter and movies of Littlefoot are in English. If you read them and see them in your computer, or mami's while you don't have yours at home, you will be able to improve even better in school*[28]. (...) Możesz poprosić dziadka, żeby Cię zapisał na lekcje muzyki, a ponieważ on gra na klarnecie, na pewno Ci pomoże. W soboty możesz jeździć do Buñol, jeśli dziadkowie zechcą...

Bardzo za Tobą tęsknię. Módl się, żeby mama mogła szybko być znów przy Tobie. Kiedy wrócę, będziemy robić wiele rzeczy, które dawniej też robiłyśmy razem: będziesz chodzić na lekcje pianina, na Disneya, kiedy tylko *mami* znów będzie miała pieniądze. Uważaj na siebie, wiesz, że jesteś dla *mami* jak gwiazdka z nieba. Kocham Cię całym sercem.

To serce należy do małej siedmiolatki, Victorii Solenne Carrascosy. *I love you*. Mocne całusy dla dziadków i dla cioci Vivi, a dla Ciebie całusy i uściski od *mami*".

Dla Marii José był to najtrudniejszy list w życiu i być może dlatego czytała go setki razy, podczas gdy Jenny rysowała sympatycznego Piolina[29] z ogromnymi rzęsami, w uwodzi-

[28] „Książki o Harrym Potterze i filmy o Littlefoot są w języku angielskim, więc kiedy je przeczytasz i obejrzysz w swoim komputerze – albo w moim, jeśli nie będziesz miała jeszcze zainstalowanego swojego – pomogą Ci dodatkowo poprawić stopnie w szkole".

[29] Żółty kanarek, popularny bohater dziecięcych komiksów i kreskówek.

cielskiej postawie, śmiejącego się tak, że musiał sobie podtrzymywać brzuszek. Obok niego napisała zdanie zachęcające wyimaginowanego listonosza, żeby się pospieszył i dostarczył przesyłkę do Hiszpanii przed 17 kwietnia, bo tego dnia czekać będzie na nią „pewne słodkie dziecko".

Papier stał się w więzieniu artykułem luksusowym z racji ograniczonej dostępności i wysokiej ceny. Zdobycie go było dla wszystkich, włącznie z Marią José, prawdziwym wyzwaniem. Nigdy wcześniej nie była zmuszona do takiego oszczędzania kartek z zeszytów ani do podnoszenia każdego kawałeczka papieru, jakby to był ostatni, który upadł na ziemię. Przyzwyczaiła się korzystać nawet z paragonów, które wydawano jej w więziennym sklepie. Pisała na nich liściki do innych osadzonych albo notowała sobie zasłyszane nazwiska adwokatów specjalizujących się w sprawach opieki nad dziećmi, w kwestiach rodzinnych, imigracyjnych, lekarzy sądowych, ginekologów, endokrynologów bądź psychiatrów albo potencjalnych świadków, nazwy agencji detektywistycznych. Później przekazywała te dane Arancie albo swoim obrońcom, żeby szukali kontaktu z tymi ludźmi. Miała zwyczaj występować w sądzie wyposażona w maleńkie kawałeczki papieru, które składała cztery razy, aż zmniejszały się do rozmiarów małego pakieciku zapałek. Przy takich okazjach czuła, jakby wracała do dzieciństwa, kiedy w podobny sposób obchodziła się z arkuszami papieru na lekcjach prac ręcznych. Nie była już teraz w stanie przypomnieć sobie tamtych ćwiczeń, które pozwalały otrzymać sześciokątne arkusze. Wzdłuż każdego z brzegów można było zapisać część wiadomości, która była zakryta przez wąskie skrzydełko powstałe na skutek odpowiedniego złożenia papieru. María José kolorowała najpierw każde z tych skrzydełek inną kredką. Następnie ujmowała całą tę konstrukcję w palce i stosownie nią manewrowała, otwierając i zamykając odpowiednie części wiadomości.

Zawsze udawało jej się przedstawić cały napis, wywołując uśmiechy na twarzach bawiących się z nią koleżanek. Wtedy wszystko było zupełnie inne niż teraz…

Konieczność wspomagała wyobraźnię: María José potrafiła robić notatki na odwrocie wizytówek swych poprzednich adwokatów, a kiedy brak papieru stawał się bardzo dokuczliwy, zapisywała bezpośrednio wnętrza kopert, bacząc, żeby przy ich zaklejaniu pismo nie zostało zamazane. Koperty używane do przesyłania dokumentów były duże, formatu A4, i wyróżniał je niezbyt dyskretny kolor dyniowy, który zachęcał do zapisywania dużymi literami zarówno nazwiska nadawcy, jak i adresata, co nadawało całości nieco dziwaczny wygląd. Najgorsze bywały takie momenty, kiedy list wracał do adresatki z braku odpowiedniej opłaty. Gdy tylko María José widziała czerwoną naklejkę, na której narysowana była ręka z groźnie wyciągniętym palcem wskazującym i napisem: „Return to sender. ADD 8IC", wiedziała, że przesyłka została zwrócona i jej marzenia znów musiały poczekać… Czasami była przekonana, że ktoś musiał zdrapać z jej koperty jeden z trzech znaczków za 9 centów, które były wymagane, żeby list został wysłany. Innym razem z kolei desperacko wysyłała list, wiedząc, że jest na nim za mało znaczków, ale liczyła na to, że ktoś się nad nią ulituje – co jednak nie zdarzało się zbyt często. Także i same znaczki były towarem luksusowym i stały się jedną z najważniejszych monet na specyficznym więziennym czarnym rynku. Jeden znaczek kosztował tam pięć torebek zupy makaronowej albo rosołu z kurczaka bądź jarzynowej. Trzy znaczki wymieniano na odrobinę kawy albo warzyw, na szampon, ciastka, książki, mydło i wiele innych produktów. Wszystko podlegało wymianie, której zasady regulowały prawa przetrwania więźniów. María José znienawidziła w końcu te małe prostokąciki papieru, na których widniała flaga amerykańska ze Statuą Wolności albo, z jej braku, nudne i smutne dzwonki w kolorze brązowym. Przysięgała sobie, że kiedy stamtąd wyjdzie, już nigdy nie będzie używać znaczków z tymi obrazkami.

Nauczyła się nie marnować ani centymetra papieru i dlatego starannie wybierała adresatów swoich listów. Od miesięcy, a konkretnie od 20 lutego, María José czuła wbity w serce nowy cierń. Tamtego bowiem dnia, po długim namyśle, postanowiła napisać list do mężczyzny, dzięki któremu przed uwięzieniem zrodziło się w niej pragnienie miłości. Mężczyzna ten oddalił od niej lęki i obawy, które zasiało w niej małżeństwo. Tym tajemniczym adresatem listu był Leo – ten sam, którego walencjanka, mimo dezaprobaty Sary i Ángela, widywała w okresie ukrywania się, narażając na szwank swoje bezpieczeństwo. List składał się z sześciu arkuszy papieru, zapisanych ręcznie cienkim ołówkiem, i nosił nagłówek „Kochany Leo". W pierwszych linijkach autorka zachowała styl formalny, przekazując adresatowi informacje o sytuacji prawnej, w jakiej się znalazła, o oddźwięku medialnym, jaki jej historia wywołała w Hiszpanii, zaangażowaniu głównych przywódców krajowych i lokalnych w przyspieszenie spraw oraz przyjęciu, jakie planowano urządzić, kiedy w końcu wróci do domu. Ale dość szybko w treści listu pojawiły się zwierzenia i bardziej intymne wspomnienia. María José wydobyła z pamięci moment, w którym poznali się z Leo w 2000 roku. To pierwsze spotkanie miało czysto profesjonalne podłoże. Dopiero później, pod koniec 2004 roku, ich przyjaźń zaczęła wkraczać na nowe ścieżki. María José wspominała obietnicę, którą złożył jej Leo: miał odwiedzić ją w Hiszpanii w sierpniu 2005 roku. Nigdy do tego nie doszło z powodu różnych zawirowań w jego życiu osobistym. Wspominała też wiadomości, które jej wysyłał w czasie świąt Bożego Narodzenia w 2005 roku, wykazując troskę jej stanem zdrowia po dwóch przebytych przez nią operacjach.

No i oczywiście były też wspomnienia związane z ponownym spotkaniem po jej powrocie do Stanów Zjednoczonych 21 lipca 2006 roku. „Próbowałam zaprzeczać faktom, ale jestem w Tobie zakochana, tak samo jak, według Twoich zapewnień, Ty we mnie". Zwierzyła mu się z pragnienia zbudowania z nim wspólnej przyszłości – z nim, jego synami i jej córeczką, „i dlatego czuję, że warto poświęcać się dla sprawy, tak jak wymaga tego moja obecna sytuacja". Przypomniała nawet jego marzenie o ich wspólnym dziecku, choć żeby je spełnić, musieliby zapewne udać się do najlepszych specjalistów na świecie. Zaprosiła go, żeby odwiedził ją w więzieniu, wyznała, że miałoby to dla niej ogromne znaczenie, gdyby go zobaczyła podczas najbliższej rozprawy sądowej, choć rozumiała, że jednak nie będzie go w tym miejscu. Wyraziła też życzenie, aby towarzyszył jej na pokładzie samolotu, którym będzie wracać do Hiszpanii, aby mogli tam wspólnie wznieść toast, racząc się wybornym winem z regionu Rioja. „Tęsknię za Tobą i mam nadzieję, że w końcu zdecydujesz się z nami zostać – ze mną i z moją córką".

Jednak już nigdy nie dane jej było cieszyć się tą przyjaźnią. Także i ją, jak wiele innych, María José straciła gdzieś na swojej drodze.

· 29 ·

Od pewnego czasu María José nie dostawała pieniędzy, chociaż rodzice ciągle je do niej wysyłali i nawet Arantxa zjawiła się kiedyś w więzieniu, żeby zrealizować transfer pieniężny. Chodziło o tzw. *money order* – rodzaj czeku wystawianego na konkretną osobę i przekazywanego więźniom przez krewnych lub przyjaciół. W większości przypadków przekazy dla Marii José nie były akceptowane albo docierały do niej z dużym opóźnieniem. Dzięki życzliwości niektórych więźniarek i własnej hojności, którą wielokrotnie im okazywała, otrzymywała teraz od nich pomoc, pozwalającą nadal zaopatrywać się w artykuły pierwszej potrzeby. Jej towarzyszki wiedziały, że przeżywa nie najlepszy okres swojego więziennego życia. Groźby funkcjonariuszek – przyjaciółek obecnej żony Petera – nadal ją dosięgały, a brak nowych wiadomości na temat jej statusu prawnego dodatkowo nasilał niepokój i podkopywał i tak już kruche zdrowie Hiszpanki. María José przechodziła bardzo poważne załamanie psychiczne. Każdego popołudnia jej brzuch nabrzmiewał do tego stopnia, że zaczynała wyglądać, jakby była w ciąży. Bolały ją nerki, odczuwała ciągłe dolegliwości trzustki i wątroby, wróciły omdlenia, podobnie jak krwawienia z pochwy i z nosa. Zdarzały się dni, kiedy silne migreny uniemożliwiały jej wstanie z łóżka, co strażnicy szybko wykorzystywali, by odmówić jej prawa do kontroli poziomu cukru we krwi, dostępu do leków, a nawet do jedzenia.

– Nie boli ją tak bardzo i pewnie nie jest głodna, skoro nawet nie wstaje z łóżka – mawiali w takich sytuacjach.

Opiekę i czułość okazywały jej zaprzyjaźnione więźniarki. Zdarzały się przypadki, kiedy niektórym osadzonym udawało się wyjść na wolność dzięki pośrednictwu i poradom prawnym Marii José. Pisały potem do niej listy i okazywały swoją wdzięczność. Obiecywały zrobić dla niej wszystko, co się da. Jedna proponowała nawet fragment własnej trzustki albo jedną nerkę, gdyby konieczny był przeszczep. Inne chciały dzielić z nią prawo do opieki nad własnymi dziećmi, zapraszały ją do swoich domów, by po wyjściu z więzienia mieszkała tam tak długo, jak będzie chciała, gotowe były oddać jej w prezencie własne samochody, ubrania, podejmowały się roli posłańców, mogących przekazywać informacje, gdziekolwiek trzeba będzie to zrobić. Niektóre nawet oferowały do wynajęcia własne brzuchy, gdyby walencjanka chciała znów zostać matką. Pośród więziennych murów María José myślała zresztą bardzo poważnie o adopcji dziecka, najchętniej koreańskiego – tej samej narodowości co jej bliska przyjaciółka Zen.

W więzieniu osadzone zadawały sobie sporo trudu, żeby zadbać o wygląd Maríi José, ponieważ były przekonane, że to poprawi jej samopoczucie. Ona sama wcześniej także czyniła podobne starania, wbrew negatywnemu wpływowi więzienia, które odmawiało osadzonym prawa do jakichkolwiek przedmiotów związanych z pielęgnacją urody. Więźniarki robiły więc namiastki lokówek z kawałków papieru i kręciły na nich włosy Maríi José. Kiedy z nią rozmawiały, jednocześnie wyrywały jej siwe włosy, a gdy zbliżał się termin kolejnej rozprawy w sądzie, dbały szczególnie o to, by usunąć wszystkie ślady siwizny z jej głowy – ślady, które zaczęły się pojawiać wśród niegdyś nieskazitelnie kasztanowych włosów od chwili, gdy przekroczyła próg więzienia w Bergen. Któregoś dnia więźniarki spędziły osiem godzin – cztery rano i cztery po południu – na usuwaniu z głowy Maríi José wszystkich siwych włosów, zaburzających harmonię i jednolitość ich naturalnego koloru.

Więzienne metody były pracochłonne, a komuś obserwującemu je z zewnątrz mogłyby przywodzić na myśl epokę średniowiecza albo Trzeci Świat. Ale osadzonym pozwalały mieć chociaż nadzieję, że będą korzystniej wyglądały i dobrze się czuły we własnej skórze.

Kobiety opracowały żmudną, skomplikowaną i czasochłonną metodę depilacji, przy której korzystały z długiej, cienkiej nitki. Proces trwał kilka dni. Nie było dostępu do jakichkolwiek kosmetyków do makijażu, które pozwoliłyby nadać nieco koloru ich coraz bledszym i bardziej wyniszczonym twarzom – noszącym ślady trudnych warunków uwięzienia oraz odcięcia od naturalnego światła. Więźniarki nauczyły się radzić sobie za pomocą różnych składników pożywienia, przede wszystkim owoców i warzyw. Kiedy z resztek pokarmów udawało im się uzyskać odpowiednie barwniki, używały ich do nadania odrobiny koloru policzkom, powiekom i wargom. Jedynym śladem dawnego zadbania w przypadku Maríi José były wypielęgnowane paznokcie, budzące zresztą zazdrość jej towarzyszek, a dla niej samej stanowiące swojego rodzaju narzędzie autoterapii. Zwykła nosić je dość długie, a żeby ową długość paznokci oraz ich kształt należycie kontrolować, posługiwała się nitkami, szkiełkami, własnymi zębami, a nawet kratami w celi. Któregoś dnia dostała list, w którym znalazła maleńki pilniczek. Nie była w stanie zrozumieć, jak ten niewielki, szorstki przedmiot zdołał się przedrzeć przez drobiazgowe kontrole przy bramie. Jedna z jej przyjaciółek, która spędziła kilka dni w więziennej klinice z powodu znacznego spadku ciśnienia, nasilonego jeszcze przez nękającą ją cukrzycę, wyjaśniła jej to w jednym z listów: „Jest tutaj taka rozsądna pielęgniarka, która rozumie, że jesteśmy istotami ludzkimi. Zobacz, czy nie dałabyś rady trafić na nią, kiedy przyjdziesz na pomiar cukru".

Również lektury stały się w sytuacji Maríi José jeszcze jedną butlą z tlenem, którym udawało się czasem napełnić płuca, tak aby móc odlecieć daleko od miejsca aktualnego pobytu i oderwać się od rzeczywistości – każdego dnia coraz bardziej niesprawiedliwej i niezrozumiałej. Zaopatrzenie się w książki nie było łatwym zadaniem: egzemplarze wysyłane do więzienia przez rodziców albo przez Arantxę były zawracane albo ginęły w tajemniczych okolicznościach. Ale pomysłowość walencjanki i jej towarzyszek przynosiła całkiem niezłe rezultaty. María José przeczytała Biblię tyle razy, że wielokrotnie łapała się w nocy na tym, że – borykając się nieustannie z bezsennością – leży na łóżku na wznak z oczyma utkwionymi w suficie i powtarza z pamięci swe ulubione fragmenty świętej księgi.

„Wtedy wystąpił z obozu filistyńskiego pewien harcownik imieniem Goliat, pochodzący z Gat. Był wysoki na sześć łokci i jedną piędź. Na głowie miał hełm z brązu, ubrany zaś był w łuskowy pancerz z brązu o wadze pięciu tysięcy syklów. Miał również na nogach nagolenice z brązu oraz brązowy, zakrzywiony nóż w ręku. (...) Stanąwszy naprzeciw, krzyknął w kierunku wojsk izraelskich te słowa: «Po co się ustawiacie w szyku bojowym? (...) Wybierzcie spośród siebie człowieka, który by przeciwko mnie wystąpił. Jeżeli zdoła ze mną walczyć i pokona mnie, staniemy się waszymi niewolnikami, jeżeli zaś ja zdołam go zwyciężyć, wy będziecie naszymi niewolnikami i służyć nam będziecie». (...)

[Dawid] często odchodził od Saula, aby pasać owce swojego ojca w Betlejem. Tymczasem Filistyn ciągle wychodził z rana i wieczorem i stawał tak przez czterdzieści dni. (...) Wstał więc Dawid wcześnie rano, powierzając owce stróżowi (...). Kiedy zbliżył się do obozowiska, wojsko wyruszyło na pole walki i wznosiło wojenny okrzyk. (...) Rzekł Dawid do Saula: «Niech pan mój się nie trapi! Twój sługa pójdzie stoczyć walkę z tym Filistynem». Saul odpowiedział Dawidowi: «To niemożliwe, byś stawił czoła temu Filistynowi i walczył z nim. Ty jesteś jeszcze chłopcem, a on wojownikiem od młodości». (...) Powiedział jeszcze Dawid: «Pan, który wyrwał mnie z łap lwów i niedźwiedzi, wybawi mnie również z ręki tego Filistyna». (...) Wziął w ręce swój kij, wybrał sobie pięć gładkich kamieni ze strumienia, włożył je do torby pasterskiej, którą miał zamiast kieszeni, i z procą w ręce skierował się ku Filistynowi. (...) Gdy Filistyn popatrzył i przyjrzał się Dawidowi, wzgardził nim dlatego, że był młodzieńcem, i to rudym, o pięknym wyglądzie. (...) Filistyn zawołał do Dawida: «Zbliż się tylko do mnie, a ciało twoje oddam ptakom powietrznym i dzikim zwierzętom». Dawid odrzekł Filistynowi: «Ty idziesz na mnie z mieczem, dzidą i zakrzywionym nożem, ja zaś idę na ciebie w imię Pana Zastępów (...). I oto, gdy wstał Filistyn, szedł i zbliżał się coraz bardziej ku Dawidowi, Dawid również pobiegł szybko na pole walki naprzeciw Filistyna. Potem sięgnął Dawid do torby pasterskiej i wyjąwszy z niej kamień, wypuścił go z procy, trafiając Filistyna w czoło, tak że kamień utkwił w czole i Filistyn upadł twarzą na ziemię. Tak to Dawid odniósł zwycięstwo nad Filistynem procą i kamieniem; trafił Filistyna i zabił go, nie mając w ręku miecza"[30].

Niedawno zawarta przyjaźń z więźniarką muzułmanką skłoniła Maríę José do zainteresowania się lekturą Koranu, chociaż bardziej chodziło o zabicie nudy niż o zawartość kart księgi. Niektóre więźniarki, którym pomogła w opracowaniu skutecznej linii obrony, widząc, że María José niechętnie przyjmuje kolejne torebki z zupą w proszku jako wyraz wdzięczności, dawały jej w prezencie książki. Umiała je przemyślnie schować przed strażnikami, w obawie by ich nie zabrali i nie pozbawili jej jedynego luksusu, jakim jeszcze mogła się cieszyć. Jeden z tytułów zdołał rozbudzić jej zainteresowanie i natchnąć ją dobrą energią – *Anioły są wśród nas* Dona Fearheileya[31]. Na okładce widniało hasło: „Prawdziwe historie o istotach nadprzyrodzonych" oraz anioł o ogromnych skrzydłach, trzymający w jednej ręce dłoń dziecka, a drugą wyciągający w stronę nieskończoności. „Anioły są wśród nas, by nam pomóc w sytuacjach, w których najmniej się tego spodziewamy... i kiedy najbardziej tego potrzebu-

[30] 1 Sm 17, 4-50, Biblia Tysiąclecia, za portalem www.deon.pl.
[31] Pisarz amerykański (1930-1994); książka opowiada o domniemanych interwencjach istot nadprzyrodzonych w losy ludzi stojących w obliczu nagłej śmierci.

jemy". Na stronach książki można było znaleźć fascynujące historie osób, które – dotarłszy do granicy między życiem a śmiercią – w ostatnim momencie stawały przed obliczem aniołów ratujących ich od zagłady i zmieniających na zawsze ich osobowość. „Annabel i jej trzyletnia córka jechały samochodem i nagle zobaczyły, jak z naprzeciwka pędzi prosto na nie inne auto… Gale była dobrą pływaczką, ale w połowie drogi zdała sobie sprawę, że nie zdoła dopłynąć do brzegu… Ken upadł na swoją strzelbę w taki sposób, że przypadkowo wystrzeliła. Leżał potem ciężko ranny, obficie krwawiąc…". Przymknęła powieki, pragnąc, by po ich otwarciu zobaczyła przed sobą anioła – jednego z tych, które pojawiają się wtedy, kiedy się ich najmniej spodziewamy. Może właśnie dlatego nie było po nim ani śladu.

Problemy z dostępem do biblioteki nadal się nasilały i María José nieraz spędzała cały dzień, wypełniając formularze, które, jak na ironię, dostarczała jej administracja więzienia, oferując możliwość złożenia skargi do dyrekcji. Na wspomnianych formularzach widniały zapisane dużymi, czarnymi literami nagłówki: „Bergen County Jail. Inmate Advocate Request Form". Na takim formularzu wpisała swoje nazwisko (María J. Carrascosa), numer więźnia (D 53540), oddział więzienia, w którym przebywała (N 3C), datę złożenia skargi (23 kwietnia 2007 r.) oraz ułożony przez siebie tekst: „Proszę o umożliwienie mi korzystania z biblioteki. Nie rozumiem, dlaczego od chwili, kiedy znalazłam się w tym przeklętym miejscu 11 grudnia 2006 roku, już pięć razy uniemożliwiono mi dostęp do niej. Dlaczego jestem prześladowana i upokarzana przez władze tego więzienia? Dlaczego bezprawnie odmawia mi się tutaj wszelkich przywilejów i praw, choć przecież nie zrobiłam nic złego? Być może powodem jest Jaudee Tabares Innes, trzecia żona i kochanka tego, który był kiedyś moim mężem, Petera Innesa, czy jak on się teraz nazywa. W imię sprawiedliwości te nadużycia popełniane przez funkcjonariuszy więziennych muszą zostać ukrócone, choć w tej sprawie i tak będę zmuszona do złożenia doniesienia do sędziego. Podpisano: María Carrascosa. D 53540". Zawsze, gdy tylko miała okazję, dbała o to, żeby robić kopię wszelkich wysyłanych pism. Przekazywała je potem swoim adwokatom, Arancie, rodzicom, sądowi federalnemu, hiszpańskiemu Ministerstwu Sprawiedliwości i Ministerstwu Spraw Zagranicznych. Chciała zostawić ślad po tym, co tutaj ją spotyka. Wysyłała je także do fundacji „Motherhood Beyond Borders" („Macierzyństwo ponad Granicami"). Mijały długie dni albo tygodnie, zanim jej odpowiadano, a kiedy upragniona odpowiedź już nadchodziła, zawierała pisemne zapewnienie, że nikt jej nie utrudnia dostępu do więziennej biblioteki. Musi jednak zrozumieć, że duża liczba więźniów chce korzystać z tego samego prawa, a „jak Pani wie, przestrzeń biblioteki jest ograniczona i nie zawsze możliwe jest wpuszczenie do niej jednego dnia i o jednej godzinie wszystkich zainteresowanych". Takie odpowiedzi, pisane ręcznie, doprowadzały ją do rozpaczy, choć starała się uspokoić ze względu na stan zdrowia. Wybuchała – ale tylko we własnym wnętrzu, zawsze milcząc.

Wyczekiwane wiadomości na temat losów drugiego wniosku o zbadanie legalności aresztu, złożonego ponad miesiąc wcześniej, nadal nie nadchodziły i ta zwłoka ze strony trybunału, a także milczenie obrońców i niepomyślne wieści docierające z sądu sędziego Toracka kazały jej spodziewać się najgorszego. Postanowiła usiąść w swej celi przy pulpicie i zacząć długi na dziesięć stron list z wyjaśnieniami dla sędziego Toracka, żeby wytłumaczyć mu drobiazgowo wszystkie szczegóły swojej sprawy. Chciała opisać maltretowanie w więzieniu, którego pada ofiarą za sprawą kolegów nowej żony Petera Innesa. Chciała też jasno przedstawić swoje opinie na temat działania sędziego, które, według niej, pozostawiało wiele do życzenia. „Stawałam przed sądem hrabstwa Bergen w stanie New Jersey pełna wiary, zaufania i przekonania, że chroni mnie racja, którą przyznają mi rozmaite, jednoznaczne i ostateczne wyroki sądów hiszpańskich. Potwierdzają one, że mam wyłączne prawo do opieki nad nieletnią córką Victorią Solenne i że wszystko, co dotyczy cywilnego rozwiązania mojego małżeństwa z Peterem Innesem (czy może raczej Lewisem Negro, Frederickiem Smithem, Williamem Peterem…), będzie rozpatrzone przed sądami w Hiszpanii. Uznały one, że są kompetentne do rozstrzygnięcia tych spraw. Przekonałyby też sędziego Toracka o wartości moich argumentów, o tym, że mam rację, o moim uzasadnionym prawie. Niemniej jednak rozwój wydarzeń okazał się wielce niefortunny i niekorzystny. Liczne dowody, które dostarczałam na potwierdzenie moich niepodważalnych praw, nie odniosły najmniejszego skutku. Zostały zlekceważone, odrzucone, podawano w wątpliwość ich autentyczność albo je opacznie interpretowano (…). Czcigodny albo też nie całkiem czcigodny sędzia Torack mógł mnie zostawić w Hiszpanii, razem z córką, z rodzicami i resztą rodziny oraz przyjaciół, ignorując proces rozwodowy w Stanach Zjednoczonych i uznając w mojej sprawie – jako raz już osądzonej – orzeczenia i wyroki sądów w kraju, w którym podjęto korzystne dla mnie decyzje. W Hiszpanii uznano rozwiązanie mojego małżeństwa z domniemanym p. Peterem Innesem. Zaakceptowanie tej decyzji pozwoliłoby mi uniknąć perspektywy czterdziestoletniego wyroku więzienia za przestępstwo, o którym Pan dobrze wie, że go nie popełniłam (…). W piątek 1 września minionego roku czcigodny, a może nie całkiem czcigodny, sędzia Torack o godzinie 10:00, nie o 15:00, ale właśnie o 10:00 rano, wydał nakaz aresztowania mnie i natychmiastowego, bezterminowego uwięzienia do czasu, kiedy przekażę moją córkę biologicznemu ojcu mieszkającemu w Stanach Zjednoczonych. Moją córkę potraktowano jak paczkę przesyłaną przez firmę kurierską. I jakby tego jeszcze było mało, nie całkiem czcigodny sędzia Torack zignorował mój stan zdrowia, a nawet podał w wątpliwość, czy rzeczywiście jest taki, jak przedstawiono. Dlatego też uwięziono mnie i pozbawiono lekarstw. Nic nie zrobiłam. To wyżej wymieniony sędzia, z całym należnym lub nienależnym szacunkiem, wszedł na drogę przestępstwa (...). Co więcej, 22 sierpnia zeszłego roku, w dniu, kiedy wzmiankowany sędzia wydał niesprawiedliwą decyzję, mój obrońca i ja zostaliśmy poinformowani przez prokuraturę hrabstwa Bergen, że pozostają w mocy skierowane przeciwko mnie zarzuty drugiego stopnia oraz zarzut niezastosowania się do decyzji wymiaru sprawiedliwości i z tego powodu oskarżyciel żąda kary czterdziestu lat więzienia. Osądzono mnie i skazano, jeszcze zanim mnie wysłuchano... A najgorsze – i najbardziej bezwstydne – jest to, że akt oskarżenia prokuratury jest tak naprawdę listą Szwindli Procesowych i Złośliwych Prześladowań, mającą uzasadnić przekwalifikowanie zarzutów z trzeciego stopnia na drugi. Pieczątka i podpis prokuratora poświadczają, że o tych zarzutach zostałam jakoby poinformowana osobiście w kwietniu i czerwcu 2006 roku. Nic bardziej błędnego! Mój paszport, protokoły sądu hiszpańskiego, rejestr kliniki Quirón, w której przebywałam, raporty medyczne wszystkich moich lekarzy endokrynologów, chirurgów oraz pozostałych doktorów, a także moje ubezpieczenie medyczne w hiszpańskiej firmie Adeslas świadczą o tym, że wyjechałam ze Stanów Zjednoczonych do Hiszpanii 23 marca 2005 roku i wróciłam do USA 21 lipca 2006 roku, wyłącznie po to, by walczyć o swoje uniewinnienie i o bezpieczeństwo mojej córki. Można więc powiedzieć, że mój paszport i inne dowody materialne, a także długa lista świadków wykazują, że prokuratura hrabstwa Bergen i nie tak znów czcigodny sędzia Torack po prostu chcieli mnie uwięzić. Tylko oni – a także Peter Innes wraz z grupką adwokatów, między innymi z kancelarii „Zarraluqui – Adwokaci Rodzinni" – wiedzą dlaczego. Niestety, mając świadomość, że stałam się ofiarą, musiałam się chronić: z pomocą kilku wiernych przyjaciół udało nam się sporządzić wiele nagrań o jednoznacznie kompromitującym charakterze. Potwierdzają one słuszność stanowisk wyrażonych kilkakrotnie przed sądami hiszpańskimi i organami federalnymi w Stanach Zjednoczonych. Te nagrania zostały już przedstawione trzem hiszpańskim trybunałom i federalnym władzom śledczym USA. Z całym szacunkiem, choć jestem bardzo rozżalona i zbolała przez wzgląd na to, co musi cierpieć moja rodzina z powodu braku skrupułów adwokatów, którzy powinni zostać osądzeni, ukarani i wydaleni z odpowiednich stowarzyszeń profesjonalnych, składam dziś niniejszy dokument, żeby hiszpańskie i amerykańskie organa sądowe raz jeszcze rozpatrzyły tę sprawę i położyły kres mojej męce.

Jestem Hiszpanką i czuję się z tego dumna. Ponieważ jestem Hiszpanką, nie powinno się pozwalać sędziemu amerykańskiemu na wykraczanie poza jego uprawnienia urzędowe, materialne i terytorialne i na pozbawianie mnie kontaktu z córką. Proszę, by Stany Zjednoczone nie zgodziły się na to, aby ta sprawa rozdzieliła matkę z jej dzieckiem i działała na rzecz człowieka, który w przeszłości okazał się nikczemnikiem.

Pisane w New Jersey, w smutnym i szczególnym stanie – María José Carrascosa. Zawodowy adwokat, mimo prób zdyskredytowania przez osoby pozbawione skrupułów. W pełni władz umysłowych i zdolności do działania".

Długie i szczegółowe pismo zirytowało nie tylko sędziego, ale i kancelarię adwokacką, która zajmowała się obroną Maríi José.

– Czy ty w ogóle rozumiesz, co narobiłaś? Jak mogło ci przyjść do głowy, żeby napisać do sędziego, który prowadzi twoją sprawę, i obrzucić go takim stekiem obraźliwych uwag? Ciągle jeszcze słychać jego wrzaski w sądzie.

Pełne wymówek słowa prawnika nie pozostawiały wątpliwości, jak bardzo rozwścieczył go otrzymany list.

– Wszystko, co w nim napisałam, to prawda. Wystarczy, że na stronach intrnetowych poszukasz informacji na temat tego sędziego. Wisi nad nim cień korupcji, został oskarżony przez własnych kolegów. Poza tym mam prawo korzystać z wolności wyrażania opinii i zwracać uwagę na bezprawie, którego doświadczam. Jeśli ja tego nie zrobię,nikt mnie w tym nie wyręczy. Nawet ty.

– Zdajesz sobie sprawę, w jakiej sytuacji stawia mnie – jako twojego obrońcę – ten atak wściekłości, który ubrałaś w formę listu? Jak mam potem stanąć twarzą w twarz z sędzią? – Adwokat oddychał głęboko, próbując kontrolować wściekłość, która nim zawładnęła, i kontynuować reprymendę adresowaną do klientki. – Marío José, przecież jesteś adwokatem i powinnaś wiedzieć lepiej od innych, że nic tak nie denerwuje sędziego, jak taki elaborat przysłany z ulicy, wygrażający mu przed nosem. Nie zdajesz sobie sprawy, że w ten sposób spowodujesz tylko nowe utrudnienia i opóźnisz swoje wyjście na wolność?

– Ale przecież ten sędzia i tak w życiu mnie nie wypuści! To oczywiste, że kierują nim jakieś względy osobiste. Jesteś chyba jedyny, który nie wie o jego dobrych relacjach z Peterem i z szeryfem tego przeklętego miasta, i ze wszystkimi, którzy robią co tylko możliwe, żebym nigdy nie opuściła więzienia. Przecież on nawet opóźnił swoje przejście na emeryturę, żeby móc zajmować się moim przypadkiem! Jestem ofiarą złośliwego prześladowania ze strony tego sędziego. Nie zdajesz sobie sprawy, co oni ze mną wyprawiają! Wydaje mi się, że płacę ci dostatecznie dużo, żebyś był w stanie to zrozumieć.

María José zdawała sobie sprawę, że staje się nieprzyjemna dla swego obrońcy, ale jeszcze bardziej nieprzyjemna była jej sytuacja w więzieniu.

– Musisz zrozumieć to, co ci teraz powiem, jeśli chcesz, żebym nadal zajmował się twoją obroną. – Zmiana tonu, którym zwracał się do niej adwokat, kazała Marii José obawiać się najgorszego. – Albo przestaniesz wysyłać manuskrypty do sędziego, albo rzucam tę sprawę i przestaję cię bronić. Zrozumiałaś? – Milczenie rozmówczyni sprawiło, że powtórzył pytanie, tym razem głośniej. – Zrozumiałaś?!

– Tak, Clifford, zrozumiałam. Ale ty też zrozum, że siedzę tu już zbyt długo i jeśli szybko mnie nie wyciągniesz, i tak zostaniesz bez klientki, bo umrę. Zrozumiałeś ty z kolei?

María José zadała to pytanie, nie zostawiając miejsca na wysłuchanie odpowiedzi. Nie miała na to ochoty i dlatego przerwała połączenie z adwokatem, który zaczynał się już przyzwyczajać do twardego charakteru swojej klientki i do jej zwyczaju kończenia rozmów bez uprzedzenia.

Kilka tygodni później to właśnie on musiał przekazać Marii José najgorszą wiadomość: wniosek o zbadanie legalności jej aresztu został ponownie odrzucony. Po raz drugi, co oznaczało już tylko jedną, trzecią i ostatnią, możliwość apelacji przed wyznaczeniem daty rozpoczęcia procesu karnego, który najprawdopodobniej zakończy się wyrokiem skazującym. Ta nowa decyzja wymiaru sprawiedliwości oznaczała dla Maríi José kolejną katastrofę prawną, finansową i psychiczną, która pogrążyła ją niemal w depresji. Wiele osób zaczęło się obawiać o jej życie.

· 30 ·

Kiedy 15 maja Sąd Federalny stanu New Jersey ponownie odrzucał wniosek o jej zwolnienie z więzienia, María José nie wiedziała jeszcze, że niebawem ma nadejść najgorszy z jej dotychczasowych koszmarów – kolejna stacja na drodze pełnej męki, przerażenia i hańby, na której będzie musiała się zatrzymać. Nie mając nawet czasu, by w pełni ocenić rozmiary prawnej porażki, którą właśnie poniosła i po której próbowała się pozbierać, została podstępnie wciągnięta w sytuację, której przerażające wspomnienie wryło się w jej pamięć na całe życie. Miało to miejsce następnego dnia, 16 maja po północy, kiedy cele były już pozamykane. María José drzemała, odwracając się z boku na bok na niewygodnej pryczy, poszukując pozycji, w której uda jej się wreszcie zasnąć. Była niespokojna i zdezorientowana po niedawnym odrzuceniu wniosku w sprawie legalności aresztu. W jej głowie pojawiały się obrazy z ostatniego posiedzenia sądu, przemieszane z wyraźnymi wizerunkami jej bliskich i z chaotycznymi wspomnieniami wspólnego życia z Peterem. W jej wyobraźni pojawiały się twarze dawno niewidzianych przyjaciół, miejsca, w których kiedyś regularnie bywała, i sytuacje z pozoru mało prawdopodobne, których elementy również pochodziły z tego samego tygla, w jaki zamieniło się jej życie. Ta nieszkodliwa mozaika rozgościła się w głowie Maríi José bez jakiegokolwiek logicznego uzasadnienia.

Trwała w stanie półjawy, przez co nie potrafiła szybko się zorientować, czy to, co do niej dociera, należy do świata snu czy rzeczywistości. Wydawało jej się, że słyszy ciche i odległe odgłosy kroków, którym towarzyszą ściszone głosy, tak jakby ktoś nadchodzący nie chciał zwracać na siebie uwagi. Ze stanu półuśpienia, w którym się znajdowała, wyrwał ją ostry odgłos szczekania. Miała wrażenie, że staje jej serce. Zmuszona do otwarcia oczu, zobaczyła przed sobą przerażający widok. Nie miała pojęcia, skąd się tam wziął: ogromny owczarek niemiecki, którego trzymało trzech strażników, właśnie rzucał się na nią, nie dając jej właściwie żadnej szansy na reakcję. Czuła ostre, potężne pazury zwierzęcia na swojej bezbronnej, osłoniętej prześcieradłem piersi. Wyglądały groźnie, jakby pies chciał jednym ich szarpnięciem dobrać się do jej wnętrzności. Nie mając siły ani odwagi, żeby uchylić się przed ogromnym zwierzęciem, które zostało celowo wykorzystane, aby ją przerazić, María José pod wpływem impetu psa spadła z łóżka, wyczuwając przedtem, ku swemu przerażeniu, jego cuchnący oddech i lepki język na twarzy. Szczekanie potężnego psa, któremu strażnicy chwilę wcześniej zdjęli kaganiec, oraz krzyki przerażenia Maríi José obudziły jej współtowarzyszkę z celi, która nie mogła początkowo zrozumieć strasznej sceny rozgrywającej się przed jej oczyma. Kiedy spróbowała odruchowo rzucić się na pomoc swojej towarzyszce, jeden ze strażników odwrócił się do niej i strasząc ją, że skieruje w jej stronę pysk psa, pchnął ją w przeciwny koniec celi, mówiąc:

– Hej, ty! Cichutko i spokojniutko, jeśli nie chcesz zostać ulubioną kością tego pięknisia!

Groźba sparaliżowała kobietę do tego stopnia, że nie była w stanie zdobyć się na najmniejszy ruch, choćby mrugnięcie powiekami. Ręka strażnika, który gwałtownie podniósł Maríę José z podłogi i posadził ją znów naprzeciwko psa, brutalnie zasłoniła jej usta, żeby stłumić ogłuszające krzyki. Funkcjonariusze bali się, że wrzaski więźniarki obudzą cały oddział i zwrócą uwagę jakiegoś niewtajemniczonego strażnika, który może akurat być przeciwnikiem tego rodzaju tortur i prześladowań, jakie upodobała sobie ta grupa.

– No co, pani mecenas, słyszeliśmy, że lubisz psy. Z tego co widzę, zostaliśmy wprowadzeni w błąd. – Głośny rechot pozostałych strażników, którzy zabawiali się na przemian popuszczaniem i napinaniem smyczy pozwalającej panować nad karkiem wilczura, pobudzał do żartów ich przywódcę, jednocześnie jeżąc włos na głowie drugiej więźniarki. Kobieta wciąż trzęsła się ze strachu w przeciwległym rogu celi, klęcząc z twarzą przyciśniętą do ściany i wzrokiem utkwionym w podłogę. – Powiedz mi jedną rzecz, skoro jesteś taka inteligentna i doradzasz innym więźniom. Sądzisz, że twojej małej spodobałby się taki piesek? Nie uważasz, że warto by się o tym przekonać?

Strach, który ogarnął Maríę José, i siła, z jaką napierał na nią strażnik, nie pozwalając jej oddalić się więcej niż na kilka centymetrów od potężnego psiego pyska, uniemożliwiały jej jakąkolwiek reakcję na prowokację i ledwie zakamuflowaną groźbę funkcjonariusza. W innych okolicznościach z pewnością nie pozostawiłaby ich bez odpowiedzi. Teraz po prostu nie mogła. Nieustająca i nieznośna drżączka, której nie potrafiła opanować, nie pozwalała nawet uświadomić sobie, co do niej mówi strażnik i dlaczego budzi to taką wesołość pozostałych. Przypomniała sobie inną sytuację, kiedy tak samo drżała – po tym, gdy po raz pierwszy stała się ofiarą prześladowań ze strony byłego męża, czyli wtedy, kiedy Peter najpierw ją zaatakował, a potem wyrzucił z domu.

– A nowej żonie twojego byłego męża podoba się ten piesek. Bawią się z nim razem z jej dziećmi i planują niedługo pobawić się też z twoją córką. A ty nic nie będziesz mogła zrobić, bo dalej będziesz gniła w tym więzieniu – szeptał jej do ucha wciąż ten sam strażnik, który nawet nie próbował udawać, że ta zabawa nie sprawia mu przyjemności. – Ten moment już się zbliża. Szybciej, niż myślisz. Ale nie przejmuj się, moi koledzy i ja będziemy przychodzić co noc, żeby cię na bieżąco o wszystkim informować.

Nie była w stanie ocenić, ile czasu trwała ta straszliwa tortura. W pewnej chwili jej prześladowcy po prostu się znudzili, z powrotem nałożyli psu kaganiec, wsadzili mu do pyska coś, co uśmierzyło jego wcześniejszą agresję, odwrócili się i – nie zapominając o kolejnej litanii gróźb i prowokacji – wyszli, na odchodnym raz jeszcze rzucając obietnicę, że wrócą.

Musiała minąć dłuższa chwila, zanim współtowarzyszka Maríi José odważyła się odwrócić głowę i sprawdzić, czy rzeczywiście strażnicy sobie poszli. Dopiero wtedy podbiegła do Maríi José, objęła ją i otuliła wszystkimi kocami, które mogła znaleźć, próbując powstrzymać jej dygot. Jednocześnie ocierała jej łzy i starała się ją uspokoić słowami, w które sama nie była w stanie uwierzyć.

– No już. Już minęło. Spokojnie. Już nie wrócą.

Tamtej nocy nie mogła już zasnąć. Aż do świtu towarzyszyły jej koszmary. Te same drzwi od celi, które kilka godzin wcześniej otworzyły się, nie robiąc najmniejszego hałasu (obie przetrzymywane tam kobiety, będące świadkami popełnionego okrucieństwa, nie mogły zrozumieć, jak to się stało), teraz zostały otwarte z ogłuszającym skrzypnięciem, które dotarło do uszu wszystkich obecnych w pobliżu. María José próbowała poradzić sobie z traumą, której doznała w nocy, opowiadając o niej kilku zaprzyjaźnionym więźniarkom, ale to niewiele pomogło. Przez cały dzień wciąż była przerażona, słaba, zmarniała, wycofana. Każdy dźwięk wyprowadzał ją z równowagi do tego stopnia, że musiała szukać pomocy w więziennej przychodni. Prośba została jednak z miejsca odrzucona. Właściwie to nawet wolała takie rozwiązanie – trudno byłoby jej znieść sytuację, w której miałaby zostać sama w klinice, nie wiedząc, co będą tam chcieli z nią zrobić.

Kiedy znów nadeszła noc, niepokoje jeszcze się nasiliły. Coś w jej wnętrzu mówiło, że także i tej nocy nie zazna odpoczynku ani spokoju, którego tak bardzo potrzebował jej organizm i umysł. Podejrzenia zaczęły się urzeczywistniać, kiedy do celi przyszli strażnicy, żeby zaprowadzić jej współtowarzyszkę na spotkanie z adwokatem. Obie więźniarki wiedziały, że o tej porze wizyty obrońców są mało prawdopodobne. Dlatego też wymieniły się zaniepokojonymi spojrzeniami, w których pojawiało się przeczucie tego, co najgorsze. María José została w celi sama i wkrótce odkryła powody tej świeżo uzyskanej niezależności. Po kilku minutach zobaczyła przed kratami celi czwórkę czy piątkę funkcjonariuszy – z grupy tych, którzy zawsze zadawali sobie dużo trudu, by stworzyć jej w więzieniu możliwie najbardziej nieludzkie warunki. Przyszli w towarzystwie trzech nowych rekrutów – wszyscy byli umundurowani, wyposażeni w regulaminową broń. Kiedy weszli do celi, María José zwinęła się w kłębek na samym końcu pryczy i obserwowała ich z przerażeniem. Nie spuszczała z oczu ich rąk, wypatrując, czy trzymają w nich coś, czym mogliby ją uderzyć. Zaczęła obawiać się najgorszego, kiedy jeden z nich kazał ponownie zamknąć drzwi od celi. Dwóch strażników wyszło na zewnątrz, na korytarz, podczas gdy dwaj pozostali w towarzystwie rekrutów znajdowali się we wnętrzu.

– Zostałaś wytypowana. Mam nadzieję, że w pełni to doceniasz – powiedział jeden z funkcjonariuszy z ironią, która zmroziła krew w żyłach Hiszpanki. – Spójrz tylko, pani mecenas. Ci trzej młodzieńcy, których tu widzisz, niedługo nas zastąpią, ale nie myśl ani przez moment, że my o tobie zapomnimy i że stracisz nas z oczu. Nie zasługujesz na takie szczęście. – Roześmiał się, wiedząc, że pozostali pójdą w jego ślady, co też uczynili. – W każdym razie pomyśleliśmy, że nikt nie będzie bardziej odpowiedni niż ty, żeby tym funkcjonariuszom, którzy dopiero co ukończyli Akademię Policyjną, udzielić pewnych nauk. Chodzi o to, jak strażnik prawa i porządku powinien sprawdzać, czy któraś z więźniarek nie ukrywa niedozwolonych substancji, które nie tylko są nielegalne, ale mogą także poważnie zaszkodzić jej zdrowiu. A ty lepiej niż ktokolwiek inny wiesz, że wykazujemy tu duże zainteresowanie zdrowiem osadzonych.

Strażnik mówił to wszystko, starając się nasycić swoje słowa przerażającym cynizmem, a jednocześnie zaczął zakładać na dłonie lateksowe rękawiczki, które wyciągnął z kieszeni. María José nie mogła oderwać od nich oczu.

– Twoje przyjaciółki z pewnością już ci wytłumaczyły, co to jest *strip search*[32], przeszukanie całościowe, włącznie z *cavity search*[33]. Więc zdejmuj ubranie. I to szybko.

Policjant latynoamerykańskiego pochodzenia wymawiał z przesadnym amerykańskim akcentem angielskie słowa, których używał podczas przemowy.

Maríę José ogarnęło największe przerażenie, do jakiego w ogóle była zdolna. Zaczęła się cofać, ale po chwili, kiedy dotknęła plecami ściany, zdała sobie sprawę, że to nic nie da. Strażnik, który zachowywał się tak, jakby zarządzał całym tym starannie przygotowanym przedstawieniem, zniecierpliwił się, widząc, że więźniarka, pozostająca przecież pod jego całkowitą kontrolą, nie słucha go tak, jak był do tego przyzwyczajony.

– Powiedziałem ci, że masz się rozebrać. Głucha jesteś, czy wolisz, żebym to ja cię rozebrał? – zapytał już bez ironii,

[32] Rewizja osobista (ang.).
[33] Przeszukanie jam ciała (ang.).

którą wcześniej tak sobie upodobał, i zrobił ruch, jakby rzeczywiście miał zamiar zedrzeć z Marii José ubranie.

Ton, w jakim wypowiedziane było ostatnie zdanie, sprawił, że María José – nie do końca świadoma tego, co robi – zaczęła ściągać ubranie. Kiedy zdjęła już ostatnią sztukę bielizny, usłyszała z ust funkcjonariusza kolejny przerażający rozkaz:

– A teraz na podłogę, na czworaka i rozstaw szeroko nogi.

– Nie róbcie mi krzywdy, proszę. Błagam was. Nie róbcie mi krzywdy – powtarzała, płacząc.

– Nie bądź śmieszna. Nie zrobimy ci krzywdy. Sprawdzimy tylko, czy nie schowałaś w swoim ciele jakichś narkotyków – pouczył ją policjant, jednocześnie porozumiewając się wzrokiem z kolegami.

– Ja nie biorę narkotyków. Nigdy nie brałam. Wiecie, że jestem chora. Ja…

Krzyk strażnika nie pozwolił jej dokończyć zdania.

– Dość już tego gadania! Na kolana i szeroko nogi!

Wiedziała, że jeśli chce wyjść z tego żywa, musi słuchać wszystkich rozkazów, które wydaje strażnik, niezależnie od tego, jak upokarzające i upadlające by one były. Czuła, jak palce funkcjonariuszy zagłębiają się, niczym stalowe pręty, we wszystkie zakamarki jej ciała. Nie mogła opanować dreszczy, gdy przyszła kolej na miejsca najbardziej intymne. Opanowało ją poczucie obrzydzenia i niekontrolowanych nudności, co nie uszło uwagi obecnych i sprowokowało kolejne ostrzeżenia i dalszy wzrost napięcia.

– Zachowuj się, pani mecenas, bo to wszystko skończy się dla ciebie jeszcze gorzej.

W trakcie całego procesu „przeszukania” – jak nazywali to strażnicy – María José starała się mieć oczy zamknięte, choć nie zawsze jej się to udawało, szczególnie kiedy któryś z funkcjonariuszy bądź rekrutów uczestniczących w *cavity search* celowo zachowywał się nadgorliwie, żeby zwiększyć okrucieństwo tej operacji i zadać ofierze dodatkowy ból. Ostrzeżono ją, że za jakiekolwiek gesty sprzeciwu czy słowa skargi spotkają ją surowe kary. Mogła jedynie pozwolić sobie na głuchy, bezgłośny jęk lub lament, który i tak natychmiast próbowała w sobie zdusić, zdławić, żeby nie prowokować dodatkowych reakcji. Starała się myśleć o pozytywnych chwilach swego życia, o córce, o osiągnięciach zawodowych, o tym, co będzie robić, kiedy stąd wyjdzie – ale rzeczywistość była zbyt okrutna i przesłaniała wszystko, na co potrafiła zdobyć się jej wyobraźnia. W dużej mierze dlatego, że podczas tego poniżającego, zbiorowego badania musiała jeszcze dodatkowo wysłuchiwać wulgarnych i upokarzających komentarzy, żartów budzących śmiech zarówno tych, którzy byli w celi, jak i tych, którzy stali na zewnątrz – tak aby żadnego z nich nie ominął najmniejszy nawet szczegół drobiazgowego przeszukiwania ciała Hiszpanki. Ta radość doszła do zenitu, kiedy jeden ze strażników, zakończywszy przeszukanie, zauważył, że zapomniał założyć rękawiczek. Pozostali – pośród chichotów i dowcipów – zaczęli go namawiać, żeby je założył i przeprowadził czynności ponownie, tym razem w sposób regulaminowy.

Kiedy strażnicy skończyli wreszcie całą tę nikczemną operację, kazali jeszcze Marii José przyjmować najróżniejsze pozycje – przewidziane przez regulamin – a także inne, będące wyłącznie wytworem ich chorych umysłów. Postanowili przetrzymać ją jeszcze przez dłuższą chwilę, nagą i upokorzoną, a to na podłodze celi, a to siedzącą na pryczy, a to stojącą przed nimi... Widać było, że jej ciało zostało zwyciężone przez bezmiar przeżytego upodlenia, oni zaś zabawiali się, komentując zakończoną zabawę i omawiając nowe techniki, które zamierzali zastosować, kiedy wrócą na kolejny *strip search*. Obiecywali przyjść ponownie „niedługo, bardzo niedługo, tak żebyś nie miała czasu za nami zatęsknić". Jeden z nich nawet wypalił w celi papierosa i zabrał potem niedopałek z podłogi, „żebyś nie mówiła, że każemy ci sprzątać po innych".

– Ale dobrze ci zrobi, jeśli trochę tu posprzątasz, zobacz, jak wygląda ta cela. I sama się trochę ogarnij, przydałoby ci się, pani mecenas. No i uważaj na to, co mówisz, bo tu w tym budynku wszyscy już dobrze wiemy, kto ma rozwiniętą wyobraźnię. Uważaj bardzo na to, co wymyślasz, bo tutaj nic się nie wydarzyło. Nic, rozumiesz?

Wyszli pośród śmiechów, pokasływań, głośnego rechotu i okrzyków zwycięstwa. Jeden z nich nawet pogwizdywał jakąś melodię. W tym czasie María José wciąż leżała rozciągnięta na podłodze, zbolała, zmaltretowana, upokorzona, upodlona, zbrukana jak nigdy dotąd w życiu. Brakowało jej sił i odwagi, żeby wstać. Czuła się brudna, bardziej niż kiedykolwiek wcześniej chciała wziąć prysznic. Wciąż leżała w pozycji embrionalnej, próbując trudnego ćwiczenia, polegającego na utrzymaniu w głowie stanu pustki. Ale wspomnienia przeżytego horroru skutecznie to uniemożliwiały. W końcu silne skurcze żołądka zmusiły ją, by pobiec w kierunku toalety znajdującej się w celi i wyrzucić z siebie owoc najgorszego wstydu i poniżenia, jakie stały się jej udziałem od chwili przybycia do więzienia. Nie potrafiła zrozumieć tego nasilenia przemocy, której ofiarą właśnie padła. Przez kilka godzin pozostawała w celi sama, wciąż myśląc o tym, co się stało, próbując ustalić prawdziwych sprawców tego haniebnego i degradującego doświadczenia, do którego została zmuszona. Zapamiętała każdy z komentarzy i każde z ostrzeżeń, które usłyszała, wszystkie prześmiewki i żarty, którymi przerzucali się jej prześladowcy, potrafiłaby odróżnić ich głosy pośród miliona innych, byłaby w stanie rozpoznać ich śmiech, a nawet ręce. I nazajutrz po przejściu przez to piekło zdołała zebrać w sobie odwagę i zadenuncjować strażników. Przełknęła wstyd, z jakim wiązał się przebyty koszmar, i opowiedziała o wszystkim swoim obrońcom. Tego samego wieczoru była przesłuchiwana przez administrację więzienną, a w kolejnych dniach także przez agentów FBI (przynajmniej za takich się podawali). Nigdy nie otrzymała żadnej informacji o rezultatach tego postępowania. A najgorsze było to, że dzień w dzień nadal widywała strażników – sprawców najgorszego okrucieństwa, jakie ją w życiu spotkało. Rzucali jej przeszywające spojrzenia, które miały ją poniżyć i zastraszyć. Każdego dnia od nowa.

· 31 ·

Być może to właśnie okrutny incydent, który María José przeżyła w celi, i szum, jaki się później wokół niego zrobił, w połączeniu z licznymi skargami, składanymi przez Hiszpankę w pismach do dyrekcji więzienia, sprawił, że ciągła presja, jakiej była poddawana od chwili, gdy znalazła się w Bergen, nieco zelżała. Z dnia na dzień ustała blokada rozmów telefonicznych, a na dodatek María José zaczęła dostawać opóźnione nawet o dwa miesiące listy. Jak przy wielu innych okazjach, dawała upust wściekłości i bólowi, uzewnętrzniając je w rozmowach z Arantxą, do której dzwoniła niemal codziennie. Kazała jej przysiąc, że nie powie jej bliskim o koszmarze, który przeżyła kilka dni wcześniej, bo wciąganie w to rodziców wydało jej się zbyt okrutne. Wiedziała, że nie poradziliby sobie z tym, co ją spotkało. Arantxa i María José coraz więcej rozmawiały na tematy związane z duchowością, reiki[34], mistycyzmem, karmą, reinkarnacją, prawami kosmicznymi. Arantxa dzieliła się z przyjaciółką godzinnymi opowieściami o swoich lekcjach medytacji. Dość szybko zorientowała się, że taka tematyka rozmów umożliwia im odizolowanie się od świata, w którym María José przebywa na co dzień, i pozwala jej o nim zapomnieć. Dlatego próbowała dostarczać jej różne książki poświęcone takim właśnie tematom, ale podobnie jak to się działo przy próbach wysyłania zeszytów, luźnych kartek, papieru listowego, kopert czy czasopism, administracja więzienna piętrzyła wszelkiego rodzaju przeszkody i absurdalne ograniczenia biurokratyczne, które albo opóźniały o całe miesiące dostarczenie tych przedmiotów do adresatki, albo uniemożliwiały ich przekazanie. Działo się to regularnie, choć Arantxa wciąż nie mogła się do tego przyzwyczaić.

Pomimo dręczących ją nieustannie koszmarów, w których pojawiał się strach przed ponownym piekłem przeszukania o północy, María José nie miała innego wyboru, jak podjąć swoją codzienną więzienną rutynę. Nieustannie pisała, przede wszystkim na tematy związane z kwestiami prawnymi. Współtowarzyszki mówiły żartem, że jej głowa stała się prawdziwym katalogiem przepisów prawa. Nieustannie zadziwiała je wykazywana przez Hiszpankę umiejętność uczenia się większości tych przepisów na pamięć. Jeśli któregoś nie pamiętała, i tak potrafiła dopowiedzieć go sobie dzięki umiejętności logicznego rozumowania, która cechowała jej umysł. Zaczęła pisać dziennik z myślą o swojej córce i co wieczór udawało jej się dopisać kolejną stronę. Nie chciała ograbiać małej z jakiejkolwiek swojej chwili przeżywanej w czasie, którego nie dane im było spędzić razem.

[34] System oddziaływania na ludzkie zdrowie za pomocą energii życiowej, stworzony w XIX wieku przez Japończyka Mikao Usui.

Wciąż prowadziła długie rozmowy telefoniczne, przede wszystkim z adwokatami, rodzicami i – po raz kolejny – z konsulatem; te ostatnie za pośrednictwem swoich byłych gospodarzy, Sary i Ángela. Jednak od pewnego czasu zrodziło się w niej uczucie nieufności wobec nich. Docierały do niej informacje, że niewłaściwie i nieuczciwie wypełniają jej prośby o opiekę nad jej dobytkiem. Podejrzewała, że nie są wobec niej szczerzy, co wprawiało ją w stan podenerwowania, który nikomu nie służył. Nie chciała wyciagać zbyt pochopnych wniosków i postanowiła podzielić się wątpliwościami z Arantxą.

– Chciałabym, żebyś mi pomogła wyjaśnić pewną sprawę. Wiem, że już i tak nadużywam twojej hojności, ale jesteś jedyną osobą, której mogę zaufać. Sądzę, że powinnaś pójść do moich dwóch mieszkań i sprawdzić, czy czegoś w nich nie brakuje. W najbliższych dniach wyślę ci spis cennych przedmiotów, które zostawiłam w obu miejscach, artykułów, dokumentów, wszystkiego, co zdołałam zapamiętać. Czy mogłabyś pójść do tych mieszkań i sprawdzić, czy to wszystko nadal tam jest, i w jakim stanie? Proszę cię, żebyś to dla mnie zrobiła. Nie chcę się czuć upokorzona także przez osoby, które uważam za swoich przyjaciół.

– Możesz na mnie liczyć. Poproszę przyjaciela, żeby mi pomógł i poszedł ze mną. Możemy nawet, jeśli chcesz, sporządzić nagranie wideo. Sama zobaczysz, jak to wszystko wygląda.

Arantxa poczuła, że wchodzi w rolę dość odległą od tego, o czym myślała na początku. Nie tylko coraz częściej stawała się spowiedniczką tej zdesperowanej, pozbawionej wolności kobiety, ale dodatkowo zaczynała działać poza więzieniem jako jej ręce, oczy, nogi i głowa. Poświęcała większość wolnego czasu na dostarczanie walizek pełnych kartek papieru zapełnionych ręcznym pismem Maríi José do jej obrońców, do sądu federalnego, do władz lokalnych i federalnych Stanów Zjednoczonych, do rządu hiszpańskiego. Kontaktowała się z kolejnymi adwokatami, którzy mogliby się zainteresować sytuacją prawną jej przyjaciółki, odwiedzała biura prywatnych detektywów, żeby poinformować ich o tym, że pewna walencjańska prawniczka chciałaby ich wynająć, bo liczy, że znajdą nowe dowody na to, że Peter Innes kłamie, a ona padła ofiarą nikczemnego prześladowania – w pewnej chwili nawet sama wystąpiła jako detektyw. Nawiązywała kontakty z mediami, prosząc je, żeby nadały rozgłos straszliwym cierpieniom, jakich doświadcza pewna Hiszpanka w więzieniu w New Jersey, chodziła nawet na zakupy, które zlecała jej María José w imieniu własnym albo innych więźniarek. Ze względu na te wszystkie zajęcia – a także z innych powodów, które na jej nieszczęście pojawiły się niedługo potem – Arantxa była zadowolona, że w pewnym momencie na początku znajomości z Maríą José poprosiła dyrektora banku, w którym pracowała, o pozwolenie na zaangażowanie się w akcję pomocy uwięzionej rodaczce, na co wyrażono zgodę.

Długa lista obejmująca różne elementy dobytku Maríi José trochę ją przeraziła: obawiała się, że realizacja zadania zajmie jej wiele godzin i że znajdzie się w bardzo niezręcznej sytuacji względem Sary i Ángela, kiedy pójdzie wraz z nimi do obu mieszkań należących do Maríi José, żeby sprawdzić, w jakim stanie są należące do niej przedmioty. Na sporządzonej liście znajdował się samochód terenowy zostawiony na miejscu parkingowym w garażu, rodzinna biżuteria, między innymi kilka sznurów majorkańskich pereł, otrzymany w prezencie od babci pierścionek oraz kolczyki z diamentami i granatami, inny, podobny komplet z diamentami i rubinami, komputery, ważne teczki z cennymi informacjami na temat niektórych klientów walencjanki (szczególnie dwóch książąt arabskich), programy komputerowe, poufna dokumentacja zgromadzona w trakcie niemal dwudziestu lat pracy, pieczęcie adwokackie, dane bankowe związane z bieżącymi rachunkami i z hipoteką, dyski twarde z trzech różnych komputerów, telefony komórkowe, drukarki, kopiarki, dokumenty imigracyjne i wizy, materiały audiowizualne jej córki, płyty CD z protokołami przesłuchań w Hiszpanii i Stanach Zjednoczonych, a także niezliczone sprzęty, takie jak narty, zamrażarki, pompy do wody, pralki, suszarki, kosiarka do trawy, węże ogrodowe, książki, walizki pełne ubrań, komplet sprzętów dla małego dziecka włącznie z kołyską, wózkiem, kojcem, książeczkami, zabawkami itd.

Obawy Marii José wkrótce się potwierdziły. Okazało się, że część tych dóbr zniknęła albo jest w złym stanie. Już będąc w więzieniu, Hiszpanka dowiedziała się, że jej samochód został zabrany z parkingu. Jak wynikało z wypowiedzi różnych świadków, to Peter w towarzystwie przyjaciela odprowadził samochód z miejsca postoju, zapewniając wszystkich, że auto jest jego własnością. Zniknęły różne dokumenty i inne cenne rzeczy. María José z przerażeniem dowiedziała się, że Sara i Ángel bez powiadomienia jej i bez uzyskania zgody urządzili w domu w Fort Lee hodowlę psów, które następnie sprzedawali. Dopuścili do tego, że jej ukochana suczka Koda, która właściwie była jeszcze szczeniakiem, dwa razy została pokryta i urodziła małe, zanim w końcu ją wykastrowano – także bez zgody właścicielki.

– Chcę na nich donieść za niewłaściwe zarządzanie moim mieszkaniem i moim majątkiem, a także psami. Wchodzą do mojego domu, kradną korespondencję. Nie wiem, czy nie zawarli jakiegoś porozumienia z moim byłym mężem. Zabawiają się moim życiem i wspomnieniami. Ani razu nie złożyli doniesienia w sprawie zniknięcia różnych rzeczy z któregoś z mieszkań i dlatego zamierzam oskarżyć ich o współudział w tych przestępstwach – mówiła z furią do niestrudzonej i cierpliwej Arantxy.

– Uspokój się, nie wyciągaj pochopnych wniosków. Sara była głęboko poruszona tym, co jej powiedziałaś, i zapewnia mnie, że oni nie zrobili niczego, co nie byłoby wcześniej uzgodnione z tobą.

– Co takiego? To już naprawdę szczyt! – Walencjanka przestała już słuchać argumentów, być może dlatego, że w słowach Arantxy żadnych nie znalazła. – Czy oni oszaleli? Czy im się wydaje, że są moimi rodzicami i siostrą, których nie przestają szantażować i prosić ciągle o pieniądze, mówiąc, że w przeciwnym razie mnie zostawią i nie przekażą mi żadnej wiadomości? Nie mogę w to uwierzyć. Tyle dla nich zrobiłam, tyle pieniędzy pozwoliłam im zarobić, tak wiele mi zawdzięczają, a teraz mają czelność prosić moich rodziców, żeby im przysłali forsę, bo inaczej zgniję z więzieniu całkiem osamotniona! – Mówiła niemal bez tchu, tak jakby nie czuła potrzeby robienia choćby krótkich przerw dla złapania oddechu. – To sępy, złodzieje, wyzyskiwacze. Cholerni naciągacze! Co ja złego zrobiłam w życiu, że mam takiego pecha do ludzi, którym pomagam? Dlaczego to wszystko spotyka właśnie mnie?

– Marío José, proszę cię, uspokój się. Możemy porozmawiać o czymś innym. Mogę cię połączyć z rodzicami, jeśli chcesz. Ale uspokój się, bo coś ci się stanie.

Nagle połączenie zostało przerwane i nie dało się go wznowić. Obie kobiety były już niestety przyzwyczajone do takich sytuacji i nie miały najmniejszych wątpliwości, że chodziło o element przygotowanej strategii, która miała podważyć morale Hiszpanki, skazując ją na osamotnienie w chwilach, kiedy najbardziej potrzebowała się przed kimś wyżalić. Administracja więzienna nagrywała i podsłuchiwała wszystkie rozmowy telefoniczne, a kontakty walencjanki budziły szczególne zainteresowanie. Jakikolwiek ślad niewygodnej czy niepożądanej informacji wystarczył, żeby linia telefoniczna przestała funkcjonować. Dlatego zresztą obie z Arantxą często stosowały język metaforyczny, niezrozumiały dla nikogo innego. Kiedy na przykład chciały rozmawiać o nowej żonie Petera, czyli Jaudee, mówiły o „córce gór". Było to nawiązanie do kreskówek z Heidi[35], które obie oglądały jako dzieci. Jeśli chciały powiedzieć coś na temat sędziego Toracka, używały określenia „byk"[36]. Pewnego dnia, szukając odrobiny intymności i dyskrecji, zaczęły rozmawiać po francusku. Pogawędka trwała zaledwie dwadzieścia minut i zakończyła się surową karą wymierzoną Maríi José: dwudziestoma dniami karceru.

Arantxa też nie pozostawała na uboczu całego dramatu i dość szybko zaczęła odbierać sygnały, że jej bezpieczeństwo również może być zagrożone. Jacyś mężczyźni pojawili się w jej miejscu pracy, składając na nią różnego rodzaju donosy i oskarżając ją o współudział w uprowadzeniu nieletniej, co było oczywistym nawiązaniem do małej Victorii Solenne. Incydentowi nadano w banku tak duży rozgłos, że szef Arantxy musiał w trybie nagłym wracać z Miami, żeby osobiście składać wyjaśnienia w tej sprawie. Zaświadczył, że jego pracownica – uzyskawszy zresztą na to upoważnienie firmy – pomaga tylko uwięzionej hiszpańskiej rodaczce. Arantxa odetchnęła z ulgą, kiedy zobaczyła, jak szef niszczy skierowane przeciwko niej oskarżenie, ale nie przywróciło to jej utraconego spokoju ducha. Czuła się obserwowana, śledzona – kiedy szła ulicą, kiedy wychodziła do szkoły po

[35] Oba imiona w języku hiszpańskim brzmią bardzo podobnie.
[36] Gra słów: byk po hiszpańsku to „toro", co może nasuwać skojarzenia z nazwiskiem sędziego.

syna, na zakupach, w drodze do lekarza, przy wejściu do banku, podczas posiłku z przyjaciółmi, a nawet w domu miała poczucie, że czyjeś oczy obserwują jej kroki i działania. Było to uczucie dziwne i nieprzyjemne, napełniające ją niepewnością, strachem i frustracją, których nie potrafiła się pozbyć nawet we własnym mieszkaniu. Pewnej nocy, kiedy spała u boku swego partnera, obudziła się z wrażeniem, że słyszy jakieś hałasy w ogrodzie. Pokonując wszystkie lęki, które ją paraliżowały, zdobyła się na odwagę, wstała i wyszła sprawdzić, co jest źródłem niepokojących odgłosów. Stojąc w drzwiach domu, zobaczyła, że ktoś wsypał piasek do basenu. Widziała nawet fale na wodzie, które musiały powstać w trakcie tej czynności. Zresztą nie tylko ten incydent był dla niej zaskoczeniem. Kilka dni po tamtym zdarzeniu znów usłyszała dziwne szmery na zewnątrz. Tym razem, nie chcąc już przekonywać samej siebie o swoim bohaterstwie, obudziła partnera. Kiedy otworzyli drzwi, dostrzegli cienie jakichś osób, które przemykały pod płotem ogrodu, nie chcąc zostać zauważone. Była piąta rano. Kiedy nazajutrz rozmawiali o tym z sąsiadką, opowiedziała im, że też natknęła się na jakiegoś nieznajomego, który pospiesznie wybiegał z domu Arantxy. Rozpoznała Petera, kiedy Arantxa pokazała jej fotografię.

Jednak najbardziej niepokojące dla niej i bliskich było odkrycie, że ktoś dostał się do jej komputera i zabawiał się modyfikowaniem dokumentów oraz archiwów, a także niszczeniem wybranych informacji ważnych dla rodziny. Nieznajomemu udało się nawet dotrzeć do jednej z fotografii przechowywanych w komputerze, na której widniała Arantxa w towarzystwie delegacji władz walencjańskich udającej się do New Jersey, żeby wesprzeć Marię José. Na zdjęciu został dorysowany dymek wychodzący z ust Arantxy, na którym widniały słowa: „Pieprzę wszystkich". Ten incydent doprowadził do wściekłości partnera Arantxy, Nino, który do tej pory trzymał się nieco na uboczu działań swej towarzyszki życia, ciałem i duszą zaangażowanej w pomoc dla Marii José.

– Musimy to wszystko przemyśleć. Nie możemy pozwolić, żeby wkraczali w nasze życie i je niszczyli. Kochanie, masz swoje własne życie, siedemnastoletniego syna, który – chociaż w to nie wierzysz – zdaje sobie sprawę, ile czasu jego matka inwestuje w obcą osobę zamiast w niego. Masz rodzinę, która cię potrzbuje, i pracę, którą z dużym trudem zdobyłaś i w której już miałaś problemy związane z tą sprawą.

Utkwił czarne oczy, zdradzające jego latynoamerykańskie korzenie, w spojrzeniu Arantxy, która doskonale wiedziała, że jej działania wywołują lęk i troskę w człowieku, którego kocha i z którym ułożyła sobie życie na nowo.

– Ale ona mnie potrzebuje – powiedziała błagalnym tonem, usprawiedliwiając się. – Jestem jedyną osobą, którą ma w tym kraju…

– A my potrzebujemy ciebie. I jesteśmy jedyną rodziną, którą masz w tym kraju. – Nino pocałował ją w czoło, wziął teczkę i poszedł w stronę drzwi. Kiedy do nich dotarł, odwrócił się w stronę Arantxy, uśmiechając się do niej delikatnie. – Zastanów się nad tym. Porozmawiamy wieczorem. Kocham cię.

Kiedy Nino zniknął, Arantxa opadła na sofę w salonie i zaczęła płakać, nie próbując nawet powstrzymywać łez i pochlipywania, które towarzyszyły jej później przez cały ranek. Zdawała sobie sprawę, że dotarła do pewnego punktu, w którym musiała wybierać: albo pomagać zdesperowanej, uwięzionej matce, cierpiącej przez to, że nie chce oddać córki ojcu podejrzanemu o próbę jej zabójstwa i maltretowanie, albo ratować swoją rodzinę, której stworzenie zajęło jej długie lata i której po raz pierwszy od dawna zaczyna zagrażać rozpad. Nie szukała winnych tej sytuacji. Wiedziała, że ma przed sobą długi i trudny dzień, i bała się nadejścia godziny, w której zadzwoni do niej María José, tak jak to robiła niemal każdego wieczoru.

· 32 ·

Bolesny trans, w którym trwała rodzina Carrascosów i który rozbił w drobny mak jej stabilność emocjonalną i fizyczną, nie był łatwy dla nikogo, ale problemy z logicznym i sensownym wyjaśnieniem tego, co się dzieje, szczególnie mocno nękały małą Victorię Solenne. Brutalna prawda o tym, że jej matka jest w więzieniu, dotarła do niej pewnego dnia w szkole, kiedy bawiła się na przerwie z koleżankami.

– Widziałam twoją matkę w telewizji i miała kajdanki, i była w więzieniu. A moi rodzice mówią, że to przez ciebie, że to twoja wina.

– To nieprawda, kłamczucho. Moja *mami* pracuje i niedługo przyjedzie, wtedy się przekonasz. A poza tym ja nic złego nie zrobiłam.

Tego dnia mała przeżyła prawdziwy dramat. Kiedy przyszli po nią dziadkowie, zastali wnuczkę zalaną łzami, pogrążoną w smutku, którego nie dawało się ukoić i który niepokoił nauczycielki. Pośród szlochów i krzyków Victoria Solenne wzywała matkę i nie chciała słuchać żadnych argumentów. Dziadkowie dość długo tłumaczyli jej – w sposób, który mógłby być dla niej zrozumiały i nie przysporzyłby jej więcej bólu – że *mami* istotnie jest w więzieniu, ale nie zrobiła nic złego.

– *Mami* jest dobra i kocha cię. Niedługo wyjdzie z więzienia i przybiegnie, żeby cię ucałować i przytulić. I będzie z tobą. Ale musisz zawsze pamiętać, że *mami* nie zrobiła nic złego. To wszystko jest spisek złych ludzi, którzy chcieli ją oszukać. Ale *mami* jest dobra, kochanie – tłumaczyła Victoria, starając się, żeby siostrzenica ją zrozumiała.

Nieobecność matki ciążyła małej, bolała ją i dręczyła. Victoria Solenne nie rozumiała, dlaczego nie może być ze swoją matką, spać z nią, spacerować, uczyć się, jeść, rozmawiać i bawić się tak jak wszystkie dzieci w jej wieku. Wykazywała naiwną, ale trudną do wytrzymania dociekliwość w formułowaniu pytań, które działały jak termity, podgryzając morale jej dziadków i ciotki. Z każdym dniem coraz trudniej przychodziło im radzić sobie z przenikliwymi przesłuchaniami przeprowadzonymi przez małą.

– A jeśli *mami* nic złego nie zrobiła, to dlaczego ma kajdanki na rękach? I dlaczego nie pojedziecie po *mami*, żeby ją do mnie przywieźć? I dlaczego ona nie powie panom w więzieniu, że nic nie zrobiła i żeby ją wypuścili? I dlaczego płacze, kiedy ze mną rozmawia? Dlaczego?

Choć Victoria Solenne była dzieckiem niezwykle aktywnym, cieszącym się zabawą w parku, jazdą na rowerze i na wrotkach czy pływaniem w szkolnym basenie, zasypiała z trudem i zawsze żądała, żeby w jej pokoju w nocy świeciło się światło. Jeśli ktoś z domowników ośmielił się je zgasić, nawet wtedy, gdy w końcu zmorzył ją sen i chciano jej po prostu zapewnić lepsze warunki do odpoczynku, po kilku sekundach budziła się, krzycząc przeraźliwie. Zlana zimnym potem wołała swoją *mami*. Dziadkowie musieli uspokajać ją godzinami, żeby znów usnęła, choć trzymała w ramionach pluszowego jednorożca, którego przysłała jej Arantxa, wiedząc o jej upodobaniu do tego mitycznego zwierza. Bała się nocnych koszmarów, w których zwykle czyjeś ramiona oddzielały ją od matki. I dlatego opóźniała jak mogła porę pójścia do łóżka, uciekając się do różnego typu wymówek oraz strategii przypochlebczych, które wystawiały na próbę cierpliwość dziadków.

– Victorio, jest już późno, musisz iść spać – mówił do niej dziadek José. – Jeśli nie odpoczniesz tak jak trzeba, jutro trudno ci będzie wstać do szkoły i nie będziesz mogła się uczyć, żeby stać się mądrą i ładną damulką, tak jak wszyscy oczekują.

– Dziadku, ja nie chcę być taką damulką. – Mała Victoria Solenne potrafiła zaskakiwać wszystkich rozumowaniem i nie zawsze osiągała tym dobry skutek. – *Mami* jest mądra i ładna, a nie może być ze mną. I jest w więzieniu. I płacze, i wy wszyscy też płaczecie. A ja nie mogę jej objąć, a ona nie może mi pomóc w odrabianiu lekcji, nie czesze mnie, nie całuje, nie opowiada mi bajek, kiedy idę spać. Nie podoba mi się to, dziadku. Ja kocham tylko *mami*. Myślisz, że jak będę się dużo uczyć, *mami* wcześniej wróci? – pytała, mając nadzieję, że dziadek odpowie twierdząco.

– Jestem przekonany, że tak będzie, skarbie. Jestem pewien – powiedział dziadek, wstając, by wziąć ją na ręce i popodrzucać w górę.

Taką właśnie taktykę mała stosowała dość często, komunikując o swoich zamiarach. Zawsze, ilekroć proszono ją o zrobienie czegoś, na co nie miała zbytniej ochoty, pytała, czy to pomoże przyspieszyć powrót matki.

– A jak zjem wszystko, to *mami* wróci? A jak będę grzeczna i nie będę oglądać telewizji, *mami* przyjedzie? A jak oddam wszystkie zabawki innym dzieciom, *mami* wcześniej wróci? A jak posprzątam pokój, *mami* będzie ze mną na urodziny? A jak odrobię lekcje i nie będę brudziła ubrań, a jak pomogę babci, a jak… a jak… a jak…?

Pewnego dnia ten potok pytań nagle wysechł. Dziewczynka już ich nie zadawała. Zrozumiała, że one i tak niczego nie zmienią.

Z trudem przychodziło jej wymawiać słowo *mami*. W ten sposób zwracała się do matki, podczas gdy do babci zaczęła mówić „mamo". Była w tym pewna logika, jeśli zważyć, ile czasu dziecko nieustannie spędzało z babcią, ale w głowach domowników w związku z nowym zwyczajem małej zrodziły się czarne myśli: wszyscy się przestraszyli, że ten językowy szczegół może stać się prognostykiem na przyszłość. Bardzo rzadko z ust Victorii Solenne padały jakiekolwiek słowa dotyczące ojca. A kiedy już coś takiego się zdarzało, dziewczynka robiła to w sposób, który budził niepokój i wywoływał pełne napięcia milczenie rodziny. Udawało się je przełamać dopiero po dłuższej chwili. Pewnego ranka, kiedy mała nie poszła do szkoły – a zdarzało się to coraz częściej, kiedy zdjęcia i relacje dotyczące jej matki pojawiały się w wiadomościach telewizyjnych i rodzina chciała uchronić dziecko przed komentarzami kolegów w szkole – do mieszkania wszedł elektryk, by usunąć jakąś drobną domową awarię. Victoria Solenne akurat siedziała z kompletem kredek nad zeszytem, starannie wypełniając kolorami różne figury geometryczne. Babcia w tym czasie towarzyszyła elektrykowi. Kiedy ten w pewnej chwili spytał ją, czy w domu nie ma „złodziejki", żeby sprawdzić, czy jego praca przyniosła odpowiednie rezultaty, dziecko wykrzyknęło:

– Raczej złodzieja, takiego jak tata – i kontynuowało kolorowanie rysunków, nieświadome tego, jak zmienili się na twarzy uczestniczący w tej scenie dorośli. Kiedy babcia zwróciła małej uwagę, że nie powinna tak mówić, Victoria Solenne, nie odwracając twarzy od swojego zeszytu, skomentowała:

– Ale to prawda, tata jest niedobry. Tata bił *mami* i *mami* płakała, i ja też. *Daddy* jest niedobry, babciu, niedobry. To złodziej.

Tego rodzaju epizody zaczęły się powtarzać. Z ust Victorii Solenne padały podobne uwagi, stawiając rodzinę w dość niezręcznej sytuacji. Dziewczynce próbowano coś tłumaczyć, ale nie było to łatwe. Pewnego dnia ciotka Victoria zabrała siostrzenicę oraz jej przyjaciółkę nad rzekę, gdzie miały spędzić sobotni poranek. Towarzyszył im cocker spaniel Victorii o imieniu Sark. Mała była nim oczarowana, uwielbiała go. Podczas zabawy dziewczynki szalały z pieskiem, który wcale nie wydawał się mieć im za złe, że traktowały go niczym pluszaka. Ale kiedy Victoria Solenne zobaczyła, że jej przyjaciółka popchnęła Sarka zbyt mocno i pies stoczył się z małego pagórka, zaczęła płakać i krzyczeć:

– Nie, nie rób tak! Tata tak robił mamie. Nie podoba mi się to. Przestań. Zostaw go.

Nie pomagały połajanki ani prośby rodziny, żeby przestała wygłaszać tego typu komentarze. Próbowano jej wytłumaczyć, że tata wcale nie postępował tak z mamą. Podobne próby uciszenia Victorii Solenne przypominały gaszenie ognia benzyną: irytowały dziewczynkę jeszcze bardziej i wzmagały jej złość. Victoria Solenne reagowała podobnie, gdy dziadkowie albo ciotka zachęcali ją, żeby porozmawiała z ojcem przez telefon. Dziecko robiło się nerwowe, zaczynało popłakiwać i jeśli nie miało możliwości, by uciec do swojego pokoju, zwykle kończyło się to zrobieniem siusiu w majtki.

– Nie chcę z nim rozmawiać, nie chcę. Proszę, nie. Nie chcę.

Nie chciała nawet otwierać i oglądać kartek, które ojciec przysyłał jej na urodziny. Kiedy tylko informowano ją, kto był nadawcą koperty, mała kręciła głową i zwykle brała przesyłkę z rąk dziadków tylko po to, żeby ją podrzeć albo cisnąć na podłogę i przez kilka minut deptać z furią, aż dziadkowie musieli ją powstrzymywać i uspokajać. W końcu rodzice Maríi José zdecydowali, że nie będą pokazywać wnuczce nielicznych listów przysyłanych przez ojca, szczególnie kiedy odkryli, że Peter ośmiela się zamieszczać fotografie córki na swojej stronie internetowej, założonej specjalnie po to, żeby skarżyć się światu na los prześladowanego ojca. Widok małej Victorii Solenne pozującej z mikrofonem w ręku obok perkusji ojca, patrzącej z uśmiechem w obiektyw aparatu albo ubranej w mundurek prywatnej szkoły, do której kiedyś chodziła, wyczerpał – wydawałoby się nieskończoną – cierpliwość wykazywaną do tej pory przez rodzinę Maríi José.

– A cóż to za sposób chronienia dziecka? Pokazywać jego twarz całemu światu?! To jest nielegalne, dziewczynka jako nieletnia ma prawo do ochrony swojego wizerunku. To tak ojciec kocha córkę? – pytała rozwścieczona Victoria.

Na tej samej stronie internetowej przedstawiona była specyficzna wersja całej historii, a więc opowieść o porwaniu z premedytacją zorganizowanym przez matkę przy współudziale całej jej rodziny po to, by oddzielić córkę od ojca i nie pozwolić mu już nigdy jej zobaczyć. Peter zamieścił tam również fotografię przedstawiającą Maríę José wchodzącą do więzienia w hrabstwie Bergen. Zdjęcie było typowym, mało atrakcyjnym więziennym portretem *en face*, jakie robi się wszystkim osadzonym.

– Jak on zdobył to zdjęcie? – Rodzina spoglądała z wściekłością w ekran komputera. – Skąd miał dostęp do oficjalnych materiałów, które powinny być poufne? To chyba jasne. Musiał skorzystać z pomocy przyjaciółek swojej nowej żony. Przekazały mu zdjęcie, żeby mógł je opublikować i dodatkowo ją pohańbić. To już szczyt wszystkiego. Za tym wszystkim stoi korupcja i nielegalne konszachty, których ofiarą padają María José i Victoria Solenne. Jak on sobie wyobraża reakcję swojej córki, kiedy w końcu zda sobie sprawę, co ojciec wyrabia z jej matką?

Kiedy Peter Innes dowiedział się o reakcjach córki, oskarżył rodzinę swojej byłej żony, że ma na małą zły wpływ i nastawia ją przeciwko ojcu. Nie pomogły wysiłki rodziny, usiłującej wyjaśnić poprzez adwokatów, że nie poddają dziewczynki żadnym zabiegom, mającym na celu wzbudzić w niej niechęć do ojca. Jej postawa była przecież owocem zachowań, które widziała i które zdążyła znienawidzić, w czasie kiedy mieszkała z rodzicami w Stanach Zjednoczonych. Przy rzadkich okazjach, kiedy bliscy Marii José rozmawiali z Peterem przez telefon, były zięć groził im, że podejmie przeciwko nim kroki prawne, oskarżając ich o współudział w uprowadzeniu dziecka. Straszył ich też, że w chwili, kiedy będą się tego najmniej spodziewać, odbierze im wnuczkę i nigdy więcej już jej nie zobaczą. Groźby Petera doprowadzały wszystkich do rozpaczy, dokładając jeszcze do codziennej porcji bólu uzasadnione obawy, że dziecko może być w każdej chwili porwane.

– Czego ten facet tak naprawdę chce? – zadawali sobie pytanie, nie znajdując na nie przekonującej odpowiedzi. – Przecież nigdy nie zajmował się córką. Kiedy miał możliwość widywać się z nią i spędzać z nią czas, nie robił tego, nie wydał ani grosza na jej utrzymanie i nawet nie wykorzystywał wszystkich terminów spotkań uzgodnionych w porozumieniu z Marią José. I na co teraz liczy ten bezwstydnik? – zastanawiał się na głos dziadek, z trudem opanowując zdenerwowanie i próbując mówić szeptem, żeby wnuczka nie usłyszała pełnych goryczy słów. – Pieniądze mojej córki. Tego chce ta kanalia. Wyciągnąć z tego dramatu niezły grosz: to on zostanie z dzieckiem, po to żeby wymusić od matki pieniądze. Najwyraźniej nie wystarcza mu to, co nam do tej pory ukradł. Chce więcej. Bezczelny nikczemnik, bezczelny skur…

Ale wyczyny Petera nie kończyły się na tym. Urażony, że córka nie reaguje na jego telefony („Dzwoniłem przez kolejne 150 dni z rzędu do domu jej dziadków ze strony matki i nigdy nie pozwolono mi z nią porozmawiać"), postanowił zarejestrować Victorię Solenne w Krajowym Amerykańskim Centrum Dzieci Wykorzystywanych i Zaginionych. Wprowadził przy tym do tamtejszej bazy danych aktualne zdjęcie córki i własny opis historii, którą określał jako porwanie.

„Moja córka jest teraz oficjalnie uznana za osobę zaginioną przez wszystkie służby policyjne Stanów Zjednoczonych, które dołożą wszelkich starań, żeby ją odnaleźć. Chcę i potrzebuję tego, żeby córka wróciła do mnie". Chcąc nadać sprawie jak największy rozgłos, postanowił obkleić całą dzielnicę ogłoszeniami, na których widniało aktualne zdjęcie Victorii Solenne. Przyczepiał je do drzew, przyklejał na samochodach, w witrynach sklepów, rozprowadzał je poprzez najróżniejsze sieci handlowe.

– Niczego nie zaniedbam w walce o powrót mojej córki. Jej pokój na nią czeka, a w nim lalki Minnie Mouse. Potrzebuję jej, chcę, żeby już wróciła. Postawa jej matki jest dla mnie krzywdząca – mówił ojciec przed obiektywami telewizyjnych kamer.

Victoria nic z tego nie rozumiała.

– Jak to zaginiona? Przecież on świetnie wie, gdzie jest mała. U dziadków i ciotki, z osobami, które ją naprawdę kochają i nigdy jej nie skrzywdzą. A jeśli nie wie, to czemu ciągle przysyła jej tutaj życzenia urodzinowe, na ten sam adres pewnego domu w Walencji, w którym przyjmowano jego samego, kiedy przyjechał do Hiszpanii z moją siostrą?

Próbowała podjąć jakieś działania, żeby karta jej siostrzenicy została usunięta z amerykańskiej bazy danych. Rozmawiała z administratorami i prosiła władze hiszpańskie, żeby i one wysunęły to samo żądanie. Wszystko na próżno.

Groźba ewentualnego porwania dziecka nie dawała rodzinie spokoju. Przygnębiająca, doprowadzająca do szału nerwowość, która udzieliła się wszystkim, miała swoje reperkusje także dla małej Victorii. Choć domownicy zadawali sobie niemało trudu, żeby otoczyć ją swoistym rodzajem klosza chroniącego przed poirytowaniem rodziny, naturalne, dziecięce czujniki nie pozwalały małej pozostać obojętną na panujący wokół niej stan ciągłego rozdrażnienia i wzburzenia. Pewnego popołudnia, po odebraniu siostrzenicy ze szkoły, ciotka Victoria przyglądała się z troską, jak dziewczynka nieświadomie na przemian zaciska dłonie w pięści, po czym je otwiera. Zapytana, dlaczego tak robi, Victoria Solenne odpowiedziała po prostu:

– Nie wiem. Nie zdawałam sobie z tego sprawy.

Nie był to jedyny rodzaj tiku, jaki u niej zaobserwowano. Górnymi zębami przygryzała nieustannie dolną wargę i robiła to z takim zapałem, że cienka skóra pokrywająca wargę po krótkim czasie zaczęła się łuszczyć i pękać. Zaczęła też obgryzać paznokcie, czego dawniej nigdy nie robiła. Dziadków martwiło też dające się zauważyć pogorszenie wyników wnuczki w nauce. Dziewczynka uparcie okazywała brak zainteresowania lekcjami angielskiego. Kiedyś był to przedmiot, w którym brylowała i miała sporą przewagę nad resztą klasy, jako że uczyła się tego języka od najmłodszych lat. Niemniej jednak teraz wydawało się, że całkiem wykreśliła go ze swego umysłu i z ledwością zaliczała egzaminy. Victoria prosiła szkolnego psychologa, żeby zwiększył ilość czasu, jaki spędza na pracy z jej siostrzenicą, a nawet zastanawiała się nad poszukaniem dla niej pomocy psychologicznej poza szkołą. Ale tego byłoby już zbyt wiele dla siedmioletniego dziecka.

Zastraszanie rodziny nasilało się coraz bardziej, z wykorzystaniem w tym celu najrozmaitszych kanałów komunikacyjnych. Nie wiadomo, jak i dlaczego wszyscy bliscy Maríi José stali się nagle przedmiotem daleko idącej krytyki, dzikich obelg, poniżających komentarzy na temat życia prywatnego i rodzinnego, a nawet pogróżek dotyczących użycia wobec nich przemocy fizycznej. To wszystko działo się na jednym z forów internetowych, a większość zamieszczanych tam jadowitych wypowiedzi podpisana była przez organizację określającą się jako Stowarzyszenie Rodziców Pozbawionych Dzieci. Wyrzucało ono z siebie, bez żadnych zahamowań, najrozmaitsze nienawistne komentarze, pełne złości i pogróżek wobec Marii José i jej rodziny. Często na wspomnianym forum pojawiał się sam Peter Innes oraz – jak podejrzewali dziadkowie i Victoria – jego obecna żona i przyjaciele ich obojga. Pisząc o Marii José i jej bliskich, dobierali najbardziej nikczemne i upokarzające słowa. Na początku Victoria, zamiast spać, poświęcała długie nocne godziny na desperackie próby odpowiadania na wszystkie kalumnie i napaści pojawiające się bez żadnych ograniczeń na forum. Wciągnęła w to nawet Davida, który niedawno odnalazł się w Benidormie, skąd wysyłał komentarze zawierające bezwarunkowe wsparcie dla Marii José. Ale dość szybko zmęczenie, bezsilność oraz przekonanie, że ta działalność przyczyni się jedynie do podminowania morale rodziny, w niczym nie pomagając siostrze, skłoniły Victorię do zarzucenia tych prób. Nie prostowała już tak jak uprzednio – w imię sprawiedliwości i dobrego imienia rodziny – tych wszystkich kłamstw, które można było przeczytać na forum.

Victoria odbierała wiele telefonów, które miały ją przekonać, że o każdej porze dnia i nocy śledzą ją jacyś ludzie, że w jej domu i u rodziców zainstalowano wideokamery, że „oni" znają wszystkie ruchy jej samej i siostrzenicy i że trwają przygotowania do porwania małej i przekazania jej ojcu. Telefon dzwonił codziennie, o najróżniejszych porach, nawet dwa lub trzy razy w ciągu doby. Zawsze dał się w nim słyszeć głos mężczyzny doskonale władającego hiszpańskim, o nienagannej dykcji. Dzwoniono zazwyczaj z nieznanego numeru, a kilka razy z telefonów komórkowych na kartę. Bliscy Marii José byli przekonani, że za tymi pogróżkami ukrywa się Peter Innes, jego obecna żona oraz niewielka grupa osób należących do Stowarzyszenia Rodziców Pozbawionych Dzieci, niemająca żadnych skrupułów w kwestii obrażania zarówno rodziny Carrascosów, jak i hiszpańskich instancji sądowych, rządu, Hiszpanów w ogóle, a nawet Korony.

Kiedy to nękanie przekroczyło granice wytrzymałości Victorii, na którą najczęściej spadały telefoniczne obelgi i pogróżki, rodzina Carrascosów znów udała się do sądu, żeby złożyć doniesienie na przewodniczącą Stowarzyszenia Rodziców w Maladze, Rosę Marię Martín San José oraz przeciwko samemu Peterowi Innesowi. Zarzucano im popełnienie przestępstwa polegającego na oszczerstwach, wymuszaniu i sprzeciwianiu się wymiarowi sprawiedliwości. Niemniej jednak odwołanie się do instytucji prawa nie przyniosło rodzinie spokoju i nie zakończyło gróźb. Doszło nawet do dwóch koszmarnych scen, które o mały włos nie doprowadziły do katastrofy. Jedna z nich miała miejsce 28 listopada 2007 roku, kiedy Victoria siedziała za kierownicą swego dwumiejscowego, niebieskiego BMW. Wracała do Walencji po spotkaniu w siedzibie Ministerstwa Sprawiedliwości w Madrycie. Była godzina 17:00, kiedy na autostradzie A3, na wysokości Tarancón, jadące lewym pasem czarne audi (model A3) zaczęło się do niej powoli przybliżać, próbując zepchnąć ją z drogi. Doszło do tego, że samochód Victorii w końcu zderzył się z barierą ograniczającą autostradę oraz z ciężarówką jadącą prawym pasem. Samochód uległ zniszczeniu, a kiedy Victoria usiłowała z niego wysiąść, zauważyła, jak pojazd, który spowodował wypadek, zatrzymuje się niedaleko miejsca zderzenia. Wysiadło z niego trzech mężczyzn, jeden z nich z zasłoniętą twarzą. Widząc konsekwencje kolizji, mężczyźni w pośpiechu uciekli. Kilka dni później Victoria znów odebrała telefon z nieznanego numeru. Męski głos powiedział:

– Następnym razem wycelujemy lepiej. Zostały ci trzy dni życia.

Drugie zdarzenie zaskoczyło Victorię 2 lutego 2008 roku o godzinie 18:00. Tym razem sprawcy czekali na nią w bramie jej domu. Kiedy miała zamiar wsiąść do windy, jakiś mężczyzna – mający mniej więcej pięćdziesiąt lat i mierzący około metra siedemdziesiąt, o brązowych włosach, dobrze ubrany, w wielkich okularach słonecznych – najpierw popchnął ją na skrzynki na listy, potem przewrócił na podłogę i odezwał się nienagannym hiszpańskim:

– Siedź cicho, kurwo. To jest ostrzeżenie.

Victoria nie miała żadnych wątpliwości, że za tą serią zastraszeń stoi tajemnicze Stowarzyszenie Rodziców Pozbawionych Dzieci. Taką też opinię przekazała policji, kiedy udała się na komisariat, by złożyć doniesienie o całym zdarzeniu.

Nie był to pierwszy raz, kiedy rodzinie grożono i kiedy można było podejrzewać, że za wszystko odpowiedzialny jest Peter. W listopadzie 2004 roku María José udała się na policję, żeby zawiadomić o dziwnej kradzieży popełnionej w jej domu w Fort Lee. Ktoś wszedł do mieszkania, ukradł poufne dokumenty dotyczące jednego z jej najlepszych klientów i zostawił po sobie osobliwy znak: plastikowy pojemnik, w którym znajdowały się jakieś metalowe narzędzia, cement i kilka sztuk odzieży. Policja wyjaśniła jej, że może chodzić o tak zwaną wiadomość sycylijską, wykorzystywaną przez niektóre grupy mafijne, żeby grozić przeciwnikom śmiercią i pochowaniem ich ciała pod warstwą betonu. Ta informacja uzyskana od policji nie zdziwiła ani trochę członków rodziny Carrascosów, bo María José od dawna podejrzewała, że Peter, a szczególnie jego matka, mieli powiązania z sycylijską mafią. Zaczęła się tego domyślać, kiedy padła ofiarą kradzieży czterech tysięcy pojemników z oliwą w czasach, gdy próbowała rozkręcić biznes związany z handlem tym produktem. Nigdy nie była w stanie udowodnić tych powiązań, ale była głęboko przekonana o ich istnieniu.

Prośby kierowane przez rodzinę pod adresem rządu centralnego stawały się coraz bardziej rozpaczliwe. Podnoszono w nich nie tylko sytuację Maríi José od chwili bezprawnego zatrzymania i późniejszego uwięzienia w Stanach Zjednoczonych, ale także stan zagrożenia i kompletną bezbronność reszty rodziny. Żądano ochrony, szczególnie dla małej Victorii Solenne. Dochodziło do licznych spotkań i zebrań – zawsze na prośbę rodziny – z przedstawicielami hiszpańskich ministerstw: Spraw Zagranicznych oraz Sprawiedliwości. Bliscy Maríi José wychodzili z nich objuczeni obietnicami pomocy i deklaracjami absolutnej determinacji urzędników, by położyć wreszcie kres prawnej i humanitarnej poniewierce, o której opowiadali obrońcy walencjanki.

– Potraktuję sprawę jako priorytetową – zapewniał minister spraw zagranicznych Miguel Ángel Moratinos podczas spotkania 23 maja 2007 roku, tuż przed wizytą sekretarz stanu USA Condoleezzy Rice, która miała przyjechać zaledwie tydzień później, 1 czerwca 2007 roku. Po przylocie do Hiszpanii Amerykanka została zapytana o ten przypadek. Zamknęła całą sprawę – kładąc kres wszelkim nadziejom żywionym przez rodzinę w związku z jej możliwą mediacją – mówiąc:

– To nie jest odpowiedni moment, biorąc pod uwagę sytuację polityczną.

W kręgach rządowych widziano tylko jedno wyjście i taką właśnie opinię przekazano rodzinie: negocjacje między stronami. Urzędnicy zapewniali, że rząd jako taki nie może się wtrącać w system prawny innego państwa, szczególnie gdy chodzi o Stany Zjednoczone, i że jedynym krokiem, który może podjąć administracja państwowa, jest zachęcanie Maríi José oraz Petera, by doszli do porozumienia. Miałoby ono dotyczyć warunków zajmowania się dzieckiem i opieki nad nim. W siedzibie Ministerstwa Spraw Zagranicznych w Madrycie zorganizowano spotkanie, które miało na celu przyspieszenie odzyskania wolności przez Maríę José. Brali w nim udział zastępca dyrektora generalnego Departamentu Spraw Konsularnych Alberto Antón Cortes, dyrektor generalny Departamentu Pomocy Konsularnej Miguel Ángel de Frutos oraz profesor międzynarodowego prawa cywilnego na uniwersytecie w Barcelonie, członkini komitetu redakcyjnego Konwencji Haskiej z 1980 roku, Alegría Borrás. Po dodatkowych konsultacjach z przedstawicielką prawną Petera Innesa w Hiszpanii, Eleną Zarraluqui, rodzinę Maríi José pisemnie poinformowano, jakie warunki musiałyby zostać spełnione, żeby do akcji mógł wkroczyć hiszpański rząd.

1. Powinno zostać zawarte porozumienie, w którym obie strony – María José i Peter – zaakceptują mediację strony trzeciej, występującej jako promotor dalszych porozumień oraz strażnik ich wypełniania. Ta formuła wykraczałaby poza ramy bieżącego postępowania sądowego i miałaby na celu zakończenie obecnej sytuacji, umożliwiając bezpośrednią ingerencję w prace wszystkich zainteresowanych trybunałów.

2. Po opracowaniu szczegółowego raportu na temat wszystkich postępowań karnych toczących się aktualnie w obu krajach i po wycofaniu wszystkich wniosków i oskarżeń związanych z popełnionymi czynami powinno się zrezygnować z ich penalizacji, zawieszając wszystkie postępowania zarówno przeciwko panu Innesowi, jak i przeciwko

Marii José. Umożliwiłoby to natychmiastowe wypuszczenie jej na wolność, bez stawiania jakichkolwiek zarzutów, które miałyby być rozpatrywane teraz lub w przyszłości. Marii José należy zwrócić paszport.

3. María José powinna wyrazić zgodę na plan wizyt nieletniej córki u ojca, zarówno w Hiszpanii, jak i w Stanach Zjednoczonych; w obu przypadkach byłaby to jedna lub dwie wizyty rocznie. Plan ten zostałby zatwierdzony przez sąd.

4. Na początku tego procesu, po bezwarunkowym uwolnieniu Marii José i wycofaniu wszelkich zarzutów wobec niej, nieletnia powinna zostać przewieziona do Stanów Zjednoczonych. Mógłby jej towarzyszyć ktoś z krewnych, na przykład dziadek ze strony matki, aby uzgodnić zasady czasowego zamieszkania dziecka u ojca; dziecko powinno otrzymać pomoc psychologiczną, mającą na celu odbudowanie zerwanych z ojcem więzi i złagodzenie jego negatywnego obrazu, który mógł powstać w świadomości córki. Na stałe dziecko powinno mieszkać z matką i jej krewnymi, przy umożliwieniu realizacji planu spotkań z ojcem; plan ten byłby układany z udziałem psychologa i z uwzględnieniem wszystkich aktualnych okoliczności.

5. Po zakończeniu tej fazy María José mogłaby swobodnie zdecydować o swoim miejscu zamieszkania – albo w Hiszpanii, albo w Stanach Zjednoczonych – zabierając ze sobą Victorię Solenne, która powinna pozostawać pod jej prawną opieką – przy uwzględnieniu planu spotkań z ojcem, opisanego w punkcie 3.

6. W związku z ewentualnymi obawami, że María José po wyjściu na wolność i po przyznaniu jej prawa do opieki nad dzieckiem mogłaby podejmować działania mające na celu utrudnienie kontaktów córki z ojcem, odmawiając mu prawa do sprowadzania Victorii Solenne do Stanów Zjed-

noczonych, paszport nieletniej pozostawałby w dyspozycji wyznaczonego mediatora.

7. María José powinna złożyć w sekcji 10 sądu prowincji Walencja pismo, w którym zgadza się na przyszłe wyjazdy nieletniej córki z Hiszpanii, unieważniając swój poprzedni sprzeciw w tej sprawie. Wszystkie powyższe zapisy stanowią część kompleksowego i niepodzielnego rozwiązania. Jeśli mediacja zakończy się fiaskiem albo jej zasady nie zostaną zaakceptowane przez strony, Ministerstwo Spraw Zagranicznych nie będzie zajmować się tą sprawą, uważając, że nie ma w tej kwestii już nic więcej do zrobienia.

Rodzina Carrascosów zareagowała na to pismo z pewną rezerwą, choć jednocześnie upatrywała w nim nadzieję. Wszyscy rozumieli, że może to być ostatnia okazja, nawet jeśli niesmak budziło końcowe zdanie, mówiące o wycofaniu się rządu ze sprawy, jeżeli strony nie dojdą do porozumienia. Rodzice i siostra Marii José wiedzieli doskonale, jaka będzie jej reakcja, gdy pozna warunki proponowanego rozwiązania. Odrzuci je całkowicie, tak jak robiła to już poprzednio.

– Chciałabym, żeby w mojej sprawie zatriumfowała sprawiedliwość. Nie chcę żadnego porozumienia – to tak, jakbym miała przyznać się do jakiejkolwiek winy. Jedynym odpowiedzialnym za tę godną pożałowania sytuację jest Peter Innes, który próbował zabić mnie i moją córkę, okłamywał mnie, maltretował, obrażał, okradał, wykorzystywał. Czy ktoś może mi powiedzieć, czego chcą ci, którzy namawiają mnie do rozmów z tym indywiduum? Chcę tylko, żeby stanął przed wymiarem sprawiedliwości: on, jego matka i reszta rodziny, żeby dosięgło ich prawo.

Ilekroć rozmowa dotyczyła ewentualnego porozumienia, mediacji lub negocjacji, María José przestawała słuchać argumentów. Całkowicie się wówczas zmieniała, wydawało się, że jej ciało za chwilę rozpadnie się na kawałki – tak wielką złość wywoływał w niej fakt, że rodzina w ogóle jest w stanie proponować podobne układy. W takich chwilach potrafiła nawet przerwać połączenie telefoniczne. Dlatego jej najbliżsi próbowali szukać mediatora na własną rękę, nie licząc w ogóle na otrzymanie upoważnienia od Marii José. W rozmowach na ten temat padały rozmaite kandydatury. Osobą, której nazwisko wypowiadano najczęściej, był sędzia Baltasar Garzón[37], który bez wahania zgodził się przyjąć tę rolę, choć potrzebował w tym celu pozwolenia Hiszpańskiej Rady Generalnej Sądownictwa. W ciągu paru godzin nadeszły dwie wiadomości – jedna gorsza od drugiej. W pierwszej Rada odmówiła sędziemu Garzónowi upoważnienia do prowadzenia mediacji, drugą był wściekły telefon z więzienia od Marii José. Jakiś *miły funkcjonariusz* poinformował ją, kierując się jak najgorszymi intencjami, o planach rodziny, przekazując całkowicie fikcyjne szczegóły, które dodatkowo zdezorientowały i zdenerwowały zainteresowaną.

Była to jedna z najbardziej nieprzyjemnych rozmów, jakie prowadziła kiedykolwiek z rodzicami.

– Co wyście sobie właściwie wyobrażali? Jak śmiecie robić takie rzeczy bez mojego pozwolenia? Nie tylko nic nie robicie, żeby mnie stąd wydostać, ale jeszcze chcecie mnie upokorzyć. Chciałabym zobaczyć was dwoje tutaj, zamkniętych i jeszcze na dodatek porzuconych przez rodzinę. Ja tutaj umieram, a wy nic nie robicie! Och, nie, przepraszam, robicie: próbujecie przyczynić się do tego, żebym prawem do opieki nad córką musiała dzielić się z jej ojcem, a poza tym pociągacie za wszelkie niezbędne sznurki, żeby pakto-

[37] Hiszpański sędzia i polityk, znany z prowadzenia głośnych śledztw, m.in. przeciwko baskijskiej organizacji terrorystycznej ETA, ale także przeciwko rządowi socjalisty Gonzaleza w sprawie nielegalnych metod walki z ETA; sformułował akt oskarżenia przeciwko Osamie bin Ladenowi i Al-Kaidzie, próbował oskarżyć generała Franco i jego czołowych współpracowników o zbrodnie przeciw ludzkości.

wać z człowiekiem, który uczynił mnie najnieszczęśliwszą kobietą świata.

– Córciu, na Boga, posłuchaj nas. Przecież to kompletna bzdura. Chcemy tylko, żebyś opuściła to przeklęte miejsce, dla własnego dobra, dla dobra twojej córki, i dla naszego również – odpowiedział ojciec, próbując bezskutecznie uspokoić niepanującą nad sobą Maríę José.

– Dla waszego dobra? Przypominam wam, że jesteście na wolności. To ja gniję tu w więzieniu za to, że próbowałam bronić swoich praw jako matki i życia mojej córki, a nie wy. Wasze dobro? Jesteście egoistami! Pewnie chcecie, żebym szybko umarła i żebyście już nie musieli płacić adwokatom… Nie martwcie się. Niewiele czasu mi już zostało.

Połączenie zostało przerwane. Mówiąc bardziej precyzyjnie, przerwała je María José. Rodzice nie byli w stanie pogodzić się z potokiem obelg, który wylała z siebie ich córka. Nie wierzyli w to, co usłyszeli. To po prostu nie mogło wydarzyć się naprawdę. Victoria, która była milczącą uczestniczką tej niepojętej rozmowy, próbowała uspokoić rodziców.

– Jest zdenerwowana. Nie możecie tego traktować poważnie. Zrozumcie jej sytuację. Jeśli nawet my sobie nie potrafimy z tym wszystkim poradzić, wyobraźcie sobie, co ona musi przeżywać. Nie chciała przecież powiedzieć tego wszystkiego.

Wszyscy troje objęli się i po prostu czekali, aż emocje choć trochę przycichną. Ten akt szczególnej wspólnoty rozgrywający się w salonie rodziców obu sióstr był nimi przepełniony bardziej niż kiedykolwiek w ich całej rodzinnej przeszłości.

Nie było szans, żeby podobna scena jedności szybko się powtórzyła. Przeciwnie, poczynając od tego dnia, napięcia między członkami rodziny nasiliły się. Nerwy raz po raz płatały im przykre figle: czasem było to słowo wypowiedziane głośniej niż inne, czasem trzaśnięcie drzwiami, rzucona bez namysłu i nieuzasadniona cierpka uwaga, infantylny, ale bolesny zarzut. Doszli do punktu krytycznego, podobnie jak wcześniej María José. Kłótnie, tarcia, niesnaski powodowane ogromnym napięciem, w którym wszyscy żyli od zbyt długiego już czasu, groziły wysadzeniem w powietrze rodzinnych relacji. Przy każdej nadarzającej się okazji słowa zamieniały się w pułapki, w powód do kolejnej kłótni, jakikolwiek pretekst, choćby nie wiadomo jak banalny, absurdalny czy śmieszny, wzniecał niezgodę i spory. Każda wiadomość, decyzja czy komentarz niosły ze sobą niebezpieczeństwo zniszczenia jedności rodziny Carrascosów. Tych niebezpieczeństw było bez liku.

· 33 ·

Sytuacja prawna Marii José komplikowała się coraz bardziej, a lista zwolnionych adwokatów była już tak długa, że powoli stawała się złą wizytówką w oczach jakiegokolwiek sędziego, który miałby ją przed sobą. W ostatnich tygodniach María José utraciła kontrolę nad sytuacją i coraz częściej można było zobaczyć, jak traci panowanie nad sobą – czy to w rozmowie z adwokatami, czy z Sarą i Ángelem, rodzicami, siostrą, z innymi więźniarkami, nawet z Arantxą, pod adresem której kierowała nieprzyjemne słowa i którą znienawidziła z całego serca, kiedy ta poprosiła ją, żeby nie krzyczała na swoich rodziców.

– A na kogo chcesz, żebym krzyczała? Na ciebie? A potem w końcu mnie porzucisz, tak jak wszyscy.

Nie dość na tym: stan zdrowia Marii José pogarszał się w zastraszającym tempie.

Spędzała noce, zwijając się na pryczy z bólu i zakrywając sobie usta poduszką, próbując ulżyć cierpieniu. Nękały ją ciągłe boleści w okolicach trzustki, wątroby i nerek, które utrzymywały się w zasadzie przez dwadzieścia cztery godziny na dobę, a podawane w więzieniu leki nie przynosiły żadnej ulgi. Przeciwnie, María José była święcie przekonana, że lekarstwa, które przyjmowała, zamiast poprawiać jej stan, jeszcze bardziej nadwerężały jej i tak już kruche zdrowie. Cierpiała na krwotoki z nosa, krew pojawiała się w moczu i w stolcu. Miała spuchnięty brzuch, czasem wręcz przypominała kobietę ciężarną. Jej skóra, już dawno pozbawiona blasku, przybrała żółtawy odcień, a oczy wyglądały tak, jakby miały wyskoczyć z orbit. Była bardzo wychudzona, włosy wypadały jej całymi garściami, paznokcie łamały się i pojawiały się na nich białe plamki, będące kolejnym dowodem na to, że jej organizm nie funkcjonuje prawidłowo. Ustawiczne protesty i nieustanne skargi na niewłaściwe leczenie przypominały rzucanie grochem o ścianę. Kolejni reprezentanci prawni, którzy zajmowali się jej obroną, opisywali już sądowi krytyczną sytuację, w jakiej znalazła się ich podopieczna. „Nie ma możliwości skorzystania z zabiegów ani dostępu do lekarstw, których wymaga jej wyniszczony organizm, takich jak Levoxil, Clorena i Hongos Mitake. Mówią jej, że niektóre z tych leków nie zostały dopuszczone do użycia przez władze sanitarne Stanów Zjednoczonych, podczas gdy w rzeczywistości lekarz medycyny sądowej, endokrynolog i psychiatra Philip Bonnet osobiście potwierdzili, że zalecone leczenie jest prawidłowe. Leki te są stosowane i sprzedawane w aptekach w kraju pacjentki. Jeśli chodzi o Levoxil, jego dawka w ostatnich dziesięciu dniach została zmniejszona ze 175 do 125 miligramów, co niesie ze sobą ryzyko podniesienia poziomu cukru i śpiączki cukrzycowej. Prawo do życia i zdrowia, a zatem podstawowe prawa człowieka, powinny być ważniejsze niż spory prawne".

Efektem protestów było przeprowadzenie badań moczu i krwi, ale nikt nie poinformował pacjentki o wynikach. Powiedziano jej tylko, że wszystko jest w normie i dlatego tak wielkie zdziwienie budzą jej ciągłe skargi. Jeden z lekarzy więziennych ośmielił się nawet powiedzieć, że jej problemy mają podłoże psychiczne, a wszystkie cierpienia i dolegliwości, na które się użala, są całkowicie wydumane, ponieważ jej stan zdrowia jest doskonały.

Kiedy zażądała, by pokazano jej wyniki analiz i – jeśli nieprawdą jest to, co jej powiedziano – przeniesiono ją natychmiast do szpitala i przeprowadzono dalsze badania, reakcją były jedynie szyderstwa i pogróżki.

– A czym pan wytłumaczy opuchliznę, krwotoki, wypadanie włosów, nudności, wymioty? – pytała lekarza poirytowana María José. – Może mi pan powiedzieć, jakie są pana zdaniem powody, że krwawię wszystkimi otworami ciała, że męczą mnie bóle brzucha? Dlaczego moja waga spadła do czterdziestu kilogramów, a w ustach mam nieustannie smak żółci? Zna pan jakieś medyczne wytłumacznie tego wszystkiego, panie doktorze?

– Właśnie to pani powiedziałem – odparł lekarz sarkastycznym tonem, nie racząc nawet spojrzeć jej w twarz. – Wszystko to ma swą przyczynę w pani głowie. Może próbuje pani wprowadzić nas w błąd, zmuszając do marnowania naszego cennego czasu. Lepiej by pani zrobiło uporządkowanie własnego życia. Pora przestać się skarżyć i wymagać wciąż od innych, podczas gdy pani sama nie jest w stanie zapanować nad własnym umysłem. Może nadszedł czas, żeby się zastanowić i zrobić to, co ma pani do zrobienia. Proszę mieć na uwadze, że poza więzieniem otrzymałaby pani lepszą pomoc medyczną. Wszystko zależy od pani.

Za każdą z odpowiedzi lekarza María José dostrzegała długi cień Petera Innesa. Wyszła z więziennej przychodni, przełykając gorycz, która przepełniała jej wnętrze. Nie miała sił. Czuła się chora, przygnębiona, straszliwie zmęczona i przekonana, że trucizna, wciąż jeszcze obecna w jej ciele, z braku odpowiedniego leczenia powoli ją zabija. Nadal wierzyła, że bez jej wiedzy podają jej środki uspokajające, żeby była posłuszna i odczuwała senność przez cały dzień. Nikomu w więzieniu nie mogła ufać i dlatego postanowiła starać się o wykonanie stosownych badań na zewnątrz. W desperackiej próbie znalezienia koła ratunkowego, którego mogłaby się uchwycić, włożyła pukiel swoich włosów oraz małe kawałeczki paznokci do dwóch kopert, z zamiarem wysłania ich do doktorów Philipa Bonneta i Stanleya Broisa, specjalistów, którzy leczyli ją już przez parę miesięcy w roku 2006, przed jej zatrzymaniem i uwięzieniem. Bała się, że władze więzienne każą jej ogolić głowę, żeby tym samym pozbyć się materiału do badań i dowodów, ponieważ podejrzewała, że poznali jej intencje. Tak się jednak nie stało. W długim liście do lekarzy prosiła ich o przeprowadzenie kompleksowych badań i przygotowanie raportu na temat jej stanu zdrowia. Wyniki potwierdziły, że miała rację.

Zaczęła obawiać się o swoje życie i był to jeden z tematów, które poruszyła w liście. „Zaczynam sądzić, że jedyną możliwością opuszczenia tego miejsca jest wyniesienie mnie w trumnie". „Tracę wiarę w amerykański system prawny. Nie widzę żadnego ratunku. Nie zobaczę już rodziny. Proszę tylko Boga, żeby chronił moich bliskich, i jeśli nie dane mi jest, bym wyszła stąd żywa, żeby wezwał mnie szybko przed swe oblicze". „Moje życie dobiega końca. Ale zanim umrę, chcę sprawiedliwości dla mojej córki i rodziny. Chcę widzieć, jak Peter Innes i jego matka zostają przekazani wymiarowi sprawiedliwości". „Córko, kocham Cię całym swoim sercem. Zrobiłam wszystko, co mogłam, żeby ratować swoje życie, a tym samym Twoje. Nie zapomnij nigdy swojej *mami*. I walcz. Zawsze walcz".

Więźniarki najbardziej zaprzyjaźnione z Marią José zaczęły się o nią coraz bardziej niepokoić, kiedy usłyszały, jak mówi, że chce umrzeć, i o swoich planach targnięcia się na własne życie w jakimś najmniej oczekiwanym momencie. Jedna z nich zwierzyła się nawet pozostałym, że María José chce wykorzystać chwilę nieuwagi strażników, żeby się powiesić. „Nie mogę już dłużej. Nie daję rady. To dla mnie zbyt wiele". Być może z tego powodu walencjanka zaczęła wysyłać listy do Arantxy z prośbą, żeby je publikowała w mediach i na stronie internetowej poświęconej jej sprawie, do szeryfa Bergen, do dyrektora więzienia, do konsula, do rządu hiszpańskiego, do ministerstw: Sprawiedliwości i Spraw Zagranicznych, do rządu Walencji, do swej rodziny. Wszystkich informowała o swojej żałosnej sytuacji i o spisku zawiązanym przeciw niej, w który, jak podejrzewa, zaangażowani są jej były mąż oraz skorumpowany szeryf, policjanci oraz niektórzy adwokaci i sędziowie. Opisywała w tych listach akty przemocy, których ofiarą padła w więzieniu, i podała nazwiska czterech funkcjonariuszy policji – z tego dwóch pochodzenia latynoamerykańskiego – którzy maltretowali ją nieustannie od samego początku jej pobytu w więzieniu.

Najczarniejsze prognozy ziściły się w piątek 13 lipca. María José poczuła się gorzej niż zwykle. Czuła bóle w klatce piersiowej, miała poważne problemy z oddychaniem, tak jakby coś lub ktoś uciskał jej płuca. Nie zdążyła nawet poprosić o pomoc, zanim straciła przytomność na więziennym korytarzu i osunęła się na podłogę. Kiedy się obudziła, leżała na szpitalnym łóżku, w pokoju, którego drzwi strzegło dwóch uzbrojonych policjantów. Nie był to jednak pokój w więziennej przychodni w Bergen, co ją uspokoiło. Wkrótce została poinformowana, że przeniesiono ją do szpitala Uniwersytetu Hackensack w New Jersey. Przez trzy dni poddawana była wyczerpującym analizom medycznym, przeszła między innymi rentgen tchawicy, elektrokardiografię, test poziomu stresu, badania trzustki i testy psychiatryczne. Lekarze stwierdzili, że ma za sobą stan przedzawałowy i że na okres dwóch tygodni musi zaprzestać brania lekarstw, które zalecono jej w przychodni w Bergen.

Rodzice Maríi José dowiedzieli się o przewiezieniu córki do szpitala dzięki telefonowi od zaprzyjaźnionej z nią więźniarki, która skontaktowała się z nimi pewnego dnia o świcie:

– Zabrali Maríę José do szpitala. Bardzo źle się czuła. Nic poza tym nie wiem. Proszę próbować dowiedzieć się czegoś więcej.

Zaczęło się więc wydzwanianie do konsulatu, do adwokatów, do więzienia – ale nikt nic nie wiedział, co rodzinę doprowadzało do szaleństwa. Także i tym razem najbardziej bolesne było milczenie konsula hiszpańskiego w Nowym Jorku. Victoria zadzwoniła do pierwszego zastępcy rzecznika praw obywatelskich, Maríi Luisy Cavy de Llano y Carrió, która zainteresowała się już wcześniej sprawą jej siostry i podjęła różne działania, ale bez żadnych rezultatów. Teraz jej pośrednictwo doprowadziło do tego, że pewne informacje dotarły w końcu do konsula – po trwających kilka dni próbach wydobycia ich od władz więziennych w Bergen. Ale w żadnym momencie hiszpański dyplomata nie nawiązał bezpośredniego kontaktu z rodziną Maríi José. Wysłał tylko e-mail do dyrektora generalnego Departamentu Pomocy Konsularnej, z kopią do rzecznika praw obywatelskich. Kiedy krewni walencjanki zapoznali się z tym tekstem, już pierwszy akapit doprowadził ich do rozpaczy: „Dla Twojej informacji przekazuję, że ani jej adwokaci, ani urzędnicy więzienia, z którymi rozmawialiśmy, nie wydają się przywiązywać do tego epizodu szczególnej wagi. Ona chce złożyć zażalenie na więzienie w Bergen z powodu tamtejszej opieki medycznej, która jej zdaniem była niewłaściwa i doprowadziła do pobytu w szpitalu. Wszystkie koszty badań i hospitalizacji pokryje więzienie, gdy pani Carrascosa podpisze formularz o niewypłacalności. Osadzona poinformowała nas po raz kolejny, że nie życzy sobie żadnej mediacji rządu hiszpańskiego ani niczyjej innej".

Wszystkie, ostatnie już zresztą, rezerwy nadziei wyczerpywały się po obu stronach Atlantyku. Z każdym dniem Victoria czuła się coraz bardziej zmęczona i wściekła na cały świat. Nigdy jednak nie sprzeniewierzyła się zasadom dobrego wychowania i zachowywała klasę, choć wiedziała, że jej rodzina jest zwodzona i oszukiwana przez rząd. Próbowała doprowadzić *ad hoc* do spotkania z premierem w trakcie jednej z jego podróży do Walencji 23 lutego 2008 roku, ale bezskutecznie, zdołała jedynie wręczyć list jednemu z ochroniarzy. Podobnie sprawy potoczyły się podczas podróży premiera do Bukaresztu w dniach 3 i 4 kwietnia. Odbywało się tam międzynarodowe spotkanie na szczycie. Tym razem udało się jej dotrzeć do służb bezpieczeństwa Rumunii oraz Stanów Zjednoczonych i otrzymać obietnicę dostarczenia jej pisma do prezydenta Busha. Kazano jej czekać na wiadomość, która miała nadejść w ciągu kilku dni. Ale i z tego nie wynikło nic pożytecznego. Kolejne zamki z piasku. Znów zawiedzione nadzieje.

Victoria miała już dość spotkań, wymiany e-maili i poświęcania długich godzin na rozmowy telefoniczne z przedstawicielami rządu, szczególnie z trzema osobami z Ministerstwa Sprawiedliwości, które na początku wprawdzie zdobyły jej zaufanie, ale później wszystko się zmieniło:

„Zadeklarowali gotowość wyjazdu do New Jersey, żeby towarzyszyć mojej siostrze, porozmawiać z adwokatami Petera i zrobić wszystko, co się da, żeby wymiary sprawiedliwości obu krajów porozumiały się za pośrednictwem sędziów i żeby została zastosowana Konwencja Haska. I nie zrobili nic! Kazali mi – w zamian za pomoc z ich strony – napisać do siostry dwa listy z namowami, żeby przemyślała swoją postawę, żeby negocjowała. Wszystko skończyło się na oszustwach. Nawet nie poinformowali o tym przypadku trybunału w Hadze. Są bezużyteczni! Podobnie jak i dwa listy, które otrzymałam z gabinetu premiera. Tam również zawarto zobowiązania do pomocy – i skończyło się na niczym". Victoria oskarżała wspomniane osoby o to, że nie reagują na karygodne postępowanie konsula hiszpańskiego w Nowym Jorku, wobec którego sformułowała jedynie prośbę, żeby zachowywał się jak dorosły człowiek. Zarzucała także owej trójce urzędników utrzymywanie potajemnych kontaktów – zarówno osobistych, jak i zawodowych – z adwokatami Petera w Hiszpanii, co według jej rozeznania uniemożliwia działanie ministerstwa w tej sprawie – nawet w obliczu prawdopodobnego fałszerstwa procesowego popełnionego przez hiszpańskich reprezentantów byłego męża Maríi José. Rodzina walencjanki złożyła wniosek o wdrożenie śledztwa w sprawie fałszywego dokumentu przedstawionego przez obrońców Petera Innesa przed trybunałem amerykańskim. Był to wyrok sądu prowincji Walencja, ponoć tak sfałszowany, aby wynikało z niego, że sąd jest przeciwny wypuszczeniu Maríi José na wolność, nieletnią zaś nakazuje przekazać ojcu. Według opinii eksperta, José Alfredo Piery, przedstawiono dokument w języku angielskim opatrzony podrobionymi pieczęciami władz Walencji oraz administracji sądowej. Rodzina była przekonana, że dokument został sfałszowany przez hiszpańską prawniczkę Petera, która w swoim czasie przekonała sędziego, że – biorąc pod uwagę jego znajomość angielskiego – nie trzeba się będzie uciekać do pomocy tłumacza przysięgłego. Nowy adwokat wynajęty przez rodzinę Carrascosów nalegał, aby wdrożyć śledztwo wyjaśniające, kto sfałszował oficjalny dokument. „Jeśli zostanie potwierdzone, że dokument nie jest autentyczny, należy unieważnić wynik przesłuchania, podczas którego był okazany, a postępowanie sądowe powinno wrócić do punktu wyjścia".

Ale nie był to jedyny dokument sprawiający wrażenie zmodyfikowanego zarówno w formie, jak i w treści, spośród tych, które zostały przedstawione w sądach New Jersey przez obrońców Petera Innesa. Dzięki staraniom adwokatów, ekspertów sądowych oraz tłumaczki Maríi Luisy Rivery, rodzina Carrascosów zdołała stwierdzić, że prawdopodobnie sfałszowano więcej wyroków hiszpańskich. Porównując tłumaczenia tekstów angielskich z oryginałami, znaleziono liczne pomyłki oraz błędy, niektóre popełnione świadomie, inne mimowolnie. Doprowadziło to adwokatów, pracujących na rzecz Maríi José, do złożenia doniesienia w sprawie celowego spreparowania dokumentów. Zmieniono w nich daty – lata, miesiące i dni – przysłówki, rzeczowniki, określenia prawne, usunięto z wyroków słowa i wyrażenia przesądzające o niewinności Maríi José, a jednocześnie dodano inne sformułowania świadczące na niekorzyść walencjanki, a wzmacniające argumenty obrony Petera Innesa. Na przykład porównując tłumaczenie i oryginał wyroku nr 1567/04 sędziego sądu pierwszej instancji nr 9 w Walencji o unieważnieniu małżeństwa, zauważono liczne różnice i „mniej lub bardziej poważne rozbieżności między oboma dokumentami, mogące prowadzić do mylnych lub tendencyjnych interpretacji", o których donosiła w swym raporcie María Luisa Rivera. Podano liczne przykłady: „w tłumaczeniu użyto jednego sformułowania *porozumienie przedmałżeńskie* dla oddania zastosowanych w oryginale dwóch różniących się terminów: *rozdzielność majątkowa* oraz *intercyza małżeńska*. W rzeczywistości *porozumienie przedmałżeńskie* ma to samo pole semantyczne co *rozdzielność majątkowa* i jest uważane za jednoznaczne z nim w stu procentach, ale z *intercyzą małżeńską* już nie. Określenie *formalna rejestracja pobytu w Walencji w grudniu 2002 roku* przetłumaczono jako *formalna rejestracja zamieszkania w Walencji w grudniu 2005 roku*. Zwraca uwagę nie tylko inne znaczenie zdania, ale i zmiana daty".

Podobnie w tłumaczeniu orzeczenia nr 759/05 w sprawie ustanowienia opieki nad osobą nieletnią, wydanego przez sędziego tego samego sądu w Walencji, „nie tylko zmieniono numer orzeczenia na 795/05 w nagłówku tekstu, ale w akapicie wstępnym, w ustępie pierwszym, drugi wiersz, *dobrowolne poddanie się jurysdykcji* przetłumaczono jako *dobrowolne poddanie się*, opuszczając istotny w tym przypadku termin *jurysdykcja*. W rozdziale o podstawach prawnych w ustępie pierwszym, strona pierwsza, do wyrażenia *uprowadzenie osoby nieletniej* dodano na początku przymiotnik *międzynarodowe*, który nie figurował w oryginale. Podobnie do wyrażenia *są przestrzegane* dodano przysłówek *skutecznie*, którego również nie było w oryginale. W ustępie drugim *wyrok* przetłumaczono jako *nakaz zwrócenia*, co jest przykładem bardzo poważnej niezgodności z oryginałem".

Od chwili, kiedy Victoria dowiedziała się o nowych, domniemanych fałszerstwach hiszpańskich wyroków, powtarzała sobie w kółko słowa wypowiedziane przez nowego adwokata rodziny:

– Jeśli stwierdza się, że dokument jest sfałszowany, można anulować całą rozprawę.

Koncentrowała się na tym zdaniu prawnika i pragnęła ze wszystkich sił, żeby jak najszybciej to wszystko się ziściło.

· 34 ·

Sytuacja, jaką María José zastała po powrocie do więzienia, była równie niekorzystna jak zawsze. Znów całkowity brak komunikacji ze światem, zablokowane rozmowy telefoniczne, pogróżki, upokorzenia, brak wizyt i korespondencji z zewnątrz. Z każdym dniem kontakty z rodziną stawały się coraz trudniejsze. Przede wszystkim chodziło o małą Victorię Solenne: mijały tygodnie, a nawet miesiące, w trakcie których María José nie mogła z nią porozmawiać, a nawet usłyszeć jej głosu. Arantxa ograniczyła swoje zaangażowanie w całą tę historię ze względu na pogróżki, które wciąż odbierała i które groziły zniszczeniem jej związku z partnerem. Ochłodzeniu uległy też stopniowo jej relacje z walencjanką. Ángel i Sara też zerwali kontakt z Maríą José i jej rodziną, zeznawszy najpierw w obecności notariusza, 13 sierpnia 2007 roku, że stali się obiektem nacisków ze strony Petera Innesa. Chodziło o wywarcie na nich presji, żeby nie zeznawali na korzyść jego byłej żony i powstrzymali się od kompromitowania jego obecnej partnerki, Jaudee Tabares, która z wielkim trudem dochrapała się swej pozycji w hierarchii policyjnej w Saddlebrook. Peter oznajmił im, że wie z pewnego źródła, iż rząd hiszpański nie zamierza pomagać ani Marii José, ani jej rodzinie, że sędzia Torack go chroni i będzie to robił nadal w trakcie całego procesu. Zapewnił ich, że jego była żona zgnije w więzieniu, zapomniana i porzucona, ponieważ jest szalona, a cała związana z nią wrzawa medialna w Hiszpanii już wkrótce odejdzie w zapomnienie. Kilka dni po złożeniu tego oświadczenia przed notariuszem brat Sary został pobity na tyle poważnie, że konieczna była jego nagła hospitalizacja. Sara i Ángel byli przekonani, że źródeł tego aktu przemocy należy szukać w kręgach przyjaciół Petera Innesa – i tak też zeznali na policji.

Brak zaufanej osoby na zewnątrz, która pomagałaby w utrzymywaniu kontaktów telefonicznych, tak jak to w swoim czasie robiły Sara i Arantxa, zmuszał Maríę José, żeby dzwoniła do rodziców na ich koszt, co nadszarpnęło jeszcze bardziej rodzinne finanse. Wydatki związane z sytuacją Marii José wyniosły już ponad dwa miliony euro i rodzice musieli pozbywać się kolejnych nieruchomości. Konsulat zadeklarował, że będzie utrzymywał otwartą linię „w godzinach pracy", żeby walencjanka mogła porozumiewać się z rodziną, jeśli będzie tego pilnie potrzebować. Wbrew deklaracji urzędnicy nie zajmowali się jednak przekazywaniem połączeń do krewnych ani adwokatów Marii José.

Więzienne dni były długie, pozbawione nadziei i nowin. María José wyczekiwała, aż zadzwonią jej prawnicy, ale czasami to oczekiwanie trwało miesiąc lub nawet półtora. Poza tym i tak nie bardzo było o czym rozmawiać, jako że kolejne sądy federalne i stanowe, do których zwracała się o pomoc, odrzucały jej apelacje, odwołania, skargi i podania. Wszystko zależało od losów trzeciego i ostatecznego już wniosku o zbadanie legalności aresztu. Został on złożony i jeśli sąd miałby go ponownie odrzucić, tak jak poprzednie, pozostawałaby już tylko perspektywa rozprawy przed sądem karnym. Mogła się ona skończyć orzeczeniem kar przekraczających łącznie sto lat więzienia.

María José widziała, jak jej najlepsze więzienne przyjaciółki – Barbara, Jenny czy Zen – kolejno odzyskują upragnioną wolność, która dla niej wciąż pozostawała czymś zupełnie nierealnym. Czuła się coraz bardziej osamotniona w tej ponurej czeluści, która z każdym dniem wydawała się jej głębsza i ciemniejsza. Pesymizm, głęboki smutek, rozczarowanie, brak nadziei i dezorientacja zawładnęły jej zmaltretowaną duszą.

Czuła się zdruzgotana. Na duchu nie zdołała jej podnieść nawet informacja o definitywnym unieważnieniu małżeństwa, zawarta w ostatecznym wyroku kanonicznym z 13 czerwca 2007 roku, wydanym przez Trybunał Nuncjatury Apostolskiej w Madrycie. Postępowanie Petera Innesa określono w nim jako „zachowanie właściwe dla prawdziwego psychopaty". Decyzja została później potwierdzona 4 października 2007 roku przez walencjański sąd. Unieważnienie miało charakter uniwersalny i musiało zostać uznane także przez stan New Jersey. Dzięki temu można było uniknąć rozpoczęcia procesu karnego. Ale María José nie była już w stanie żywić nawet niewielkiej nadziei. Jej wiara w innych ludzi i w dobrą gwiazdę wyczerpywała się w zastraszającym tempie.

Potrafiła już tylko czekać i modlić się, chociaż modlitwy też przychodziły jej z coraz większym trudem. Być może to jedna z nich zaowocowała małym promykiem nadziei w postaci pierwszej wizyty, jaką złożono jej od długiego czasu. Administracja więzienna zawiadomiła ją któregoś dnia, że jej adwokat przyszedł w towarzystwie hiszpańskiej prawniczki Gregorii Sánchez. María José od dawna ją podziwiała, jako że była to jedna z niewielu Hiszpanek, które zdołały wyrobić sobie licencję adwokacką pozwalająca im działać w Stanach Zjednoczonych. Zawsze było to przecież marzeniem samej Marii José – marzeniem, dla którego przez tyle lat mieszkała w tym kraju. Wcześniej zetknęła się z Gregorią dwukrotnie i za każdym razem po spotkaniu miała o niej jak najlepsze zdanie. Poznały się w jednej z najbardziej prestiżowych restauracji hiszpańskich w Nowym Jorku, „El Solera", mieszczącej się na rogu 53 ulicy i Trzeciej Alei. Była to przyjemna restauracja galicyjska, o dyskretnym i romantycznym wystroju, z wysmakowanymi, drewnianymi dekoracjami. Na dwóch poziomach rozmieszczone były sale mogące pomieścić w sumie sto dwadzieścia osób. Jedzenie zachwycało hiszpańskich smakoszy, delektujących się tamtejszymi wyjątkowymi *tapas*, świeżymi sardelami albo sałatką rosyjską. Całości dopełniały najlepsze hiszpańskie wina oraz tradycyjne butelki Tío Pepe[38] zdobiące część ścian. Oczywiście, to pierwsze spotkanie obu kobiet nie miało nic wspólnego z miejscem, w którym los zetknął je ponownie po latach. Gregoria dowiedziała się o historii Maríi José i zapragnęła ją poznać przy okazji jednej z licznych podróży do Nowego Jorku.

– Gregoria, Gregoria! – krzyczała walencjanka w napadzie histerii, cała we łzach, rzuciwszy się na swoją znajomą. – Wyciągnij mnie stąd, wyciągnij mnie…

– Mam zamiar spróbować – odpowiedziała Gregoria, przerażona skrajnym wychudzeniem Maríi José. Obejmując ją, miała wrażenie, że walencjanka składa się wyłącznie ze skóry i kości. – Ale musisz się uspokoić, proszę cię. Przyszliśmy porozmawiać i dlatego musisz zachować spokój.

María José natychmiast się pozbierała – tak jakby ktoś nacisnął jakąś sprężynę w jej ciele – i zaczęła opowiadać o swoim przypadku. Robiła to pospiesznie, doskonałym angielskim, operując bez trudu terminologią prawniczą w tym języku. Kiedy Gregoria próbowała się zainteresować jej stanem zdrowia i tym, co robi w więzieniu, lub kiedy starała się namówić ją na uprawianie pewnych ćwiczeń relaksacyjnych oraz zniechęcić do pomysłu prowadzenia własnej obrony, María José natychmiast zmieniała temat. Popędzała swojego adwokata, któremu zarzucała, że zbyt wolno prowadzi sprawę.

– Nie powinno mnie już tu być. To wcale nie takie trudne. Nie rozumiem, po co ci tyle czasu do złożenia odwołania – rzucała w twarz swojemu obrońcy.

– Mario José, zajmuję się nie tylko twoją sprawą. A poza tym chyba zapominasz, że obowiązują tu pewne terminy i pewne procedury, których trzeba przestrzegać, choćbyś nie

[38] Popularna marka hiszpańskiego sherry.

wiem jak chciała je obejść. W twoim przypadku wszystko, co miałoby wykraczać poza przyjęte ramy, mogłoby nam zaszkodzić. Musisz wykazać cierpliwość i zaufanie do mnie.

– Nie stać mnie już na więcej cierpliwości. Nie siedzisz tutaj i nie wiesz, jak tu jest. Muszę być w domu na Boże Narodzenie, z córką, więc postaraj się pozałatwiać wszystko odpowiednio wcześniej.

– Nie sądzę, żeby to było możliwe. To nie zależy ode mnie.

Stwierdzenie adwokata po raz kolejny doprowadziło Marię José do wściekłości.

– Działasz strasznie powoli, strasznie powoli! – krzyczała, wpadając w coraz większą furię. Gregoria obserwowała ją uważnie z miną wyrażającą niedowierzanie i troskę, próbując jednocześnie uspokajać swoich rozmówców.

– Widzisz, jak się z nią rozmawia? I tak jest zawsze. Za każdym razem, kiedy tu przychodzę, dochodzi niemal do rękoczynów. – Adwokat zwrócił się do Gregorii. – Nie potrafię jej uspokoić. Może ty spróbujesz...

– Marío José, proszę cię – zaczęła Gregoria, korzystając z tego, że obrońca na chwilę wyszedł, i próbując rozładować napięcie. – Musisz się opanować i zaufać adwokatowi. On naprawdę chce udowodnić, że masz rację, i chce dopaść Petera. Ale nie możesz torpedować jego pracy, żądając wysyłania coraz to nowych pism do sędziego i prześladując go rozmaitymi wiadomościami. Jeśli nie przestaniesz, obawiam się, że jeszcze wiele razy spędzisz tu Boże Narodzenie. Będę z tobą rozmawiać bez owijania w bawełnę, bo ktoś musi ci to wszystko powiedzieć. – Gregoria nabrała powietrza, starając się zebrać siły. – Zachowujesz się nieodpowiedzialnie, ponieważ niestety nie masz możliwości, żeby spojrzeć na wszystko obiektywnie. Twoi rodzice są chorzy i zrujnowani, twoja siostra zrozpaczona, a twoja osamotniona córka bez przerwy pyta o matkę. To trwa za długo, rodzice nie mają już pieniędzy, a ty nie chcesz sprzedać żadnego z dwóch mieszkań, które masz w Nowym Jorku.

– Te mieszkania są dla mojej córki, choćby od jutra. Nie mogę jej pozbawić także i tego.

– Twoja córka potrzebuje matki, a nie mieszkania. – Gregoria wiedziała, że zachowuje się okrutnie, ale obiecała rodzinie Maríi José, że porozmawia z nią bez ogródek, bo ich ona nie chciała już słuchać. – Ty jesteś w tym wszystkim ważna i twoja córka. Marío José, zdecyduj się na negocjacje z ojcem dziecka. Odsuń na bok swoją dumę, poczucie niesprawiedliwości i pozwól, żeby twoja córka mogła zaznać normalnego życia, po to żeby…

– Nie, nie i jeszcze raz nie. Co się z wami wszystkimi dzieje? Nie rozumiecie, że nie mogę zostawić córki w rękach paranoika? A jeśli postanowi ją zabić, tak jak próbował pozbawić życia mnie, co wtedy zrobię, i co wy zrobicie? – María José pochyliła się nad stołem. – Wiem, że to będzie ostatnie Boże Narodzenie w moim życiu. W następne święta nie będzie mnie już na świecie. Już nie daję rady. Umrę tutaj. Zniszczyli mi życie, pracę, biznes, rodzinę, moje dziedzictwo i moje dziecko. Przede wszystkim moje dziecko. Chcę tylko być z córką. Czy to tak trudno zrozumieć? Jestem dobrą matką, a ona jest wspaniałym, dobrze wychowanym dzieckiem. Czy to nie jest wystarczający dowód?

Po tych pełnych emocji słowach, które wypowiedziała, ani na chwilę nie przestając płakać, María José zmieniła ton i oznajmiła Gregorii:

– Zamierzam zmienić adwokata. Jedna z więźniarek poleciła mi kobietę, która pochodzi z Ameryki Południowej. Nie jest specjalistką od prawa karnego, ma niezbyt duże doświadczenie, ale przynajmniej nie będzie ze mnie zdzierać milionów jak inni.

Te słowa niemalże pozbawiły Gregorię tchu.

– Nie możesz tego zrobić. To samobójstwo. Miałaś już ponad dziesięciu adwokatów i prawie na wszystkich w końcu doniosłaś, że cię oszukali i zaniedbywali swoje obowiązki. Musisz tego zaprzestać, uwierz mi. Adwokat, który pracuje dla ciebie teraz, budzi moje zaufanie.

Chwilę po tym, jak obrońca wrócił do obu kobiet, strażnik poinformował ich, że czas wizyty dobiega końca. María José znów wczepiła się w Gregorię.

– Wyciągnij mnie stąd, zabierz mnie ze sobą.

– To może nastąpić całkiem szybko, ale będzie zależeć od ciebie. Pamiętaj o naszej rozmowie. Potrzebny ci jest spokój i zaufanie.

Ale ich zabrakło. María José, tak jak zapowiedziała, wkrótce zmieniła adwokata. Zresztą nie po raz ostatni. Tym, co nie uległo zmianie ani trochę, były negatywne decyzje sądów amerykańskich, rozpatrujących jej wnioski i odwołania.

Decyzja najgorsza z możliwych dotarła do niej 20 marca 2008 roku. Federalny Trybunał Apelacyjny dla trzeciego okręgu, właściwy do zajmowania się sprawami rozpatrywanymi w New Jersey, znów orzekł niepomyślnie w sprawie wniosku o zbadanie legalności aresztu, podtrzymując wcześniejszą decyzję sędziego federalnego Dickinsona Debevoise'a. Ten ostatni w maju 2007 roku odrzucił wniosek o uznanie aresztu za niekonstytucyjny. María José wiedziała, co to oznacza: wkroczyła nieodwracalnie na drogę prowadzącą do procesu karnego. Ława przysięgłych składająca się z dwunastu amerykańskich kobiet i mężczyzn rozważy, czy walencjanka jest winna czy nie naruszenia przepisów o opiece nad dzieckiem – jej adwokaci odnieśli bowiem sukces polegający na tym, że nie będzie to już sprawa o uprowadzenie nieletniej. Zgodnie z opinią nowego obrońcy Maríi José, Scotta Finkenauera, oznaczało to znaczną redukcję wyroku, który jej uprzednio groził – teraz daleko mniej niż kara ponad stu lat, która zagrażała jej w pierwszej wersji. Wiedziała, że proces z udziałem ławy przysięgłych nie będzie dla niej korzystny, że ustawi ją w gorszej sytuacji, głównie dlatego, że wszystko odbywać się będzie w kraju wyjątkowo czułym na punkcie porwań nieletnich. To może oznaczać dla niej koniec. Zrozpaczona i pozbawiona już wsparcia ze strony poprzedniego adwokata, Clifforda Lazzaro, który na prośbę klientki przestał zajmować się jej sprawą, María José złożyła dwa pisma w Federalnym Sądzie Apelacyjnym, wnioskując o ponowne rozpatrzenie decyzji. Spędziła długie godziny, pisząc odręcznie odwołania, jako że trwała przy postanowieniu, że sama będzie reprezentować swoją sprawę przed sądem. Prosiła o jeszcze jedną szansę na przedstawienie argumentów, że odrzucenie wniosku o zbadanie legalności aresztu oparte było na „mylnych przesłankach, krzywoprzysięstwie i sfałszowanych dowodach". Dodatkowo przypominała, że adwokaci, którzy reprezentowali ją przed instancjami federalnymi oraz innymi w Stanach Zjednoczonych, działali w sposób „niewłaściwy i dopuszczali się zaniedbań", postępując „niezgodnie z wymaganymi standardami". Wszystko to razem miało ją pozbawić „skutecznego wsparcia" przy rozpatrywaniu jej sprawy. Niemniej jednak sędziowie pozostali niewzruszeni w swoich decyzjach i po kilku tygodniach znów odrzucili wnioski. Nie było już miejsca na jakikolwiek krok. Przyszłość zależała wyłącznie od tego, co postanowi grupa kobiet i mężczyzn nieznających ani jej samej, ani jej córki, rodziców, historii, jej rzeczywistości. María José pragnęła z całej duszy zaufać tym obcym ludziom, ale jakaś siła w niej samej uniemożliwiała to.

Jej sytuacja była rozpaczliwa. Wołanie o pomoc nie zostało wysłuchane, jej głos nie docierał nawet do uszu córki, którą od miesięcy regularnie pozbawiano możliwości rozmowy z matką. Dzień po dniu uświadamiała sobie coraz wyraźniej, że droga powrotu w ramiona tej ośmioletniej dziewczynki przypomina drogę wybrukowaną żółtą kostką[39] z *Czarnoksiężnika z Krainy Oz*. Victoria Solenne bardzo lubiła tę historię, którą matka często opowiadała jej przed snem. María José przeczuwała, że finał jej własnej opowieści o okrutnej miłości jest już bliski. Opowieści, której pierwsze sceny rozegrały się kiedyś podczas romantycznego, długiego, nocnego spaceru po Soho. Nie wiedziała tylko, czy będzie to także finał jej samej jako matki.

– Jeśli mam umrzeć w tym więzieniu, żeby ratować córkę, zrobię to – powtarzała nieustannie towarzyszkom oraz adwokatom. – Bardzo się tego boję, ale jestem przecież matką i to jest ważniejsze od wszystkich innych spraw, włącznie z moim własnym życiem.

23 czerwca 2008 roku miała się rozpocząć sprawa karna hiszpańskiej matki. María José spędzała dni w bibliotece albo zamknięta w celi, sporządzając notatki na temat możliwych aspektów i strategii obrony. Wymieniała na ten temat komentarze telefoniczne – choć nie tak regularnie, jak by chciała – z adwokatem. Kontakt z rodziną stał się prawie niemożliwy, co odcięło Maríę José od najnowszych informacji na temat hiszpańskich wydarzeń związanych z jej sprawą. Chodziło jej głównie o nowe odkrycia w sprawie domniemanych fałszerstw procesowych. Ta sytuacja sprawiała, że rodzina Maríi José pozostawała w stanie ciągłego podenerwowania i bezsilności. Nie można było nic zrobić w obliczu niemożności skontaktowania się ze starszą córką czy z adwokatem Scottem Finkenauerem, od którego Victo-

[39] Droga prowadząca do Szmaragdowego Grodu złego czarnoksiężnika z powieści L. Franka Bauma.

ria otrzymała – na kilka dni przed rozpoczęciem rozprawy – niepokojący e-mail. Obrońca donosił w nim, że w żaden sposób nie będzie w stanie przybyć 23 czerwca na rozpoczynający się proces jej siostry, ponieważ w tym terminie ma wyznaczony inny proces, na który musi się stawić. Nieustające próby telefonicznego kontaktu z adwokatem, podejmowane przez Victorię, zakończyły się, kiedy usłyszała głos jednej z jego sekretarek, komunikujący w bardzo grzeczny sposób, że pan Finkenauer jest w tym momencie nieobecny, bierze udział w spotkaniu lub przebywa w sądzie. Rodzina szybko straciła zaufanie do nowego reprezentanta prawnego Maríi José, szczególnie wtedy, gdy kilka dni przed rozpoczęciem procesu nadeszła informacja, że Scott nie przedstawił sędziemu żadnego stanowiska obrony ani nie odbierał telefonów od świadków. Victoria podejrzewała, że nowy adwokat jej siostry – podobnie jak wielu poprzedników – ugiął się przed Peterem i jego wzmożonymi intrygami, których celem było storpedowanie wszelkich działań obronnych inicjowanych przez Maríę José. Peter musiał zintensyfikować swoje wysiłki, kiedy dotarła do niego wiadomość, że hiszpański Trybunał Konstytucyjny 16 maja 2008 roku zdecydował, że nie będzie rozpatrywać jego wniosku o uznanie za niekonstytucyjny poprzedniego wyroku w sprawie odzyskania praw do opieki nad Victorią Solenne. Rodzina Maríi José uważała, że ta decyzja musiała popsuć humor jej niegdysiejszemu zięciowi i szwagrowi.

– I została bez obrony. Znowu ta sama historia – lamentowała Victoria. – Jej adwokat nie zamierza jej bronić w procesie karnym, a ona nawet o tym nie wie. My nie możemy z nią porozmawiać, bo nie pozwalają jej dzwonić. Może komunikować się tylko z obrońcą i z konsulem, który nie raczył nawet zareagować na to, że dostarczyliśmy mu materiały na temat sfałszowania przez obronę Petera wyroków hiszpańskich sądów. Nie chcą jej o niczym zawiadomić i stawi się w sądzie z zasłoną na oczach, o niczym nie mając pojęcia. Ktoś musi ją poinformować, że jej własny adwokat zamierza ją oszukać, a my nie jesteśmy w stanie tego zrobić. Czy naprawdę nikt nam nie pomoże?

· 35 ·

23 CZERWCA 2008 ROKU

María José Carrascosa dotarła na salę sądową z ponaddwugodzinnym opóźnieniem. Poniedziałki w Sądzie Najwyższym hrabstwa Bergen były zwykle dniami szczególnej aktywności, bo właśnie wtedy sędziowie wstępnie przesłuchiwali niedawno zatrzymanych. Ten poniedziałek nie był wyjątkiem. Przez salę, w której zasiadał sędzia Donald Venezia, defilowali liczni aresztanci. Sędzia, niewzruszony, zapoznawał się z przypadkami zabójstw, bójek ulicznych, morderstw, fałszerstw, rabunków z pobiciem i handlu narkotykami, których prezentację wyznaczono na ten ranek. Dwa lub trzy razy zapytał o walencjankę:

– Czy Carrascosa już dotarła? Jest już na miejscu?

Dochodziło południe, kiedy María José weszła do sądu. Poruszała się z trudem, z powodu łańcuchów, które krępowały jej nogi i ręce, choć nie uniemożliwiły niesienia dużej, białej koperty, którą wręczyła swemu obrońcy i która zawierała ręcznie pisane notatki związane z linią obrony. Choć nie wyglądała tak źle jak podczas wcześniejszych wizyt w sądzie, ale nadal – tak jak przez cały czas od chwili, kiedy znalazła się w więzieniu – nie ulegało wątpliwości, że jest chora.

Wyglądała na bardzo osłabioną, była wyniszczona i skrajnie chuda. Od chwili uwięzienia straciła szesnaście kilogramów. Na znak wdzięczności dla przedstawicieli hiszpańskich mediów uśmiechnęła się lekko i dotknęła ręką piersi na wysokości serca. Dziennikarze zajmowali miejsca przeznaczone dla ławy przysięgłych. Przyjechali do New Jersey, żeby opowiedzieć o procesie Hiszpanki, której postawiono osiem zarzutów związanych z naruszeniem praw ojca do opieki nad dzieckiem oraz jeszcze jeden – o niezastosowanie się do nakazu sądowego. María José usiadła i próbowała uspokoić oddech. W tym czasie jej oczy napotkały wzrok sędziego Venezii. Była zdenerwowana, niecierpliwa, choć od kilku minut wiedziała już, że w ten poniedziałek, 23 czerwca, nie rozpocznie się proces, w którym mogła ją czekać kara od pięciu do dwunastu lat więzienia (choć wedle najbardziej złowieszczych przepowiedni mogło chodzić o karę nawet czterdziestu lat). Wniosek zaskoczył wszystkich, a jeszcze bardziej zdumiewająca była reakcja sędziego. Wraz ze swym adwokatem Scottem, który ostatecznie zdecydował się jednak towarzyszyć swej klientce, María José postanowiła zwrócić się do Sądu Najwyższego Stanów Zjednoczonych, żeby wypowiedział się w sprawie ewentualnego zwrócenia jej wolności. Ten wniosek był dziełem samej Maríi José, która postanowiła osobiście pokierować swoją obroną, mimo wielu ostrzeżeń i zaleceń, aby tego nie robiła.

Sędzia Donald Venezia wiedział doskonale, jak odległe terminy wyznacza Sąd Najwyższy na rozpatrzenie wniosków, i dlatego ustalił dzień 5 lutego 2009 jako nową datę rozpoczęcia sprawy karnej przeciwko Maríi José, ostrzegając jednocześnie adwokata oraz Hiszpankę, że termin ten nie może być już odraczany. Sędzia wyznaczył też na 20 października 2008 roku przesłuchanie dotyczące odwołania do Sądu Najwyższego.

Wychodząc z sądu, Scott Finkenauer, adwokat Marii José, po kilku minutach rozmowy z konsulem hiszpańskim w Nowym Jorku oświadczył prasie, że jego klientka „nie upada na duchu. Pracuje nad wnioskami sądowymi, na których opierać się będzie oskarżenie Petera Innesa o przestępstwa kryminalne, i to odroczenie da jej czas na podjęcie stosownych kroków. Choć pobyt w więzieniu jest bolesny, moja klientka czuje, że jest tu dla jakiegoś ważnego powodu, że nie cierpi nadaremnie, tylko dla ochrony córki. To daje jej siły, które pozwalają znieść uwięzienie".

Wiadomość oraz oświadczenie adwokata zdruzgotało bliskich Marii José, którzy dowiedzieli się o wszystkim po godzinie 19:00 z mediów. Nie byli w stanie zakomunikować starszej z sióstr nowych szczegółów, które – jak sądzili – mogły nadać inny bieg jej sprawie, a poza tym wpadli w rozpacz, dowiedziawszy się, że odwołała się do Sądu Najwyższego, co zatrzyma ją w więzieniu, z dala od córki, co najmniej na kolejne siedem miesięcy. Mała, ośmioletnia już Victoria Solenne, która od kilku minut czekała na gratulacje od dziadków w związku z ocenami na koniec roku szkolnego, musiała przyglądać się scenie pełnej krzyków, płaczu i rozpaczy, rozgrywającej się z udziałem i dziadków, i cioci – po tym jak dowiedzieli się o kolejnym odroczeniu sprawy. Nie miała pewności, co się dzieje, ale bała się, że całe to zamieszanie ma jakiś związek z losem *mami*. Zbliżyła się po cichu do babci, żeby złapać ją za rękę, a po chwili ujęła też dłoń dziadka. Nie potrafiła nic powiedzieć. Próbowała tylko nieśmiało się uśmiechnąć, żeby ich trochę pocieszyć, nie bardzo wiedząc, czy to jej się uda. Ten uśmiech siostrzenicy przypomniał Victorii inny, malujący się kilka godzin wcześniej na twarzy Marii José wchodzącej do sądu w Bergen: wymuszony i nieśmiały, ale wzmocniony przez niewinność i prostolinijność. Trzeba było czekać jeszcze bardzo długo, żeby się przekonać, czy matka i córka osiągnęły swoje cele, symbolizowane przez te dwa uśmiechy. W kalendarzu znów pojawiły się zapisy znaczące kolejny odcinek drogi krzyżowej, który musiała przejść cała rodzina. Najważniejsza z nowych dat – dzień możliwego spotkania Maríi José i Victorii Solenne – znów odraczała marzenia matki i córki o tym, by rzucić się sobie w ramiona, tym razem aż do 5 lutego 2009 roku. O całą wieczność.

KONIEC CZERWCA 2008 ROKU

Krewni Maríi José stracili zaufanie do Scotta Finkenauera. Chcą, żeby córka zmieniła obrońcę i wynajęła Emila Lisbeę, który za obronę Maríi José zażyczył sobie dziesięciu tysięcy dolarów. Liczne żądania, formułowane zarówno przez rodziców i siostrę uwięzionej, jak i przez hiszpańskiego prawnika rodziny, pod adresem Scotta albo w ogóle nie doczekały się odpowiedzi, albo jedynie odpowiedzi złośliwych, sarkastycznych i urągających logice oraz dobremu wychowaniu. Hiszpański reprezentant prawny Carrascosów, Marcos García Montes, oraz ojciec Maríi José planują podróż do więzienia w Bergen, żeby osobiście poinformować walencjankę o ostatnich hiszpańskich wydarzeniach związanych z jej sprawą i żeby przekonać ją do porzucenia pomysłu samodzielnego prowadzenia obrony. Na dodatek García Montes ma zamiar przedstawić w Ameryce dwa zarzuty kryminalne: pierwszy o sfałszowanie dokumentu okazanego w 2006 roku sądowi w New Jersey (choć Scott Finkenauer wciąż jeszcze nie zareagował na żądanie potwierdzenia, że dokument ten przedstawiono wówczas jako oryginał wysłany przez sąd prowincji Walencja, a nie jako tłumaczenie przysięgłe); drugi dotyczący psychicznego i fizycznego znęcania się Petera Innesa nad żoną i córką, które zostało uznane za udowodnione przez kościelny Trybunał Nuncjatury Apostolskiej po uwzględnieniu stanowisk pana Innesa, jego adwokata i oskarżyciela.

Arantxa nadal wysyła e-maile do Victorii, interesując się losem Marii José, choć nadal boi się pogróżek, które mogłyby do niej docierać z otoczenia Petera Innesa. Ángel i Sara prawie nie kontaktują się z krewnymi Marii José, choć zawsze jej bronią, ilekroć zdarza im się występować w mediach.

David śledzi sprawę swojej serdecznej przyjaciółki z Benidormu, nie mogąc zrobić dla niej nic więcej. Kiedy tylko ma okazję, broni niewinności Marii José na forach internetowych. Peter Innes nadal rzuca pod adresem bliskich byłej żony oskarżenia, że są przestępcami i uczestniczyli w porwaniu jego córki. Jednocześnie wciąż mówi o dziewczynce jako o „zaginionej".

Zdrowie matki Marii José ustawicznie się pogarsza i lekarze boją się, że chora może stracić wzrok w obydwu oczach.

Victoria wciąż próbuje dzielić swój czas między zajmowanie się sprawami siostry a własną działalność zawodową. Liczy na bezwarunkowe wsparcie przyjaciół i na pomoc pierwszego Hiszpana, któremu udało się wydostać z celi skazańców – José Joaquína Martíneza.

Najbliżsi Marii José nie tracą nadziei, że zechce ich przyjąć premier rządu hiszpańskiego.

Victoria Solenne codziennie pyta o swoją matkę.

María José Carrascosa wciąż przebywa w więzieniu w Stanach Zjednoczonych, w New Jersey. Trafiła tam w 2006 roku i pozostanie uwięziona do roku 2020, odbywając wyrok wydany przez amerykański wymiar sprawiedliwości. Sędzia prowadzący sprawę zaoferował Marii José możliwość opuszczenia więzienia i powrotu do Hiszpanii, pod warunkiem że przekaże swą nieletnią córkę pod opiekę ojca, ale oskarżona odrzuciła tę propozycję. Negocjacje nie przyniosły żadnych rezultatów. Władze sądowe New Jersey aż trzykrotnie odrzucały prośbę Marii José o warunkowe zwolnienie. Ostatni raz miało to miejsce w maju 2014 roku. Od tego czasu w jej historii nie było nowych zwrotów.

Córka Marii José – Victoria Solenne – ma już czternaście lat. Mieszka nadal ze swoimi dziadkami w hiszpańskiej Walencji. W lutym 2014 roku wysłała do amerykańskich sędziów listy, w których prosiła o wolność dla swojej matki i o możliwość zamieszkania razem z nią.

Victoria Solenne rozmawia z matką przez telefon, ale nie utrzymuje żadnego kontaktu z ojcem, Peterem Innesem, który nadal oskarża rodzinę Carrascosów o manipulowanie nieletnią. Tymczasem rodzina Marii José uparcie powtarza, że to ojciec porzucił swoją córkę.

W komunikacie podanym do wiadomości publicznej w styczniu 2014 roku María José po raz kolejny podkreśliła, że nie uprowadziła własnej córki, że czuje się ofiarą zastawionej na nią pułapki, że była truta i oszukiwana przez byłego męża. Potwierdziła raz jeszcze, że nie zamierza przekazać Victorii pod opiekę ojca, przypominając, że władze hiszpańskie zabroniły dziewczynce opuszczania Hiszpanii do chwili osiągnięcia przez nią wieku osiemnastu lat.

Spis treści

CZĘŚĆ PIERWSZA 9

CZĘŚĆ DRUGA 125

CZĘŚĆ TRZECIA 275